"十二五"国家重点图书出版规划项目

【红店文学系列】

最后的官窑

吴　昊◎著

江西高校出版社

图书在版编目（CIP)数据

最后的官窑／吴昊著．一南昌：江西高校出版社，
2015.12

（红店文学系列）

ISBN 978-7-5493-3157-4

Ⅰ．①最… Ⅱ．①吴… Ⅲ．①长篇小说－中国－当代

Ⅳ．①I247.5

中国版本图书馆CIP数据核字(2015)第307937号

出 版 发 行	江西高校出版社
社　　　址	江西省南昌市洪都北大道96号
邮 政 编 码	330046
总编室电话	（0791）88504319
销 售 电 话	（0791）88592590
网　　　址	www.juacp.com
印　　　刷	安徽新华印刷股份有限公司
经　　　销	各地新华书店
开　　　本	787mm×1092mm　1/16
印　　　张	35
字　　　数	680千字
版　　　次	2015年12月第1版第1次印刷
书　　　号	ISBN 978-7-5493-3157-4
定　　　价	98.00元

赣版权登字-07-2015-148

前　言

瓷器,洋人称它是中国的第五大发明。马可·波罗在描绘东方最富有的大国时,因找不到合适的翻译名字,但为了突现它的特点,让欧洲人知道,便把当时的元代译之为瓷之国,英文名"CHINA"。从此,瓷器在洋人眼里便成了东方文明古国的代名词。

景德镇是中国的瓷都,地处江南黄山山脉的余脉。在大清朝,它隶属江西浮梁县管辖。此城群山环抱,城区街坊里弄纵横交错,人口近百万,昌江河像一条玉带由东向西绕城穿流而过。在当时中国四大名镇中排列首位,所产陶瓷占当时世界总量的百分之七十以上。

光绪中后期,西洋法兰西一道邀请函,把景德镇再次推到世人面前;皇上的一道圣旨,让沉静在深闺中具有 500 多年历史的皇家窑厂浮出水面。它犹如一道绚丽多彩的霞光,划破历史的长空……

第一章

太阳经过一天的疲劳,早已蜷缩在地平线上。江南景德镇初春雨后的傍晚,在夜色还没来临时,水雾便把它四周占据。太阳还是把它最后一丝晚霞,穿透给她。红霞、稀疏的绿叶,在山区水雾的浸润下,围着景德镇四周缓缓地变化着,与窑囱冒出的火焰交融在一起,构成了一幅幅特有的水墨画。

突然,一匹快马把它撕开,带着山区的泥土从远远的深处冲出,直奔大清景德镇皇窑厂而来。

大清景德镇皇窑厂规模宏大,里面戒备森严。它地处景德镇城区的东南角,依城内珠山地势而造,占据城区面积两成以上;整个厂区,远远看去像个长方体,由城楼,办公的衙门、也居也办公的督陶府,来往接待的公馆及生产作坊三部分构成。亭台楼阁仿照皇宫所造。窑厂始创于明朝初年,专为宫中用瓷所建;成于明成化、万历年间;清朝的历代皇帝都对瓷器存有偏好,因此在大明朝的基础上大有发展,到光绪时期,厂内面积上万顷,官员上千,拥有窑工近万人,成为当时大清朝内最大的一个手工业工厂。

"军机处急令!"

"军机处急令!"

皇窑厂门前侍卫看来者急切,匆忙把窑厂朱红的大铁门一一打开,让驿官直冲进来。

这时的大清景德镇皇窑厂,虽说太阳在山下已埋了半个脸,但是里面仍像个大工地,热火朝天。坯房的窑工在拉坯;釉料作坊的窑工在向瓷器吹釉;画坊的窑工在填彩……他们劳作一天,仍没有倦意。

大清督陶官吴振江带着大清皇窑厂内的大批官员站在一窑炉前,手中拿着一只刚出窑的青花斗彩碗细细端详。

旁边一个官员指着它说道:"大人,这炉瓷器,件件都是我们皇窑厂老画师们亲手绘制的。"

吴振江没有理会他,而是皱着眉头,继续看。半晌,他问道:"汪总监,我咋越看越像乾隆期我太爷爷手上做的,你们是不是在唬我?"说完后,他脸色阴沉,一脸的严肃。

吴振江此语一出,在场的人都为之惊愕,顿时纷纷跪下。

"大人,这是仿乾隆器皿。"旁边的画坊总监汪叔凡听后,马上跪步上前解释。

"汪总监,难道仿乾隆器皿本府都看不懂吗?我是说,咱们不能把我们艰辛做出来的东西尽往我祖爷爷脸上贴!你们不要这个脸,我还要这张脸呢。可眼前这一底款,会让人误认为我大清朝当今无能,能拿出手的也只能是一百年前的东西。这必将有辱我大清帝国!我丢脸不怕,反正皮厚,但是咱们大清国的皇上、太后他们的脸丢得起吗?西洋巴黎参展对我大清国来说,意义重大。仅这一点,我们未出征,便先输掉自己!"

"在下明白了。大人,我立即组织人重新制作。"汪叔凡说。

"明白就好。你们起来吧。各位,"吴振江大声地说道,"上午军机处传来的公函十分明了,皇上对我们这次的参展寄予厚望。大清皇窑厂上下千年,盛名传于天下。它决不能损于我们之手,明白吗?"

"明白!"在场的官员齐声回答道。

"声音大一点!"

"明白!"

"报大人,中堂府崔管家求见。"这时,皇窑厂的侍卫匆匆来报。

"中堂府,人在哪?"吴振江听后,问。

"报大人,在督陶府等候!"

"你给我传,说本府随后就到。"吴振江交代好事情,便急忙回府。

在督陶府大堂,崔管家见督陶官吴大人到,快步迎上来。吴振江此时也是三步当两步。他来到崔管家跟前,热情地拉着崔总管的手说:"崔管家,失敬,让您久等了!"

"吴大人,此事紧急,我也顾不上许多礼仪。这是我家中堂大人的密信,具体内容,老爷说都在里面。"崔管家说着,把密信从衣服口袋内掏出,双手递上。

吴振江接过,迅速拆开,看后,马上把它收好,放到衣内,沉思片刻后笑道:"崔管家,一路艰辛,快到公馆休息!"

"老爷要我二十天来回,大人,您的情我领了。"崔管家客气地回答道。

"好,那我就不留了,"吴振江紧紧地握着崔管家的双手,说,"皇窑厂上下一万人问候中堂大人,我们离不开大人的教诲。"

"大人,你的意愿我一定传到。再见。"

吴振江把他送到大门口,崔管家跃上马,一挥手,转眼消失在夜幕中。

中堂府的信使——崔管家这边刚走,宫中圣旨又到。吴振江慌忙跪下接旨。

"奉天承运,皇帝诏曰:大清景德镇皇窑厂参展瓷器,即日直接起运西洋巴黎。钦此!"传旨钦差刘公公大声宣读道。

"万岁、万岁、万万岁。"吴振江双手接过,大声回复说,"刘公公,请启禀皇上,大清景德镇皇窑厂参展瓷器按旨准时启程。"

接旨后,吴振江领着刘公公到后室休息。刚进后室,刘公公屏退下人后,又突然对他宣旨。

吴振江一听，马上又慌忙跪下。

"吴大人，这是临行时皇上亲手交给老奴的一封密旨，具体是什么奴才不敢问。"刘公公边说边从口袋里拿出密旨递给吴振江。吴振江看后，心中沉甸甸的，感到此事意义重大，远远超出他的想象。

大清皇窑厂分东、西、南三个出口与市区接壤。从南门，也就是从该厂的前门，往西南走三百米，便是景德镇的中心区——瓷器街。这里的街道全长三百多米，地面一律的青石板，两旁楼阁雕琢华美，店内摆满了各式各样的瓷器。沿街的瓷器店中夹杂的茶馆、酒楼、日杂商店，使本来清一色瓷器店的街道变得十分的喧闹。街市日夜开业，人来人往，繁华异常。

这天，督陶府的大千金吴秀娟正带着丫环小翠挤在其中，她们在各摊前流连忘返，府内的二公子吴晋紧随其后，不离不去。秀娟有点不耐烦，不时转过头，对着他调笑："二哥，女孩子逛店，一个大老爷们成天跟在后面，烦不烦？"

吴晋正值弱冠之前，情窦初开，只见他对着秀娟嘿嘿傻笑道："妹子，没听爸说，当今社会内忧外患，市面不安全，我这个做哥的对你不放心呀。"

"去你的。你看你，整天油头粉面，一副浪荡公子哥儿相，跟着你，谁踏实？小翠家中有小村哥，你就死了这份心吧。"秀娟听后，抢白了他一顿。

"小妹，二哥胆小，你看你，面庞圆圆的、白白的，鼻子和嘴唇周正、纤秀，身段苗条，可性格咋就那样粗犷高傲？哪像我们小翠柔软、妩媚，人看人爱！"吴晋油腔滑调，说话时，不时盯着小翠白里透红的瓜子脸上那双乌黑灵动的眼睛。

小翠被他热辣辣的双眼看得不好意思地低下了头，满脸绯红。

"砰、砰、砰……"突然空中传来三声炮响。

"小姐，你听，这声音好像是从我们皇窑厂传来的。"身旁的小翠话音未落，前街便骚乱起来，街道上的人员顿时纷纷闪到两旁，吴晋迅速抓住秀娟和小翠的手，但是仍被潮水般的人流挤向路旁。这时，只见一列队伍，迅速打这儿经过，直奔城西码头而去。

大清皇窑厂护卫队经过后，街市马上便恢复了原样。吴晋定神一看，手中抓的是手帕，没见秀娟、小翠她们。他忙抬头四处张望，只见前方小翠和秀娟正笑着看向他。吴晋看后，一路小跑过去。他气鼓鼓地说道："死妮子，不要命了？这大街上，你可知有多少双色迷迷的眼睛在盯着你们，没有老哥护花，你们早叫人给拐了！"

秀娟掉头就走，当作没听见。

"小翠，她不领情，你领情。前面有一个花店，走，本公子给你买花去。"吴晋说着，想拖小翠走。

小翠红着脸，看着秀娟。秀娟不满地对着他哥说："小翠别理他，咱们到你干娘戏园看戏去。"说着，抓着小翠的手转身就走。

"戏？好呀，本公子最喜欢看戏。听说今天是《霸王别姬》。"吴晋边说边尾随秀娟她们而去。

在景德镇城西昌江河畔，打着"御用"旗帜的官家御用码头上，早已停靠着一条大官船。船上人员见皇窑厂的队伍前来，忙叫大伙迎了上去。队伍上船初定，刘公公立马清点人数，见大家都已到齐，便对着船夫高喊："起——"

"公公，等一等。"站在码头上的吴振江突然想起什么，对着他高声喊道。

"吴大人，你可有事？"刘公公站在船板上对着吴振江尖声问道。

这时，一匹快马飞奔而来，旋即在吴振江面前停下，来人呈上一个用黄绸裹好的锦盒。吴振江接过，捧上船，走到刘公公面前，对他说道："刘公公，这是为太后六十大寿特制的样品瓷，烦请公公呈内务府总管李公公转呈皇太后、皇上审核、定夺！"

刘公公接过，递给身边的下人，"小心拿着。"然后供手对着吴振江说，"吴大人，老奴走了，你保重。"

"刘公公，保重，一路顺风！"吴振江拱手还礼后下了船。

顿时，皇家"御用"旗帜扯起，扬帆起航。

吴振江送别刘公公后，带着皇窑厂一干官员回到皇窑厂。在皇窑厂衙门口，总管曾开早在那里等候。

"见过大人。"曾总管见大人进来，忙迎上去问候。

吴振江看到他后，压低声音问："周统领回来没有？"

曾总管左右看了一眼，靠近他的耳旁嘀咕起来。

吴振江听后不断点头。

"大人，太后六十大寿特贡瓷试烧品马上出窑，请大人前往检验。"曾总管说到最后，突然拖长声，大声起来。

"总管，通知窑工，本府马上就到！"吴振江会意，对着他大声回答道。

"嘛！"总管看了大人一眼，领命而去。

大清皇窑厂内的窑炉旁，窑工们在窑厂的官员指挥下，裸露着上身躯体，小心地从柴窑炉中搬出一件件瓷器。

吴振江来时，瓷器早已摆成一排。负责厂内窑炉烧制的官员谢长森见大人到，忙迎了上来。

吴振江点点头，算是招呼。窑工见自己的大人到，迅速让出一条通道。吴振江来到摆放瓷器处，蹲下，拿起一件瓷器看了看，显然，很满意。只见他站起来，走进窑炉内，四处看看，不时用手敲打着，最后微笑着走了出来。

窑工们和同来的官员都望着他，等他发话。

吴振江拍了拍手上的尘灰，看了众窑工一眼，笑着对身旁的谢长森说："这窑瓷器个个色彩光亮,釉面发色地道。谢总监,我看,烧制太后特贡瓷器的专窑就这样定了,用此座窑炉!传我的令,让皇窑厂护卫官兵把守,没有我的指令,任何人不得接近此窑。眼前这些瓷器,组织人员马上处置,就地打碎,清理好窑炉,等待正式烧窑。"

"嗻!"谢总监听后,马上上前领命。

吴振江验好窑炉后,没有回府,而是领着一干人马不停蹄地来到皇窑厂彩绘作坊。这画坊,面积很大,两百多张桌子规整地摆放着。每张桌子上面都配有一个可转动的轳辘,摆放着瓷器,窑厂的画工们此时正在一丝不苟地画着瓷坯。门上,漆黑的油漆写着"工坊重地,闲人免入"八个大字,两边都有清兵把守。

吴振江在此巡视,绘画作坊总监汪叔凡在一旁不断地解说,并在前头引路。

中途,吴振江突然驻足下来,他发现眼前一画工手上所画的图案似乎在哪里见过,可一时又想不起来。"对了,儿时跟着爷爷看过!"想到这,他大脑立马兴奋起来。

"大人?大人……"一旁的汪叔凡叫道。

吴振江听到有人喊,顿时从回忆中反应过来,指着眼前那位画工说道:"不错,他画得真不错!"

"大人,他家世代在皇窑厂清花喷水,这是他家的独门绝技。以前这位置是他父亲的,前年他父亲告老退了,我看他画工不亚于他父亲,便让他顶了上来。"旁边的汪叔凡指着那人介绍道。

吴振江听后,不断地笑着点头。

大清皇宫的御船出景德镇官家码头后,在昌江河道上顺江而下,一路奔去。

御船上,刘公公坐在船中,品着茶,晃着脑袋。他半闭着眼,自言自语道:"宫里说这地方瓷好,咱家看这儿的茶叶也不赖呀。"

"公公,这浮梁的茶,一千多年前就有记载。说到景德镇,那是先有茶,后才有瓷。"旁边的官员听后,连忙凑上前解说道。

"咱家刚才还想,咱家吃遍这大江南北的茶,唯独这地方的茶,咋就这么地道!"

这时,船停下了。

公公正纳闷时——

"公公,下游有一货船挡道!"一官兵跑进来禀报。

"有这事?叫他们走!"刘公公尖声吼道。

"公公,我们说了,他们就是不让道!"官兵回答道。

"谁吃了熊心豹子胆,给奴家轰开!"刘公公尖叫道。他话音未落,船前的打斗声已传了进来。

一帮汉子上船后见东西就砸,御船护卫上前阻截,三下两下就被他们撂倒,他们如入无人之境,很快就冲进了船的内室。

刘公公躲在一边,死死地抱着用黄绸裹着的瓷器。

来人看到他手上的东西，狞笑着向他逼来。刘公公惊恐万分，他抱着那东西，双眼发直，双脚打抖，一步一步地向后退去。眼看无路可退，突然一人从船板上冲了进来，横在他们中间。刘公公似乎感觉救星到了，顿时来了精神，尖叫起来。船上官兵也精神一振，喊杀声震天，与这伙不明之徒演绎着生死斗争。

在镇上最大的春圆子戏园中，台上同样是锣鼓震天，霸王与虞姬正在作生死别。

"好！好！"动情处，只见下面的人在不断鼓掌、吆喝。

"雪儿姐唱得真好，百看不厌。"小翠指着台上的虞姬说道。

戏园内台上台下，人们的情绪个个都沉浸在悲乐中，他们却不知外面同样正在演绎着真实的一幕！

大队清兵已涌向春圆。

这戏园子很大，地处景德镇东门，商业繁华处，占地面积足有上百公顷，内有酒楼、茶楼、客栈、妓院和戏园。它是景德镇人和外地人来景德镇交流、娱乐最集中的场所。

清兵涌进来后，只见为首的清兵指挥官把手一挥，直指戏园。清兵听令把戏园给团团围住。

"大家原地别动，接受检查！"刚才为首的清军军官不知什么时候已站到戏台上，正对着如痴如醉的人群大声断喝！

人们顿时被这突然而来的断喝声唤醒，个个瞪着眼，起初皆以为是戏文，等发现不对劲，台下立马骚动起来。

只见为首的清兵军官瞥了会场人群一眼，大声吼道："谁都不许动，违者立斩不赦！"说着转向身边的官兵，命令道，"一个个地给我搜。不要让疑犯从这逃走！"

士兵一听，端着枪，冲进了人群。

吴晋他可不吃这一套，拉着秀娟和小翠就走。到门口，让清兵给挡了下来。

清兵看了他们一眼，正要动手搜身，倒是小翠镇定，对着他们大声喝道："督陶府大小姐，你们也敢放肆！"

"小的不敢。"清兵听后，顿时一愣，手缩了回来。

"还算识相！"二公子吴晋看后，十分得意。

"秀娟小姐，你们怎么在这？"为首的清军军官听到这边有吵闹声，分开人群，走了过来，见是督陶府的公子、小姐，马上赔笑道。

"大清王法规定我们不能在这吗？"吴晋上下打量他一眼，咧着嘴，语气十分傲慢。

"什么时候赵公子也从水警变成衙门大捕头了？"一旁的大小姐秀娟也乘机讥讽道。

赵公子被他们数落得脸上红一阵、白一阵。

这时春圆老板娘金赛花不知什么时候冒了出来，她见官员窘迫，怕得罪，马上满脸赔笑,对着赵捕头说:"我的赵大公子,你发达了,可不能拿街坊们开心,你我两家平日里可是无冤无仇啊!"

"秀娟小姐、二公子、老板娘,你们想到哪去了。今天上午,皇家的御船在昌江河段王港处被一伙不明来路的人打劫。这在景德镇可是天大的事,现在全城已戒严。茶楼酒肆是重点。我们是奉命查凶,请你们谅解!"赵捕头辩解。

"御船被一伙不明来路的人打劫,我爸爸知道不?"秀娟一听,顿时慌了神,顾不了小姐的矜持,急切地问道。

"我也是刚接到命令。听说,马大人已直奔督陶府找大人去了。"赵捕头说。

"哥、小翠,咱们快回去吧!"

老板娘看着秀娟、吴晋他们一走,顾客又散去,心里顿时慌乱起来。

景德镇街头上到处都是清兵,行人个个张望,议论纷纷。

秀娟他们归心似箭,匆忙往家赶去。

他们一行人回到督陶府。府上总管得福看到他们后舒了一口气:"小姐,二公子,你们回来了,老夫人可急坏了。"

"我姥姥呢?"秀娟问。

"老祖宗在后堂,我去禀报一声?"

"不用。"吴晋说着就往后堂走。

秀娟又急切地问道:"得福叔,御船真的被劫?"

得福一脸沉重地点了点头。

"那我爹呢?"

"老爷已带人赶赴现场去了。"

秀娟了解情况后,与小翠赶到后堂,推开门,只见姥姥静坐在观音菩萨前,双手合十,默诵着经文,神态十分安详。看姥姥无事,秀娟长长地舒了一口气,心里总算掉了一块大石头。

景德镇昌江河道上王港段,四处已站满了官兵。大清皇宫御船正搁浅在那,船上桅杆被斩断,皇宫"御"字大旗掉落一旁,四周散落着被砸碎的皇窑瓷器。护船队员被打得鼻青脸肿,东倒西歪,蜷缩一处;刘公公昏迷不醒。

目睹此惨状,吴振江心情十分沉重。他躬身一一慰问。为首的水手看大人已到跟前,挣扎着站起来,对吴振江说道:"大人,我看他们不像一般的人,个个身手了得。上船后,一不要东西,二不要财物,而是看到瓷器就砸。砸完,然后个个得意地扬长而去,很奇怪。"

吴振江看说话的水手伤得不轻,马上示意人把他搀扶走,然后四周细细地查看着。突然,他发现脚下有一残物,他马上弯腰捡起,并把它交给身边的曾总管。

一官员见状,战战兢兢地问道:"大人,这咋办,西洋展会我们还能参加吗?"

"参展!谁说我们不参展?!"吴振江听后,瞪了他一眼,气愤地回答。

浮梁县衙比督陶府早接到消息,马为民知县比吴振江早到一步。他见吴振江心事重重,独自在江边观望,便跟了上去。他对吴振江劝解道:"吴大人,不必难过,从调查的实物和目前护船水手反映的情况看,我认为,此案是一件普通的民事案。"

吴振江听后,反应很激动,他说:"马大人,情况你也看到了。我不管是什么案,在自家门口,看到钦差和我的手下无辜被打,瓷器被砸,这是本府五年来第一次!我招谁惹谁了,有事就面对面,不要给本府耍阴的。马大人,治安是你的事,我希望你尽快给我和我的皇窑厂有个交代,对皇上有个交代。不然,我会向皇上参你一本。"

"吴兄,我这不是在认真调查嘛。这样说就伤你我兄弟和气了。我向你保证,半月之内定给你破案!"

"半月?"吴振江听后,紧紧握着马知县的手说,"马兄,有你这句话,我心中就踏实了。刚才说的,是气话,千万别在意。"说完,便传令下属,带领人马打道回府。

接下来的几天,浮梁县衙对镇上,乃至全县境内,进行了地毯式的搜查,但却没有丝毫收获。

几天过去了,大清督陶府内,吴振江没有得到浮梁县衙任何的消息,心中甚急。

此时,府中管家来报,说周统领到。

吴振江一听,忙走出书房迎了上去。

"大人,一切顺畅。"周统领一见面便说。

"那好,那好呀!"吴振江听后,心情轻松了许多,他笑道,"不过,我们的马大人可不是在关心你。"

"大人,马知县是否闻出了什么?"

"我看没有。"

"大人,马为民可是一个小气的人。一旦知道我们给他隐瞒什么,他便会记恨你。要不,把此消息告诉他?"

"这是皇上的旨意,事关大清国声威,一旦出事,你我有几个脑袋?你马上回去,抓紧休息,本府希望你协助马知县早日破案。"

"大人,马知县处可有消息?"周统领问。

吴振江摇摇头,显得十分无奈。

"不过,大人,我刚从公馆过来,路过刘公公处,碰巧他醒来,他突然向我念到一个人。"周统领对着吴振江说。

"人,什么人?"吴振江听后,眼睛一亮,急忙问。

"他说……"两人悄悄地议论起来。

浮梁县衙的赵捕头,在接到马大人限期五天破案的任务后,那是一刻都没闲着。几天下来,他把该想的办法都想过了,今天已是第五天,此案仍是毫无头绪。马知县此时对他的召见已是由原来一天一次到现在的两三次,情形中显然流露出对他的不满。

赵捕头也该他倒霉,一上任便遇上天大的案子。虽说这样,但是他没有泄气,依旧十分沉着。这就是他的特性,这也是他年纪轻轻,能够坐上浮梁县衙总捕头的原因。

再说这天下午,他仍像往常一样带着一干人员,挤在瓷器街市上警惕地四周张望,暗中注视着每一个过往行人。

景德镇瓷器街,虽说前几天发生了御船被劫这等大事,但丝毫看不出对它有什么影响,同样是人来人往,十分热闹。

"店家,这瓷盘多少钱一个?"街头东角处,一商人走进一家瓷器店问。

店家笑着伸出一个手指,说:"一两。"

"一两?店家,这也太贵了,我刚从东面过来,这样的瓷器,才三钱一个。"商人说。

"客官,我看您是刚从外地来的,我就跟你多说几句。你看我这瓷器店的招牌,在这条瓷器街上,不瞒您说,已近一百年,响当当的老字号。再看我手中的瓷盘,这可是我店里的招牌瓷!平日里,它们一出炉就给人拿走了。今天算是你走运。您再看这瓷器上的釉面,发色多好。还有这上面的画工,全是请老师傅一手画的。"店主说时,十分得意。

"老板,二钱一块,要不要?"突然一位瘦小的年轻男子从怀里掏出一块盘子凑上来问道。

商人顿时被他吸引,转过身去与他攀谈。

"瘦猴,你又掺和什么?"店主瞪着眼对着瘦猴大吼。

"沈老板,大人不记小人过。你也不在乎这一次小生意。"猴子笑着说,转回身继续与眼前的商家攀谈,"老板,我这可是前朝出土的皇窑瓷。"

"瘦猴,你让我好找!"不知什么时候,赵捕头已带人围了上来。

那叫猴子的一看,慌忙收回瓷器,转身就走,但来人已把他围上。他知道自己这回跑不了了,便转过头,笑道:"赵爷,我已改邪归正了,您不是说要我做一个自食其力的人吗?等我挣了几个,我再来孝敬您。"说着又要走。

"猴子,你手上的瓷器哪来的?"赵捕头指着他大声责问道。

"这是仿瓷!御船这事,我可不沾边的。"猴子忙笑着解释说。

"沾不沾边,到衙门再说。带走。"赵捕头对着身边的衙役说。

衙役上前,不容分说,强行给猴子带上套,拽着就走。

"哼,报应!"店主对他哼了一声,转身进屋。

赵捕头把猴子捕住,一刻也没闲下,赶紧审理。在大清浮梁县监牢里,他双眼死死盯着猴子漂浮的目光,他知道猴子的底细,想从他身上榨出一点希望来。

"赵爷,我该说的都说了。劫御船,那是诛九族的事。你再多借我几个脑袋,我瘦猴也不敢啊。"猴子避着赵捕头严厉的目光，低垂着小脑袋说。

"猴子，不要给我耍花腔，老实一点。"

"对了，有件事，我想起来了。"

"什么事？"赵捕头问。

猴子双眼往他旁边骨碌一转。赵捕头明白他的意思，支退了身边的人。

猴子看左右无人，胆子也大了。他离开了凳子，站起来，靠近赵捕头，说："赵爷，在御船出事前几天，我看到几个外地人在码头撑着一条货船，什么也没装，在水上漂来漂去，一待就是几天。说起话来，我们根本也不懂，像是洋文。"

"什么文？"赵捕头追问。

猴子把头一缩，看着他，不说了。

赵捕头明白，从身上掏出几块银元在他面前一晃。

猴子一看，顿时来了精神，双手接过，取出其中一块，用嘴咬上一口，吹了一下，又用手弹了弹，放在耳旁听，然后十分满意地放进了自己的口袋里，凑过脸，对着眼前的赵捕头说："爷，是东洋文！"

"什么？东洋文。你把当时的细节说清楚一点。"审了几天的赵捕头，终于来了精神。他从案卷中取出一幅画像，递到猴子面前，问，"他们中可有这个人？"

"让我想想……"猴子接过，细细地看了一下后摇摇头。

"你再想想。"赵捕头说着，把身上和案几抽屉中的银两都搜了出来，推到猴子的面前。

呵，这一堆，足有二十多两。猴子看后，伸手就去接。

赵捕头瞪了他一眼，猴子伸出的手马上又缩了回去。猴子知趣了。可是任凭他眼睛怎样眨，就是想不起来。

此时，赵捕头冷静下来。他想了想，说："猴子，这些银两你还是拿去，不过，以后想起什么来，马上告诉我！"

"行！那谢谢爷。"猴子一听，顿时心花怒放，他伸出双手，把桌上的银子用力往怀里扒，心里一面盘算着："奶奶的，这下够老子花上几个月了，再也用不着到瓷器街去吃喝那破玩意。"

"猴子，得委屈你了。"赵捕头说完，突然转过身对着门口喊，"来人！"

"喳！"有人进来领命。

"给我把他押下去！"赵捕头大声地吆喝道。

再说这画像中人，姓武，字小村，小名三娃，正值弱冠之年，家住景德镇西岸的侗村。中等块头的他，身体特壮实，臂力过人，水性非常好，平日常在码头做搬运，靠卖苦力营生，要是遇上船家人手不够时，他也会被请去帮上几天。

武小村自打有记忆开始，便知母亲长年生病卧床不起。他们家原先靠江上打鱼为生，父亲死后，家中生活急转直下。为了替老母亲治病，他不得不卖掉渔船，靠帮人打工度日。他平日言语很少，但很勤快，为人也实在、孝顺、正派，在旁人眼中，他是一个好后生。

武小村这次被人雇去，当时对方出的银子多，路途又不远，只是把人送到附近的渔山镇，加上老母急需钱抓药，他没多问，便爽快地答应下来。

那日，他按约定时间把船撑到西瓜洲，上来了一批人，他们个个很神秘，尽管他们已尽量掩饰住了，但是武小村仍可看出，他们个个是练武之人。武小村想从他们口中套出一点东西，但是任凭他怎样问，这些人就是不开口。等到了昌江河王港段，他们要他把船停下来，似乎在等什么东西。

这时，有一艘大清皇窑厂运送皇宫贡瓷的御船远远朝他们开来，武小村正想掉头让道，这伙人中有人上前和他搭腔，说话时，另有人趁他不注意时，在他背后用力一击，好在这一击被武小村巧妙躲开，并没有击中要害。他看眼前这形势，便知道不是他们这伙人的对手，便顺势装晕。好在这些人行事急，让他骗过。在把他抛向水中时，他顺势一沉，潜到船底下。这下，他明白了，这伙人要对皇宫的御船下手！阻击他们，他心中马上闪出这一念头，但是，为时已晚，自己已无能为力。看到目前的处境，他发现自己被人算计了。他后悔自己为什么当初这样犯浑，满脑子就只知道钱，对雇主一点都没有设防。

这时，御船上传来打斗声，他翻身上船，打倒他们留守的看船人，把船凿出一个洞，然后跳入水中。他游到御船上，在刘公公惊恐万状时，拦腰抱住面前的人，跳入江中，及时为刘公公挡了驾。

由于长时间在水中打斗，他体力渐渐不支，一时失去知觉。当醒来时，他发现自己已躺在下游河道上的一小沙丘上。回到镇上时，已是深夜，街上早已行人稀少，不过到处都是清兵。他知道劫船一事已传到了镇上。

待他到药店为母亲买好药，到家时天已近二更。家中的大灰狗阿黄蹲在家门口，看到他回来，汪汪地叫了两声，蹿上前，对他是摇头摆尾，又是亲又是咬，十分亲热。

"阿黄，这是你的。"说着，武小村抱着它亲了一口，并从衣兜中掏出一块肉骨头塞到它嘴中。

"三娃，是你吗，今天咋这么晚回来？"室内传来了他母亲的声音，并亮起了灯，看来她还没有睡。

武小村听后，赶紧来到她的房内，只见武小村的娘此时正颤抖地坐起来，一阵剧咳后，起身要去为他拿吃的。

"娘，我已在东家家里吃过了。"

武小村看见老娘要下床，忙上前去搀扶，一面说："今天一户船老板手下人手不够，临时把我给请去，帮衬跑了一趟鄱阳。娘，明天一大早，我还得出去。你闷，我叫小翠来陪你？"

"不用，她也忙。"

"那叫阿黄陪你。"

"三娃呀，听说皇窑厂的御船让人给劫了。现在全城都在搜索，河道不太平，你就在家歇着吧，要是你有个三长两短，我咋对得起你死去的爹。再说了，娘这是老毛病，一时半会也死不了。"老母看着自己的孩子，十分心疼，说时，又是一阵咳嗽。

"娘，又说丧气话，儿帮人跑单，又不是一两次，我有的是经验，你就别操心。"说时，武小村笑着从身上掏出一锭纹银，塞进她的手中。

"苦了你，我的儿！"老母紧紧地抓着武小村的手，心疼地看着他，眼角中渗出了泪珠。

"娘，我去煎药。大夫说了，娘吃完这个疗程的药就会好起来。"武小村安慰着母亲，待老母吃好药睡下，已是四更了，外面已传来了鸡鸣报晓声。他这时感到一丝倦意，便和衣躺下。但是一闭上眼，那帮劫匪和他们在御船上的打斗就浮现在眼前。他想明儿一大早就到皇窑厂去找小翠，然后再去见督陶大人。可是，到现在为止，他对这伙人从哪儿来，是一伙什么人，一无所知。他能在督陶大人面前说些什么？只能越说越黑！劫持御船，这可是犯下株连九族的滔天大罪！他想，自己死不打紧，但是不能无辜连累自己的母亲和小翠。吴振江大人是何等聪明，他早晚得把这事查出。现在，自己唯一能做的，就是找到他们这伙人，或者找到这次雇用他的人，把此事说个明白。

赵捕头把瘦猴从牢中提出来，让他装扮成衙役，然后带着衙役一班人，以清查、登记外来人口为由，对在景德镇的外来客商进行检查。在到达日本客商处时，他检查得更加仔细，把每一个人都给叫了出来。

"给我看清楚一点！"赵捕头对着一旁身着衙服、夹杂在其中的猴子说道。

猴子自然不敢怠慢。

可是一连几天下来，连一个影子也没捞到。

吴振江和马知县听着赵捕头的汇报，不时眉头紧锁。未待他说完，马知县便插过话，不耐烦地说道："得了，赵捕头，下去吧！"

"嗻！"赵捕头听后，只得怏怏退出。

马知县看他出去，转身对吴振江说道："吴兄，你看下一步咋办？"

"提审猴子。"吴振江思索良久后，说。

"行！"马知县点点头，"传赵捕头，带猴子。"他对着门外大声喊。

不久，猴子给带了上来。

马知县把案板一拍，大喝一声，指着猴子说道："大胆刁民，还不从实招来！"

猴子战战兢兢地把他对赵捕头说的，重新说了一遍。

吴振江拿出刘公公他们所说的模拟画像，问："你可见过此人？"

最后的官窑

猴子细细看了一眼,然后摇摇头,不吭声。

"快说!"马知县把案板一拍,对着他大声吼道。

"大人,没……没有,确实没有。"猴子看着马知县,结结巴巴地回答道。

"那你对赵捕头怎样说来的?大胆的刁民,来人,大刑伺候!"马知县大声喝道。

"小人该死!小的该死!大人,当天看赵捕头心急,又看他拿出那么多的银两,小人便对他说了一个谎。不过……"猴子不敢再说下去了。

"不过什么?说!"马知县双眼紧逼他,问。

"大人,不过,我当时想,想……想……"猴子看到坐在大堂上的马大人,和一旁的吴大人,吓得说不出话来。

"想什么就说什么。"一旁的吴振江指着他,示意他慢慢说。

"大人,我想,这人不像他们一起的,倒像咱们本地人。只要有时间,我一定可找到他!"猴子跪步上前说道。

"本地人?你说这人就是咱镇上人?"马知县一听,双手扒在案几上,探过脑袋,双眼瞪着猴子问。

猴子点点头。

"赵捕头,"马知县喊,"按此画像,通知有关乡、里,各商行、码头,倾力协助,全力追捕此人。"

"嗻!"赵捕头上前领命。

武小村一连找了几天,也没有看到他们的踪迹。他到当时被雇用的地方去找,也没有,询问后,得知此人在他出事的当天就搬走了。

满街找也不是个办法,他坐下来,细想了一下,船上那些人不像是咱当地人,从他们偶尔使出的武功招式看,似东洋功夫。这功夫他看过,当年他父亲也教过他。

难道他们是东洋人?武小村心中想。

对,就是他们。想到这,他直奔日本人经营和居住的集聚处,但是,他发现自己到哪,不一会儿,清兵便跟到哪。这样,自己只得躲藏到一旁。不过,这也好,更加坚定他对那伙劫匪的判断。

待清兵走后,他蹲守在一个日本人经常出入处,果然不出两个时辰,一个熟悉的人影出现了。他仔细一看,正是那次雇用他的人。武小村心中一阵狂喜,他悄悄地跟了上去。那人似乎也感觉到什么,躲躲闪闪,看后面无人,然后向西,出景德镇,往西北方向去。到一拐弯处,此人突然转过身,与武小村正打个照面。

"老匹夫,你害得我好苦,今天看你往哪儿走!"武小村双目圆睁,大声喝道,伸手就抓,"跟我到督陶府见吴大人去!"

就在他出手时,他突然感到自己后面一阵风,被人猛地一击,顿时眼冒金星,栽倒在地,失去了知觉。

第二章

　　浮梁县衙马知县、赵捕头他们这几天没闲着,督陶府吴振江的心更没有掉下来过,他此时的心情比任何人都急。想到自打"长毛"闹事后,他为皇上主政大清皇窑厂这五年,皇家"御"船无故在自家门口的航道上被人拦截,御瓷让人给砸碎,这还是头一遭。这是对他,对督陶府,也是对大清的公开挑战,此案不破,劫匪得不到严惩,今后,"御"瓷运输线就永无安宁,大清皇窑厂的生存线就意味着被人给拧断!他越往下想,心里就越发打鼓。

　　可是,几天来案情毫无头绪,让他心烦。为了获得案情的突破,这天他又来到出事地点。但是搜查过后,仍然一无所获。吴振江站在江边,任由江水打湿他的衣衫。现正值江南三月,万木复苏,沿江两岸上,花团锦簇,鸟语花香。换上往日,他一定诗兴大发。可是今天,他一点心情也没有,望着江中穿流而过的帆船,他显得茫然且无奈。

　　总管曾开过来相劝,他摆摆手,示意他自己想独自再清静一下。站在滔滔的江水边,吴振江望着远方镇上飘过来的窑烟,想着镇上这几天发生的事以及街头巷尾市民的议论,他本来刚毅冷峻的脸上此刻显得更加凝重。

　　景德镇街头巷尾,浮梁县衙悬赏义士的布告满天飞。

　　吴振江来到码头,这里也贴满通缉的照片,并有大清官兵严密设防把守。他们见到吴大人到,赶紧上前请安:"大人辛苦,请训示!"

　　吴振江看了他们一眼,把眼光定格在墙头的人像上,问:"可有此人的消息?"

　　为首的官兵上前说:"没有,大人。不过,在我们这里,就是一只蚊子也别想从这儿飞出去,请大人放心!"

　　吴振江听后点点头,说:"你们要跟过往的商人解释好,同时又不要放过一点蛛丝马迹!"

　　"嗻。"为首的官兵领命。

　　"马知县那边情况怎样?"吴振江接着问身边的周统领。

　　"浮梁县衙的捕头已全部出动,据说他们已抓到不少可疑人员。"

　　"照片上的人可有消息?"

　　"有几个长相相似的,马大人把刘公公接了过去,请他确认。"

　　"辛苦马大人了,走,咱们回督陶府等他消息去!"

　　始终紧绷着双脸的吴振江,听罢总算有了一点笑容,他把手一挥,对着身旁的一行人说。

　　在浮梁县衙大牢,马知县令赵捕头把抓来的疑犯一个个叫进审讯室,请公公隔着门窗过目。

看到公公一次次地摇头，他失望了。

吴振江回到府上，还未坐定，女儿秀娟便嚷着过来。看到她手上拿着一张悬赏布告，吴振江说："去去，小孩子，没看到你爸正忙着？"

"爸，我是来跟你说正经的事，这布告上的人是小翠他哥，武小村。"

吴振江一听，手上的茶杯惊得差点掉下来。他双眼盯着女儿，怀疑自己耳朵是否听错了。

但是这世上的事有时就是这么邪！

秀娟给她爸看得不自在，心想爸今天怎么了？突然，她明白过来，指着布告上的人说："爸，这等大事，女儿怎敢骗你呢，不信，你可以叫小翠过来问呀。"

"小翠她哥，武小村？"吴振江双手抓着她问，自己都感到有点失态，好在是自己的女儿。

秀娟看着父亲，认真地点点头。

"女儿，快呀，愣在这干啥，快通知小翠，请他哥来见我。"吴振江说，"慢点，他是我大清皇窑厂的恩人，爸得亲自上门拜访。得福，备轿！"

秀娟看着父亲激动得手舞足蹈、语无伦次的样子，哭丧着脸，说："爸，你别着急，听我说，小翠他哥不见了！"

"不见了？"吴振江听后，再看看女儿的神色，心中升起一种不祥之兆，"秀娟，难道说，小武葬身江中？"

"爸，你想哪儿去了，他没死！"

"那他人呢？"吴振江看着女儿，不解地问。

"小翠看到布告上的人像后，认定就是她哥，她急忙回去问她娘，她娘告诉她，他哥上次帮工到渔山，赚了不少钱，替她娘买好药，出去后，就再也没有回来。"

"小武临走时告诉他娘到哪里去了吗？"

"没有，问题就在这。她担心，劫匪来寻仇，把她哥……"秀娟做了个手势，说，"这事，她还不敢跟她娘说。"

"没回来，不等于不回来。小翠现在在哪？"

"在老祖宗那儿哭着呢，老祖宗正在安慰她。这不，我不正来找你，想个办法，帮小翠找到她哥。"

"这……"吴振江听后，一时回答不上，在房子里来回踱步，燃起的希望又断了，心中未免有点失望。好在画中人已确定，且还活着，他离开，说明他可能知道这事的内幕。只要找到他，说明这案就能破！想到这，吴振江喝了一口茶，对着女儿说："娟儿，爸想他一定还在城里！"

"那你帮着去找呀。"

"傻丫头，能找到，你爸用得着这么急吗？"

"要不，爸，我把小翠叫来，你具体问问？"

"好呀！"

在书房，小翠说的和女儿秀娟讲的一样。

小翠走后，有人来报，说镇上西岸侗村武家儿子武小村与布告上的人极为相似，这段时间几天未回，形迹十分可疑。

吴振江叫来周统领，他们一分析，确定刘公公说的人就是武小村无疑，眼下是要尽快找到他。

"他现在在哪呢？"吴振江在书房，不断地自问。

周统领说："大人，我们出镇的各关卡、码头都有军队严防把守，他仍可能在镇上。"

"这点，我也想过。"

"大人，现在有两种可能，一是，武小村可能参与其中，担心我们布告宣传有假，是个诱饵，怕露面被抓后，连累家人，因此躲藏起来；另一种可能是，劫匪也在镇内，他们怕武小村认出，已对他下手。"

"我看还有一种可能，武小村恰巧那天驾船路过被劫现场，路见不平参与了其中，事发后，怕衙门不明就里，为了不连累家人，同时也为洗刷自己的嫌疑，他也在找我们要找的那伙人。"

"大人，这极有可能。"

"我现在担心，这小伙子莽莽撞撞，正好中那班人的下怀。周统领，我们要快，要想尽办法找到他！"

"大人，我这就去布置。"周统领说。

18

武小村几天不回，武母以为自家儿子真的出远门去帮工了，今天看到女儿小翠的神色，才发现这事有点不对劲。她问小翠，起初小翠不答，说哥没事，过几天就会回来。因为她怕母亲受不了，加重了病情。后来经常有人进来，说咱们这小小的里弄出了一个英雄，小翠看这事再也瞒不了，才跟母亲说了实话。

武母听时，着实捏了把汗，但是最后明白是自己儿子为朝廷、为御厂做了一件好事，督陶大人夸他是英雄时，她心上一块巨石总算放了下来，身上的病都觉得好了许多，竟然从床上坐起来，要下地。

"娘，你别动，大夫说了，你这病要静养。要是养不好，哥回来可要责怪我。"小翠看着体弱的母亲，心疼地说。

"好、好，娘听你的！翠，这可是露脸的事，你哥呢？快去把他叫来，你这孩子，这等事也瞒着我！"武母笑着嗔怪女儿说。

"娘，我这不是怕你担心吗。"小翠看着娘开心，撒着娇说。但母亲这一问，她心中又马上不安起来，还是强作镇静，若无其事地笑道："娘，这不，我也在等我哥。老爷还等着给他嘉奖呢。"

"翠,快回去,你出来已很久了,老太太正等着你呢,你哥回来我会告诉他的。"

小翠本想告诉母亲,御船劫匪案也在等着他哥,可她怕说出来让母亲担心,便笑着说:"女儿舍不得嘛,想多陪娘一会儿。"

"我知道我女儿疼娘,娘只是受了一点伤寒没大碍,你哥给我买了药,现在好多了。督陶府他们离不开你,快快回去吧。"

"娘,那我走了。记得跟我哥说。"小翠深情地看了母亲一眼,并帮她盖好被子,然后离去。

再说,武小村被人打晕后,醒来时发现自己被关在一间地下暗室里,他起来四处看了看,找不到门,只有房顶的天窗透射着光。

"王八蛋,下黑手算什么好汉!"他气愤地对着天窗大声骂道。

可任凭他怎样骂,就是没有任何回应。

大约过了半个时辰,人也骂累了,肚了也饿了,正在武小村失望时,突然暗门从他背面打开,一道阳光射进,逼得他睁不开眼。在他神色未定时,外面又进来几个彪形大汉,中间走出两个人来,这其中一个,穿着和衣,留着八字须,一看,便知是个东洋人。对他,武小村不认识,可是与这东洋人一道出现的、镇上窑户老板打扮的人,化成灰,武小村也认识,正是他,陷他不义!

"王八蛋,你还有脸见我!"武小村见到那人时,那是气血上涌,恨不得把他给撕了。

武小村挥动拳头,朝那人打去,吓得那人脸色惨白,急着往那彪形大汉身后藏。几个彪形大汉见状,迅速挡在他前面,武小村此时也顾不了那么多,挥拳便打。

一阵拳脚后,武小村终于寡不敌众,给人打翻在地,但是他仍拼命地挣扎,对着眼前这个窑户老板打扮的人大骂:"老匹夫,你有人不做,偏要跟着东洋人去做倭鬼,我武小村做鬼也不会放过你!"

那人给武小村骂得十分尴尬,脸上红一阵黑一阵。

东洋人一直在旁观看,看看武小村挣扎的情态,不由得嘿嘿地笑了笑。他对着那伙大汉一挥手,那伙人立马迅速地撤到一边。

武小村站起来,双目圆睁地看着他,一面在心中暗忖,这斯怎么和这东洋鬼在一起,难道他们是一伙的? 自己就是被眼前这伙东洋鬼抓来的? 他们要干什么?

东洋人却对他笑了笑,一边双手鼓掌,一边朝他走来。他眯着一双小眼,对武小村说:"武英雄,你的,好样的。你的,不愧是我大日本帝国的后代! 我敬重你一身的功夫,更敬重你的胆识。今天,我代表大日本帝国,正式欢迎你回到祖国的怀抱!"

"你说什么? 东洋鬼。"武小村有点莫名其妙,忍不住指着他问。

"我的说,你是我大日本帝国的臣民!"东洋人指指自己,又指武小村说。

"大日本帝国? 你说我是什么日他妈的狗屁国的人,笑话,老子祖祖辈辈就生在大清。东洋鬼,大清国在你嘴里咋就变成什么狗屁日本国了？"武小村说。

"哼！"旁边一伙彪汉一听,个个双眼瞪着武小村,又要上前对他动手。

东洋人摆摆手,那伙人马上退到一边不作声了。

"大日本帝国,就是镇上人说的东洋国的正式称号。你,武小村和我山田一样,是东洋人,是我大日本帝国天皇陛下的臣民,明白？"东洋人山田耐心地替他解释道。

"这不可能,这不可能！"武小村听后,极力争辩。

"什么的不可能？这是事实,铁的事实！你父亲姓武,全名武部俊男,母亲川岛梅子,三十年前来到中国景德镇,他们生有一男一女,男的就是你,真实名字是武部小村,女的就是现在在督陶府做丫环的妹妹小翠,她的全名是武部英子,在你三岁、妹妹一岁时,你们父母在一次试窑中爆炸殉国,你现在的母亲不是你亲娘,是你当时家中佣人。"说着,他把手一招,门外一人拿着一文件夹进来,山田接过,递给武小村,说,"这里面有你家族和全家的资料,你看吧。"

武小村被他说得莫名其妙,他娘咋就成了养母？他知道妹妹是娘领养的,可是……接过日本人文件一看,上面写得清清楚楚,还附有照片,他不由得一愣,看后,把它扔在地上,喃喃地说道:"那我现在的母亲？不可能！不可能！"

"武部先生,这是事实,我想做日本人还没资格呢。"躲在一旁的窑户老板这时闪身出来说道。

"现在摆在你面前的是两条路,一是回到我大日本帝国怀抱,继承武部家族的事业,继续为大日本帝国天皇陛下服务,二是死。死,你舍得你的妹妹和养母吗？"

武小村听后,举起的拳头,一时停在了空中,人愣在那儿。

山田看后,一阵狂笑,扬长而去,把他扔在了昏暗的房内。

小翠回到督陶府来见吴振江大人。

"小翠,有你哥消息吗？"吴振江问。

小翠摇摇头。

"平时,他常去什么地方？"

"十里渡码头。"

吴振江看了小翠一眼,沉思了一下,然后对着门外喊了一声:"来人。"

"老爷,有事？"府上管家得福听到大人的传呼,急忙进来问。

"去把周统领叫来。"吴振江说。

周统领从吴振江书房领命出来后,迅速到营房点上一批人,由小翠领着,直奔镇上十里渡码头。

在沿江码头边,他们一家一家地挨着问。大家都说这几天没有看到武小村,有的,干脆摇摇头,说不认识此人。

一个上午下来,周统领他们一点音讯都没有问到。

已是晌午,这时,大伙是又饥又渴,有人提议休息一下。周统领抬头看了看天,再看看大家,点点头说:"行。"

他们在码头附近找了一家小饭馆坐了下来,点了一些酒菜,吃了起来。

小翠坐在一旁,双眼看着江上的船帆,呆呆地一动不动。

周统领看着她,关切地说:"小翠姑娘,吃一点吧,吃完,我们还得继续找。"

"大人,我没胃口。"小翠轻声地说了一句,继续往江边行人看。

周统领知道她的心思,看她这样,心里也不好受,也不便多劝。这时,倒是有人多嘴,他低声地对周统领说:"大人,找了一上午,一点音讯也没有,几天了,我看,是否如大人所料……"

周统领听后,忙瞪了他一眼,看了眼一旁的小翠。

那人明白自己说漏嘴了,下面的话不敢往下说。

小翠是何等机灵的孩子,不用他说,她心里也明白,心中这几天被压抑的情绪再也控制不住,"哇"的一声,哭了起来。

这时,有人来报,说武小村找到了。大家一听,兴奋起来。小翠忙往回跑。

山田走了后,武小村仍在暗室中关了三天。最后,他妥协了。出来后,他回到家中,地保看到后,马上到督陶府来报告。吴振江高兴得不得了,亲自到武家来迎接,并安排他与刘公公面谈。

刘公公见后,更是感慨万千。

别看武小村人结实、力气大,经常干粗活,可脸孔却长得白白净净,不说话时,腼腆得像个大姑娘,刘公公是越看越喜欢。

吴振江把马知县找来,通知周统领一旁对他问话。武小村说话结结巴巴,半天也没说出个所以然来,问一句答一句,头上都渗出了汗。

刘公公看后不忍,便对吴振江说:"吴大人,他还是个孩子,他有这份见义勇为的心,已是可亲可敬了,你就不要难为他。"

"对、对,钦差刘大人说得是。"马知县听后,不断在一旁附和。

"吴大人,这劫船的案子,本是县衙的事,你就不要再插手,交给马知县马大人算了。"

"这……是,公公。"

"刘大人,承蒙你信任,本县曾在吴振江大人面前说过,十五天结案,现在离预定的时间还有三日,我有信心也有能力在三天之内按时结案。"

"马大人,你的能力,就连太后老佛爷也都有嘉赏,有你这句话,咱家就放心了。"

"刘大人,不过,我有一个请求。"

"请求,什么请求,马大人快说。"

"大人,我想把武义士留在县衙当差。"

"哈哈,原来是这样。马大人,咱家知道,你是看咱家的面,咱家谢了。还是放在督陶府好,照顾方便一点。"

马知县与刘公公说话时,吴振江一声都没有吭,脸色凝重,失落之情不时溢于言表。一旁的马知县看后,暗自得意。

马知县从督陶府出来,一路上满脸都装着笑,心中美滋滋的。回到县衙,他仍在想这事,双腿自然地又架到了衙门案几上,哼起了小曲。但是,他不是傻子,现在此案一点头绪都没有。刘公公可是皇上的红人,虽说皇上目前暂时没有权,但是太后总有老的时候,那时咋办。覆水难收,说出的话,泼出的水,一个唾沫,一个丁,那是要算数的,何况是当着钦差刘公公的面。想到这,马知县顿时又后悔起来。

这时,赵捕头进来,递上一叠公文。

马知县看了他一眼,侧身接过,无奈地翻了翻,翻着翻着,他越看越来劲,眉头不时舒展,到了后来,那是拍案而起,只听到他大声喊道:"赵捕头,御船案咱们可以结了!你这小子,怎么现在才把材料递给我!"

"大人,怎么结?主犯是谁?"赵捕头顿时被他突如其来的情绪弄糊涂了,莫明其妙,疑惑地看着他,问。

"赵捕头,瘦猴,这瘦猴就是主犯!天呀,咱们和督陶府全让这家伙给摆呼了。"马知县像发现了其中的天机,指着眼前的案卷不断地喊。

"大人,瘦猴不具备作案的动机!"

"赵宝贵!"马知县听后,像是受了刺激,突然双目圆睁,大声吆喝了一声。

"嗻!"赵捕头见马知县突然招呼他,不知啥事,一时惊慌,急忙跪下。

"赵捕头,赵宝贵,本县问你,你已跟我多少年?"

"回大人,五年!"

"那我再问你,五年中,本大人可办过错案?"

"大人,没有!其中,里村灭门一案,在三日内智破,大人为此获得刑部和皇上的嘉奖。"

"赵捕头,你这不就对了!"马知县听后,笑了起来,摆了摆手,语气缓和了许多。

"不过,大人,小人仍认为,此案瘦猴不具备作案动机,他说的线索,倒是极有价值。"

"赵宝贵呀,赵宝贵,我不知你是猪脑还是驴脑。你在案卷中不是写得清清楚楚吗,瘦猴长期以经营仿制的皇窑瓷为生,假与真的差别是多少?一与万之距!制假者必涉及真品。真品哪里来?皇窑厂戒备森严,这些刁顽之徒自然下不了手,要说有机会,那只能是航行途中的御船。好在我大清将士忠勇,才没让他们计谋得逞。赵捕头,还要让我教你往下怎么说吗?"马知县说时,不时用手指着赵宝贵的脑门,有一种怒其不争的感觉。

这时有衙役来报,说春圆班主金赛花求见。

马知县一听,顿时来了精神,他看着一旁的赵捕头,冷冷地说道:"赵捕头,你也辛苦了,本县给你两天的公假,回来后结案。"并向他摆了摆手,示意他可以走了,然后转过身,大声地对着前来报信的衙役说,"传金班主!"

"县大老爷,不用传,民妇我早到了。"不待马知县说完,金班主金赛花笑盈盈地,已不知什么时候到了跟前。她说时,用眼角瞥了一旁怏怏不乐的赵捕头,然后转过身,热辣辣地向马知县抛了一个媚眼。

马知县眼前顿时一亮,面前正站着一位风姿绰约、凹凸有致、娇艳欲滴的美妇人。但他马上感到自己的失态,他摸着胡须,拖着腔调,装腔作势地说道:"金班主,衙门规矩,你可懂?"

"马大人,春圆,你可是常客。那里有没有匪,你最清楚。现在,你把我园子封了,我们园中姐妹已半个月开不了业,今天,我可是来跟大人招呼一声,明儿个再开不了业,我只有叫我们那些姐妹到你府上要饭吃。到时就算大人你答应,只怕你家中五姨太也不罢休。民妇话可说到了。"金赛花说完,掉头就往门口走。

马知县一看眼前的老板娘生气了,到手的尤物马上就要溜掉,不装了,也顾不了身份,马上从大堂上走下来,挡住她的去路,满脸堆笑地说:"本县只不过说了一句,我的老板娘可就得理不让人。谁不知道本县最会怜香惜玉?你这一走,要是传扬出去,我马某今后还有什么面子。"说着朝旁边的人摆摆手。

衙门里的人会意,相互对视了一下,暗笑着走开。只有赵捕头站在原处,倒没有走的意思。

马知县看到赵捕头在美妇人面前不给他面子,十分不高兴。

一旁的师爷,走到门口,又转身折了回来,他冲着金老板一笑,看了马知县一眼,拖着赵捕头就走。

"大人,瘦……"赵捕头被师爷拖着,仍回过头,对着马知县,想把事情说清楚。

马知县装作没听见,而是眯着双眼,上下打量着金赛花。

金赛花给他看得浑身不自在,娇声问道:"县太爷,你这是?"

"金赛花,你可是越来越丰腴了。"说着,马知县嬉笑着要去搂她。

"县大老爷,这可是衙门!"金赛花闪开身子,凤眼瞟了瞟马知县。

"你看,这就我们俩,有事咱们可细细地说。"说着,马知县冷不丁地在她屁股上捏了一把。

"大人,你这是干吗!"金赛花脸色绯红,闪着柳叶腰,瞪着眼怒视着马知县。

"赛花,这都是你漂亮的错。本大人也是人嘛,美人在前,男人要是不动心,这人不是虚伪,就是下面废了,不是男人!"

"你……你们这些花心男人,歪歪道就是多,没有一个是好的!"

马知县嬉笑着说:"你不就是那一丁点大的事吗?能不能……那就看你了!"说时,趁势搂住金赛花那柳叶腰。

第二天，开堂审案，马知县端坐在大堂之上。不一会儿，瘦猴被衙役从门外给押了进来，跪在堂下。

"威武。"衙门内两排的衙役高喊道。公堂里的气氛顿时肃穆威严起来。

"台下何人，为什么抢劫我大清御船。"马知县把木案一拍，对着瘦猴大声吆喝道。

瘦猴一听，魂都吓飞了。他往前爬了几步，结结巴巴地说道："大人，小人姓邵，单名一个侯字。外人叫我瘦猴。可是大人，老天再给我几个胆，我也不敢去劫御船啊。"

"这白纸黑字，本县冤枉你不成！"马知县指着堂上的案卷，瞪着小眼，狰狞地对着堂下的瘦猴大声地吼道。

"大人，这是误会，我平日只是靠制作一些皇窑仿制品度日，真品，我见都没有见过！"

"平日只是靠制作一些皇窑仿制品度日，说得好。我问你，仿制品是怎样仿制出来的？"

"我……我……"瘦猴让马知县给问住了，一时答不上，愣在那儿。

马知县把案一拍，双眼一瞪，大声叫道："刁民，不用重刑，看来你是不会老实交代的！"

瘦猴哪经过这种场面，一听马知县说要给他用大刑，整个人就瘫了，只听到他嘴中不断地求饶道："大人，我说，我说……"

大清督陶府内，吴振江正在批阅公文。

"大人，御船劫案，马大人给破了！"周统领拿着公函，三步并两步，兴冲冲地进来，"这是他刚派人送来的公函。"

"什么？你说什么？马大人把劫案给破了？"吴振江听后，人立马兴奋起来，他放下手中公文，离开案几，抢步去接周统领的公函。

周统领看着他直笑。吴振江也觉失态，接过公函，翻阅起来，一面说："好个马为民，不愧是我大清的能臣。"

再说，武小村到督陶府后，先是在周统领手下当差，职责是给皇窑厂衙门值勤。刘公公觉得这样委屈了他，除替他向朝廷请功外，还向吴振江提议，能否看在他的面子上，给他一个更体面的工作。吴振江也觉得武小村这人不错，又是府中丫环小翠她哥，便给他请了一个七品的功名，并留在身边作了个随从。按说，武小村这是跳龙门，土鸡变了凤凰。可是，他心中一点也高兴不起来。因为，他毕竟是个厚实人，心中总觉有愧，由于心鬼做祟，他感到自己自进皇窑厂那一天起，吴振江大人和周统领他们就没有信任过他，相反，倒从他们的眼光中总感到一种异样。

这天，他办完差事回家。一到家，发现家中变了一个样，再看桌上摆的东西，他正在纳闷时，一个矮胖的中年人突然笑眯眯地从后院走出来："武兄，小弟可不请自到呀,请见谅!"

武小村一看,正是上次引诱他的窑主,心中一股无名火顿时不知打哪里来。他双眼怒瞪,压着声音,对着那人吼道:"你到这来干什么?"

"三娃,是你吗?"这时房内传来了老娘的声音。

"是我,娘,我回来了。"

"你看我这身子,娃呀,快给你朋友沏茶。"屋内的娘吩咐道。

"嗯。"武小村应道,把窑主拽到一角上,厉声对着他说,"你胆也太大了,还敢到我这儿来!走,给我见大人去。"

"武大人,你别忘了,你可是东洋人。"窑主推开他的手,说道。

"你……"武小村给他说到了痛处,一时语塞。

这时,屋内传来了脚步声,武小村知道,娘已下床,并朝大厅走来了,他忙对着屋内说:"娘,你起来干什么。"

"你这愣小子,为娘的不放心,怕你怠慢人家。"说时,武小村娘已笑着走了出来。

"还不快走!"武小村见胖窑主有不走之意,暗中踹了他一脚说。

"山田先生问你,督陶府有何消息?"胖窑主知道武小村之意,却置之不理,而是低声地问道。

"马知县已结案,并报过督陶府和钦差。"武小村压低声回答。

武小村娘见他们嘀嘀咕咕,不知说什么,她也不想多问,便转身朝厨房走去。

"娘,我朋友还有要紧的事,你就别忙了。"武小村趁着娘转身,赶紧把那人推向门外。

"你这愣小子,再大的事,也得吃饭呀。"武小村娘转身,责备儿子没有挽留好客人。

"娘,我劝也劝不了,他就是执意要走。"武小村说时,作热情挽留状,暗中推他出门。

胖窑主转身想说什么,给武小村用力按住,他知道武小村态度坚决,忙改口,笑着对武小村娘说:"大娘,谢谢,下次小侄再来看你。"

武小村心想没有下次。

武小村娘看儿子的朋友去意已决,便对儿子说道:"三娃,快把东西送还人家,替我送送客人!"

浮梁大牢,瘦猴绝望地蜷缩在一处。这时,牢门"砰"的一声被打开。瘦猴连头也没回,继续蜷缩在那。倒是来人沉不住气,一上来便指着他吼道:"瘦猴,你怎么就认了?"

"赵爷,你是知道的,我卖的是仿古瓷,一直是买你家生产的仿制次品,我拿回家中用尿泡一泡,涂上下水沟的臭泥,再在地下埋上几个星期,挖出来就是真假难辨的古瓷。

他们说我抢劫御船，老天爷给我十二个胆，我也不敢呀。"瘦猴低头哭丧着脸说。

"这个我知道，可你不该认。你知道吗，这是要杀头的！"

"赵爷，你看我这身子骨，哪经得起衙门的棍棒和酷刑。我不招，他们当场就会把我打死在堂上。"

"瘦猴，这事因我而起，我一定要帮你洗清冤屈，把你救出去。"赵捕头说时，心里十分内疚。

"赵爷，要放我出去，除非抓到真正的劫船犯。现在一点头绪都没有，你不要宽我的心了。"瘦猴说。

"我去找吴大人！"赵捕头突然想起什么，眼前一亮，说。

"赵爷，我不是说你。这世道官官相护，他会听你一个小捕头的？他们找不到真凶，朝廷又催得急，想找一个替死鬼还找不到呢，现在你刚好把我给送上来了，他们会放过我？我可是死定了！赵爷，我平日骗用你的银两不少，这也算是我对你的报答，这案顺利了结后，马大人能升，你也能升。我这人天生就是坏坯子，本过得好好的，可我为什么就要学好呢？"说时，用手去打自己的嘴，"也许是我坏事做得太多。这就叫报应啊！"最后，瘦猴颓丧地坐在地上，望着天花板，什么话也说不出了。

"瘦猴，人学好没错，就是你做的那些坏事，也不至死。你是我带进来的，我一定要抓住真凶，把你放出去。"赵捕头说。

在督陶府内，吴振江漫无边际地翻阅着浮梁县马大人送来的公函。

"我们绕了一大圈，却没有注意眼前这小子，我们都给他耍了。"周统领看着大人，说道。

吴振江没有回答，而是一连串地发问着："瘦猴，我们镇上有这一号人吗？住在哪？此人你了解多少？"

"大人，瘦猴，也叫邵侯，"周统领说，"家住镇东南陈家街，高五尺见长，32岁，偏瘦，邻里又叫他瘦猴。平日，因他专售我皇窑厂的仿制瓷，我一直就有注意他。不过，他销售的皇窑厂仿制瓷不是他做的，听说是出自西门赵窑赵子和之手，此事没有确实，我没有向你报告。据我调查核实，瘦猴买过皇窑厂仿制瓷后，再做旧卖给一些外地商人和洋人。这人虽说活络，但是认识的人都是些混混，他自己也是个混混，能骗就骗，能摸就摸，不干正经事，有钱就狂吃狂赌，至今仍是单身一人。"周统领见大人问得认真，自己也说得仔细，说时，他突然想到什么，停下话，对着吴振江，问："大人，难道马大人定案的主犯是他？"

吴振江点点头。

"不可能，绝对不可能！"周统领听后说。

"你看看就知道。"吴振江把桌上的案卷拿起递给了眼前一脸雾水的下属。

周统领接过，迅速翻阅着，半晌，他突然停下，问："大人，你说他为什么要劫我们的御船？动机是什么？再说，那些人凭什么听命于他？他们又在哪？按常理，一个混混,他不敢。即使是他干的,他也不可能调集到江湖上那么多一等一的高手。"

"对,问题在这!周统领,这几天,你带人查得如何?"

"大人,这些天,我问过当天所有出船的人,都没有见过这条船。我们现场的人都说,他们来得快,去得也快,不想要东西,也不恋战,砸毁我们御船上的瓷器,转眼就消失了。"周统领说,"大人,就这一点来看,这绝不可能是瘦猴干的。"

"船夫都怕官船,何况是御船!他们祖祖辈辈在昌江河上行走上千年,都知道这个理,它是碰不得的。稍有不慎,那可是株连九族。谁有这么大的胆呢?瘦猴,这么一个年轻混混,会是他吗?"吴振江自言自语地说道。他突然想到什么,拿过周统领手中的案卷,迅速地翻阅,翻到第三十页上停了下来,他仔细地看了看,然后递给周统领,说,"统领,这个定案一定有错。他不是一般的水上事故。"

"大人,难道他们是冲着我们西洋参展来的?"周统领接过大人的问话,突然大胆地问。

"统领,此话怎说?"

"大人,据我调查过的每个当事人,都说劫匪个个身手了得,不过,不像内地人,倒像关外来的,使的好像是一种东洋的忍术。"

"东洋忍术,日本人?马知县在案情上这点却没有反应?"吴振江沉思了一会儿,说,"周统领,此事重大,办案讲究证据。你去通报马大人,说督陶府要亲审劫船主犯。"

"大人,钦差刘公公可对此案做过专门安排?"

"此案疑点甚多,今日御船劫匪案,马知县如此草断结案,也许他有其他的考量。"

"大人,你是说马大人可能另有意谋?"

"见过才知他葫芦中卖的是什么药!"吴振江笑了笑,说,"周统领,去通知马知县,就说我吴振江有要事相商!"

"嗻。"周统领明白大人的意思,急忙领命而去。

第三章

听说督陶府要重审此案，马知县坐在县衙的太师椅上，瞪鼻子竖眼，一脸的不高兴。

师爷说："大人，吴振江何等精明，如此了案，一定瞒不过他。再说，案件又是发生在他们的船上，此案查不出真正的元凶，他们今后的水上通道就可能得不到安宁。"

"这点我也理解。不过，我就是听不惯他教训的语调，什么要上对皇上、皇太后，下对苍生百姓。难道我对不起皇上？朝廷每年从我这里获取的税银至少不下一千万两，这些白花花的银子是哪里来的？景德镇的情况就更不用我说，百业兴旺，百姓安居乐业，这在大清朝，哪里还找得上这么一块净土！可是，大清朝对我怎样？与我同中进士的，现在大多官居三品，我呢？他娘的在这里一待就是十几年！"

"大人，你消消气。"师爷笑着说，"当今大清国像大人这样的人才早不多见。可惜如今朝中朝纲尽废，否则，大清朝也不至如此。"

"是呀，好在当今少年天子英明，太后没有忘记我们这些功臣。"马知县说着从椅子上站了起来，"我得尽快拿出一些政绩给皇上、太后他们看一看。是吴愣子不争气，破不了案，给了我表现的机会。可现在，这事让他搅和得……"

"大人，你与督陶府多年交往，从未红过脸，此事为何不跟他直说？"师爷听后，忙建言。

"这人原则上太死板，眼中只有大清和皇上。再说，个人升迁之事，极其隐蔽，万一……"马知县话到嘴边，又把话题咽了回去。

师爷看主人心存难处，觉得表现自己的时候到了，忙出主意："大人，这世道有官就有一切，官大能力大。宫中放出话，河北道台这个位置太后心中已初定。这升迁做官，八人抬轿，一人扯后腿都不行，况且是当今宫中的大红人吴振江。听说金赛花与他交情匪浅，是不是……"

"哼！"马知县听后，瞪了他一眼，似乎意识到什么，不过，他嘴不服软，只见他大声说道，"金赛花这个婊子算什么，我还要动他的心上人姜雪！"

师爷明白主子心烦，怕说错，招主人不高兴，马上闭嘴不说。

屋内一阵沉默。

"大人，你不是说过，此案，钦差刘公公已责令你办理，督陶府不再插手吗？"师爷看到一旁无计可施的主人，突然想起前段时间主子从督陶府回来跟他说的一句话，便又开口问道。

"钦差是说过。这事，换上其他人，管用，可是咱们碰上的是我们大清出名的愣子，就另当别论了。"

"大人,此案咱们已上报了皇上和朝廷?"

"是呀,要不是这样,我就用不着着急,生这么大的气!咱们这次算是赔了夫人又折兵。"马知县越想越怕,忙问师爷,"我的大师爷,你看,咱们有什么办法弥补此事。要不,咱们再向皇上、太后上道奏折,说此案另有发现?"

"大人,你可在钦差刘公公面前许下了诺言。公公是皇上跟前的红人,这样,你到手的升迁……"

"这总比落个欺君之罪好!"

"大人,凭吴振江的个性,既然咱们阻止不了,那么,在下认为,只要我们能让猴子咬定是他干的,吴振江一时又拿不出证据,待大人荣升后,就是他吴振江有能力再把此事翻出,朝廷也追究不到大人你。"

"对呀!"马知县听后,眼睛一亮,像找到了救星,他兴奋地说,"师爷,咱们有了……"

红店文学系列

29

吴振江沉着脸坐在书房一言不发。周统领进来,看他脸色不对,知道他为案情犯难,便小声说道:"大人,结果如何?"

"这个马为民,今天不知咋的,疯了!见面后尽往乱七八糟的地方给我闲扯,说到此案,一口给我回绝,说钦差已有明确交代,督陶府无权插手此案,可他办的那事,明眼人不说,就连三岁小孩都看得出来,假!亏他还是一代名判!"

"这不像他作风!大人,是否马大人另有意图?"

"我现在也看不懂他!"

"大人,听说太后正准备启用我们的马大人?"

"他娘的,为一时政绩,满足个人升迁的欲望,竟草菅人命,就是他上去了,我吴振江也要把他拉下来。咱们大清朝决不能纵容这样的败类!"吴振江听后,站起来,把案卷一拍,斩钉截铁地说。

晚上,周统领装扮一番,带着武小村直奔景德镇日本株式会社而来。这所会社,坐落在景德镇山城的西北角,青塘北面的半山腰上。它原先是当地程家村的一座私墅学堂,后来,这村子里的人大都搬到城区,私墅便空落下来。几年前,日本人山田来到景德镇,他在镇上走了好几圈,便相中此地,把它给买下,按日本人的风格加以改造,作为他的会社办公地。山田搬进后,他在院落的屋顶上插上东洋日本的膏药旗,门口放着两条大狼狗,并有浪人带刀把守。

当地人打这过,这东洋狼狗便会蹿上前嚎叫和撕咬,常有人受伤。当地人为这事,常把他们告到街道乡里,可是村中里长前去交涉,山田他们根本不听,后反映到县衙,马大人也不愿多事,再加上平日得到他们的打点,倒反过来劝说当地居民绕道走。为此,镇上百姓常有说法。不过,这时间长了,此事也就慢慢消了。人们也不走这条道。这整个青塘,本来就十分清静,加上东洋人一闹,就变成冷清。晚上,就更不用说,除了冷清,还有几分阴森。

话说周统领他们趁着夜色来到景德镇日本株式会社后院,只见他们一身夜行装打扮,上身一蹲,双脚一跃,腾地一下跳上屋顶。武小村对此地有一种本能的反应,他突然大脑中闪出很多,心想,周统领带他到这儿来干什么?是否已看出他的破绽,或在考验他?

周统领看他走神样,用手捅了他一下,轻声地说:"咱们到前面看看。"

武小村这才反应过来。

周统领没多想,他看了武小村一眼,示意其紧跟上。他们绕过膏药旗杆,选择一处最佳视角点扒下,把石瓦揭开,往下一看:只见屋内桌上杯盘狼藉,一群日本浪人正搂着一群小娘们围着桌子在转圈,依呀嗨呀,不知唱些什么。

突然一浪人叽里呱啦说了几句,顿时,满屋的人迅速抽出倭刀,蹿了出去。这时,只见一个人影从黑暗中闪出,腾地一下跳上墙壁,朝东南方向奔去,一下不见了人影。

这帮日本人似乎没有发现刚才的人影,张望了一阵后又走回屋内,大院又恢复了宁静。

周统领感到今天的计划已破坏,决定撤离。他想看看眼前突然出现的这个人影是谁,便一路跟了上去。

景德镇日本株式会社出现的那个黑影一路跳跃,时隐时现。周统领和武小村他们一路紧紧跟着,见他闪进大清浮梁县衙屋内后,周统领朝里笑了笑,便与武小村迅速离开。

日本株式会社出现的这个黑影人进院后,闪进一间房间内,迅速脱下行装,换上官服,点上灯,原来他是赵捕头!一切打理妥当后,赵捕头来到大院,径直往后院有光线的房子走去。来到门口,他正要往里走时——

"赵捕头,留步。"一清兵伸出手把他拦住。

"在下有要事求见大人,请通报。"

"赵捕头,今晚大人说了,有要事要办,任何人不见。"

"请兄弟行个方便,赵某着实有要事向大人禀报。"赵捕头急切地解释。

"你这个淫棍!"

"哈哈哈……我专门淫你这自命清高的大婊子。"里院内传来了马大人的狂笑声和女人的嗔怪声。

"你可听到了?赵兄,请回吧!"

赵捕头朝屋内看了一眼,快快地转身回头。

县衙内室床上,马知县抱着衣不蔽体、裸露着双乳的女人意犹未尽。此女人正是春圆老板金赛花,只见她一边用力推开身边的马知县,一边说:"马大人,现在你人也得到了，我问你，戏园什么时候撤兵？！"

马知县揪着她的小脸蛋，说："你要是早这样，还用得上吃这个苦头？"

"老娘我这不是来了？"金赛花腾地从床上坐起，指着他气愤地嚷道。

马知县躺在床上，看着眼前的美人，心中有一种特有的满足感，他眯着双眼，笑道："我的美人，我看你是心不甘情不愿。我告诉你，吴振江，他早晚得走，这景德镇，还是我马为民一人说了算！"

金赛花讥笑道："马大人，你天天嘴上说本县叫马为民，就是为民办实事，为民服务。老娘看你满肚子都是坏心肠！"

马知县听后，哈哈一声，说："你们婊子懂个啥。场面上不说几句客套话，还想混？你说对了，我马为民满肚子就是坏心肠。不然，我怎么能得到你这个平日里正眼都不看我的人。他吴振江行，可你这身白肉还不是给本爷用了？"说着再度扑向她。

金赛花闪开，冷笑着说："吴振江可不像你这样下作。他没有你花花肠子多，为人做事说一是一。"

"你们女人就是贱。你想想，吴振江能帮你什么？到头来，你还得来求我！"

金赛花黯然无语。

马知县见她无语，又淫笑起来："算你聪明。不过，要是你能帮我弄到姜雪那美人儿，你要我做什么都行。"

"马为民，我可告诉你，你别太贪心。要了老娘，还想要雪儿？她可是我春圆的台柱，我们几十号人都靠着她！"

马知县看金赛花真的生气了，哈哈大笑，突然，他收起笑容，一阵冷笑，双眼直逼她，说："我这一辈子就两大爱好，一是喜欢数票子，二是看到漂亮的女人就眼亮，想要！"

金赛花看他眼露凶光，有点害怕，忙掩饰着说："你、你就不怕家中的五姨太？现在，你们把劫船的主也找到了，老娘的人，你也要了。你说，我那园子什么时候撤兵？"

"明个一大早。不过，今后春圆的进账，你得给我这个数。"马为民说着，伸出了四个指头。

"四成？不行！"赛金花断然地说。

"那三成？"

"你抽掉我三成，我那几十号姐妹吃什么？"

"好，那两成！"马知县说时，又要去搂她。

金赛花挣脱开，双眼瞪着他，说："那好，现在你就给老娘写！"

听说刘公公病情复发，吴振江一大早便领着窑厂官员来看望他。刘公公见有人来，马上躺在床上不断地"哎哟、哎哟"地叫。

"公公，督陶大人吴振江来看您了。"总管上前说。

"哎哟，哎哟，痛死咱家了。"刘公公一听，叫声更响。

吴振江看他痛苦状，又是安慰，又是传大夫，尔后说道："公公，此地医疗比不上宫中，本府已向内务府禀明，只要你身体稍好转，我们马上派专人把你护送到京城。"

"吴大人，咱家这伤是反反复复。这帮刁民，可恶，太可恶了！连御船都敢动，你得好好地给咱家查查，诛他九族，让咱家出出这口恶气！"

"公公，你放心，督陶府一定尽早破案，替你出气。"吴振江回答得语气坚定，不过，他把浮梁马知县的事给瞒了下来，再说，他也想探探公公的口气。

"吴大人，虽说这破案是县衙的事，但事关皇窑厂，你可脱不了干系！"

"公公，你说得对。自出事以来，本督陶府一刻也没有懈怠。"

刘公公听后，平静了一些。一旁的周统领不经意地拉了拉吴振江的衣衫，刘公公看在眼里，暗自思量着什么。

"报大人，浮梁知县马大人到！"这时，有皇窑厂侍卫进来报。

"马知县一定带来好消息。吴大人，快、快请马大人。"刘公公听后，竟然从床上坐了起来。

"公公，你是？"吴振江看着他的举动，前后判若两人，一脸愕然地问道。

"咱家早好了。听说马知县马大人早把此案破了，你倒好，把咱家关在这，啥事瞒得严严实实。哼，告诉你，咱家这是装病，做给你吴振江看。"

"公公，你给我千个胆，我也不敢瞒你。"吴振江听后，马上回答，一脸的惶恐。

"量你也不敢！"

不一会儿，马知县笑着进来，他先来到刘公公床前，马上跪下，极其谦卑地说："下官马为民向钦差大人请罪！"

刘公公看到马为民对自己如此恭敬，极其开心，他要下床。马知县一看，忙笑着上前去搀扶。

刘公公忙用手推开，说："哪敢劳驾功臣。马大人，快请坐。"

"钦差大人，维护镇上治安是本县职责。在您的过问下，下官做了进一步的核查，重新提审了罪犯。现在我可以正式告诉在座的各位，御船案经过本县十几个日夜的努力，此案已宣布告破。案犯确认无误。相关人员全部在押。首犯已打入死牢，等候圣旨发落。钦差大人，这是他们的供词。赵捕头，快、快给大人过目！"

赵捕头像没听见，站在那不动。

"赵捕头，快。"马知县瞪了眼一旁的赵捕头，厉声地喝道。

赵捕头迟疑了一下，最后还是把案卷递上。

刘公公接过，疑惑地看着赵捕头，翻了翻，递给了吴振江说："你也看看。"

吴振江接过，一声不吭。

屋内一阵沉默，只有马为民在表演。他满脸是笑，他感到刚才在众人面前有点失态，为补救，他赶紧把赵捕头拉到公公的前面，说："大人，他是下官衙门的赵捕头。这次,他出力不少。赵捕头,快,见过钦差大人!"

赵捕头十二万分不情愿,但有碍面前的大人,还是上前对刘公公施了一个礼。

刘公公看他勉强,心中不悦,但仍笑着对他说:"免了,下去吧。"

"嗻。"赵捕头一听,如释重负地退到一旁,转身就出去。

刘公公脸上的丝毫变化都没逃过马知县的眼,见赵捕头出去,他心中顿时舒坦起来,马上笑着对刘公公说:"大人,山野小吏,上不了台面,请不要见怪。"

刘公公摆摆手,笑道:"马知县,你这就客套了。你可算是包龙图再世,回去后,我一定向皇上为你请功。"

春圆外,布满清兵。

有人往里走,清兵架着刀枪,把他们挡住。

"请问官爷,这园子什么时候开放?"来客小心地问道。

"什么时候开放?这是你们该问的?快给我离开!"清兵瞪着他们吼道。

春圆内,冷冷清清。

金赛花从马知县后院悄悄溜回来后,就一直站在窗口等。一大早,她没等到知县马大人,只看到一批批客人被清兵挡在门外,气得她大骂马为民是个无赖,连酒肆的混混都不如,简直是个人渣。

此刻,远处传来一阵阵清幽的琴声。

金赛花听后只觉得更烦。

春圆西屋内,此时正点着檀香。一绝色女子轻抚着古琴,正在弹唱。

"砰。"门被用力推开。

"他妈的钱要了,老娘的人也要了。雪儿,你说,他马为民是人还是畜生?"金赛花怒气冲冲地闯进来,见到姜雪就开始大倒苦水。

"赛花姐,你既然知道此人,还生他气干什么?"姜雪看了她一眼,淡淡地一笑,继续弹她的琴。

"弹什么!咱院子内几十号姐妹,正等着你,你就不能发个话?"金赛花冲着她喊。

"赛花姐,我一个弱女子能做什么?"姜雪仍是淡淡地回答。

"雪儿,我的好妹子,就当院子内几十号姐妹求你了!"

"赛花姐,既然劫御船的角逮了,他马为民就没有理由再为难我们。"

"妈妈,官兵退了!"这时,一女子冲进来,喘着粗气直喊。

"什么?"赛金花听后,急切地问。

"桃花,慢慢跟姐姐说。"姜雪看着金赛花手足无措的样子,便对眼前的桃花吩咐道。

"妈妈,雪儿姐,是赵捕头把官兵带走的。"桃花一字一句地说。

金赛花很高兴,不过她的笑比哭还难看,姜雪暗自心酸,知道她为这个园子实在不易。

"走，咱们去看看！"金赛花用手抹去眼角的泪水，拖着姜雪就走。

金赛花她们来到春圆门外，赵捕头他们刚走不远。"赵捕头，请进来喝杯水休息一会儿？"金赛花冲着他殷勤地喊道。

赵捕头似乎没听见般，头也不回地走了。

"赛花姐，他们走远了，听不见。"姜雪看远方没有回应，回过头说道。

金赛花见围着近一个月的清兵走了，十分兴奋，她转身对着桃花说："去！把姐妹们叫到大厅，我有话要对她们说。"

"哎！"桃花应声，欢快地离去。

赵捕头自打督陶府公馆出来，心情就极坏，脑子空空的；春圆老板娘的叫喊，他根本就没听见，就是听见，也不会回。他厌恶官场这种肮脏的规则。

不知走了多久，突然，赵捕头感到肚子有点饿，这才想起自己一大早为等马知县接见连早饭都没吃，他有点后悔。一抬眼，一酒馆就在眼前，他没多想，抬腿便走了进去。赵捕头要了两壶酒，自顾自地喝起来。

"赵捕头，今天咋有这个雅兴？"突然，听到有人叫他的名字，抬头一看，原来是督陶府的周统领！他忙放下酒杯，站起来，笑着说："周大统领，一起喝一杯？"

"行。"周统领点头，顺势就坐下，也不客气，端起酒杯就喝，看来他是有备而来。

马知县骂骂咧咧地回到衙门。衙役见后，赶紧送上热茶。哪知马知县抓着它就往地下摔，并冲着他大声吼道："死东西，想烫死你爷？是不是看中这位置？我跟你说，门都没有！"

衙役听后，一时惊慌，手足无措地愣在那。

"大人心情不好，还不赶快下去！"一旁的师爷见状，赶紧过来圆场。

"嘘！"衙役一听反应过来，立马惊慌退下，正好撞上提着酒壶、醉醺醺的赵捕头。

马知县一看到他，顿时脸色一沉，把桌一拍，瞪着眼，指着他大骂："狗东西，你还有脸回来！"

赵捕头摇摇晃晃地过来行了个礼，然后指着自己说："大人，我本来就没脸！"

"你！"马知县听后，气得脸色发白，不知说什么好，只见他搓手跺脚地臭骂道，"赵捕头，本县把你从水务巡捕升为总捕头，你、你、你可知道本县的用意？"

"那是大人量才而用。"赵捕头回答。

"量——量——量个屁！"马知县在原地转了几圈，"我怎么跟你说呢？这样跟你说吧，本县说有，你就有，你懂吗？提拔你做本县的总捕头，不是看你的本事，而是本爷看在你老子多年对我孝敬的分上。可你太不给我争气！"

"赵捕头，你真不应该在刘公公面前丢大人的面子，"一旁的师爷说，"快，给大人认个错。"

"师爷，我错在哪？"赵捕头打着酒嗝说，"这次御船案本就不是一件普通的民事案件。如此了案，身为大清浮梁县捕头，我于心不安！"

"人说吴振江是个愣脑袋。老子看你比他还愣！你把本县当二百五？我不知道这是预谋？你调查了日本株式会社，就是他们东洋日本人干的又怎样？朝廷都怕他们，我们小小的县衙又能拿他们怎样？上报朝廷，或告知吴振江，让他们兴师动众，再派下钦差？我问你，若真是这样，到时本县的位置何在？"

赵捕头看了他一眼，一句话也没说，到此，他明白了，这就是大清的官场！

马知县发泄了一顿，看赵捕头无言，自己的气也消了一大半："回家好好想一想，下去吧。本县也累了。"

"嗻。"赵捕头退下。

赵捕头走后，师爷笑着上前对马知县说道："大人，赵捕头年少，少练。今天你让他明白了，今后，一定是你手中的一块好料。"

"好料也得为我所用。不为我用，好料是个屁！到时还得坏事。"马知县怒气冲冲地离开了衙门。

周统领与赵捕头分手后，兴冲冲地去见吴大人，一见吴振江便说："大人，有点眉目了，这是我整理出来的案卷。"

吴振江接过，翻开仔细地看了起来，顺手把桌上原有的案卷递给了周统领，说："你再看看这个，马知县刚派人送过来的。"

周统领接过翻了起来，最后对吴振江说："大人，我看马知县这是老店翻身，没有新内容，仍在为自己辩护。"

"周统领，现在我们调查的结果与他们出入太大。我们不得不怀疑他们的能力和忠诚，但是，为了参展瓷能够顺利抵达西洋，也为了今后皇窑厂水路的安全畅通，就此事，我想有必要上奏朝廷。在朝廷没有正式答复之前，你给我继续秘密组织人员调查。现在我大清朝正处多事之秋，任何一点闪失，都可能招致麻烦，也会给我们皇窑厂今后的工作带来麻烦。我的意思，你明白？"

"下官明白。"

"你也辛苦了，下去休息吧。"吴振江看着跟随他多年的下属，爱怜地说。

"嗻。"周统领告辞退下。

周统领走后，吴振江又拿起刚才周统领给他的案卷翻动起来。半晌，他放下案卷，来回走动，突然他似乎想到什么，回到座位，打开抽屉，掏出皇上给他的密信，坐下认真地阅读起来。

第二天一大早，山田一行来到督陶府，迎面碰上曾总管，山田便与他攀谈起来。

武小村出来看到山田一伙，心中一愣，山田也一样。但是他们反应都快。武小村传唤曾总管后，借故走开了，山田也当作他们不熟悉，只是礼节性地对他点了点头。

总管不知其中变化，笑着对山田说："对不起，你们提出的要求，我去禀报大人后才能回复你。"

"拜托！"山田听后，不断向曾总管鞠躬。

"总管，近来市面上有什么传闻？"吴振江一见到曾总管，劈头就问。

"回大人，市面上的商家现在议论开了。"

"说些什么？"

"他们说近来水道越来越不平静，报浮梁县衙后，马知县是充耳不闻。御船出事后，马大人为逃避职责，随便从牢中提审几人，把罪定了。瘦猴便是个替死鬼！"

"你带来的情况很好，"吴振江说，"给我安排一下，我想见见他们。"

"好的。"总管说，"大人，还有一事。"

"什么事？"吴振江问。

"日本株式会社社长山田想拜会您，他们正在门外，大人，要不要见？"

吴振江沉思一下后说："见。不过不是现在。告诉他们，本府正在组织人员重新生产西洋参展瓷。待一切安顿后，将亲自上门拜访。你这样……"吴振江附在他耳边悄声说道。

曾总管进去好一会儿也没出来，山田有点不耐烦，不断地四处张望，此时，他希望能看到武小村，了解到一些他们急需的消息。但是，这偌大的官窑厂咋找，况且他们在这里的行动受到限制，不能随意走动，因此，只有干着急。

"山田君，你看。"身边一人指着远处说。

山田顺着他手指的方向看去，发现远处吴振江正在指挥人群忙碌着，再定睛一看，只见他们旁边竖有一块牌子，上面写着"参展瓷器制作重地，闲杂人员勿进"字样，并有清兵站岗把守。

此时曾总管出来，见山田一伙叽叽喳喳地说着什么，他装作不知情地来到山田跟前，叫了两声："山田先生，山田先生？"

山田这才回过神，怕他看出本意，忙掩饰性地笑道："总管大人，见过你家大人没有？"

"对不起，山田先生，我们的督陶大人，他正忙于指挥西洋参展瓷的生产，因要赶日期，今日无法会客。待一切安顿好，督陶大人说，他将亲自登门拜访。"

"总管大人，不打扰了。请代我转告督陶大人，阁下有空，我一定再来拜访！"

"好的，山田先生好走。"曾总管礼貌地回答道。

此时，武小村家门口围着不少人，他们见武小村回来，迅速避开，神态十分诡异。武小村一看，脑中突然浮现出御船在王港被劫的情景，是他们！想到这，他立马追了上去，但这些人早不见踪影。武小村转念一想，马上往回走。

回到家中，家中一切如旧，武小村顿时舒了一口气。他来到内屋，发现屋内气氛不对，抬头一看，母亲和小妹端坐着，前面摆着一条死狗。到这时，武小村心里全明白了，山田在向他示警。

"小翠，你咋也回来了？"武小村为了摆脱眼前的窘境装作若无其事地问。

武小村娘转过脸，不理他。

"娘，你们这是？"武小村继续笑着问。

"你看看！"武小村的娘指着眼前血淋淋的狗说道。

"娘，不就是一条狗吗？"武小村仍装作若无其事的样子，边说边去收捡。

"三娃，怎么跟娘说话的，我们家这条狗，伴你多年，你可是把它当成你的兄弟！"武小村的娘双手颤抖，情绪激动。

"娘，这段时间，我们衙门抓了不少人，自然得罪人不少。你就不要往心里想。"武小村看娘这情形，知道她难受，忙把死狗移开，可是当他自己接触狗时，心里却在打抖。

小翠看在心里，十分难受，眼中泪花都出来了，却仍上前安慰娘说："娘，衙门中做了好人，就不免要得罪坏人。我们的大人都这样，你就不要怪哥。我看他心里也不好受。"

"怪他？我看他变了！"武小村的娘对着他的背影，气愤地说。

在侗村后山，武小村给自家狗坟立了一块树碑。他转来转去，总觉不妥，最后看到一旁的野花，他立即上前把它采了过来，插在狗的墓上："这样好，这样好。"突然，他又发疯似的把它拔下，扔掉，用脚踹着树碑，指着它大声地骂，"你好了，安静了，可我呢？你混蛋，你不讲义气，你没有良心！"说完，倒地号啕大哭。

浮梁县衙内，马知县正在自个下棋。这时，师爷匆匆进来。

"我的大师爷，有事？"马知县敲着手中的棋子，看了他一眼，笑着问道。

"大人……"师爷欲言又止。

"吞吞吐吐的，什么时候学得像女人，有事就说，有屁就放！"马知县见师爷打扰到了自己的雅兴，显得有点不耐烦。

"大人，你看，"师爷递上一张纸条说："宫中飞鸽传书，说吴愣子向皇上参了你一本，皇上十分不悦，不日，钦差就到，要我们早做准备。"

"我早就料到他会来这一手，他们还说了什么？"

"他们……"

"老子替你说，本县爷的仕途无望，是吗？"

"是的，他们是这样说的。"师爷用手擦着汗，不断地点头，像是得到一种解脱。

"那我送出的五十万两银子呢！"马知县突然双眼圆瞪，气急败坏地问。

“大……大人，这送出的东西，你可……可是知道的，咱们没证据，就是有，也没办法要回来啊。”

“那可是我大半辈子的心血，一生的积蓄，你得给我要回来！”马知县吼道。

“大人，我说了，这钱要不回。再说，此事一旦传出去，朝中今后还会有谁会帮咱们？你可得三思！”

“这个吴愣子，哼，”马知县把桌上的棋子一掀，气恼地说，“你让我伤心，我要让你绝望，咱们这盘棋才刚下！”

第四章

景德镇御用的昌江码头上,布满清兵。大清皇家御船白帆高悬,督陶官吴振江正组织皇窑厂窑工装货,准备出发。

在码头不远处,有两双眼睛猫一样地盯着这一切,不时低声嘀咕着什么。一会儿,一人悄悄地溜出,趁着月色,拼命往青塘景德镇日本株式会社方向跑,一人仍在那儿继续监视。

此时,景德镇日本株式会社,山田社长在他后院作坊里巡查。这作坊里,有十几位日本女子在挑灯填花。

一日本女工看到他走到面前,惊慌地站起来,向他鞠躬。山田摆摆手,示意她坐下,自己则躬身,弯腰,眯着双眼,借着灯光挨个看,不时用手去摸。一圈过后,他笑道:"各位,你们通过这几年的磨砺,已达到景德镇一流的技艺水平,在大日本帝国,你们更是最好的填瓷女工。我已接到天皇口谕,不久,你们就可以回去,与你们的家人团聚。"

众女工听后,都站了起来,个个脸上露出笑容,向山田鞠躬。

这时,总管小野慌忙闯进来,在他耳边耳语。山田听后脸色凝重,匆匆跟着他出去。

在景德镇日本株式会社大厅内,一伙浪人个个手持腰刀,正嚷嚷着什么,他们见山田出来,迅速站成一排。

山田看了他们一眼。

前队的一浪人站出来,对着山田说:"山田君,我们已打探到督陶府吴振江正在组织窑工装运巴黎参展瓷器。现在我已集合队伍,请训示!"

"啪、啪……"山田二话不说,伸手对着他就是两个耳光。

那浪人被山田突然这一击,顿时是眼冒金星。他不知自己错在哪,瞪着眼疑惑地看着山田。

大厅的人也都看着山田。

"吴振江的参展品此时启运,能赶上巴黎参展会吗? 八格! 告诉你们,吴振江他们正在怀疑我们。我们这样去,正中了他们的套。解散!"山田冲着那人吼着。

"嗨。"浪人听后,突然明白,对着山田一鞠躬,然后转身向两边的人群一摆手,大家迅速散去。

山田见他们走后,来到门口,双眼望着山外:"这不是我了解的吴振江!"他自言自语地说,突然,他似乎想到什么,转身问一旁的小野,"小野君,督陶府什么时候见我们?"

"目前还没有答复。"

"小野君,你说吴振江最近在做什么?"

"这个,山田君,我们目前不知道。"

"不知道?"山田大声地吼道,"告诉武小村,我要尽快得到最新的消息,我再不愿听到'不知道'三个字!"

这天,马知县在清兵的护送下,在春圆戏园门口停了下来。只见他走下轿,站在戏园门前,脱下官帽,用手轻轻地弹着官帽,然后慢慢地戴上。他朝左右看了看,最后昂头大摇大摆地走了进去。

戏园内,金赛花正在大厅上下张罗,桃花匆忙朝她跑来。"桃花,有事?"金赛花看她急匆匆的样子,放下客人,急忙扭过身子问。

"妈妈,马大人点名要雪儿姐陪他。雪儿姐不愿意,他正在那大发雷霆。"桃花上气不接下气地说道。

"他人呢?"

"坐在你房内。"

"这……"金赛花略沉思一会儿,对桃花说,"你在这帮衬一下,我去去就回。"

"哟,什么风,今天把我们的县大老爷请来了?"金赛花人未进门,声音便传了进来。

"我的金老板,怎么,几天不见,就把本县爷给忘了?你可不能过河拆桥呵!"马知县瞪了她一眼,故作生气道。

"马大人,你说到哪去了,我这可是小地方,咋比得上你的县大衙门。"金赛花说时,用眼打量着他,一面盘算着他的来意。

"好,你既是快言快语之人,本爷也就不拐弯抹角,你让姜雪来陪我。"马知县说。

"马大人,真不巧,台上正等着她的戏。"金赛花听后,心中一惊,暗想,不好,这家伙真的打起雪儿的主意来!怎么办?她一面盘算,一面极力想把此事掩饰过去。

"既然这样,也罢。本县今天就将就一点。"马知县说着瞟了一眼金老板,一阵淫笑,随即向侍从使了一个眼色。

侍从马上出去,出门前,随手把房门给关上。

"马大人,你这是?"金赛花看到这情形,立马感到不对,惊恐地看着他。

"本老爷这段时间让姜雪这婊子勾得难受,既然她不在,现在只有你代劳。"马知县淫笑着,扑上来。

"马为民,你妈的不是人!"金赛花挣脱开,骂道。

"你这骚婊子,怎么,几天不见,就对你爷树起牌坊来了?"

"你……"

不久,屋内传来了老板娘金赛花和马知县的推拉、打骂声。侍从听后,站在门外捂着嘴笑。

此时,匆匆从县衙赶来的师爷正要推门。侍从眼快,忙上前挡驾。

"都什么时候了,快,快叫大人!"师爷对着侍从吼道。

"这?"侍从站在门口,不知所措地看着师爷。

"咚、咚、咚……"师爷见状,推开侍从,径直去敲门。

"奶奶的,谁捣老爷的好事?"屋内传来马知县的叫骂声。

"大人,圣旨到。"师爷一面敲门,一面大声地喊。

"一会儿就交货了,师爷,快、快回,给……给本县把钦差侍候好。"里面传来了马知县不断喘息的回话声。

"嗻。"师爷无奈,只得转身而去。

在浮梁县衙内,朝中钦差站在那足足等了半个时辰,见师爷慌慌张张跑来,不耐烦地问:"怎么,马知县还不出来接旨?"

"大人,我家马大人正在处理一件多年的民女冤案,要不,下官再去通报,您稍等一会!"师爷战战兢兢地说着,转身又朝春圆慌张跑去。

师爷跑回春圆,早已是上气不接下气,他对着春圆老板娘房内喊:"大人,钦差发怒了。"

"蠢货,你不会告诉钦差,本县正在审理一件民女历年陈案吗?"马知县说时,"砰"的一声把门打开,对着他骂骂咧咧。

"我说了,大人,可这是圣旨!"

"娘的。我们走!"

师爷赶紧替他拿上帽子,跟上。马知县整整衣冠,一脸的得意,然后领着一行人扬长而去。

他们快到县衙时,马知县突然停了下来。大家都看着他,不知他又要干什么。这时,只见他蹲下,抓上一把黄泥土在身上擦了一下,然后起身对着随从说:"你们都跟着本县做一遍!"

"嗻。"侍从弄明白后,个个赶紧学着他样,完后,马知县看了大伙一眼,感到不错,他这才吩咐道:"行,咱们走。"

快到县衙门口,马知县忙吩咐随从放慢脚步,自己则慌慌张张朝钦差处一路小跑。等到钦差跟前,他人已是气喘吁吁,只见他一面用手擦着汗,一面说:"下官正在境内山区了解民情,不知钦差大人驾到,有失远迎,有失远迎,下官告罪!"

钦差见状,也不便多说,奉上圣旨,大声喊道:"马知县,接旨!"

马知县慌忙跪下。

"奉天承运,皇帝诏曰:悍匪私劫御船,扰我大清百年基业。着刑部接管此案,浮梁县衙通力协查。钦此。"

未等钦差宣旨完毕,马知县便傻眼了。虽说他早已有心理准备,但没有想到皇上会彻底否认他。

"大人，钦差早走了！"师爷过来说。

马知县听到师爷的声音，人才回过神，只听他大大咧咧地骂道："这骚货，真不能碰。谁碰谁倒霉。我为什么偏要着这个彩？唉！"显然，他对自己行为十分后悔。

大伙在一旁忍不住笑。

"笑什么？看老子回去怎么收拾你们，师爷，跟我走！"马知县说时，回头瞪了他们一眼，径自向钦差住所走去。

这回倒轮到这些衙役发愣，站在那，你看我，我看你，不知说什么。

安顿好朝中钦差，马知县来到县衙后院，他涨红着脸，在屋内走来走去，不时地对着师爷说："钦差一来，破出劫案，万一把我们弄虚作假纵容他人做伪证、此等事情一一查出，我这不是犯了欺君之罪？"

"大人，我们一定要阻止他们查案，并维持我们的原判。"师爷沉思一下，双眼一转，对着马知县说。

"阻止他们？谈何容易。你别忘了，这可是皇上的钦差。你说说，我们怎么阻止他们？"马知县摊着双手，一脸的苦相。

"我倒是有办法。"师爷说。

"办法？说，快给我说说看！"马知县听后，眼睛睁得大大地看着师爷，恨不能把他的想法从他的脑子里立即挖出来。

"大人，皇上是金銮殿上的皇上。在浮梁，你就是当今皇上。他钦差再大，可是强龙斗不过地头蛇，他要办案，还得求咱们。"

"你是说，没有咱们的帮助，他钦差也别想破案？"师爷看着马知县，点点头。

"点头个屁，你可别忘了，咱们身边还有一个督陶府。"马知县突然对他吼道。

"大人，息怒。你想想，这办案历来是我们县衙的事。就说督陶府，他们怀疑此案是日本株式会社山田一伙干的，但是他们能拿出证据？没有证据，钦差敢动他们？"

"这……"马知县听后，疑惑地看着师爷。

"大人，当今大清还是太后说了算。你亲自修书一封，我们快马送到李大公公手上，再……"师爷说到一半，欲言又止。

"再让人买通瘦猴，让他死认了。"马知县看了他一眼，拍着他的肩，兴奋地接下他的话说，"师爷，你真聪明！"

"大人过奖。"师爷有点受宠若惊，心里美滋滋的。

"世人说这是伤天害理之事，事到如今，也顾不了许多。人不为己，天诛地灭，保自己要紧！不过，师爷，这事一定要做得天衣无缝。要让人察觉了，我这半辈子的修为和名声就全毁了。"

"大人，这个我明白。没有大人，我也没有今日的衣食无忧。我知道这个轻重，关键时，牺牲我，也不能牺牲大人！"

“我不会让你吃亏！”马知县听后有点感动，拍着师爷的肩说。

“咚、咚、咚……”正在这时，一日本浪人用力在县衙门前击鼓喊冤，景德镇日本株式会社总管小野则站在一旁。

“小野君，他们还不出来，我们怎么办？”浪人问。

“不出来，再敲！”小野说。

“嗨。”浪人听后，转身举起木棒继续敲。

“报，大人，门前有两个东洋人在击鼓鸣冤。”一衙役跑进来报。

“他妈的，他们击什么鼓，鸣什么冤，没看老子与师爷正在议事！”马知县十分不耐烦地吼道。

“大人，他们说，有人夜闯他株式会社大院，现在他们的生命财产受到威胁，如果县衙不理会他们，他们将到京城去告我们。”

“告我浮梁县大衙？哼，老子不找他们，他倒来个贼喊捉贼。给我把他们轰走！”

“嗻。”衙役领命后，马上退去。

“慢。”师爷把手一挥，把衙役叫住。

“师爷，你这是？”马知县看着师爷不解地问。

“大人，咱们何不来个将计就计。”说着在马知县耳边嘀咕起来。

马知县听后，双眉舒展，兴奋道：“师爷，天不亡我马为民，我们机会来了！”

马知县与师爷商议时，赵捕头正在捕房整理资料，他想这次朝廷重派钦差审理此案，看来瘦猴的命运将有重大的转机。他正为此事高兴时，师爷来传，命他领人把山田的景德镇日本株式会社围起来，日夜监视。他听后更乐，这正是他盼望已久的事。他想大人此时一定想通了，他也不多问，当即点上清兵和县衙衙役奔赴青塘，在它的北面各路口和日本株式会社门前设点把守，对进出的人进行检查。这样一来，山田的一切活动就大大受到限制。

山田看到山外的形势，这才感到自己是搬起石头砸自己的脚，哑巴吃黄连，有苦难言。几天过后，外面的消息一点都进不来，山田心情十分烦躁，他在大厅走来走去，看到小野进来，忙上前问：“向马知县交涉没有？他们什么时候退兵？”

“山田君，马知县说，他这样做也是出于对我们的安全考虑。我看他们没有撤兵的迹象。”小野回答说。

“给我向东京村山会长发电，告诉他们，大清官兵对我们无礼，请他们向大清抗议。”山田对着小野吼道。

在督陶府内，这里没有一点年关的迹象。大家忙里忙外，整个皇窑厂热火朝天，加班加点进行生产。宫中刘公公此时正在与吴振江作告别。告别前，吴振江陪着他一道来到督陶府自己的私人书房。在书房内，他转动着书桌上的笔架，只见他手一停，书房后的书架顿时两面分开，露出一道密室的门。

一旁的刘公公看了吴振江一眼，走上前，从容地从袖口中掏出一把铜制的钥匙，把它插到密室的一个洞口内，然后转身看着吴振江。

　　吴振江也不多说，手上早已拿上另一把铜匙，见刘公公插入后，马上紧挨着把它插上。这两把钥匙一合，密室的门自动打开。他们对看了一眼，并肩走进了地下密室。

　　到了里面，吴振江点上了室内的松油灯，整个密室内顿时通亮起来。

　　这个密室很大，足有八百平方米见方。里面的什物分左右前中后六个部分陈列摆放。这左边放的全是各种字画典籍，右边则是瓷器。每边前面叠放的是当代的作品，中间则是前朝明代的，后面则是元、宋以前的东西。每一处东西又是按历朝在位的皇上名号作标记，整齐有序地排放。

　　这是大清皇窑厂的机要档案库房。里面的东西全是各朝各时期皇窑厂生产的瓷器样品、画稿和记载着制作工艺的典籍。它为前朝明中期所建。

　　据说，明成祖建厂初，皇宫便把历朝的瓷器样品、画稿、工艺搜集在案，放到宫中。后有大臣提议，宫中所放东西过多，不便存放，再说也不利皇窑厂对资料的查询。因此有人便建议就地设置机要仓库保存。明成祖采纳了这一意见，并规定今后皇窑厂每制作一件上贡作品都必须记录在案，同时保留一件样品，以便宫中需要时，不用临时又组织人去设计制作，这既节约了成本，也节约时间。由于这事关宫中机密，当年的明成祖亲自下令，只有皇室任命的督陶官才能进入这一密室。除此之外，任何人不得接近，否则格杀勿论。大清朝接管明朝皇窑厂后，虽然制度上大有改变，但这一制度一直沿用，不过增加了一点，宫中和督陶府各持一把钥匙，它们一把放在宫中，一把由督陶府掌管。只有这两把钥匙同时插上时，眼前密室的门才能打开。大清朝督陶者大多为汉人，从这一点说，大清朝满人对汉人仍有一点不信任。

　　再说，刘公公往密室巡视了一番后，最后在标有当朝光绪档案处停了下来。他看了看博古架上西洋巴黎参展的样品瓷后，嘿嘿一笑。吴振江看了他一眼，马上指着另一处瓷器说："公公，这是皇窑厂为太后定制的六十大寿特贡瓷，眼前这是全部的式样。"

　　刘公公看了看，转过身，对着吴振江说："吴大人，人家说你吴振江是个愣子，我看你一点都不愣，到现在你还在跟咱家装傻？"

　　吴振江一旁笑着，闭口不说。

　　刘公公看了他一眼，突然大声叫道："吴振江，接旨。"

　　吴振江听后，慌忙跪下接旨。在他接下圣旨后，刘公公把刚才随身带来的铜制钥匙也给了他。吴振江接过，拿在手上，心中觉得沉甸甸的，但他一句话没说。

　　倒是刘公公先开口："吴大人，皇上把大清皇窑厂都给你了，这可是大清百年的基业，皇宫的钱袋，你千万不可有负圣恩！"

　　"请公公禀告皇上，微臣一定鞠躬尽瘁，死而后已，以报圣恩！"吴振江听后，感激涕零，顿时又跪下，双手抱拳，对着大清皇宫的方向表明心迹。

"吴大人,朝中的钦差已到,皇上命他带来的圣旨和钥匙,转交给咱家后,咱家也替皇上传到了。咱家也该走了,不过,走时我得提醒你,马知县不简单,李公公对他好着呢,你可要当心。"刘公公一面把他扶起,一面说道。

"谢公公赐教。"吴振江心生感激。

不一会吴振江和刘公公从大清皇窑厂密室出来。二公子吴晋发现后赶紧退到一旁,他躲藏在一角,好奇地盯着父亲和刘公公的一举一动。

吴振江用手旋转一下书桌上的按钮,密室的门自动关上,暗藏好铜钥匙,然后他们大步离去,到了督陶府门口,分别坐上轿子走了。

待确定父亲吴振江他们走后,二公子吴晋这才站出来。他来到密室门口,左右看了看,无人,找到了父亲暗藏的铜钥匙,学着父亲的样,旋转着书桌上的按钮。密室的门再度被打开。

二公子吴晋走了进去,一看,里面很大,不过都是一些皇窑厂的瓷器、书籍和各种绘画图案。他看了看,拿着其中的一本书翻了几页,里面密密麻麻尽是记录着一些制瓷的工艺和配备的插图。

"妈的,我还以为里面有什么好宝贝,原来都是些破书,花这么大的心思,就是为这个? 哼,脑子有问题! "吴晋说着,把书一摔,转身就走。走到门口,他想了一下,似乎觉得不妥,停下来,重新回去,把刚才自己摔到地下的书拾了起来,放回原处。

浮梁县衙大堂内站满好多人。

大堂上方挂着"明镜高悬"的大牌匾。下面钦差端坐在正中,左边是马知县,右边为督陶府吴振江大人。

一衙役对着外面大喊一声:"升堂。"

下面两排的衙役敲着木板,嘴里不断地喊着"威武"二字。

瘦猴被带上来,跪在案堂下。

"跪者何人,姓甚名谁? 报上名来。"钦差把木案一拍,对着下面的犯人瘦猴大喊。

"大人,本人姓邵,单名一个侯字,因身材瘦小,外人给我取了一个外号,叫瘦猴。"瘦猴润了润喉,抬起头,一字一句回答。

"大胆邵侯,你为什么劫持御船? "钦差拍着木案,对着下面厉声地问道。

"禀大人,小人最近手上紧,想到皇窑瓷器值钱,便打上它的主意。"瘦猴低着头,回答说。

"那其他几位同伙呢? 快给我从实招来。"钦差断喝。

"这……这……"瘦猴没想到钦差这样问他,一时语塞,汗从脸上流下,不时看着马知县。

"这什么? 大胆狂徒,当着本钦差的面还敢撒谎。来人,给我用刑。"钦差怒喊。

"大人,我说,我说,我几个弟兄当时刚上船,便被护船官兵围住,他们太厉害了,没几个回合，我们的弟兄便死了一大半，我一看架势不好，幸亏溜得快，才拾得这条小命。"瘦猴看了眼一旁的马知县，眼睛一转，又瞎编道。

马知县一面看着钦差，一面看着眼前的瘦猴，听他这样回答，显得十分满意。倒是一旁的吴振江着急起来，这与赵捕头所说的明显不同，他心想，这瘦猴今天咋了？他忍不住地说："邵候，你可知道，劫持御船，这可是要株连九族的。你可想清楚了？"

"吴大人，罪犯自愿伏法，你何必多此一举，他这样的人有什么值得同情？"马知县盯着吴振江似笑非笑地说道。

吴振江和马为民的谈话，钦差似乎没听见，他用眼一使，一旁的书记官马上拿起刚才的记录来到瘦猴跟前，说："请画押吧。"

瘦猴战战兢兢地瞟了马知县一眼，最后还是在记录上画上了自己的名字。

书记官刚离开，只听案堂上钦差马上断喝："刀斧手。"

"在。"刀斧手一听从队列中站出来。

"把他推出去砍了。"钦差指着瘦猴大声喊道。

钦差这一喊，把堂上堂下的人都震住了，大家的眼光都看着他。

刀斧手上前来，架着瘦猴就走。

"马大人，你不是说了，我认了就不用死吗？"瘦猴挣扎着回头喊。

"钦差大人，你不要听他胡说。"马知县听后，顿时红着脸对着钦差争辩。

"大人，我冤枉，我冤枉！"瘦猴感觉上当，拼命地喊。

钦差重审"御"船被劫案一事，在山城景德镇的街头巷尾传开了。

在瓷器街的四海茶楼上，瓷业商人饶希斋一进门，姓王的茶客就问上了："饶大哥，你来得好，我问你，市面上一个小混混，捏起来不到几两，凭他，也敢去劫御船？"

"老哥，你信么？"

姓王的茶客被问后，摇摇头。

"饶大哥，听说这事是东洋小日本干的？"

"这事，我也听说一点。"

"什么，你说是……是东洋小日本？他们还有这个胆？"旁边的茶客听后笑得差点把口中的茶水喷出来。

"慢点，又没谁跟你抢。"姓王的茶客瞪了他一眼，说道。

"我一听到小日本就笑。我说，你们的话，那是抬举他们了。你可知道，小日本在我那，那才叫小孙子，他们见到我，话都不敢哼大一声，一弯腰，对我就是九个躬，比我们大年三十敬祖宗还真诚。"

"我那也是，他们为了求我收他们学艺，那可说得，天下有多苦他们就有多苦。他们那些人，不是家乡闹灾，就是逃兵灾。不过，这些人还真不错，到我窑厂后，个个能吃苦，工钱又划算。我们附近几家窑厂看后，都眼红，争着雇他们。"有人听后，也争抢过来说这事。

"前几天有朋友跟我说，景德镇日本株式会社山田社长想与他联合办厂，瓷器他包销。他说对山田不了解，怕受他控制，再说他现在窑厂的效益也好，便把他回绝了。日本人，我说，他们算个什么东西。来，饶兄，喝茶。"姓王的茶客双手端着茶碗，对着饶员外说。

"饶大哥，听说你这趟去了关外，这回可挣了不少吧。下次，是否也带上我们几个？"有茶友说。

"各位，不瞒你们说，在关外可不像在座几位说的，境况相反，我是被他妈的东洋小日本追着跑。窝气！你们还真别不相信：我的生意到哪，他们就跟到哪，你要是一个汤碗要价十文，他来个八文。货都是咱们镇上的，不同的是我瓷器没款，他们经销的瓷器个有底款，不过不是我们景德镇哪家窑户的，却是东洋什么株式会社制。我们八文已是没钱赚，为争市场，最后也卖。可他们这时卖六文。关东百姓认他们的货。我们拼不过他，只有不做。哪知狗日的，他们价格马上往上调，八文、九文，前两天关外的朋友来信说，那边的瓷器，已涨到十三文。他来向我要瓷器，我忙发了几船的货，谁知船一到鄱阳湖，不是撞了，就是动不了。弄得关外的人不敢来。现在，我的货销天津，走上海。邪了，东洋小鬼又出现了，这回他们更绝，瓷庄就开在我的店门对面。"

桌上几人听后，看着他，眼瞪得大大的，像是饶员外在跟他们说书。

饶员外也不多说，拿起茶碗喝上一大口，然后站起，一拱手说："各位，在下今日有事，就不多陪。今日茶费我付了，咱们有空再聚。"说完，丢下几颗碎银摆摆手，转身走了。

大家给他弄得一愣一愣，一时说不出话来。

御船一案审理，仍在浮梁县衙大堂进行。吴振江因有事，看此事出了一个结果，便坐上轿子回府。到了家门口，刚停轿，总管便笑着上前掀开轿帘，对着他问："大人，案情怎样？"

"马为民贪功，瘦猴到最后还是把原委给说了，此时钦差大人正在组织材料，准备连夜上奏。"吴振江笑着说，心情特好。

"大人，看来咱们督陶府上奏是对的。"

吴振江点点头，马上转过话题，问："总管，他们到了吗？"

"大人，他们已在府里等了多时。"

"他们这些商人可都是我们镇上的名流，得罪不得。总管，走，我们快进去。"吴振江说时，下得轿来，大步向督陶府内走去。

大清督陶府里坐满了人。吴振江一进门，便抱拳微笑道："各位，让你们久等了。"

看到吴振江进来，商人纷纷站起来，与吴振江打招呼。

吴振江挥挥手示意大家都坐下。

"各位，在镇上，你们个个都称得上是瓷业界的大哥。我到景德镇之初，也是在这里，把你们给请来。当时，对瓷业，吴某是个门外汉，是你们鼎力相助，督陶府才有今天，皇窑厂这两年才能恢复得这么快，在此我一一谢过了。"说时，吴振江站起来向大家鞠躬。

大家鼓掌。

吴振江坐下继续说："今天把各位请来，一是想和大家叙叙旧，谈谈当前的瓷业。从我解读的有关公文看，当前西洋、东洋瓷业发展很快，直追我们。他们的瓷业制技虽是学了我们的，但有的已有后来居上之势，听说这次东洋日本在巴黎会展中展示的主要是瓷器。西洋展品中瓷器制品也占一大部分。中国历来号称瓷之国，他们是通过瓷器才认识我们。现在朝廷提出洋务，中堂李大人极力辅佐皇上实业兴国，瓷业放在其首。这次，皇上钦点，首推我大清景德镇皇窑厂瓷业，这不仅是我皇窑厂之幸，也是景德镇瓷业之幸。为了今后景德镇瓷业之大发展，我想在皇窑厂与民窑之间，除了目前开展的官搭民烧之业务外，是否继续扩大我们之间的合作空间？此乃一。其二，我也和各位通通气，现在市面上议论很多，一个月前，我皇家瓷业御用船在昌江河王港段，与一伙不明身份的人相遇，我大清国首次赴西洋参展瓷器全部被毁，所幸的是没有人员伤亡。目前，宫中押船的钦差刘公公已安全返回。西洋巴黎参展瓷器也已再次运出。这是我大清皇窑瓷器第一次独自走向海外。我在这里正告各位，大清皇窑厂一定能把这次参展事务做好，决不负皇上厚望，也不会负景德镇瓷业人的厚望。"

"啪啪……"在座的人热烈鼓掌。

商人李俊站起来说："大人，您太谦虚了。景德镇瓷业能有今天发展，您功劳最大。目前，镇上的窑户都想与您合作，只是你们督陶府规矩太多，怕你们瞧不起我们这些民窑。"

吴振江听后，笑着问："李老板，你窑厂今年能做到多大？"

"大人，不瞒您说，我窑厂今年至少可出瓷一百二十万件。目前，我窑的瓷器大都销往西洋。大人，您说得对，现在西洋这几年瓷业着实发展快。往年他们到景德镇来，见什么买什么。现在一般的生活用具都不要了，所订的产品，年年在减少，品质要求却越来越高。"李俊回答说。

这时，督陶府大厅门外，一日本浪人正要往里走，让清兵给拦住。

浪人弯腰鞠躬，掏出一封信，递给清兵说："请转交督陶大人。日本株式会社社长山田君敬请大人光临。"

清兵接过，快步走向大厅。

大厅里，大家有说有笑。

"大人，皇窑厂劫持案破了没有？听说，东洋小日本也参加了？"一人站起来问，他就是刚才在茶馆喝茶的饶员外，饶希斋。

"镇上瘦猴临刑前翻供，他供出一些线索，对我们破案很有利。"吴振江笑着说，

"不过,我想,此案很快就会水落石出。"

"报,大人,有您一份公函。"一清兵进来,递给吴振江一封信。

吴振江接过,看了看,自言自语,笑着说:"说曹操,曹操就到。各位,日株式会社社长山田先生有邀请。今天就和各位老板谈到这里,抽时间,本府到各位府上一一造访。"说着,转身对着卫兵说,"告诉他,本府随后就到。"

"嗻。"清兵转身出去。

"大人,这东洋小日本可不是省油的灯,我与他们打过交道,你可得小心,不要着了他们的道。"商人饶希斋站起来提醒道。

"大人站得可比我们这些人高。饶兄,你就看紧自己手中的生意吧。"一商人说笑道。

饶希斋听后,脸不觉涨红,指着他说:"你……我这可是好意!"

吴振江笑着走上前,对着饶希斋说:"饶兄,谢了。各位,来者不善,善者不来。我看,现在他们羽翼未丰,有求我们。一旦他们形成气候,他们怎样对付你们,同样会怎样对待我们。为了我们大家,我也得会会他们。"

在景德镇日本株式会社,山田社长正在瓷器收藏室观赏博古架上一只大清皇宫的皇窑瓷器,他把它拿到手上细细地品味着,爱不释手。

正在这时,一日本浪人跑进来报告:"山田君,吴振江已出发。"

山田赶紧把手上皇窑器放回去,转念又觉得不好,转身回去把它拿起放到一个角落,用实物把它掩盖好。刚放好,又觉得不妥还是放回原处,然后自言自语地说:"就这样,让他看看。"然后转过身,对着浪人大声地说:"准备队列欢迎!"

吴振江的轿子走在镇上的大街上。这两天,他心情特别好。一路上,他不时掀开布帘往外看,突然,他发现前面很多人围在墙边观看,且在不停地议论。

"停下,停下。小村,你过去看看,看看他们在看些什么,说些什么?"吴振江对着跟班的武小村说。

"是,大人。"

不久,武小村拿着一张布告急匆匆回来。

吴振江一看,愣了。

"大人,大人……"武小村看到吴振江脸色不悦,心中甚急,想知道个中缘由,便忍不住对着他喊道。

"噢,小村,改道,上钦差处!"吴振江突然急切地对着武小村说。

"那东洋小日本处不去了?"武小村小心地问。

"再说吧,走。"

"起轿。"武小村喊,轿子又抬了起来。

浮梁县衙钦差下榻处，把守的清兵早撤了，眼前冷冷清清。吴振江下得轿后，扫了四周一眼，便直奔衙内。

"督陶大人，马某在此等候多时了。"马知县看到吴振江进来，笑着迎了上来。

"我要见钦差大人！"吴振江没有理会马知县，径直往里走去。

马知县瞥了他一眼，哈哈大笑："不要往里走了，吴兄，吴大人，我们的钦差已不在里面。"他说。

"马大人，钦差在何处？"吴振江停下脚步，疑惑地看着他，问。

这时，侍从把茶端上。

"吴兄，请喝茶。"马知县看着吴振江失魂落魄的样子，心中十分地得意，心想，你也有今天！

"马大人，我不是来跟你喝茶的。我要见钦差大人，快去跟我通报。"

"吴兄，你不喝，我喝。"马知县嘿嘿一笑，接过茶杯，示意侍从退下。他端起茶杯，一面喝，一面说，"告诉你吧，吴兄，钦差已在回京的路上。此案已结，他回去复命了。"

"什么，你说什么？公堂上，瘦猴已翻供。此案主谋已为他人。今日如此结案，民心不服，今后如何确保我大清御船不再被劫？"

"哼。吴兄，你不说，民心怎么知道？再说了，今日结案是后宫太后的旨意，她老人家可比你更关心大清！什么是民心？太后老佛爷，她老人家就是民心！吴振江大人，这事你明白？"

"你……这事我还未完！"

"吴大人，我同意。你告呀，吴振江，你参我容易，了不起，我没了前途，我对你吴愣子也无可奈何。可是要想翻大清太后钦定的铁案，告御状，我还是提醒你，弄不好，是要掉脑袋瓜子的。"

"马为民，本府还真的不把肩膀上的脑袋当回事。只要是不对的，我就告。"吴振江怒发冲冠，招呼也不打，转身就走。

"哼，本县不送！"屋内传来马知县的道别声。吴振江头也没回，此时他心里乱极了。

"大人，我们到哪里去？"武小村看到吴振江怒气冲冲地出来，上前轻声地问。

"回去！"

"东洋人那……"

"这……"吴振江被武小村一问，情绪马上冷静下来，看着武小村。

武小村感到吴振江目光的锐利，有一种把人心穿透的感觉，顿时一阵心慌，虽说瘦猴终究做了替死鬼，此案已结，但是从吴振江的行为看，此案并没有了结，为了不让吴振江从自己身上察觉什么，他忙掩饰地问："大人，我、我是否有什么不周到的地方？"

"小村，不关你的事，走，我们去山田处！"

此时，山田正站在景德镇日本株式会社门外。久不见吴振江来，他显然有点不耐烦。

"山田君，我看这个傲慢的支那人不会来，我们别等了。"小野在一旁说。

"支那人，他凭什么对我们傲慢？他能比过大清太后？他不来，说明他胆怯。"山田不快地回答。

"山田君，你看，他们来了。"有人眼尖，看到从远处而来的一行人。

不一会儿，吴振江的轿子在日本株式会社门前稳当当地停下。

山田笑着走上前，对着轿子鞠躬，并亲手把吴振江的轿帘掀开，对着轿子里面的吴振江说："欢迎大清皇窑厂督陶府吴振江阁下光临。"

吴振江从轿子里走下，礼貌地说："山田先生请。"

山田伸手，对着吴振江说："督陶大人请。"

吴振江慢步走着，打量着四周。会社坐落在山坡上的丛林中，十分隐蔽，房屋连体建筑，二屋结构，十分有气势。吴振江心想，这日本人选这地方做立脚点，真是费了一番脑子，这哪是生意场，这更像一个山寨。

山田在前面引路，吴振江拾阶而上。两旁的日本武士，一动不动地站着，吴振江昂头走了进去，穿过大门，漫步来到中门，便听到悠扬的琴声，这曲子，吴振江曾听过，对，叫樱花之曲，是日本人的。

吴振江脚一进门，便有一位衣着艳丽的日本女子含笑着迎上前。吴振江有点不习惯，不过还是礼节性地点了点头。

"大人，里面请。"山田笑着，把刚定下心来的吴振江迎到他的收藏室。

在收藏室，日本侍女随即进来，为吴振江献上了茶，并在一旁侍候。

吴振江向侍女笑了笑，接过茶呷了一口。

"大人，味道如何？"山田问。

吴振江说："茶色清而质淳，香淡且久远。堪称上品。"

山田眯着眼笑道："大人不愧是茶道高手。"

"不过，山田先生，这好像不是大清茶。"吴振江放下茶杯说。

"大人好眼力，"山田说，"这是我家乡的茶。它是我从中国带去的品种，嫁接而成，目前在我家乡，十分盛行。"

吴振江笑着说："此茶虽好，但我已习惯喝浮梁瑶里的山茶，茶香而水碧，一杯过后，口味清甜。"

"大人品茶独到，今天我是遇上知己了。"山田笑着说，向一旁的侍女挥了挥手。

侍女退下。

吴振江这时才有空打量眼前这个房间，只见满屋摆的都是瓷器。

山田偷偷观察着吴振江脸色的变化。当他发现吴振江双眼盯上他那只皇窑瓷器时，他马上站了起来，走上前拿起，双手递给吴振江。

吴振江接过，看了看，归还了山田，说："山田先生，这可是乾隆时期我窑生产的，您怎么得到的？"

山田见吴振江问，满脸得意地说："大人，不瞒您说，这是我用二十两黄金从一日本将军府弄到的。我以前一直从事茶叶经营，把中国的茶叶运到日本，来往于日中两国之间；近几年，看到同伴做瓷器，利大，便来到景德镇，改做起瓷器生意。大人，您看，这满屋都是瓷器样品，它就是我做的产品。"

吴振江看着满屋的瓷器，笑着说："山田先生，我看镇上瓷器行大窑户的瓷器，您这里基本上都有，您这屋可称得上名副其实的景德镇瓷器博览馆。不过，近来昌江河道频繁出事，山田先生就不怕？"说时，目光直逼山田。

山田毕竟老道，他避开吴振江的目光，一面把玩着手上的瓷器，一面笑道："大人，你进来的时候，也许看到我的护卫，他们在日本个个是一流的，有了他们，我还怕什么？再说，我是个商人，只做我的生意。用你们中国话来说，与人无冤无仇，他们跟我过不去干什么。还有，我的后面是我强大的大日本帝国。我不动人，谁敢动我。大人，您说呢？"

"山田先生，这段时间来，遇险的可都是一些规规矩矩做事的商人。"吴振江说时，双眼盯着他，话中有话。

"大人，治安是你们的事。有困难，我想我们会得到贵国政府的保护。我是个商人，我只顾赚我的钱。这次请您屈就光临，实是本人仰慕太久。您看我这满房子瓷器，贵国的皇窑瓷就仅此一件。大人，能否让我有机会再收藏一两件，哪怕是您皇窑厂残余下来的次品。"山田接过吴振江的话题，反将过去。

吴振江悠然地喝着茶，笑了笑，说："山田先生，您在中国已不是一两年，景德镇皇窑的规矩你应略知一二。它的产品只对皇宫，除皇宫外，任何人不得拥有，就连我这个督陶官也不例外。我大清皇窑厂年产瓷一千一百多万件，但是上贡给皇宫的不到100万件，不到一成，多余的只有白白打碎就地掩埋掉，你要是觉得可惜，私自留下那么一两件，那可是咔……"吴振江对着山田做了一个杀头的手势，说完哈哈大笑起来。

"大人，你我有缘。今后能不能在瓷业上，我们进行合作？"山田一脸是笑，言辞极为谦卑。

"山田先生，大清景德镇它能海纳百川，收集天下能工巧匠。您在景德镇从事陶瓷经营，我们欢迎。你投资把你们日本国内的制瓷技术、人才和管理经验带到我们这里来，我们更欢迎。但是有一点，不管在我景德镇，还是在我大清国任何一个地方，都必须遵从我大清国律，正派经营。只要您做到这几点，我想我们一定有合作的机会。"

"是，是。谢谢大人教诲。"

山田把吴振江送到景德镇日本株式会社门口。

吴振江笑着说："山田先生，感谢你热情款待，吴某就此告辞。"

就在这时，在景德镇日本株式会社大院内的另一侧，报务员把门打开，来到大厅，递给总管小野一张纸条，说：东京来电。

小野看后,急忙往外走。

山田送走吴振江正往回走,迎面碰上匆忙而来的总管小野。小野一见山田,忙把纸条递上,说:"山田君,总部来电。"

山田接过一看,愣在那,突然对着小野吼道:"什么? 大清皇窑厂瓷器已到巴黎?"

"御"船一案,中途虽然几遇波折,但最终还是峰回路转,按他与师爷定的思路走,并铁定成案。晚上,马为民处理完公务回来,坐在县衙后院的摇椅上,上下摇晃着,三姨太在一旁打扇伺候着。马知县这几天真是感到兴奋极了,每天都眯上那双小眼,看人就嘿嘿一笑,心中那个乐,都写在脸上。

师爷进来找他,旁边的三姨太竖起耳朵,但是,还是听不到。她气愤了,站起来,指着师爷问:"你是不是又在使坏?"

师爷听后,马上笑着打趣,说:"三太太,大人有你,他还哪有心思再去想其他的女人?"

"他可是吃着碗里,看着锅里的。"三姨太听后,嘟着嘴说。

"我说夫人,现在我们谈的是国家大事,你不懂。去、去,我有要事与师爷商量。"马知县推着她说。

"哼!"三姨太瞪了他们一眼,扭着柳叶腰走了。

马知县见她走后,马上转身对着身边的师爷问:"你刚才说吴振江到了山田处?"

师爷点点头。

"我看他已知道东洋小日本的厉害。"马知县笑着说。

"不可能。大人,按吴愣子的性格,我看他一定另有目的。"

"这么说吴振江是去试探小日本?"

"大人,我看这个可能性大。"

"此案铁板钉钉,后宫老佛爷钦点,那是翻不过来的,不过,就怕万一。师爷,我们是不是要做点什么?"

"大人,他这样做是不给太后面子。"师爷凑上前讪笑着说。

"说得好。说得好,让他去吧。到时,本县再参他一本,得罪太后老佛爷,我看他这个位子不保暂且不说。到时,说不准,他脑袋上吃饭的家伙也得搬家。"马知县笑道。

"大人,我们是否……"师爷看到三姨太过来,马上又贴近马知县耳朵,把声音放小起来。

"哼,老娘一看到你们俩嘀咕就知道没有什么好事。"

"好了,好了,师爷,你走吧,让吴振江去。这回,我的宝贝可真的生气了。"

"那我走了,大人。"师爷说完,朝着三姨太看了一眼,诡秘一笑。

"去吧,讨厌。"马知县挥挥手,仿着三姨太的语态,说完哈哈大笑。

第五章

吴振江的轿子从景德镇日本株式会社出来后，没有回督陶府，而是中途在戏园前停下。到了门口，他对身边的武小村说了一声："小村，你们回去吧，我想到雪儿那坐坐。"说完，独自走了进去。

吴振江一路上一句声没吭，武小村知道大人这是在硬撑自己。看着大人孤独的背影，武小村觉得心很酸。他不懂什么大道理，他来自社会的底层，在母亲与大人之间，他只有选择前者。

同行看他在园子门前发呆，问他去哪。武小村听后，不假思索地回答，上酒楼。因为这段时间来，他都是这样度过的。

"老爷，您瘦了！"吴振江一进门，姜雪便迎上前，十分疼惜地说道。

吴振江到了这儿，才感到一阵精神的放松，他听姜雪这一说，眼睛马上湿润了，默默地看着她，显得无限深情。这与外面的大清督陶府吴愣子简直是判若两人。姜雪盯着他的目光，恋恋不舍。此时，屋内还有桃花在。她马上冷静下来，转身对着她说："妹子，快，把赛花姐那套紫砂茶具给姐拿来。"

"嗯。"桃花听后，看了他们一眼应声出去。

吴振江坐定片刻，桃花茶具已拿来。姜雪接过后，亲手上前为吴振江沏上一杯上等的工夫茶，并双手端上。

吴振江伸手接过，默默地看着她，然后把茶送到嘴边闻了闻，呷了一小口，连说："香，真香！"

姜雪看后，嫣然一笑，对着他说："要是想喝，我天天给你煮！"

"我哪有这个福气？"吴振江又喝了一口，放下杯子，轻声叹道。

姜雪满眼柔情地看着吴振江，说："老爷，现在市面上都在议论，瘦猴做了冤大头。说是宫中太后不允许复查此案？"

吴振江听后，顿时神态黯然。

"老爷，对不起，雪儿说错了，惹您伤心了！"姜雪见吴振江神色不对，十分不安。

"雪儿，没什么。最难过的是我们的皇上！雪儿呀，现在我最担心的是汪琦他们，要是他们再出点事，我怕咱圣上更会受不了！"吴振江说时，声音都变了。

吴振江平日是何等的刚毅，刀架在脖子上，都不吭一声。今天，看着自己心爱的男人动辄眼睛湿润，姜雪知道吴振江这段日子心中是多么的苦。自己一个弱女子又能替他做什么？此时只有用她的温柔去抚慰他那受伤的心灵。

"老爷，汪琦师傅他们一向吉人天相。"雪儿依偎在吴振江的身旁，宽慰地说。

"光绪爷励精图治，天不亡我大清。雪儿，他们一定会成功回来的，成功回来！"

吴振江轻轻地抓起她双手,语气充满着坚定和自信。

1885 年金秋,法国巴黎阳光明媚,秋高气爽,花团锦簇。这天上午,在巴黎工艺艺术品展示中心草坪前,停放着从四面八方驶来的车辆,有新式的汽车,也有装饰豪华漂亮的马车,身穿各种服装和不同肤色的人彬彬有礼地从车上走下来,他们有说有笑地走进当前全巴黎最大最新的工艺艺术品展示中心。这其中,一对扎着辫子的东方人特别惹人注目,他们就是从大清景德镇皇窑厂来的陶瓷制作家汪琦和大清驻法国巴黎公使李小龙。此时,他们正急急忙忙朝大厅走去,来不及欣赏四周的风景。到了展厅,他们才发现自己预订好的展示摊位已换上了东洋日本的瓷器展品,这一下让他们傻眼了。那咱们不是白来了吗?

可恶的是,日本参展员热情地迎上来,问他们有什么要帮助的。

汪琦他们听后是哭笑不得,但又无可奈何。

"大人,别急,说不定他们把我们给安排到其他地方了。"汪琦安慰说。

"那我们赶紧找一找?"李小龙说。

李小龙、汪琦他们睁大眼睛,在大厅四处转,希望能看到大清的展位。他们没有注意,这里的人看着他们脑后晃动的辫子,倒把他们当成一道风景,在他们的后面,一些女士指指点点,与她们的先生相视而笑。

参展会场很大,像个迷宫,眼前人来人往,黑压压一片。公使和汪琦走了一圈,一无所获。公使李小龙显得十分沮丧,汪琦两眼还在东张西望。公使对他说:"汪先生,别看了,我们还是回去吧。"

"大人,要是这样,我咋回去向督陶大人交代?要不,我们去找找他们的大人。"

"唉,"公使长叹一声,自言自语,"弱国无外交。找到他们大人又有何用?我们找找同伴吧。"

汪琦似懂非懂,跟在后面,沿途不断地张望。

"大人,好像有人在找咱们?"后面的汪琦喊。公使听后,转过身来,这时,他果真看到大厅工作人员笑着朝他们走过来:"先生,你们是不是大清参展人员?"

"是,是。"公使听后,赶忙点头。

"先生,你们的展位临时有变。组委会考虑到大清产品的特殊性,已直接进入参评中心。目前你们的同伴正在急着寻找你们。"工作人员说。

"他们在哪里?"汪琦他们听后,激动地问。

"先生,请你们跟我来吧。"工作人员热情地说,并有礼貌地把他们引到展示中心大会的主席台一角。先到的同伴见到他们,忙站起来向他们招呼,示意他们赶紧过来。

会场上人很多,乱糟糟的。

公使和汪琦坐下后,才发现身上已渗出汗。他们暗中庆幸,一颗悬着的心总算定了下来。台上参评会已开始。主席台上,他们带来的瓷器正被工作小组小心地端上来。

参展员从一个锦盒中轻轻地拿出一件东西。它一出现，马上引起大家的极大兴趣，会场上，顿时安静下来。

那不是我们带来的参展瓷碗？汪琦心里说。一时，心给提了起来，紧盯着台上看。

台下，各国商人、参展人员和评委正对来自中国的工艺艺术参展品——粉彩斗碗交头接耳，个个赞不绝口：这只碗碗口直径8厘米、高6厘米，表里各画了一串葡萄，葡萄紫色，而它的叶片碧绿，碗内、外为彩色花纹，表里相互间不走一丝。碗底下面打着大清光绪年制的字样。工作人员为了显出它的高贵和精致，走上前，拿着它靠近灯光，只见它在灯光映照下，色泽细润，分辨不出它是内外两面彩绘。

参会上，台上台下十分安静，大家看着评委席上，只见评委们每人亮出10分。

会场下面一阵骚动。

主席台上，评委会主席向大会宣布："各位女士，各位先生，1885年法国巴黎工艺艺术品大赛获得金奖的作品是：中国大清的参赛作品——粉彩斗碗。我代表全体参赛人员和评委会工作人员，向获奖者表示祝贺。"

主席先生说时站起来鼓掌，会场上先是一阵沉默，半响，大家反应过来后，掌声在大厅响彻起来。

在领奖台上，当金奖捧在大清参展人员手中时，五光十色的灯光瞄准这些扎着长辫子的人，他们脸上洋溢着喜悦和笑容，在灯光下他们相互握着手，想到此次艰辛和不易的胜出，大伙都流下了眼泪，热泪盈眶地高呼："我们赢了，赢了，大清胜了！"

这时，场下一名女记者站起来，向主席台组委会提问："主席先生，能否让我们见到今天的获奖作者。"

"好吧，这是中国参展团团长李小龙先生，"主席看着一旁大清的代表说，"李小龙先生，请吧。"

李小龙走上主席台，对着记者说："各位女士、各位先生，你们要见的作者在这里（他用手指着身边的同伴），他是大清景德镇皇家御窑厂著名的陶瓷工艺师，名字叫汪琦。"

记者们听说汪琦先生是来自大清景德镇，都围了上来，他们自言自语地说："大清景德镇，大清景德镇？"顿时把镁光灯对准汪琦。

记者问："汪琦先生，听说景德镇在大清一个很偏的山里？每件瓷器都经过你们的窑神之手？"

汪琦从来没有见过这种场面，面对不断闪烁的镁光和记者的提问，汪琦不知所措，他说："这件作品不是我做的，它是我哥哥汪叔凡做的，他的技术比我还好。"翻译很快把这句话翻译出去。

记者们顿时有上当的感受，有人发出嘘声，有人则吹起口哨，主席无奈地摇着头。

汪琦好像没有感觉，他到一边拿起行李。这些记者们以为中国代表团要离开，有的开始散去。汪琦也不管那么多，掏出一把泥团马上又回到主席台。

有的记者好奇地盯着他。当他们看到汪琦拿着泥到手上捏时,他们马上被汪琦那双神奇的手吸引过去,大厅刚才还是喧闹的,顿时又静了下来。

汪琦不说话,只管捏他的,一时兴起,玩起了他的绝活,背着手给这些记者表演并捏了一个猴子,在他们眼前晃一晃,这一手把西方记者和评委们惊呆了,好一会,大厅响起雷鸣般的掌声,人群纷纷向主席台前涌。

眼看围观的人越来越多,评委会主席宣布:"1885年法国巴黎工艺艺术品大赛到此结束。"

汪琦走下台,评委让他们从侧门经过道出去,谁知过道上,人群早已把它挤满。记者们紧跟其后,镁光不断对着汪琦,记者不停地问道:

"汪琦先生,景德镇大吗?"

"汪琦先生……"

工作人员护送着汪琦、李小龙等,并用力分开人群,高声大喊:"大家注意秩序,请汪先生先走,请汪先生先走。"

汪琦他们这才得以坐车离开。

中国景德镇瓷器获奖的消息,当天便出现在法国巴黎街头各报亭大小报纸上,它们醒目地刊登着各种有关大清陶瓷的消息:《中国大清皇家瓷器产品首次登陆巴黎》《神奇的中国人——汪琦征服了世界艺术界》,并配有各种照片。巴黎街头上的人在争相阅读,汪琦一时成了法国的公众人物。

北京大清皇宫过道上,李鸿章正拿着一张电稿匆忙向太和殿走去。光绪正在看书,李鸿章突然冲了进来,光绪对此有点不高兴,他正要发作,可马上发现李鸿章神色有异,不停地重复:"皇上,皇上,好消息,好消息。"

光绪皇帝被李鸿章情绪所感染,放下书,走下大殿,忙问:"老中堂,什么好消息?快快说来!"

"皇上,巴黎公使馆来电,我们的参展团所带的作品技压群雄,获得大赛金奖。这是老臣刚收到的电文。"

光绪帝拿着一看,眼睛一亮,他双手抖动起来,自言自语地说:"是……是、是好消息,大大的好消息,我大清好多年都没有听到这样的好消息,走,跟朕到太后处,朕要把这一消息告诉皇阿玛。"

在慈宁宫,光绪皇帝未进门就喊:"皇阿玛,皇阿玛,我们轰动西洋了。"

太后笑着迎了出来,说:"哀家知道了,哀家知道了。"

大家进屋坐下后,太后笑着对李鸿章说:"中堂,你搞的那个洋务尽学洋人,哀家看我们祖宗的东西不比他们差。"

"太后说得对,刚才外务省又来报,说西洋好多国家皇室要向我们订购景德镇皇窑厂的瓷器。"

"那好啊！"

"可是，太后，现在生产跟不上。"李鸿章马上解释。

"中堂，你可给他们多拨点钱，让吴振江把厂做大点。"光绪皇帝接过他的话，说。

李鸿章听后不吭声，用眼看着太后，征询道："太后，国库……"

"国库怎么了？再穷也得给他们挤点。"太后瞪了李鸿章一眼。

李鸿章见太后开口，马上说："老臣照办。"

太后自言自语地说："这个吴振江还行，几年不到就把景德镇皇窑给哀家搞得红红火火。中堂，还有那个汪什么来着？"

李鸿章见太后问，赶紧回答说："太后，叫汪琦。"

"对，是他。"太后说，"了不起，像这样的瓷艺名家景德镇多吗？"

李中堂说："瓷艺人数以万计，出类拔萃的高手也不少。"

"要好好赏赐。"太后听后高兴地说。

李莲英一听，马上笑着凑上前，对着太后说："老佛爷，您刚才已赏过他们了。奴才替他们领赏。"

太后听他这一讲，心想我赏什么了，随后笑着问："小李子，您替他们领什么赏？"

李莲英说："禀老佛爷，您已封他们为瓷艺名家了。"

太后愣了一下，马上笑了起来，说："小李子，还是你行，不是你这一说，哀家还不知赏他们什么，哀家一想到汪琦，他那几招，还真叫绝，真为我们大清国争足了脸。"

这时，李莲英收起了笑容，凑上太后的耳旁耳语，说完后退到一旁。

太后顿时脸色一沉，轻声说了一声："不争气的东西。"然后转身对着李鸿章问，"中堂，汪琦的事你可知道？"

"禀太后，老臣也是刚知道的。太后，他在法国公园路口为救当地一小女孩而负伤。这事，在当地获得不少赞美。"

"中堂，这就是我们大清的美德！传哀家旨意，想办法把他治好。"太后说后，转身对着一旁的李莲英说，"小李子，去，责成吴振江把今年的贡瓷按时交上来。"

李莲英笑着说："禀老佛爷，按您吩咐，今年的贡瓷，吴振江早已上交，还多出一成。"

"太后，这次好险，差点我们大清的瓷器到不了西洋。"老中堂李鸿章见太后今天高兴，也讨好起来。

"听说这一切都是皇上和你的安排？"

"太后，皇上圣明，不过，这次也多亏吴振江的随机应变。"老中堂十分谦虚，把功劳推给眼前的皇上和远在几千里的吴振江。

光绪帝一听，看着眼前的老臣，感到满意，示意地对他笑笑。

太后看了年少的皇帝一眼，对着李中堂说："话说回来，浮梁马知县一天几个奏折。奏折上还说他已抓了几个劫船疑犯，要哀家定夺。哀家没老糊涂，一个混混，借他几个胆也不敢劫御船。你们派上钦差,一到景德镇,便把日本人围了起来。倒是浮梁这个马为民,及时给哀家上了一个折,他说他这样断案是为大清国着想。哀家想了一下,有理。大清再也经不起战争了,哀家便依了他。这一来是杀个猴给日本人看看,再说也化解了我们大清国与东洋日本人的矛盾。"

"皇阿玛,儿皇认为此风不可长。"光绪皇上听后,马上说。

"皇上,你说得对。不过,哀家看马为民也是忠心一片,这事圆满,也有他一份功劳,皇上倒是该好好赏赏他。"

"谢皇阿玛教诲。李总管,传朕的旨意,赏浮梁马知县白银五千,着内务府派一官员迅速南下景德镇,把皇阿玛六十大寿的瓷器迎进宫来。"

"嗻。"李总管应声道。

"还有,传旨吴振江,叫他把这次得奖的瓷器多做一些,献给太后。"

太后听后满心欢喜,说:"皇上,这个好,快过年了,今年大吉,哀家得准备一些礼物,到时好赏给大家。"

日本东京黑龙会总部,村山会长此时正拿着手上的茶杯气得往地下猛摔。

一报务员进来,递上一张电文,说:"景德镇电。"

村山不听则罢,一听到景德镇这三个字更来气,对着他吼道:"我不看!大清景德镇皇窑厂在巴黎的瓷器是怎样来的?难道它们长了翅膀?告诉他们,我花这么多钱养他们干什么?给我发电,给我向山田发电,告诉他陶瓷艺术的最高荣誉,应属于我大日本帝国,属于天皇。"

在通往江南山间路上,大清京城的传旨官在驰马日夜飞奔。日本东京黑龙会总部,报务员手上"滴滴"的电波声也响个不停。他们同时指向大清一个偏僻山区——景德镇。

一个月后,在江南景德镇瓷器街第一百〇六号汪府门前,这里是欢声笑语、人头攒动。

汪琦的妻子淑惠此刻满脸是笑,她正忙着给前来看热闹的邻居小孩发放糖果。淑惠看着眼前一双双伸过来的小手,笑着说:"别急,都有,每人都有。"

"妈,爸会给我带洋糖回来吗?"一旁的儿子汪强问。

"会的,会的。"淑惠回应着儿子。

"我爸回来有洋糖吃喽。"汪强听后,连蹦带跳领着一群小伙伴高兴地离开了。

汪府门前两旁贴着一副大红联,左联是"陶瓷圣火映红昌江入江走洋远名世界",右联是"大清恩泽惠及瓷都穿街进巷辉映千秋",对联的上方则挂着一块用红绸盖着的巨大匾额。显然,这里即将要举行一场隆重的揭牌仪式。

时值晌午,大清督陶官吴振江的轿子准时在他们门前停下。

总管曾开一看大人到,马上高声宣布:"现在,汪府揭牌仪式开始。请大清督陶官吴振江大人给大清皇太后御赐'大清瓷艺名家'牌匾揭牌。"

人群中顿时响起鼓掌声，并让出一条通道。

吴振江从人群中走出，来到门前，对着御匾恭敬地跪下。三叩首后，他站起来，伸手扯着红线，只见他顺手一拉，门头匾牌上盖着的红绸徐徐抖落下来，"大清瓷艺名家"六个金光闪闪的大字，在阳光下熠熠发光。

在大清景德镇皇窑厂，这里却是另一番景象，戒备森严，每道门口都有官兵把守，进出的人要出示证件，生人除登记外，进出还得搜身检查。

这不，眼前正有一群外国人，被皇窑厂值勤的清兵挡在门外检查。吴晋从中门出来，看到一大群洋人，十分好奇，来到值勤处，递上证件。

值勤清兵笑问道："二公子，又要出去？"

吴晋没有回答他，他瞅着站在前门处的洋毛子，一边轻声地问："我说，这么多洋毛子，他们到这里来干什么？"

"二公子，他们说是两湖总督张大人带来参观的。"

"哪个是两湖总督张大人？"

值勤清兵用手一指，对吴晋说："前头的瘦个就是。"

"那不要怠慢他们。"

"二公子，督陶府的规矩你是知道的。"

"你这个死脑筋，知道你为什么到现在还是个什长吗？"二公子瞪了他一眼说，"教不会，我走了。"

景德镇瓷器街汪府前门，爆竹喧天，鼓声一片，热闹非凡，揭完御匾吴振江带着窑厂大小官员抱手对这家主人——大清皇窑厂的画坊总监汪叔凡说："汪总监，你们可为我大清争光，为我们皇窑厂争光了，本府和全体同仁向您祝贺。"

吴振江说后，皇窑厂的总管曾开、窑炉坊总监谢长森、坯房总监李国顺等同僚一个个鱼贯地走上前，拱手对着汪叔凡道喜。

汪叔凡对着前来祝贺的大清督陶官吴振江和同僚不断地重复着一句话："谢谢！谢谢！这是蒙皇上和太后的福，大人、各位同僚，请，请家里坐。"

"报，大人，两湖总督张大人带着一批驻外使节已到。"侍从这时分开人群，突然跑进来，匆匆来到吴振江面前，急切地报告。

"他们人呢？"吴振江问。

"报，大人，他们已在皇窑厂门外。"

"为什么不把他们请进公馆。"

"大人，把守的官兵说在没有接到你和总管的命令前，他们不敢放人。"

"迂腐！"吴振江听后，跺着脚骂道。他转身对汪叔凡交代一番后，坐上轿子匆匆离去。

在大清皇窑厂门口,外宾们对眼前这座既仿京城宫殿式又具南方特色的建筑物充满着好奇。

总督张大人见主人未到,便利用这段时间,笑着上前,做起了解说员。他向外国大使团成员介绍道:"各位大使先生,景德镇冶瓷,始于汉,历时两千多年。大清景德镇皇窑厂从前明初期建立,到我朝已历时五百多年。"

"五百多年?不可思议。"外宾听后,个个睁大眼睛。

一些人听后不停地对着皇窑厂拍照。

吴振江风风火火从瓷器街赶来,快到皇窑厂,便远远看到他们。他快步上前,来到总督张大人面前,不断解释,并示意值勤清兵向大人赔礼。

值勤的清兵听后,马上走向张大人面前,"啪"的一声敬了一个礼,满面带笑,对着他说:"大人,小的该死,请吧。"

张大人忙摆手,笑着对吴振江说:"吴大人,你不必为难他们,老夫倒觉得他们个个是好样的,忠于职守,值得敬佩。"

"大人,谢谢,我代他们谢过总督大人。"

"吴大人,老夫在湖北时就听说你治厂严厉,今天才得以一见。一个即将停产、倒闭的皇窑厂在你手上不出几年就红红火火,起初老夫不信,今日一看,才不得不服。老夫想,皇窑厂有今天全靠你管出来的。眼前这规矩可不能因老夫而改。"他又指着那些洋人说,"这批大使是到我们汉阳厂的,途中听说景德镇皇窑瓷器轰动巴黎,纷纷提出要来看看。我是不打招呼自来,倒是要你见谅了。"

"大人,你这样就折煞下官了,"吴振江对着张大人说,"大人,你们的到来使皇窑厂增辉不少,我欢迎还来不及。皇窑厂能有今日,下官认为,这全是蒙圣上之洪福,同时还有朝中众大臣的支持,这其中也离不开您。大人,请。"

"老弟,你过谦了。"总督笑着说。他转过身,对着面前的外宾介绍说,"各位,各位大使先生,眼前这位就是我大清景德镇皇窑厂督陶官,当今瓷王吴振江——吴大人。"

当翻译一译完,洋大使迅速围了上来,他们拿着相机,对着吴振江不停地照着。他没法,只得站在那,满足他们。待他们拍足后,暂停时,吴振江及时用英语对着他们说:"各位大使,大清皇窑厂欢迎大家前来参观、指导。各位,请。"

一旁总督和翻译听后都很惊讶。

一个外宾说:"督陶大人,我是法国大使,能否让我见见你们这次在巴黎获奖作品的作者,我要亲自表示对他的敬意。"

"大使先生,我刚从他们家来,您的要求,我一定满足您。"

一些外宾再次围上前,要与吴振江合影。

"各位,我大清皇窑前后几百年,看的东西太多,要拍的东西也太多,我提醒你们节约手中胶卷,不然,到时要遗憾喽。"吴振江笑着对他们说。

在场的洋客人听后，拍拍自己手中的相机，相视而笑。

这时曾总管匆匆赶来，吴振江问道："汪府的事料理好了？"

"大人，您走以后，马知县不久便带着一批乡绅到，我代大人向他提出官窑民窑合作一事，他问我是否是督陶府的意见。我点头后，他顿时脸色难看，不久便告辞，汪总监如何挽留都不行。他对我说，在此事上，督陶府跟他耍两面派。汪总监看到大人事急，便催着我回来，说有事他自己会处理，处理不了，再派人来向您请示。"

"我冲了他升迁的梦。在此事上，对他采用了保密措施。看来我与他铆上了。"吴振江听后，感叹地说，"总管，此事随缘吧，我自问自己做得问心无愧。不过，现在有一事，还得麻烦你再回去一趟，刚才外宾中的客人指名要见我们的功臣。你去通知他，赶紧来见我。顺路，你再到春圆戏园去一趟，请他们帮我们安排好今晚宴会后的活动。张大人这人洋派，你要把姜雪请到，没有她这晚上活动就不精彩。"

"好的，我这就去。"曾总管说后，转身走了。

在浮梁县衙，马知县气呼呼地走进来。师爷看到，马上迎上前说道："大人，三姨太一直在后院等你。"

"等我干什么，她见我就是要银子。现在，我这三分地都快没了，我看她还要个球！"马知县气冲冲地说。

"出什么事了，大人？"师爷一时猜测不出，小心地问。

"督陶府现在可是红人，就连总督张大人也来凑热闹。"马知县没理会他，继续说他的。

"大人，这次两宫，皇上和太后赏赐了你，可没有他吴振江。"

"这个你不懂。他是实，我是虚。这个吴愣子，现在认为翅膀硬了，把手伸到我的地盘上，要什么官窑、民窑合作。他们合作，师爷，你说，本县吃什么。"马知县瞪着眼，对着他说。

师爷这下听明白了，他问："大人，你答应了？"

"你说呢，本县还没有傻到卖了自己还喊他声爷。据线人来报，他吴愣子为了讨好总督张大人，晚上举行他妈的什么游园会，请上戏班。说是把婊子姜雪送上。"

"什么？吴振江送上姜雪？这样说来，他也是一个里表不一的奸人？"师爷说时，语气中显得对吴振江人品的一种失落。

"妈的，你说我怎么办，怎样才能让我出出这口气？"

"大人，他吴振江不是想把姜雪搭上吗，我们何不来个将计就计。"

"什么计不计，他妈的，你可不知道，这吴愣子叫他的婊子只是去助个兴，张大人可不好这口。"马知县瞪着他说。

"大人，我们这样……"师爷向周围扫了一眼，贴近马知县的耳朵，嘀咕起来。

在春圆戏园，戏演得欢。姜雪在台上正唱着《打渔杀家》。台下坐着很多人，他们在不停地喝彩。

二公子吴晋带着一帮小兄弟大摇大摆地走进来。他们来到前排坐下，一看侧边坐着几个嘴上留着山羊胡子的日本人，他们"哟西""哟西"嘴里不停地叫着，十分高兴，并用力在为戏台上的姜雪鼓掌。吴晋抬头一看，姜雪正在谢幕，吴晋他们一伙吹着口哨，敲着身下桌椅，大声叫喊："再来一段，再来一段。"

"二公子，今天的戏，山田先生包了个场。"戏园领班匆匆走上前来说。

吴晋被他说得一愣，看着他不高兴地说："你小看本公子出不起钱？"

"公子，你误会了，戏园的规矩你是知道的，明码标价，先来后到，不是花钱多少的事，请见谅。"

吴晋听后不说了，向领班挥了挥手，回头向侧边的日本人看去，这时他们也拿眼看着他。吴晋心想：今天真怪，我怎么尽遇一些洋人，看来我这一辈子与洋人有缘，想到这，他冲着日本人笑了笑。

姜雪演完一场，退到后台，正要卸妆，此时桃花急忙来找她，对她说："雪儿姐，皇窑厂来人，要见你。"

"人呢？"姜雪问。

"在门口。"桃花说。

姜雪卸下妆，一人匆匆出来。他一出门，便看到剧场门口正停着一顶轿子。轿夫见一女子出来，忙上前问："小姐，请问，你是不是姜雪小姐？"

姜雪点点头说："是。"

"那太好了，"轿夫一听，兴奋地说，"小姐，大人正在督陶府等你，快上轿吧。"

姜雪听说是大人派人来接她，也不多问，便上了轿。

戏园内，戏台上，吴晋他们久不见姜雪上台，跺脚吹起口哨。

戏园领班这时站出来说："各位，对不起，姜雪小姐临时有事不能演出，她的戏由春秀代演，请各位原谅。"

下面跺脚吹口哨声更厉害了。吴晋带来的一班兄弟在起哄。

戏园领班无奈，只得下台。他来到山田前，笑着对他说："山田先生，对不起，你不看，你点戏的钱，我全退。"

山田坐着，没有吱声。

戏园领班以为他生气，继续解释说："先生，今天皇窑厂来了重要贵宾，我们接到演出公文，吴大人已派人把姜雪小组接走了。"

吴晋看着戏园领班对山田他们热情，把自个冷落一边，心里很不自然，他对身边的弟兄说："弟兄们，你们把身上的碎银给我拿出来，往他身上砸。"

戏园领班听到二公子叫喊，知道他生气，马上转过脸，笑着走过来，对他说："二公

63

子,今天怠慢了,怠慢了,对不起。"

吴晋瞪了他一眼,问:"你心中还有你家公子?"

这时吴晋身边的一个小厮低声对着他说:"二爷,算了吧,姜小姐是你老爸看上的人,春秀的戏也不错,我们接下看吧。"

"你说什么混话?我爸会看上那戏子?"吴晋一听,顿时来火,用手指着他吼道,"给我掌嘴!"

"小的该打。"那小厮说时,真的打了自己一个嘴巴。

吴晋看了剧场领班一眼,摇了摇手,说:"算了,算了,不要再在这丢人现眼。"

这时,隔壁的山田站了起来,要走。他冲着吴晋笑了笑。吴晋一看,忙点头赔笑,算是回礼。

山田一伙大摇大摆地离去。

吴晋望着他们的背影,自言自语地说:"真有派头。"

小厮见状,凑上前指着他们对吴晋说:"二爷,前头走的就是景德镇日本株式会社的山田社长,走在他左边的是他的总管小野。"

"还要你说,我早知道。"

小厮听后,知道失了他的面子,赶紧给吴晋端茶,说:"二爷,喝茶。"

大清皇窑厂里热火朝天,坯房里的窑工正在用力地搅拌着转盘,一件件瓷坯从他们手上拉出,立在坯架上一大片;釉料作坊的技工在向瓷坯吹釉;画房的画工在填彩,画画;窑炉边,赤膊的窑工正从窑炉里搬运着刚烧好的瓷器;挑夫正扛着一箱箱瓷器往衙门仓库走。

洋人一路四处张望,对他们来说什么都觉得十分新鲜。吴振江向外国大使介绍说:"我们大清皇家御窑厂初为前明太祖所建,但成规则在明万历年间。我大清入关后,历代对它都很重视,并在此基础上对它不断进行了改建和扩建,这才有今天大家看到的这一规模。你们看这是前门,呈'品'字形,是仿造京城皇宫前门所建。现在我们站的位置是皇窑厂前门到厂衙门间的过道上,这条过道前后长六十米,过道末端则是皇窑厂的办事衙门机构、来往接待的公馆、厂官员日常居所——督陶府,它们一字并排着。"吴振江说时,不时用手指点。大家都随着他手指方向,细细观看。

吴振江和大清驻华公使们边走边说,不一会儿,便来到衙门瓷器仓库前。这里的窑工正在选瓷。

衙门前仓库内外热热闹闹。一件件精美的瓷器分门别类地摆放着。

只见选瓷工手上拿着瓷器,对着光,看了又看,用手摸了又摸,他们不放过其中的任何一点瑕疵,选下的瓷器抛到箩筐"砰砰"响。瓷器在他们的手上飞过,转眼,被他们挑选下的瓷器已是一大筐。这让洋大使们看得眼花缭乱。

这边刚选好的瓷器,马上被运到仓库的另一头进行包装。包装工他们把小的瓷器用草纸,大的用稻草一个个打包,然后装进木桶,在装进木桶前,包装工在木桶里用手均匀地撒上一把豆子,才把包装好的瓷器放进去。

洋人们看得出奇,有个洋人好像被什么吸引,蹲下来用相机对着他们不断地拍照。一些外宾忍不住地问:"你们为什么这样做?"

包装工抬起头,冲着他们一笑,一边劳作,一边擦拭着额头上的汗珠,说:"大人,我们也讲不出个道道,只知道这样包装瓷器在路上再怎样颠都不会破,遇水潮湿时,豆子会发芽,远航中还可补充绿叶菜的不足。听老人说这法子从明朝郑和下西洋时就用起,一直到今天。"

外宾听后,看了又看,有的用手去摸,有的拍照,一些人自言自语地说:"这小玩意,真绝。"

吴振江此时在一旁与总督张大人交谈。选瓷官走上前汇报结果,他说:"大人,这次窑场送来瓷器二万三千件,其中碗、碟一万二千件,尊和琢器二千三百件,瓶一千八百件,缸一千件。我们通过大家会检,打下碗、碟二千件,瓶四百件,缸二百件。"

吴振江听后,说:"你吩咐下去,把挑选剩下的瓷器统统砸碎,就地埋掉。"

选瓷官听后,转身过去,不一会儿,便有几个附工过来,把挑选下来的瓷器拖走。

外宾看后,过来问:"吴大人,你们把这些瓷器拖到哪里去?"

"公使先生,我们打算把它们拖到瓷坑砸碎,就地埋掉。"

外宾疑惑地看着吴振江,问:"大人,我能看一看吗?"

吴振江点点头。

外宾上前,从中拿出一个瓷碗,看了又看,尔后,对着吴振江说:"大人,这么漂亮、精制的东西在我们国内只有我们的国王才配拥有,它贵于黄金十几倍,你们这样处理它太可惜了。"

"我们上贡的瓷器从几件,有的从几十件中才选出,供皇宫所用。除了皇宫,其他人不配拥有和使用它,选瓷工选下的这些瓷器,都有一点瑕疵。"吴振江接过外宾手上的碗,指着它说,"你看,这有一个小黑点,"他放下,又拿上一个盘讲,"这下面釉彩烧得不够。"

外宾听后点点头,又摇摇头,像是听不懂,又像是惋惜。

吴振江领着总督张大人的参观团在皇窑厂考察了两个多时辰,个个都没有倦容,积极性很高,哪怕是眼前一个细小的情节也不放过。这几十号人围着吴振江,叽叽喳喳,看他平日精力旺,今日还真够他喝上一壶。

他们走在通往窑厂生产区的路上。未到门前,便传来了鞭炮、锣鼓声。一个外宾忍不住地问:"吴大人,他们在那边干什么?"

"开窑时,举行的一种祭窑神仪式。"

"祭窑神?是保卫瓷器的神吗?"

吴振江听后,笑着点点头。

这时，汪叔凡从后面走过来。吴振江看着他，发现他今天穿戴得很整齐，知道他是有备而来，高兴地对他说："好呀，我的大功臣，你来得正好，他们都想见见我们这个大清皇窑厂的陶艺家。"说着，拉着他的手来到外宾们的前头，对着外宾介绍："各位朋友，眼前这位就是法国巴黎艺术品大赛作品的金奖获取者，他也是我们大清皇窑厂彩绘作坊的总监。他的名字叫汪叔凡，在法国艺术品大赛领奖台上表演的是他的弟弟汪琦。"

这些洋人听后，立马围了过来，与他攀谈并合影。汪叔凡从未见过这种局面，本来就讷言，现在就更局促。吴振江看后，在一旁笑，最后不得不出来圆场。

汪叔凡一来，气氛顿时活跃起来，大家一路谈论着来到火神庙前。

在花园火神庙，一位德国客人指着火神庙中的塑像问："总督大人，他们是你们皇窑厂的什么人？是不是你们皇窑厂的祖先？"

"这个得请皇窑厂督陶官吴振江大人回答你们。"张大人说。

"这是风神、火神、佑陶神，他们是我们景德镇做瓷人的神，也是我们大清皇窑厂的保护神。"吴振江指着它们介绍。

"了不起！我们能敬他们吗？"有外宾问。

"当然可以。"吴振江笑着回答。

吴振江向洋人递上三根香。那洋人接过，学着眼前把桩师傅的模样，敬上香，然后在神像前双手合十，特虔诚，嘴里不知哩哩咕咕着什么。

"这神像过后，下面应是御窑厂生产区？"张大人在一旁问吴振江。

"是的，大人。目前皇窑厂有作坊车间一百四十三个，窑炉九十二座，水井十四口，船柴房十间，火柴房九间，柴房八十七间，烧窑工役歇房八间，固定瓷工五千，附工一千，厂内大小官员五百，便夫四十，我们开工生产一年能产瓷一千一百三十万五千件，折官银五百五十万两。"

"不简单，不简单，你这皇窑厂比老夫的汉阳铁厂都大，难怪老佛爷、皇上都这么器重老弟，不简单啊。以前同僚都说，大清御窑厂是大清皇宫的钱袋子，老夫不信，总想来看看，今天一见，果真如此。"张大人听后，连声赞叹。

一大使说："我们国家还没有这么大的工厂呢。"

午饭后，洋公使提出要看现场。张大人与吴振江商议后，提出让汪叔凡陪同表演。汪叔凡接令后，考虑到厂内技术的安全性，没有把他们往画坊领，而是把公使们带到大清皇窑厂坯房。这一点，吴振江没有告诉给张大人。

在坯房，大家围在一处，只见汪叔凡双手搅拌着转盘，一眨眼的工夫，就拉出一个斗碗的模型。

一外宾看后，用不流畅的中文说："这简单。我也会。"

汪叔凡看了他们一眼，起身，笑着问："你们中谁来试试？"

刚才那外宾毫不客气，放下手中相机，赤脚露手，笑着搅拌起转盘，聚精会神地用力拉,一场下来不是扁的就是斜的,他一脸丧气。

汪叔凡看后,耐心地教导他说:"拉坯,用力要匀,手要向上托和提,这样……"

围观的人越来越多,大家指指点点。

汪叔凡一眨眼工夫一个瓷坯碗又给他拉出来。

那位外宾这次看得仔细,拿手比画着,说:"先生,请让我再试试?"

汪叔凡点点头,外宾上去还是没有拉出来,自言自语地说:"这东西看似很简单,可到我手上就不听使唤。"

"你看我,这样……"汪叔凡在一旁放慢了速度,手把手地教他,边教边说,"开初,我也是这样,看一看,认为很简单、容易,可到自己手上就不那么容易了。"

那外宾又独立做上了,不一会儿,只见他手舞足蹈兴奋地对着汪叔凡喊道:"师傅,成了,我成了!"

大家看到客人满脸的兴奋,再看看他的脸和头发,一身是泥,便笑了。他给大家看得不好意思,问:"你们笑什么?"一边用手去擦拭脸蛋,谁知越擦越多。

大家笑得更欢。

这时有人在总督耳边耳语几句,总督不断点头。他走过来跟吴振江说:"吴大人,刚才有一位日本客人提出,御窑厂的祭红太漂亮了,他没有看够,想到釉料配制作坊去,不料被领班请出来。你能否满足他的要求?"

吴振江愣了一下,张大人倒也明白吴振江的心思,便对他说:"吴大人,皇上来时交代,为显大清的气派,尽可能满足外国友人的要求。我看他们兴致很高,老夫就做一回主满足他们的要求吧。"

"那就听总督大人的安排。"吴振江把汪叔凡叫过来,对他说:"按总督要求,你好好陪陪这个客人。"

"大人,你放心吧,我一定把客人安排好。"

日本客人在汪叔凡的陪同下,直奔釉料配制作坊。釉料配制作坊总监看到赶走的那个日本人又回来了,忙用手指着釉料配制作坊"工作重地,闲人免进"门牌。

汪叔凡看后,上前解释,那总监听后说:"汪总监,皇窑厂的规矩你应知道,这是我们厂的核心,厂内一般人都不允许进来,何况是外人。"

汪叔凡掏出令牌,笑着说:"老兄,这个大人早料到,他不仅要求你不能拒绝,而且要接待好!"

眼前这位釉料配制作坊的总监,看了看汪叔凡递上的大人令牌后,马上对一旁的日本客人说:"对不起,既然是大人的客人,那快请。"说后,把他领了进去。

在釉料配制作坊,日本客人提出各种要求。汪叔凡和这位总监领班从仓库里翻出资料,满足了他,并对技术上难点和不清楚处,一一详细向他做出解释。

临走时,这个日本人又突然提出对资料拍照,汪叔凡说可以,并协助他拍照。最后,他问:"朋友,你还有什么要求?"

"没有,谢谢你的合作,没有你,我得不到这样详细且清楚的资料。"

汪叔凡听了这一句话很满意,他心想我总算在洋人面前为大人争了脸。

话说戏园姜雪已感到自己被骗,但是人已落入他人之手,眼前两个大汉,任凭她怎样挣扎也无济于事。她被捆绑着投到一间柴房里。她对身边的打手说:"大哥,你们放了我吧,吴大人还等我去演出呢。"

"你就老实点吧,我们不会放你的。"一打手说。

姜雪哀求道:"你我近日无冤,往日无仇,你放了我吧,大哥。"

另一打手说:"我们收人钱财,就得替人办事。"

姜雪说:"大哥,我有钱。你放了我吧,我会给你们双倍的钱。"

两大汉上前把她的嘴堵上,然后关上柴门,出去了。

姜雪感到,自己已陷入了绝境,她一个弱女子,少与人来往,是什么人陷害她呢?她想站起来,但是双手双脚都给人绑着,怎样也站不起,喊也喊不出。她想到了吴振江大人,此时,他又在做什么?会来救我吗?

此时的吴振江对姜雪的处境是一无所知,他正陪着总督张大人在公馆喝茶。总督端详着手上的茶杯,情不自禁地看了又看,自言自语地说:"真漂亮,真漂亮。吴大人,这么漂亮的瓷器就是刚才这泥坯弄出来的?"

吴振江笑着说:"大人,瓷器工艺七十二道工序,这制坯只是其中一道。"

"不简单,不简单,今天老夫算是领会到什么是陶瓷了。不过老夫要跟你提个意见。"

"大人,请指示。"

张总督摇摇手,呷了一口茶,笑着对他说:"指示是当今太后和皇上,老夫只能是个建议。刚才老夫听这些洋人在议论,他们说你们这些打掉的瓷器,在他们国家也可卖上不少黄金,把它们统统砸碎埋掉,觉得太可惜了。"

吴振江说:"大人,皇窑厂的瓷器一直专贡皇宫,这是历朝的惯例。当前朝廷国库紧张,下官也想把挑选下来的瓷器,略做修补就地交换,奏章呈上去了,但是皇上一直未做批复。"

"这个好。"总督张大人说,"这事,老夫有机会也替你说说,你是对的,白白砸掉多可惜。老规矩也得改一改。"

吴振江说:"大人,下官在这先谢过了。"

这时曾总管过来,"曾总管,安排好了吗?"吴振江问他。

"一切都按大人吩咐安排妥当。"

吴振江满意地点点头,说:"好,你去吧。"

总管退下,见马大人领着不少人,扛着、挑着往公馆走来。马大人似乎没看见曾总管,直奔总督张大人下榻的地方去了。

公馆处,早有人来报:"浮梁知县马大人求见总督张大人。"

总督张大人正在兴头上,他对侍从说:"好呀,我们民窑总把头来了。马上传。"

马知县人未到,大小礼物已到。吴振江要告退,张大人把他留下,说:"吴大人,都是同僚,何必客气。"

马大人一进门,就喊:"浮梁知县马为民拜见总督张大人。"

"马大人快快请起。"他看了一眼摆上的礼物,说,"马大人,你这是?"

马大人这时发现吴振江也在这,有点尴尬,笑着说:"总督大人初来鄙县,当地一些茶叶特产,不成敬意,不成敬意。"他看了一下吴振江说,"比不上振江兄。"

晚上,大清皇窑厂后花园张灯结彩。吴振江的老母在秀娟、小翠她们的搀扶下,进园赏灯。

"砰!"一支礼花腾空而起,在天空中绽放。

"老祖宗,你看。"秀娟指着天空说。

"漂亮,真漂亮。"吴老太高兴地说。

"砰""砰""砰"……朵朵礼花在空中绽放,皇窑厂霎时被照个通亮。

"老祖宗,你看这朵。"小翠指着天空不断地对老太说。

"好、好、好。"吴老太的目光随着小翠的手在天空中转。

二公子吴晋在花园里东张西望,看到老太太和秀娟、小翠她们,一阵小跑过去。他对着老太太说:"老祖宗,戏就要开始了。第一场有我们的节目,你快回到座位上去。我和小妹就不陪你。"说着拖着秀娟就走。

"晋儿,你们慢点。"老太太望着他们匆促的背影,说。

花园里的人越来越多,吴老太看了他们一眼,说:"小翠,差不多了,我们也该进去了。"

为显客人的尊贵和大清皇窑厂的气派,晚宴后,吴振江特地在皇窑厂后花园亭阁上设置戏台,为到访的总督大人以及外宾举行一场欢迎晚会。

吴老太在戏台侧面刚坐定,总督张大人和浮梁马知县便来问安:"伯母,你老人家好。"

"总督大人好,知县大人好。"老夫人笑呵呵地回礼。

"大人,请吧。"一旁的吴振江说。

张大人笑着点点头,他们一行在中间坐定。戏台上锣鼓震天响。一袋烟功夫,突然又安静下来。大家盯着戏台看。只见戏台上的布帘徐徐拉开,一队乐师用青花瓷乐器演奏了一首《渔歌唱晚》。这一出场,外宾是个个称奇,未待演奏结束,已是掌声不断。

戏场气氛十分热烈。

吴振江看总督张大人高兴,忙解释说:"张大人,这瓷乐是我们景德镇民间民窑开发出来的产品,下官觉得,很有特色,便买回来组织人改进,成立专门演奏队。这是他们第一次登台演出。"

"在皇窑厂听瓷乐表演,有特色。"总督张大人听后,笑道。

吴振江和总督张大人品着茶,闲聊着,非常的惬意。

乐声悠扬,掌声不断。只有马知县伸着头在不断地张望。

台上报出下一个节目是瓷舞。

吴振江听后,下意识地伸出头,在人群中看了看,他没见到姜雪人影,倒是发现日本人起身出去。坐在身旁的浮梁知县马为民不时在总督边耳语:"总督大人,下一个瓷舞是我们景德镇春圆戏园姜雪小姐独创的,充分展现了景德镇青花瓷的美妙,这个姜雪不仅舞好,人也出奇的漂亮,等一下你就可以看到她了。大人,你知道吗,她还是我们督陶官吴振江大人的红颜知己呢。"

"是吗?"总督张大人笑着说,"马大人,经你一说,那老夫还真要好好看看。"

此时,吴振江看了马大人一眼,只见马大人对他嘿嘿地笑。他侧身问身旁的曾总管,说:"怎么没有看到姜雪?"

曾总管摇摇头,一时也答不上。

此时,镇上郊外,山间月光下,两人抬着一个麻袋在山沟中匆匆而行。

"砰""砰""砰"……城东的礼花声在山区夜空传得很远也很响亮。

后面的人停了下人,扭头往回看。

"老二,你干什么,快走呀。"

"哥,这礼花像是从皇窑厂出来的,准是皇窑厂又在办什么大喜事。"老二说。

"他妈的办喜事,我们哥俩在这遭罪!"后面的哥说。

"看钱分上吧。快走,江边的人还在等我们。"前头的人说。

夜空繁星点点,昌江水在哗哗地流。

姜雪迷迷糊糊地被人抬着。他们穿过山沟,不一会儿便来到江边,借着月光,左右看了看,然后,把麻袋鬼鬼祟祟扛到了船上。船上两歹徒忙去接应。

"这婆娘挺沉的。"两歹徒说。

"兄弟辛苦了,咱们一齐来喝酒。"走在前面的老二从腰间取出酒说。四个歹徒聚在一块喝了起来,船向前航行。

船上麻袋在动,两打手看了看,其中一个说:"听说这个娘们很漂亮。"

另一个说:"反正要卖到窑子里,不如我们兄弟俩先玩玩?"

一歹徒向另一歹徒使了使眼色。那歹徒上前去解开麻袋。

姜雪从麻袋中露出头来,她惊恐地睁开眼一看,已是夜晚。她发现自己正在昌江河船上。

姜雪思量着怎样逃出去。她发现歹徒正看着她,镇静下来,马上有了主意,对着两歹徒摇了摇头。

姜雪虽然头发凌乱,衣衫不整,但是在月光照映下,仍然是美丽动人。

歹徒看着她,露出了淫笑,嬉皮笑脸地说:"好妹子,你只要乖乖听哥哥的,让哥哥开心,你要什么,都行。"姜雪点了点头。

歹徒拿下姜雪口中的毛巾,解开手脚上的绳子,一歹徒趁势把她上衣撕开,在她胸上乱摸一阵。姜雪娇羞地答道:"两位哥哥,慢慢来嘛。"

歹徒被她柔柔的声音和娇羞的神态勾住了。

"两位哥哥,渴死了。能帮小妹拿碗水吗? "姜雪一边站了起来,一边娇娇地说。

"噢,我去,我去。"两位歹徒反应过来,齐声说,两人扭头争抢着去拿水, 姜雪乘其不备,冷不防地跳进滔滔的昌江河,

听到巨浪的声响,两歹徒马上回转过来,一看姜雪不见人影了,顿时惊恐万分!

第六章

大清皇家御窑厂后花园晚会仍在进行。

曾总管进来对着吴振江耳语,吴振江听后,脸色一沉,他侧身对总督张大人说:"大人,府里有点急事,我先告辞一步。"

张大人点点头,仍沉浸在台前的歌声中。

吴振江扫了戏场几眼,见老母正在兴头上,为了不惊动大家,他用手捅了总管一下,使了一个眼色,两人匆匆离去。路上看见日本客人大岛仓皇而过,吴振江回头看了他一眼,心想,他在这镇上人生地不熟,这大晚上,他匆匆忙忙干什么,会不会与雪儿有关系?吴振江想到这,把曾总管叫到一旁,吩咐他派人暗中监视。

吴振江组织人全厂搜索,也没有姜雪的消息。这一晚,他没有回督陶府,而是一个人独自待在衙门办公房,他心想,姜雪不可能无故缺席今天的晚会。戏园的人都说她一大早就出来了,但,她人呢?

晚上,一个人影穿过山城的夜色,疾步走进景德镇日本株式会社,山田立即迎上前,并把他领进自己的密室。此人正是上午随总督张大人来大清景德镇皇窑厂参观在配釉作坊摄像的日本客人,只见他对山田说:"山田君,我们要的东西都在这里,请立即给我送出去。"说着拿着一包东西递给他。

"大岛君,你不愧是大日本帝国最优秀的谍报专家!"山田接过后,看了一眼,笑着赞美。

大岛听到赞美,心里十分舒坦,咧嘴笑了。半晌,他突然想到了什么,说:"山田君,我发现督陶府吴老太身边的丫环小翠很像一个人?"

"谁?"

"山田一郎的夫人。"大岛说,"当年他带着全家与我们一道从关外来到关内,不知什么事故,他们夫妇二人同时死于非命,女儿英子从此不明下落。如果小翠是英子,吴振江身边的英子,山田君,你说,这对我们的计划实施会怎样?"

"大岛君,你认为?"山田反问,表情十分冷淡,因为,他想把此事搪塞过去。山田不能告诉他,小武已服务于他,且他们之间是兄妹。他是武田的女儿,怎么会变成山田一郎的女儿?

第二天清晨,皇窑厂笼罩在山城的一片雾色中,代表团中的日本客人也就是前面说的大岛先生,他起得特别早,东方刚吐白,就拿着照相机走出公馆进入皇窑生产区。途中,曾被窑厂的卫兵拦住。不过,他已有了经验,一见面便用中文说:"我是总督带来的客人。"

卫兵一听"啪"敬了一个礼。

大岛似笑非笑地对他摆了摆手,尔后坦然地走了进去。

在窑区窑火旁,窑工正在给炉中添柴,此窑已烧了两天两夜,今晨是最后一把火。只见把桩师傅往炉火口中吐进一口痰,炉中的火焰霎时往上蹿。"这又是一炉好瓷。"他用手拍了拍身上的尘土,一面自言自语地说。就在这时,"嚓"的一声,紧接着一道电光罩着他。把桩师傅心头一震,惊恐地扭头一看,发现有人正拿着东西对着他和他身旁的窑火,不停地"咔、咔、咔",一闪、一闪地亮着光。

把桩师傅看后,猛地冲了上去,大吼:"你在这干什么?"他的徒弟们听后,立马跟着围了上去。

大岛说:"我是总督请来的外国朋友,我给你们照张相,留个纪念,纪念。"

把桩师傅什么也不听,用一双有力的大手,用力抓紧对方的照相机,把它抢过,摔在地上,用脚去踩,口中念念有词,不停地喊:"对不起,对不起,冲撞了。"说时,突然跪下,领着徒子徒孙对着窑火就拜,并不断地磕头。

大岛被这突来的举动惊呆了,一时愣在了那里。

这时的太阳升得好高,它早把山城的晨雾驱散,暖融融的太阳把景德镇皇窑厂照得金碧辉煌。

吴振江昨夜没睡好,因客人要走还是起了一个大早,此时,他正在公馆前与总督张大人告别。

"振江老弟,谢谢你的热情款待,皇窑这瓷器我总算见识了,太美了。景德镇了不起,四镇之首,当之无愧,当之无愧!你的西洋文更让我大开眼界。不过,你得和马知县精诚团结。"张大人临行前,握着他的手说。

"大人,你的教诲,下官一定牢记。欢迎大人再来,更欢迎你携尊夫人光临。"

"谢谢。"总督张大人说,他突然想起一事,马上问,"对了,振江老弟,昨天那个姜雪姑娘找到没有?我听说姜雪小姐人品才艺都不错,对你一片痴心,你可不要伤人家的心喽。"

"这——"

"老夫听说伯母有点微词,但我看她老人家也是一个开通之人,如果信任老夫,老夫代你在伯母面前说去?"

"大人,谢谢。"

总督张大人哈哈大笑,说:"老夫事没做,你老弟就说了两个谢。好了,我们走了,不必相送。有什么事,用得着老夫的地方告知一声,老夫一定竭尽全力。"

这时有人匆匆进来,在总督张大人耳边说了几句。

张大人回头一看,这才发现外宾中果真少了那个日本人,他四处张望,着急的心情溢于言表。

吴振江看后忙问:"大人,有什么事?"

"昨日那个好拍照的日本朋友一大早出去到现在还没有回来。"

恰在这时,远处传来争闹的声音:"我抗议,我要向总督抗议,向大清皇帝抗议。"声音由远而近。

大家循声看去,发现好多人正围着那个日本客人朝这边走来。一时,大家不知出了什么事。

吴振江立即迎了上去,一看,原来是昨晚行色匆匆的日本客人大岛,心想,他自到皇窑厂就没有停过脚,现一大早又去窑炉房,他去那干什么?

大岛看见总督像遇到救星,马上来了精神,他委屈地对着张大人喊:"总督大人,我是你们请来的朋友,你们这样对我,我要向大清皇帝抗议,你们侵犯我的人权。"

吴振江听后,厉声责问把桩师傅们。

"大人,这个自称是日本人的客人强行给我们的窑炉拍照,驱吓我们的窑神,摄走我们的灵魂。没有窑神,这窑我们今后怎么烧?"

吴振江听后,明白了,也知道窑工说的轻重,一时讷言,转身看着总督张大人。

张大人见吴振江神色低沉,他是何等聪明,咋不知这其中的规矩,但碍于邦交,怎么办?张大人就是张大人,不愧是我大清一等贤臣,遇到眼前这等大事,他依旧不愠不火,对着大岛说:"大岛先生,来时,我已向你们宣布了纪律。瓷器全靠窑火,窑火靠窑神相助。你已驱吓了他们的窑神,你要我怎么办?"话中,绵里藏着针。

大岛此时无话可说,低下头,自觉失理。

把桩师傅们并不相让,他们大声对着吴大人说:"大人,为了窑火,请你把它留下来祭奠我们的窑神!"

把桩师傅此言一出,在场的人都震惊了,张大人心更慌,因为这皇窑是太后和皇上直接管的,万一皇窑瓷厂不行,这怎么办?再说,拿外国驻清公使来祭坛,这还得了,弄不好,将引起一场大的外交风波,甚至战争。客人是自己带来的,我能承担得起这个责任?想到这,他心中倒吸了一口凉气,把眼光盯着吴振江,目光中带着求助。

吴振江听把桩师傅一说,先是一愣,看着眼前一时凝固的现场和身边的总督大人,他明白了。原来大家都误解了他的窑工。只见他笑着走上前,从侍卫手上拿过把桩师父摔坏的相机,高高举起,对着在场的人,大声严肃地说:"听我们把桩师傅的,我决定,用它来开窑、祭神,向我们窑神请罪!"

吴振江这一说,大家的心都放下了,倒是大岛仍一脸无赖相。总督瞥了他一眼,心中十分不悦,但出于外交礼节,他这种情绪还是没有发作出来。他紧紧地握着吴振江的手,说:"振江老弟,谢了,谢了,后会有期!"

"大人,后会有期。"

吴振江送别总督张大人一行后，一刻也没有耽搁，提腿便往家中赶。一进家门口，小翠就哭到他跟前。

"振儿，你可回来了。小翠她哭了一个晚上了。你可有姜雪的消息？"老夫人见儿子进来，忙问道。

吴振江眼睛红红的，疲惫地摇摇头。

"大人，你可要救救雪儿姐、救救雪儿姐。"小翠哭声越来越大。

"翠儿，快起来。我和你一样急。你放心，我一定会把你的雪儿姐姐救出来。"

这时曾总管急忙进来。还没等他走近，吴振江便急着迎上前问："总管，姜雪可有消息？"

"大人，目前还没有。对了，戏园老板娘金赛花来过，她说要见你，看来她也是为姜雪小姐的事。"

"曾总管，你要加派人手，扩大搜查范围，想办法找到姜雪。同时通知一下马知县，请求他们协查。"

曾总管领命，匆匆离去。

吴振江见迟迟没有姜雪的消息，心中显得十分不安。

吴振江带人来到戏园。一路上大家都默不作声，吴振江没有理会这些，径直往姜雪房间走去。

吴振江推开姜雪房门，发现里面很多人。

老板娘一看到是他，马上迎上前，问："大人，可有雪儿的消息？"

吴振江摇摇头。

金赛花听后哽咽地说："大人，我的雪儿妹妹好苦啊。没了她，我这戏园还怎么撑下去，以后的日子咋过？"

吴振江问："金班主，你想想当时还有谁在场？"

"当时都怪我不在场。大人，那天，我的雪儿听说你晚上要她去演出，她心里别提多高兴，不久，说是你派人来接她，她也没多想，就上了轿。我们都以为她是你接走了，晚上戏班回来，才知道她根本没去你那儿。"

领班接过话说："大人，当时戏场的人很多。对了，你家二公子也在场，还有山田他们。"

"晋儿，山田？"吴振江突然大脑中闪出昨晚看见日本客人大岛的情景。"是他们？"吴振江闪过后，又摇摇头。"谁会冒充我来去接她呢？"吴振江坐在那自言自语地自问。

浮梁县衙内堂，马知县坐在摇椅上看书。

师爷风尘仆仆从外面进来，他来到马知县面前，对着他说："大人，我回来了。"

马知县点点头，放下书，正想张口问什么。师爷向周围扫了一眼。马知县会意，对着身边的侍从挥了挥手。

侍从退下。

马知县站起来，问："搞定了？"

"中途她跳入江中，我看也差不多。"

马知县听后，把手上的书往地下一甩，说："一群废物！"

"大人，皇窑厂曾总管求见。"一侍从进来报。

"曾总管，他这个时候来干什么，不会是与本县商谈官民两窑合作之事吧？本县当时只是一种应酬之言，这个吴愣子就当真起来。"马知县对着师爷说。

"大人，我看他不是为这事而来。"

"那你说，他是为什么？"

"大人，你想想吴振江这个时候最急的是什么？"

"这个，这个，依本县看，那自然是冲着姜雪而来。"

师爷点点头。

"哼！"突然马知县一声冷笑，他对着师爷说，"师爷，请他进来，你暂避一下。"

一会儿，曾总管进来施礼，马知县装作没看见，仍看他的书。

"大清皇窑厂总管曾开参见马大人。"曾总管继续喊。

马知县似乎听到有人叫他，这才放下书，朝前一看，马上站起，热情地说："噢，是曾大总管，耳背、耳背。请坐、请坐！上茶。"

马知县见曾总管坐定后，微笑着说："曾总管，你是贵客，这是今年本县的新茶瑶里绿。品品看，如何？"

曾总管品了一口，点点头说："口感不错。不过，对于茶，我是猪八戒吃人参果不识味。大人，我今天来是……"

马知县打断他的话，笑着说："曾大人，你是皇窑厂大内管家，制瓷高手。景德镇向来素称一瓷二茶之地，像你这样的人怎么会不识茶。太谦了，太谦了。"

"大人，我今天来是……"曾总管说。

"喝完这杯新茶再说，不是贵客，本县是不用这种茶待客的。"马知县说时把曾总管的话题又错开，拖长声音继续说他的茶。

曾开无奈。

马知县看把他折腾得差不多后才放下手中的茶杯，对曾总管说："你刚才说什么来着？"

"马大人，姜雪小姐昨天被人劫持了。"

"姜雪被人劫持了？谁不知道姜雪小姐是你们大人的红颜知己。在景德镇谁敢劫她，有几个脑袋？你不是对本府开玩笑吧？"

"马大人，昨晚总督大人的宴会上姜雪小姐是没有出席的，这个你知道。吴大人和姜雪小姐再怎样也不会开这样的玩笑。"

"这个倒是。这个姜雪……"马知县站起来，来回走动，说。

"马大人，姜雪小姐与督陶府关系甚密，我希望你能帮助协查一下。"

"曾大总管，不是督陶府，是与吴振江。咱们暂不说我们县衙与督陶府长期荣辱与共的关系，单凭我与你大人的交情，这忙，我一定帮。回去告诉你大人，今天本县就布置人员在全县范围内搜查。"

"那我代我家大人谢谢你。"

"曾大总管，曾大人，你这话又说跑题不是。好了，你回去吧，一有情况，本县及时通知你们。你们有线索也告知本县一声。"马知县说。

曾总管走后，马知县一声冷笑，过后，他对师爷说："不过，咱们既然答应他们了，样子还得摆一个。你去安排吧。"

"嗯。"师爷听后，一脸的奸笑，转身走了。

在瓷器街东头某瓷器店内，武小村直闯了进去，他一路大喊："胖砣砣，你出来。胖砣砣，你出来。"

见是武小村，心中一惊，不知出了何等大事，因为他这个点是轻易不接头的。"武大人，武大人，找在下有事？"胖窑主一听有人喊，赶紧出来。看他气喘吁吁、气势汹汹的样子，胖窑主忙把他拖到一边，一面示意人在外看着，一面问，"如此紧张，出什么大事？"

"我问你，你们把姜雪藏到哪了？"武小村一把抓住他，厉声地问。

"姜雪，春圆戏园的头号花旦，我们藏她干什么？真是莫名其妙。"胖窑主说。

"在镇上，除了你们，谁敢动她？"

"武小村，你冷静！"胖窑主拉开了他的手，见他毫无理性，对着他大声吼道。

"雪儿姐是我小妹的恩人，也是我武家的恩人，你们要是伤她一根毫发，我会跟你们没完！"武小村说完，头也不回地走了。

"武大……"胖窑主追出门外，见武小村人已离开，摇了摇头，他折回店后，叫人把店门关上，自己则直奔景德镇日本株式会社方向而去。

在景德镇日本株式会社办公室，胖窑主摸着刚被武小村抓痛的脖子，对山田说："山田先生，武先生这样鲁莽，我看终究要坏我们的大事。"

山田听后，嘿嘿一笑，他看了胖窑主一眼，拿起刚从市场上收购进来的瓷器，若有所思，最后放下，对着胖窑主笑着问，"叶先生，大清为什么衰落，你想过吗？"

"山田先生，中国人很现实，国家的事，我们大家都不去想。就是让我们想，我们也想不出来。"

"你的，真诚。我喜欢你这个真诚又现实的中国人。"山田说，"我告诉你，大清帝国衰落，是她的臣民没有忠义，相反，我大日本帝国，臣民个个充满忠勇。你的，懂吗？"话语中充满着自负，"武小村就是例证！"他说。

"我的明白，明白，山田先生。武小村能对他恩人忠诚，定能对大日本帝国忠诚！"胖窑主听后，有一种豁然开朗的感觉。

这时，小野匆匆进来，看到胖窑主欲言又止。

"叶先生不是外人，小野君，有什么事，直说！"

"山田君，大岛出事了。"

"大岛君出事，什么事？"

"早上，大岛君进入窑炉区拍照窑火时，让把桩师傅给撞上了，说是冲撞了窑神，当场给捕住，并把他扭到督陶府。"

"那后来呢？"山田盯着他问。

"他们提出要用他来谢罪，祭窑神。当时听说总督张大人也慌了，大岛更慌。这时倒是吴振江出来，压制住把桩师傅，让大岛手中的相机代替了他。大岛这才得以脱身。不过，他相机中的资料也就这样相应报废了。"

"废物！"山田听后，气急败坏地说。

"不过，从另一方面也是件好事。"

"好事，好在哪？小野君！"山田听后，很不高兴，感到他对帝国事业的不忠诚。

小野似乎察觉出山田的心思，笑了笑，说："山田君，这事也告诉我们，吴振江他们并不了解我们意图。"

"不了解又有什么用？这次本是我们接近皇窑厂的最佳时机，煮熟的鸭子又飞了。"山田叹息说，"今后，给帝国这样的机会就少了。"说时，显得一脸的无奈。

"山田君，我们不是有武小村吗？"一旁的胖窑主看后，忍不住地说。

"武小村没有接受过帝国的教育，受中国的文化影响太多，难。"山田说，"再说，他是我们打入督陶府的一个重要棋子，不到关键时刻，我不想用他！"

山田说后，屋内一阵沉默，都不说话。

胖窑主看着山田和小野，沉默无语，自己夹在这中间也觉得没趣，一时不知如何是好，突然他想起什么，马上会心一笑，凑到山田跟前，说："山田君，我看，还有一人能帮上我们。"

"还有人能帮上我们，谁？"山田一听，顿时来了精神，迫不及待地问。

"英子！"胖窑主回答说。

"英子？"山田听后，想不起来，疑惑地问。

"山田君，她就是你要我帮你打听的小翠呀。"胖窑主解释说。

"英子，就是督陶府吴老太身边做丫环的小翠？"

"是的，是的，小翠就是英子。据我实查，她就是当年你好友山本的女儿。"

"真是我好友山本的女儿英子？此消息可靠？"山田问。

"据说，小翠三岁时，由一东洋人，也就是你们日本人带到景德镇，后来此人不知为什么，把小翠卖给了当地一家人。不久，当地那家人也破产，举家迁走了，可是他们并没把她带走。从此小翠流落街头。春圆戏园的头牌歌女姜雪看她可怜，便收留了她，教她读书识字。班主金赛花为讨好姜雪，把小翠认作干女。但戏园内养个小孩终觉不方便，且说也影响了正常演出，金赛花总想把她送走，可姜雪就是不同意。恰好，戏园佣人，也就是武小村的母亲，能识东洋语，为人又实在，很喜欢小翠，想收她为女儿，小翠也跟她有缘，姜雪就同意了，并让她回家，专心带小翠，平日资助她一些银两。后武小村娘得一怪病，时好时坏，很少出家门。家境很拮据，眼看小翠一天天长大，姜雪不想她走自己的路，便把她送到督陶府，跟小姐陪读。吴振江对姜雪一片真情，对小翠自然十分爱护，小翠人也聪明乖巧，很得吴老太欢心，目前，她可是督陶府受欢迎的人物。"

"小翠，英子。小岛君，要真是她，我们就不愁得不到我们应得的资料。只可惜，山本死了。"山田感叹地说。

"山田君，小翠离开山本很小，要是我们找人把她认了，这事我们不就成了？"小岛在一旁笑道。

"小岛君，你回日本一趟，把山本的资料找到。"山田停顿了一下，说，"我要亲自去一趟春圆戏园，我要认这个女儿。"

"山田君，武小村会咋想？他能接受？"小岛问。

"这是事实，也是帝国需要。他必须接受。我们认了小翠，对他，对我们都是一个大大的帮助，"山田说。

"山田先生，姜雪已被人劫持，至今没有下落，这事……"一旁的胖窑主提醒道。

"姜雪是这出戏的关键人物，这个关键时刻，她不能出事，你组织人给我找，一定要把她找到！"山田听后，马上命令小野。

"找到她，她既会感激我们，我们同时又卖了一个人情给吴振江，今后我们胜算就更多。小岛君，为了帝国的利益，组织人员全力寻找姜雪！"山田一面想，一面盘算着说。

"嗨。"小岛转身而去。

胖窑主也跟着出去。

"谁敢劫持她？"山田自言自语地问，"难道会是浮梁县衙？"想到这，山田眼前一亮，"哟西。"只见他把手一拍，顿时从房屋的角落蹿出几个日本浪人，"你们给我日夜监视马知县！"山田命令道。

"嗨。"这些浪人听令后，转身迅速离去。

姜雪为不受辱，跳到江中，她拼命地挣扎，一个浪打过来，便让她不省人事。等她醒来，发现自己已躺在一张床上，旁边坐着一个慈善的老妇人，只听到老妇人说："老伴，醒过来了，醒过来了，快把那碗姜水拿过来。"

姜雪疑惑地看着她，说："大娘，这是……"

老妇人笑着说："闺女，这是我家，昨天我老伴打鱼回来，发现你躺在西瓜洲河岸上，看你还有一丝气，就把你背了回来，你已经睡了整整一天一夜了。闺女，长得好好的,有什么想不开?"

昌江河上,几个大清捕头在景德镇昌江河畔西瓜洲四处张望,沿河而下。

姜雪躺在渔家茅屋内,老大娘坐在一旁。

姜雪对老大娘说:"大娘,我是被歹人绑架了……"

姜雪陷入回忆中,她把前前后后的事跟老大娘说了一遍。老大娘听后,气愤地说:"这世上,哪有这么歹毒的人!"

姜雪说:"大娘,我不能休息,大人还等着我演出呢。"说着从床上爬起来,刚下床,头一晕,又跌坐在床上。

老大娘赶紧扶着她躺下,对她说:"好好歇着,天大的事,闺女,命要紧。"

远处几个日本武士在景德镇昌江河畔西瓜洲四处张望:"小野君,前面发现一茅屋。"

小野说:"我们过去看看。"

老大娘出来取水,抬头看到远处几个人向她家走来。来人看到她,站在远处,向她招呼:"喂,老太婆,看到一女孩吗?"

老大娘看了看他们,摇摇头,继续做她的事。

小野一招手,他们走了,继续沿河而下。

老大娘进来惊慌地把门关上。

马知县从外面参加饭局回来,大摇大摆地回到县衙,他手里拿着牙签在嘴里不断拨弄,后面跟着不少人。

师爷看到他,赶紧追上来,把马知县扯到一旁说:"大人,我有要事跟你汇报。"

马知县昂着头,看着他说:"天塌下来有大清太后顶着,有什么大不了的。"

"这……"师爷看着周围欲言又止。

马知县此时已有点醉意,看他吞吞吐吐,忙摆摆手:"说吧,说吧,他们不是外人,有话就说,有屁就放。"

师爷没法,只得说:"大人,据我们派出去的捕头回来报,山田他们也在组织人员大肆搜寻姜雪。"

"他们找她干什么,是不是他也看上这婊子了?这下景德镇可热闹了。哈哈、哈哈……"

"大人,就怕不是这个情况。"师爷说。

马知县把手一摆,旁边的人退去,酒也醒了一半,他问师爷道:"你说他们勾在一起?难道吴振江怕了日本人,暗中靠上他?"

"按吴振江的禀性推测,他不会。"师爷说。

"这年头没有不可能的事!要是他吴愣子靠上日本人,上又有皇上撑着,本县的日子就不好过。难怪这几天,县衙前出现了不少可疑的人。"马知县说,"师爷,你暗中查一下,有情况马上告诉我。"

已是第三天,姜雪仍没有一点消息。在督陶府书房,吴振江两眼发痴,一声不吭。一旁的曾总管在不断安慰他。突然,他想起一件事,便对大人说:"大人,有件事很奇怪,日本株式会社山田社长也好像在找姜雪。"

"他们到底要干什么?"吴振江听后,不解地自问,觉得此事越来越复杂了。

就在这时,仆人得福进来,说二公子吴晋到。

"大人,那我先走了。"曾总管听后马上说。

吴振江点点头。

吴晋进来后,站在一旁,低着头。

吴振江看了他一眼,问:"晋儿,这段时间,夜夜不归,老实说到哪儿去了。"

"我还能到哪里去,学做生意!"吴晋扭着头说。

"看戏、赌博也是做生意?"吴振江听后,顿时火冒三丈,对着他吼道。

"你能去戏园,我为什么不能去?"

吴振江听后,气得扇了他一耳光,吼道:"你这混蛋!我问你,姜雪是不是你弄走的?"

"她不见,关我什么屁事?"吴晋委屈地说。

这时老夫人进来,看到他们父子俩在争吵,喊:"振儿,晋儿还小,要多引导他!"

"妈,还小,都十七了,终日游手好闲,都是您纵容的!"

吴晋听后,顿时瞪了吴振江一眼,对着老夫人说:"老祖宗,别理他,他心里只有那个戏子,哪有我们!"

老夫人听后,马上制止说:"小孩子,大人的事不得乱说!"

吴晋说:"我乱说,他能做我为什么不能说。"

得福在一旁扯着他的衣角说:"二公子,老爷在气头上,你就少说几句。"说着拖他出去。

"哼!"吴振江看了儿子一眼,气得把门一关,出去了。

在大清督陶府内室,吴老太指着吴振江说:"振儿,我知道你生妈的气,不同意你把姜雪娶回府。晋儿他娘走后,这一过就是四五年,娘知道你难哪。但是,你的性格刚直,说话直道,为人又厚实,不设防,一心扑在皇窑上,事业上深得皇上的信任,可这也招妒!孩子,姜雪人好,为娘知道,娘难道不希望有个好女人在你身边照料你?娘老了,你想呀,姜雪毕竟是个欢场女子,娘是怕呀,怕有人借此事来整你,你懂吗?"

"娘,是做儿得不好,让您受累了。"吴振江说。

"晋儿他们有点恨你,你知道这是为什么吗?你不能心里只有皇窑。自己的孩子,做父母的平日不管,遇事就对他们凶神恶煞,这是你的错,你事再忙,也得抽空陪陪他们呀。"

"娘,是儿做得不对,太忽略他们了。"吴振江说着,心情倍感内疚。

"知道就好。"吴老太笑着说,"姜雪这姑娘也是苦命人,她对你一片真情,你自己看着办吧,为娘的不为难你。振儿,娘问你,她真的失踪了,找到了吗?"

吴振江摇摇头。

老夫人看到一脸疲惫的儿子,心疼地说:"有事你去吧。"

"娘,那我走了。"

"嗯。"老夫人说后,摇摇头,一脸的无奈。

吴振江来到春圆戏园,只见里面聚集了很多人,但大家都不吭声,气氛十分沉闷,少了往日的欢笑。老板娘金赛花一见他就问:"大人,有雪儿消息吗?"

吴振江摇摇头,径直往姜雪卧房走去。大家跟了进来。看到桌上姜雪的画像,吴振江拿起它,眼前浮现当时给她画像的情景:一双含情脉脉会说话的眼睛,一身白绸绣花的衣裙,亭亭玉立,宛如初夏的一株白莲,俊俏、娴雅、纯真。他拿画笔的手,停在了半空。姜雪给他看得不好意思,脸色绯红,微微启动着双唇:"老爷,不画我就走了。"说着,装出要走的样子。吴振江像做错事的孩子,忙说:"我不看了,我画,我画。"

想到这,吴振江用手细细地抚摸着盘中姜雪的画像,充满着深情。

"砰"的一声震响,房门被推开,一村姑打扮的人闯了进来。

吴振江转身一看,正是她日夜思念的姜雪,他心中一阵狂喜,顾不得礼仪,向姜雪奔了过去。

"姜雪,你回来了?"吴振江这一喊,惊动了满屋的人。

"雪儿!"

"小姐!"

大家齐声喊。

吴振江情不自禁拉着她的手,问长问短。大伙儿看到这场景,怕惊扰他们,悄然无声地走了。

房子里只剩下姜雪和吴振江两人。姜雪双臂抱着吴振江,靠在他的怀里哽咽地哭泣起来。

"别怕,这里有我,搬到督陶府吧,那里没有人敢欺负你。"吴振江紧紧地搂着她,不断地安慰。

"大人,我有点怕。"

"怕什么,雪儿,我自会安排。"吴振江被姜雪绑架一事惊醒,那种失魂落魄的心情让他明白他不能没有眼前这个女人。吴振江为了皇窑厂已经失去了他相濡以沫的妻子,他不能再次失去眼前这个让他魂牵梦绕、深爱着他的女人。这时,他不再犹豫,果断地做出决定,把她接到府中照料。

姜雪听后,带泪的脸上露出了灿烂的笑容。她等这一天,太久、太久了……

第七章

姜雪随着吴振江来到督陶府，金赛花率领众姊妹相送，桃花在一旁哭泣。姜雪看后拉着她的手，笑着说："我的好妹子，姐又不是出远门，只是小住几日，马上就回来。"

"姐，我以为你不要我们了。"

"死丫头，你难道希望你雪儿姐回来？"金赛花白了她一眼，说。

姜雪含笑看着吴振江。

他们回到督陶府已近中午，吴振江嘱咐人给姜雪收拾卧房。姜雪看着吴振江说："老爷，我有点饿。"

"对，雪儿，我忘了，咱们先吃饭。"吴振江说着把她带到餐厅。时间还早，大家都没有回来，吴振江吩咐管家得福上饭，姜雪用眼制止他："老爷，等一等。"

吴振江看了姜雪一眼，笑着说："行，听你的。"

"嘀嗒嘀嗒……"洋钟不紧不慢地走着。

吴振江不时抬头望着它，觉得今天过得特别慢，他对得福说："得福，去催催，叫他们快来吃饭。"

得福说："老爷，他们今天都出去了，您和小姐先吃吧？"

"好。"说着，吴振江拿起碗筷。

"老爷，再等等吧。"

吴振江听后，只得把手中的碗筷放下，看看洋钟，再看看门口。

不一会儿，女儿秀娟走进来，正要与父亲招呼，发现身边坐着春圆戏园的姜雪小姐，她马上收起了笑容，低头上了餐桌。不一会儿，小儿吴亮、侄子吴波，以及他们的家庭教师罗中亮也一起进来了。他们今天个个一声不响，一上桌便埋头吃饭。吴振江看着他们，觉得怪怪的，心中不是个味。

姜雪自然很尴尬，吴振江看着她，刚好两人对了一眼。

吴振江读出姜雪的心思，他看了看儿女们，用手敲了敲饭桌。大家听后放下碗筷，齐齐看着他。吴振江说："娟儿，你们大家都听着，姜雪小姐从今天起，就正式住在我们家。今后，你们要相互多照应。"

秀娟听后，一句话也未说，继续埋头吃她的饭。家庭教师罗中亮看后，为打破桌上的尴尬，笑了笑，说："大人，好呀，恭喜我们大家庭里又多了一位成员。"

吴振江一听，马上侧身对姜雪介绍，"这位是我的好友——罗中亮，很有才华，别看他秀秀气气，一介书生，他可到过西洋许多国家，能说一口流利的西洋语，手上十八般武艺个个了得，还能画得一手好画。现在我已把他请在门下，做家中的家庭教师。"

姜雪听后，看了看他，微笑着对他点点头，算是一个回礼。

"娟儿,你奶奶呢？"吴振江发现老母未到,马上问。

秀娟瞅了他父亲一眼,说:"奶奶在佛堂念经,她说吃过了,不过来。"

这时,得福过来说,姜雪小姐的卧房已收拾好了,问他饭后要不要去看看。

吴振江听后说:"得福,等会窑厂有事,我就不去了,你领着姜雪小姐去看就行。少什么,马上帮着去添置。"

"是。"得福听后,转身退下。

吃饭时,吴振江给姜雪夹菜,姜雪含情脉脉看着他,把他刚才夹的菜又夹回他的碗中。"你是个大男人,应多吃一点。"她说。

秀娟看后,放下碗筷,"吃饱了。"说着就走了。

吴亮、吴波也马上跟着。

吴振江看后,终于忍不住,对着他们喊:"今天你们咋了,客人在,也不打声招呼,不懂礼貌！"

秀娟这才转过身,勉强地笑了一笑,极不自然。

姜雪却更感到尴尬。

在浮梁县衙,马知县听到吴振江把姜雪接到府上,正心生闷气,心想自己折腾一场,反倒成全他们俩,想到这,心中酸溜溜的。这时师爷进来,说上次办事的人上门来讨钱。马知县听后,更是来气,骂道:"妈的饭桶。到手的事竟做砸了,还有脸来要债,叫他们给我滚！告诉他们,这事要是给我露了风声,小心他们头上的脑袋。"

"大人,我知道,我一定让他们闭嘴。"

马知县看了他一眼,说:"下去吧。"

师爷听后,像得了圣旨,慌忙退下。

在大清皇窑厂前门,人群川流不息,热闹非凡。门口,清兵挺直地站着,十分威严,与此形成了鲜明的对照。

吴振江这时正带着总管曾开他们在巡视皇窑厂作坊区的生产。他们来到画坊,画坊总监汪叔凡见大人到,马上迎上,画工齐刷刷地站起。吴振江点点头,示意大家坐下。他对着画工的作品一件件地看,一边问:"总管,太后的贡瓷什么时候能完工？"

"回大人,"曾总管说,"眼下画的是最后一批,要是画坊这两天能完工,贡瓷年底便可烧成,明年初就可起运。"

汪叔凡听后,马上说:"大人,眼下这批瓷器工重,十分费时,我看时间得拖后。"

吴振江听后,默算一下,说:"总管、总监,太后贡瓷事大,明年开春一定得起运。你们两位听好,为了工期,你们要让镇上的窑工留下来,其他窑工明天照例休假。"

在景德镇日本株式会社,小野匆匆走进房间,对着山田说:"山田君,找到了、找到了。"

"小野君，你说找到了，她人呢？"山田问。

"吴振江把她接到了府上。"

山田听后，黯然无声。

"山田君，通过我们调查，姜雪的失踪可能与马知县有关。"

"有什么证据？"山田听后问。

"山田君，前天，我们线人打听到两个人，他们说替马大人做事，他不给钱，他们有事要说，且与戏园姜雪有关。我安排好准备接头，谁知今天一早，线人来说，江边发现他们俩的尸体。"

"这……"山田听后，沉思起来。半晌，他问："小野君，还有其他方面的消息吗？"

"有的，"小野说，"督陶府二公子吴晋因姜雪一事与吴振江发生争执，出走了。"

"哟西，哟西，镇上这下热闹了。"山田听后，眼前一亮，不断地叫好。

小野见山田高兴，马上接着问："我们要不要去找？"

山田摇摇手。

小野看山田不作声，退了出去。

秀娟、吴波、吴亮来到皇窑厂隔壁的迎祥弄，走到一个店前后，掏出地址看了看，然后走了进去。

只见吴晋正给货架摆放瓷器。

"二哥。"他们齐声喊。

吴晋一听，放下手中的活，笑着站起，说："娟妹，你们咋找来了？"

"二哥，是得福叔告诉我们的。哥，这银票，是爸要我带给你的。"

吴晋接过银票后，转身问吴亮："四弟，给哥说实话，是不是老祖宗给的？"

"二哥，你怀疑我有假？"秀娟一听，嘟着嘴问。

"爸有那么好？"

吴亮说："二哥，钱是爸给的，你就回去吧，向爸低个头，认个错。"

"我没错，干什么要认错？没他，我照样过得好，假惺惺，他心中只有他的戏子！"

秀娟说："二哥，爸不是那种人！"

"二哥，姜雪小姐到我们家了。"一旁的吴亮突然冒出一句。

"哼！"吴晋一听，马上冷笑一声，说，"我说得对吧，你们都是爸的好孩子，以后少来我这。不过，有银子都给我送来，没事就不要来，省得到时二哥连累你们。"

秀娟听后，气鼓鼓地说："小亮，我们走，太伤人了。"

这时有几个人进来，他们东看看，西瞧瞧，最后指着货架上一件瓷器问："吴老板，这个多少？"

吴晋走上前说："二十两。"

客人说："这是仿的！"

吴晋说："仿的？你们看看，这是谁开的店，本二公子也会卖假货，谁家有这个？这是正宗万历官窑。"他指着秀娟、小亮对他们说，"你们看，眼下两位都是来提货的。我看你是个行家，这样吧，做个朋友，算十八两。"

客人伸出指头，十两。

秀娟看不过，走上前，把吴晋扯到一边，轻声地说："二哥，你不能骗人！"

吴晋听后，用眼一瞪，轻身斥道："死丫头，你懂什么，到一边去，不要乱说话。"

秀娟发现自家二哥竟然拿着他们当幌子，公然行骗，马上虎着脸走了。

皇窑厂的生产由于专供皇宫所用，生产的东西大多十件中只能挑选到一件，有时上百件中才取一件，因此，平日产量虽多，但是成品率不高。景德镇是个山区，交通很闭塞，整个对外交往大多靠昌江河这条唯一的水系来维持。到了秋季九、十月以后，江南雨水少，大多河段进入枯水季节，行船这时大量减少。

此时，宫中没有特殊安排，皇窑厂也渐渐进入休假期。

眼前是今年窑厂最后出炉的一批瓷器，尚未验收，均已摆到衙门前。下午一上班，吴振江便领着汪叔凡一干人过来。

一官员看自己的大人到，忙走上前请安："大人，这是您要的账单，请核查。"说着把它递给吴振江。

吴振江接过，看了看账单，只见上面写道：四季度，皇窑厂共出窑七十次，烧制瓷器二百二十万件，其中圆器一百零八万件，作器一百一十五万件，大后特贡专用瓷七万件……吴振江边看边瞄了一眼眼前的瓷器。

"大人，开始吗？"汪叔凡看后，上前问。

"行，太后专贡瓷个个得细查，其他瓷器随样抽查。"吴振江说后，亲手干了起来。在他手中，一个小斑点也不放过。

这时曾总管上来，向吴振江递上一叠资料。吴振江接过，翻了翻，递回给总管。

"好。"吴振江说，"总管，忙了一年，我们也该休息了。今年咱们干得不错，太后的特贡瓷按期完成。巴黎参赛瓷获了大奖。"

"大人，听说太后当着皇上和中堂的面，要追加我们明年的监银？"曾总管问。

"是啊。"吴振江看着身边已验的瓷器，笑着说，"好久也没有放松歇一歇，今晚，我得给自己犒劳犒劳，老汪，告诉大伙没事可以提前回家休息休息。"

傍晚，春圆宫灯早已点上。戏园楼前门早已打出了当日的海报：今天上演《三英战吕布》。

戏还没有开演，这里已是人潮如涌，售票窗前，更是拥挤不堪，使本已喧闹的园子，成了一个大卖场。

饭后，吴振江换上便装，带着姜雪走进戏园。

桃花眼尖，一眼就看见他们，急忙去找老板娘。

老板娘金赛花此时正在大厅上下张罗。桃花走上前，远远便喊："妈妈，大人和小姐来了。"

"他们在哪里？"金赛花看着一路小跑而来的桃花问。她边说边急忙放下手上的活，随着桃花迎了出来。

戏园里众姐妹看到督陶府吴大人挽着姜雪的手上楼，好生羡慕。有的私下说："雪儿姐的命真好。"

另有姐妹嫉妒地说："谁叫你脸蛋长得不漂亮。"

吴振江和姜雪上得楼来，金赛花早站在楼门口等候，看到他们，迎了上去，笑着说："大人、雪儿妹子，我就知道你不会忘记这园子，我一直把位置给你们留着。"她指着身旁的小二，说，"快，快把大人和小姐引到包房去，戏正等着你们开演。"

姜雪问："赛花姐，今天安排我什么戏？"

"还记挂着我的戏园，真是我的好妹子。我的好雪儿，这几天你就别想戏的事，在督陶府好好待着，今晚陪好大人看戏，有事我会通知你。"

"谢赛花姐。"姜雪听后，红着脸望了吴振江一眼，挽着他的手，笑着说，"我们进去。"

金赛花看着他们走过，顿时一种妒忌和难言苦楚在心中流过，她愣愣地看着吴振江的背影。

"妈妈，大厅还有事吗？"一旁的桃花说。

"桃花，你去给我招呼他们。"老板娘这时才反应过来，马上脸露笑容，风风火火地走了。

戏台上，锣鼓震天，演员出场。

台下一片掌声。

戏台上正在唱戏。台下包房里，吴振江指着台上的花旦说："雪儿，我看她没有你唱得好。"

姜雪说："老爷，我看吕布你演最合适。"

吴振江说："是啊。"说完跟着戏台上锣鼓戏调哼唱起来，引得大家都往这看。姜雪轻轻地推了他一把，说："老爷，小声点，大家都在看你呢。"

吴振江全当没听到，哼得越来越有劲，不过声音小了很多，姜雪深情地看着他，把头轻轻地靠在他的肩上。

戏园门口，老板娘金赛花正在张罗着。曾总管匆匆进来，金赛花眼尖，一眼就看到他，上前招呼："曾总管，来得正好，戏刚开场。"

曾总管没有理会她，倒是忙问："老板娘，大人可否在这儿看戏？"

老板娘看总管匆忙的样子，问："总管，这样急急忙忙找大人，是不是皇窑出了什么大事？"

曾总管说："宫中来人，请大人速去接旨。"

包房内，吴振江和姜雪两人有说有笑，十分开心，早忘了往日的不快。

这时曾总管在小二引导下，来到他们包房前，轻轻地敲着门，喊："大人，大人。"

倒是姜雪耳尖，对身旁的吴振江说："老爷，好像是曾总管在叫你。"

此时吴振江也回过神来，转过头说声："进来。"看是曾总管，便问，"总管，有什么事？"

曾总管来到吴振江身旁，轻声地说："大人，宫中来人了，请速去接旨！"

吴振江听后，看着姜雪，一时不语。

姜雪笑着对他说："老爷，去吧，我能照顾自己。"

姜雪看了半场，自觉无趣，便回了督陶府。回府后，遇上管家，聊了几句，便笑吟吟进门，一见吴振江便说："恭喜老爷贺喜老爷官升一级。"但是吴振江却坐在椅子上发呆，汗从他脸上渗下来，姜雪说话，他全没感觉。

姜雪看到大人这个样子，走过去用手一摸，发现他额头发冷，忙掏出手帕给他擦汗，吴振江这时抓住她的手说："对不起，雪儿，我本想去接你，但走不开。"

姜雪说："我看你没来，就提早回来了。老爷，官升一级为什么还难过？是不是哪里不舒服？"

吴振江沮丧地说："雪儿，你有所不知，朝廷这次虽说给我官加一级，但是临时也增加我三成的任务，仓库筹备全部补上仍差一成！"

姜雪关切地望着他，心疼地安慰道："老爷，你是太后皇上钦定的官员，她不可能打自己的脸，这里面说不定有问题，不如去问问下旨的王大人。"

吴振江抓着姜雪的手，自言自语说："太后年龄大了，不如前几年，再说王大人这事未必知道。"

姜雪说："老爷，好人总有好报。去问问，也许会有收获，反正还有一段时间。"

吴振江十分感激地看着她，说："雪儿，谢谢你关心。不过，官场上的事你有所不知，我去，他未必会说。"

姜雪说："老爷，我去，我最合适。"

吴振江连连摆手，说："不行，这不行。"

"老爷，你对小女恩情有加。"姜雪说时，附在他耳边说了几句。

吴振江一脸无奈，对着她说："快去快回，我等你。"

姜雪走后，吴振江觉得心里空荡荡的。书房传来大厅的钟鸣声。他在房间走来走去，不时问得福："几点了？"

得福说："十二点了。老爷，要不要我到公馆去看看？"

"再等一等。"吴振江转过身，看着书柜里的书，无奈地伸手去拿，突然他的手僵持住了，大脑里闪出一年前春圆酒楼餐桌上的情景：王大人由桃花陪着，姜雪坐在自己身边，王大人端着酒往桃花嘴里灌，嘴里喷着酒气，不停地喊："喝，喝。"

桃花拼命地推开。

王大人东倒西歪,仗着酒疯,走到姜雪面前,眼睛直溜溜地往姜雪身上两个奶峰上看,伸手去摸她手,姜雪把手缩回来,说:"王大人,您喝醉了。"

吴振江突然想到这,突然很不自在,他自言自语地说道:"我怎么这么混?"

深夜,等不到姜雪回来,吴振江坐立不安,在家里来回走动。

吴老夫人这一夜也很担心,看着儿子房内灯光,人影也不停地来回走动。她有点心疼,对身旁的丫环说:"小翠,去,吩咐厨房,给老爷做碗汤。"

"嗯。"小翠出去。

秀娟半夜起来小解,发现老祖宗、老爸他们房中仍亮着灯,而小翠正端着一碗热气腾腾的人参燕窝汤往他爸书房走,她倒是眼快,跟上小翠,问:"小翠,是不是给我爸的?"

"嗯。"小翠点点头。

"小翠,把东西给我。你回去照顾老祖宗。"

秀娟推开父亲书房的房门,关切地说:"爸,夜深了,你吃点东西吧。"

见女儿这么体贴,吴振江感到欣慰,接过碗,吹着碗中的热气,慢慢地喝了起来。

谁知秀娟嘴中冒出一句:"爸,你的雪儿呢,走了?"

吴振江好不容易放松下来的心情给女儿一句话搅和,顿时烦躁起来,他板着脸对秀娟说:"大人的事,女儿家不懂,快回去睡觉。"

秀娟嘟着嘴,一脸的委屈,转身走了。

第二天一大早,浮梁马知县便带着当地的官员、绅士和富商到督陶府向吴振江祝贺。大家有说有笑,人群中独马知县表情黯淡,沉默无语。吴振江看了他一眼,知道他的心思,为化解他们彼此之间的心结,他笑着主动上前,与他招呼。马知县却是冷脸对热脸,哼哼哈哈,尽是官场上一些桌面上的台词。

在大清,皇窑厂为皇家御用厂,归宫中内务府管辖,但是到了后期,国库极度空虚,宫中开支十分拮据。皇窑厂的管理权便由宫中内务府转向军机处。官衔职位定为五品。

大清景德镇皇窑厂地处江西浮梁,县衙,按中国历来体制都是七品,可是浮梁县自有了一个皇家办的窑厂,从体制上为了相互制约,也从七品破格为五品,这在大清朝是少有的,全国也只有两家,北方山西有平遥县,南方则是江西浮梁县。

大清国是个农业国,推崇农桑,手工业在当时不受重视,只是到了后期,特别是洋务运动后,手工业才被重视起来——浮梁县衙办公地从原址旧城镇搬迁到景德镇就是一个很好的说明。

像景德镇一城两府这种情况的,大清朝不多。他们平时互为节制,但是,一般互不干预。只有到了关键时刻,如社会暴乱,当皇窑厂的利益受到威胁时,皇窑厂督陶府中的督陶官可以代表皇上，节制县衙。

话说这两府的官员，马知县阴柔，吴振江刚烈。他本节制不了吴振江，现在吴振江官升一级，就更加此。这官场的潜规则是官大、能力就大；官大一级压死人。马知县是个权力欲特强的人，目前这两府平衡被打破，他自然不高兴。

吴振江了解马知县的心思，本想上前安慰几句，说些好话，但是话到吴振江口中就变了，他说："马大人，只要为皇上当好差，把民窑进一步发展起来，为百姓做些实事，下次就是我祝贺你了。"

马知县一听，感到吴振江话中带话，这不是在安慰他，分明是在骂他、讥笑他。他听后，马上反唇相讥："吴大人，镇上瓷器街上的瓷器，我看这里面就没有一件是你们皇窑厂的。你的心思，我清楚。现在你名也有了，官也有了，就不要在我面前作秀了。民窑那有几个鸟油水，你还在乎？"

"马大人，我没有你想得那么多，现在我们大清的国门，一个个被打开，我们得有危机感呀。"吴振江说。

"吴大人，这瓷器街，号称天下第一街，难道又是你谋出来的？本县还有事，告辞。"马为民听后，觉得吴振江好笑，瞥了他一眼，转身就走了。

一旁的曾总管凑过来说："大人，马知县对你已是十分嫉妒，更恨你当时奏他一本。现在你说什么，他都听不进去。你的好意，在他眼中全是驴肝肺。"

"总管，大清自海岸一开，形势已是不可同日而语。宫中已设立贸易局，我们迟早得进入市场。我们不提前筹划，今后的日子就难过呀。就说眼前，我们就遇上坎。他不高兴，我还得说！"

马知县从督陶府出来，一回到县衙，把头上帽子一丢，破口大骂："这个吴愣子，这个畜生，心也太贪了，有了皇窑厂还嫌不够！"

师爷上前说："大人，我看吴振江的最终目的是要把镇上整个瓷业抓到手，他除了邀功，显示自己的能耐外，我看还有一点，就是想捞得更多。"

"抢了姜雪，他娘的，又跟老子来抢民窑。以前，我还以为他是一句玩笑话，他妈的现在玩真的。一点汤都不让本县喝，欺我太甚！"马大人拍着桌子骂。

"大人，吴愣子不让你好过，为什么让他好过？"

"你说我们怎么办？在御船被劫案处理上，吴振江不服，他现在仍盯着我不放，暗中组织人在调查。"

"只要耐心，大人，机遇总有！"

宫中下旨的第二天，大清督陶府大厅请来了戏班唱戏。

吴振江、马知县、姜雪、内务府王大人一块坐着。曾总管进来对吴振江耳语了几句后，吴振江马上转身站起，对着身旁的王大人招呼："王大人，在下有一点事得出去一下,怠慢了。"

王大人见到一旁的姜雪不走,马上笑着说:"别客气,吴兄有事尽量去办。"

吴振江走后,王大人马上胆大起来,他不断把身子往姜雪这边靠。姜雪不断地往后挪。

一旁的马知县看在眼里,似笑非笑地干咳了两声。王大人侧身看了马知县一眼。待他回过头,姜雪已离开座位,他瞪了马知县一眼,马上追了出去。

在公馆,姜雪和京城的王大人有说有笑,秀娟正打此经过,她听到笑声,走过去从门缝里一看,发现姜雪正与宫中王大人在一起下棋,秀娟本来对姜雪的出身就有一种无形的偏见,苦于没有事实依据,这下正好,给她撞个正着。她顿时双眼冒火,扭头就走,边走边说:"妖精,哼,本小姐要你好看!"

大清皇窑厂衙门会议室内,窑厂大小官员都围坐在圆桌旁。吴振江出得公馆大厅,来到这里,大家见后,纷纷起立。

"各位坐下,"吴振江见同仁坐好后,说,"各位,今天急急忙忙地把大家召集起来,是因为朝廷下旨,除这次要迎太后六十大寿特贡瓷进京外,内务府另外给我们厂增加了三成的任务。现在京城内务府王大人正在督陶府等着我们,我们十天之内就得把货送出景德镇。目前的情况是,我们用库存产品补上还差一成,具体数额为三十万二千件瓷。大家说,我们怎么办?我想听听大家的意见。"

"大人,把我们的窑工召集回来,这个问题不就解决了?"有人马上提议。

吴振江听后,指着刚才发言的官员说:"谢总监,你说的是个好主意,可是,我们派人去周边乡下把他们召回,我计算了一下,路上来回就得半多个月,时间上不行。"

大家听吴振江一分析后,都没了主意。

吴振江看大家不说话,都拿眼看着他,他想了想,说:"各位,刚才你们中有人说得也对。不过,我想,我们动用的不是远处的窑工,而是把家在镇上的窑工组织起来,继续生产,只是当前是休假期。我看,现在也管不了许多,我们窑厂的官员就不休假,下到窑场和作坊去,大家做得到吗?"

"大人请放心。"众官员听后齐声表态。

吴振江看到大家对他工作的积极支持,心里踏实了许多:"我谢谢你们,"他说,"各位,如果一切顺利,我们这样短期内便可完成任务的百分之六十,也就是二十万八千多件,不过,还差九万四千件,我在想,又怎么办?"

一些官员听后,你看着我,我看着你,马上面面相觑。有人这时终于忍不住,站出来说:"大人,你说吧,我们怎么办?大家听你的。"

"各位,不瞒大家,我该想的办法都想过了,现在唯一能帮我们的是民窑。"

大家一听,都看着吴振江。不知他葫芦中到底装着啥,一心想听下去。

也有人憋不住,站起来说:"大人,寻求民窑帮助,没问题,但是如何保障质量,这事,你想过没有？如果他们的产品满足不了我们的质量要求,这事又咋办？"

吴振江听后,也语塞了,最后无奈道:"我也为这个事愁呀。"

他们这一说,会场顿时议论开了。

吴振江听后,用手拍了拍,示意大家静下,他说:"各位,此事,刚才大家说了不少,我看,我们唯一的办法,是向他们派出我厂技术人员,指导他们生产。"

吴振江话音未落,会上的汪叔凡马上站起说:"大人,咱们皇室的技术是不能外传的,这个规矩可是当年建厂之始皇上钦定的,一传就几百年。这规矩不能破。我希望你能慎重考量。"

"汪总监,你说得对,此事,我没忘记。但是,我们还有其他办法吗？"

大家听后,再不吭声。

吴振江扫了一下会场,他接着说:"各位,当今国家正值内忧外患之际,皇上为兴我大清,推行洋务,重点发展瓷业,并在宫中成立经贸局,景德镇瓷业推在榜首,今后朝中给我们的任务仍将会不断增加,靠我们的力量显然不行的,这次皇上下旨要我们皇窑除办好自己的事外,还要求我们把景德镇民间瓷业带动起来,只要有利景德镇瓷业发展,皇上要我们一切可见机行事。规矩是人定的,时变而我变。我们这次派出的技术人员对民窑厂进行指导,但是,我们决不能泄漏我们窑厂的陶瓷原料和釉料配制等关键技术。"

大家听后觉得他说得有理,都不约而同地点点头。

过后,曾总管探过头来问:"大人,要不要现在就派人把镇上一些大的民窑主,如李俊他们叫来？"

吴振江摆摆手,说:"总管,这不礼貌。这次,我们是去求人,再说,我们出价不高,对产品要求又严,我怕一些民窑户不一定愿做。这事我得先去摸个底,亲自去谈。"

大会散后,大伙都走了,唯独汪叔凡落在后面,吴振江看后,便问他是不是有事。

汪叔凡上前说:"大人,指导民窑生产这个事,就交给我吧,我已是快要告退的人,遇事也没有什么了不起。"

吴振江笑着说:"汪老,谢谢,不过,这次工作重头戏还在我们自己窑厂内,再说,民窑我也想多结识,借机互动一下。"

汪叔凡听懂了吴振江的话中话,转身就走。刚到门口,吴振江突然想起一件事,把他叫住。

"大人,是叫我吗？"汪叔凡听后,停下脚步,回过身问。

"是的,老哥哥！"

"大人,你这样叫,我不敢当。有事吗？"

吴振江欲言又止,看了他一眼,心情显得异常的沉重,不过,最后还是开了口:"老哥哥,有件事压得我太久了,我还是告诉你一声好。"

"什么事？"汪叔凡看到吴大人在他面前心情如此沉重,这还是第一次,心想大

最后的官窑

人一定有什么大事,而且是跟他有关的,想到这,他心情顿时紧张起来。

"老哥哥,令弟汪琦兄在西洋为救当地一位小女孩,被迎面而来的洋车碰伤了。宫中传出消息说太后已口谕大清驻西洋公使全力救治。不过,一个月过去了,到现在,我们再也没有听到他的消息。"

汪叔凡听后愣住了。

一旁的总管听后,看气氛不对,马上安慰汪叔凡:"老哥哥,汪琦老弟福大命大,把西洋佬都给镇住了,他没事,准没事。不过,我认为此事咱们暂且就说到这,回去不要告诉他媳妇,省得她担心。"

汪叔凡此时心里是七上八下,听总管一劝后总算宽了一点心,他点点头,转身走了。

第八章

江南的人，礼节多。虽说现在离过年仍有两个来月，但是婚嫁特别多。景德镇大街上不时会爆出"啪、啪"的爆竹声和小孩追逐戏耍的笑声。

上午，吴振江带着几名皇窑厂官员出了厂大门，他们来不及理会沿街的风景，沿着窑厂边沿，便匆匆向附近一里弄走去。

民窑老板李俊的窑厂就设在城东的银祥弄，与皇窑厂内的龙船弄仅隔着一道高墙。他的厂在弄堂内呈一个品字型，前面是店，中间是住户，后面是作坊，整个厂房面积很大，有两千平方。厂内拥有窑工四百，窑炉三座，年产陶瓷一百多万件，在镇上瓷业界算是个响当当的人物。

未到年边，由于今年生意好，他提前两个月，给窑工发红包。这不，只见他满脸挂着笑，走到坯坊拉坯工面前，掏出红包，躬身对着他说："虎仔，这是你一年的奖励。"说时，双手递给他。

虎仔把手上活计停下，伸出一双沾满泥的手，接上红包，笑着说："谢谢东家。"

"虎仔，要是家中没什么大事，你可晚点回家过年。年底，我们加工的货多，到时，我多给你算点工银。"

虎仔把红包放进口袋，拍了拍，说："东家，我家没事，一直可做到大年三十。"

"那更好。虎仔，那我就谢谢你了。"

李俊而后又来到画室张火仔面前，向他递上红包，张火仔欢喜地接过。就在这时，"砰"的一声，窑门被撞开，引得窑厂内的人员一齐向门外看。

只见李俊儿子李小勇闯进来喊："爸，督陶府吴大人来了。"

"傻小子，你又在嚷着什么？"

李小勇喘着气说："爸，吴大人来了。"

"吴大人，他在哪？"李俊问。

"在这里。"吴振江笑着走了进来，把话接上。

李俊看后，赶紧迎上去，说："大人，朝廷年终下单，皇窑厂上下正忙，这时咋有空走访我们这些小窑厂？"

"李大老板，不瞒你说，无事不登三宝殿，今天不是走访，是有事找你。"

"有事？"李俊说，"大人，您吩咐一句就行，何必劳您亲自来一趟。"

吴振江看了一下四周，见他窑厂的人都在，便笑着问："怎么，李老板，你要让窑工在这过年？"

"大人，我的家事都给您看出来了。今年一年，订单就没有断过。到现在，我手上还有几笔订单没有做完，您来时，这不，我正给他们大伙发红包。"

吴振江直截了当地说："李大老板，我们谈我们的事，走，先领我到你藏品室看看？"

"好，小勇，你先去把门打开。"李俊听后，对着儿子喊。

李俊窑厂藏品室设在店门和住宿房中间，房间面积不大，但是装饰得很好，柜架全部用的是红木，室内光线亮堂。人要衣，马要鞍，这瓷器往这一摆，档次就不一样。吴振江一进来就有这种感受。

吴振江虽说与李俊交往不浅，但是到他的收藏室还是第一次。李俊也热情介绍。他说，他的产品陈列室，也是他的工作接待室和生意洽谈室。里面陈列的各式各样瓷器，有他自产的，也有他厂产的，但自家的东西占九成。

"李老兄，半年不到，便让我刮目相看，你现在不仅是生意越做越火，东西也是越出越美。"吴振江说完，目光盯上了左边货架上的一块瓷盘。

李俊看后，上前指着它说："大人，这是英国商人查尔斯订的货，他给的酬金很高，订金出手就是白银五千两，说是给英吉利皇室贵族定做的。"

吴振江拿在手上，看了看，连声说："不错，真不错。"夸完后，他又问李俊做了多少？

李俊说："八千件，十天交货。"

"十天，能做得出来？"吴振江听后，有点不相信。

李俊见吴振江疑惑，马上笑着说："大人，上半年对我窑厂进行了扩建，增进了不少设备，高价聘用了不少技工，生产能力一下提高了几成。现在倒是生产任务不够满，吃不饱呀。"

"李俊，你行呀。"吴振江看着手上的盘子，说，"李大老板，我也向你订批货，做不做？"

"大人，您不是吓我？"李俊看着吴振江问。

"李大老板，我现在可没空跟你开玩笑，你看，我的订单都带来了，一万件花瓶。"吴振江说时，把订单从口袋中拿了出来。

李俊接过，说："大人，十天之内，我窑生产这批瓷没问题，不过，就是你们的东西要求很严，怕保证不了，再说，您这价，大人，我做是要赔本的。"

吴振江笑着说："李俊，我们合作已不是第一次吧？"

李俊听后，不吭声，最后他咬了咬牙，说："大人，谁叫我们是朋友，好吧，我就再做一次，全当向你们学艺，交学费。"

"李俊，这次与以往不同，亏不了你。"吴振江说。

"大人，此事咋说？"

吴振江说："李俊，我给你的任务，只是我其中对外委托生产的一成。考虑到这次数量大，我们已议过，为确保质量，我将亲自带着皇窑厂技术人员前来指导。今后，除底款外，我们窑厂一些器型，也允许你今后生产，就当作其中价差补偿，如何？"

"大人，我没听错？"

"李老板，李兄，我啥时骗过你？"吴振江笑着说，"不过，向你开放皇窑厂技术，我也没这个胆，这是当今皇上的旨意。为了让民窑厂体恤到更多的皇恩，我正考虑组织一批民窑技工到我窑厂进行观摩学习。"

李俊听后说："那好呀，大人，要是有这机会，我第一个报名。"

"好呀，李俊，不瞒你说，我也想在你这儿弄出一点经验来。不过，你不要想得太美，我可提醒你，我们开放的只是技艺，而不是配方。"

"皇窑厂一万人也要吃饭不是？猫教老虎还得留一手。我李俊不贪，只要能学到一小部分就够了。"李俊说时，突然跪下，对着吴振江说，"大人，请受李某一拜。"

"李老板你这是咋了？"吴振江看得愕然，马上问。

"大人，您可是我李某的财神爷。"

"哈哈，"原来是这样，吴振江听后大笑，他说，"你们这些人特精。快起来吧，我的老朋友。我刚才不是跟你说了，我吴振江可没有这种胆量，脑袋看得重重的，是皇上开了尊口，要拜你就拜咱们当今圣上。"

"皇上英明，不过镇上还得有吴大人才行。"李俊激动地说，"大人，有您这句话，我就胆大了。明年正月开春，我想办法再去筹集资金，把窑厂规模做得更大一些。"

"你这是要做镇上民窑第一？"

李俊点点头。

吴振江用手捶了他一下，笑着说："李俊，这句话我爱听，一木不是林。当今朝廷困难，没你民窑，皇窑厂也生存不了。今后镇上民窑的发展，你就带个好头，要是有资金困难，我想办法拆借给你。"

一段时间来，在大清督陶府，姜雪常深夜归来，督陶府下人在私底下议论纷纷，他们看到秀娟后，马上转过脸去，不说了。

秀娟虽说是女孩子，可她是男孩子个性，眼中容不得沙，看不得有人在她后面指指点点，她走上前问道："你们偷偷在背后议论什么？"

下人看到她凶巴巴的目光，赶紧低下头，怯生生地说："公馆那边传话，说姜雪小姐天天陪着京城来的王大人有说有笑。"

秀娟自从姜雪进她家来就有气，上次是她亲眼看到，这次是她亲耳听到，这下她心里受不了了，她冲进老夫人的佛堂。

老夫人敲着木鱼正在念经，看到孙儿气鼓鼓进来，忙问："秀娟，今天又咋了，谁气你？"

"老祖宗，听到没有，姜雪这妖精把春圆那种下三烂的东西全带到我们这儿来了。下人现在都在议论，说她这段时间把父亲搁到一边，又去攀高枝去了，我真替我爸难过，丢我们家的脸！"

老夫人看了她一眼，说："女儿家懂什么，不要管大人的事。"说完，继续念她的经。

秀娟冲着她说："您偏袒您的儿子，不敢说，我说去！"

老夫人放下木鱼，对着她说："娟儿，现在你说得越来越离谱了！"

秀娟对老祖宗的话，根本听不进，越说越激动。

"她不要脸，我吴家还要这个脸。"说完后，她怒气冲冲往父亲房间里走去。

老夫人看后，从房中追出，急切地喊道："娟儿，你要干什么？"

此时，吴振江正在书房品着瑶里乡绅送来的浮梁芽玉。这段时间可把自己忙坏了，刚歇下，便看到女儿怒气冲冲进来，后面跟着老夫人，以为家中出了什么事，忙站起来，正想问，谁知秀娟走上前劈头就对他说："把那个妖精赶出去！"

吴振江一听，气得发抖，他把茶杯一摔，大喝一声："娟儿，你是越来越放肆了！"

老夫人怕儿子再生气，赶忙拖秀娟出去。

正巧，姜雪打外面回来，看到这情景，一时不知所措。老夫人见局面尴尬，忙出来圆场："姜雪小姐，别见外，秀娟在外惹事，惹得她爸不高兴。"

秀娟低着头，站在一角，瞟了姜雪一眼，嘟着嘴说："才不是！"

吴振江见姜雪进来，忙迎过去，笑着说："雪儿，你来得正好。快，跟我出去一下。"

"老爷，什么事这么急？"

"京城王大人出事了，我们边走边说。"

秀娟看着父亲带着姜雪离去，气愤地冲着老夫人说："老祖宗，父亲真是执迷不悟！我们家就要毁在她手上了。我一定要她自动离开我们家。"

老夫人听后，长叹一声，显得十分的无奈。

在浮梁县衙门内，内务府王大人马着脸站在一处。马知县满脸是笑，不断地赔不是。已是半个时辰，王大人仍是怒气未消，马大人急了，这人可得罪不起！马知县在房内走来走去，双眼滴溜溜地转来转去，正好看到赵捕头进来，对，正是这个混蛋给他惹的祸。马知县马上来气，还未等赵捕头站定，便骂开了："赵宝贵，他娘的，都是你们长着狗眼，干的好事。王大人是内务府四品大员，当朝李大总管的干儿子，是到我们浮梁来下旨的钦差，他到恬红楼，那是私访，体察民情，你们可好，却把他给我抓起来，罚他的款。奶奶的，瞎了你们狗眼，快，还不快给王大人赔礼道歉。"

赵捕头一听，无奈，只得打着自己的脸，对着王大人说："小的有眼不识泰山，把大人私访体察民情与嫖客混在一起，我该打，该打！"

王大人一听，这哪是赔他娘的礼，这分明是变个法子骂他。他脸上更是挂不住，热辣辣的，红一阵，黑一阵。

这时，侍从来报，说督陶府吴振江大人到。

马大人听后，心想下台阶的来了。他对着赵捕头瞪鼻子竖眼地吼道："奶奶的，狗奴才，在这丢人现眼，还不给我滚出去！"

吴振江匆匆进来，门口正好撞上刚遭一顿训的赵捕头，他此时心急，没心情理会他。

赵捕头本来一肚子气，看到吴振江进去，更气，回头说："做嫖客还要树牌坊，嫖妓女是体察民情，我呸，一群狗官。"

吴振江进来，发现王大人正和马大人在一起有说有笑。他正疑惑，马知县心中明白，不待他开口，便抢过话说："吴大人，这是一场误会，是下官手下办事不力，出了一点小差错。我已经训了他一顿。"

王大人也一旁笑着说："马大人说得对，一场误会。吴大人，我和马大人是不打不相识；这点小事把督陶大人和姜雪小姐都惊动了，不好意思，今天你们给我一个面子，我借马大人这块宝地，中午宴请各位。"

马知县看王大人心情大变，知道事情有了转机，马上赔笑道："王大人见笑，在我地界，还劳京都大员请客，那是打我的脸。吴大人、姜雪小姐，你们来得正好，请你们作个陪，我做东，给王大人压惊。"

赵捕头回到家把衣帽一脱，早有人把茶水送上，他接过，咕噜喝了一大口，看着刚才脱到一旁的衣帽，顿时来气，只见他拿着茶碗往桌上一拍，骂："他妈的，人皮，我说呸，只用来吓吓百姓！"说着，他过去踢了一脚，对天大喊，"老子不干了！"

这时窑主赵子和过来，看到儿子这场景，忙弯腰把衙服捡起，拍了拍说："保贵，这是咋了，你可知道爸为了给你谋这个差事，花了不少银两。"

赵捕头听后，哭丧着脸说："爸，别劝我，再劝我就要疯了！"

赵子和看着眼前任性的儿子，只得把事情分析给他听："宝儿，咱们全家几十号人吃饭，爸撑这个家容易吗？你知道现在镇上就剩下我们几家商号出去的船不被人抢，这是为什么？"

"那是我爸本事大。"赵捕头有声没气地回答。

"你真是个榆木疙瘩。你我有什么本事？！是这身衣服，衣服保了咱们！我说宝儿呀，爸已跟马大人说好，年底再给你升个职，快回去，别再任性。"赵子和像哄孩子一样哄着他。

"爸，这事我干不了！"赵捕头抓着头皮说，"你可知道，那个京城狗钦差是我带人把他从床上亲自抓起来的，他是嫖客。他奶奶的，一群狗官硬说他是在体察民情，还给他接风，要我当面向他赔礼，这是啥世道！"

"宝儿，大人说怎样就这样。你赔礼没有？"

"想到你，我赔了。不过，我不服。我以前很佩服吴振江为人，这次，我看他也不是什么好东西。"

"宝儿，钦差谁敢得罪！"赵子和跺着脚说，"这次，马大人不降罪你就是万幸。看来我祖宗没这个福，不是做官的料，我看你还是给我做你的手艺去吧。"

"爸，那我谢你了。"赵宝贵如释重负，马上高兴起来。

"唉,我赵家咋就生出这样不争气的东西!"赵子和看着儿子,叹着气,摇着头走了。

已是腊月年关,景德镇昌江河仍旧十分繁忙,沿江漂流的木柴与船只争道,把河床阻得死死的。由于冬季枯水,河道窄小,穿着兵服的大清水警吹着口哨,在河道中央花了近一个时辰才把河道疏通。

写着"大清御用"的码头上,布满大清官兵。吴振江与浮梁知县马大人正带着当地地方官员、绅士给京城钦差王大人送行。

看河道已通,马大人握着王大人手说:"希望今后大人到鄱县多走走,到京城后,还望大人多多美言。"

王大人拍着他的肩,笑着说:"约定的事,你放心。到时我还得靠你。"

这时,吴振江过来,马知县看后立即走开。吴振江也没有理会,握着王大人的手说:"大人,一路顺风。"

"吴老弟,这大半个月让你辛苦了,我走后,你也该好好休息,谢谢你的热情款待。"王大人说完,转身上船。站在一旁的马大人一直陪着,看着他上船,此时,师爷悄悄地溜出码头。

"开船。"王大人对着船工高喊一声。

船工们早已把准备好的"御用"旗帜升起。码头上顿时响起三声礼炮声,御船起航。

师爷出码头,来到附近一暗处,他喊了一声"起风喽",而后用手拍了三下,不久便有一条小船朝他驶来。

到了岸边,船上的人跳了下来。

"看清没有?"师爷对着他问。

"水警清理河道,师爷,我们站得很远,看不清钦差王大人的模样。"

"记住,你们不可伤及王大人。这是一万两银票,事成之后,我再给你一万。"师爷说着,掏出银票递给了他。

"大师爷,你等着喝庆功酒吧。"船上的人把银票收好,转头飞身上船,直追御船而去。

御船上,王大人一上船便倒在船舱内昏昏欲睡,无心于两岸的风景。这十几天来,马知县是天天把他请到怡红楼,人掏得走路都摇摇晃晃。

侍卫队长报,说有一条小船一直尾随着他们,十分可疑。

他打着呵欠,出了船舱,顺着侍卫队长的手一看,果真如此。王大人心中有数。他对一旁的侍卫队长说:"一条破渔船,大惊小怪。就算他是匪,我御船上将士二十多号人,难道怕他不成? 胆小鬼! 睡觉去。"

"大人,自上次御船王港段遇劫以来,这昌江河就再也没有平静过。"侍卫看他不当一回事，提醒着说。

"这些河匪，专拣软的欺。有你们在，我怕什么？我问你，现在我们到了何处？"

"快出昌江河段，进入鄱阳湖口。前面是一片开阔的芦苇滩。"

"天快黑了，到了鄱阳湖，小船更奈我何。我们也安全了。侍卫大人，从早上行船到现在，快一天了，我也该去睡了。你也去歇一歇。"王大人说着又打起了呵欠，回船舱去休息了。

御船进了芦苇滩。刚才那条一路尾随而来的小船突然不见了。侍卫队长正庆幸，心想是自己多疑了，那不过是一条普通的小鱼船而已。可就在他掉头回仓时，刚才那条消失的船又出现了，并领着十几条船，分两路鱼贯地朝他们压来。侍卫队长心想不好，自己的船真的给人盯上了。他大喊一声，把船上的将士都召集起来，聚到船板上，警惕着眼前随时可能发生的一切。

送走王大人后，皇窑厂把这次选下的瓷器立即拖到掩埋坑去处理。这些掩埋坑，它们处在皇窑厂后门的左侧面，大小总计有十多个，每个坑道足有50平方米宽，20米深。这天下午，曾总管正指挥十几个窑工把一筐筐残次的瓷器往坑里倒，只听到瓷器"哗"的一声被抛到坑里，顿时成了破片，一些没有碎的东西，窑工们马上用棍子把它敲碎。

吴振江送走钦差王大人后，没有回督陶府，而是直奔这里来。曾总管看到吴大人到，忙上前请安。

吴振江走到瓷器坑边，凝神看了看，突然问："总管，还剩多少？"

"十箩筐。"他回答。

吴振江从中拿起了一块看了又看，而后吩咐道："剩下的瓷器不用处理了，全都给我抬回仓库去。"

"这……"曾总管想问为什么。

"暂缓处理。"吴振江也不解释，说完就走了。

一旁的窑工看后，问："总管，大人要这些干什么？"

曾总管看着远去的吴振江大人，心想今天大人咋了？听大伙叫他，顿时回过神，他对着大伙说："还愣着干什么，把剩下的瓷器都给我抬回去。"

当天晚饭后，吴振江一个人提着灯，出了督陶府，来到窑厂仓库前。他打开锁，独自进去。进得仓库，吴振江把宫灯放下，然后把窑工白天抬回的瓷器，一筐筐地翻出来，放满一地。他提着灯，躬着身，仔细地看了又看，把其中一些好的捡起来放到桌上。收拾完毕，然后搬上椅子坐下，他对着灯，捏着瓷器，把瓷面上的小瓷包、斑点，用小锥子小心地慢慢锥掉，吹上釉，对一些落渣的瓷器，打磨后，拿上笔填上粉彩，然后一个个小心放好。

筐中的瓷器一个个在消失，他桌旁的瓷器却越堆越多。也不知过了多久。这时只听到远处传来鸡鸣声,吴振江这才站起来伸了伸腰,对着自个半僵硬的手掌吹了口气,搓上几把后,坐下又用手去拿笔,却没摸着,他起来找,抬头猛然发现姜雪:"雪儿,你咋来了。"

姜雪看着眼前大他近二十岁、脸庞消瘦、让他尊敬和牵挂的人,满脸充满爱怜。她说:"老爷,您也该休息了,自从月初宫中下旨到现在,近二十天,您就没有好好休息过一天,你看,您头上的白发都出来了。"

"雪儿,这几年,这种生活我已习惯了。你看眼前咱们这些瓷器,天亮后,我叫人把它们拿去复炉,如果成功,我准备把它们拿出来就地交易,我初算了一下,一年下来皇窑厂将增收不少。"

"老爷,此事,皇上会同意吗? "她问。

"雪儿,当今太后、皇上把皇窑和瓷业放在复兴我大清的支柱行业来做,只要有利瓷业的事,他们要我相机全权处理。我不能辜负太后、皇上的厚望。眼前这事我还是个想法,这事要是成功,一年下来,为皇上将节约上百万两白银,这对我们大清是一大贡献,此事万一皇上不同意,追究下来,这个风险我也值得冒。"

姜雪笑着说:"皇上是不会追究您这个大忠臣的,相反,他说不定还会嘉奖您,再给您一个大官做做。老爷,这事,我第一个支持您。"

吴振江握着姜雪的手,说:"雪儿,我不图什么奖赏,有你在,我就知足了。"

此时,天色大亮。他们刚出门,便看到衙门前围着许多商人,他们个个板着脸,显得很气愤:"这是哪门子的事。"

"我们卖了几十年也没听说说什么产权。"

吴振江不知眼前发生了什么事,叫姜雪独自回去,自个走了过去。这伙人见吴振江到,纷纷围了上来。

吴振江一眼就看到其中的李俊,忙招呼:"李俊,什么风把你们吹来了? "

"大人 ……"李俊一时不知说什么好,看着他。

"李俊,有事进屋说,快领大家进来坐。"

李俊点点头。

大家跟着李俊随吴振江进了他的办公室。吴振江示意大家坐,并亲自为他们上茶,商人们都很受感动,站起来,抢下吴振江手上的茶壶。

"坐、坐、坐,你们各位是稀客,平日都难请到,今天就让我表现一下。"吴振江一边倒茶,一边笑着说。

"大人,我们心定不下来。"一商人忍不住说。他一说,屋内顿时静了下来,大家齐刷刷地看着吴振江。

"镇上只要你们挥挥手,瓷业界都得抖一抖。有什么大不了的事,能把你们这些大老板难住? "吴振江给他们看得莫名其妙,笑着问。

"大人,我们怎能跟您相比,您就不要取笑我们了。直说了吧,我们已是走投无路,向你来讨个说法？"

"讨个说法，好呐，要是我皇窑厂的事，我现在就回答你们。"吴振江放下水壶，说。

大家听后，都回答不上，纷纷拿眼看着李俊。

李俊看了在场各位一眼，想了一下，说："这事叫我们从何说起？大人，事情是这样的，我们的瓷器在西洋受到查处，这上千年来还是头一次。我们后来问其原因，原来是日本人在西洋控诉我们，说我们制瓷技术是偷他们日本人的，没有经过他们许可，不许生产。大人，这是哪门子的事。大伙商量来商量去，不知咋办。瓷业上你是我们的知心人，且官最大，见多识广。今日一大早就来请你为我们大伙拿个主意。"

李俊说时，吴振江仔细地听着，待他说完，才明白是咋回事。他说："各位，你们的情况我算是听清楚了。有关民窑贸易一事归属于浮梁县衙。督陶府目前还不便插手。"

大伙一听，顿时又没了主意。

他们说："大人，马知县不管。他说洋人得罪不起，要我们认了，可我们认不了！我们做了几千年，怎么到现在就不能做了？他小日本算什么？我们生产祭蓝瓷时，他们瓷业才刚起步！他们所有的技术，都是从我们这儿学过去的。要这样，我们的东西都是他的，这徒弟带得他妈的多窝囊。马知县不管，但是，您在镇上遇事便可行使钦差一责，这事您得替我们做主。不然，今后我们瓷业外销的口子就阻了。"

吴振江听后，知道此事严重，问："查了多少瓷器？"

李俊说："三万件，涉案价值八千大洋左右。"

这事，对吴振江来说，也是头一遭，他一时也摸不着头脑，不知咋办。

侍从进来，呈上刚收到的朝廷公文。吴振江接过打开一看，再看看大家，公文的意思与李俊他们说的一样。

吴振江放下公文，心想祭蓝是景德镇传统陶瓷产品，明代就有，那时日本瓷业界还是刚起步，根本没有什么颜色釉之类瓷器。就在这时他大脑中突然闪现出半年前日本人拿着照相机到处拍照的情景，这下他明白过来了，原来是这么回事。顿时汗水从他脸上渗了出来，他忙问："李俊，此事只涉及祭蓝一种产品？"

李俊说点点头。

"其他有影响吗？"

"除祭蓝要经过日本人外，目前还没有发现。"

吴振江脑子里又闪现出日本人。当时拿着被把桩师傅踩坏的照相机的情景，再回过头来看着李俊他们，一边自言自语说："我们还得谢谢我们的把桩师傅，好险，好险！"

大家被他说得莫名其妙，都看着他。

吴振江摸清事情的原委后，从座位上站了起来，对着在场的众商人说："这事我会出面交涉，给大伙一个说法，请放心。"

这时曾总管匆匆冲进来，惊慌地对吴振江喊："大人，大事不好！"

吴振江看着总管大汗淋漓、气喘吁吁的紧张样子，再看看身边的客人，说："总管，喝口茶，有事慢慢讲。"

李俊他们看到大人事忙，起身告辞。

吴振江把他们送到门口后，立马转身回来。曾总管在吴振江办公房内，站立不安，来回走动，见吴振江进来，马上迎上前，说："大人……"一时竟说不出话来。

"总管，今天咋了，婆婆妈妈这可不是你风格，什么大不了的事让你开不了口，说吧。"

"大人，大人，皇窑贡瓷在鄱阳湖遭劫！"

曾总管这一说，对他不亚于晴天霹雳。吴振江一时不敢相信自己的耳朵："总管，你……你刚才说什么？"

"大人，我们皇窑厂贡船被劫，护船人员全部战死，王大人生死不明！这、这、这是九江水师提督送来的八百里快报。"曾总管说着将快报递给了吴振江。

吴振江这下听明白了，只见他双手抖动，人愣在那。

江南山间道上，大清皇窑厂的传令官兵身系着黄包，嘴里喊着："御船被劫、御船被劫……"他们走进驿站，换过驿马，继续日夜兼程地向京城方向飞奔而去。

吴振江急奏后，放下手上的一切事务，带着窑厂的官员和随从立即赶赴江西鄱阳湖。待他们到了鄱阳湖出事地点时，天色已晚。只见鄱阳湖湖面上，湖天一色，波涛汹涌。

吴振江站在大清战舰的船头，凝视远方，一言未语。一旁的九江水师提督说："大人，从出事的现场看，我们大清皇窑厂的贡船，可能一出码头便被贼匪盯上。由于我们战士忠勇，他们一直不敢下手。等到了眼前这片芦苇滩时，他们乘黑才下的手，用的是火攻。看来这批人，不是一般的水上劫匪，很可能是太平天国留下的残余。他们人数众多，凶残无比。"

吴振江随着他的介绍，仿佛看到了自己的御船和战士被他们尾随，待船到了中心，水匪便围了上来，他们叫喊着向船上扔着火把，冲上了船。大清官兵奋力与他们对杀。勇士个个浑身都是血，水匪越来越多，并把我们的官兵团团围住，为了不让贡船落入他们之手，最后与水匪同归于尽。

吴振江听着、想着，到最后，眼泪像断了风筝的线，刹那间流了下来。他仿佛看到和听到了护船将士的忠魂在向他呼喊：大人，我们人在船在，船亡人亡。想到这，吴振江痛苦地闭上眼睛。

天边电光闪烁，轰隆隆的雷声越来越近。

一旁的曾总管说："吴大人，要下雨了，我们回去吧。"

吴振江听后却仰天长叹："这不是雷、不是雨，这是苍天祭奠我们的英灵！"

大清皇宫内，光绪皇上正在灯下看书，太监急忙来报，大清皇窑厂督陶官吴振江送来急奏。

光绪一听是景德镇皇窑厂来的，忙放下书，说："快传。"

传令官进得宫殿，跪着上前，双手举着奏章，哭着说："皇上，大清皇窑厂的御船在鄱阳湖遭劫，全体官兵与御船共存亡，全部战死，船沉湖底！"

光绪听后，眼前一黑，差点就没有栽倒在地。待他清醒后，急忙抓起奏章，定神一看。只看奏章上吴振江用血书写的文字，上面写道：

皇上：

光绪一十八年七月初五早晨，大清景德镇皇家御窑厂进京皇宫的御船，在运送今年太后老佛爷六十大寿的贡瓷途中，途经鄱阳湖，遇湖中劫匪，船上护卫将士奋力迎战，终因寡不敌众，全船二十七名官兵全部力战而死，与船共存亡，最终沉入湖底。以上这些都是我处事不力，粗心大意带来的大错，我有负皇恩，请皇上处置，以谢英灵。

当前南方匪患又起，夷人对我窑厂虎视眈眈，为大清基业不受侵害，我恳求皇上增派兵力，加强对皇窑厂的保卫。

皇上万岁、万岁、万万岁。

罪臣吴振江叩拜
光绪十八年七月初五

光绪看完信，双手紧握着奏章，顿时双眼都红了，他在大殿上急促地走来走去，突然对着殿外大声地喊："速传李中堂见朕！"

皇上深夜召见，李鸿章知道宫中一定出了大事，他慌忙披衣上殿。光绪红着双眼正坐在大殿上，看见李鸿章进来，把奏章扔给他，吼道："你看吧！"

李鸿章接过，脸色凝重，头上不断冒汗。

光绪自言自语地说："吴振江呀，吴振江，你说你自己处事不力，此事是你粗心带来的大错，有负皇恩，好，朕就成全你。小六子，传朕的旨意，将他打入死牢！"

"皇上，这……"一旁的小六子瞪大眼睛看着他，心想平日皇上不是挺喜欢吴振江吗，今天这是咋的，皇上是不是搞错了。

"这什么，传朕旨意。"光绪皇帝气愤至极，看来是动真格了。

"皇上，这……要不要奏请太后。"李鸿章听后也一愣，眼盯着皇上问。

"中堂，丢掉太后六十大寿用瓷，皇阿玛能容他，朕也不会放过他！"

"皇上，皇窑厂现在日夜开工不停，除宫廷所需外，还有内务府的贸易用瓷，几千人做事，不可一日无主。"李鸿章听后，马上建议。

"中堂，朝中熟悉陶瓷的大臣不多，你说众大臣中，谁可代理吴振江督陶？"

"皇上，浮梁马知县政绩卓著，为人持重，又熟悉陶瓷，且深得太后信任，老臣认为他是个非常人选。"

"没有其他人？"

"没有。"

"准奏吧。"光绪帝瞥了李鸿章一眼，转身而去，十分不高兴，显然，老中堂李鸿章错判了他的意思。

第九章

　　山田带着一伙日本人来到春圆。金赛花热情相迎,亲自送上茶。坐定后,他拿着一块玉佩,有意地放在手上拨弄。

　　金赛花一看,这玉佩,似曾相识,好像在哪见过,可一时又想不起来。这时,有一女孩从她身边走过,她顿时想起了小翠小时候洗浴时的情景,那时小翠身上也佩戴着一块一模一样的玉佩,金赛花要去动它,小翠死死地护着,说:"这是我爸留给我的,你不能碰它。"

　　山田见到老板娘对他手中的玉佩发愣,问:"你见过?"

　　金赛花点点头,突然又摇摇头说:"我看挺漂亮的。"说着就走了。

　　山田从老板娘的眼神中察觉到了他想要的东西。

　　金赛花匆忙来到房内,端着茶往口里倒,一抬头又看到山田那双充满乞求而又阴森的眼光。

　　金赛花要走,山田用手把她拦住,说:"老板娘,你还没有告诉我,小翠身上是不是也有一块?"

　　金赛花疑惑地看着他,没有作声。

　　山田马上又掏出一张银票,对着金赛花说:"金老板,你给我说实话,这张五千两的银票就是你的。"

　　"先生,您把我当成什么人?"金赛花伸手推开,而后笑着说,"开店图个人气,来人都是客,您要是天天来捧场,我可是开心喽。"

　　山田看老板娘已无反感之意,反而从她身上看到一股热情,他不经意又从身上掏出那块玉佩,自言自语地说:"这块玉佩本是一对,我离开中国前我女儿才一岁,我把其中的一块送给了她,我回来后一直寻找她们娘俩,可是,我到处都没寻到她们的踪迹。我记得我孩子耳根有一块胎迹。那天我看到了小翠耳根也有,她太像我的妻子,如果她也佩着这一块玉,我可以肯定她一定是我的女儿。"

　　金赛花看到山田说话时眼中渗出的泪花,一种怜悯之心油然而生,马上变了态度,对着他说:"山田先生,不错,小翠身上也戴着一块这样的玉佩,身上特征也和你说的一样。"

　　待金赛花说完,眼前这个在她眼中一向高傲的山田突然间号啕大哭起来,不时地向金赛花鞠躬。

　　金赛花一时不知所措,忙说:"山田先生,您不必这样,我为您高兴,也为翠儿高兴。"说着扭过头,用手去擦眼泪。

　　山田看在眼里,动情地说:"老板娘,谢谢你收留她,谢谢你把她抚养大。"说着,又忙不迭地向金赛花鞠躬。

"别、别、别这样。这孩子天生就和我有缘,自打她进我戏园那天起,我就把她当成我亲生的闺女一样。"

山田再次向金赛花鞠躬。

"老板娘,能不能把我的女儿叫来见我?"山田见说动金赛花,马上要求说。

金赛花听后一愣:"这……山田先生,这事我还得与我妹子雪儿商量一下。小翠是她收留的,送到督陶府也是她的主意。翠儿现在虽说是个丫环,但是在督陶府,他们没有把她当丫环看。"

"拜托了。"山田又起立向金赛花鞠躬。

金赛花这人别看她说话得理不让人,说话像连珠炮似的,可这人心特软,做好事变成自己倒欠他人人情似的。面对山田的请求,一时不知如何是好。她是个风风火火的人,答应的事说做就做。待山田走后,金赛花马上把桃花叫到跟前。

"桃花,你快到督陶府走一趟,把姜雪请回来。"

"妈妈,什么事这么急?"

"一时也说不清,把你姜雪姐叫来就是。"金赛花不耐烦地说。

桃花匆匆离去。

御船出事后,吴振江来不及对家中做个交代,当即便带着总管、武小村他们走了,督陶府顿时没了主心骨。老夫人身子骨又差,姜雪自然地挑起了督陶府上下十几口生活的担子。老夫人这时也不多说,慢慢地默认了她,看她辛苦,常让小翠过去帮衬。姜雪不要,但小翠侍候完老夫人后,一有空便围着她跑前跑后,高兴得不得了。

小翠与姜雪的感情,她们无话不说,像是姐妹,姜雪对她,平日里,又含有一份女性的母爱。因此,姜雪一有空坐下来,便给她梳理。姜雪是个唯美主义者,常把小翠打扮得漂漂亮亮,招来府中丫环羡慕,秀娟也常纠缠着小翠。姜雪知道女孩家的心思,总是热情相待,为此这事也让姜雪在督陶府迅速地赢得了好人缘。

姜雪这天把事忙完,刚想休息会儿,春圆戏园的桃花便闯了进来:"雪儿姐,妈妈找你有急事。"

"桃花,到底啥事?"

"妈妈说见了面就知道。"

她们来到春圆戏园,金赛花早已在门口等候。

"赛花姐,你急着把我找来到底有啥事?"姜雪一见面就问。

"雪儿妹子,你看这个?"金赛花说着,从身上摸出一块玉佩递给她。

姜雪接过一看,说:"赛花姐,这不是小翠身上戴着的那块玉佩吗?"

"你再看看?"金赛花说。

姜雪细细地看了看,说:"没错,赛花姐,是小翠那块,她可是每天随身戴着,咋会在你手上？"

"雪儿，这是镇上日本株式会社山田社长拿给我的，当时我大吃一惊，以为小翠她出事了。后来山田问督陶府丫头小翠身上是不是也有一块。我说是，说她身上的那块是她亲生父母给的。他一听马上向我鞠躬，说小翠就是他一直在寻找多年失散的女儿。"

"还有这事，小翠知道吗？"姜雪听后，睁大眼睛问。

老板娘摇摇头，说："我还没有告诉她。现在山田要来认这个女儿，虽说我是她干娘，但小翠是你收留的，现在又在督陶府上，这事我也不知咋办，才叫你过来商量。"

"小翠小时一直是想寻找她爸，但后来因找不到也就死了这个心。现在她早把这事忘了，在督陶府上老夫人、老爷都疼她，她过得快快乐乐的，山田突然出现，我不知道她会不会认他这个爹。"

"可山田盯着这事，你说咋办。"

"赛花姐，我也不知道。这事还得问问小翠。当时她流浪街头时，他又到哪里去了？"

"雪儿，哪有父母舍得让自己儿女吃苦的，我看他也许有什么难处。"

"好吧，让我试试。赛花姐，皇窑贡船在鄱阳湖被劫。现在老爷还没有回来，督陶府已忙作一团，我在这不能待得太久。"

"雪儿，皇窑厂目前出了这么大的事，你说大人会不会有事？"金赛花听后，担心地问。

"按理，御船在鄱阳湖被劫这不关老爷的事。但是这次进京的瓷器是皇太后六十大寿的特贡瓷，船上护送人员全体遇难，老爷很是自责，他把过错都揽在自己身上，我现在心里也是七上八下的。"

"伴君如伴虎。当年大人的爷爷，老督陶大人，那是多好的人，就是因为皇太子大婚用瓷烧制时，窑炉爆炸，按说这也没什么，可是一条命硬是给丢了。"金赛花叹息地说。

姜雪听后黯然不语。

"我说到哪里去了，乌鸦嘴，呸、呸。大人是个好人，他好人有好报，一定没事的。雪儿，我们不说这些了。山田这事，姐既然答应人家，就得放在心上。姐拜托你了。"

"行，不过，赛花姐，这事有空你再跟小翠她养母说说，毕竟她养了她十年。"

"行。"

金赛花待姜雪走后，安排好戏园事务，便去找小翠的养娘，也就是武小村他娘。

金赛花来到小翠养母家时，她养母正坐在床上，当她听完金赛花的来意后，一句话也没说。金赛花以为她心情失落，便提前告辞了。

晚上，一人影闪进镇西侗家弄武小村娘的房间。"山田先生，摘下你的面具吧，我等你很久了。"小村她娘端坐在床前说。

"你是谁,怎么知道我要来,你认识我?"山田一进门便被人点破,愕然地问道。

"御船被劫,我儿武小村突然失踪,回来后突然又被督陶府请去。自此,整个人都变了,沉于酒中,神情恍惚,梦中还叫着山田您的名字。今天春圆老板娘金赛花又来找我,说山田要来认女儿。她不是你女儿,山田,我知道你心虚,今晚一定会来。"武小村的娘说着,双眼似箭地盯着他。

"川岛梅子,是你!原来你没死?"灯光下,山田从眼前这个女人的眼神中,找到了她当年的模样,顿时露出一脸的杀气。

"我躲了十余年,还是躲不过你们。"川岛梅子长叹一声。

"川岛梅子,上次让你躲过。你把我们骗得很苦。现在你逃不了了,尽忠吧!"

"山田,自那一天加入帝国死士之后,我就想到终究会有这一天。"

"你还有脸提帝国二字?"

"住口!我川岛梅子永远记得我的祖国。我从没有做出对不起她的事。自我丈夫和儿子被你们追杀后,我就一直隐居在此。我抚养小翠,通过姜雪她们把她送入督陶府,随时都想着为帝国效力。但我被督陶府吴振江的人格感化,也为景德镇人的热情感化,不忍下手。这几年,我一直就在想帝国和祖国这两者之间的事。我感到,我们被少数人愚弄了。你们这些人利用国家的名誉,行个人之野心,视国民为草芥。你们说的帝国,我们不值得为它卖命。"

"川岛梅子,你的良心已被支那中国人同化了,你应死!"

"哼,山田,中国人有什么不好。你到中国两年,吃中国人的,用中国人的,平日里还极力把自己扮演成一个中国人。就是你是日本人,他们又怠慢了你吗?"

"这是帝国的策略。"

"帝国,帝国是什么?我心中只有我的祖国,没有你说的帝国。我们国家的文化,他的根就是从中国传过去的。中国人讲究礼仪仁爱,尊师重教。我们的武士虽说也讲究忠义,讲究德,但忠义是什么,德是什么,一切的一切,都是由少数有野心的人来制定和控制。"

"川岛梅子,难道你想做一个支那中国人?"

"山田,做一个中国人有什么不好?他们宽容,追求和平,讲究礼仪,崇尚勤劳,而我们想到的只是侵略,侵占他们的劳动和财富。可是,他们却从来没有想过侵略咱们。我们落难过,是他们收留我们,接纳我们,此时,你说的帝国在哪?山田君,你的妻儿老小都为帝国而死,你已为他奋斗了大半辈子,可你现在又得到什么,除了杀戮就是孤独。按说,这可不是你山田的本性!因为年轻时,你也是一个有情有义的人。你曾有过爱的女人和一双儿女。"

"你……"

"山田先生,你们费尽心机,不择手段,想达到侵吞中国瓷器这一目的,但是我要告诉你，中国的瓷业上下数千年，这块土地的人们对它的热爱，已深入他们的骨髓中。他们是征服不了的。我要告诉你和你的村山先生，趁早收回这些不切实际的想法。"

"川岛梅子，我是军人，军人就得以服从为天职。"

"山田，武小村是我佣人的儿子，他是中国人，他们一家用生命保护我，我不允许你再把他伤害下去。小翠太纯粹了，她是我朋友的女儿，也是你朋友的女儿，你这样利用他，你对得起你死去的朋友吗？！"

"你没有给小翠和武小村说出实情？"

川岛梅子听后，沉默不语。

"川岛梅子，看来，你身上还没有泯灭帝国的良知。"

"良知？"川岛梅子听后，突然哈哈大笑，笑声中含着辛酸和无奈。她说："山田君，正是我有良知，我才生活在失去亲人的痛苦煎熬中。我不希望你伤害我的儿子和小翠。如果你仍然执迷不悟，为了保护他们，我将以死相搏！"

山田没有吭声。

川岛梅子以为他良心有所发现，起身给他沏茶，就在她转身一瞬间，山田在她的茶杯中放下一种无色无味的剧毒。她喝后，顿时感到肚子一阵剧痛。川岛梅子知道，她判断错了，但为时已晚。她没有责备，临终前只是含笑地说："山田君，看在你我同乡、一起长大的分上，如有可能，请把我的遗体运回到祖国。还有，不要伤害他们，他们是无辜的。"

山田听后，心中一愣，但是，马上冷静下来，临走时，在她的床上放了一封早已写好的信。"梅子小姐，我也是无奈，但我是个军人。"山田说着，向她鞠了一躬，转身消失在夜色中。

川岛梅子与山田是同一日加入帝国死士的。她的那番话，给山田的心灵带来不少的震动。但是，他是军人，军人就应以服从为天职。回到株式会社，他长长地舒了一口气，庆幸自己及时除掉了川岛梅子这个定时炸弹，让他的计谋可以从容地进行，想到这，便早早地睡去。第二天，他像往常一样，起了一个大早，昨晚的事好像什么也没发生。早餐后，他收拾完毕，便带着小野匆匆来到春圆戏园。

山田刚一坐定，戏园老板娘金赛花便笑着迎了出来。

"山田先生，你来了。"

山田一听，马上笑着站了起来，心中一阵紧张，因为这毕竟是戏。

"山田先生，你看她是谁？"金赛花指着随她进来的小翠问。

"英子，我的女儿。"山田见到小翠后，反应特别快，热情地冲上前，拉着小翠的手，说。

小翠看一个陌生人对她如此莽撞，赶紧挣扎开，惊恐地看着他，说："山田先生，你弄错了吧？"

"你，你干娘没有跟你说？"山田问。

小翠看看山田,又转身看看干娘、姜雪,疑惑地问:"干娘、雪儿姐,这到底是怎么回事?"

山田看后。马上感到眼前情况有变,但他还是强作镇定,抱着以不变应万变的态度。

室内一阵沉默。

倒是金赛花热情。她一看情况不对,赶紧笑着圆场,她把姜雪拖到一侧问:"雪儿,这事,你没有跟小翠说?

"赛花姐,这两天,督陶府的事太多了,小翠也特忙,我哪里有空跟她说。路上我侧面问了她几句,她说,她出生不到一年,她父亲便离开了她们母女俩,以后便一去不回。至于父亲长啥样,她一点都不记得。刚到戏园时,我看她还有一点寻父的心思,这几年,我看她也淡忘了。"

"是这样。"金赛花听后,走到小翠身旁,说,"翠儿,你不是一直想找到你亲生父亲吗?眼前的山田先生,他就是你的亲爹呀!"

"小翠,你干娘说得没错,他就是你一直要找的爹!"一旁的姜雪也帮衬着说。

小翠疑惑地看着金赛花,又看看姜雪,再看看眼前陌生的山田。

山田见事有了转机,忙从腰里掏出玉佩,递给小翠说:"英子,你看看这块玉佩?"

小翠接过玉佩,眼睛顿时睁得大大的,眼泪刷刷地掉下来。十五年前的情景又在她大脑中闪现出来。当时,在茅屋内,她娘手中拿着玉佩对着瘦小的她说:"小英子,娘不行了,你带着它,一定要找到你爸!"说完头一歪,去了。

"翠儿,你的命真苦。"姜雪知道她的心思,搂着她说。

一旁的小野也感到有戏,不失时机,上前劝慰。此时的山田,更是泪流满面,手脚不灵,显示无助且又可怜的样子,一把鼻涕一把泪,哽咽地对着小翠说:"英子,你娘姓施,叫施美岚,家住扬州城郊五里地的施家村,村前有一个水塘;你出生时,耳旁便有一胎记,我还记得小时候你不小心,被篾片弄破手时,左手上关节留下了个小伤疤。"

此时,小翠再也听不下去了,她早已是泪如雨下,撕心裂肺地喊:"爸爸,我整整找你十年,十年呀!"说着,扑过去,抱着他,放声痛哭。

山田双手也是紧紧地搂着她,声泪俱下:"我的乖女儿,爸让你受苦了,爸对不起你。英子,我的好女儿,这么多年,你们是怎样过来的,你的娘呢?"

小翠听到山田问起娘的事,更是伤心,哭声更响:"娘死了!爸,你不辞而别,我和娘天南海北到处找你。后来听说,有人在景德镇看到你,我们便沿途乞讨来到此地,不到两年,娘便积劳成疾,伤心过度而去。幸亏好心的姜雪小姐和干娘收留了我,还有我的养母,没有她们,我早已不在人世了。在景德镇,我一找又是十年。爸,你为什么到现在才来找我!"

"英子,不,我的翠儿,爸也是身不由己呀!"

山田的表现着实蒙蔽了在场许多人,只有一旁的小野觉得好笑,不过,山田眼前的表现着实让他佩服。

其实，山田心中想起了离他而去的妻儿。这点，小野没有想到。

就在大家沉浸于山田导演的悲情故事时，桃花这时上气不接下气地喊着闯进来："妈妈，吴大人出事了！"

满屋的人听后，都看着她。

桃花喘了一口气，看到姜雪、小翠她们都在这儿，马上把姜雪拖到一处说："雪儿姐，老爷给、给官兵带走了。"

"老爷！"姜雪听后立时一阵头晕。过后，她一句话也没说，失魂落魄地立马就往皇窑厂方向跑。小翠向山田鞠一躬后，算是招呼，也转身追了出去。

"英子，小翠、小翠。"山田看着小翠出去，顿时反应过来，冲出去喊。这时，她们早没了人影。山田只得放下脚步，小岛这时也跟了上来，他看左右无人，对着山田说："山田君，此时，我们还有认她的必要吗？"

山田看了他一眼，站在那，默不作声，最后对小岛说："走，我们回去！"

吴振江风尘仆仆地赶回景德镇。他没有进督陶府，而是直奔公馆——皇窑厂为死难的英烈设立的灵堂内。

灵堂肃穆而庄严。

吴振江带着众官员和窑工走进遇难的英烈灵前，齐刷刷地跪下，叩拜，只见他声色俱悲地对着英灵说："各位忠烈英灵在上，请你们受我吴振江和大清皇窑厂全体窑工一拜。各位英烈，大清皇窑厂前后五百年，那红彤彤的窑火为什么能绵延不息，你们知不知道，那是因为有你们的血和窑工的汗铸成的啊！"

吴振江声泪齐下，在堂的人无不动容。

正在这时，门外出现一阵骚乱，大家转身往回看，一队清兵已直冲进来，为首的一官员一声大喊："吴振江接旨。"

吴振江听后慌忙上前跪下。

"奉天承运，皇帝诏曰：大清督陶府吴振江在江西景德镇督陶其间，处事不力，致使皇窑厂太后特贡瓷在鄱阳湖被劫，勇士遇难。即日起，革去一切官职，打入死牢。钦此。"

"皇上万岁、万岁、万万岁。"吴振江听后，举着颤动的双手摘下自己的翎带花帽，举在头上。

在场的人看后义愤填膺，非常的愤慨和不满，他们想冲上前理论，给吴振江制止了。他转身对着皇窑厂众官员和窑工说："各位兄弟，如果你们还对我吴振江有情有义的话，你们就不能让我们的勇士白死，要化作力量，为大清烧出更多更好的作品。"

"大人，大人……"大伙冲出门外，对着渐渐远去的吴振江大声地呼唤，这喊声有留恋，更多的是对这世间不平的呐喊。

屋外，旷野上，景德镇山城的上空，乌云翻滚，电闪雷鸣，它们不时把灵堂照得通明,似乎英灵在哭泣,在呼喊。武小村独自一个人待在空荡荡的大厅中央,眼前一切使他感到无所适从,大脑一片空白!

从灵堂出来,武小村没有回家,而是到了城东某酒楼。他自打进了皇窑厂后,便迷上了酒。眼前已是第三壶,只见他拿起它就往口中倒,然后大喊:"店家,再来一壶!"

"大人,改日吧。"店主听后,小心地劝说道。

"你怕我不付酒钱?"武小村说时掏出一锭白银,往他跟前一扔,双眼一瞪,吼道,"倒,给我倒酒!"

店主摇摇头,只得吩咐小二上酒。

武小村接过酒壶又是径直往口中倒,喝完,他人已是全身摇晃,舌头打着卷,"老板,这、这是世上最好的东西,就是这酒、酒足饭饱。你也来一口。"说时,就往店老板嘴中灌。

"大人、大人,好东西,我自己来,自己来。"店主知道他已醉了,忙叫店中小二过去侍候。

武小村听后,双手一松,酒壶摔了,小二人未到跟前,他人也重重栽倒在地上,睡了。

店主看后直摇头。

武小村醉了,睡了。但是他在睡梦中仍哭着,且哭得非常伤心! 他感到原有的日子多好,母子相依为命,其乐融融。现在,在邻里看来,他不用卖苦力就什么都有了,可是只有他自己才知道,自个每天都生活在惶恐不安之中,心中有事不能跟母亲说。没有朋友,没有交往,成天戴着假面具。他恨自己为什么会是东洋日本人! 他想问母亲,自己到底是不是日本人。但是每当开口时,看着躺在床上,身体时好时坏的母亲,话到嘴边又止住了! 他想对妹妹小翠说,但是,她本身就是一个东洋日本孤儿,他不忍心剥开她的伤口,让她去回忆。

现在,唯一能与他做伴的就是酒,自进皇窑厂那一刻起,他就迷上了它,也离不开它。之后,几乎每天都是在酒中度过。

这时,城西佝家里弄的弄长慌里慌张闯进来,一看到他,便使劲地叫喊:"武大人,武大人,你家出大事了!"

"什么事?"武小村被唤醒,看着里长惊慌失措的样子,忙问,"大事,你说我家出什么大事?"

"你娘去了。"里长大喊。

"我娘?"武小村一听,顿时酒醒了一半,翻身爬起,大喊一声冲了出去。

武小村冲进家门,一看,发现母亲已躺在那,小妹在大哭,身边的春圆戏园老板娘金赛花和姜雪也在那里陪着暗自流泪。他看后全明白了,顿时大脑一轰,双脚一瘫,匍匐在地爬到娘的跟前,嘶哑地大喊:"娘,你不能丢下我,不能丢下我!"

"哥!"小翠看到武小村到,马上抱着他,哭得更伤心。

"妹，娘什么时候死的，她说了什么，说了什么？"武小村突然想到什么，对着妹妹连珠似的追问。

"这是娘给你的！"小翠说着，从衣中掏出一封信递给他。

武小村迫不及待地翻开，只见上面写道："三娃，你是娘一生的骄傲，可是你不是我的亲生，这事我一直压在心里，娘苦呀。我曾是你家丫环，你是我东家武田先生的儿子。在你生下第三天，你爸和你妈一家三口正高兴地准备抱你回日本老家省亲时，突然被一伙来路不明的人劫杀，我用我儿子的生命换回了你。等他们走后，我却发现我的儿子以及武田夫妇都被他们残忍地杀害。此后，我把你带回到了景德镇。三娃，对你，我不是亲生却胜似亲生。我的孩子！娘不行了，照顾好你的妹妹，要堂堂正正地做人……"

"哥，你说话呀？"小翠看到哥哥小武呆在那，一言不发，脸色发紫，顿时心有点发慌。

"娘，我就是你亲生儿子！我不是东洋人！你这样一走，叫我如何有脸、有勇气活下去！"说时，拔出剑，用手一挥，对着自己的脖子"咔"的一声。武小村动作太快了，等小翠她们反应过来，已来不及了。

"娘，我随你来了！"只见武小村挣扎了一下，倒在了他娘的身旁。

这时，山田和小岛不知什么时候出现，小翠看到他，哇的一声哭倒在山田怀里。

山田看了一旁武小村和川岛梅子的尸体，装出十分的同情，搂着小翠不断地安慰。

在景德镇日本株式会社，小岛和一伙浪人在联欢庆祝，他们一边喝着酒，一边叽哩呱啦唱着跳着，极其狂热。满屋的人唯独山田独自坐在一旁喝着闷酒，板着脸，谁也不搭理。显然，这两天，川岛梅子和武小村的事对他的影响很大，特别是川岛梅子临死前那段话，对他的心灵有所震撼。想到这，他突然腾地站起，大喊道："闹够了没有！"他这一喊，顿时把在场的人都给镇住了。倒是小野对他不以为然，他仍提着酒壶，带着几分醉意，笑着走过来对山田说："山田君，大清皇上为我们除去一个对手，难道不值得高兴？喝、喝！"说完，提起酒壶就喝。

山田听后，看着他冷冷一笑："高兴，我们高兴什么？小野，你们都给我听着，在景德镇瓷业人眼里，我们目前仍是一只小虫，他们根本看不起我们。要想在这里生根、开花，获取我们大日本帝国该得到的东西，我们还得忍气吞声，还得有像吴振江这样有名望的人来帮衬我们，抬举我们！"山田板着脸，怒目着眼前这些人。

"山田君，吴振江此人不好对付。再说，他现在是个被打进死牢的人，对我们又有何用？你何必抬举他。"一浪人上前说。

"武小村死了，在这你说我们还能靠谁？"山田看着他，反问，"给我备礼！小岛君。"

"山田君,备礼,这时我们备礼去看谁?"小岛看着暴虐的山田,试探着问。

"吴振江!"

"山田君,可是他……我们有必要吗?"

"小野,你给我听着,吴振江被打入死牢,不等于他非死不可。中国的官场历来没有规矩,形同儿戏。马知县贪欲太大,目前我们没有制约他的条件,他不会听我们的。中国的官场讲究相互制约。"

"山田君,你到时会后悔的。"

"后悔?不,我要为帝国利益赌一把!"

姜雪、小翠从戏园回来后,半路上叫金赛花给追了上来,说小翠的养母,武小村的娘去了。她们只得掉转头,赶到侗家弄。谁知小翠养母刚死,小村因受不了刺激,也跟着去了。小翠身边两个亲人接连而去,几乎无法再支撑精神了。待简单处理死后事后,姜雪和小翠赶回督陶府,已是下午。到门口,她俩被清兵挡住。小翠正要上前评理,马知县坐着轿子打这经过,看后,马上吩咐停轿,对着眼前的清兵大声吆喝,"混蛋。这是姜雪小姐,督陶府丫环小翠,眼长到哪里去了?快放她们进!"

"嗻。"清兵听后,慌忙退到两旁,让开道。

姜雪感激地看了马知县一眼,也来不及多想,冲了进去。

马知县见她们进去,转身冲着一旁的清兵说:"你们给我听着,记住,以后二位小姐有事,可以自由出入。其他的人,给本县盯严一点,明白吗?"

"嗻。"清兵听后,慌忙上前领命。

"走,到监狱。"马知县瞥了他一眼,说完,坐进轿子,走了。

红店文学系列

第十章

　　浮梁监狱里，吵吵闹闹。马知县吃过早饭，还未上班，便带着皇窑厂的曾总管来看吴振江。

　　"吴振江，有人来看你。"牢头一看是马大人到，早早把一死囚的牢门打开，并对着里面的人喊。

　　"大人？大人？"

　　"振江兄，振江兄？"

　　吴振江听到有人叫他，抬头一看，发现人已到跟前。

　　"是马大人、总管，不好意思，我不能请你们坐，只得委屈二位。"吴振江看到他们，风趣地说道。

　　"大人……"曾总管看着日益消瘦的吴振江，心里一阵难过，说时，眼睛都红了。

　　吴振江知道老部下的心思，哈哈一笑："我的总管大人，我这不是好好的吗？几日不见，咋就变成了娘们，酸酸的，开心一点。"

　　"振江兄，此时，你老弟仍能如此乐观、豁达，实在让马某佩服，佩服。今天是我代理督陶的第一天，上任之前，无论如何都想来看看你。希望你能多多指导。"

　　"马大人，指导不敢。要听，就是听皇上的。皇窑厂是我大清的千年基业。要想把它做好，担子不轻，务必谦虚谨慎，鞠躬尽瘁。"

　　"振江兄，你的话，我一定牢记。"

　　"大人，大伙知道我要来，都要我代他们问候你。"一旁的曾总管说。

　　"曾总管，我谢谢大家，谢谢大家！大伙还好吗？"吴振江对着他问。

　　"好，大人，不过大伙就是想你。"

　　"好就好，这我就放心。总管，告诉大伙，我也想他们。"吴振江说时，侧过身对马知县说，"马大人，此次贡船虽是被劫，但是我们的护船官兵却表现得非常忠勇。鄱阳湖回来后，我痛定思痛，决定让皇窑厂的全体同仁都来祭奠他们，学习他们为皇窑厂舍生取义的精神，同时也决定从账房中挤九千两白银，安抚他们的家属。可惜，可惜这些，我都来不及办了。马大人，这事，我希望由你来继续完成。"

　　"振江兄，你说的，我都记下，回去后，马某一定会把它做好。"

　　"马大人，谢谢你了。曾总管，马知县初到皇窑厂，情况不熟，你得努力帮衬他。同时告诉大家，要像支持我一样支持马大人，把皇窑厂办好！"

　　"大人，您就放心吧。"曾总管说时不断地点头。

　　"振江兄，今天是我代理督陶的第一天，大伙都在等，我就不久留了，有空再来看你，希望你保重。"

116

"马大人,你也保重!"

在皇窑厂衙门会议大厅,坐满了人。马知县在曾总管的引领下走了进来。到了大厅,大家顿时纷纷起立。马知县看后,示意大家坐下。但是,待他们坐后,他发现在场的人,个个都拿眼上下盯着他看,像看贼似的,这让他心里很不自在,但是为了显出自己的威严,马知县很快镇静下来,只见他干咳了一声,端坐在那,扫视着众人,摆出了代理的架势。

会场上很安静,大家一声不吭,仍像刚才一样继续盯着他看。马知县这下有点受不了,看了一旁的曾总管,像是求救。谁知,曾总管也一样。他想,也许这就是大清皇家御窑厂的气派,想到这,他干咳了两声,润了润嗓门,硬着头皮站了起来,说:"各位同仁,半个月前,太后老佛爷六十大寿的特贡瓷在鄱阳湖被劫,全体护船官兵遇难,大清朝野震动,皇上、太后震怒。本县临危受命,代理督陶。各位,这几年,吴振江在皇窑厂做了一点事,但是他有点自满了,以致招来今天的结局,有负皇上、太后的重托!"

马知县的声音还未落地,会场下面马上炸开了锅,一旁的总管曾开听后也大吃一惊。这时,马上有官员站起来说:"马大人,贡船鄱阳湖被劫,我皇窑厂的官兵是何等的英勇,朝廷应该明察。再说,被劫一事是地方防务的责任,罪不在皇窑厂,更不在督陶府吴振江大人身上,这点太后、皇上以及大人,你都应明察。"

"你……"

"大人,我们都对朝廷处置大人感到不平,不服。"

他这一说,其他皇窑厂的官员都跟着站了起来表态。

马知县一看会场气氛马上不对,都针对他来,他感到自己刚才的话有点过了,马上改口说:"对,刚才各位说得对,我也为振江兄叫屈。可是各位,本县也只是个代理,我们要相信皇上、太后。大家的请求,你们提出的意见,我一定会奏请皇上、太后。"

大家听后,情绪平稳了一些,会场又静了下来。

"各位,你们的心情我理解。本县不是不讲情,本县也是刚从浮梁监狱来。吴振江现在关在牢中,虽说他是死囚,但是,我会利用手中的一切权力,照顾他,这一点我们总管可以做证。"

曾总管表情严肃,坐在那一声不吭。

"各位,临离开时,吴振江大人对我说,当前我们能做的,也是唯一能做的就是把丢失的东西重新补回来,也就是说太后六十大寿特贡瓷,我们重新组织生产。只有这样,才能帮吴大人洗清罪名。大伙,有问题吗?"

"马大人,只要能救出大人,帮他洗脱冤情,我们都听您的。"

会后,马知县把曾总管留下来,问他会上为什么不表态支持他。

曾总管说:"马大人,您应知道我们对吴大人的感情,刚才您的话过了,让我们都很伤心。"

117

"伤心？哼，曾总管，你没有看到，这皇窑厂都认吴振江，我不这样说，他们会认我吗？今后我工作，谁听我的？"

"马大人，您在狱中，在吴大人面前可不是这样说的！"

"我说了什么？这是官场应酬！"

曾总管听后，心中愕然，黯然地离开了。

马知县看到他离开，也一时无计可施，气得吹鼻子瞪眼。

马知县到皇窑厂上班的第二天，李俊便带着镇上一批商人来到大清皇窑厂衙门口要求见马大人。侍从来到马知县办公房来报，说有人求见。

"他们是谁，要干什么？"马知县问。

"报大人，是镇上一些商人，说是要求到牢中看望吴振江，希望大人能开出公函。"

"吴振江？一天到晚接待的人都是为了吴振江，我这公事要不要办？告诉他们，吴振江是朝廷钦犯，钦批死囚，没有皇上圣意，平常人不得探望。"马大人不耐烦地说。

"这……大人，就这么回答？"

"还要我教你？他娘的！"马知县把眼一瞪说，气得大骂。

"嗻。"侍从听后，只得无奈而去。

李俊见侍从出来，忙上前问："侍卫大人，马大人可答应了我们？"

侍从说："李老板、各位，马大人很忙，请回吧。"

"这……侍卫大人能否再通报一声？"李俊看着侍从，问。

侍从摇摇头，转身走了。

大家一阵失望。

"我们到牢中探望一下吴大人咋就这么难？"

"吴大人这几年对我们的瓷业是有贡献的，平日又为人正直、大公无私。御船被劫，不是出在皇窑厂，按道理是地方官治安的职责。大人太冤，太冤！"

"这里不是说话的地方，我们回去再说。"李俊听后，对大伙说。

没见到马知县，探望吴振江大人又无望，大伙一百个不痛快，说着说着便来到李俊府上。

"各位，平日吴振江大人对我们如何？"刚一坐定，李俊便当众问着大伙。

"这还用说，每当我们瓷业遇到困难，都是大人挺身而出，站出来为我们主持公道。"

"吴大人大力推行官搭民烧，向我们开放皇窑制瓷技术，镇上瓷业才会有今天，他是我们瓷业界的大恩人！"

"李老板，李老板……"这时，有人喊着从门外进来。

大家往门外一看，是商人饶希斋。

"呵，大家都在这，听说马知县不让你们进，可是你们前脚走，山田那伙王八蛋便大摇大摆地走了进去。"饶希斋一进门就说。

"饶老板,你来得正好,我们正在议论此事,你看这事咋办?"

李俊见他进来,顿感多了一份力量。"还议什么?"饶希斋说,"我看这事有人对吴大人动了手脚。"

"那咋办?"李俊问。

"咋办,马大人不接待我们,我们就联名上书,告到京城去。景德镇瓷业离不开他,我们决不能让大人含冤而死!"

"对,饶老板说得对,我们告到京城。"大家听后纷纷赞同。

大清督陶府让清兵严密把守着,进出的人都得仔细盘问,气氛十分地压抑,倒是二公子吴晋若无其事般,看见小翠,马上跟了上去,嬉笑着问:"小翠,今天又做了什么好吃的?"

"给老祖宗炖了一点汤。她已经两天没吃一点东西。"小翠说完径直往后房走去。

"我跟老祖宗早说了,老爸这次不会有事的,可她就是不听。"

"这府外的官兵,你又咋解释?连篇的鬼话!"小翠回头看了他一眼,气着问。

"我要跟你说几遍才信,我对你说,我每次在观音阁抽签,个个都是大吉,方丈说了老爸大吉大利,上上签说老爸这次不仅没难,还有福,信不?"

小翠不作声,而后马上又点了点头。

"信了吧,我的好妹妹?"吴晋看后,趁势在小翠屁股上捏了一把。

小翠吓得弹了起来,"砰"的一声,瓦罐摔在地上,汤溅得四处,小翠一看,顿时心慌得哭了起来。

秀娟打这经过,看见吴晋这样闹,对着他就是一拳,气愤地骂道:"你这个混蛋,这时还有心闹,小翠重孝在身,爸爸打入死牢,老祖宗两天滴水未进,你的心呢?狗吃了!"说着,掩面哭着跑开了。

吴晋被她一阵数落,清醒了一些,愣在那说不出话来。

在大清督陶府后堂,吴老夫人躺在床上,双手紧抓着姜雪的手说:"姜雪小姐,危难见人心。你是个好姑娘。我振儿能遇见你是他的福气。老身以前有什么对你不住的地方,请你原谅。现在,这一大家子,你看我这身子骨,唉,只有拜托你和得福了。"

"大娘,你放心吧!"

"我振儿是个直性子,依说这事,罪不在他。就是有罪,罪也不至此。当年,我们家的老太爷为窑炉出事走时,振儿他爹就再三对我说,吴家的子孙个性耿直,不宜为官,安心踏实做个手艺人,可振儿,他……这几年,他是一心扑在皇窑厂上,刚好一点,可、可……"吴老太拉着姜雪的手说时,眼中充满着辛酸和无奈。

"大娘,老爷无罪!我去找马大人,希望他能给老爷上奏申诉,还他一个公道。"

"雪儿,我老太婆下辈子也还不起你这个情。咳、咳……"吴老太说到后面,不断咳嗽起来。

小翠进来,见状赶紧走上前,帮她捶背。

"我苦命的翠儿。"老夫人看后,转过身,摸着她的手,心疼地说。

"小翠,去,去把南门头的谢大夫请来。"姜雪看着老夫人的痛苦状,忙对着小翠说。

老夫人听后,摇摇头说:"不要了,雪儿,老身这病一时好不了,也死不了。雪儿小姐,你不是外人,也不用瞒你,你老爷做这个官,不知情的人以为他多威风,可是吴府上下就靠他那一点俸禄,有时他还得抠上一点支到瓷业上。其实我们府里的开支有时还不如一般窑户人家。"

"老夫人,这个你就不要管了。小翠,快去。"

"嗯。"小翠听后,点点头,含泪出去了。

小翠刚出督陶府,山田便带着几个日本浪人到了,在门口,他们被清兵挡在门外。

一浪人走到清兵前面,递上文牒。

"啪。"清兵看后双脚立正,向他们敬礼,并说:"请先生稍等。我马上通报马大人。"

"有什么事?"马知县问。

"大人,景德镇日本株式会社山田先生要进督陶府看望吴老太。这是他的文牒。"

马知县接过一看,嘴里不停地嘀咕着,不过,说什么,谁也听不清。

"大人,怎样回答?"清兵问。

"洋人得罪得起吗?他娘的,"马知县把手一挥,说,"放吧。"

大清督陶府内冷冷清清。

山田进得大厅后,四处打量,久不见有人出来,便喊道:"有人吗,有人吗?吴老太太、吴老太太?在下山田先生前来拜访。"

不久,得福听到有人喊,走了出来。

山田看到得福,马上过去鞠躬施礼,说:"先生,山田前来拜访吴老太太,请您引见。"

"这是景德镇日本株式会社山田先生,我们会社的社长。"一旁的浪人指着山田介绍。

"先生稍等,容我禀报一声。"得福说后,转身进去。

得福将此事报告给吴老夫人。

老夫人没听清楚,从床上坐起来问得福山田是谁。

得福说:"老夫人,是一个日本人。"

"日本人,他来干什么?"

"老夫人,他说特来拜访你。"

"我一个倒霉的老太婆,有什么拜访的。你代我谢谢他。"得福听后,转身出去。

一旁的姜雪听后,不知山田此时何意,心想,他此时是不是要来接小翠回去?可这事她还没有跟老夫人说,万一他把此事弄出来,对体弱的老夫人无疑又是一个打击,想到这,她马上叫住得福,说:"总管,你等一等,我陪你出去。"

姜雪陪着得福出来，一眼便看到山田他们，她马上笑着上前对着山田说："山田先生，让你您久等，此时老夫人身体不适，不能见你们。"

"姜雪小姐，那我不打扰了，请转告老夫人，代我向她问好，如果有什么需要帮忙，请随时招呼。"

"山田先生，我代老太太谢谢您。不过不巧，小翠刚出去。"

"姜雪小姐，你多虑了，请你转告我的女儿，请她安心照料好老夫人，待此事过后，我再到府上来接她。"山田听后，马上听出了姜雪的话外音，笑着回答。

"谢谢，山田先生，我一定转告。"

"那我们告辞了。"

"先生慢走，恕不远送了。"

姜雪望着他们离去的背影，心中长长地舒了一口气。

姜雪打发走山田，回到内堂，小翠此时已把大夫带到，正在给吴老夫人把脉看病。

姜雪把小翠拉到一旁，说："小翠，刚才你爸来了。"

"我爸说了什么？"

"他要我告诉你，要你安心照料好老夫人，待事过后，再到府上来接你。"

"小姐，这事对我太突然，到现在我觉得是梦。小姐，你和老爷一家人对我恩重如山。现在我不会离开你们，今后我也不会离开你们。不过，这事，你可得跟我在老祖宗面前保密。"

"小翠，小翠。"老夫人这时在喊。

"老祖宗，我来了。"小翠应道。

"小翠，去，带大夫到得福那儿去结账。"

"老太太，不用结了。"大夫回答。

"大夫，你也得养家糊口。"

"老夫人，大人这几年为镇上做了不少好事。大人有难，我等爱莫能助，今天帮您看病，尽点微薄之力，我们也心安一点。现在我就给您开处方，您叫人到我店抓药，按时服下，过不了几个时日，身体就会好。"

姜雪在督陶府把大小事安顿好后，就出门了，不过，她没有去春圆，而是直奔县衙监狱而来，到了门口，却被牢头挡在大门外。

姜雪拿出一锭银子，放到他手上："兵爷，请大家买口茶水喝。"

"对不起，小姐，吴振江是钦犯，上面有令，家人朋友不得探监。请回吧。"牢头退回了她的银子。

"兵爷，小女子求你了。"

牢头上下打量她一眼，说："小姐，我平日看过你的戏，认得你，吴大人对我们也不错，如果小姐定要见大人，我给你一个主意，去找马大人，只要他同意，我立马放你进去。"

姜雪听后，点点头，立即去找马大人。

在浮梁县衙，马知县此时正坐在太师椅上，闭上双眼，让师爷给自己捶背。

"累死我了。师爷，你说说，浮梁县这十几万号人，本县料理得妥妥帖帖，任何人不敢跟我吭句声。本县放个屁，说是香的就是香的，可是这皇窑厂，按说它在本县所辖，说话咋就不灵？"

"马大人，这还不好办，不听话的，你就给他撤了，伸头的把他按住，围着大人你的，就拉到身边。"

"这几招，在官场屡试不爽，师爷，可是这套到这窑厂就咋失灵了？按说，这作坊总监之类，也是个官呀。"

"那就来个大换血，大人。"师爷听后马上给主意说。

"师爷，这个我也想过，可皇窑厂七十二道工系，道道是技术活。弄坏了，闹出个事来，传到皇上、太后耳中，这可不得了。说实在的，这吴愣子能让这皇窑厂几十号作坊主服服帖帖，还真是有几下。"

"大人，吴愣子再行，他还不是捏在你手心里？"

"师爷，话不能这样说，做官其实很简单，心要黑，行事时，眼要看着上面，脚踩着下面，双手按着同僚，嘴里呼喊着万岁就行，要啥球本事，再简单不过的事，按理说谁都会。可做这个技术官，就不一样呀。才艺相当，没有真功夫，外行领导不了内行。"

师爷听后，在一旁不断地点头。

"邹师爷，劫船一案是不是你策划的？"马知县看着他，突然脸色一沉，大声喝道，与刚才判若两人。

师爷一听，顿时跪下。

"大人，我也是按您的意思办的……"

"按我的意思？我只是一句戏言，你却陷我于不义！"

"大人，我只是策划抢，且不伤及王大人。我这也是为了您呀！"

"邹师爷，我再狠，也不会去劫御船。你可知道，这可是株连九族的滔天大罪！"

"大人，我自作聪明，我连累了您，我……"师爷双脚发抖，不断地磕头。

"唉，"马知县一声长叹，看了眼前的师爷一眼，说，"师爷，事已至此，咱们已无退路，只有一条道走到黑了。"

"大人，你对我大恩大德，我肝脑涂地，永生不忘。"

"做大事，就得不计手段。你也是一片忠心，起来吧。"说着，马知县亲手把他扶起。

"报大人，春圆戏园姜雪小姐求见。"一侍从这时进来报。

"你跟本大爷说什么？"马大人推开师爷，马上站起来问。

"回大人，春圆戏园姜雪小姐求见。"

"好，好，她终于来求我了，请她进来。"马大人听后，兴奋地回答。

"大人，姜雪我看她是为吴愣子而来。"

"哼,这些欢场女子,都是冲着权势和钱而来。吴振江一个死囚。姜雪会犯傻?你避一下。本县得单独跟她谈谈心,沟通沟通。"马知县说时,伸出两拇指,做了一个手势。

"谢大人!"师爷说完,感激涕零地退了下去。

不一会儿,姜雪进来。马知县装作不知,端坐在大堂上看公文。

"小女子姜雪求见知县马大人。"姜雪上前施礼。

马知县看装得差不多了,这才转过身来。他眯着双眼,直勾勾地看着她。眼前这个曾让他十分熟悉的女人,现在变得更加丰润了。乌黑的秀发下露出光洁的额头;两条柳叶眉微微耸起,一对秋水泛波的大眼睛里,飘溢着缕缕烦意。那红润的嘴唇,好像带露的花瓣。说话时,两边嘴角翘了起来,更显出她那鼻梁的挺秀、面额的丰腴,有着一种典雅的美。

姜雪给他看得很不自在,红着脸,低下头。

马知县看后心里一阵狂热,心想这小婊子真是越来越水灵了,盘算着如何降伏她,姜雪下面说什么,他一句也没听见。只见他惺惺作态,对着她又关心又体贴:"姜雪小姐,你也有冤情?谁欺负你,本爷跟你做主,快说。"

"马大人,小女子请求见吴大人。"

"这个自然、自然。"不,马知县发现自己失语,突然改口说,"不行呀,姜雪小姐,本县可没有这个职权。"

"马大人,按说御船被劫,责不在督陶府。御船护卫将士全体力战而死,这足见吴大人治厂有方,可是这样的人不仅得不到朝廷的表彰,反而被打入死牢,马大人,这可是当今天下最大的冤屈。"

马知县笑眯眯地看着姜雪,任凭姜雪怎么说,他就是不开一句口。

姜雪没法,只得把眼光挪开。

马知县见她不说了,这才站起来,走到她跟前,打着官腔说:"姜雪小姐,本县知道你对吴振江一片深情,我与吴振江大人交往也非一日,但是,这是当今圣意。你说冤,这我也知道,可本大人又有什么办法?吴振江有你这样一位红颜知己,此生足矣。你既然真想帮吴振江,像你这样美貌,官场上的行规,想必姜雪小姐你也知道一些,只要你能舍得自己,我看……"马知县说到此时,停了一下,没有往下说,而是暗示性地拍了她一下。

姜雪下意识地挪开。"先让我见一见吴振江。"她十分冷静地说。

马知县看后,笑了笑,说:"只要你有这个认识就行。来人,带姜雪小姐去见吴振江。"

侍从领着姜雪去了。

师爷看着姜雪离去的背影,则从门后进来。马大人急切地问:"我的大师爷,本县让她晚上上我的床,你看有几成把握?"

"大人，对于女人，这个我不懂。不过看大人眼前状态，想必已是把这女人抓到手心了。"

"权术和女人这是一对同胞姊妹，不会玩女人的人也不会玩权术，你懂吗，我的大师爷。"马知县看着师爷，笑着说。

"大人，我这一辈子看来只能做师爷。"

"男人咋能说这种话，有空，我亲自给你挑两个水嫩的，不能太失我县衙的面子。"

"谢大人！"师爷听后，赶紧行礼。

"哈哈哈……"马知县听后，大笑道，"看来，我们师爷下面还没有废，是个爷们。"

"报大人，景德镇日本株式会社山田先生门外求见。"这时，侍从跑进来报，并递上文牒。

"他来干什么？师爷，你说，见还是不见？"马知府问。

"大人，洋人太后也得敬三分。"

"那依师爷的意思是见？"

师爷点点头。

山田由侍从领着，进了县衙，恭敬地向马知县递上自己的名片，内中并夹带一份礼单。

马知县一看清单，上面用小楷字体工工整整写着白银五千两，心中一阵惊喜，马上说："山田先生，内屋请。"

到了后院，马知县笑着对山田说："山田先生，礼重了。"

"马大人，本该早来拜访，只因本社商务繁忙，不周之处，还请见谅。"山田说时，十分客套，眼睛不断盯着马知县看。只见对方有着一张油光发亮的脸、大蒜鼻头、满脸的赘肉、细小的三角眼以及一双招风耳，脸上只有雕刻般固定的笑容，除了眼珠子不时转动外，看不出他任何面部表情的变化。

"山田先生客气，有事，招呼本县一声就行。何苦劳您大驾？"

"马大人，您可是我们的父母官，不过，山田初到此地，人生地不熟，以后还望大人多多关照。"

"先生客气，客气。"马知县说时，突然把话一转，问，"山田先生，马某听说先生最近找到女儿了，可有此事？"

山田没想到马知县给他来这一手，马上解释说："在下年轻时，一时荒唐，说来惭愧。不是此事，在下早就来拜访大人了。"说时，极力掩饰，他心想这事只有几个人知道，他哪来的消息？

马知县一直观察着山田眼睛的变化，他认为，人再怎样掩饰，都掩饰不了他那双眼。他发现山田刻意微笑的背面，心中藏着贪欲。这也是他所需要。因为，有欲望，对他就有所求。

这时，有下人把茶端上。

124

"人不风流枉少年。山田先生,恭喜呀。"马知县看着眼前略显局促的山田,微微一笑,"想不到小翠小姐就是先生的令爱。喝茶,先生喝茶。"

"见笑。"为掩饰自己,山田端起茶杯,边喝着茶,边心里不断地盘算。

马大人端起茶杯,拿到嘴边吹了吹,而后放下,问:"山田先生,听说你在景德镇已收购不少窑厂,每天都有成船的瓷器运往东洋,赚得不少哟!"

"马大人,你知道日本的陶瓷制作技艺是从中国传过去的。这次巴黎参展会上,大清皇窑厂的瓷器艺压群雄,轰动西洋列国。这样一来,我的生意就难做了,他们非大清国的瓷器不买。马大人,我做的是加工贸易,现在在讨饭呀,不过你总不可能见死不救吧?"山田应道。

"山田先生,你说说我该怎么救你?"马知县笑着问。

"大人,这是五万两银票,我不会让大人白帮这个忙。"山田说着,把支票双手递上。

马知县一愣,忙把手推过:"山田先生,这五万两银票它可是个巨数,马某的俸禄一辈子也值不到这个数,你这是让我犯罪。"说时,眼睛却直盯着那张银票。

山田看在心里,心想这家伙既做婊子又树牌坊,是个典型的大清国官僚。只见他似笑非笑道:"马大人,这五万两银票我不会让大人白拿的。"

"好,你说说,只要我不做有辱大清朝的事就行!"

"马大人,您说到哪里去了。大人是个好官,朝廷中同行的榜样,这个,我怎会为难您,拖您犯罪?"

"你说吧。"马知县直截了当地说。

"大人,我希望你把一部分皇窑厂的白坯瓷卖给我。"

"这……"马知县在心中暗骂道,山田你胆子够大的!你这还不是让我为难?

"大人,听我说。据我所知,现在皇窑厂的白坯瓷不少是从民窑中订购的。我想选购时,大人只要在计划内多抛出一点,多出的部分给我,不就成了。再说,我算您的成本。另外,每件,我给您一两白银的暗中抽成,怎样?"

"山田先生,本县目前仍只是个代理。吴振江全家仍在督陶府。窑厂的官员目前不是我的人。"

"大人,不管做不做,这都要收下。"

"这不好吧。"

"大人,就当我送给您的茶水费。"

"茶水费,这个中听,好,既然你这么热情,本县就先收下,不过,我会给你一个答复。"马知县说时,把山田的支票塞进了自己的口袋。

山田坐着轿子出了浮梁县城,到了城门口,他发现城墙脚下围着不少人,所坐的轿子被人流挡住,一时出不去。山田掀开帘子,发现县衙衙役正在张贴布告。

一浪人过去,看后马上带了一张回来,"山田君,你看。"是一张"吴振江处决布告"。

"谁发布的?"山田问。

"浮梁县衙。"浪人说。

"哟西。"山田一丝冷笑,他明白以后,把手一挥,说,"我们回去!"转身消失在人群中。

山田一行回到景德镇日本株式会社,人还未坐定,小岛便急忙上前来报:"山田君,浮梁县衙在你到之前,派人送来了一份春季处斩吴振江的布告。"

"这是马为民知县冲着我给他的五万两银票和分成来的。"山田听闻后只是淡淡一笑,显然他心中早有数。

"那我们怎么办?"小岛问。

"吴振江是宫中的官员,虽说关在浮梁监狱,但马为民无权处置。"说完,山田又吩咐道,"电示总部,请了解大清朝中对吴振江的动态。"

"嗨。"小岛听后,转身而去。

得到马知县的公函后,姜雪直奔浮梁县大牢。"吴振江,有人来看你。"在浮梁县监狱内,狱头边说边把吴振江的牢房门打开。

"老爷,老爷!"姜雪见门一开,立马奔了进去。

"雪儿?雪儿!"吴振江听到喊声,同时站了起来,拥着她不断地问,"雪儿,雪儿,你怎么来了?"

"老爷,我早就想来,可看您不容易。"姜雪抱着吴振江哽咽起来。

"这不是看到了吗?"吴振江笑着说。

"老爷,您瘦了!"姜雪双手抚着他的脸面,十分疼惜地说。

"这几年就算这一个月最清闲。雪儿,家中可好?皇窑厂可好?"

姜雪点点头,她没有实话实说。

"在这里就是闷得慌,听不到一点外界的消息。"吴振江说,"不过,也好。你看看,这是我近期设计的一些陶瓷画面,你看怎样?"吴振江转身从床板上取出画稿递给了姜雪。

姜雪不看则已,一看眼泪又忍不住流下。

吴振江不知所以,抓着她双肩问:"雪儿,怎么了?"

姜雪难过地伏在吴振江肩膀上流泪。心想,真是一个愣子,怪不得马知县在背后叫老爷吴愣子。

"雪儿,皇上圣明,他一定还会让我回去督陶。到时,我要把这些画面统统都放到瓷器上,太后、皇上看了准高兴!"

"您还想皇上?"

"当今皇上少年英武,他们一时这样做,一定有他的难处,你说对不对?做臣子的一定要体谅。”

姜雪听吴振江这一说，无奈地看着吴振江，希望老爷说的是真的。

在牢房，吴振江听完姜雪的诉说后，一声叹息。当他听到山田认女一事时，心中猛然一颤，睁大眼睛问：“雪儿，你说小翠是山田的女儿？”

姜雪点点头。

“小翠、英子、山田？”吴振江自言自语，不断重复道。

“老爷，山田来看大娘，大娘没有见。当时我还以为他是来接小翠的，不过他没有。临走时，他要我转告小翠，照顾好大娘，并说，如果督陶府有什么困难可以去找他，包括经济上的。老爷，当时我听后，觉得山田这人挺有人情味。”

吴振江默不作声，过后说：“山田先生也不易。这事，我本应为他们庆贺，可惜我现在这个样子，什么也做不了。雪儿，你回去后，把小翠送到景德镇日本株式会社，让他们父女团聚，代我向他道声祝贺，也祝福小翠。”

“老爷，小翠自从她的小武哥和养母死后，一下长大了许多。她是个有情有义的孩子。我问她今后有什么打算，她说，她哪也不去，就在督陶府待一辈子，伺候老夫人。”

“这怎么行？ 小翠这孩子命够苦的。我们不能自私连累人家！”吴振江听后，急着说。

“这是小翠娘临死前给武小村留下的遗书。”姜雪说时，递给了吴振江，“小武就是看完它后，神志不清自杀身亡的。”

吴振江看了看，说：“小武自打进我督陶府后，行为就怪怪的，我早已注意到他。他心中一定隐藏着劫船的秘密。难道他的死与这次案情也有关？”

“对了大人，他临死之前说：我为什么要是日本人！”

“武小村也是日本人？”·

“老爷，都怪我，没有及时阻止他。”姜雪后悔地说。

“雪儿，我想他身后一定有一双无形的手在要挟他。可惜，可惜……”吴振江说时，陷入沉思。

“老爷，您是冤枉的。这事不是您的职责。按理说马为民比你的责任大。可他不仅没事，皇上还委他重任，代理您督陶。现在镇上的人都在议论。皇窑厂的大小官员要求马知县上书皇上，为您申冤。李俊带着民窑大小老板，多次求见马知县，要求到牢中来看你，都被挡在门外。民窑老板现在是群情激昂，他们已联名到京城上书去了。”姜雪看到吴振江仍心在事业上，对个人安危漠不关心，心里未免有点着急。

“这个不行，这不乱套了。大家这一闹，马知县就无心皇窑厂的事业了。”

“老爷，大家都在说马为民为人不地道。您对他可不能一个心眼。”此时，姜雪还不知外面发生的大事，吴振江更不知。

在大清督陶府内，小翠也匆匆地拿着一张布告闯了进来，“小姐，小姐，二公子？”

127

没人应。到了里屋，才发现秀娟在一旁抽泣，二公子吴晋也低头不语。

小翠往桌子上一看，也摆着一张同样的布告。

小翠明白了，急忙往后院跑。

"小翠。"得福把小翠叫住。

"不能告诉老夫人！"得福追上前，对她说道。

"那我们怎么办，总管？"小翠哽咽着问。

"待姜雪小姐回来，再拿个主意。"

"小翠，得福，你们也用不着等姜雪小姐了，这事，我早有准备。"说时，老夫人拄着拐棍，独自地一个人走了出来。

第十一章

在大清督陶府后堂，姜雪坐在老夫人的床前，对着她说："大娘，我去看老爷了。现在春季未到，浮梁县衙便在城镇各处张贴出处决他的布告，可老爷仍蒙在鼓里。老爷是冤枉的。目前镇上一些瓷行老板已到京城，联名为他喊冤。大娘，我也要到京城去，向皇上告御状！"

老夫人听后，挣扎着从床上坐起，颤抖地抓着姜雪的双手，说："雪儿姑娘，振儿的命就交给你了。只要他能逃过这劫，我吴家世世代代都会记下你的大恩大德！"

"大娘，救不出老爷，我也不回来。您好好照顾自己！"姜雪说时，满脸含着泪，最后向老夫人磕了一个头，转身就走了。

皇窑厂衙门口，众窑工正在往里冲，给清兵挡住。他们不甘心，便对着里面大声喊："马大人，吴振江冤枉。"声音不断传到衙门内马知县的办公房。

马知县对着站在一旁的曾总管说："外面嚷嚷什么？去，把他们给我轰走！"

曾总管说："大人，各作坊、衙门的总监、窑工为求见您，他们已在门口站了几天。"

"见我，他们要干什么？你没看见本大人正忙吗？告诉他们，回去做好自己的事，目前只有把太后六十大寿的瓷器重新给我做出来，吴振江才有出来的希望。"

曾总管站在一旁，不作声。

马知县看着待在一旁的曾总管对自己的命令无动于衷，顿时恼火地吼道："怎么，我的话你敢不听？"

"大人，窑工要求见您愿望不高，您就满足他们一回吧。"

"这……"马知县想了想，说，"那好，你先出去，我马上就到。"说时，一脸的不愿意。

在大清皇窑厂衙门前，众窑工听说马知县出来了，顿时安静下来。

马知县走出衙门，扫了门前众人一眼，说："各位，吴振江大人之事，这是圣上的旨意。本县与振江兄的感情不比你们薄。我已向皇上、太后据理上奏。我说了，只要各位忠于职守，把皇窑厂的瓷业做好，把太后六十大寿的瓷器重新烧制好，及时运往京城，那么皇上、太后也许会念及他以往对大清的忠诚，免他死罪。这话我已不知讲过多少回，你们为什么就不明这个理？"

"啪。"他的话音未落，站在衙门前的众官员突然在他面前齐刷刷地跪下。

"你们这是？"马知县看着他们问。

"大人，这是我们皇窑厂各作坊总监的全体签名，希望你转呈皇上。"跪在前头的汪叔凡把大伙的签名书举在头上。

曾总管上前接过，递给了马知县。

"好好，本县一定转奏！"马知县打开联名书，扫了一眼，说。

马知县在皇窑厂忙了一天，回到了浮梁县衙，刚坐定，师爷进来，递上一张纸条，说："大人，傍晚，日本株式会社总管小岛来过，这是他拿来的十万件白瓷订货单和十二万两白银货款。"

"十二万货款就能挣上五万！我的天，我在这浮梁县五年，绞尽脑汁，也才弄得五十万两。师爷，咱们跟山田一笔买卖就赚这么多，一月一次，一年十二个月，你说我们能赚多少？我马为民发大财了！"

"大人，您可富甲天下了。"

马知县说："吴振江，平日看他不露声色，我看这五年下来，少说腰包中也装有五百万。啧啧，不在其职，不知其味。吴振江，深沉，行！"

"大人，吴振江失败就在于他不满足，把手伸到大人您的地盘，他怎能跟你斗法？"

"千里为官只为财，这是咱们中国几千年下来官场的一个不成文规矩。他吴愣子不是圣人，也不例外呀。只可惜一山不容二虎，这是他运道不行。"马知县感叹地说。

"大人，听说李俊、饶希斋鼓动镇上一批瓷业商人签名，到京城向皇上上书去了。"

"哼，让他们去，正好，本爷借此可把他们与皇窑厂的加工协议取消掉。"

"大人，守卫督陶府的侍卫来报，说这几天，他们在督陶府上没有见到姜雪，督陶府也有人传出话来，说她到京城皇宫告御状去了。"

"告御状！这婊子，这几天我天天在等她，却看不到她的人影，原来去告御状去了。皇宫是她能进的？皇上也能告？本爷进去一趟还得左等右传，上下打点，到处托人。疯了，他妈的，这镇上的人全疯了。"

"大人，虽说他们到了京城白搭一趟，但这事传出去，说是江西浮梁来的，大人这面子……前程说不定也要受影响，我看您不能掉以轻心。"师爷提醒着说。

"师爷，你提醒得对，你说本县咋办？"

"依我看派人上京城，把他们劝回来。万一，他们不听，我看就地解决他们一两个。这样一来，他们群龙无首，只得打道回府。"

"吴振江不解决，终是个祸害。师爷，这样，你亲自去一趟京城，想办法联系到王大人，让他带你去找找李大公公，要是朝廷没有什么大的动静，那么我们到时用不着等待宫中的圣旨，就地给吴振江来个咔。"马知县说时，做了一个手势。

"大人，那我什么时候动身？"师爷问。

马知县说："明天就走。不过走之前，师爷，你给我把赵窑的赵子和叫到我这儿来。"

此时的京城大清皇宫内，慈宁宫中，大总管李莲英正在给太后老佛爷梳头。

太后看着镜子，问："小李子，多久没给我梳头了？"

"老佛爷，有段时间。不过奴才手笨，已比不上他人。"

"这是借口。"太后笑着打趣。

"老佛爷，您的头发是越发黑了。"李莲英说着，把话题岔开过去。

"还是你这嘴甜。六十的人，这头发咋黑得起来？这半个月来，浮梁马知县他可是一天一个奏折子，看得我心烦。"

"老佛爷，依老奴看，马知县也是一片忠心。"

"这个吴振江，按理说这御船被劫发生在鄱阳湖，不关他的事，可他硬是往自己身上背。咱们那个少年皇帝他倒好，就地卸驴。他这不是跟我闹着？不过，小莲子，这年头，忠义之士越来越少了，一些人遇事总往他人身上推，就这点，我还真有点喜欢他。"太后自言自语地说。

"是，是，是……"李莲英不断地点头附和。

"马为民的折子，说是吴振江不但独断专行、行为不检点，而且把个春园戏子纳在家中。这还不算，平日里，与日本商人打得火热。你说说，他找洋人干什么？我们给洋人闹得还不够多吗？"

"他这人就是不争气，有负太后对他的信任！"李莲英看了太后一眼，小心地应道。

"小李子，你是不是听到什么？"太后听后，看着他问。

"没……没……没，奴才只是在为太后想。"李莲英一听，感到太后似乎话中有话，战战兢兢，忙上前跪下请罪。

"小莲子，我又没说你，快起来吧。"太后说，"我也知道你贴心，才跟你唠叨几句。不过话说回来，吴振江这几年督陶，这瓷器可是越烧越好。马为民虽说忠心，可两个多月了，这瓷器是做得一点动静都没有。小李子，这事，有空你帮我去过问一下。"

"嗻。"李莲英刚站起来，又慌忙跪下领旨。

督陶府出事，乱作一团。马知县这次却装作不知，显得很悠闲。晚上，他穿着便服，走上怡红院二楼。穿着妖艳的妓女一看，马上围了过来，嗲声道："马爷，我们想死你了，怎么才来呀！"

"我这不是来了吗。"马知县说着搂着一个叫春香的妓女，在她的脸上咬了一口，"心肝，想死你爷了。"

其他妓女见状，都不高兴地散开了。

在房里。春香抱着马知县嗲声嗲气地问："爷，今天咋有空来找我？"

马大人用手摸着她的小脸蛋，说："宝贝，我这不是说了，近来公务繁忙吗。"

"是不是因为皇窑厂的事？"

"你咋知道？"

"春园都传开了，戏园的老板娘天天往那儿跑。"

131

马大人听后，冷笑着说："哼，跑也没用！听说姜雪这婊子前段时间天天去烧香，我看就让他们做一对落难的鸳鸯吧。"

"他们那是有情有义，爷，听说你以前也喜欢过她？"

马大人一听就来气，说："那婊子，谁跟了她，谁准倒八辈子的霉！"

春香见他来气，取笑着说："马爷，这事不会是你干的吧？"

马大人听后，脸色突变，杀机顿现。

春香吓得缩在一处，惊恐地看着他。

马大人马上清醒过来："小宝贝过来。"说着去搂她。

"大人，你刚才好凶？"春香怯生生地看着他。

"不是我凶，"马大人说，"是小宝贝这句话吓着我了，这话可不能乱说，乱说要杀头的。"说着，从身上掏出一锭银子，放在春香面前，起身走了。

春香看着桌上的银子，笑容可掬，但当她想起马知县那张脸时，笑容又缩了回去，呆呆地站在那，双脚打抖。

马知县走后，春香一想到马大人凶神恶煞的样子，晚上就做噩梦，大脑不断闪现马知县面露杀机、满脸狰狞的样子。由于睡得不好，没精神接客，为此，她的客人越来越少。妈妈找到她，春香无奈，只好如实相告。

妈妈一听，立马捂着春香的嘴。妈妈又走出房门，向外左右看了看，然后重新把门关上，说："我说春香，这事千万别说出去，"她做了一个砍头的手势，"不然连我都会没命的！"

但这事已经在园子里暗中传开了。

春圆戏园老板娘金赛花带着心思来看吴振江，因不知他关在哪，只得在大牢中一路喊："大人，大人。"

吴振江听到喊声，走到木栏旁，伸出手应道："金班主，金班主，我在这。"

"大人，大人。"金赛花听到吴振江的应答声，快步来到吴振江跟前，她抓着吴振江的手说："大人，您瘦了。"说时眼睛一红，眼泪刷刷地掉下来。

"金班主，你也瘦了。戏园生意可好？"

"好、好、好，我这是咋的，说好不流泪的，咋眼泪就来了？"金赛花一面应答，一面蹲下，打开随身带来的果盒，说，"大人，都是您爱吃的，米粉蒸肉、碱水粑、红烧猪蹄，还有十年女儿红。"说着，把酒菜一一端了出来。

吴振江看着眼前这热气腾腾的酒菜，闻了闻，说："真香！金老板，我是好久没闻到了。"

金赛花从衣中取出酒杯，打开酒壶，给吴振江满上，笑着说："大人，要是你喜欢，我天天送来给你吃。"

"金老板，你生意不要了？"吴振江喝着酒，笑着问。

"大人，我听您的建议，把客栈盘下来了。有了它，这戏园的吃、喝、拉撒，全解决了。人也轻快了许多。"

"金老板，这生意，做得好不好，关键在一个通字。手上的东西盘活了，盘通了，生意也做了，钱就赚了。"

"大人，人要是有来世，我愿自己是小翠，能在督陶府看着您、侍候着您，一生也就足了。"金赛花说时，眼泪汪汪地看着吴振江。

"金班主，我吴振江这一生，能遇上你和雪儿，我也知足了。"吴振江感激地看她一眼，端起杯，一饮而尽。

"大人，雪儿这几天不在督陶府，听小翠说她到京城告御状去了。"

"她这又何必呢！"吴振江听后，长叹。

"大人，这年头哪有像您这样的呆人，把事都往自己身上背。您可知道，您这样一来，就雪儿不说，镇上还有很多人为您奔跑鸣冤。"

"我害了大伙。"

"大人，这次船劫，有人说马知县是主谋。"金赛花看了看左右，对吴振江耳语道。

吴振江听后，心中一震，看着金赛花，问："你是哪来的消息？"

"怡红院妓女春香说的。"金赛花说。

"金班主，欢乐场上话，不足为凭。此事没有证据，这话就说到这里，告诉他们，千万不要再说。"吴振江听后舒了一口气，对着她说。

"大人，你太善良了。马为民他可不是这样想。"金赛花见大人过于相信马为民，对着他有一股埋怨。

"时间到。"牢头过来说。

见牢头过来，金赛花立马把他叫住，从身上掏出一些银两，对着他说："替我照料好吴大人，我下次来时再给。"

金赛花有点恋恋不舍地离去，出了牢房，脑海中仍没有离开牢中的吴振江，高高的个子，深邃的目光，朴实倔强的风骨，才华横溢，也难怪自己仰慕他。想当年，自己也是大富人家的清高女子，无奈新婚不久丈夫便死去，想到好人总是没有好命，心中感慨万千。

赵窑窑主赵子和应约来到浮梁县衙。侍从看后，马上进去通报。

"说本县有请。"马知县一听，立即对侍从说。

"喳。"侍从出去。

不一会儿，赵子和到。

"赵兄，我的老表哥，请到你难呀。"马知县见赵子和进来，主动上前与他握手攀谈。

"大人身兼多职，又是大清朝的大红人。不是草民不想来，是怕打扰大人，不敢来呀。"赵子和笑着回答。

“我看这是你的托词，是不是为了令郎的事，生本县的气？”

“大人，这话说到哪里去了。是您看得起他，只可惜我那混球不是这个料，让您费心了。”

“赵兄，我身边少人手，要是令郎有意，他还可回来。本县这衙门随时为他开着。”

“大人，谢谢你，我家祖墓没埋好，不是做官的命，只有靠手艺糊口。”

“赵兄，你说到哪里去了。官场上的事，你又不是第一次接触。说你行就行。这浮梁我说了算。虽说我这衙门薪水不多，但是只要你人往我这一站，你只有欺负别人的份，哪个敢跟你说个不字。要是灵活一点，几年下来，五千一万的银子少不了你的。一般的小窑场，十年也比不上在这儿做一年，再说人又轻快。”马知县说时，倒是十分坦诚，没有把他当外人。

“话是这么说，大人，可我那混蛋直来直去，眼中容不得沙，不是这个料。”赵子和感叹。

“好了。赵兄，令郎既无心官场，我也不多说。这几年，你赵窑对我支持不少，我马某不是个无情无义的人。今天把你叫来，除了说你儿子宝贵的事外，另一方面就是想与你窑厂说说合作的事。”马知县看出赵家父子已无心投资官场，不管他怎样利诱，赵子和就是不为所动，看双方说来说去，都不愉悦，他不想再绕圈子，而是直奔主题。

“合作，大人对投资窑厂有兴趣？”赵子和听后，笑着问。

“赵兄，我今天不是说我与你的合作，而是谈谈皇窑厂与你窑厂的合作。”

“与皇窑厂合作？”赵子和听后一惊，瞪大眼问。

“对，与皇窑厂合作。我想把皇窑厂的白坯拿给你加工。”

“皇窑厂的白坯加工不是给了李俊他们吗？”赵子和问。

“赵兄，不管那个，我只问你有没有兴趣？”

“大人，您知道镇上一些民窑主都以跟皇窑厂合作为荣。但是据我了解，他们亏的多。”

“那李俊他们为什么仍兴趣不断？”

“大人，他们想通过与皇窑厂的合作，得到皇窑厂的制瓷技术。”

“老表哥，你说得对。谁能学到皇窑厂的技术，在这瓷行，谁就能发。不过现在我在皇窑厂坐把，这么个好机会，你就不想？”马知县问。

赵子和说：“民窑主哪个不想。可是大人，我是个小厂，亏不起。”

“赵兄，我要是给你补贴呢？”马知县问。

“那当然可以。”赵子和说。

“有你这句话就行，你过来。”马知县招招手，凑近赵子和说了起来。

赵子和听后顿时眉开眼笑。

在景德镇大街上，当地的地保撕下吴振江春季处斩的布告，路人一看，都围了上去。

"老屁，大人的布告撕了，是不是就没事？"旁边的人对着他问。

地保老屁没有理会他，而是拿出一张新的贴上，指着它说："都在上面，自己看吧。"说着，转身到另一处继续贴去。

大家看着布告，摇摇头，三三两两窃窃私语。

"大人行刑的时间越来越近，宫中目前还没有一点消息，看来督陶官吴大人凶多吉少。"一茶楼老板说。

"李老板带着镇上几百家瓷行老板到京城联名上书，姜雪小姐也告御状去了。按理说皇上应听听百姓的声音呀。"一旁的人接话道。

"这年头好人不得好报，兄弟，不谈国事，咱们喝茶吧！"刚才的茶楼老板说。

赵子和从县衙回来，马上就干了起来。不到半个月，他的窑炉旁便摆放着一篓篓刚出炉的白坯瓷。几个穿着大清皇窑厂的检瓷官上前看了看，对着赵子和说："赵老板，按规矩，在我们验收前，你得把这些瓷分类排放。"

"宝贵，过来，按大人的意思，一起帮忙料理一下。"赵子和吩咐儿子过来帮忙。

不一会儿，这些瓷器便摆好。"大人，请验货。"赵子和看了看，笑着对检瓷官说。

"赵老板，那我们不客气了。"检瓷官上前，起初，一件件细看，到了后来，白瓷在他们手上便像是小孩手中的画片，飘然而过。

一旁的赵子和双眼睁得大大的，眼睛随着检瓷官的手转，心吊到嗓子上。"哐""哐"不时被打下的白瓷，震得赵子和心惊肉跳。只见他从衣袋中掏出手帕，不停地在脸上擦着汗。

"爸，你这是咋了？"赵宝贵看后问。

"没什么，没什么，天热。"赵子和说。

半炷香功夫，地上几篓瓷器便给他们拨弄完了。检瓷官这时站起来，拍了拍手上的瓷灰，走上前对着赵子和笑了笑，说，"赵老板，对不起。"他指着地下的白瓷讲，"你这两炉瓷器，按皇窑厂的标准，九篓之中，只有这一成合格。"说后，旁边的随行人员拿着一文本上前，请他签字。

赵子和接过文本，看了看地下的瓷器，手在打抖，但最后还是把自己的名字签了。

手续完毕，皇窑厂的官员也不多说，把刚才检好的瓷器马上就抬走，一句客套都没有。

赵子和站在那，对着剩下的一堆瓷器，心里顿时发毛。

赵宝贵说："爸，他们走了"。

赵子和听后这才回过神来。

"爸，这些挑下的白瓷咋办，是不是拖出去砸掉？"赵宝贵问。

"小子，这哪是白瓷，这是银子。砸碎它们，赔了你我都不够！快，把它们小心给我抬到库房里去！"说完，赵子和转身就走了。

"这些破烂卖给谁？"赵宝贵心中犯嘀咕，父亲这一反常的行动，倒让他愣住了。

入夜，马知县站在浮梁县衙后院等赵子和，见他进来，马上把门关上。未坐下，马知县便迫不及待地问："赵兄，山田派人到你处，那些白瓷你为什么不给他？"

"大人，我两炉白瓷，你们皇窑厂仅收一成，你们也太不给我面子了。"

"为了不损大人的面子，您可知道，我这些白瓷，成本就花了三两纹银。山田这老屁眼，来人从中仅挑好的，八篓瓷，要的不到半篓，比皇窑厂那班老古板还狠。我辛辛苦苦下来，总得挣上一两个。山田虽说他一件给我十两，但是剩下的给谁，我卖儿卖女都不够赔。山田的买卖我不做了，我把皇窑厂打下的瓷器，自己加工去，我粗算下来，除了本钱，还可赚上几两。老表弟，我的县大老爷，您对草民的关心，我心领了。山田这生意您另外介绍给他人吧！"

"表兄，人得讲信用，你这样，让你表弟今后颜面何在？"

"大人，一场生意下来，不说挣多少，工钱料总得有一点吧？"赵子和看马为民对他急，也来了气。

"赵老板，话说到这分上，你我也就不要讲什么老表关系。这样吧，你上午出炉的瓷器，打包，按件算，山田不要，我收，三两五钱一个，行吧？"

"六两。"赵子和伸出手说。

"三两八钱。"马知县还价。

"马大人，您也是个行家，我不跟您算多，这样，五两。"

马知县最后咬咬牙说："赵兄，我的大表哥，一口咬死四两。"

赵子和说："四两就四两，给您一个面子。"

"那什么时候交货？"马知县问。

"我用出的都是现银，您知道我窑厂从不赊欠，"赵子和说，"只要您啥时带上钱，啥时就可提货。"

马知县说："行，不过，我还有一个附带要求。"

"附带要求，是什么？"赵子和问。

"赵兄，这个说起来更简单，"马知县说，"就是允许山田他们在你们生产时，能进厂观摩。"

赵子和听后，没有回答，而是对着他，上下打量。

"表兄，你这是……"马知县感到他怪怪的，问。

"大人，"赵子和说，"我这白瓷可是在你们皇窑厂监工严格监视下生产的，这瓷土配方，也是他们带来的，他们从不让我们过目。皇窑厂是这样。这民窑厂，您更应知道这各家窑厂的规矩，手艺传内不传外，要是传出去，我们吃什么？小日本到皇窑厂参观，把皇窑厂祭兰制瓷技术弄走后，镇上人做了上千年祭兰瓷，转眼成了他们的发明，结果在西洋，我们再也不能卖这种产品。大人，您是不是得了他们什么好处，或者有软门捏在他们手上？"

"这……"马知县一时答不出来，因为就此事他还奏了吴振江一本。

赵子和见马知县一时语急答不上，便端起茶杯，喝了一口，对着他说："大人，我不管您跟山田关系如何，但是我要您告诉他，他们小日本再跟我要什么附件，这白瓷，我白丢进昌江河也不给他。"说完，赵子和把茶杯往桌上一放，说了声"告退"转身就要走。

"好、好、好，就当我没说，不行吗？我们不能为这个坏了我们表兄弟的关系。"马知县见硬不过去，马上改口，笑着说，"山田他再怎样套近乎，他咋比得上你我关系。"

在景德镇日本株式会社后院，山田看着从外一篓篓抬进来的白瓷，眼睛放着亮，拿在手上看了又看。

"山田君，这瓷器经过皇窑厂一过手就不一样。"一旁的小岛也兴奋地说道。

"皇窑厂，哟西，我们大日本帝国也会有的！"山田眯着双眼，笑着问，"八篓瓷，小野君，总计多少？"

"一万五千件。"

"行，今日就把它们全数运走。"

"山田君，总部电。"这时，一浪人过来，递给山田一张电文。

山田看了看，递给身边的小岛。

"山田君，总部说大清两宫目前没有处死吴振江之意。"小岛说着，把电文递回给山田，"那我们下步怎么办？"

"小岛君，暂时不管他，你把我们已备好的礼物备好，我要去谢谢我们的马父母官。"山田嘿嘿一笑，划上一根火柴，把电文点上。

晚上，在浮梁县衙后院，大门紧闭，房内只剩下了马知县和山田两人，这时只见山田把一沓银票递到马知县手里，"大人，点个数？总计是一万六千五百两。"

"不用了，这点我绝对相信先生。"马知县接过，看也没看，直往案几里的抽屉放，一面指着桌上的热茶，对着他说，"先生，喝茶，喝茶。"

山田端起茶杯，又放下，说："大人，我说这量能否再大一点？"

"你说大一点，多少？"马知县挪着身子，靠上前，问。

"一个月十万件！价格不变外，月中再给你两万两。"山田说着伸出手指头。

"十万件？"马知县问。

"对，马大人，你算一算，一个月十万件就是十一万两，一年下来，就是一百三十二万两。大人，要是这样做下去，几年下来，您口袋是个什么数字？"山田笑着问马知县。

马知县给他一说，很兴奋，马上说："行，我干。"

"大人，那我说的观摩之事？"

"这……山田先生，我看暂时还有一定困难。"

"马大人，我社所订货量大，不派人亲自去监理，我不放心呀。"

"这……山田先生，你提的意见合理。可是，皇窑厂的规矩你也应该听说过一点。我想想办法，得有个时间准备。不过，你是否可能从其他方面考虑？"

"行，这里我还有一个计划，难度可能小一点。你看看。"山田说时，从衣袋中掏出计划。

"计划？"马知县接过，看了看，而后笑着说，"山田先生，你的胃口是不是太大了点？我这一辈子，按说，一是爱钱，二是喜欢女人。可是胃口却没有大到你这个程度。你这个计划，这分明是要吞下我皇窑厂。"马知县半玩笑半认真地说。

"大人，我可没有想许多，我只是想趁您在这个位上，借风行船，多赚一把。中国有句古话，过了这个村没有这个店。这事，大人您只要点个头，不用大人你投钱，我给您这个数。"山田伸出指头说，"百分之三十五的股，一年不少于二百万两。"

马知县说："山田先生，富可敌国，本县可还没有想过。这年头，钱，是赚不完的。本县发现你也是个聪明人。我交定你这个朋友。当今太后对你们也得给几分面子，与你合作，我也保险，好，这事就这样定了。"

"大人，这才是个痛快人。我备有一份礼物，是从鄱阳湖特地托人买来的，本来是送给吴振江。既然大人把我当朋友，这份礼就给大人了。"山田说完，一招手，叫把礼物送上。

"山田先生，中国也有一句古话，来而不往非礼也，这样，我也有一份礼物给你。"说着，马知县从案几中拿出个东西递给了山田。

山田回到景德镇日本株式会社，人未坐定，便急忙打开马知县的礼物，一看，差点让他笑掉牙，原来是他们在昌江河王港段劫持御船打斗时丢下的一把东洋刀。他原先一直派人找，想不到落在马知县手中，"哟西，狡猾的支那人。"山田看后，嘿嘿一笑，说完，把它扔到一旁。

山田走后，马知县也急着打开他的礼物包，他想看看山田又送他什么宝贝，谁知一看，是一顶师爷常戴的帽子。顿时，他明白了，山田是在试探他！他心想，要不是自己机灵，让这东西落到吴振江他们手上，他这一辈子就玩完了，想到这，身上顿时大汗淋淋。"山田这鸟不简单，他绝对不是一般的商人。我得好好想想与他的事，不能让他给制约了！"

这时，门外有人来敲门，马知县一时惊慌，不知如何是好，他拿着师爷那顶帽子到处藏，心里总觉不踏实，突然看到身后一火炉，"有了。"他大喜，立马把它抛进去，顷刻便化了。

第十二章

一大早,山田带着几个日本浪人走在瓷器街上。他们在问斩吴振江的布告前停了一下,然后朝附近一座茶楼走去。茶楼的小二看后,马上笑脸相迎:"老板请上坐。这里有上好的西湖龙井、庐山云雾、章公山的狗牯脑、瑶里绿茶,你要什么?"

山田没有搭理他,而是径直往后院左边一所房子走去。

茶楼小二见后,自觉没趣,便转身走了。

山田去的茶楼后院左边的那所房子很大,它是茶楼老板设的一个赌场。场内拥有十几桌赌桌,分为内外两层,外面是普通人玩的地方,内室则为那些大户室,专门供有钱人玩的场所,一间一张牌桌。由于镇上有钱的人多,这里常常是拥挤不堪,人声杂乱,比室外还热闹,有大批人群围在这。这时,只见他们个个睁大双眼盯着桌上的骨牌,声嘶力竭地叫喊:"开呀,开呀。"

"四对。"

"天地。"

"吃二赔一,收六十找一十。"庄家说。

"唉……"室内马上传出一片叹息声。

透过人群,山田看到督陶府二公子吴晋坐在正方,胸前叠起一叠银子。"押吧,押吧,押多赔多,押少赔少!"他兴奋地喊道。

各方的赌徒们看了一下,又把钱押上。

吴晋开出骨牌,"四六",他顿时傻眼了,结果全赔,接下来的,仍是这个结果,不到半个时辰,他身上的银子便全赔光了。

"二公子,起来,让我来。"这时,有人挤过去,想坐庄。

"去、去、去,神气什么? 二爷的钱你见过? 老板,给本公子赊上二百两。"吴晋看后说。

店主:"二公子,对不起,我这钱不能借你!"

"怕本公子不还?"吴晋问。

店主不客气地问:"你拿什么还?"

吴晋被他一激,红着眼,说不出话来。

"二公子,没有你父亲,谁认你? 不要挡别人生意,快下吧!"店主看后说。

"你……"吴晋脸是红一阵、白一阵,恨不得有地缝现在就往地下钻去。

"嚷什么,你给我听好,他押的钱,赢了是他的,输了记在我的账上,让他开牌吧。"这时山田不知什么时候坐上来,只见他把身上的风衣一抖,叼着雪茄,用手点着店主说。

"行,山田先生。"店主听后,不断赔笑,转眼便拿来二百两银票。

吴晋一看来了救星,精神马上一振,用眼瞪着店主,说了一声"狗眼",然后,笑着转向山田,说了声谢谢。他这时双眼已赌红,不管是谁,只要能借给他钱的就是爷。

山田淡淡一笑,点了点头,算是招呼,不把此事放在眼中。

牌座上的人都看着他两个。

"押呀,你怕他没钱?这位就是景德镇日本株式会社山田社长。"旁边的人大声说。

大家一听,哗的一声,都把钱押上。

吴晋还愣在那,心想,想不到在这儿又碰上他,真是有缘。

山田看着吴晋愣在那,指着他说:"二公子,开呀。"

吴晋这下反应过来,把牌一摊,"人和。"失声地喊了出来,"统吃!"伸出双手,把桌上的钱给扒了过来。

不到半个时辰,他面前的银子又堆起来,一场下来,吴晋不仅还了欠账,还赚了白银一百五十四两。

事后,吴晋为表感谢,要请山田的客,山田倒是请了他。吴晋也不客气,随着山田来到酒楼二层的翠仙阁。刚坐定,便有两浪人赶紧上前给他们倒酒,随后一动不动地站在一旁。吴晋侧眼看了他们一眼,发现他们个个凶巴巴的,心存一点畏惧,赶紧回过头。山田一直盯着他看,两眼眯成一条缝,看着吴晋的虚荣和胆怯,心中露出一点快意,他端起酒杯对着吴晋说:"小兄弟,年少有为,老朽敬你一杯。"

"不,山田先生,谢谢您错爱,您是长辈,我敬你一杯。"吴晋见山田要向他敬酒,有一点受宠若惊,急忙站起,端起手中杯一口干下。

山田一旁看着暗喜。

在浮梁监狱内,来看吴振江的法国商人老华莱士对着他正不解地问:"大人,你们的皇上为什么要把你这样清廉正直的好官关起来?"

吴振江笑着说:"华莱士先生,皇上不是关押我,他只是想让我在这好好休息一下。"

"让你休息,你们的皇上真会开玩笑。大人,这就是你常说的中国人的幽默?"

"也可以这样说。"吴振江无奈地笑了笑,一脸的艰辛写在脸上,他也不想跟洋人朋友说得太多,看到他身旁站有一青年,忙转过话题目,笑着问,"华老先生,这位青年是?"

"对了,我忘介绍了,大人,这是我的儿子小华莱士。"老华莱士见吴振江问起,一时把一边的儿子给忘了,听后,马上要儿子快叫叔叔。

"叔叔好。"

吴振江感叹地说:"时间过得真快呀,令公子都和你一样高了。华老先生,你有福呀。到景德镇已有十五年吧？"

"大人，十五年又三个月。来时，我儿子才三岁，现在都成大小伙子了。"

"华老先生，我记得你上次回乡时说要回老家办厂，不再来了，咋一年不到，还把儿子也带来了？"

老华莱士父子一阵沉默。而后，小华莱士说："叔叔，在法国，我们大家都知道您带着几千人在世界上最神秘最伟大的陶瓷圣堂，做着世界上最漂亮最精美的瓷器。我们法国巴黎高等艺术学院把景德镇，把您的名字写在书上。自从汪老师来到巴黎后，巴黎陶瓷艺术刮起了一个寻根风。"

"什么，你们巴黎还有个陶瓷艺术学堂？"吴振江听后，问。

"是的，小儿毕业于巴黎高等艺术学院，学的是陶瓷绘画与装饰专业。"老华莱士在一旁插话。

"叔叔，这个专业我爸是创建人之一。我们学院上月还特地把汪老师请去做专题讲学。他的专业知识和制作技能，让大家目瞪口呆，神了。"

"对了，华老先生，你们刚才不断地提到汪琦师傅，他是否与你们一起回来了？"吴振江问。

老华莱士父子被问后不说话了，屋内又是一阵沉默。

一旁的得福说："老爷，汪琦师傅过了，他们父子这次来，是特地为送他的灵柩来的。"

"什么，你说什么？汪琦师傅去世了？这可是真的？"吴振江不断重复地问道。

"是的。"华老先生点点头回答，心情非常沉重。

"先生，他是咋死的？"

"汪琦先生启程回国前的一天中午，小儿陪他在里昂公园散步出来。一部汽车失灵，旁边有一个小女孩正在玩耍，眼看就要被撞上，就在这一刹那，他快步冲过去，抱起那位小女孩，而他自己却被汽车撞上。因流血过多，先生当场昏迷……"老华莱士说时，眼含着泪，哽咽地说不出话来。

吴振江听后，忍不住也流下了泪水。

牢中又是一阵沉默。

"大人，汪琦先生不仅用他的精湛技艺赢得了法国人，更用他舍己救人的东方美德征服了法国人。他是你们皇窑厂的骄傲！是你们中国人的骄傲！"老华莱士用手摸去眼泪，感慨地说。

"华老先生，你说得对，他是皇窑厂的骄傲，是制瓷人的骄傲，也是我们大清国的骄傲！"

"大人，我的事已处理好了，明天就得回国，老朋友，你可得多多保重。用你们的中国话来说，要学会保护自己。"

"华老先生，谢谢，你看我这样，恕我不能送你了。"

"爸,我想留下。"一旁的小华莱士突然提出。

"留下? 我就你这样一个儿子,你留下,我和你的母亲都不放心。"

"爸,我们的祖先曾在中国一待就是三十年,才有了我们法兰西的制瓷技术。在来中国前,你不是跟我说,今天世界上最好的制瓷技艺仍在中国。我要像先辈一样,留下来学习。"小华莱士力图说服他父亲。

"世侄,在中国你可算得上举人了。这制瓷是要吃苦的,你可有准备?"吴振江关切地问。

"大人,来之前我就想好了,我留下来,一来可学到中国真正的制瓷技术,另一方面,还可以帮助、照料我老师一家人。"

吴振江听后,不由得重新打量着他。

小华莱士望着父亲,等待他的回答。

老华莱士不作声。

吴振江看了他们父子一眼,真诚地说:"老先生,世侄好样的。中国有句老话,好男儿志在四方。华老先生,你也不是二十三岁来到中国吗? 我跟你保证,五年后,一定交给你一个制瓷界最优秀的接班人。"

老华莱士听吴振江表态,思想上有点松动,再看到儿子乞求的目光,他知道儿子心意已定,只好对着儿子说:"亲爱的,既然大人这样说了,我也尊重你的志向。"

"谢爸爸,谢大人。"小华莱士听后,高兴得连向父亲和吴振江鞠躬施礼。

"得福,转告汪叔凡师傅,多多关照他。"吴振江嘱咐管家说。

"是,老爷,汪叔凡老师傅已告老在家。"

吴振江听后不语,停顿了一会儿说:"这样也好,可让秀娟、吴波、小亮他们学完私塾后,也到汪师傅那学门专长。"

探访的时间到了,华莱士父子握了握吴振江的手和得福一起离开了牢房。

瓷器街汪府内摆着汪琦的灵堂。汪家按当地人的风俗,重新烧香摆案,设堂祭奠。由于他是太后、皇上钦命的人,因此里面又含着当时一些官场的祭俗。当天,祭拜的人很多,有当地官府,也有当地瓷业界的代表和亲朋好友。大家在敬香时,汪琦女儿汪露和儿子汪强穿着孝服跪在一旁,他的妻子淑惠,早已哭成泪人。家中后事只好由大伯汪叔凡主持。

"汪师傅,吴老夫人来了。"一人匆匆进来说。

大家听后赶紧让开一条路,汪叔凡赶紧迎了出去。

此时,吴老夫人在秀娟的搀扶下由得福领着,和吴晋、吴波、吴亮一起来到了灵堂。

"老嫂子,你怎么也来了?"汪叔凡嘶哑着喉咙问。

"大侄儿,我来拜拜瓷业人的英雄。"吴老夫人说着,领着吴晋、秀娟他们上前上香。

"老嫂子,让他们后辈敬个香就行。您到后堂休息吧,汪琦,他可受不起您的大礼。"汪叔凡说。

"叔凡,你看你这门前太后赐的匾、皇上赐的号,汪琦不但是你汪家的英雄,也是皇窑厂的英雄,是镇上制瓷人的英雄,也是大清国的英雄。你们汪家世代为皇窑厂制瓷,皇窑厂能有今天,也有你们家的一份功劳! 今天,我老太婆不仅要祭拜汪琦,我还要代振儿拜,代吴家列祖列宗拜。"

老夫人领着全家去祭拜汪琦时,小翠今天没有随他们去,她另有心思,找了一个借口,对老夫人说身体不适,待老夫人和得福出门后,她只身一个人来到景德镇日本株式会社。在门口,被两个带刀的日本浪人挡住去路。

"我要见你们的山田社长。"

"山田君不见任何人。"浪人伸手把她拦住。

"你们不得无理,这是山田君的女儿,英子小姐。"小岛远远看到,赶紧过来,呵斥他们。

"嗨。"两浪人听后,退到一旁。

小岛笑着说:"英子小姐,今天不巧山田君不在。快请进。"

"小岛叔,我爸出去了?"

"是的。"

"那他什么时候会回来?"

"这个,估计一时回不来,有事吗?"小岛问。

"没事,我就不进去了,告诉我爸,我来过了。"说着,小翠转身走了。

掌灯时,山田在两日本浪人的陪同下,哼着小曲回到会社。

小岛看到山田,赶紧过来报告,说英子小姐来过。

"英子,哪个英子?"山田一时想不起这个名字,问。

"山田君,你刚认的女儿,小翠小姐呀。"小岛轻声地说。

"我的女儿,我的女儿来了? 快叫她来见我。"山田马上转口说。

"她已走了。"小岛回答。

"走了,她说过什么?"

"没留下一句话就走了。"

"她来干什么? 找父亲!"山田自言自语,突然他又想到川岛梅子,而后非常感叹地说,"小岛君,年三十那天,你亲自去趟督陶府,把英子给我接来,我们父女也要好好聚聚。"

除夕年夜,镇上飘起了大雪,户外显得出奇的冷。街上爆竹声此起彼伏地响着,似乎在提醒人们新年的喜庆。大家穿着新衣,互相问好。但是,督陶府门前却大兵把守,府内显得异常的冷清。

年饭桌上,只有吴老夫人和小孙儿吴亮、管家得福三人。

老夫人坐在上面,旁边放着一副碗筷,说是给吴振江留下的。桌上的酒菜很简单,小孙儿吴亮饿了,忍不住问:"奶奶,我们什么时候开席?"

老夫人愣在那,听到小孙子问话才回过神,"亮儿,再等等,等等你姐秀娟、小翠和你二哥他们。"

"老奶奶,我不是跟您说了,姐和小翠走了几天了,不会回来。"

"秀娟对我说过她和小翠出去办点事。再忙大年三十,年还是要过的!"

"老太太,秀娟领着小翠到湖北汉口去见张大人了,恐怕一时回来不了。"得福在一旁说。

吴老夫人听后,非常的怅然,对着门外的大雪失神。

"老祖宗、奶奶。"吴晋、吴波这时披着雪花从外进来。

"得福,他们回来了,他们回来了,快,我们开席。"老夫人看到他们,兴奋起来。

在日本株式会社,山田看着一桌丰盛的菜,总感觉少点什么,他想了想,突然看到书柜上的酒杯,这时他才明白过来,拿了两只杯子,笑着对着一旁的侍女说:"去,看看小岛君把我女儿接回来没有?"

侍女出去。不一会儿,山田见小岛一人进来,十分失望地问:"怎么没有把英子接回来?"

"山田君,英子已离开督陶府几天了。"小岛说。

"什么,离开了几天,她去了哪里?"

"说是跟督陶府的大小姐去了汉口。"

"她们两个小女孩到汉口干什么?"山田看着小岛问。

小岛摇摇头,说:"他们没有告诉我,我也不知道。"

"看来,她对我这里不习惯,我得在当地请个人照顾她。"山田自言自语道。

"山田君,人我已物色好了,叫三喜。一个厚实的老人,曾在督陶府干过。"

"这个好,这个好,小野君。"

自川岛梅子死后,山田的心灵有所触动,他把对往日妻儿的爱和对朋友负疚的情感,渐渐地转移在小翠身上。

大清督陶府内,年夜饭后,吴老夫人黯然地对着在场的孙辈说:"小亮、小晋、小波还有得福你们,今天老祖宗没办法给你们压岁钱了,你们原谅我这个老太太吧。"

"老祖宗,我已长大了,你看我也有钱,这五钱纹银,是我孝敬你的。"吴亮说着,伸手从口袋里掏出钱塞到老夫人手里。

"老奶奶,这是我给你的,一两纹银。"吴波也把钱递了过去。

"老祖宗,我这里有银票二百两,给你!"吴晋看后,也兴奋地从衣袋里掏出钱来。

老夫人看着孙子们，个个孝顺，懂事，很是欢喜，待看到吴晋的二百两银票后，却有点吃惊，"晋儿，这么多钱哪来的？"她问。

吴晋怯怯地说："我，我从朋友那儿借的。"

"晋儿，跟我说实话，这钱到底是从哪来的？"老夫人看到他心虚胆怯的样子，非常严厉地问。

"老祖宗，不瞒你，这钱是我从赌场赢来的。"吴晋看瞒不过去了，只好承认。

"小波、小亮，你们呢？"

"老祖宗，罗先生和李老板他们到京城为爸爸上书去了。我们不用上课，便到一些作坊帮工，奶奶，这是我们挣的！"

"小波、小亮，你们是对的，人要凭双手吃饭。这钱老祖宗收下。"说着把钱转交给了得福。然后，拿起吴晋给的银票说："我们吴家再困难，再苦，也不能要不干净的钱！"说着，把它抛到火盆中，然后大声对着吴晋说，"晋儿，你要是吴家子孙，过年后，你就到瓷器街汪师傅那儿学技去！"

老夫人的话，吴晋一点也没听见，他瞪着眼，看着火盆中燃烧的银票，心里感到太可惜了，也感到不可理解，这白花花的银票又招谁惹谁了？人都快饿死，老祖宗还撑那个硬气干什么！

年夜，在吴振江这边，牢头特地为他弄来了一些酒菜，但是吴振江怎样也吃不下，他双眼看着窗外的飘雪出神，心事重重。

话说秀娟、小翠她们，这下可受罪了。她们来找张大人，这武汉不比景德镇，太大了。她们先是到汉口，后听说张大人在汉阳，这样她们只得赶到汉阳，到了汉阳，又听说大人去了武昌，她们又从汉阳赶到武昌，一路下来，一寻就是几天，双脚都起了泡。最后听说大人要在总督府内过大年，便直奔这儿来。

新年初一这天，在湖北汉口，两广总督府上，大人和姨娘们在搓麻将牌。

侍从进来，在他耳边低语几句，他听后，马上停下手中的麻将牌，对着桌上的姨太太们说："对不起，我不能陪你们了。"说完，转身跟着侍从走了。

"大年初一，也不让人自在，不玩了。"张总督三姨太把牌一推，显然不高兴。

在张总督府书房，两个年轻人进来，她们一进门便把头上的头帕摘下，露出女儿装，并在张大人面前跪下。

"你们这是？"张大人看着她们，一时不知说什么好。

秀娟说："张大人，救救我爸爸吧！"

"求求你，张大人，救救我家老爷。"小翠也急切地说。

"你们是？"张总督问。

"大人，我是吴振江的女儿秀娟，这是小妹小翠。我爸因御船鄱阳湖被劫，现在被打入死牢，开春便要处决，我爸是冤枉的！大人，您是我爸的好友，只有您才能在皇上面前说得上话。我求你帮忙救救我爸!"秀娟哭着哀求道。

"孩子,快起来。你们爸的事我也有所耳闻,你爸是个了不起的人,是个大忠臣,我一直很敬重他。皇上一定是误会了。这样,你们在我这休整好了,就回去。老夫明日就启程赴京,面见皇上!"

"谢大人、谢大人。"秀娟和小翠听后,十分的感激,不断地向他磕头。

就在这同一天,在京城,姜雪一大早便只身来到大清都察院门前,她击着堂前大鼓,大声喊冤。

"谁人喊冤?"大清都察史听到门前敲鼓声,穿着朝服匆匆出来问道。

"大人,一民妇在喊冤!"旁边的侍卫报。

"正月初一,有何冤?"

"她说有天大的冤屈。"

"天大的冤屈?"御史听后有点莫名其妙,只得喊,"传!"

不一会儿,姜雪被押了进来,她跪在案前。

两旁的侍卫高喊:"威武。"

大清监察史把案桌一拍,大声喊道:"下面何人,姓什名谁?有什么冤屈,状告何人。"

"大人,小女子姓姜,单名一个雪字,家住江西景德镇,小女子要为我家老爷——督陶府大人吴振江喊冤。"

"你家老爷是你什么人?他有什么冤屈?"

"大人,我是我家老爷未过门的媳妇。他在督陶大清皇窑厂,几年来,政绩斐然,深受百姓的爱戴。光绪十八年腊月,皇窑厂一船贡瓷途经江西鄱阳湖,遭遇劫匪,全船官兵英雄杀敌,与御船共存亡,这是何等的英烈。大清皇上不追究领土守卫职责,却把一个忠心耿耿的忠臣打入死牢。我要状告当今皇上光绪!"姜雪说得字字清晰,句句有力。

姜雪一说,大家都瞪大眼看着她。当她说出要状告当今皇上时,大清都察史倒吸一口凉气。他自审案以来,状告当今圣上还是头一次。

只见大清都察史把案桌一啪,大声喝道:"大胆民妇,当今皇上也是你告的?"

两旁的侍卫高喊:"威武。"

姜雪抬起头,争辩说:"大清天子,他应是百姓的天,为民做主,公正为民。现在他昏庸无道,好坏不分,错杀忠良。我就要告他!"

"告当今圣上,你难道不怕掉脑袋?"

"大人,人都有贪生怕死之心,但是人若不怕死,这就是当今昏君逼的!"姜雪回答道。

大清皇宫太和殿上,光绪皇上在灯光下批阅奏折,小太监在一旁侍候。他有意把一份奏书抽出，放在一显眼位置。光绪一看，只见折子上面写着大清景德镇皇窑厂吴振江奏，急忙拿起，并问道："小六子，这奏折是什么时候到的？"

"皇上，已三天了。"

"那你为什么不呈给朕？"

"皇上，小奴才看你推行变法，整天忙得一口水都顾不上喝，实在不忍再惊动你。"

"小六子，你记着，今后有关大清景德镇皇窑厂的奏折和有关吴振江的奏章，你得第一时间送给朕，记住了吗？"光绪说时，急忙翻开，只见折子上面工工整整地写道：

皇上！

罪臣吴振江待罪上奏。

日前，我大清皇窑厂历时五年后，已步入正轨。今天的景德镇在我皇窑厂的驱动下，瓷业已呈蒸蒸日上之势。现年产陶瓷几亿万之巨，月价值当以千百万元计。

皇上，瓷业在我华夏历时几千载，当前已成为我大清主要基业之一。它是强我大清国的基础，也是皇上推行新政之经济基础。

西洋列国垂涎我瓷业之久，巴黎参展瓷被劫一事已现端倪。此事，罪臣本应警察，及时上谏，引起朝廷重视，加强护卫。然而巴黎一事成功，罪臣却呈现出飘飘然状，致使太后贡瓷再度被劫，毁我船器，亡我忠诚将士。罪臣自知罪孽深重，也知来日不多，特待罪上奏，望皇上加强对景德镇瓷业督导，加强防卫，当此，罪臣则死而无憾……

"朕什么时候要你死？好个吴振江，你死，谁为朕督导瓷业，看守景德镇皇窑厂！"光绪未看完，便把奏折一丢，气愤地在殿内走来走去。

"皇上，这里还有一份景德镇的奏书。"小六子一旁小心地说。

"景德镇的？快递给朕！"

"皇上，这是今天江西浮梁景德镇老百姓到京城来联名上的书。"小六子说着把李俊他们的联名书递上。

光绪看后，不看则已，一看顿时气愤至极，只见他把桌一拍，吼道："好个马知县，此事又如何跟朕解说？小六子，给朕传李中堂，要他马上来见朕。"

李鸿章接旨后，一刻也不敢耽搁，急忙上殿。京城的年夜，礼花绽放，色彩斑斓，火树银花，蔚为大观，但他却毫无兴趣。

到了殿上，看到皇上怒发冲冠，李鸿章战战兢兢，慌忙跪下，大声高呼："老臣李鸿章参见皇上。"

光绪没有给他脸色看，他把奏章砸向他，吼道："你看吧。现在江西浮梁景德镇的百姓把状告到京城来了！"

李鸿章接过，头上不断冒汗。

"现两个月已过，马为民给朕上贡的瓷器呢？"光绪看了他一眼，仍不解气，问。

"皇上，这……"

"传旨军机处，一并商议马为民和吴振江的奏章，两天后拿出意见给朕，下去

红店文学系列

吧！"

第二天，皇宫御花园凉亭上，皇上带着嫔姬在赏花。有太监上前，在皇上面前耳语，皇上点了点头。不一会儿，姜雪被宫中侍卫给押了上来。

光绪屏退左右，望了姜雪一眼，点点头，端坐一处，面部严肃地厉声问道："你就是姜雪，为何大骂朕是昏君？"

姜雪咬着牙，一言不发。

两旁的侍卫上前要把她按下。光绪皇上挥挥手。侍卫们退到一旁。

"好个烈女子，你说朕如何昏？"皇上问。

"好坏不分，错杀忠良！"姜雪冷冷地回答。

"好坏不分，错杀忠良？"光绪皇哈哈大笑，"好，你要是举证确切，朕饶你无罪！"

姜雪从身上掏出一份带血的诉状。

侍臣接过，递给光绪。

光绪打开一看，脸色凝重，看后，他长叹一声："这状子，朕受理了。"他看着眼前的姜雪，说，"起来吧，朕免你无罪！"

"民妇本无罪，无须皇上赦免。"姜雪回答道。

"大胆民妇，休得在皇上面前无礼。"一侍从喝道。

光绪皇上瞪了那人一眼，侍从赶紧退到一旁，默不作声。

光绪皇上看了看面前的姜雪，笑了笑，问："姜雪，你就不怕朕杀你？"

"这世道善恶不分，皇上昏庸，奸人当道，百姓生不如死，我活又有何意？"

"好，骂得好！朕令你回去告诉吴振江，朕还没有想到让他死，朕要他给我督造更多的瓷器，光大我大清帝国。"光绪兴奋地说。

"这是真的？"姜雪听后，睁大双眼问，她有点不相信自己的耳朵。

光绪笑着点头。

"民妇谢过皇上！"姜雪马上顿手叩拜。

第二天一大早，大清太和殿上，太监高喊："传中堂到大殿觐见。"

李鸿章听后匆忙进殿，口呼万岁万岁万万岁。

"中堂免礼，坐。"

未待李中堂坐定，光绪马上又问："李爱卿，军机处众大臣商讨的结果如何？各大臣又有什么具体的好建议？"

李中堂把军机处两种主要意见说了，一是御船被劫，罪不在吴振江，吴振江手下的兵士在遇险时，拼死护船，最后忠君报国。吴振江不应受罚，而应嘉奖。另一意见刚好相反，说吴振江自己都承认了罪状，为严大清例律威严，理受处罚，但是按理，罪不至死。

"还有其他意见吗？"光绪问。

李中堂说:"皇上,有个别人说,应派个武官督陶景德镇。"

"做瓷不是打仗,意见不可取。爱卿,你的意见如何?"

"皇上的意见就是老臣的意见。"

"这?中堂,你退下吧。"

光绪皇帝急忙离开太和殿,直奔慈宁宫去见老佛爷。

在大清皇宫御花园亭上,太后正品着上次吴振江呈送来的大寿样品瓷。

李公公站在一旁,看了太后一眼,说:"吴振江真是不识抬举!"

"小李子,你说说他怎么不识抬举?"太后问。

"老佛爷,他的祖上,因延误了宫中大事被道光帝所斩。老佛爷不计前嫌,重新起用他,那知他也像他爷爷不争气。对这样不识抬举的人,老佛爷不能仁慈,依奴才看,不给他来个处斩、下狱,至少来个罢官充军。"

"把吴振江撤了,小李子,你说谁来为哀家烧出这么好的寿瓷。是你的那个独自回来的干儿子?"

李公公一听太后提起自己的干儿子,知道她心中不高兴,马上打着自己的嘴巴说:"老佛爷,奴才该死!"他看了老佛爷一眼,赶紧说,"奴才提的是浮梁马知县。"

太后把瓷器拿在手上看了一看,说:"那个马知县不是代了近三个多月?算了吧,看你也是对哀家一番好意。来、来、来,小李子,你看这菊花,画得多富丽高雅,哀家一看就知道是出自吴振江之手。"

李公公不断点头,说:"老佛爷,宫中都说您是大清第一鉴赏家。"

"是吗?小李子,人才难得!"太后话里一语双关。

"老佛爷,皇上觐见。"一公公过来报。

"哀家也累了,小李子,回去吧,传皇上回慈宁宫。哀家随后就到。"太后老佛爷说。

光绪站在慈宁宫门口。太监传:太后驾到。

光绪听后赶紧迎到门前,大声说:"皇儿参见皇阿玛。"

太后一看光绪急样,摆了摆手,说:"皇儿,起来吧。看你匆匆忙忙,可是为吴振江的奏折而来?"

光绪心想老佛爷真是料事如神,却不知其实李中堂在他来之前就已来过。

他只有据实所说:"皇阿玛,皇儿已把吴振江的奏章交于军机处商议,军机处提出三种意见。"

"那李中堂的意见如何?"

"他什么也不说!"

太后笑了笑,说:"这不能怪他。"

光绪睁眼看着他。

太后跟他打哑谜,问:"皇儿,你的意见如何?"

"皇阿玛,吴振江在景德镇督陶六年,皇窑厂按时完成皇宫下达的任务,同时瓷的品质已接近历朝最好的水平,这表明吴振江督陶是有成效的。"

"哀家当初就感觉没有看错他。"

"还是皇阿玛的眼力好。"

"皇儿呀,贡瓷在江西鄱阳湖遇到匪徒,这不能怪他。随船护卫的官兵,力战而死,与船共存亡,大清的官兵还没有像他们这样的,这是何等英烈！"太后说时,动了情。

"可是这次丢的是皇阿玛六十大寿的特贡瓷！"

"吴振江第二封快奏上不是说已经在重做,不会延误哀家的寿辰吗？"

光绪听后心想朕来之前想的都是多余了,他马上说:"皇阿玛,朕知道怎样处理了。"

太后看了他一眼,说:"皇儿,你现在是皇帝了,你认为对的就去做,天下早晚是你的。现在景德镇的百姓又是上书,又是告御状。皇儿呀,民心不可失。"

"皇阿玛,皇儿遵守教诲。"光绪听后,心中有数,起身告辞。

第十三章

在京城东王府附近胡同里,曾到景德镇皇窑厂下旨的钦差王大人匆匆走进一家酒楼,他看左右无人,径直进了桂花厅。

里面的人见他进来,马上站起来。

"邹师爷,久等了,不好意思。"王大人说。

"大人,打扰的是我们,客气、客气。"师爷回答。

"从景德镇回来,师爷,我这段日子就没好过。九江提督府和吴振江他们都知我生死不明,朝中也以为我战死。我这一出现,我干爹李大公公都吓了一跳。内务府几次来问话,昨天又把我叫到军机处,再说,皇上就躲藏在一处旁听,我当时汗都吓出来了。要不是我干爹顶着,我早撑不住了。"

"大人,这有两张五万两的银票,一张是给您的,一张是给李公公的,麻烦您呈上。我们马大人的意思是:上策让吴振江开春就地正法,马大人由代理皇窑厂改为督陶皇窑厂,知县仍旧兼着;中策是让吴振江充军,马大人由代理皇窑厂改为督陶皇窑厂,不兼知县;下策是吴振江恢复督陶,劫船之事就此平稳度过,相安无事。"

"邹师爷,据我了解,皇上一开始就不打算重办吴振江,只是慑于丢失太后大寿贡瓷,怕她责备。哪知李中堂不假思索,直荐马大人,马大人不断上奏,起初两宫是深信不疑,哪知马大人代理督陶期间,贡瓷长时间到不了京城,太后已失去耐心。现在大势已去,两宫对吴振江都有重新启用之意。我干爹说如果吴振江开斩期间,皇上赦免圣旨不及时到达,马大人大可装愣不知,就地正法,要是赦免圣旨到,也只好任行天意。现在宫中对马大人意见很大,马大人处决吴振江时,一定要做得稳妥,以免节外生枝,把自己给卖了。"

师爷认真听着,不断点头,用心记下。

"邹师爷,这段时间,军机处随时都可能传我,我得走了。对了,告诉你们,皇上身边小六子突然不见了,听我干爹说,他可能被皇上秘密派往江西,要是这样,你们赶紧回去,告诉马大人,千万不要让皇上他们抓住什么把柄。"王大人说完,拿起银票往口袋一塞,出门转身就走了。

一个月后,师爷从京城秘密回来,他没有回家,而是走进浮梁县衙马知县内室。马大人见他进门,赶紧把门关上,问他在京城看到王大人没有。

师爷说:"见到了。"

"钱,有没有送到公公手里?"

师爷说:"我按你的意思,大人,一半给了王大人,另一半,委托王大人送给他的干爹。大人，这次上京，我正好碰上镇上那些窑户老板。他们在京城闹得厉害。皇上不见，他们便在皇城东门外跪了两天两夜。这一来，硬把皇上恼怒了。他责成机军处重议此事。在京城，我们约见王大人一次真不易，更不用说见李公公。"

"王大人可有交代？"

"王大人说了，现在军机处每天盯着他，有时问讯时皇上就躲藏在一处旁听，他说，要是没有他干爹李公公撑着，他早就顶不住了。王大人说，皇上本没有杀吴振江之意，充军流放吴振江也不可能。这段时间，您千万要小心，最好让这件事平稳过去。"

"妈的，咱这十万两白花花的银子就换来这些？算来算去，自己成了傻瓜！"马知县听后，气愤地说，"干脆，我们自己干，找个借口把他给剁了。"

"大人，此事可能不妥。"师爷听后，赶紧往门外看了看，发现无异常，忙关上门。

"师爷，此话咋说？"

"大人，王大人说，宫中传出话，皇上身边的小太监小六子突然不见了，他怀疑小六子可能奉了皇帝圣旨，秘密到了景德镇。"

"你说什么，皇上身边的太监小六子来了景德镇？"马知县听后，心中顿时一惊，急忙问。

师爷点点头。

"你说我怎么办，师爷，你说说，说说？"马知县急得在房中走来走去。

"大人，这说明皇上并不了解咱们。李公公说，如果我们想什么动作，需我们找机会了，我看，王大人是要我们先将小六子困在景德镇，一旦吴振江死期到，宫中圣旨未下达，我们马上来个趁机行事，先斩后奏。"

马知县想了想，说："这事，可不能再出错。一旦事发，这一辈子就完了，还得株连九族。对了师爷，这小六子，王大人有没有告诉你，他可有什么特征？"

"这个王大人没有说。"

"这镇上来来往往的人上十万，咋找去？"马知县听后，顿时泄了气。

"大人，他来自皇宫，说话必带着京腔，再说他是个太监，又是皇上身边的大太监，可以肯定地说，怡红楼他不会去，戏楼他是常客，再说他绝对不会住差的，一定是住豪华的地方。"

马知县听师爷一分析，觉得很在理，便对师爷说："这事你就去布置吧。"

"嗻。小人领爷的旨。"师爷说后，应声出去。

再说，皇上身边的小六子，真的让他们给猜中。这天，小六子办完事，闲得无聊，便想往这儿的瓷器街转悠，顺道买点当地的特产回京。小六子从春园出来，一路上，他发现这镇上主要街道的墙壁上每隔一段，都贴上一张空白红纸，心中好生好奇，心想这一定是当地景德镇大年特有的一种风俗。他停下来细看，想看看其中奥秘，回去后好给皇上讲讲这里的见闻，谁知看后，他发现这红纸的后面还有一张白纸，是什么？他想。在趁行人不注意时，他迅速地揭开一处，仔细一看，原来是钦犯吴振江开春处斩的布告。吴振江没到处决期,咋会有布告？再说,皇上没有下这样的旨呀,小六子很纳闷,想到这,他干脆把红纸全掀开,这一揭,小六子这才知道布告是浮梁县衙背着皇上擅自下的。

"小伙子,吃饱撑着,你把盖上的红纸揭下干什么？"一过路的老者对着他骂。

"大叔,我内急。"小六子听到有人在说他,忙解释。

那老者说:"要撕你得把白的也撕下来。"

这正中小六子下怀。他刷刷刷全撕下来了,并迅速放到随身而带的布囊里。

"年轻人,这可是官场的大布告,我看你是外地人,下次得小心点,要是碰上县衙的人,这可是抓去坐牢的事。"老者看这年轻人如此鲁莽行事,便劝诫道。

"谢大叔。"小六子听后,感激地点点头,他想问什么,发现刚才老者已走远。由于有新的发现,他只得放弃原计划,回春园。回到春园房内,小六子把刚才从街面墙上撕下的布告掏出,看了又看,然后小心地把它藏起,刚坐定,门外便有人来敲门。

"谁呀？"小六子听后,马上警觉起来,他心想他在这人生地不熟的,会有谁来找？

"我,小二,给爷送水来了,"门外有声音传来。

"进来吧。"原来是店中小二,他听后舒了一口气,重新倒在床上。

小二进来。

小六子指着他说:"你就放在那,本宫、本宫累了,想歇歇。"

小二走后,小六子感到一阵倦意,自奉皇上密旨南下景德镇暗访以来已有半旬。由于这次行事机密,他一路只得商人打扮,途中很艰苦。到景德镇后,他一刻未停,挑个地方住下后,便走街串巷打探有关动静,但是,当他向人问及吴振江和马为民两人时,大家对吴振江同情和赞颂,但对马知县都避而不谈,把他话题岔开,有的甚至还带有敌意。他本想到皇窑厂和督陶府去看一看,但是他发现这里对进入的人搜查得很严,见京腔口音的人就抓。好在他灵巧,给躲过了。他不知为什么,但也不敢多问。今天这一发现,让他兴奋,但也让他知道这里情况很复杂,他本想过两天就回去,但现在看来一时回不去。小六子倒床便睡,待他醒来,天已黑。他又是一个戏迷,一起来便想到晚上的戏,胡乱地吃了一些东西后就向戏场跑,但还是晚了,待他赶到时,戏已演了一半。

戏场人员爆满。

小六子好不容易才找到一个位置。他刚坐下,左右一看,发现大家都在擦眼泪,有的哽咽起来。

小六子好笑,心想这镇上的人真怪,这是戏呀！

戏台上,正演着岳飞长亭《满江红》一出,他在临死时,仍念念不忘收复中原。随后,秦桧出场。"打死他,打死他。"只听到戏场内戏民们突然爆发出怒喊,爪子、果皮齐向戏台上秦桧砸去。

大家能随着戏情尽情发泄，小六子在这地方觉得看戏过瘾，不过，就是野蛮点，京城可没这事。

这戏场热闹，场外也开了锅。

春圆门口外，一队清兵朝着春圆戏园奔来，他们不容老板娘金赛花的分说，就往里搜。

小六子内急，正出来，恰巧看到一列官兵朝他这边走来，在走投无路时他发现旁边有个水盆，顿时灵机一动，端起来，朝兵差走去。

官兵看了他一眼，把他当成店中的小二，没有多加注意。待小六子回到戏场时，他发现这些兵差把戏园请来的京城戏班人员都押了出来。老板娘金赛花跟在后面，一直赔笑，说："兵差哥，他们可是我春圆从京城请来的戏班、名角，你们要是无故把他们带走，今后我这园子就开不下去了。"

"哼，你关门，本爷管不着。本爷是奉马大人的指令督办抓人，有什么事找马大人去！"官兵说着，押着戏班人就走。

"你……"金赛花追赶到门口，气得一时不知咋说。

小六子过来问："老板娘，他们为什么要把戏班人带走？"

"哼，这个马为民，今天又不知道在盘算什么事，他在逼我关门！"金赛花气呼呼地说道。突然，她想起什么，看着小六子问："陆老板，听您口音，是京城来的？"

小六子听她发问，忙笑着回答："金老板，我常往那跑单帮。"

"呵呵。跑京城，那可是发财的大主。"

金赛花看他细皮嫩肉，说话谈吐气度不凡，不由得对他上下打量。她是啥人，那是阅人无数。她发现眼前这个说话有点尖细，且有点女性化，不像他说的是个跑单帮的小生意人，而是见过大世面的人。

金赛花从马为民那儿回来后，她更明确了自己的判断。一天傍晚，待小六子在房内收捡东西时，她突然推门进去，对着他大喊一声："小六子。"

"奴才在。"小六子听到喊声，本能地翻转身向金赛花行礼。当他抬起头，一看是春圆戏园老板娘，立马怒目圆睁，厉声喝问："你是什么人？"

金赛花乘小六子行礼时，已把门关上。见他动怒，忙转眼笑着说："小兄弟，马为民满街都在抓京城来的人，你可知道？"

小六子警惕地看着他，不吭声。

金赛花说："小兄弟，你别紧张，我不但知道你叫小六子，我还知道你是皇上身边的贴身护卫，为吴振江大人一事而来。"

"你想怎么样？"小六子问，眼睛扫视着周围。

"既然你为吴大人一事来，我们不会说出去。请放心住在这吧。"金赛花认真地说。

小六子听后放下一颗心，但仍是疑惑，问："金老板，谢了。不过，我倒想问问你，为什么马为民要在镇上满街抓京城人，你是从哪儿打听到我的？"

"这已不是秘密,镇上满街都知道。小六子,不,六子大人……"金赛花想他在皇上身边,那一定是个了不起的大官,因此不知咋称呼,一时很窘迫。

倒是小六子善解人意,笑着说:"金班主,宫中都叫我小六子,你也就不要大人、大人地说。"

"皇上为什么把大人打进死牢?"金赛花问。

"做皇上也有皇上的难处。皇上离不开吴振江大人,他不想吴振江死。"小六子说。

"皇上有什么难,你不知道皇上这一道圣旨,大人可吃了多少苦?他是多么的正直,你到镇上已不是一天两天了,你该知道。马为民,他是什么?人面畜生!"金赛花说。

"皇上也知道自己被蒙骗了,所以特令我秘密前来,了解一下吴振江的冤屈,以及马为民的为人。"

"这下好了,大人有救了,镇上的人又有好日子过了!"

在景德镇日本株式会社,山田双手扒在一篓瓷器上,眼睛放亮,兴奋地说:"哟西,哟西,大清朝皇窑厂的瓷器,我想了一辈子,终于到手了。"

一旁的小岛问:"山田君,这就是前天马知县讲的在赵窑丢失的那批皇窑厂白瓷?"

山田没有理会小岛,他已完全沉醉在其中。他拿出一件瓷器,放到阳光下,在手中转来转去。半晌,他对身旁的小岛说:"小岛君,这些白瓷,是当今天下最白、最美、最亮的!"

小岛这时的眼睛也随着他手转,不断地点头。

"小岛君,你再给我备上三万两银票,我得好好地感激我们的马大人。"

小岛说:"山田君,我们已经给他够多了。"

"我们要不断地给他喂食,让他离不开我们。"

"山田君,他这个人欲望太大,可没有满足的时候!"

"小岛君,我们要把他像狗一样来喂,让他听我们的,最终把中国瓷器中的精华给我源源不断地送过来,为我们大日本帝国服务,壮大我们,并悄悄地削弱他们。让世界上最好的大清皇窑厂演变为大日本皇窑御器厂,懂吗?"

"嗨,我的明白!"小岛大声应道。

山田走进浮梁县衙府内,见笑脸出来相迎的马知县,忙拱手抱拳,笑着施礼:"大人,官运亨通、恭喜发财!"

同来的日本浪人,随即把礼物呈上。

"山田先生,客气、客气了,快请,内屋坐。"

在内室,马知县亲手为山田泡上上好的浮梁茶,并双手给奉上:"山田先生,你总是这样客气,来看看就行了,何必每次都这样破费?请喝茶。"

红店文学系列

山田接过茶说："大人，我再穷，也比你做官的强。"

"还是你这人有情有义。喝茶、喝茶。这是我浮梁瑶里上等的高山茶，一年才产十来斤，一般市面上不容易看到，更不要说能喝到它。今天我为你备了两斤，等下，你就拿去尝尝。"

"那我先谢过大人。"

"嗳，还谈什么谢，山田先生，两斤茶叶，说这些你我就见外了。"

"大人，上回我与你商谈的合作开矿之事，你看？"山田笑着问。

"这，这……"马知县笑了笑，说，"山田先生，这一事虽说是我手上的权限，但是这高岭瓷土矿石开采，一直由宫中管着，我已上报过去，可一直没有批复。你在中国多年，多少知道中国的官场事，这官帽，说走就走，你得体谅我。说实在的，眼看到手的白花花的银子进不了口袋，我也心不甘情不愿。"马知县笑着说，算是把这事推了过去。

"大人，这事我也是随便说说，只要你放在心上就行，它可是赚钱的好买卖。"

"山田先生，这高岭的瓷土矿虽说洋人暂时不能开采，但从事经营还是可以的，凭你的大脑，一定可赚大钱。手续，我年前就替你批好了，我把它放在师爷那里，你可随时派人去取。"

"那谢大人。"

"谢什么，你又说见外的话。"马知县笑着说。

"大人，赵窑那白瓷？"山田问。

"赵窑被盗一案，昨日我已结案，这个你放心。本县在皇窑厂一天，赵窑就不会中止你的合同。山田先生，现在一个月已到二十万件吧？"马知县笑着问。

"我还希望能增加一点。"山田说。

"这个，山田先生，我已多次催促过赵子和，可他已尽力了，生产能力跟不上。"

"大人，你能不能从其他窑厂再调剂一些，质量也提高一点？"

"山田先生，你我是兄弟，我就不瞒你，现在宫中天天向我催货，我目前一船瓷器都没有发出，为此没少受宫中责问。不过，你提的这个事，我一定想办法。晚上，我叫人再送些过去。"

"谢马大人。"山田听后，离开座位，对着马知县不断弯腰鞠躬。

深夜，送走山田，马知县站在浮梁县衙后院中央，心情显得极不平静，他不知这样大把进银子的好日子还能维持多久。正在这时，师爷进来了。马知县一看到他就问："大师爷，小六子还没找到？"

师爷摇摇头，转而说："大人，我们的牢房已装不下了。"

"几天了，师爷？"

"十天。"

"熟的、有人担保的，换几个钱，就把他们放了。剩余的，多关个十天半个月，再把他们放了,说不定这小六子就装在里面。到时,皇上就是想救吴振江,他也来不及。"

"大人,还有一事。"师爷说。

"还有什么事?"马知县不耐烦地问。

"大人,鄱阳湖那帮湖匪来了。"师爷四处看了一眼,对着马知县耳语。

"这帮匪徒,不是给了他们吗?"

"他们说,兄弟死得太多了,损失太大。说我们给得太少。"

"他们要多少?"

师爷说:"五万两。"

"行,不过,师爷,我要他们永远闭口。"

师爷听后点点头。

第二天,师爷按约来到浮南区某店内,湖匪一看到他,就对着他吼:"邹师爷,我们的兄弟不能白死。现在吴振江他妈的倒霉了,你们马知县如愿坐上督陶府的位置。听说那里一个小碗都可卖上十两黄金。我们兄弟为他马知县打天下,死伤不少,现在就剩下我们这几个,你们不能过河拆桥,把我们忘了!"

"你们看,这是五万两银票,是我们大人要我给你们的。你们有这笔钱后,这一辈子也花不完。"师爷说着从衣袋里掏出银票,递了给他们。

这些湖匪接过争着、抢着看,个个欣喜若狂。师爷趁此时在酒中下了药,他们却一点也不知。这时,有人过来冲着邹师爷问:"师爷,这可有假?"

"兄弟,你这话就伤和气。这浮梁县衙又搬不走,马知县不是一天做的,你们帮他办了这么大的事,他咋能忘恩负义。这银票要是用不出去,你们可以随时来找我。"师爷听后生气地说,而后,为他们倒酒。

"好。"为首的湖匪把银票塞进口袋,双手端起一碗酒,对着师爷说,"谢了,干!"

"各位弟兄,我邹某代马大人谢谢各位,干!"师爷也端起面前一碗酒,说。

"干!干!"湖匪个个端起酒碗,一干而尽。不一会儿,他们个个摸着肚子,指着师爷喊:"你?"要去拿刀,哪知,刚挪开步子,便倒下,再也起不来。

师爷从刚才那帮湖匪的衣袋中搜出银票,拿到眼前吹了吹,塞进口袋,往他们尸体上踹了一脚,然后转身消失在大山中。

浮梁县衙后堂,马知县问师爷,事情办得如何。

"大人,全办妥了。这是我要回来的银票。"师爷说着,将银票递给了马知县。

"师爷,你为本县除去了一个心腹大患。这么多年,你跟随本县多年,劳苦功高,这五万两银票,就算本县对你的奖励。"马知县笑着说,并给师爷倒上一杯酒。

"大人,谢谢。"师爷笑着把银票细细地藏在内衣口袋中,为保险,还向口袋拍了拍,这可是他这辈子赚的最大一张银票。

马知县看了他一眼，把桌上另一杯酒满好，自己端上，指着师爷说："师爷，辛苦了，本县敬你一杯。"说着端起眼前的酒杯，一饮而尽。

师爷受宠若惊地端起酒一饮而尽。突然，他肚子感到一阵剧痛。这时，他才反应过来，但为时已晚，他指着马知县喊："大人、你……"话没说来，便头一歪去了。

"师爷，没办法，都怪你知道得太多，不过你放心，本县是个讲情讲义的人，明年这个时候，我会叫人多给你烧点纸钱。"说着从他口袋中掏出那张银票，看了看，笑着走了。

金赛花来找小六子，没人。她问小二，小二说一大早他便出去了。金赛花想，出去大半天，天色已晚，按理说也该回来了，这时，有客人说见到小六子在瓷器街被两衙役逮住，押到大牢了。

金赛花听后大惊，急忙叫人备轿，直往县衙大牢。

到了县衙大牢，金赛花给牢头塞上一锭银子，打听此事。牢头想了想，说，晌午时，有两衙役来过，是带来一个这样的人，说是京城来的，还没审问。

金赛花笑着说，这是她远房的侄子，到这来探亲，她想把人领走。

牢头知道，这金班主可是马大人的红人，也不多问，便带着金赛花直向牢房里屋走去。

两旁的牢犯看见牢头从前面过道走来，纷纷站起来，两手抓着牢房的栏杆，使劲地摇晃，大声喊道："放我出去！我们犯了什么罪？放我出去。"一些人趁机伸出手，去抓金赛花的衣服。

金赛花十分惊恐，吓得跳到牢头的后面。

"吵、吵、吵什么？"牢头嘟囔着，拿着木棒照着他们劈头就打，看着躲藏在他身后、花容失色的老板娘，一脸的得意。

金赛花心急，她要把小六子从监狱中领出来，好在，这小六子没有让衙役认破。但是，待在这牢中并不是一个办法，迟早要出事。想到这，她催牢头快一点。

七弯八拐后，牢头便把老板娘金赛花带到牢中后屋的一个阴暗潮湿的小房前。他笑着对一旁的金赛花说："金班主，就在这。"说着把牢门打开，对着里面的小六子喊："小子，你大姑领你来了，走吧。"

小六子听到有人喊，从地上站了起来，抬起头，一看是春圆戏园老板娘金赛花，忙随着牢头喊："姑姑，姑姑，我在这。"

"小侄子，你怎么到这来了，让我好找。"金赛花向他使了一个眼色，说。

"姑姑，我也不知道，在大街上，稀里糊涂便被他们带到这里来了。"

"现在街头上不安静，以后记着点。要不是牢头大人开恩，你还不知要在这待多久！"

"小子，记住了，以后不要乱跑，跟你姑走吧。"牢头对着他说。

小六子跟着金赛花走在牢房的过道上，看身边无人，便对着金赛花问："金班主，你咋知道我在这？"

"这里有人，回头再说。"金赛花把手一指，侧着脸对着小六子说，"吴大人就关在那边。"

小六子向金赛花手指的方向看了一眼。

三天后，小六子打点行李，准备回京。

金赛花拿了一个袋子进来。

小六子对着她说："金班主，谢谢你这段时间对小六子的关照，我得走了，皇上还等我的汇报，晚了来不及。"

"谢什么，只要你心中记得有春圆戏园就行。你一个大男人，哪会做女儿家的活，让我来。"金赛花说着，上前三下五除二便把小六子的东西收捡得整整齐齐。

"马知县的事，你弄清楚了？"金赛花边收拾边问。

小六子点点头说："金班主，你放心，我会把马为民的事据实禀报给皇上，让皇上尽快下旨，把吴振江大人放了。镇上瓷业，还真离不开他。"

"好兄弟，你这么说我就放心了，没为你白忙一场。吴大人是冤的，他是好人，皇上不能让好人吃苦头，让马知县这样奸邪的人得势。不然，百姓就不会敬他！"

"金班主，你这些话，我都会说给皇上听。皇上也是个好人，你也许天天看着皇上人人高呼他万岁，其实皇上也有为难的时候。百姓为难时，还可找人说说，可有时皇上为难时，找个说话的人都难，一切事情只有自己扛着。"

金赛花说："小六子，你的话我明白了。我说好兄弟，我有个事还得求你。"

"你说吧，什么事？"小六子问。

"我这戏园有个小姊妹叫姜雪，她到京城为大人告御状去了。几个月了，到现在也没有一个准确回音，你若记得我这个班主，就烦打听一下，要是遇事，我托你关照一下。"

"行。"

"好兄弟，我知道京城什么都有，景德镇是个小地方，除了瓷器，也出不了什么。我不知道送你什么好，你说这镇上碱水粑好吃，这两天，我特地叫人要了一点上等的粳米，给你赶着做了几斤。我给你包好了，你带上吧。"金赛花说着，把带来的袋子塞进了小六子的行囊。

小六子看着金赛花，一时不知说什么，眼中闪出了泪。

"老姐知道你想说什么，记得世上有老姐这个人就行，天不早了，走吧。"金赛花说完，扭头去擦泪。

小六子离开景德镇后，日夜兼程，回到了皇宫。

在皇上书房内,光绪皇上高兴地对小六子说:"你带来的那个什么碱水粑,还真好吃!"

小六子笑着说:"皇上,景德镇春圆戏园的老板娘要我转告你,皇上不能让好人吃苦头,让马知县这样奸邪的人得势。不然,百姓就不会敬你。"

"小六子,这个老板娘虽然说话直白一点,不让人爱听,不过,朕细想一下,还是感到实在。镇上瓷业离不开吴振江,朕更离不开他。朕让他下狱,是让他多休息。"

"皇上,吴振江这人闲不住,听说在关押期间,还设计了很多陶瓷器型和花面。"

"朕就知道他会来这一招。朕看他歇得也差不多了,现在西洋各国都伸手向朕要瓷器,宫中伸手向朕要银子,小六子,明日上朝,朕就颁诏。"

"皇上,马为民擅自张贴出处斩布告,此人,你咋处置?"小六子问。

"小六子,这个马为民,表面文章,在太后面前做得很深。但是小六子,给朕记住,朕的天下,一定不会容忍这种的奸邪之人!"光绪说到此事时,情绪激昂。

"对了,皇上,还有一事?"小六子想起老板娘金赛花临行所托,马上对皇上提起。

"什么事,出去一趟,学会跟朕打马虎眼?"光绪对着小六子笑着问。

"姜雪。"

"你说呢,小六子?"

"皇上,听说她是个大美人,你不会想留她在宫中吧?"小六子瞪大眼,问。

光绪笑着对着他说:"把她归还给吴振江这个愣子,朕还真有点舍不得。"

"那——"小六子听后,双眼看着他,一时不知如何是好。

160

第二天早朝,大清金銮殿上,众大臣纷纷议论。

"听说西太后六十大寿的特贡瓷在江西鄱阳湖被劫?"

"是啊,吴振江祖上就是因为皇窑厂窑炉爆炸,延误了太子的大婚被斩。这次又遇上老佛爷西太后六十大寿用瓷,我看他这回是凶多吉少!"

"不是什么凶多吉少,而是这个。"一旁的大臣做了个砍脖子的手势。

"李中堂来了。我们去问问他。"不知谁说了一声,大家一听,纷纷围了上去,问这问那。

"你们别说了,等下皇上来了不就知道。"李中堂看了同僚一眼,说。

这时,太监高唱:"皇上到。"

众大臣纷纷站好,排成两边。

"各位爱卿,今天有什么要事要奏。"皇上坐下来,对着众大臣喊。

一大臣站出来说:"启禀皇上,江西景德镇皇窑厂奏:进京的太后六十大寿特贡瓷在江西境内鄱阳湖被劫,随船护送官兵力战而死。他们要求朝廷增派大清官兵护送。"

另一大臣站出来说:"皇上,六十大寿特贡瓷在江西境内鄱阳湖被劫,这是吴振江失职,按大清例律,应罢职充军,以儆效尤!"

李中堂听后,马上站出来说:"皇上,老臣不这样认为,吴振江这几年在江西景德镇大清皇窑厂督陶有功,这是不争的事实。太后六十大寿特贡瓷在江西境内鄱阳湖被劫,责不在他,而是沿途州官剿匪不力的结果,再说他的部下为保大清的威严,个个英勇战死,与船共存亡,这是何等的英烈。臣认为,这不仅不应处分还应奖励。此外,吴振江第二份奏章曾已表明,被劫的瓷器已全部补上。今天,吴振江下狱,实有处理不公。皇上,当今国家中兴之时,人才难得。臣敬请皇上下旨,立即恢复吴振江的官职,并重新启用他督陶。"

光绪皇帝听后十分满意,笑着说:"中堂,你讲得句句在理。吴振江这几年督陶有功,随船护卫将士忠勇可嘉。这次贡瓷被劫,责任不在他,而且在这件事上他主动承担责任,及时做出补救措施,他的行为和胸襟可喜可嘉。"

光绪话音未落,这时,另有一大臣站出来奏:"启禀皇上,江西浮梁知县来奏,陶瓷祭兰制瓷技术经查明是从大清皇窑厂丢失,现已给大清瓷业带来不少损失。"

光绪帝一时语塞。一旁的小六子看后马上高喊说:"今日散朝,明日再议。"

大臣纷纷散去。李中堂却留下。

在后殿,光绪问李鸿章:"中堂,浮梁马知县的奏章是否属实?"

"皇上,老臣已派人从中调查,情况属实。"

光绪听后沉默不语。

"报,皇上,湖广总督张大人晋见。"小六子进来说。

"快请。"光绪皇上听后,急切地说。

由于圣旨未到,马知县按大清例律,按时对吴振江行刑。在景德镇大街上,初春三月的一天早上,吴振江由清兵看守,捆绑在囚车里,押赴刑场。

街道两边一大早便站满了人,市民都想再看他最后一眼,这时,有一老瓷工端着一碗酒挡在车队前面。

车队被迫停下,老窑工走上前,把酒塞在吴振江嘴前,吴振江一口喝下,眼睛久久望着他。

车队重新启动,市民围了上来,清兵赶紧把长枪架起来,维持着道路两旁的秩序。

马知县坐在刑台上,不时看着空中的太阳。

"时辰到。"刑台一旁的刑行官高唱。

这时,只见马知县从台上迅速站起,他来到吴振江面前,说:"吴振江,你还有什么要说的?"

"马大人,吴某一生为陶生,也为陶死。服刑期间,我根据多年的督陶心得设计了许多陶瓷器型和画面。现在只有拜托给你。请大人告诉皇上,我死不足惜,但是,皇窑厂和景德镇陶瓷都是我大清的基业,它们本是一体,联合则强大,分割则弱小。陶瓷日日强大,则大清强大。大清不可一日无瓷!"吴振江大声地说。

"吴大人,你放心吧。你的话,马某一定帮你呈给皇上。皇窑厂和镇上的瓷业,马某也一定会竭尽全力把它做好。今日,兄弟我也是奉公办事,他日我一定给你多烧纸钱,得罪了!"

"马大人,吴某有你这句话,死而无憾!"马知县听后,点点头,而后,转向刑台上,对着刽子手大声喊道,"行刑!"

"慢,请让我们敬吴大人一杯。"这时,站在人群中的李俊、饶希斋他们齐声站出来,手中各端着一碗酒向刑场上的吴振江走去。他们来到吴振江前,一个个轮流把酒送到吴振江嘴前,吴振江一口而干。最后,他大声喊道:"各位,下辈子,我们再做兄弟!"

场下的人不忍,个个闭上眼睛。

金赛花则双手合十,嘴里不停地念道:"小六子,你可不能骗你姐,小六子,你可不能骗你姐。菩萨保佑大人,菩萨保佑!"

在这时,天空中乌云突起,狂风大作,雷声四起。

"菩萨显灵了!"有人顿时大喊。

大家一听,个个双脚跪下,喃喃有词,对着上天就拜。

"皇宫官员,没有圣旨不能杀!"这时,大清督陶府总管曾开、汪叔凡带着皇窑厂大小官员赶到,他们冲向马知县。

秀娟、吴波、吴晋、吴亮、小翠他们也冲了上来。市民看后立马跟着冲上去。

刑场上顿时一片混乱。

清兵一看,急忙架着刀枪拦阻。

马知县一看这形势,感到不对,心想这事不能耽搁,他抓起桌上的令牌,大声喝道:"行刑!"

恰在这个节骨眼上,宫中传旨官飞马赶到,一路高举皇上圣旨大声喊道:"皇上有旨,刀下留人!刀下留人!"

人群听到声音,纷纷让出道。

传旨官像一阵劲风,直赴刑台。

第十四章

在景德镇郊外的刑场上,刽子手的刑刀已举到半空中,宫中驿马也恰好赶来,传旨钦差高举皇上圣旨大喊道:"刀下留人!"并大声喝道,"吴振江、马为民接旨!"

马知县一听,顿时惶恐万状,从椅子上摔了下来,爬行过来接旨。

钦差看了他一眼,跳下马,双手捧着圣旨,大声对着吴振江、马为民宣读道:"奉天承运,皇帝诏曰,革去马为民大清皇窑厂督陶代理职务,恢复吴振江大清皇窑厂督陶一职,官居四品,节制镇上一切瓷业发展之事务。鉴于吴振江督陶有功,特赐黄袍马褂一件,以示表彰。民女姜雪忠烈大义,吴振江接旨后,择良日完婚。大清皇窑瓷厂护船官兵,为保我大清威严,以死抗争,忠勇可敬,功勋载入史册,对死难的大清忠烈,每人着一百两白银安抚,家小由大清皇窑厂奉养。吴振江由于工作失误,致使洋人有可乘之机,给大清贸易带来损失,以示警诫,罚去一年俸禄。钦此。"

吴振江听后不断地叩头,眼泪止不住地往下流,嘴上不停地喊:"谢主隆恩。"

传旨钦差符大人宣读完毕,对着他说:"振江年兄,您这是要如何?快接旨啊。"

吴振江仍然对着苍天仰天大喊:"皇上,我有愧呀!"

"振江年兄,当今皇上年少英武,立志图强,这是我朝的大幸,也是我等的福气,您应高兴!"

吴振江双手接过圣旨:"皇上万岁、万岁、万万岁。"

符大人似乎想起什么,拍了一下头,说:"哦,我差点把一件大事给忘了。"

"符大人,什么事?"

符大人从身上掏出一封信,双手递给吴振江,说:"振江年兄,这是我出皇宫时,皇上亲手给我的一封信,他要我亲自交到您手中。"

吴振江接过信,双手有点颤抖。

跪在一旁的马知县,看到以上一切,双眼发直。

说来也怪,这时,天空中黑云尽散,阳光灿烂。

刑场下面的人被眼前这一突如其来的变化惊到。倒是吴晋反应快,他用手捅着一旁的小弟吴亮说:"快,咱们快告诉老祖宗去!"说着,嗖地一下从地上爬起,朝着大清皇窑厂的方向拔腿就跑。

在大清皇窑厂,得福正在督陶府前门挂着白花、挽联。

吴老夫人坐在佛堂前,拨着念珠,两眼呆滞,嘴里喃喃道:"南无阿弥陀佛,救苦救难的观世音菩萨,南无阿弥陀佛,救苦救难的观世音菩萨……"

吴晋、吴亮他们跑回来,一看,情形不对,吴晋立马对着得福吼道:"得福叔,胡闹,下来,快、快换上红灯笼!"

得福听后哽咽地说："二公子，这是什么时候了，你还说笑……"

吴亮趁这时，已跑到后院，他对着老夫人兴奋地大声嚷道："老祖宗、老祖宗，爸没事了！"

老夫人仍木然地坐在那，没有一点反应。

这时吴晋也带着得福进来。

得福笑着对老夫人说："老夫人，皇上圣旨到，老爷没事了、没事了。"说着又哽咽地哭了起来。

吴晋看了他一眼，道："得福，大喜的日子哭什么！还不快去准备爆竹，迎接督陶大人荣誉归来！"

"是，是。二公子，我这就去，就去！"得福说着，兴奋得手足无措，转身而去。

吴晋看着得福离去，他转身对着老夫人说："老祖宗，皇上赐老爸黄袍马褂一件，官复原职，居四品。我们再也不用担惊受怕，又可以过上安稳的好日子了！"

老夫人这时才相信，并明白过来，只见她手中念珠顿时一松，哗的一声掉在地下，眼泪从她那苍老的脸上滚落下来！

大清皇窑厂内的窑工听到这一消息，大家都争先恐后涌向门口。吴振江在曾开、汪叔凡、李俊、饶希斋等陪同下走来，皇窑厂门口两旁顿时爆发出雷鸣般的掌声。

老夫人在孙子吴晋、吴亮的搀扶下，也站在督陶府门口。吴振江见到母亲，独自上前，双脚跪下对着她说："娘，孩儿不孝，让您受苦了！"

"振儿，快！快起来！"老夫人伸出手把吴振江扶了起来，她对吴振江说道，"振儿呀，我们吴家世代督陶，个个忠良，一心事主，公正廉洁，皇上是信得过咱们的！你要谢皇上，也要谢皇窑厂和镇上的这些父老乡亲。在我们艰难时，是他们挺身出来帮助咱们。我们吴家不是忘义之人，你要记住这个情！各位，苦难见人心，你们是吴振江的真实朋友，也是我老太婆的真实朋友，老身在此谢过了。"说着向着各位弯腰敬礼。

"娘，振儿牢记了。"吴振江流着泪，哽咽地说道。

"哭什么，孩子，今天是督陶府大喜的日子。快！快请大家到屋里坐。"

"啪，啪，啪……"突然，又一阵爆竹声从后面响起。

大家往后面一看，是春圆戏园老板娘金赛花，她正一路打着爆竹走来。看着大家都在，金赛花高兴地说："各位，今天，我也来助个兴。从今日始，春园戏园免费义演三天。"说完，她笑着来到吴振江面前，轻声地对他说，"大人，民女恭喜！"

"谢了。"吴振江说，并马上问，"雪儿回来了吗？"

"还没有。"金赛花听后，心里酸酸的，但她马上回过神，笑着说，"大人，她可是为你出生入死的女人，现在皇上御赐你们的婚姻，你可不能怠慢我的好姊妹！"

当天，大清皇窑厂大红灯笼高高挂，一片喜庆。

入夜，吴振江来到书房，他小心地拆开皇上给他的亲笔信，把它展开。看着皇上的来信，他眼睛顿时又湿润起来，仿佛感到圣上就站在他面前。

最后的官窑

振江爱卿：

当今朝廷内忧外患，英、法等西方列国依仗锐坚大炮，对我大清虎视眈眈。目前能壮我大清国威并与列强一比高低者，千年基业的景德镇瓷业首推其中，爱卿务必精诚敬业，把皇窑厂管理好，把景德镇千年瓷业经营好，强我大清，不负朕意。

爱新觉罗·载湉

光绪十八年二月初九夜

吴振江一字一泪，待读完皇上书信后，泪水已经沾满衣衫。他深感皇上对他的信任，字里行间也感到皇上励志图国的艰难。随后，对皇上有一种一吐为快的感觉，于是他展出宣纸，拿起笔，挥笔而就，纸上写着："皇上，臣一定竭尽全力，鞠躬尽瘁，以报皇恩。"

窗外，皎月如昼。

吴振江写好，封好后，轻轻放下笔，整整衣衫，从书房来到督陶府的后花园。

在大清督陶府后堂，小翠在帮吴老夫人洗脚。秀娟、吴亮、得福他们在和老夫人说话。

吴振江进去时，小翠看到他，忙起身。吴振江对她说："小翠，让我来吧，你早点去休息。"

小翠说："老爷，这是下人的事。你也忙了一天。"

"小翠，我不是跟你说过吗，督陶府没有下人。去吧，早点休息。"

"那我走了。"小翠说完便转身回自己的房间。

吴振江摸着小儿吴亮的头，对着得福、秀娟他们说："你们都早点休息吧。"

"多好的孩子们。"老夫人看着他们的背影，赞叹道。

吴振江蹲下，给娘搓起了脚。

"振儿，娘知道你此时心里想说什么。这几年你心里太苦了，现在皇帝赐婚，你就择上吉日，把姜雪姑娘给大大方方娶进来吧。"

"娘，雪儿，她还在京城回来的路上。"

"振儿，姜雪为了你，只身冒险到京城告御状，你得记得这份情，娶了她，你得一生一世好好待她！"老夫人说，"有她，为娘对你也放心了。"

"嗯。"吴振江不断地点着头，又拿起母亲的另一只脚轻柔地捏起来。

第二天早晨，大清皇窑瓷厂公馆内，京城来的钦差符大人正准备更衣起床时，门口传来敲门声。

"谁呀，是振江年兄吗？"

"是我，吴振江。"

符大人说："请进！"

吴振江推门进来。

165

符大人看着吴振江一身便服，一边穿衣服一边问："年兄这么早，有事吗？"

吴振江笑着说："符大人，你我兄台阔别多年，今天我陪你到镇上走走。"

"年兄这么忙，就不必这么客气了，派个下人就行。"

"兄台，你说我们多久没有见面？"

"屈指十个年头。"

"这就对，"吴振江说，"拿着，你的衣服我为你准备好了，今天我们均着便服，不受他人干扰，出去痛痛快快地玩一趟。"

"行。"公馆门口早已备好马，吴振江一跃而上，符大人跟着跨上马，他们挥鞭朝城东高岭而去。

景德镇高岭位于景德镇东面，距景德镇二三十公里，地处于黄山的余脉，面积大约二十多平方公里，此地是景德镇陶瓷生产的原材料主产地。这里每天都人山人海，打石的锵锵声、矿工的号子声、炸山的轰鸣声，声声夹杂在一起，几里路远都可听见。

吴振江和符大人他们到达高岭村时，已是上午十点。符大人坐在马上，指着眼前的村落问："振江年兄，这就是史书上记载的高岭？"

吴大人点点头说："大人，高岭村因山上住着一群姓高的人而得名。他们祖先一搬到这里就以做瓷为生，不过，要问他们在这里居住多久了，做瓷历史有多久，村上没人知道。只有史书上说这里是景德镇陶瓷最早的发源地。据老人说，以前这里有很多窑厂、采矿厂、水碓房，后来也不知什么时候，做坯烧窑的瓷厂都迁到了景德镇，现在这里只剩下采矿厂、水碓房，已找不到以前窑厂的影子。目前这里采瓷矿厂大大小小不下四百家，我们皇窑厂在这里拥有十座矿，是最大的。正常时节，这里的矿工有一万，繁忙时，人员多达五万之多。"

"五万多人？"符大人听后，有点不相信，瞪着眼看着他。

吴振江知道他不信，马上笑着说："大人，这点没假。不过，高岭之土用了几千年，现在已开采到极限，为了保障镇上瓷业发展的后劲，我们近到周边的抚州，中到湖南，远到云贵都开设了矿点。现在，每天都有上百吨位的瓷土从外地通过昌江河运进景德镇，不过，目前高岭仍旧是皇窑厂主要的原料供应地，也是镇上民窑厂主要原料供应地。"

他们边走边说，不时有矿工裸露着上身扛着矿石，从他们身旁走过，吴振江有时停下，跟他们中的人点头，招呼。

符大人看后说："振江年兄，你说出来休息，我看你心中还惦记着事儿。"

吴振江说："这几天，高岭村有人到督陶府反映，说是近期内常有东洋日本人在这里转悠。今年是景德镇陶瓷销售形势中最好的一年，由于销售带来利好的消息，一些厂家加班加点进行生产，市面上陶瓷原料顿时紧张起来，民窑厂与皇窑出现争夺原料的架势。要是东洋人对我原料市场再插一手，这原料市场就变得更加复杂起来。今天正好顺道看看，做个了解。不过，今天我的职责是陪好我们的钦差大人，这些只是随兴

最后的官窑

了解罢了。"

"振江年兄,你真的放得下心中的皇命?"

吴振江被他一激,一时不知怎样回答,看着多年相知相识的朋友,他笑着说:"还是年兄了解我!"

"你是江山易改,本性难移。不过,正是这一点,当今圣上才如此器重你,委你重任。振江年兄,刚才你说了许多。不过,其中有一个问题我不懂。你说民窑厂跟皇窑厂争原材料,他们敢吗?"

"符大人,高岭开采事务虽由皇窑节制。但有些事,你有所不知。我们现在皇窑厂在某些方面还做不过民窑。你想想,朝廷给我们的监银就那么多。咱们常是一分银当作五分用。现在朝廷每年都在给我们加任务,但是监银却不增加。我们矿石厂因资金量有限,开采也有限,所提供的原材料往往满足不了窑厂的生产需求,为此我们只得到民窑厂矿去采购。一旦瓷土市场涨价,我们日子就更难过了。瓷土的供应,现在已成为我们皇窑厂的头等大事。"

"振江年兄,京城官员都说大清皇窑厂是金钵,有的甚至削尖脑袋往这里钻,都给咱们皇上给挡住了。今天一看,才知是怎么回事。我才明白皇上为什么这样理解支持你,原来皇窑厂这么艰难。"

他们说着说着,转眼间来到南河水碓房旁。

高岭南河,发源于此地,经当地瑶里、高沙,绕景德镇城南,流入昌江河,全长不足三十公里,河面宽不足十米,但是就是在这条弯弯曲曲的南河上,每天满载着高岭瓷土的小船,不下千只,它们一条接一条不停地驶向景德镇。

南河的两旁依水而筑,聚集着上百只水碓车,使本来细小的河流变得更加细长,它们同时发出咚咚的声音,宛若古战场出征的战鼓雷鸣,场面十分壮观。

符大人看着这水碓车对吴振江说:"振江年兄,我到过黄河,见过长江,也经常来往淮河间,却从没有见过这种小河,一条千年神奇的河,承载了华夏千年陶瓷文明的小河,说出去谁都不会信!"

这时,不远处传来人群嘈杂的声音,他们循声望去,只见大群人围在一处。

"师傅,那么多人在那干什么?"吴振江问前来的人。

来人边走边说:"客官,前边出事了,一矿工被山上滚下来的石头给砸了。"

吴振江看着符大人,对他说:"钦差大人,要不要过去体察一下民情?"

"你说呢!"符大人笑着问。

说完,他们哈哈大笑。

吴振江和符大人大约走到二百米地,便远远看到采矿工地上,一青年正跪着向一工头模样的人哀求:"我家老娘还等着我赚钱回去看病,我还能干,大哥,求求你了,大哥,求求你了。"他想站起来,但是伤得实在站不起来。

只见工头横着眼说:"看你这个熊样,还能干事,给我滚吧。"丢下几个铜板就走,不管那人如何哀求。

吴振江、符大人他们俩站在一旁,实在看不过去,拿出一锭银子,递给那青年。青年不断地向他们磕头,说:"谢谢好人,谢谢好人。"

围观的人都赞许地看着他们,慢慢散去。

吴振江他们刚走开,看到走出不远的工头又折身回来,他们抢步来到吴振江面前,下上打量着他们,问:"你们是哪来的神仙,在这做好人也不看主人同意不同意?"

符大人双眼瞪着他,强忍着愤怒,说:"小哥,我看这位兄弟实在可怜。"

工头听后,把眼一横,指着他说:"他可怜,我呢,你叫我家老爷脸往哪里搁?我看你身上的银子没人花,今天老子替你花,兄弟们,给我搜。"说着就有几个混混不知从哪儿冒出来,要对符大人、吴振江他们动手。

刚才散去的人群又围了上来,人群中有人说:"他们当中那个好像是督陶官吴大人。"

那工头模样的人横着脸,极其骄横地说:"督陶官吴大人?我今天就是要动动这个吴大人。"说着,对着吴振江就是一拳。

吴振江此时忍无可忍,见他们出手,一个反手便把他们其中一个打了出去。

这帮混混看后,嬉笑着说:"呵呵,还有几下子,今天我们爷们就陪你们玩玩。兄弟们上,好好给我练练拳脚。"说着,他们把吴振江和符大人团团地围在中间。

矿工们敢怒不敢言,有人溜出去报信。

流血的青年从人群中爬过来对着这帮人说:"大哥,你们不要打这两位爷了,银子我给你,还有这铜钱,我什么也不要,求你们放过他们,他们是好人。"

吴振江对着这青年说:"小兄弟,别求他们,这是一帮没人性的东西。"

流血的矿工突然抱着他们工头的脚,转身对着吴振江说:"好人,你们快走吧。"

"去你妈的!"工头模样的人说后,狠狠地踹了他一脚,

吴振江上前扶起那青年,对着他说:"这位兄弟,别怕!"

工头模样的人说:"行呀,到死还嘴硬,兄弟们上,给我往死里打!"

吴振江他们寡不敌众,被他们一阵乱打后,强行绑架到一个离工地不远的某农屋柴房。"砰"的一声,锁上柴门走了。

符大人对着他们喊:"你们——"

吴振江制止他,轻声地对他说:"我们不能待在这,在他们还没有弄清我们身份前,我们得想办法出去。"

打手来到柴房旁边的农舍内,一个大麻脸的人正在工棚里打牌,有人进来对他耳语,说:"大哥,今天兄弟们抓到一个跟我们过不去的。"

"人呢?"麻脸问。

"关在柴房里,我看他们很有钱。"

麻脸听后说:"好,先关着,待爷玩了这把牌,再去看看哪来的财神。要是钱到手就

把人放了，没钱，你们找个机会拖得远一点，给我跺了，看谁还敢跟本大爷做对。"

再说，刚才溜出来报信的矿工直奔高岭皇窑瓷土矿厂，此时矿长正在指挥矿工选石，那矿工气喘吁吁地跑进来嚷道："矿——矿长，大人出事了！"

里面碎石的声音很大，矿长放下手中的活，把耳朵贴近他问："老二，大声一点，你说谁出事了。"

"督陶大人，督陶大人在后山石场里被张麻子一伙围攻。"

"你为什么不说出大人的身份。"

"我说了，他们一伙根本听不进去。他说他们就是想会会这个督陶大人。"

"他们反了！"矿长对老二说，"你去报告总监，我先带人去。"说时，他操起身边的铁棍，对着工场大喊："兄弟们，把手上的活停了，操家伙，跟我走。"说完领着一班人朝后山石场奔去。

农屋牌桌上，麻脸手气正红，只见他把手一摊，大喊："兄弟，清一色，一条龙，我又和了。"他伸出手对着他人说，"给钱，给钱！"

这时一人匆忙跑进来，报："大哥，皇窑矿厂的一队官兵直奔这里来了，他们说我们抓了督陶官吴大人和京城来的钦差。"

麻脸听后，猛地一下站起，问："什么，督陶官吴大人和京城来的钦差，难道刚才你们抓的是他们两个？"他马上反应过来，说，"还站在这干什么，赶紧带我去看看。"

麻脸走到工棚柴房，隔着门缝一看，不看则罢，一看吓了一跳。

"大哥，怎么样，是吗？"打手问。

麻脸说："是个屁，他就是督陶吴大人。快，还不给我快，快开门。"

打手忙上前打开门。

麻脸抢步进去，赔礼带笑，说："小的手下有眼不识泰山，冲撞大人，该死。"边说边亲自给吴振江松绑，转眼对着身边的打手说，"你们这帮混蛋，还不给我跪下给大人赔礼。"

吴振江扫了他们一眼。

这时，皇窑矿厂几十个官兵和矿工赶到。看到官兵，麻脸慌忙说："大家误会了，误会了。"

吴振江正色道："谁跟你们误会，把这帮恶徒给我绑起来。"

官兵听令将那批恶徒绑好，押向皇窑瓷矿厂。

路上，大家见状都拍手称快，刚才那青年过来向吴振江磕头。

吴振江把他扶起来，对皇窑矿厂的官兵说："去，把他送到皇窑矿厂包扎一下。"

到了皇窑厂厂矿办公室，吴振江就此事专门听取了皇窑厂瓷土矿长和总监的汇报。

总监对吴振江说："大人，这帮恶徒人数不多，总计十来人，头目姓张，外号张麻子，是近来这一带冒出的混混。一些不法矿主与他们勾结，雇他们作打手，挑起事端，抢夺地盘，或雇佣他们专门刁难和欺压一些外来劳工，克扣矿工的工钱，弄得一些守法的民窑矿主和矿工苦不堪言。"

"高岭治安民团就不管了？"吴振江听后问。

"高岭治安民团管不了他们，听说这伙人后面来头很大。一些矿工和民窑矿主来向我们求助，可是我们人力不足，另一方面行政上又不属于我们，我们不便多插手。"

吴振江听后，把桌一拍，气愤地说："一伙害群之马，得把这帮不法之徒打下去！不然，以后高岭就没有安宁之日。马知县不管，我管！你马上与当地里长和治安民团联系，叫他们来见我。"

总监说："好，我马上去通知他们。"

马知县在太后贡瓷一案中，做贼心虚，因担心此案暴露，毒死了邹师爷。没了师爷，一段时间，他心中空荡荡的。被朝廷革去皇窑厂代理一职后，他心中就更加失落，常与山田一伙蹭在一起，与日本人打得火热。这天，小野邀他到怡园茶楼打牌，他二话没说，马上跟了去。

在怡园茶楼，几个花枝招展的女人围着他们，他们是一手搂着女人一手摸着牌，好不惬意。这时，只见马为民把手一摆，手中的牌顿时倒下，他得意地大喊，说："我和了。"桌上的人马上尽数给他点钱。他没有把这些钱塞到腰中，而是塞向身边女人的胸部，"宝贝，这是你的。"

女人看后，用手摸着他的脸，用小嘴亲了他一口，嗲着声，说："谢大人赏赐。"

马知县被女人撩得哈哈大笑。

有人进来在小野耳边语。小野听后，探过头，转向马大人讲。

马知县说："小野先生，这里很吵闹，我没有听清楚，大声一点。"。

小野说："马大人，刚才我手下来报，说吴振江到了高岭，他把张麻子一伙抓起来了。"

"他娘的，"马知县听后把牌一摊，起身说："走，不玩了，找他要人去！"

"马大人，他会给你这个面子吗？"

"这……"马大人听后，瞪着眼，顿时让他给问住了。

小野这时笑着说："马大人，吴振江这人很讲原则。张麻子一伙打打杀杀，只是破坏社会治安，这治安嘛，不是归你浮梁马大人管辖吗？你何不与吴振江演场戏？"说着在马知县耳边嘀咕起来。

马大人听后，不停地点头，最后扯着嗓子笑道："小野先生说得有理，不过，要不要把此事通知山田先生？"

"大人，中国不是有句古话，将在外，军令有所不受？"

马知县听后拍着小野的肩膀说："好，好，小野先生不愧是个将才。"

在高岭，吴振江经张麻子这伙人一闹，发现天色已晚，已回不去了。他对符大人说："大人，让您受惊了，今晚看来还得让您住在这里。晚上，我让矿厂为您接风压惊，如何？"

符大人笑着说："客随主便，听你安排。"

吴振江说："好！"

符大人是京官，又是下旨的钦差，吴振江为此对他举行了高规格的接待：点燃太平窑，举办瓷舞会。

晚上，太平窑窑火烧得很旺。吴大人和符大人一边喝着酒，一边观看着当地原始的瓷舞。

符大人端着酒杯，对吴振江说："振江年兄，这瓷舞特别有风味，我看它好像是在诉说着景德镇瓷艺人对自然的一种感恩，对火神的一种崇拜。"

吴振江听后，鼓掌说："大人，讲得好，讲得好。他们就是在表演这个主题。"

"振江年兄，给我说实话，景德镇戏园姜雪的瓷舞是不是跳得特别好，人也长得特别漂亮？"

"大人，你的消息很灵呀，没错，没错，雪儿在我心中简直就是青花瓷的化身，这舞嘛，自然跳得好。不过，我还要告诉您，她除了瓷舞跳得好之外，一手菜也烧得地道，待她回来，我请她给您露一手。"吴振江说到姜雪时，特来精神。

符大人听后说："振江年兄，好福气呀，好福气呀！我沾光了，不过，你不能老藏着，什么时候喝你们的喜酒，我可是等着回去复命。"

这时，有人上来，请他们一起跳舞。他们俩正谈到兴头上，一听，马上加入他们的队伍中，高兴处，不时地跟他们唱，气氛十分地热烈。他们早已忘记上午的不快。

高岭的生活平时很单调，听说皇窑矿厂晚上烧太平窑，请来当地戏班唱戏，一时吸引山区周围乡村的人都来观看。

活动很晚才散去。

深夜，高高的月亮悬挂在天空，她的光辉洒在起伏的高龄山上，月光与高岭白色的霜雾相互辉映，天地一片洁白。

吴大人和符大人他们睡不着，都不约而同来到窗前，面对高岭的夜色，他们如痴如醉，思绪沉浸于眼前梦幻的美景中。

符大人问："振江年兄，景德镇陶瓷就是用眼前这些泥土做成的？"

吴大人看着窗外，点点头说："是的。世人都说瓷是火与土的结合，我到这才发现，它是天地交合的产物，是上苍赐给我们最美的东西。"

"振江年兄，你对瓷真有见地。"符大人听后，他端详着手中的茶杯，看了又看，自言自语，"外面这泥土，转眼间化成了世界上最精美的东西，奇迹，真是奇迹。振江年兄，我看过很多瓷，为什么景德镇的瓷最白、最亮、最好？"

"景德镇的瓷器与其他产地不同，细说起来，我们在生产时，所用的瓷土，多则十几种配料，少则四五种以上，而其他产瓷区的陶瓷只有一至两种配料，最多也不超过三种，可以说景德镇陶瓷在起步的时候就赢了它们，加上祖祖辈辈、千百年沉淀下来的技艺和我们这一代人对它的创新……"

"所以说景德镇的陶瓷自然独步天下，无人能跟她争锋，是吗？"符大人接过话问。

"目前可以这么说。"吴振江说，"古往今来，瓷艺人一直把高岭当成陶瓷的圣地。来景德镇时都要来看一看，问我为什么，我一两句话也答不上，不过，我一年常来这里看上几次。我想我今后告职，哪也不去，就到这里，找个地方，采集瓷土，做坯、画瓷，颐养终年。"

"振江年兄，我看你对这块土地很有感情。不过，皇上不会让你告职的。"

"符大人，此话怎讲？"

"振江年兄，此次，贡瓷在鄱阳湖遇劫，护船官兵英勇战死，震动朝野上下，一些大臣要罢免你，有的甚至把此事与你先祖父联系起来，皇上可谓是力排众议。可是，事未告一个段落，又冒出浮梁马知县奏章，说陶瓷祭兰技术是从皇窑厂漏出，皇上一时不知如何处置是好，当天只好早早散朝。第二天，马知县又送来急奏，说种种迹象表明，镇上发生一切是日本人背后所为，说你吴振江参与其中，为确保大清瓷业和皇窑厂的安全，要求朝廷取缔日本人在景德镇的一切活动，并把你调出景德镇。他这一手，可让他赢得了朝廷上下的盛赞，说他客观公正，大义凛然。有的大臣向皇上提出要给他封赏，不断向皇上上奏要求处置你，皇上左右为难，李中堂此时又保持沉默。皇上在左想右想时，才下了这道圣旨，他怕你委屈，又亲自给你写下一封信，私底下要我一定要交到你手上，可见皇上对你用心良苦。"

"大人，我只有竭尽全力，才可以报答皇恩。不过，你我兄弟不是外人，说实在的，皇窑厂已到极点，景德镇瓷业的发展也已到极点。镇上瓷业不稳定的东西太多。皇上要我们以皇窑厂为龙头，把景德镇瓷业发扬光大，可事实是民窑各顾各，形成不了合力，有的甚至被洋人利用，造成内部相互残杀。这几年，外夷各国的瓷业发展很快，规模大，资金雄厚，特别是东洋日本国，后来居上，他们在市面上与我们争夺时，镇上瓷业往往败退下来。现在是皇窑厂的产品，没有市面上的发言权，我们引导不了市场。我左想右想，一旦民窑不行了，等他们形成气候，到时合围我们，皇窑厂独木难支。想到这，想到皇窑厂，有时我常是日夜无眠。有时太累了，我真不想干。马知县想干，如果他没有私心，我必举荐他。"

符大人听后，感叹地说："年兄，马知县虽说有野心，但能力不及，不是这块料。放眼天下，大清版图上就是你这里安详、繁荣。"

吴振江耸耸肩，淡淡地笑了笑，说："不说这个了。大人，我离开皇宫这么多年，这里离京城又太远，交通不便，信息闭塞，宫中当前情形如何？"

符大人说："振江年兄，不瞒你说，中日甲午战争以来，大清国力更微。马知县提出取缔日本人在景德镇的活动，但太后有所顾忌，反而下旨马知县，要他好好按抚这些日本人。这更加激起年少皇上变法图强的决心。一些有志之士,纷纷上书提出治国方略,以夷制夷,太后也同意。但别看洋务搞得火热,光绪皇帝踌躇满志,可太后骨子里保守,一些老臣围着她,反对变法。宫中现已有帝党和后党之分。目前,朝中大权其实仍在太后为首的后党手里,宫中当前有一种风雨欲来的感觉。年兄,官场沉浮这么多年,我也累了。我想这次回去后,就告退回乡,到家乡开个瓷器店或古玩店,了此余生。年兄呀,你思想上也要有准备。"

吴振江听后,一脸茫然。

此时,月儿西沉,高岭大地上生起一片轻烟,朦朦胧胧中大地仿佛坠入梦乡。

几只白鹭站在高高的枫树梢尖上,每隔一会儿长叫一次,相互间此起彼伏,像是低鸣,又像是歌唱,一阵山风吹过,树叶哗哗作响,惊扰它们的宁静,转眼间,它们便冲向夜空,振翅飞去,消失在夜色中。

符大人已睡,不时传来呼噜声。吴振江依着窗口,对外看得出神。

第十五章

金赛花来到皇窑厂公馆找吴振江,没有找到,她返回到督陶府,路上遇上曾总管,便问他看到大人没有。

曾总管说:"没有,金老板,我也在找他。"

金赛花说:"总管,看到大人回来,就说我来过,通知他一声。"

"金班主有事?"

金赛花说:"其实也没什么,雪儿回来了。"

"行,我一看到就告诉他。"

金赛花走后,曾总管在皇窑公馆内着急地等待,一等就是一上午。到现在,他已是第六次派人到督陶府去查看,探听吴大人的消息。

此时倒是家中小儿来叫,说高岭来人找他,并送来很多东西。

曾总管心想:大人不是去了高岭吗? 对,正好去问问他。想到这,他对小儿说:"走,回家去看看。"说完,领着儿子便往家中赶。

他们父子俩还未到家门口,远远便看到有一人在他家门口站着。那人也发现他,提着礼物赶快迎上前来招呼,"总管大人,我总算盼到你。"

此人,总管不认识,他问道:"你是……有什么事找我?"

只见那人听后马上向曾总管作自我介绍:"曾总管,本人姓张,瑶里汪湖人,昨天上午,我的哥哥张小龙,外号张大麻子,有眼不识泰山,冲撞了大人……"

没等此人说完,曾总管便明白了此人的来意,他问:"吴大人现在在哪?"

"督陶大人正在处理此事。"

曾总管听后,拔腿便回公馆。

那人一看,顿时摸不到北,忙问:"总管大人,我托你的事怎样办?"

曾总管边走边说:"大人是一个公道人,把你东西带回去,不然,适得其反,更加严厉。"

马知县按照小野的意思,一方面叫人到曾府去送礼,另一方面亲自骑马领着县衙的一班捕头来到高岭。

到了高岭,他直奔皇窑矿厂。

"大人,马知县来了。"矿长进来报。

"他不来,我还准备去找他。请他进来!"

"嗻。"矿长转身出去。

不一会儿,马知县进来。

吴振江从公堂下来,对着前来的马知县说:"马大人,你来得正好,这一伙混混在高岭一带横行霸道,危害当地矿业生产,我已经把他们捉拿归案。高岭的行政、治安归马大人管辖,这事还得由你来处理。"

"大人,高岭行政、治安虽说是归浮梁县管理,但遇到有关瓷业生产和发展的事,朝廷文件规定,还得由吴大人处理,再说这个张小龙是我一个远亲。我……"

吴振江一听,觉得在理,他说:"行,我们就一起来审理。"

高岭皇窑矿衙门公堂上,两旁站着拿着木板的当差衙役,堂外站着许多围观的群众。

吴振江坐在公堂正中央,钦差符大人和马知县坐在一侧。张麻子一伙跪在下面,他两眼不停地看着马知县,心想,来靠山了。可这时的马知县却不是这样想,尽量想回避,装作不知,必要时,再来个随机应变。

随从大喊:"升堂。"

两旁的公差叫:"威武。"

吴振江把公案一拍,大声喝道:"台下何人,报出姓名。"

张麻子说:"大人,本人姓张,字小龙,瑶里汪湖人,外号张大麻子。"

吴振江问:"张小龙,你可知道所犯何罪?"

"大人,小的手下有眼不识泰山,冲撞了大人。大人,我是个本分的生意人,这是误会。"

吴振江一听,更来气,再次把公堂一拍,大喊:"误会?传证人!"

随从高喊传证人。

不一会儿,证人到,他们看到张麻子一伙,心想,也有今天。大伙说到他时,恨不能扒他的皮,吃他的肉。可见,他平日作恶太多。

张麻子在事实面前低下头,不敢再吭声。

"张小龙,你结伴作恶,刁难和欺压劳工,扰乱高岭社会治安,事实面前,你可知罪?"吴振江伸出手拿出令牌,往地下一丢,喝道,"给我各打二十大板,为首的张小龙五十大板,拖出去,打。"

差役不容分说,把他们拖出去。

"马叔叔救我。"外面传来张麻子杀猪般的喊叫声。

马大人脸色不好看,盯着吴振江,吴振江装作不知。

不一会儿,张麻子又拖了回来。

吴振江看后,冷笑一声,问:"张小龙,你可知罪?"

"我知罪。"

吴振江说:"本府宣布,张小龙罚款纹银五十两,用于矿工王小二治伤,即日起逐出高岭。"

外面的群众一听,拍手称快。

"吴振江,吴大人,马大人可是我叔父,不看僧面看佛面,你不能这样对我。"张麻子一路叫着,他被两衙役双手架着,拖到村外,扔到一个山坡下。

一旁的马知县听后,心中很不是滋味,他原以为,只要他往这里一站,吴振江多少要给他几份薄面。现在倒好,反而对他严加惩罚,这让他挂不住脸。他瞪着吴振江,心想你吴愣子太不给面子。咱们走着瞧,君子报仇,十年不晚。

在村外,看着扬长而去的衙役,张麻子努力使自己站起来,摸摸刚才被大板打痛的屁股,拿到眼前一看,还是血。他心里那个恨呀,不可形容,这时,只见他爬起对着村口恶狠狠地喊道:"吴愣子,你也太狠了,我张麻子不是蛇,是龙。我会让你血债血偿!"

吴振江因张麻子一案耽搁,第二天,很晚才回到家。他把符大人送到公馆时,曾总管仍在公馆门前等,听说大人和钦差回来,赶紧过来招呼:"大人,这一天让我好等。"

"总管,高岭出了一点事,回来时,又陪着符大人去了一趟莲花塘佛印寺,宋代红塔。路上看见沿街的风味小吃,一时兴起,便吃上了。总管,这么晚了,有事吗?"

"有,大人,这是外务大臣呈江西省巡抚送来的紧急公文。"说时,曾总管呈了上来。

吴大人接过。

曾总管指着它说:"大人,公文上通知,英、法、俄、德、日、捷克七国公使在光绪十八年十二月二十五日,也就是明天由九江道台谢大人陪同到我窑参观。参观后,公文要求我们按大清外事礼节,为客人每人备上一份瓷器礼品,以示友好。"

吴振江看着公文,陷入沉思,对上次祭兰技术泄密记忆犹新。最后他说:"总管,这样,你明日告知谢道台,说我当日有紧急公务,一早就出去了,不能参加陪同,表示歉意。你就代我安排一下他们的参观路线。不过,窑厂一些技术性强的技术资料不能给他们观看,更不允许在厂内拍照,这次,釉料作坊不再作安排。"

"大人,要是他们要求咋办?"

"你告诉他们,我们厂正在维修。"吴振江说,"曾总管,我们不能再犯第二次错误,懂吗?不过,我们处事时,要有方法和礼节,不要让人钻了空子。布置好后,回复我。"

"喏。"

吴振江安排后和符大人就要走。

"对了,大人,还有,早上金赛花来过。"

"她说咋了?"

"她说姜雪小姐回来了。"

"什么,雪儿回来了!"

曾总管点点头。

"振江年兄,明天就不用陪我了。你们忙,我先去睡觉。"一旁的符大人看到他事忙,马上说。

"大人，真不好意思，不过，明天我让我家罗先生陪你。"

"不用。振江兄，既然姜雪小姐回来了，我得复皇命，为你筹办婚事。我就不打扰了，你们谈。"

安置好符大人后，曾总管随吴振江到了书房，他从衣袋里掏出几件瓷片递给吴振江，吴振江接过，看了曾总管一眼，再看着手上的瓷片，说："总管，这是日本瓷？"

曾总管点点头。

吴振江看了看后，把它放着书桌上，自言自语地说："小日本这几年瓷器发展很快，看来大有超越我们之势。"

"大人，您再看看。"曾总管一旁说。

"总管，难道里面有问题？"吴振江看着曾总管问。

曾总管点点头。

吴振江拿起，放到灯光下一照，顿时一愣："怎么，总管，这小日本的瓷器咋都是我们皇窑厂的瓷坯？这又是怎回事？这些瓷器，你是从哪里得到的？"吴振江一连不断地问。

"饶希斋，饶老板，他送给我的。"曾总管回答道。

"总管，这么说，马知县在代理期间做了手脚？"吴振江问。

曾总管说："有可能。大人，目前，我们窑厂派到赵窑的技工最多，可是，获得合格的白坯瓷却最少。据我派人私下了解，他们借我们的手，为景德镇日本株式会提供了大量的白坯瓷。"

"这么说，山田在搞名堂？"

曾总管没回答，而是拿眼看着吴振江。

吴振江说："看来，选瓷检收官冤枉了。总管，立即中止我们与赵窑的合作。同时，带我的手令，到浮梁县牢，把选瓷检收官放出来，官复原职。不早了，你回去吧，我还有一些事要处理。"

第二天一大早，浮梁县衙马知县的案几上，便摆放着一张大清皇窑厂督陶府吴振江大人的大婚请柬。

马知县看后，一把把它撕掉，抛到纸篓中："哼，他娘的，想不到倒成全了一对狗男女。去，告诉他们，本县已去了省城。"

"嗻。"侍从领命。

侍从走后，马知县马上起身离开，但是出了县衙后，他没有去省城，而是直奔青塘，朝景德镇日本株式会社走去。

吴晋在景德镇日本株式会社山田办公室转悠。

仆人三喜进来说："山田先生，英子小姐来了。"

山田一听，从座位上站起来，赶紧说："快，快给我请进来。"

177

吴晋在一旁听得真切，可一看到眼前人，却让他愣住了，这不是小翠吗？怎么一下变成了英子？他正疑惑，小翠已进来，看到山田甜甜地叫了一声："爸。"

山田笑容可掬，问："我的英子，今天可在我这儿住下？"

小翠撒着娇说："爸，老祖宗的身体还没有康复，我不能。"

"这才像我的女儿，有情有义，好吧，爸听你的。"

"爸，谢谢你。"小翠说着在山田脸上亲了一口。

山田笑着说："这才是我的乖女儿。"

"爸，你看，我给你带什么来了。"小翠说时掏出一张大红请柬，在他面前一晃。

"是什么，我的英子？"山田问。

小翠说："大人和小姐的大婚请柬，我从钦差符大人手中要的。明日敬请你光临。"

山田笑着接过，说："真是我的好女儿，乖女儿，事事都想到你爸。"

一旁的吴晋很惊讶，心想山田什么时候认了小翠这个女儿，我咋不知。

这时小翠也发现了吴晋。倒是吴晋反应快，抢先对着小翠问："英子小姐，你？"

"二公子，还是叫我小翠吧。"小翠笑着说，她指着山田对他讲，"他就是我要找的父亲。二公子，我有爸了！"

"那你也是日本人？"

小翠点点头。

"英子小姐，小的有眼不识泰山。以后还得请你多多关照。"吴晋学着日本人那样，向她鞠了一躬。

"酸溜溜的，走，二公子，我们回去。"小翠说时，看着他调皮地笑。

178

山田看着他们的背影，手中捏着吴振江、姜雪的大红请柬，眯着眼，若有所思，心中盘算着以后的事。

马知县重新失去宫中的信任，吴振江再次被启用。景德镇瓷业全围着督陶府转。他拉拢的武小村死了，与赵窑的合作也中止，山田感到自己似乎一下子又回到了原点。眼前能抓到、套住督陶府和吴振江的只有眼前这一对年轻人。看到手中小翠为他送来的大红请柬，山田仿佛看到希望又来了。

这时，有人来报，说马知县到。山田听后，马上请他到书房来见。马知县一进门，就看着山田对着手上那张大红的请柬寻思。他马上上前，抢过，撕得粉碎。山田没有防到他来这一手，待他反应过来后，为时已晚。山田觉得可惜，但又不便发作。

"这个吴愣子，他娘的，上台不到两天，就把赵窑给停了。他娘的，让我们去吃酒，我吃他个鸟！"马知县知道山田在督陶府中有个小翠，他这样做，一是在试探山田，另一方面也想断他的路。

山田立马猜出了马知县的用意，他马上说："马大人，不就是赵窑吗？说真的，那些破罐子，我尽是赔，要不是看在你面子上，我早就不想做了。吴振江还把它当个香饽饽。这个请柬撕得好，我本不想去，硬是督陶府拉郎配，这不，你来时，我还在想这事。"

"先生是个明白人,我马某不枉相交你一场。"

"马大人,吴振江了不起也只是个窑主。这浮梁,你要是抖个脚,这全城还不翻个天?"山田看事已至此,灵机一动,借此在他们之间再浇上一把油。

上午,外国公使按期来到大清皇窑厂,曾总管按吴振江的安排出面接待,他一路介绍,领着外国使团按预定好的路线参观。

当曾总管把他们领到皇窑厂青花玲珑瓷作坊时,日本公使看到它眼睛都亮了。"我能看看它的技术资料吗?"他问。

工作人员说:"这是保密技术,不对非工作人员开放。"

日本公使人员听后发愣,装作听不懂对方谈话,拿起相机就要拍,工作人员眼快,马上挡在他相机前,指着车间房门口张贴的字条说:"先生,你看,上面写得很清楚,生产重地谢绝拍照。"

日本公使听后,忙作解释:"对不起,我只想作个留念。"

曾总管送走外国公使后,来到督陶府见吴大人。吴振江看到曾总管微笑着进来,忙把桌上的公文收起,笑着说:"总管,看你今天神色,准给我带来好消息了。"

曾总管说:"还好。不过,大人,好险。"

"什么个险法?"吴振江听后问。

曾总管说:"在青花玲珑瓷作坊,小日本要拍照,给我们的工作人员委婉拒绝。他似乎不甘心,在其他国家使团人员离开后,在那儿磨磨蹭蹭,蹲下,假装用自己手帕擦皮鞋,趁人不注意时,用手帕包起脚旁的釉灰,放进自己的口袋。就在他放回手帕这一刹那,我们的人员比他还快,跨步上前,抽出自己的手帕,有礼貌地递给他,说:先生,你的脏了,我给你换件新的。把那小日本的手帕硬是给换了过来。小日本颇为狼狈。"

吴振江听后,说:"这个随从机灵,可造,总管,哪天叫他来见我。"

"行。"

吴振江说:"东洋日本人在瓷器上,志在追上甚至超越我们,总管,我看他们不会罢休。"

"大人,还有一件非常重要的事。"曾总管严肃地说。

"什么事?"吴振江说后,望着他。

"符大人,等着复皇命!"

吴振江听后,突然站起,他拍着自己的脑袋说:"哎呀,差点把我的大事给忘了。总管,走,跟我接新娘去。"

"大人,符大人早把迎亲的仪仗队给你准备好了。走吧!"曾总管说完大喊,"新郎起轿!"

督陶府门前,得福在指挥人员挂宫灯,贴婚联。府内,吴老夫人在指挥着家仆给儿子布置新房。

秀娟带着小弟吴亮进来,问:"老祖宗,有啥让我们做的?"

老夫人看到孙子们主动来帮忙,呵呵地笑,对他们说:"你们好好给我待着,不添乱就行。"

这时,仆人端着木桶进来,老夫人一看,马上说:"你咋弄个旧的进来?"

仆人说:"家中只有这个。"

"今天与往常不同,是你家老爷和雪儿姑娘的新婚,我们督陶府再节俭,也不能亏待人家。"

"老夫人,可府里没有。"

"这是我们女人家常用的,没有,你去买个新的,最好的。"

仆人转身出去,吴老夫人不放心,把她叫回,说:"我和你一起去。"

老夫人走后,秀娟对弟弟说:"小亮,快,跟我来。"

吴亮说:"姐,姜雪对我们不差!我怕……"

秀娟看他中途退缩,变卦,瞪了他一眼,说:"小亮,刚才咋说来着,做我们的娘就得过我们这一关。"

姜雪回到戏园后,一晃就几天,她没有看过吴振江,也没有听到他任何消息。皇上已赐婚,老爷为什么不来接她?是否老夫人还在坚决反对?想到这,姜雪心烦意乱。

姜雪抚弄着身边的柳琴,弹起来,唱起吴振江为她谱写的曲子:"为了你,我浪迹天涯,四处把你追寻。你是水与火交融,天与地结合圣物,在热火中诞生与成长。为了你,我已奉出了一切,美丽的你已成了我精神的天堂……"

歌声激昂又凄婉,唱到深情处,姜雪潸然泪下。

"已四天了,按说督陶府也该来人了,怎么一点动静也没有?"老板娘金赛花一边说一边朝着姜雪闺房走来。

走到门口,金赛花看到姜雪在抚琴歌唱,声音伤感失落。她站在一旁,待姜雪琴弹完,喊了一声:"妹子!"

姜雪听后,转身扑向她怀里,哇的一声哭起来。

金赛花搂着她,跟着掉下了眼泪。

吴振江坐在轿上,两边吹鼓手吹起了欢乐的迎亲曲子,大队人马从督陶府出发,向春圆戏园走去,引得过路的人群驻足观看。这御赐婚姻和民间不同,那是官兵开道,行人得回避,沿途官家得组织人燃放鞭炮,吹打欢送。

再说,春圆的桃花此时正在街上购物,她听后,东西也不买了,立刻往回跑,迎面碰上从楼道上下来的老板娘金赛花,她抓着她的肩膀,喘着气喊:"妈妈,大人带着花轿来迎娶姜雪姐了。"

"他们人呢?"金赛花听后忙问。

"快到门口了。"

金赛花正为姜雪担心,这一来,倒把她给弄糊涂了。不过,她还是高兴,对着桃花说:"快,去叫你雪儿姐赶紧梳妆,我马上就上来。"说着,对着整个园子大声地喊道:

"姐妹们，给我打开园门，挂彩灯，迎接我们戏园的大姑爷。"

桃花跑上楼，推开姜雪的房门，喊："雪儿姐，姑爷来了。"

"妹子，慢慢说，你刚才说什么姑爷来着？"

"是督陶官吴振江，吴大人，他抬着花轿来接你了。妈妈叫你赶快梳妆。"

姜雪听后惊喜地站起来，但马上又坐下。桃花赶紧帮她梳妆。

吴振江在戏园楼下来回走动，他急切地想见到他的新娘。

"新娘出来了，出来了。"有人喊。

大家抬头一看，只见姜雪头盖着红色锦缎，在金赛花、桃花等众姐妹的搀扶下缓缓走下来。

吴振江看后，兴奋地迎上前去，二话没说，把她扶上了轿。

曾总管看后，马上高喊："起轿。"

顿时，锣鼓声、爆竹声响彻云霄。

春圆老板把爆竹从春圆打到皇窑厂东门口，场面十分气派，引得春圆里众姐妹好生羡慕。

督陶府再把爆竹接过来放，从皇窑厂东门口一直响到督陶府。轿子里，姜雪一脸的微笑。

到了督陶府，新娘姜雪在伴娘搀扶下，由吴振江用红绸牵着，走进了大厅。由于是皇上赐婚，这场婚礼使得附近众周官都来祝贺。

大厅里，今天来了很多人，吴老夫人笑着端坐在祖宗牌位前。

庆典仪式由钦差符大人主持。只见他高喊：

"一拜天地。"新郎吴振江和新娘姜雪对着天地拜。

"二拜高堂。"他们又向吴老夫人跪拜。

"夫妻对拜。"新郎吴振江和新娘姜雪相互对拜。

"送入洞房。"

仪式完毕，外面顿时又响起雷鸣般爆竹声。吴振江这时才走出大堂，来到前门，接受众人的祝贺。

深夜，新房内，一对红烛点得正亮。姜雪坐在婚床上，头上盖着红盖头，正想着今天的事，暗自发笑。

新房的门被推开，"雪儿，雪儿……"吴振江人未到，声已到跟前。

姜雪静静地坐着，她感到一切来得太突然。吴振江过来掀开她的红盖头，呆呆地看着她。

"老爷，你这是干什么？"

"雪儿，你真漂亮。从现在起，你就是我督陶府的女主人了。"

姜雪听后，嫣然一笑，完全沉浸在幸福的喜悦中。

在赵窑府上，赵子和却独自一个人坐在家中天井里喝酒。

赵宝贵从门外进来，走过来说："爸，你已喝了两个多时辰，能不能少喝一点？"

赵子和说："今天，他吴振江洞房花烛，我赵子和也来个对月当歌。他有婊子姜雪陪。宝儿，你也过来陪你爸喝两杯。"

"爸，这话多难听！姜雪只身能到京城告御状，那可是九死一生的事，咱们镇上有几个爷们能做得到！"

"你小子，尽挑好的说，你说姜雪行，可她总归是戏子，戏子是什么，那就是婊子！吴振江能耐，也不就是找个婊子！"骂时，赵子和感到一身痛快，一杯酒仰天下肚。

"爸，人家姜雪、吴振江大人又没有招你惹你，你这是干啥？"

"他娘的还没有招我惹我，他皇窑厂为什么只中止与我赵窑的合作？我这面子，你说，小子，你爸这面子今后往哪里搁！"

"爸，这是你自找的。本来这合作，硬是马知县凑的。再说，我们的技术实力就是比不上李窑，我们残次品高，合格率低。还有，李窑他们检收下来的次品都自己加工，提高了他们自己窑厂的产品档次，赚的也不少，可我们呢？全都给了小日本。这些日本人，他们反过来赚我们的钱，抢我们的市场。你到外面去听听，人家是怎么说我们？皇窑厂给我们的脸我们自己不要，尽往小日本身上贴！外面还说，上次皇窑厂在我们赵窑挑出的合格白瓷无故丢失，其实就是我们做的手脚。"

"小子，你尽说混话。我为什么？还不都是为了这个家，这一切将来不都是你的！再给我乱说，我掌你的嘴，给我死出去，我没有你这个儿子。"

"哼，出去就出去，总比被人后面戳着脊梁骨强！"赵宝贵说完，转身就走。

"兔崽子，你回来！"赵子和说后，马上站起，追出门外喊。

新婚第二天，吴振江携新婚的妻子姜雪出门，到公馆去送别符大人。刚出门口，下台阶时，姜雪左脚突然一拐，人摔下了。她低头一看，原来自己的鞋跟断了。吴振江赶紧来扶。姜雪这时站不起来，脚扭伤了，她对着吴振江说："老爷，我今天不能陪你了。"

吴振江看后，心痛，喊："小翠、小翠，夫人扭伤了，快，过来扶夫人进房去休息。"

"是，是。"小翠应声出来，帮着搀扶。

吴振江爱怜地看着她说："雪儿，对不起，我走了。"

"嗯，老爷。快去快回，我在家等你！"

小翠刚把姜雪扶进房，外面便传来秀娟的叫喊声。

小翠来到门口，问："小姐，有事吗？"

"陪我去买点东西，行吗？"

"哪里？"小翠问。

秀娟说："瓷器街。"

"我，我……"小翠听后有点为难。

"小翠，我这没事，陪小姐去吧。"房内的姜雪听后马上对她说。

"小姐,我……"

"去吧,我不碍事。"

"谢二娘。"秀娟听后,拖着小翠便走。

"救命呀！救命！"秀娟和小翠她们还没有出督陶府,便听到从姜雪房内传来的惊恐的叫喊声。

小翠听后,立马转身回头,冲了进去。姜雪的叫喊声也惊动了督陶府上下,大家闻讯而来,进门一看,只见她蜷缩在床角边,惊恐地瞪着房间里乱窜的几只大老鼠。

小翠听到姜雪的叫声当时吓得一跳,一看这情景,悬在半空中的心掉了下来,她眼明手快,反手抓起一个大扫把就往老鼠身上打。老鼠在小翠的驱逐下,窜得更厉害,有只老鼠无处躲藏,便往姜雪身上窜,"救命、救命呀……"姜雪叫得更厉害。

这时秀娟在一旁用手捂着嘴笑,暗自得意。

姜雪一惊二吓,折腾得惨,秀娟心里痛快极了。不过,也感到自己有点过头,便心虚地慌忙离去。由于心慌,撞在一个人身上,她抬头一看,是先生罗中亮,叫了一声"先生"后便急忙走开。

秀娟的一切细微变化被站在一旁的罗中亮看在眼中。"秀娟……"罗先生把她叫住。

"先生,今天你不是让我们休息吗？"秀娟怯怯地问。

"我有事想问你,跟我来吧。"罗中亮说着,把她领到书房。

吴振江转眼就从外面回来,看到督陶府上下翻箱倒柜地打扫,不知家中发生啥事,问:"得福,你们这是干什么？"

得福说:"老爷,你走后不久,夫人房间冒出几只老鼠,把她吓得一大跳。老夫人说不能再让夫人给吓着,叫大家把督陶府彻底打扫一下,把鼠眼给堵死。"

吴振江笑了笑,问:"那夫人呢？"

"还在房里,老爷,快去看看。"

原来是这样,吴振江听后,笑着点点头,对他说:"得福,过一会儿,叫罗先生到书房见我。"说着直奔姜雪房内。

姜雪正在气头上,她用力蹬掉自己脚上的皮鞋,并用力往地下摔,发泄一通后,盯着断了后根的那只鞋发呆。突然她感到鞋的后跟断得有点蹊跷,忙蹲下身把它捡来,她感到不对,把床下所有的皮鞋都翻出来,结果发现每双都有一只是断的,而且都有被锯的痕迹。这一发现,让她惊呆了,她坐在那儿一动不动,以至吴振江进来她都不知道。

"雪儿、雪儿,你咋了？"吴振江问道。

姜雪被吴振江叫醒,看到他,扑到他身上,委屈地大哭起来。

吴振江一手搂着她,一手轻轻地拍着她的肩膀说:"别怕,别怕。"说完,蹲下身,忙着把房间里凌乱的鞋子收拾起来。

姜雪看他如此粗心,哭得更厉害,更伤心。

吴振江看到一个小洞,忙用纸拼命去塞,一面说:"该死的老鼠,害得我的雪儿哭,我要让你再也出不来。"

姜雪看到平日威风凛凛的督陶大人,竟然像个孩子,她停止了哭泣,好气又好笑。

吴振江以为他这一招奏效,马上起来,笑着对姜雪说:"大清皇窑厂上下,个个都知道我家夫人一身是胆,今天府上来了几只老鼠,却不服气,它们硬要同她来较量。"说到后来,唱了起来。

"还有心思挖苦我,我打你。"姜雪说着用力在他身上捶。

吴振江说:"只要你开心,你就捶吧。"

"那我用嘴咬你。"说着把嘴伸了过去。

吴振江猛地含着她的小嘴狂吻起来。

在书房,秀娟低着头和罗先生面对面坐着。

"秀娟,此事是不是你干的?"罗先生问。

秀娟抬起头对着罗先生说:"先生,替我保密我才告诉你。"

罗先生听后,点点头。

秀娟说:"不行,我还要你发誓。"说着伸出掌。

罗先生说:"鬼丫头,好,我发誓。"说完伸出手与她合击三掌,然后笑着说,"现在该说吧。"

秀娟眨眨眼,想了一会儿,而后说:"先生,姜雪对我爸和府内上下的人都好,为了爸差点把命搭上,这个我们都感激她。可是,吴氏督陶世家,书香门第,我们看不惯她行事的性格,不希望爸找她。我想老祖宗也是如此,但皇上赐婚,也不好多说。因此我和小亮合计,给她一点小规矩,就在他们成婚那天,老祖宗带着得福、小翠他们到街上采购东西时,我和小亮在他们的新婚房内用小锯子把她的鞋后跟每双锯掉一只,又把它粘好。他们婚后第二天,我们便守在一旁。见父亲把她带出去时,我和小亮又悄悄地打开她的房门,把几只大老鼠放在她的被窝里。"秀娟说时,十分得意,眉飞色舞,最后她说,"这以后你就知道了。"

罗中亮仔细地听,看着眼前这个心无城府、单纯善良的学生,心里可笑又可气,不知一时跟她说些什么,只好拿着眼睛注视着她。秀娟被他看得不好意思,最后嘟着嘴说:"老师,我知道不对,但是我一想到她来后,我爸就不大理会我们,就有气,是她抢了我爸!"

"秀娟,你错怪了你二娘,其实她是个值得我们敬佩的女中豪杰。"

秀娟听后一愣,半认真半玩笑地说:"先生,你不会也给那妖精迷住了吧?"

"秀娟,别贫嘴。我跟你说,夫人的一些情况,我也是后来才了解到的。"罗先生停下,喝了一口茶,接着说,"夫人七岁时,她随母从扬州来到景德镇,那年她母亲得了一场重病而死,她卖身葬母后,被春圆戏园老板收留。由于她长得灵气,老板娘专门请人教她,几年后她出落得如花似玉、吹、拉、弹、唱样样精通。慕名的达官贵人络绎不绝,夫人是卖唱不卖笑,马大人威迫利诱,她誓死不从。你爸为她解难,从此相识。听到她的身世,十分敬佩,加上同是扬州人,老乡,相似的遭遇,使得他们互为敬慕。姜雪戏唱得好,你爸刚好是个戏迷,在一起时间长了,彼此间了解就多。这就是他们相爱的过程。你爸不是不要你们,他实在太忙,为此他特意把我请过来教育你们。夫人也不是你想象中的人。"

"哼,那王大人的事,先生你又咋跟我解释? "秀娟听后问。

"王大人在景德镇发生的事,我也是后来听大人说的。那天晚上,夫人来到公馆,王大人一看到眼前的夫人,眼睛就发直,愣在那。

"他厚着脸说,深更半夜天上突然掉下一个林妹妹,说着就要动手动脚。夫人闪到一旁,说吴大人马上就到。王大人似乎失去理性,夫人为了不得罪王大人,也为了制止眼前这个钦差大人的不轨行为,她说她已是吴大人的人。可是,王大人此时什么也不理会,下流地表白,说,朋友妻专门欺。吴振江再红,也是在山沟里,跟着他,没有什么好处? 宫中李公公是他干爹,只要跟他到京城,要什么有什么,喜欢唱戏,让她到皇宫去唱。夫人考虑到大人的大事,不得不装作委屈,作着思考状。王大人听夫人态度似乎软化,犹如得到圣旨,来劲了,说了许多恶心的话。夫人看时机已到,便要求他说说京城,说说宫里的事。王大人以为夫人被他征服了,顿时眉飞色舞,滔滔不绝。夫人问他要在镇上待多久? 他说,他办完事就走,并向夫人详细说出宫中成立了专卖局,将景德镇皇窑瓷器放在首位的事。此次瓷一方面作战争赔款用,另一方面用来经营。夫人听后,向王大人恭维几句,便借故离开。大人得到宫中的真实情况后,才得以从容组织生产。"

罗先生说到此处,停下,喝了一口茶,继续说:"后来,夫人听戏园的桃花说,钦差王大人常常丢开公务,独自一人到怡春园。她知道此事后,便决定好好教训朝中这一败类。她通知县衙赵捕头,在王大人与妓女正在行其好事时,踢开房门,抓个正着。"

秀娟睁大眼睛,听得聚精会神。

罗先生说:"这个王大人此时不敢说出身份,哑巴吃黄连,被赵捕头关了一天,罚银五百两,才算了事。出来后,也不敢吭一声。夫人后来问他去了哪里,他说到朋友家打麻将去了,叫人好笑。"

"二娘不简单,过瘾。先生,那再后来呢? "

"事后马知县知道这件事后,给王大人赔礼,还训了那个赵捕头一顿。"

秀娟说:"这个马知县也和那个王大人差不多,一路货。不过,先生,我好像在听故事,不是你编的吧? "

罗先生笑着说:"这事都传开了,先生何时骗过你? "

秀娟不做作声了,她脸上露出愧疚,感到自己错怪了姜雪,心想家中这个比她大不了几岁的女人不仅漂亮,而且聪明,她对她佩服起来。

罗先生看出了她的心思,对她说道:"秀娟,这也不怪你,因为你爱你的父亲,害怕与人分享,这也正常,但是夫人,我看她没有跟你争。你现在了解了,今后你们就可以成为一对很好的朋友。"

秀娟点点头,不一会儿她又摇摇头。

这时得福来找,看秀娟也在,招呼了一声,便对罗先生说,老爷在书房等他去。

得福走后,罗先生站起,到房内换了一件长衫,而后对着秀娟说:"先生有事,我得走了,以后我们再谈。"

秀娟像做错事的孩子,点点头。

罗先生刚走出十来步,望着先生的后影,秀娟突然说了一声:"先生,我感到仍不能原谅她,你也要跟她少来往。"

"为什么?"前面传来罗先生的声音。

"怕你被她勾去!"秀娟的声音有些异样。

罗中亮来到书房,吴振江早已等候在那,他问:"老爷,有事吗?"

"是的先生,我刚得了一份洋资料,说是有关瓷器的,我想请你把它尽快翻译出来。"吴振江说着从桌上抽屉中拿出,递给他。

"现在就要吗?老爷。"

"现在就要,你译完后马上把它送到我办公房,我在那儿等你。"

"好的。"

罗先生离开时远远地看了一眼房中的姜雪。

第十六章

转眼到了光绪二十二年，由于这几年景德镇瓷业持续产销两旺，今年元宵未过，窑户便已开工，商市早早开张。元宵佳节这日，街头人来人往，到处挤着来景德镇跑单帮的人群，他们鼓着腰袋，穿着各色的新衣服，有着各种面孔，不时聚集到某瓷器店前，层层叠叠围成一大圈，他们互相打听着彼此货的来路和价格。街道外，大小弄堂小贩的叫卖声、挑坯的吆喝声，此起彼伏，他们与元宵佳节节庆的爆竹声，连成一片，使这座山城显得繁华而热闹。

这几天，大清督陶府吴振江大人带着窑厂和镇上的大小官员按惯例视察镇上的重点民窑、瓷器街商行、货运码头。

这已是他第八次视察他的管辖范围。此时正值列强入侵，国家日益衰落，民不聊生之际，但远在京城外 1600 公里的偏远山区景德镇却是另外一番景象。在景德镇督陶八年，吴振江在眼前这个弹丸之地上，凭着他对国家对朝廷的忠诚，尽心尽力，举贤荐能，礼贤下士，惩恶扬善，公正廉明，利用人心思安、思富的心态，大胆革新除弊，发展实业，奖励工商，把景德镇治理得经济繁荣发达，社会稳定，人们安居乐业。现在的景德镇人口从他来时不到 32 万人，已发展到 88.5 万，商业数十万户，年国民经济总产值折合白银 5676 万两。看到眼前这一切，吴振江感到自己少年的抱负得以实现，心里涌现出一种从未有过的惬意，一种成就感从他心中升起。

上午，吴振江乘船来到昌江河对面的潘家村，这里人口上十万，近两年附近一些到镇上打工的人都涌到这里来，现在这里已成了景德镇新发展起来的陶瓷生产区。这里拥有大小上百家窑户，烧窑时，窑烟冲天，十分壮观。

吴振江一行上岸后，一个窑户端上一碗酒请他喝。他笑着接过一口而尽，一抬头，刹那间几十个酒碗举过头，伸向面前，吴振江一一接过，喝完仰天大笑，一阵江风迎面扑来，他豪气大发，诗兴陡起，脱口而出：昨夜春雷昨夜风，皇恩浩荡九州同；守得云开见红日，昌南锦绣万木春。

他的豪情感染了在场的每一位。

窑主潘大爷拿来纸笔，请大人留下墨宝，吴振江是一挥而就，字里行间字字透露豪爽和洒脱。

随从对潘窑主说："大人墨宝皇宫争相收藏，一时难求，你当好好保存。"

潘窑主接过，连声说道："谢谢！谢大人。"

中午，吴振江带着几分醉意回到家中，姜雪看后，赶紧过来搀扶，吴振江对着她直笑："雪儿，今天真痛快。"

得福过来报，说有一民窑户一大早就在家等候，今日开张，请他去剪彩。

"好啊,这是好事,我一定去凑个热闹。"吴振江笑着对姜雪说,"夫人,我们一起去?"

姜雪用手捂着嘴,有点作呕,她说:"老爷,今天我有点不舒服,就不去了。再说,那是你们爷们的事。"

"好好休息,雪儿,让小翠陪陪你。"

"照顾自己就行,少喝点。"

吴振江拱着手,说:"夫人,遵命,我走了。"

得福一旁说:"老爷,他们还提出请罗先生。"

"好哪,得福,这窑户有眼光,行,你去叫罗先生,随我一同走。"

吴振江出得门口,罗先生早已备好轿在门口等,见大人出来,便立马招呼轿夫起轿。他们刚从左门走,一个齐头短发,穿着白色西装,提着行李的青年便从右门进来。到了督陶府,只见此人看了看大门,然后走了进来。

青年人到了督陶府,放下手中行李,伸了一下腰,舒了一口气说:"总算到家了。"

得福见一个陌生的人进来,过来问:"先生,您找谁?"

青年对着他说:"得福大叔,不认得我了,我是吴涛,我回来了!"

得福端详着他,看了一会儿,然后往后院跑,大声喊道:"老夫人,大公子回来了。"路上碰上小翠,忙说,"小翠,大公子回来了,快,快去准备。"

"大公子回来了?大公子回来了?得福叔,我去叫老祖宗。"

得福说:"我去,小翠,你去为大公子准备一些好吃的。"

老夫人正在居堂念经,得福走进来,兴奋地喊:"老夫人,老夫人,大公子回来了。"

老夫人听后,轻轻地放下佛珠,显得不慌不忙,但是却控制不住内心的惊喜:"涛儿,涛儿回来了,在哪?得福,他在哪?"

"老夫人,在大厅,大厅里。"

大厅里,老夫人一出现,吴涛便边喊着奶奶边奔过来抱着她。

"涛儿,涛儿,奶奶可把你盼回来了,快,让奶奶看看。"老夫人抱着大孙儿是左看右看,喜悦之情全写在脸上。

"奶奶,我爸呢?还有小妹,小弟他们,他们长高没有?"

"你小妹,小弟他们现在都在汪师傅那儿学艺,一会儿就会来,你爸刚才还在这。得福,快,快去通知老爷,说涛儿回来了。"

"老夫人,老爷和先生参加一家民窑户开张了,刚走。要不,我去把他们追回来?"

"得福叔,不必了,等爸回来,给他一个惊喜。"

得福说:"公子,老爷常挂念着你,看到你,他一定很惊喜。"

这时姜雪出来,吴涛看了姜雪一眼。

老夫人看后,马上笑着对吴涛介绍:"涛儿,过来,这是二娘姜雪,快见过二娘。"

"见过二娘。爸在书信中说过你。"

姜雪笑着问:"你就是涛儿吧?"

吴涛笑着点点头。

吴振江坐在轿子上,出了皇窑厂,拐了几个弯,轿夫便把轿子给停下,说到了。吴振江掀开布帘一看,发现前面赫然写着"吴晋府"三字。他心想哪个吴晋府?这一带我很熟识,以前是钱窑和邓窑,怎么一下子就成为吴晋府?

他走下来,定心一看,嘿,眼前这架势还真气魄。

"大清督陶官吴大人到。"有人唱。

顿时,从府中走来一个二十模样胖墩墩的人来,只见他对着吴振江躬身施礼:"民窑业主吴晋见过督陶大人,感谢大人的光临!"

"晋儿,咋是你?"吴振江看后一愣,有点怀疑自己的眼睛。

吴晋笑着说:"爸,这窑是我开的。"

这时罗先生也下来,吴晋上前握着他的手说:"先生,学生盼着您来。"

"二公子,出息了。"

吴晋笑着说:"出息离不开先生日常教诲。爸,先生,快往里面请!"

吴振江进了吴晋府,一看府第很大,今天来的人不少,且都是一些有身份的人,其中有浮梁马大知县、饶州知府张大人,最显眼的要属那些穿着和服,留着八字胡的日本人。他们看到吴振江,都冲着他点头,招呼。

吴振江听后,点头微笑,算是回礼。

"爸爸,有人想见你。"

吴振江听后说:"好吧,晋儿,前面引路。"

吴振江被吴晋引入后室。

这里房间布置考究,红木桌椅,桌子上一部发报机引人注目。厨柜上摆放的几件瓷器,吴振江一看就觉得特别。他走上前,拿在手上看了看,然后把它翻转,底款上赫然写着日本某株式会社制,吴振江用手捂了捂,若有所思地把它放回到原处。

一旁的吴晋解释说:"爸,小儿这几年经过打拼,与海外商人做贸易,积蓄不少,时间长了还是感到办实业更实在,我这座窑以前是钱老板和邓老板的,他们经营不好,我把它们给盘下。不过,爸,我还是没有这么大的资本,这个窑厂是我与日本商人合伙办的,山田社长是我的大股东。我们之间的合作关系是:我生产,瓷器出厂后打上他们的底款,然后由合作方山田先生包销。"

"山田社长,晋儿,我认识吗?"吴振江听后,问。

这时山田正好从内屋出来,吴晋见后,忙上前介绍:"先生,这就是我爸。"他转向吴振江说,"这是山田先生,我未来的岳父。"

这不是日本株式会社的山田吗?什么时候又成了晋儿的岳父?吴振江一见到山田,心中就犯嘀咕。

山田却笑着对吴振江说:"大人,你我亲家,外面太吵闹了,所以叫二公子请你到后室谈。"

吴振江握着山田的手，看着他，笑了笑说："山田先生抬爱、抬爱。"说时，酒全醒了。

"大人，你我客气啥？我帮他，也是帮我自己。"

"山田先生，我代晋儿谢了。不过，刚才晋儿说你是他的什么——岳父，令千金——"

山田笑着不答。

"你说小翠？"吴振江问。

"对，对，对。吴大人，二公子天生人杰，按你们中国的话说，人中之人，我决定把我小翠许配给他。这辈子，我欠她们母女实在太多，我一生就这一个女儿，这个股份是我的，也是她的，说到底最后是晋儿的。"

"小翠这孩子，我喜欢。这事小翠她知道吗？"吴振江问。

"大人，婚姻大事，大人做主。大人是否嫌我家小翠配不上令郎？"

"不是，山田先生，我就是怕我家晋儿配不上。"吴振江忙解释。

"大人，我女儿能嫁入大清督陶府，这是她前生的福气。这事我虽没有跟小翠说，但我相信，她知道后一定会高兴的。"

与山田在这个地方见面，吴振江感到突然，山田把小翠许配他儿子，他作为父亲都不知道，吴振江更觉突然，他一时不知说什么，只好客套地握着山田的手，笑道："先生，谢谢你看得起我小儿，过后，到我们家常走走。"

山田笑着说："来日一定再到你府上去看你们。这个厂的股份是我为翠儿今后留的，我出把力，你也得支持一把。"

吴振江说："一定，一定。不过，我得有言在先，我做的，得符合大清法律，还有，在我辖区内。"

山田说："亲家，有您这句话我就放心。为了使窑厂生产的新产品能够迅速打入国际市场，我希望你能从皇窑瓷器中挤出一部分产品与我们合作，打我们日本株式会社的底款，为不使你为难，我们同时给皇窑厂相应的价格，此外，我还给您酬金白银十万两。"

"这个……山田先生，你提的问题，我一点思想准备都没有。皇窑厂不是我的，而是大清的，有些事，我怕做不到，也不会去做！"

"亲家，我的督陶大人，你是否回去再考虑一下？这个厂有小翠的，还有你二公子的事业，说到底，我这是在为你吴府做事。"

在一旁的吴晋也急了，说："爸，这是双赢的事，又不为难你，你就表个态，通融一下，也给做儿子的一个面子。"

吴振江听后，瞪了吴晋一眼，然后转过身有礼貌地对着山田说："山田先生，对不起，我还有事。改日我们再叙。"说完，转身就走。

吴晋看后，急了，对着他大声地喊："爸，今天是我开张的日子，你就不能多在这待一会？"

同来的罗先生上前安慰说，"二公子，别急，我来慢慢做老爷的工作。"

吴振江走后，马知县笑着走过来，问："山田先生，你这个亲家咋就走了？"

山田感到马知县话中有话，他瞥了他一眼，说："马大人，你不了解吴振江，他是真正武士。我与他，正如你们中国人所说的，各为其主。我想，看在二公子和翠儿面上，他到时一定会同意。"山田极自负地说。

马知县脸上淡淡一笑，不置可否。

大公子回来，让督陶府上下着实兴奋。老夫人疼爱他的孙子，吩咐得福赶快把他安排到书房休息。

得福听后把吴涛领到房间后，马上又去为他准备饭菜。姜雪看得福前后跑得辛苦，便吩咐小翠赶紧过去帮忙。

吴涛看了看卧室，丢下东西，躺在床上，这时，他才有到家的感觉。他想放松地好好大睡一觉。

正在这时，小翠敲门笑着进来，看到躺在床上的吴涛，说："大公子，让我来帮你收拾。"说完就动手收拾了起来。

吴涛看后，腾地站起，怕她动了自己的东西，忙把它带回的行李放到一旁，"这是我自己的事，我自己来。谢谢。"

"大公子，这是我们下人的事。你躺着睡吧。我一会儿就好。"小翠很乖巧，没有动他的东西。

"小翠，洋人中没有上下等，在我这里也一样。"吴涛说着，一边自己动起手。

小翠似懂非懂，点点头，又摇摇头。她一边收拾，一边不时地问："大公子，日本国和我们中国一样吗？也产瓷器！"

吴涛放下手中东西，想了一下，笑着说："怎么说呢，小翠，这样告诉你吧，日本人和我们一样，黑头发，黑眼睛，不过，他们生活在一个岛国上，面积没有我们国家大。你说得对，也产瓷。"

"大公子，你去过富士山吗？"

"去过，日本的富士山很有名，那里的樱花开起来特别漂亮。"

小翠手脚很麻利，把吴涛带来的书刊一会儿的工夫就收拾好，她拿起一本书翻了翻，然后笑着对吴涛说："大少爷，你能借给我看吗？"

"你想看，我这里还有。"吴涛说着转身去拿。

"大公子，不用了，等我看完了，我再来拿。"

秀娟和吴亮、吴波听说大哥吴涛从日本回来了，便一起过来看他。

秀娟说："哥，你这身穿着，小妹着实一下认不出，还以为又是哪国的洋商。"

191

吴亮听后说："哥好不容易回来，姐，你就别啰唆，挑点好的说。"

"哥，日本是个啥样子？"一旁的吴波问。

"你们等着，我给你们每人带来了一份礼物。"吴涛说着从行李袋中拿出三件东西，"吴亮这是给你的。"

吴亮一看，指着它问："哥，这是什么。"

"这叫汽车，洋人出门就坐这个。"

大家听后惊奇地看着，问："坐这个，能坐吗？"

"你们看我的，"吴涛说着，给它上了发条，放到地下，车马上就跑动起来。

吴亮跟着它跑，停下后，拿起它看了又看，学着大哥样，然后放在地下，可是小汽车就是不走。

"笨死了！"吴波骂道，他拿了过去，抖动一下，可是，车仍不走。

这回轮到小亮笑他。

吴涛送给秀娟的是一块花洋布，给吴波的是书。他说："小波，别小看它，日本人这几年就是靠这些书发起来的。"

吴波好奇地接过它。

吴振江回来时满肚子不高兴，看到家中子女围着一个洋人，正想拐着弯走，得福眼尖，大声喊道："老爷，老爷，大公子回来了！"

"爸。"吴涛这时也大声叫道，奔了过去。

"涛儿，原来是你！"吴振江循声一看，惊喜地喊道，摸着他的头，左看看，右看看，兴奋地说，"我儿长高了，长结实了。不过，今天爸累了，就不考你学问，待你安顿好，我们父子俩好好谈谈。"

"爸，这几年我在东京一些杂志上总是看到您的名字，还有您的照片。您可是他们心目中的英雄。"

"小日本那是瞎吹，你爸几两自己还不知道？涛儿，小娟，你们陪哥哥玩，我就不打扰你们了。"吴振江说完后，转身走了。

深夜，吴振江躺在床上，睡不着，两眼直看着天花板，大脑总闪现当天下午的景象：红木桌椅、日本瓷。晋儿不是干实业的料，山田花如此大的力气找他干什么？吴振江不断地问自己。

这时，一旁的姜雪把一只手搭在他身上，吴振江轻轻地把它移开，尽力使自己睡着，但闭上眼睛，大脑里又闪出涛儿一身洋装，秀娟和吴亮、吴波围着他问这问那的情景。

吴振江大脑尽是这些，他睁开眼，似乎想到什么，移开姜雪搭在他身上的玉手，起身下床，把灯点上，从抽屉里找出罗中亮近来翻译的最新资料，不断地翻阅，当看到"日本维新"内容时，很快就被书中的内容吸引。

不知什么时候，吴振江感到有人轻轻地给他披上衣服，他扭头一看，姜雪在灯光

最后的
官窑

下正含笑地看着他,她关切地对他说:"老爷,睡吧,明天皇窑还等您开张。"

"雪儿,近来我感到山田无处不在,大脑中尽是他们的影子。"

"老爷,山田先生在我们落难时,他是第一个来看望我们的人,让小翠留下,照料娘,足见他真诚。而且他现在又提出把小翠许配给晋儿。商人嘛,总想多挣点,山田先生也不例外,老爷,我看你想多了!"

"雪儿,可他做的是尽是些亏本买卖。"

"老爷,世上没有这样傻的人,他不是图你皇窑厂白坯瓷吗?我看他比任何人都精明。再说,他再厉害总不会想着把大清的皇窑厂搬到他们日本去。"说着,她要做呕。

吴振江赶紧扶她上床,掀开被条,说:"雪儿,都是我吵醒你,你现在可是两个人。"

姜雪指着自己的肚子,笑着说:"老爷,你喜欢男孩还是女孩?"

"我们的孩子,我都喜欢。"

姜雪用手戳着他,笑着说:"什么时候也学会贫嘴了?睡吧,明天皇窑厂等着你开业。"

这时,远处已传来了鸡鸣的叫声。

第二天,是正月十八。按例,每年今日,都是大清皇窑厂开工之日。这天,皇窑厂彩旗飘飘,大红灯笼高高挂,厂内一片祥瑞景象。开工前,皇窑厂得举行一次大型的祭奠活动。

这是他们必做的功课,且与民窑不同。民窑瓷业老板年前放假时,当日便对窑神举行了拜别仪式,新年和除夕,窑神和窑主的祖先一样,享受着窑主的供奉和顶礼膜拜,新年后,开工时,他们还有一次祭。不过,民窑主的这些活动大多在自家窑厂进行,不用到神庙中。

大清皇窑厂可不同。窑主,也就是督陶官,他们吃的是官家饭。家中是没有窑神的。年前放假不用拜,新年之中也不用拜。可是开工却不同。

再说,吴振江尽管昨天忙碌一天,晚上也未合眼,但是,今天他还是起了个早,天一大亮便穿戴好光绪皇帝赐给他的黄袍马褂,带着皇窑厂大小官员走进神庙。

这时的神庙内,早已是烛光闪烁,香烟缭绕。

"祭奠开始。"寺内的僧人见吴振江大人和众官员到,高声地喊。

一年一度的皇窑厂祭奠活动就此拉开。

霎时,神庙内外,鞭炮齐鸣。

吴振江站在队伍的最前面,他带着皇窑厂大小官员跪下,向着大清皇宫方向行九叩大礼。叩毕,向着瓷神、风火神依次敬香,祈祷神灵保佑。

窑神祭奠后,吴振江他们的事仍不算结束,他们继续前往皇窑厂门前钟楼。

这时的钟楼上,用红布裹着一座大铜钟。司仪见吴振江到,小心把红布揭下,然后点上香,递给他。

吴振江上前接过香,对天地一拜。而后,双手提起钟锤,亲手撞响皇窑厂上空的大铜钟。

这每一声响，都包含着不同的含义：天泰、地泰、人泰、祥瑞、吉祥、开张大吉、来年大发……

钟声响后，钟楼下面的大清皇窑厂厂门徐徐打开，早已守候在门外的窑工伴着钟声和爆竹声，鱼贯进入厂区。

皇窑厂新的一年就算这样开始了。坯房拉着坯，釉料车间的窑工向瓷器吹着釉，画房的窑工为瓷器着色填彩，窑炉旁，窑工赤膊从窑炉里搬运出刚烧好的瓷器。到处给人一股欣欣向荣的向上气象。

这时大清督陶官吴振江则站在大清窑厂衙门前，接受景德镇附近各州、县官员和镇上乡绅、商贾、窑户老板的新年开张祝贺。

"吴大人，新年好，浮梁知县马为民带着众乡绅向你和皇窑厂恭贺，恭喜皇窑厂新年开张大吉！"浮梁县衙马知县这时总是第一个出现。

"马大人，各位，谢谢。里面请！"吴振江听后，笑着回礼。

马大人过后，接着是镇上的瓷业大户。只见李俊、饶希斋等一起走来，对着吴振江高声祝贺："大人，皇窑厂新年开张大吉！"

吴振江照旧笑着拱手回敬："同喜，同喜，里面坐。"

他们过后，接下来的是赵宝贵他们这一档次，代表着镇上中、小窑户。

吴振江自然也是以礼相待，笑着请他们进衙门喝茶。

上午，大清皇窑厂衙门会议室，这里或站或坐着很多人。他们三五成群地说说笑笑，十分的热闹。

"往年庆典完毕，督陶府常请我们看戏，留下吃一顿午饭就算了结。今年是否还有安排？"有人问。

"有，不过时间上有所改动。上午我们大人想与大家叙叙旧，戏则移到下午和晚上。"这时曾总管笑着进来说。

"听说今年的戏班还是从京城皇宫来的？"一旁的人忍不住地问。

"是，"曾总管说，"我还要告诉各位，这支戏班可是常为皇上和太后唱戏的。"

"那么他们来景德镇，可是皇上和太后钦点？"有人抑制不住兴奋，问。

"是的。"吴振江进来后，接过话说。

顿时，会场上热开了锅。

吴振江倒不急不慢，大家看到他，马上静下来。只见他笑着对大家说："各位，请坐。"

会场内的人听后，各自找座位坐下。

这时，吴振江说："各位，刚才我们的曾总管把今年的安排告诉了大家。召开这个叙旧会，是当今圣上的安排，他想听听景德镇陶瓷人的意见。"

"皇上？皇上也想听听咱们做瓷人的意见！"有人听后马上问。

最后的官窑

194

吴振江笑着点点头。

会场顿时又热闹开了。

吴振江示意大家静下,而后笑着说:"各位,为了开好这个会,本府先向在座的各位同仁通报镇上最近发生的一些情况,下面请我们的曾总管做介绍。"

会场上顿时响起掌声。

曾总管站起来,他先向各位施了一个礼,然后说:"各位,新年好。我受大人的委托,就景德镇最近一些情况向各位做个汇报。讲之前,我想请大家看几件瓷器。"

会场上的人看后,七嘴八舌。

曾总管这时才说:"各位,东西刚才你们都看了,不知感想如何? 大家都是行家,不用我说,这些瓷器不是出自东洋,也不是出自西洋,而是出自我们景德镇。你们也许要问我这些瓷器从哪里来的,我告诉你们,我这些瓷器是从宫中贸易局得来,是皇上派朝廷八百里快马送来的。"

会场上一片安静,个个看着曾总管,竖起耳朵听。

"各家也知道,近年来,京城、上海、武汉、广州等全国各大城市都已出现外国的瓷器。这说明什么? 说明外国的瓷器生产已开始赶上我们。其中东洋日本国发展特别快,有一种后来居上之势。目前长城关外瓷器市场基本上为他们所控制,但是他们不满足,眼光在于中国的整个市场。他们多管齐下,一是派员先后几次到皇窑厂窃取我们的制瓷技术,据为己有;另一方面,则把加工厂地设到我们景德镇;再一方面,则是对产品进行贴牌,把目光放在我们一些大户的瓷器上。"

红店文学系列

195

曾总管继续说:"中国向世界输出瓷器的同时,也输出我们的技术。我们的瓷器能到世界各地去,当然他们来我们这也很正常。但是前提是要按规则出牌,不搞小动作。我们对自己也就是这样做的,有时甚至更严。前几年,城南刘窑私自仿制皇窑瓷器,我们进行了查处和打击,当时有人认为我们皇窑厂狠了一点。不过,自那次后,市面上仿冒的瓷器少了,后来大家认为我们是对的,维护了在座的正当利益。近一年,仿冒的情况又有抬头,并有愈演愈烈之势。我们暗中做过调查,这些人常与洋人勾结,里外串通。我介绍完了。"

"大人、总管、各位,我来说几句,"曾总管话音刚落,坐在会场后的窑主李俊站起来,说,"刚才曾总管出示的瓷器,就有仿冒我窑的,这对我影响不小。我想借此说几句。 各位,大清开放边禁以来,外国商品直冲九州各地,我国产业可以讲节节败退,有的已从市场上消失。这几年他们又在跟我们大清争夺陶瓷市场。他们采用机器设备制瓷,产量大,成本低,目前他们的产品在中国上海、广州、天津等地销售,景德镇也能看到。现在他们的瓷器虽说没有我们精致,但价格跟我们的产品差不多,自然一时竞争不过我们。不过,他们之中有的不甘心,冒充我们的瓷器出现在市场上,长此以往,我们的信誉必然受损。 他们为什么敢这样大胆,明显是欺我国弱,欺我们做瓷人之间不团结,窝里斗。在这个时候,大人,我们不审时度势,联合起来,严守自己的品牌,守住我们技术,让他们为所欲为,一旦他们的质量上去了,品牌在市场上站住脚,我怕不久我们就会被他们从市场上挤出去。我们没饭吃事小,景德镇千年招牌不保,我们就愧对祖先。"李俊说到后来,越来越激动。

吴大人听得连连点头。

大伙觉得他说得在理,中途连连鼓掌。

饶老板未等李俊说完,马上也站起说:"各位,李老板是生产的,我不生产只销售。他讲得在理。现在市面上最可恶的是东洋一些日本人,他们把我们制瓷技术一个个偷过去,拿到西洋去注册,我们的东西就成了他们的。现在在国际市面上,我们有些东西不经过他们,就不能销售。按说,我们生产瓷器的时候,他们还在那做他妈的陶!太可恶了。我看某些日本人志在吞并我们,不能让他们的阴谋得逞!"

"说得对,说得对。"大家听后,情绪激昂,议论纷纷,有的站起来说,"吴大人,我们应坚决抵制他们,决不能让洋人阴谋得逞!"

"各位,大家静下,"吴振江说,"目前景德镇除我们皇家窑厂外,分布在皇窑厂东西两侧的大小窑户就有三四千家,商贾不下几万,光靠在座的几位,我看作用不大。"

大家听后,顿时语塞,不知咋办?会场一阵沉默。

坐在一角的赵宝贵这天是代替父亲来的,他看到马知县心里就有一点不畅快,在那一言不发,几次想退堂,但是曾总管手上拿的瓷器中就有他赵窑生产的。他想听个究竟,看看督陶府下一步的打算。

曾总管说话时,马知县也有点坐不住,因为他最清楚这些瓷器的来历,有的就是经过他手促成的。为此,他不时拿眼看着一角的赵宝贵,更怕他火爆性格,一时把他讲出来。

但是,赵宝贵是个血性子,听了总管和吴振江以及其他几位的发言后,他觉得有理,终于坐不住,站了起来,涨红着脸,说:"大人,不如就此事上报朝廷,让朝廷下旨,出面制止此事。目前明摆着洋人要张口吃我们,先是民窑,再是你们的皇窑。"

马知县盯着他,不时咳嗽,意在告诉他不要多说。但赵宝贵没一点反应。马知县怕他讲漏了嘴,因此,站了起来,拖长着声音,说:"各位,各位,听我马某讲几句。我认为:李俊老板的话有点偏激。生意人只要生产出来的东西能卖出去就可以,管他打什么牌,在这件事上,县衙原则上不干预。好好的我们拿根绳索套着自己干什么。做得好,他们不感激我们,做不好,要是他的东西卖不出去,到时他们反过来怪罪我们,这是何必?从财税来说,只会打击景德镇经济,阻碍当地经济发展,影响税收。"

马大人一讲完,马上有一些民窑户站起来附和:"我看这事没有李俊讲的那么严重,我跟日本人做生意多年,不是好好的?生意越做越大,他们并没有吃掉我们,我赞成马大人的意见,顺其自然,景德镇瓷业几千年不也就是这样自自然然过来的?"

会场上,出现明显的两种意见,双方相持不下,没有一个结果。为打破僵局,吴振江站起来,笑着说:"大家各抒己见,很好,公馆戏台上的戏还在等待我们,我看大家休息一下,上午就到这里,曾总管,领着大伙看戏去!"

大家纷纷离去,不过,这会一开,大家就没有心思了,都在议论刚才的话题。

公馆戏院坐满了人。

台上锣鼓锵锵,戏幕徐徐拉开。

"好,好!"台下观众不断喝彩叫好。

姜雪发现老爷不在,便悄悄地起身溜了出去。

吴振江看大伙议了一上午,没个结果,此时正心事重重,在书房走来走去。姜雪推开书房门进来。吴振江看后,忙问:"雪儿,京班的戏,咋不看了?"

姜雪笑着说:"不放心,回来看看,老爷,又遇到什么事,让你连今天这么好的戏都不去看?"

吴振江若有所思地说:"雪儿,你说日本人的目的是什么?如果像李俊说的那样,一旦我们内部的人为了自己一己私欲与他们一伙勾结,那么景德镇不就没有安宁之日了?"

"老爷,我看您还是在怀疑山田他们。刚才您说的,我一个妇道人家也不知道,不过自古云:知己知彼。您想知道日本人目的是什么?下一步会干什么?您必预先了解他们。"

吴振江听后,有点无奈,他说:"雪儿,你说,我向谁去了解?"

"去问问罗先生?"

"他正在给我翻译最新的一些东洋资料。"

"老爷,有了。"姜雪说时,突然兴奋起来。

"有了,有什么?雪儿,你说。"

"远在天边,近在眼前。身边的活档案,你为什么不去问问他。"姜雪笑着说。

吴振江一听,拍着自己的脑袋,说:"对呀,我怎么没想到,还是我的雪儿聪明,走,听戏去!"

"不去找大公子?"

"我雪儿也得人陪呀。"

"嘴上倒甜,一旦有事,可马上又把我忘了。"

吴振江听后,知道夫人生气了,马上弯腰,双手作拱说:"我向夫人赔礼了。"

上灯时,吴涛才回来。他来到自己的卧室,迅速把门关上,从自己身上掏出一叠东西,躬身把它藏在自己的床头底下。可是,看后,他总感到不放心,于是又把它翻出来,把书柜移开,放到它的后面。

恰在此时,外面的脚步声正朝这边走来。吴涛听后,赶紧把灯吹灭,脱掉自己的衣服,掀开被子,躺在床上。

"大公子,睡了吗?"门外传来得福的声音。

"得福叔,有事吗？"

"大公子,吃饭没有？"

"得福叔,我在外面吃过了,碰上少年同学多喝了几杯,有点头晕。"

"公子,那我去跟你打盆洗脸水去？"

吴涛说:"不必了,我已洗过,我要睡了。"

"那公子好好休息,有什么,吱一声。"得福说完便"咚咚咚"地走了。

吴涛躺在床上,睁着眼睛,眼前闪现出上午的情景:他站在红塔下,一对年青男女走过来,男的塞给他一张纸条。吴涛迅速打开一看,然后把它揉碎。那男青年对他说:娘家来人,要你在一个月内把钱寄上,娘家正在等着你的钱添置冬衣,娘要你做好舅舅的工作。

原来,吴涛在日本已参加了孙中山先生领导的同盟会,他这次回来的目的是为革命秘密筹集经费;另一方面,是做通父亲的工作。但父亲忠君思想十分严重,要他放弃大清朝转向革命,看来不可能。在这个问题上,我们父子俩今后说不定是一对冤家。一旦父亲知道自己已参加革命党,凭他的个性,说不定还会做出一些意想不到的事来。吴涛想到这,很晚才睡去。

第二天一大早,督陶府刚开门,吴振江便到儿子书房来找他,吴涛昨天很晚才入睡,这时他还没有醒来。

吴振江推开他的门,叫道:"涛儿,涛儿,起来,起来！"

吴涛睁开眼,问:"爸,有事吗？"

吴振江说:"什么时候了,还像小孩似的。起来到我书房来一下。"

吴涛穿衣起来后,来到吴振江书房,吴振江正喝着茶,看到他劈头就问:"昨天到哪里去了？"

吴涛心里面咯噔一下,脑子在飞快地转,心想:父亲咋知道,是不是自己的行为已经引起父亲的怀疑？

他看父亲的眼神和他的语调不像是知道自己的底细,心中顿时放下一块石头,踏实起来。他对父亲说:"爸,昨天我遇上同学,大家一时高兴,多喝了几杯,到现在脑子还是昏昏沉沉的。"

"傻小子,不会喝酒就不要去逞强。等一下叫得福给你准备一点解酒的东西喝。"吴振江听后,心疼地说。

吴涛说:"不要紧。爸,有事吗？"

"涛儿,最近为父一直很忙,今天爸想跟你谈谈,也想了解一下日本国这几年发展的情况。"

吴涛一听,心想这是做父亲思想工作的最好机会,他马上把椅子往前挪,坐到父亲面前,对着他说道:"爸,日本这几年发展很快,中日甲午战争后,日本国内少部分人已经开始不满足日本国本土的疆域,他们把目光投向中国,对中国野心很大,有的甚至扬言要把日本国首府搬到中国来。爸,遇到这种日本人,你可要小心提防。"

"涛儿,你说的这个,为父也感到了。在陶瓷界,当前,日本陶瓷业中大批人是好的,友善的,但是却有一部分人对我们大有入侵之势。我想在这帮日本人还没有大举侵略时,自己内部筑条防线,把他们抵御在景德镇陶瓷行业之外,使他们的目的和计划消除在萌芽中。"

"爸,当前大清腐败无能、衰弱得像个老人,惧怕洋人,要靠他们是不可能的。我想我们当前要做的只有唤醒民众,把大家组织起来,自立自强,才能发展自己,御敌于外。"

"涛儿,这可是乱党的语言,对外不可多说。"

"爸,可国家的现状,目前就是这样。"

"涛儿,你是大清督陶官的儿子,记住:讲话时必需处处注意维护督陶府的形象。这几年,你在国外学的不少,见识广,我想问问你,洋人对经济贸易是咋管的?"

吴涛说:"国外经济贸易很自由,政府只管税收,干涉不多,但谁违反市场规则,将受到法律制裁。"

"傻小子,这又不是西洋!"

吴涛接下刚才的话说:"爸,在国外经济活动中,行业商会作用很大,成了行业日常活动的管理机构。"

吴振江一听顿时来了兴趣,问:"商会,涛儿,它是啥?"

"爸,商会就是同业商人自我组织起来,选举信任的代表组成一个组织,制定相关制度,对同行业日常生产、销售进行管理的机构。"

"那商人会听它的?"

吴涛说:"商会既然是商人共同选举出来的,是商人自己的组织,日常大家就赋予它很大的权限。"

"那它不跟我们会馆差不多?"

吴涛说:"它比我们的同乡会馆约束力要强。我想它将会是今后中国经济生活中唤醒民众,把大家组织起来自立自强、发展自己、御敌于外的最好方式。"

姜雪进来,对吴振江说,总管已来过两次,大家正在等他过去开会。

"见过二娘。"吴涛站起来招呼。

姜雪笑着对他点点头,转身对吴振江说:"老爷,大公子刚才讲的话我听了大半,觉得很在理。镇上瓷业要是也成立一个什么陶瓷商会,像前几年一些民窑户的事和今天的事就可交给商会去管去议,一来你不累,可以腾出时间抓大的,做自己想做的事,把皇窑厂办得更好,二来大家的事大家办,也用不着您事事操心,一人总敌不过众人拳!"

"夫人,你一席话让我顿开茅塞,说得对,说得好!"吴振江听后,不断点头。

姜雪说话时,吴涛一直在旁边听,他发现二娘不错,很有见地,难怪父亲如此喜欢她,离不开她。

大清皇窑厂衙门会场内座无虚席,大家正在开会,浮梁马知县仍列席其中。

吴振江与吴涛一席谈后,心情轻松不少。从书房出来后,他径直来到会场,然后笑着对大家说:"昨天,大家各抒己见,谈得很有道理,现在外国瓷器进入到我们家门口这已是事实,有人提出顺其自然,公开竞争,可是他们现在是倾力而来,对我们志在必得,这样的形势下,我们单一的个体竞争不过他们,为此,我想了一夜,我们不能不防。昨天,我们会中有人提出要求朝廷出面干涉,但目前朝廷内忧外患,无暇顾及这些,再说发展经济是大家的事,大家的事大家办。我建议大家组织起来,在会馆的基础上产生一个总会,主要是协商镇上陶瓷商务。今后陶瓷上的纠纷,一切由大家推举出来的商会负责和管理,如何?"

吴振江这一提议立刻得到大伙的一致赞同。

饶希斋说:"大人,您这一提议,我听洋人说过,这好,我坚决赞成! 您说怎么做吧!"

吴振江听后,兴奋地站起,说:"好,既然大家都赞同,我在这就先开个头提议李俊为陶瓷商会会长的候选人。"

芜湖会馆、南昌会馆、抚州会馆的会首马上表态,同意!

吴振江说:"各位,今后的商会要体现出公正和权威,它成立后是我们大家的,不是我督陶府的,也不是浮梁县衙的,既然这样,大家的事就要由大家来参与,大家办。我提议成立一个评审委员会来负责组织这项工作。对李俊的提名是我个人的提议,但这不是唯一人选,我希望在座的各会馆馆长及老板,为了景德镇瓷业,也为了我们自己,回去好好想想,看看身边还有没有更合适人选。如有,可向评审委员会推荐,觉得自己合适的,推举自己也行,候选人我认为不得少于二人。"

"吴大人,为了显示这项工作的公平、客观性,评审会成员也由大伙选举产生,如何?"马知县听后,站起来提议。

"行呀。"吴振江说。

全场的人鼓掌。

吴振江说:"既然大家没意见,咱们说干就干。这样,现在就请大家开始提出评审会候选人,组成评审委员会。"

湖口会馆馆长马和尚马上站起说:"大人,我认为:评审委员会的人要客观、公平、正派、无私的人组成,这是其一,其二是作为会长候选人的人选就不能进评审委员会。"

"好,这一提议好,我赞成。"吴振江说,"我们对评审委员会人员就采用无记名投票的方式进行。现在由我们的父母官马大人做监票人如何?"

下面的人鼓掌。

曾总管拿来一个投票箱。吴振江投下第一张票,大家依次投票。

统票结束后，马知县当众宣布投票结果，吴振江为评审会主席，马知县为副主席，马和尚、赵宝贵为成员，马和尚兼任秘书。

马知县的话刚结束，下面再次爆发出阵阵的掌声。

民窑窑主赵子和家，他正两眼半闭着，坐在大厅的太师椅上晒太阳。

"爸，爸……"正在这时，儿子赵宝贵兴奋地跑进来。

"宝儿，一个会咋开得这么久？"赵子和坐起来，端起茶碗喝了一口，看着一脸兴奋的儿子，问。

赵宝贵说："爸，镇上要搞商会了。"

"商会是啥样子？"赵子和听后，丈二和尚摸不着头脑。

赵宝贵解释说："商会就是我们商人自己组织起来，管理自己。"

"自己组织起来，管理自己，宝贵，那和我们会馆差不多，有什么稀奇？"

"爸，和我们的会馆不同。"赵宝贵说着，忙给父亲添茶。

"那有什么不同？"

"一，参加的人得是商人；二，会长得大家信得过，选出来的；三，以后除交税和街头上巡逻治安外，商人在生产、销售上遇到的纠纷都由商会自己处理。今天大伙选出了评审会，吴大人和马大人是正副主席，湖口会馆的馆长马和尚是秘书长，我是成员。吴大人说我们成立商会后，不但要管好自己，而且要把镇上的陶瓷商人团结起来，保住我们镇上千年的瓷业品牌，打击假冒，同时对抗小日本对我们陶瓷的侵略。爸，我以前误解吴大人了。我看我们家的那个官窑瓷就别再做了，您得支持我！"赵宝贵不待父亲开口，啪啦啪啦说个没完。

"商会有那么大的权力，以后大家都愿听它的？再说吴大人和马大人愿放这个权？他们不管今后吃什么？"赵子和听后问。

"爸，你没参加这个会，不知道在场的人情绪有多高。吴大人表态坚决，马大人看着吴大人如此，他也没说什么。爸，我们窑上那个仿官窑瓷就把它停了吧？"赵定贵看自己讲了这么多，父亲仍不信任，有点激动。

赵子和看儿子这个样子，似乎也信了，他喝了口茶，看着儿子说："宝儿，你出息了，虽说，这是民间的，比马知县那县衙的捕头差点，但爸还是高兴。"

"爸，选我，他们还不是看你的面子？不过，我还是要说那事。"

赵子和说："你小子就不要讨乖。你刚才说的，爸其他都可答应，不过，让我停止仿官窑瓷的生产那可不行。我仿做的瓷器那是大明朝的，这是什么朝代，大清光绪！"

评选会人员名单当天便用红纸贴在皇窑厂公馆门口的墙壁上。

评审人员在皇窑公馆设立了办公室，他们在紧张的工作：制订选票，审查候选人资格。

两天后，马和尚对赵宝贵说："我们这次初步审查，确定有资格参与选举的人中作坊、窑坊主有 43212 人，商户 32861 人。不过，这些人都来参与，规模太大，难组织，我看我们是否再从中选出他们认为合适的代表,再拟定选举日程,最好分预选和正式选举,票高者当选,如何？"

"行。"

"宝贵,既然你同意,我们就把这一情况汇报给吴大人和马大人两位主席,并请他们签署意见,看看他们对我们下一步工作有什么具体指示。"

"马秘书长,吴大人就在隔壁,您去汇报;浮梁马大人那我去,这样我们在工作时间上就更快一点。"

马和尚说:"这样也好,我们就分头行动。"

吴振江正在办公室审阅公文,马和尚进来。吴振江看后,马上笑着问:"秘书长,情况咋样？"

"大人,这是我们刚统计出来的情况,请过目。"马和尚说着,递了上去。

"好,不错。"吴振江接过一看,连声赞同,并签上自己的名字。

这时曾总管拿着一份公文匆匆进来。马和尚一看大人有事,马上起身告辞。

马和尚走后,吴振江打开公文一看,顿时双眉紧锁,递给曾总管说:"总管,事关皇窑厂生计,快拿着这份公文,赶紧到县衙去找他们的主簿,请他支持。"

第十七章

在浮梁县衙,马知县的办公桌上摆放着大清内务府和江西巡抚两道公文。马大人此时戴着眼镜,正在仔细阅读,他看看这份,又看看那份,后又把两份公文叠起来看,生怕漏掉一个字,最后在其中一段话上重重地画上几道墨黑的线:近几年来朝中库房空虚,为加快资金周转,减少资金运转成本,同时加强对大清皇窑厂财务监督,现特规定:皇窑厂的监银由原来淮安盐业司支付改为浮梁县库房支付。

画完后,他顿时手舞足蹈,用力一拍,桌上的墨汁差点给他震了出来,自言自语:"好!好!吴振江,这下你再也牛不起来了。"

"来人。"他对着门外大喊。

随从听后慌忙进来,问:"大人,有何吩咐?"

"你,你去给我把主簿叫来,越快越好。"

"嗻。"随从听后,退了出去。

随从走后,马知县在办公室转来转去,搓着双手,喃喃地说:"监银在我马某手上,马某手上,哈哈,吴振江啊,吴振江,我现在要你求我,跪着求我!"

不一会儿,主簿进来,看到马大人手舞足蹈的样子,他站在那,欲言又止,最后壮着胆,怯怯地走上前,问:"大人,找我?"

马知县看后,对着他说:"主簿,痛快,痛快。你来得正好,这是本衙一天之内同时收到的两份公文,你看看。"说着从桌上拿起,递给他。

主簿接过一看,又递还给马知县。

"你再看看我画上的那一段。"

主簿拿过去,再打开,看了一下,说:"大人,我明白了,皇窑厂的款,我一定按时拨到。"

主簿一说,马知县立马不动了,双眼一瞪,问:"你说什么?"

"大人,卑职一定按大人的意思,把皇窑厂的款项,及时拨到。"

"按我的屁,老子还以为你有什么高招,主簿,你听着,今后皇窑厂来拨监银,没有我签字,谁都不能拨,听懂了?"

"是,是,是。"主簿点头说,"不过,我已答复了曾总管。"

马知县听后,顿时把公文往桌上用力一丢,圆瞪着眼,对主簿大声吼道:"答复个屁,这里是你说了算还是我说了算?"

主簿惊慌地退下。

这时,侍从来报,说山田到。

马知县听后,气稍消了一点,说:"传山田到后院见我!"

大清督陶府，吴振江问进来帮他收捡的杂役老洪曾总管回来没有。

"大人，你这是第五次问我了。我看你着急，早已叫人到门口守候，他一来，我就通知他，叫他直接来见你。"

"好了，老洪，你下去吧。"

老洪给大人换了一杯茶，轻轻地放在他的面前，敬畏地看了他一眼，轻轻地出去了。他在皇窑厂衙门外，迎面碰上匆匆而来的曾总管。老洪一见他，马上迎上去说："快，总管，大人可急了。"

"大人还在办公室吗？"

"在，他一直没有走，在等你。"

曾总管说："好。"匆匆朝吴振江办公室走去。

吴振江听到门外的脚步声，问："是总管吗？"

吴振江话一落，曾总管人已到，说："让大人久等了。"

"总管，让我急死了，情况怎样？"

"大人，主簿临时变卦。我找到马知县，他说公文未收到，收到后再跟我们联系。"

"这……"吴振江急着说，"总管，皇窑周转，全靠朝廷拨下来的资金周转，一旦这笔资金供应不上，咱们就要出大麻烦。"

"大人，那我下午再去。"

吴振江想了一下说："总管，你已来回跑了几趟，明天还是我带着公文去找他。"

马知县脱下衣服，在衙门后院中间打着太极拳，侍从在一旁侍候。

山田进来，马知县装作不知。

"好，好。"山田一旁鼓着掌。

马知县停下拳，定下神，转过头故作惊喜："山田先生今天咋有空？"

"大人，今天心情好呀？"山田没有正面回答。

马知县笑了笑说："我的财神到，心情咋能不好？山田社长，好久不见，你可是无事不登三宝殿，屋内坐，请。"

他们回到内屋，坐下。侍从过来倒茶。山田端起茶杯，又放下，对着马知县说："马大人，我山田招谁惹谁了，我那亲家非要学啥西洋，说是把景德镇民间陶瓷组织起来对付我。您知道，我一个地道的商人，马大人，你是父母官，你可得为我做主。"

马知县听后，没有说话，而是看着山田。

山田说："马大人，您跟着我，是不是穷了？"说着，递上一张五千两白银的支票。

马知县接过，放在手上抖了抖，然后哈哈一笑，把它放在茶几上，凑上山田耳边，说："先生，一句玩笑，玩笑。说实在的，自从吴振江把我民窑这块管辖权拿走了，我腰包空了不少。这来人接送，还有怡红院那帮小婊子，我实在洒脱不起来，多亏你帮我投的几个项目，不然我没饭吃了！这个吴振江，什么都想抓着，到头来自己却一身穷，且让我陪着，我遇上这样一个同僚，可是八辈子倒霉！"

"嗯,苦就苦了我的翠儿。"

马知县说:"山田先生,话说回来,吴振江在镇上这几年,景德镇的瓷业可让他治理得兴旺发达,浮梁财税增收不少。不过,再多我也多不了几个子。我不像吴愣子,图个名。古人说千里求官只为财,我为做这个知县,打点不少,我马某就得出一个捞两个回来,出两个,捞一双,甚至更多。谁给我多,我就给谁办事,不管是镇上人,还是你们洋人。我的话,你听懂了吗?"

"大人务实,说得也坦荡。我们做生意的人就是喜欢你这种有个性的人。"

"我有一个捞一个,你那亲家却不同,他心中就是皇恩。为了皇恩,吴振江确实付出很多,可他得了什么,差点命都给搭上,可他仍痴心不改。我不知道他娘的吴愣子图个啥。"马知县说。

"大人,你看他可是入木三分。"

"吴愣子现在是给你们日本人弄怕了,现在见到洋人就心惊肉跳,草木皆兵。当时我在场就提出反对意见,但事后回来,我觉得他说得也不为过。他是怕民窑不行,皇窑难保。站在他那个角度,是深谋呀。我看他不一定针对你,话说回来,你们毕竟是他的亲家,我倒是个外人。"说着哈哈大笑,"我说了不该说的话,先生可不要见怪,不过,我可没把你当外人喽。"

"马大人啊,谢谢你不把我当外人看。我们合股的那厂,不就是仿制几件皇窑瓷吗,大家都做生意,将本求利,他用得上那么紧张吗?"

"山田先生,宫中传出话,皇上对出现在西洋各市面上的各种皇窑仿制瓷很是恼怒。他们是惧怕洋人才不敢动手。吴振江,他可是个愣子,大脑比人慢,你赶快通知吴晋,把手上的活停了。"

山田点点头。

这时主簿进来,在马知县耳边嘀咕了几句,马知县不断点头,说完,又匆匆出去。

马知县他们交谈时,山田借着喝茶,双眼不断盯着他们,侧着耳听。待主簿走后,马知县笑着说:"公堂上一点小事,完了。我们继续谈。山田先生,你可是个大忙人。我马某直肠子,有什么事让马某效力的,你就直说。"

"大人,听说你这次选举,做了评审会的副主席,不知你有何想法?"

"那是大家看得起,不值得提。吴振江对景德镇的贡献,我马某佩服,他提出李俊,也让我们推出候选人,我想……不说了。"马知县说到半句,又把话停了下来。

"大人,我看你平时受他的气也不少,你这次就没有自己的打算,比如把忠实你的人推出去,并让他选上?"

马大人看着他苦笑,说:"先生,这想法是好,但这样的人选哪里去找。先生,难道你有妙计?"

山田点点头。

"山田先生,你我是老朋友,帮我也就是帮你,不要藏着掖着,快说。"

山田朝他诡秘一笑，看着他，说："大人，你看吴晋，吴府二公子如何？"

马知县听后把手一拍，说："对呀！我咋就没想到，绝！绝！吴振江做梦都不会想到。不过……"

"大人是担心吴振江从中阻挠？"

马大人点点头。

山田在马大人耳旁说："这样，这样……"

马知县听后哈哈大笑，说："好，好，先生高明，先生高明。"

吴晋陪山田到督陶府拜访。一进门，吴晋就喊："老祖守，老祖宗，我回来了。"老夫人听后，笑着走出来。

"大娘，你好。"山田看到老夫人也热情上前施礼。

"我晋儿有出息了。山田先生，这可得谢谢你。坐，快请坐。"老夫人看到山田后，热情招呼。

山田说："大娘，一家人，说这样就见外。"

"说得好，说得好。山田先生，快、快请坐。小翠，小翠……"

"嗯。"小翠应声出来。

老夫人说："小翠，快，快给你爸沏茶。"

这段时间，老夫人看到府上又是大孙子回来，又是二孙子办厂，听说他还被推为景德镇陶瓷商会会长的候选人，这心里提多高兴。

她对山田说："山田先生，今天你一定要在我这儿吃顿饭。"说完就吩咐得福去准备晚饭。

这时吴涛、秀娟、吴亮、吴波他们进来。吴晋一看他们每人就是一个红包。轮到吴涛，他也一眼认出吴晋。

"哥，是你，差点让我认不出来了。来，我给你介绍一个人。"吴晋说着把吴涛拉到山田面前说："山田先生，这是我哥，刚从日本回来。"

"大公子好。"山田站起来笑着招呼。

"大哥，这是二哥未来的岳父，景德镇日本株式会社社长，山田先生。"秀娟说。

"大伯，你好。"

山田听后，十分高兴，拉着他的手，攀谈起来。

晚饭时，得福和小翠把一盘盘香喷喷的菜端上餐桌。大家围坐一桌，席上独缺主人吴振江。

老夫人看后说："娟儿，你快去把你父亲叫回来，说山田先生和晋儿来了。"

秀娟来到衙门，过道上，她听到父亲吴振江声如洪钟的讲话声，透过门缝一看，她发现办公房中坐满人，个个看着父亲，脸色凝重，父亲显得激动，灯光下，只听到他说："皇窑厂面临关门，就此事，本府已上奏朝廷，在朝廷没有答复前，大伙说，我们咋办？"

秀娟听后一愣,她不由得静下心来,想听听皇窑厂近来又发生什么大事,但又担心家人久等,便匆匆回家。

大家看到秀娟回来,没见到吴振江,老夫人急切地问:"娟儿,跟你爸说了吗? 大家都在等,咋还不回来?"

"老祖宗,皇窑厂大小官员都在衙门议事厅,爸爸今天声音显得特别大,看来皇窑厂又遇上大事,我不便打扰,看样子我爸一时回来不了。"

"娟儿,你爸说了什么?"一旁的姜雪问。

"我只听到爸爸说窑厂好像要关门,问大伙咋办。我本想细静下心来听,但怕大家担心,便不敢停留,回来告诉一声。"

吴晋看了大家一眼,笑着对着老夫人说:"老祖宗,我听说朝廷库空,皇窑厂的一部分监银改由浮梁县衙拨付,谁知马知县硬推说浮梁库银年初有计划,一时调不出来。"

"那个马知县,一看就不是个好东西。"一旁的秀娟听后,马上气愤地说。

老夫人看了一眼山田,转身瞪着秀娟说:"娟儿,大人的事,小孩不要多嘴。"

"当当当……"督陶府的洋钟敲了七下。

"老祖宗,我饿了。"吴亮说完,拿着筷子拨起空碗。

老夫人看了他一眼说:"亮儿,懂事。"然后转过头对秀娟说,"娟儿,你再去一趟,看你爸的会开完没有,跟他说山田先生来了,大家都在等。"

秀娟起身要走。

"娘,让我去吧。"姜雪起身说道。

"也好,你去吧。告诉他,大家都等着他,天大地大,这吃饭的事最大。"

姜雪和秀娟一样,一到衙门口过道上,便听到前方议事厅里面传出的声音。她从门缝往里看去。只看到汪叔凡站起来说:"大人,这个月工银,我暂不领,让有困难的人先领着!"

汪叔凡这一说,在场的人都纷纷响应。

吴振江说:"我谢谢大家,但终非长远之策。为了救皇窑厂,我决定先行开禁……"

"大人,开禁这主意是好,但宫廷怪罪下来咋办,弄不好身家性命难保,这担子不能让你一人扛。"有人听后说。

"我是督陶官,这个决定是我决定的,自然是我担责任。"

"大人……"大家齐声对着吴振江喊。

"不要再争了,我们现在就分头准备吧!"吴振江果断地说。

姜雪听后,心中一沉。

曾总管发现了姜雪,走到大人身边,靠近他耳语,指着门缝说了一声:"大人,夫人来了。"

吴振江抬眼一看,发现门外的姜雪,猛然想今天吴晋回家,山田来做客,他拍着自己的脑袋说："我把这事都忘了。"

吴振江匆匆忙忙大步回到家，一进门，对着山田便不断赔礼："山田先生，对不起，对不起。"

大家都看着他。

吴振江在山田身旁坐下后，又是倒酒，又是给一旁的吴晋夹菜。

吴晋乘机说："爸，我知道你这时困难，我希望上次山田先生提出的意见你能考虑一下。"

吴振江说："晋儿，皇窑厂不是爸的，是大清的，它的规矩你也懂。要是开禁，允诺皇窑厂自行交易，爸会优先考虑给你们。"

"爸，我们要的是白瓷，你给我们成品，有什么用，它不利我们厂打开日本和国际市场。"

"晋儿，你这个办厂原则就不对，品牌是要靠自己创的。"

山田一看，赶紧出来圆场，他举着杯对着老夫人说："大娘，来，我敬你和你全家。"说完一口喝下。

吴振江不理，继续对着吴晋说："晋儿，你做这个商会候选人不合适，我建议你退出。"

吴晋一听，把筷子一拍，马上腾地站起说："你心中只有你自己，我这也不行，那也不行，说到底你还是不要我这个儿子，我走！"

老夫人看后，赶紧来劝，说："振儿，儿子回来，好不容易吃顿团圆饭，你就不能少说两句？"

"娘，我说什么？一开口，他就暴跳如雷，都是您平日纵的！"

山田笑着来劝，说："我的亲家，既然是大家选的，说明他有这个威信，你就不要说了。"

"晋儿，你应知你爸的性格，他这也是为你好。"姜雪也在一旁劝。

"二娘，你刚才没有听他说，他这也是为我好？为我好就应支持我坐上会长这个位置。可现在他连提名竞选的资格都不让我参加，这个家我不要了，我一定要当个会长给他看看。"吴晋说着扭头就走。

吴涛去拖。

吴振江吼道："他能耐了，让他走！"

由于他们父子的争执，督陶府一场好好的宴席不欢而散，山田也提前离开。

散席后，吴振江哪里都没有去，而是来到祖宗灵位前，他点上三炷香，对着他们说："各位列祖列宗，皇窑厂遇到困难，晚辈没招了。为了它，我只得置吴家信誉和生命不顾，对不起了。我相信你们在这个时候也会这样做。"说完，插上香，磕了三个响头。

老夫人走进来，站在吴振江的后面。

吴振江转过身痛苦地大喊了一声："娘。"

"振儿，娘知道你不是那种不通人情的人。娘知道你有难处。"老夫人说着，紧紧抱着他。

大清皇窑厂门口，第二天一早就来了一批洋人。由于有两次被日本人偷窃技术的教训，守卫士兵对洋人的进出盘问得特别严。

"我们是你们曾总管请来的客人，请你们不要阻拦我们！"

士兵向他敬了个礼，"对不起，我们到目前还没有接到曾总管的命令。"

衙门内，曾总管早已把接待室叫人打扫得干干净净，他看了一下，觉得有点单调，马上叫人添置了一些鲜花，然后才走到门口去接人。

此时，太阳已升得老高，曾总管在门口来回地走动，不时地抬头看着皇窑厂钟楼口，那里人来人往，熙熙攘攘，可是没有看到一个洋人的影子。

衙门内的侍从看到他走来走去，焦虑的样子，给他端来了一杯热水，轻轻地问："总管，他们来了吗？"

曾总管摇了摇头。

"总管，今天咱们接待的是一些什么人？"

曾总管说："今天我们要请的是一批特殊客人，大人说了，我们这次接待得好坏直接关系到咱们皇窑厂的生存。"说时，他突然举手拍了一下自己的脑门，"糟了，难怪看不到他们人影。"说完就朝大门口跑。

"不用了，我已经把他们带来了。"声到人也到跟前，曾总管抬头一看是吴大人，后面正跟着一批洋人。

"大人，这是我的疏忽。"曾总管尴尬地说。

"你呀，只顾请人，忘了迎客，幸好让我碰上，不然，咱们这场戏就别唱了。不过也好，检验了我们的安全纪律。罗先生来了吗？"

"我来了。"罗中亮站出来，说。

"好，你来得正好。"吴振江转向洋人用英文说，"大家请吧。"

洋人一个个被迎进了议事厅。

在衙门议事厅，吴振江操着流利的洋文做了自我介绍后，对今天到会的皇窑厂官员曾开、汪叔凡、罗中亮等一一做了介绍，完毕，他对着在场的洋外宾说："各位嘉宾，现在也请各位先生自报家门吧？"

坐在东头的洋商第一个站起来，他有礼貌地向吴振江和曾总管、罗先生行了一个礼，然后笑着用流利的中文说："督陶大人，我叫查尔斯，来自英国。"

吴振江听后笑着说："查尔斯先生，你的中文讲得不错，很地道，要是不看到你本人，只听你的声音，一定会认为你是一个地道的中国人。"

"大人，我们在座的这些人在景德镇经营陶瓷不下十年，用你们中国话说，这已是我的第二个故乡。"

"故乡，好呀。你们在这里这么多年本府都不知道，惭愧呀！"吴振江说。

209

"督陶大人,我叫杜皮,来自法国。在景德镇经营陶瓷十五年,坐在我隔壁的是美国默克先生,他比我来得时间更早,六岁便跟随他父亲到达这里,现在他的小媳妇也是景德镇人。"第二个站起来做自我介绍的法国商人杜皮说。

"呵,媳妇也是景德镇人,好呀,默克先生,我们是半个老乡了。"

默克笑了笑,站起来说:"大人,在西方,皇窑厂的瓷器是财富和权力的象征。上世纪,奥匈帝国公爵,他们之间曾为一块景德镇皇窑厂的瓷盘打了十五年。我的父亲在世时曾对我说,能购买到一块景德镇皇窑陶瓷,那是他一生梦想,就在今年上个月,他带着遗憾离开了人世。想不到,不到两个月,督陶大人便把我们召进来,我此时真是太激动了。"

"好呀,今天我就实现你父亲的愿望。"吴振江笑着说,"各位,你们二十位中,就来自十八个国家。今天我在这里要告诉你们,你们是我们大清皇窑瓷厂第一批客人,从现开始,大清景德镇皇窑厂正式开放对外陶瓷贸易!"

全场听后,热烈鼓掌。吴振江通过这样一个会议的形式,很快把这一消息散发出去,一时大清景德镇皇窑厂门庭若市,万国来朝。

在浮梁县衙的后花园,马大人正在小心地给他的小鸟喂食。主簿听到这一消息后,第一时间想到的是马知县。他匆忙进来,但看到他后,欲言又止,转身出去。马大人瞥了他一眼,问:"有事吗?"

主簿停下,折过身回答说:"大人,皇窑厂来消息了。"

马大人看着鸟笼,用手边玩弄着小鸟,边拖长气说:"他还能有什么消息,是不是吴振江带着礼物来求我了?"

"大人,"主簿看了一下左右说,"督陶府把洋人召去,与他们签订了协议,要自个卖瓷器了!"

"主簿,你再说一遍?"

"大人,吴振江与洋人签订协议,要卖皇窑厂的瓷器了。"

"这小子,我看是真疯了,为皇窑厂连命都搭上,"马大人说,"他既然不要命,我就奏他一本,送他上路。"

主簿转身就走。

马知县一看,马上喊他回来,说:"你替我去看看他,同僚一场,省得到时有人说我不讲交情。"说完,哈哈大笑。

一个月后,在大清皇宫慈宁宫,太后拿着吴振江的折子,还有四品翎带花帽扔给李鸿章:"你这个首辅军机大臣,你看看吧,是咋做的?吴振江把翎带都交上了!"

李鸿章接过一看,慌忙说:"太后,最近国库中的钱都放到北洋水师上了,现在确实拿不出钱。朝中征收又多费周折,我们这也是为了皇窑厂,才出此策。"

"你说,宫中经贸局这一年从皇窑厂拿了多少?"

"一百八十万两，"李鸿章说，"除一小部分留在宫中使用外，老臣把大部分银两都用到北洋水师上。"

"皇窑厂关门了，北洋水师还能建得起来？小李子，你传哀家的口谕到都察院，让他们对皇窑厂浮梁县的监银好好查查。"

"嗻。"李莲英领命退下。

李鸿章听后，脸上流着汗："太后，老臣一时疏忽，老臣有罪！"

太后瞥了他一眼，说："你知道就好，哀家还以为你老糊涂了。皇窑厂是进钱的，你叫内务府的人把这几年的账都给我算算，对了，还有今年宫中经贸局的账。"

"老臣领旨。"李鸿章说着转身而退。

"李爱卿，你等一下。"太后说。

李鸿章停下脚步，转身问："太后，还有什么吩咐？"

太后说："李爱卿，哀家说话刚才重了一点，你不要放在心上。皇窑的监银，你还是改由国库支付吧。北洋水师的款不能动，要挤就从宫中日常开支中挤出一部分。哀家知道这样的事不好做，不过，哀家也是为大清这个基业考虑，你得为哀家分担点。"

"太后，老臣明白。老臣刚才看过吴振江的奏折，他在奏折中提出开源和就地交易，以补助皇窑厂经济不足，老臣以为这个想法好。"

"吴振江奏折上讲的虽好，但我们得往坏的方面多想想。搞个经贸局，与皇窑厂分开。"

"太后，这个招牌还得您来写。"

"好，哀家写好后，叫小李子把它送过去。还有，规矩不能破，告诉吴振江，宫中的用瓷得保障，皇窑厂的皇瓷交易只限于洋人。翎带给哀家退回去，也够难为他了。去办吧！"

"老臣领旨。"

红店文学系列

第十八章

皇窑厂开禁的这一天,当天就与洋商签定销售合约二十多份,由于窑厂急需资金,大多交易是现金支付,款到发货。衙门账房内,账房正在对当日交易的结果结算,他们的手指在算盘上走得飞快,口里报着数字:四千五百两……一万二千两……五万八千两……十五万三千二百三十两,完毕。

曾总管对他们说:"再复算一遍。"

顿时,账房先生身边的算盘珠子又响起来。

吴振江来到账房,问曾总管:"数字出来了?"

"大人,出来了,我们复核了两遍,这次我们签订了二十份预售合同,收取预算款白银十五万三千二百三十两。"

吴振江听后,连连点头说"好"。

"大人,这……"曾总管看着吴振江,眼里仍露出不安的神色。

吴振江知道他的心思,笑了笑说:"总管,你放心,这次我们交易的瓷器都是我们从上几次上贡的瓷器中挑选下来的次品加工而成的,与通常说的次品不同。它们常常生产十件或一百件,其中仅选几件进宫,剩下的便当次品处理掉。当然,也有一些小斑点,一加工更看不出来。当然这对我们来说是次品,可是这些东西在市场上却又是上好的珍品。我们不砸碎,拿出来交易,这既减少了长期以来皇窑厂的一大浪费,又给我们生了大财,关键的时候还救了我们一把。这是皇上的洪福,大清的洪福。"他说着说着,十分激动,眼睛里亮着光彩。

曾总管说:"大人,我还是担心。"

"顾不了那么多,大不了充军,最多来个人头落地。总管,我个人事小,皇窑事大。我是督陶官不能因为考虑我个人,而置皇窑厂千百年的基业不顾!"

"大人,把我算上吧。"

"事是我决定的,一切应由我负责。总管,这事以后就不要再说了。皇窑厂没有我行,但没有你们这批中坚,却不行。当前紧迫任务是落实订单中的产品,这是大事,我们不能失约。总管,还有,你给我从刚才我们收入中拨出五千两给商会评审会,他们办事不容易,事事都得花钱。"

曾总管看着吴振江说:"大人,我就去布置。"说时,他眼角渗出了泪花,却极力掩饰自己的心情。

在大清皇窑厂公馆门口,围观着许多人,他们正在看最新的红榜。只见上面写着评审会第二号公告:商会会长候选人名单,李俊、吴晋。

大家看后,纷纷议论:"吴大人推举李俊,马知县推举吴晋,他们俩在景德镇虽是陶瓷行业大户,但是这两个人我们都没有接触过。"

"吴晋是不是督陶府的二公子？听说他是个浪荡公子,这样的大事交给他们,我们这些人今后怎么过？"

"我看他们官官相护,吴振江大人不好当面推举,就拐个弯叫马大人给举荐。"

"吴大人不是这种人！"

"用事实证明一下就知道,他不是说,贤达之士都可以举荐吗,我们也去推荐。如果我们举荐的人能上,说明他是为民办实事的人。"

大伙一听,马上赞同。他们结伙来到评审会办公室,看到秘书长马和尚,走到他跟前,说:"马秘书,我们要推出我们的候选人。"

"你们要推举候选人？行！他叫什么名字？"

"饶希斋。"

马和尚说:"好,你们推他可以,这人的确不错,但是评审会规定:入围候选人资格要获取大家五十人以上的提名,低于五十名,推举无效。"

这些人听后,马上说,"行,我们现在就回家去准备。"

当天下午,评审会在墙壁上,用红纸贴上了景德镇商会评审会的第三号公告,商会候选人:李俊、吴晋、饶希斋,并规定预选在本月二十八日举行。

在瓷业,成立商会,这事一时成了景德镇街头巷尾的话题。茶馆内,有人在猜测谁会当选。

"我想李俊这次一定上,他公道,能力强,又深得吴振江大人的支持。"

"我看倒是督陶公子。吴大人不会不帮自己的儿子。"

"要选,我选饶希斋,群众提的名。"

这时有人过来招呼:"李大哥、毛老板、黄兄、老三,你们都在这说什么来着？"

那位李大哥见有人进来跟他招呼,回头一看,说:"呃,是胡老板。这不,大家都放下手中的生意,在谈论五天后选举的事。"

"你们说谁能上？"

李大哥说:"各有各的理。"

胡老板听后,指着身边的同伴介绍:"这位就是督陶府二公子吴晋。"

吴晋待他介绍完,马上接话,对在场的人招呼起来:"各位仁兄好。"

茶客毛老板听后,立即起身让座:"原来这位就是二公子。二公子大驾光临,坐,快请坐。"

吴晋也不客气,坐下后,他对着店主说:"这桌茶水计在我账上。"

李大哥说:"二公子,你太客气。"

"李大哥,这样说就见外。这次,我作为候选人,靠的是大家信任。支持我的人,我吴某一定记得。这几年,我一直与洋人做生意,各位,要是你们信任小弟,今后只要用得到我的地方,我一定帮助你们介绍些客户。在这里,我以茶代酒敬大家一杯,先谢谢大家。"

"黄兄,还要选饶希斋?"李大哥听后私底下问一旁的黄兄。

黄兄不作声。

吴晋看后,笑了笑,走后对着胡老板说:"胡兄,咱们还得做工作。"

"二公子,我们镇上这瓷行,中小老板占多数。他们当中赵子和影响又最大,可是目前我们好话歹话都跟他说尽了,就是没有看到他开口。"

"胡老板,你说赵老板最怕谁?"

"按说,真正要怕的是税官。"

"这不就得了,税官中,我们朋友不少,请他们帮我们走一趟如何?"

"对,对,对,还是二公子有办法。"

一天下午,赵子和正在自家窑厂组织生产,一群官家模样的人走了进去,他们大声喊:"赵老板,赵老板,在家吗?"

赵子和听后赶忙出来,一看是税爷,忙上前招呼:"呃,是税爷驾到,坐,快坐。"

"赵老扳,上个月的税你可少交不少。"

"税爷,这几个月,货滞销,银两周转不灵,宽我半个月,到时我一定亲自去交。"

税爷听后,马上脸色一沉,说:"赵老板,这皇税它是能随意宽限的?"

"这我知道,知道。"赵子和听后,不断赔笑。

"知道就好。你可知道我们为了你这事,不知挨过多少训斥。谁叫你我是朋友,这样吧,赵老板,我再替你跟上面说个情,你呢,也帮我一个忙。"

"税爷,只要我能做到,一定办到。"

"商会就要选举了,二公子的事你们都知道,到时投票,请投他一张。"

赵子和听后,不断点头:"一定,一定。"

过两天,商会就要举行预选,赵宝贵忙得饭都顾不上吃,晚上还得把活带回家,这不,回来后便趴在自家大厅的八仙桌上统计东西。

赵子和气鼓鼓地回来,看到儿子宝贵,冲着他说:"小日本什么东西,要我放弃我的商号、标号,老子做不到。"

"爸,去哪了,咋生这么大的气?"赵宝贵放下自己手上的活,问。

"马为民把我叫去了,我刚打他那儿来。"赵子和没好气地说。

"爸,你这次准备投哪个的票?"

"哼,官官相护,拿大伙当猴子耍!税官来找过,马为民也从中说,并要我做工作,多找几人投吴晋的票。他是什么东西,一个浪荡哥。他们要我投,我偏不投他的!"

"对,不要投他的。"

赵子和听后,发现自己被情绪左右,马上冷静下来,对着儿子说:"宝儿呀,你可不要学你爸,在人手下做事,就得看人眼色,懂吗?"

赵宝贵说:"爸,吴大人希望李俊选上,而不是他儿子。我也这样想。"

赵子和听后不作声,若有所思。

吴振江端坐在皇窑厂办公室里,看着公文。马知县一进门,便笑着拱上双手,说:"吴大人,小弟把监银带来了。"说着,转身向主簿使了一个眼色。

主簿上前,把银票献上。

吴振江没有搭理他,而是抬起头,冷冷地答道:"马大人,延误皇窑厂的监银按大清例律,可是要流放充军的。"

马知县心想还不知谁流放呢,但他马上眼睛一转,满脸微笑地说:"吴大人,你也知道,我们县衙比不上朝廷。"

"马大人,我可是听说上个月有人还从你库房中借走了五十万两白银。"

马知县看了主簿一眼,心想肯定是这家伙说出的,但事到如今,人家都指到头上了,只得硬着头皮解释:"我的吴大人,浮梁县的库银,年初早做计划,朝廷临时下文,我们一时抽不出来,不过我一直在努力筹办。筹划好了,等你们来人,可又久等不到。后来才知道,你把皇窑厂上贡给皇上的瓷器给卖了,振江兄,那是要杀头的,你就没有考虑过?再说,拆借我银两的人你是家二公子。你我同朝同地为官多年,我们相交一场,也是有感情的,我把你的儿子当我的儿子,眼看你为了皇窑厂丢去性命不顾,老哥救不了你,可我得为你家人留条生路,我的苦心,振江兄,你可知道?"

"是吗,马大人,看来我还得感谢你?"

"振江兄,你明白就够了。"

这时,侍从进来,对吴振江说:"大人,准备好了,曾总管请你过去。"

吴振江站起来说:"好。"他看了看身边的马知县,笑着问,"马大人,今天本窑厂瓷局开张,是不是赏个脸,一起去看看,给我一个面子?"

马知县心想:你吴振江这时还有什么名堂?想到这,他说:"好,督陶大人看得起,我一定去,督陶大人先请。"

大清皇窑厂公馆的一侧上方正挂着一块用红绸裹着的大匾。这里站满了窑厂的大小官员,还有一大群洋人。

曾总管看到吴振江过来,后面还跟着马知县,心中一愣,但看到吴大人与其有说有笑,并有意地朝他瞟了一眼,他明白了,马上上前对吴振江说:"大人,一切准备好了,就等您来揭牌。"

马知县一生就爱好做这个,但曾总管却没有请他,他心里难过,冲着曾总管笑,借此提醒他浮梁知县马大人在此。

哪知,曾总管却装愣不知,毫无反应。吴振江也没有把马知县当回事,径直上前,把红线一拉,红绸落下,大匾露出"大清皇窑厂瓷局"七个金光闪闪的大字,匾下方的落款是大清太后慈禧。

马大人站在那以为自己看错了,揉了揉眼睛,再看,落款确实是大清太后慈禧。

此时,大厅内外掌声雷动,爆竹声声震响。

马知县呆呆地站在那,心想自己八百里密奏的折子不是又白干了?弄不好,落个欺君,想到这,顿时大汗淋淋,对眼前发生的一切毫无知觉。

吴振江知道马知县的心思,对着他似笑非笑,说:"马大人,皇窑瓷局开张结束了,商会评委们正在等我们,我们走吧。"

马知县听吴振江在叫他,这才明白过来:"是,是,我们走吧,督陶大人多多关照,多多关照。"说时有点语无伦次。

吴振江看到他不知所云,瞧了瞧,也不多搭理,大踏步地往公馆走去。

两天后,大清皇窑厂衙门前站满许多人,今天是景德镇商会预选的日子。大家排成长队投票。

投票结束后,大家在下面纷纷议论。

吴振江、马为民坐在一旁。评审会赵宝贵在唱票。

下面的人随着唱票结束,议论声更起。

统票结束后,马秘书长对着会场说:"唱票结束,现由马大人宣布初选结果。"

马知县听后,走上讲台,大声说道:"各位,这次参选应到人数1022人,实到986人,选举有效。初选结果是:吴晋得票423票、李俊330票、饶希斋247票,吴晋第一。大家鼓掌向他们祝贺。"说完带头鼓掌。

下面一片掌声。

马大人说:"大家静静。"

会场下面声音慢慢又静下来。

马知县说:"评审会决定:为了让各位参选人有个充分的准备,一个月后的今天,候选人进行决赛,超过半数,得票多者当选。散会。"他说完,走下来向吴晋祝贺。

吴晋听后,低声地说:"大人,这全靠你运作有方,名为选我,实是选大人。"

马知县听后哈哈大笑。

大家都扭过头来看着他们。

吴振江看了吴晋一眼,吴晋装作不知,昂着头离开了会场。

晚上,吴晋府张灯结彩,人员进进出出,十分热闹。

大厅里,欢声笑语,马知县举着杯对着山田说:"山田先生,你亲家要镇上瓷艺界联合起来,抵御日本瓷业的侵略,我看他这回倒是给自己帮了一个倒忙,成了联合抵制他了。"

"马大人,我很难过,日本人到中国来,是帮助你们,谋求共同发展的,我们这样做有什么不对?不过,马大人,我还是要为我晋儿,未来的女婿,也为我们的共同繁荣干。"山田说完一口喝完。

"谢谢大人、谢谢岳父,以后我就靠你们了。"吴晋听后,马上站起,陪着干下这杯酒。

山田说:"要靠就靠马大人,晋儿,来,我们共同敬马大人一杯。"

马知县看着吴晋,笑着摆摆手,说:"吴老弟,后生可敬,我代吴愣子和我本人敬你!"

吴晋虽说给马知县说得有点不自在,但听后十分得意,不过,他没有表露出来,而是再次把端酒杯起来,说:"马大人,折杀小辈,这一切全是你筹谋的结果。我敬你老人家一杯,祝您钞票大大的、美女漂漂亮亮的、官越做越大的。"

"好!好!你说的我爱听,我干。哼,吴愣子,跟洋人斗,当今太后都不敢,真是自不量力!连亲情都不要的人,我看有什么结果?"马知县举起杯对着山田先生说,"山田先生,以后有什么挣钱的事,还要请你多多关照,我敬你。"显然,他有点醉了。

主簿匆匆进来。

吴晋一见,伸手拽上他说:"主簿,你来得正好,这里也有你的一份功劳,来,我敬你一杯。"

主簿忙摆手说:"是二公子英明,我能出什么力?"

马知县对着主簿说:"主簿没有你帮我及时拨出五十万两银子……"

未等马知县说完,主簿使劲地向他眨眼,摇头。

马知县看着主簿神神秘秘,不知所云,他借着醉意,更来劲,只见他端着酒杯嚷道:"主簿,喝,那五十万两银子,二公子记你情,我也记你情。今天不喝,我就叫人把酒往你屁眼里灌进去。"

在场的人听后哄笑。

主簿四周看了看,扯着他的衣角附在他耳旁说:"大人、大人,快别说了。朝中都察院来人了,说是奉了太后的口谕。"

马知县一听,顿时酒醒了一半,忙问:"你说什么,太后口谕。他们人呢?"

"他们在翻我们的账本。"

晚上,在大清督陶府书房,大家都不吭声。周统领进来说,二公子正在大摆庆功宴。

吴振江说:"总管,晋儿其实是个摆设,操纵他的是山田,要是让晋儿做了这个会长,我们就白忙碌一场,反过来给镇上引来了一条狼,给瓷业带来麻烦。"

曾总管说:"这次选举前,吴晋带人到处许愿,马知县在财力上大力支持,这是取胜的很大原因。"

"总管,还有这畜生到处挂督陶府之名。"

"大人,你说,下一步咋办?"周统领问。

吴振江说:"我们还没有到最后。各位,我们不能被动挨打,我们更不能眼睁睁地让这个商会落在山田一伙手中。明天,我找李俊商议一下。"

这时,侍从来报,说监察院已派人到了浮梁县,说是奉了太后的口谕,检查马知县的账目。

在场的人一听顿时兴奋起来。

红店文学系列

汪叔凡马上站起说："大人，这可是个好消息。"

吴镇江说："这是个好消息，不过，马为民官场走了几十年，要开他不是那么容易的事。我们面前的任务是商会，有必要，我们皇窑厂得出面支持。"

在浮梁县衙，翻账的官员看了一天的账，都有点疲倦，打着哈欠。

马知县带着主簿端上几盘香喷喷的煎饼进来，笑着对着他们说："各位大人，歇一歇，吃几个煎饼不影响你们吧？"说着向每位面前摆上一盘。

他们拿着就往口里一咬，不对劲，拿起一看，里面包着一枚金戒。大家都看着马知县。

马知县却笑着说："各位大人，这只是小点，里面陷心都一样，请各位大人带回下榻的寝室备用，下官现已在厢房备下一桌薄酒，敬请各位赏光。"

他们听后，相互对视了一下，不断地点头，说："好，好，好，我们是饿了，还是马知县周到。"

马知县笑着说："那各位大人请吧？"

在县衙马知县为京城大员准备了一桌丰盛的晚餐，餐桌上摆着十八盘大碟，有长江的鲈鱼，鄱阳湖的天鹅，当地的桂鱼，深山的老鳖，样样都是山珍海味。这些他们在京城都难得吃到。酒过三巡后，都察院官员醉眼蒙眬地拍着马民为的肩膀说："马大人，我看你是个性情中人，够朋友，我敬你。"

"谢谢，承蒙各位看得起，浮梁小县比不上京城，是个小地方，我这儿除了瓷器便没有什么特产，这瓷器除了官窑瓷，其他的民窑又值不上几个钱，拿回京城又难看，毁了各位的名节。你们来时，马某想了很久，各位回程路上不能不备些水果之类，但各位口味又不一样，马某只有出个水果费，让你们自个在途中购买替我代劳。马某想，这不算犯规吧？"说着，对在场的三位监察院官员，每个人发了一张银票。

三位监察院官员拿到手上看了看，马上把它塞进口袋，然后端起酒杯，笑着说："马大人，这个水果费，我们就不客气了，京城里的事，就是我们的事。你放心。"说着举杯相敬。

"各位钦差，那马某就谢了。不过，有件事也得麻烦一下各位。"

"马老弟，有……有事尽管……说。"一位监察院官员端着酒杯说道。

"各位钦差，我的账你们都看过了，账上的情况我是一清二楚的。浮梁作为大清上百万人口的大县，大小官员不少，要张口吃饭，有时遇上困难，挪用一下资金，可是我这也是为了浮梁的事业，说到底也是皇上的事业。"

一官员听后感动地说："马大人，你不容易！"

"大人，有你这句话，我死也值，这是你们看了我的账本现在才理解，可是皇上呢，太后他们咋想呢？"马知县问，心中装出十分地委屈。

"老弟，这个我们一定向皇上、太后呈报，为你申冤并给你请功。"

"请功我倒不要。马某不求有功，但求无过。马某一点不明白，这点小事，监察院又是领太后口谕，又是兴师动众来查，可是他吴振江私开皇窑瓷器禁令，借机大肆捞取钱财，为什么就没人主持公道！再说，我挪用的钱给谁了，我是给了他的儿子吴晋！可他倒过来打我一耙。各位钦差，我马某心痛，心在流血。"马知县说得声泪俱下，拿起桌上的酒就往口中倒。几句话，说得在场的人无不动容。

"马老弟、马大人，我们刚才几位兄弟说了，你的事就是我们的事。我知道你肚里冤了，回去我们一定把皇窑厂的事据实呈报，为你出这口气。"

"好，不枉我马某结识各位一场。这杯酒，在下先干为敬。"马知县说着，举杯一口干掉。

吴振江穿着便服与李俊在镇上某茶楼喝茶。

李俊问："大人，听说马知县拿了五万两白银给吴晋竞选？"

吴振江说："李俊，外面说的情况与事实可能有点出入，真实情况是马为民把这笔钱借吴晋之手，作为自己的股金投到他与吴晋、山田合伙经营的瓷土矿中，他怕朝廷追究他拖延拨付皇窑厂监银的事实，才有这一着。"

"这个马知县，计谋很深。"

吴振江点点头。

"大人，听说太后对他拖延皇窑厂的监银很恼火，我看他这次在劫难逃。"

"李俊呀，你只看到一面，马知县在官场混了几十年，他能刁难皇窑厂，就早有算计。"

小二过来上茶，李俊接过，支走小二，亲自给吴振江倒茶，一边说："大人，我也知道这次选举重要，但是他们相互串联，到处许愿拉票，我怕……"

"李俊，你说的，也是我所担心的。"

李俊说："大人，为了瓷业，您不能再拘泥形式，而应站出来向各会馆、窑户打招呼。"

"李俊，大家选我为评审会主席，如果我不遵守规则，今后这个商会选出来也就会流于形式，我们今天设立这个商会就没有意义。"

李俊为大人添茶。吴振江拿着茶杯若有所思，自言自语地说："我们把事情想得过于简单。"

"大人，我担心商会落入他们手中，我们就适得其反，把我们瓷业往狼窝送呀。"

"是呀，李俊，想到这，我这几夜都合不上眼，难道这是天意？"

"大人，我们还没有到最后。"

吴振江说："李俊，我们当初想搞这个商会是向洋人学的，洋人弄了近百年，按说一定有它的道道，"说到这，他眼前不由得一亮，用力拍了一下桌子说，"有了，李俊，咱们去找涛儿，说不定他有办法，能让我们取胜。"

第十九章

在大清督陶府，吴涛正在和弟弟、妹妹说话，他们笑得合不拢嘴。得福过来，他们马上不说了。吴涛问："得福叔，如此匆忙，有事吗？"

"公子，老爷急着找你。"

"我爸，在哪？"

"在书房等。"

"秀娟、吴亮，我有事，今天就先讲到这。好了，我要走了。"吴涛说着，跟着得福走了。

在书房，得福带着吴涛进来，吴振江和李俊正在说话。

吴涛一进门就问："爸，有事吗？"

吴振江放下手中茶杯，指着李俊介绍："这是李俊叔叔。"

"见过李叔叔。"

"大公子不要客气，我是来向你求学的。"

"李叔叔，这样说，你这就折杀我了。"

"涛儿，你李叔叔是认真的，我也要拜你为师。对成立陶瓷商会，我们估计不足，为此我和你李叔叔现在是一筹莫展，我们担心吴晋后面的日本人得逞。要是这样，景德镇瓷业的后果不堪设想。你说洋人对这商会搞了一百年，我想一定有它的道道，为父和李叔叔现在想听听你有什么好计策来赢得这场选举赛。"

"爸、李叔叔，外国人每年都有选举，为了战胜对方，他们什么手段都用，特别是一些小手段，但这些都见不得人，他们常常躲躲闪闪，一旦被人识破，就会适得其反。选举关键是取决主流民意，大多数人的意见，他们能不能投候选人的票，看候选人是不是能代表他们的利益，并做到选举后工作的公正。现在正如爸所说，吴晋他们既然不顾民意，搞小动作，那我们就反其道，揭露他们，同时大张旗鼓地向民众宣扬我们自己的主张。"

吴振江一直在静心地听，待他讲完，马上兴奋起来，说："涛儿，你讲得不错，让我觉得这几年你在外面没有白学。"

"大公子，你这样说，让我找到了这次失败的症结，现在我心里有数了。"

"李俊，你就干脆请他过去，把这事交给他。"吴振江说。

"大人，我就怕大公子不答应。"

"李叔叔，保住华夏千年基业，不受洋人侵略，是我每个中华儿女的职责。"

吴振江一听，拍着吴涛的肩，爽朗一笑，说："我儿有这样胸襟，不枉为父生你养你一场。涛儿，此事事关我华夏千年基业，几十万人的生存，这次你只许成功，不能失败，能做得到吗？"

吴涛说："爸，李叔叔，你们放心，只要我们共同努力，一定会成功。不过，让我做好这事，你还得答应我一个条件。"

"涛儿，你说。"

吴涛说："我向您要个人做我帮手。"

"谁？"吴振江问。

"汪琦老师的徒弟——小华莱士。"

"小华莱士？好，这事包在爸的身上。"

吴涛说干就干。当日就带着弟弟妹妹到李俊府，他指挥着秀娟、吴波写标语，吴亮在一旁帮忙收拾。

这时李俊进来，对吴涛爽朗一笑，说："大公子，你看谁来了？"

吴涛一看，发现小华莱士正笑着朝他走来，后面跟着一帮人，有汪仲、汪霞、孙承……他们一进门，便马上围过来。

吴涛对着小华莱士说："小华莱士，你来，我心里就有百分之百的把握。"他指着桌面上已写好的标语，请他提意见。

小华莱士看后说："大哥，如果要取胜，打败吴晋他们，我感到这里面还差一个内容。"

"什么内容？"吴涛听后，马上问。

小华莱士说："加进民族感情，把日本人发动甲午战争，屠杀中国人，割让中国的土地写上。中国人民族自尊心很强，他们恨日本人对自己的侵略，这次选举，要是让景德镇瓷业人知道日本人是吴晋的后台老板，他们就自然不会支持吴晋，投他的票。"

"行！"吴涛觉得小华莱士说得有理，根据他的建议，马上在标语中做出了修改，把以上内容加了进去。

传单很快写好，吴涛看了看后对大伙说："各位，标语、传单都写好了，我现给大家分一下工：把景德镇选区划为东南西北中五个区，每个方位区又作为一组，每一组三个人组成。李俊叔叔这里的人分三个组，为西、北、中片；小华莱士和吴波、汪霞一个组，为南片；汪仲、孙承、秀娟一个组，为东片。每个组必须按要求各自完成自己包片的任务，到时我抽查，做不好的不但要批评，还要补课。现在请大家把传单带回家去，吃完午饭后各组自由行动。"

李俊听后，忙说："大公子，你们大家不要走，中午我请客。"

下午，一个日本浪人拿着一叠红纸写的标语来找山田，山田一看，嘿嘿一笑，说："中国人，要是不出卖自己兄弟朋友，我们日本人进得来？吴振江太不了解自己人！"

日本浪人上前说："山田君，我看吴振江他们已江郎才尽，现在连小孩的把戏都用上了。"

"让他们去折腾吧。"山田随手把那东西一丢，哈哈大笑。突然，他笑声停下，面露凶光，对着浪人说，"抚州帮饶希斋，他们狡猾狡猾的，你得给我密切注视他们，最好让他自动退出。"

浪人双脚一立，点头说："嗨。"转身出去。

这时一个日本女人进来，拿着一张纸条，递给山田，说："山田君，总部来电。"

"哟西，哟西。"山田一看，眯着双眼说，"告诉吴晋，大日本为确保我们这次胜利，已答应我们五十万两白银，请告诉吴晋放手去干，投我们票的人，我们就跟他签订购货协议。"

在镇上瓷器街，汪仲、孙承、秀娟在挨家挨户发传单。秀娟一边发，一边说："各位大叔，你们好好看看，选好你们自己的当家人。"

大家接过，看后三五一伙在议论：

"吴晋后面原来是日本人在支持。"

"日本不是好东西，你们看，上面写得很清楚。"

"我们不能选他们。"

秀娟听后，笑着说："各位大叔、大婶、大妈说得对。要是他们好，我为什么要反对我的二哥，你们说是吗？就是我太了解他们一伙，我才要起来反对他！"

一大婶说："人家说督陶府的小姐像花木兰，今天看后，一点没错。等我那口子回来，我一定要他按你们说的话去选准自己瓷业的当家人。"

"那谢谢你们。"秀娟听后，向她们鞠了一个礼，开心地离开，继续往下一站点发放。

"现在世道真变了，你们看，督陶府的小姐多能干。"赞美的声音从后面传来，秀娟听后心里美滋滋的。

吴涛领着大家贴完标语后，在回家的路上，路过吴晋府，犹豫一下后，独自一人走了进去。

吴晋的下人见他进来，赶紧通知吴晋。吴晋听说大哥吴涛到，因他刚从山田处回来，得知吴涛带着兄妹顶着他干，正在气头上，不知气往哪里发泄，看着吴涛，马上指着他骂："你还有脸来我这？不帮老弟帮外人。你们口口声声说日本人侵略，我们被人侵略还少？日本人不管出于什么目的，但事实是他们给了我们钱，把厂办在景德镇，养活了景德镇人。现在大清国正需要这种侵略。这年月，谁能给我饭吃，谁就是好人。我不管你们怎样说他们，可我觉得总比你们这些成天喊空口号的人强！"

吴涛一时不知如何回答，待他感到二弟吴晋骂够后，才心平气和地跟他说："二弟，现在我说什么，你可以不听，不过，你是爸的儿子，你不可不听他的。"

吴晋一听更来气，他说："听他的？我得到他什么？他没有我这样的儿子，我也没有他这样的爸。他不让我干，我偏做给他看。你不是反对我，到街头上贴什么标语？如果你还认我这个弟弟，你就不要帮他们去做那些小孩的把戏，煽动人来反对我。还有，以后跟小翠少来往一点。她现在是我的老婆。不然，我们兄弟都没得做！"

"二弟,你?"吴涛听后,一时给他气得说不出话来。

"我,我什么?督陶府吴大公子,本爷还有事要办,没空陪你。对不起,我得走了。"吴晋说着,一招手,带着几个小厮走了。

"二弟?"吴涛喊。

这时,有个小厮过来,对着吴涛说:"大公子,对不起,下次再来吧。我爷有事。"

在抚州会馆,饶希斋在议事,有人来找。饶希斋听后马上说:"快请。"

来人一进门,就拖长声音喊:"饶兄?"后面并跟着一帮人。

饶希斋一看,是马知县,忙回礼,"不知马大人大驾光临,有失远迎,请,快请。"说着,高声喊,"上茶。"

马知县摇摇手说:"饶兄不必客气,我是来找饶兄商量事的。"边说边自己找椅子坐下,同来的人站在一旁。

饶希斋说:"马大人有事,叫人招呼一声就可以,小人去去就是,用不着大人亲自来。"

"饶兄,事关重大,马某得亲自跟你谈。"

"大人请说。"

马知县使了一个眼色,示意站在他身边的人出去,他从口袋中掏出一张银票,推到饶希斋面前说:"饶兄,马某受人所托,只要你放弃这次参赛,并转而支持吴晋,保你的人投他的票,让他顺利坐上商会会长这个位置,这张五万两银票就是你的,事成之后,还有重谢。"

饶希斋听后把银票推回到马知县面前,摇摇头说:"马大人,承蒙你看得起,但就这件事例外,其他什么事都好说。大伙信任我,我不能失信于人,要是大家知道了,我今后怎样在社会上立脚?"

马知县一听他不给面子,不由得脸色一沉,说:"饶兄,你是个明白人:这次竞选表面上是你们三人在唱戏,但实质上是马某与日本的山田先生联手在和吴振江争,你始终只是个陪客,听我一句,现在见好就收。把这五万两银票拿到手上,领着你的弟兄支持我们。"

"中国瓷业上下几千年,山田他们凭什么来这指手画脚?马大人,刚才的话,从你这个大清朝堂堂的五品命官嘴里说出来,要是传出去,我看不好!"

马知县听后,脸红一阵青一阵,用手指着他说:"你……你,不要本县给脸不要脸。"说着,摸起桌上银票,怒气冲冲地走了。

饶希斋说:"饶某不送。"

饶希斋看到一直高高在上的马大人突然也会在他面前狼狈起来,感到一种快意。待处理好会中一些事务后,已近中午,回到家,谁知人还未到家便发现自家门口围着许多人。大家看到饶希斋过来马上自动让开一条路。

饶希斋走到家中店铺一看,瓷器被砸得到处都是,店门被打破,店员捂着头,脸上流着血。他们见饶希斋回来，个个哭丧着脸说："老板，上午店中突然来了一批人，他们一进来不分三七二十一，见东西就砸，见人就打，砸完之后还说，这只是一个小教训，离开前用匕首插上一张纸条钉到柱子上。您看。"

饶希斋走过去，拔下匕首，取出纸条，一看，只见他吹胡子瞪眼，用力把桌子一拍，说："我饶希斋不是吓大的！"

大清皇窑厂自开放对外经贸以来，公馆门口每天都聚集很多洋人，并且数量一直在增多。不到一个月，皇窑厂次品全部卖空。

这天，曾总管又拿着一叠订单走进督陶府，吴振江接过，翻阅后吩咐道："葡萄牙、西班牙、荷兰，还有美利坚。签吧。"

"大人，我们次品全部加工完了。现在手上没瓷器，是否从我们国库中拨出十成？"

"不行，总管，我们平日能动用的筹备不能超越五成，不然宫中临时伸手向我们要货，我们一时又拿不出，会误了大事。"

"大人，那我们……"

"总管，皇窑厂再困难的时刻咱们都挺过来了。这么多年来，我们皇窑厂就没有过不了的坎。没钱的日子多难过，现在洋人把钱给咱们送上门来，我们为什么不要？去，把皇窑厂各作坊的负责人召集起来，让大伙一块来想想办法。你先走一步，商会评审委员会马秘书长找我有一点事，稍后，我随即就到。"

曾总管走后，吴振江也马上从督陶府出来，到商会评审会办公地看了看。发现马和尚他们正在有条不紊地开展工作，十分满意。他们看到大人来了，赶紧站起来，拿着桌上的统计表递了上来："大人，请指示。"

吴振江看后，点点头，说："不错，辛苦了。"说着拿起桌上的笔在表格上刷刷地签上自己的名字，一面问："马秘书长，你们看看，还有什么要我支持的？"

"大人，够了，谢谢你关心。"

"行，那我就不打扰你们。马秘书长有事，要是我不在时，你们可以直接去找曾总管。"吴振江说完，便起身告辞，径直往衙门走去。

到了衙门办公室，吴振江发现大家早到齐了。皇窑厂的大小官员见吴振江进来，都站起来。吴振江示意大家坐下，他说："我把大家叫来，是想开个群英会，听听大家意见。现在请总管先说说情况。"

"好，"曾总管说："各位，大家先看看这个。"说着，他拿着一叠订单发给大家。

与会的人传阅后，退回了曾总管，看着吴振江，不明就里。

吴振江看了大家一眼，笑着说："你们看见没有，上面写着洋人送来的银子数量，你们说我们收不收？"

大家听吴振江大人一说，顿时开了锅，都说，这样的好事我们为什么不要。送来的，咱们当然不能退！

有人动情地说："大人，三个月前，我们也在这里开会，当时因为缺银两，我们厂逼得差点关门。咱们现在虽说渡过了难关，但是还是不宽裕，要是有了这批银子，我们皇窑厂的日子会更好过一些。"

吴振江被他这么一说，也受感染，兴奋起来，他说："各位说得对。没银子的日子，对我们来说是多么艰难，有了银子，皇窑才能开动，才能办得更好。不过，今天把大家召集起来，我要告诉大家，现在我们的库存的次品卖光了，如果我们手上没货，这些单子就得退回去，到手的银子就得不到。你们说咋办？"

有人听后马上站起来提议："大人，上贡瓷中挑选下来的陶瓷残次品加工时费工又费时，且量有限，质地也不能保证，我想咱们不如从增加皇窑厂产量入手。"

"大人，他说得对，我们作坊还有一些设备没有充分利用起来，还有增产的空间。"

"大人，我们现在窑工工作量并不饱满。要是每人每天多拉一个坯，多画一根瓷瓶，我看咱们这些订单不就出来了！"

大家七嘴八舌，吴振江听后不断点头，他说："为了让我们皇窑厂多挣几个，今后的日子更好过一点。我看就按大伙意见办，大家有没有问题？"

"没问题。"大家齐声地回答。

吴振江听后，非常满意，他是个急性子，会后带着大伙说干就干，皇窑厂上下马上就动起来。大伙把现有的生产作坊空间充分利用，并尽量扩大，减少生产管理人员，把工人中一些心灵手巧，悟性好的人员充实到生产第一线上。

彩绘能力有余，拉坯房生产能力不足，吴振江当即命人在拉坯坊增加了两个车间，但是仍保障不了加工量，他便叫曾总管把镇上一些民窑大户找来，按样向他们订货，委托他们加工。

几天后的一个上午，吴振江从作坊区检查生产回来，路上正好遇上曾总管拿着几件瓷器来找他。"大人，这是几个民窑刚送来的货样，你看看。"

吴振江接过一看，连声称赞："不错，看来咱们民窑厂瓷器质量是日新月异，蒸蒸日上。我们还是保守了一点，今后咱们还可以多拿出一些订单，附上一些技工出去，这一方面可以进一步促进民窑技术的提高和产品上台阶，另一方面也可以适当增加我们的订货量。"

"大人，要是按你说的这样，我们再多订单也敢要？"

吴振江说："总管，我看一下不能太乐观。能基本符合我们条件的不多，仅李俊几家，且他们只能做些大路品，精品则不行。你看赵子和仿万历的斗碗最到位，但是它的坯角、底款、碗的长宽，与我们皇窑厂工艺技法上都有很大的差别。这算是最好的，差的就更不用说。"

"对了，大人，眼前赵子和如何处理？"

"总管，你带人去查一下，对这种屡教不改的人，咱们一定要给他一个教训。"

"大人，私自生产和仿制皇窑厂的瓷器，按大清律例是要抄家杀头的，赵家窑厂在镇上不论技术还是规模,影响都是叫得响的,这……"曾总管说时,疑惑地看吴振江。

吴振江听后一时不知如何回答。

"大人,景德镇的瓷器是仿出来的,他们的对象就是我们的皇窑,现在我们推行景德镇瓷业的振兴规划,引导民窑提高技艺,如果按大清律例来处理,咱们是否又要走回头路……"

"市场秩序不能乱。"吴振江想后说,"查,坚决地查。如何处置,待商会成立后,我想作为经济纠纷,交它去处理。"

总管听后说:"大人,这个意见好,这一来可以不伤害民窑主的积极性,化解我们皇窑厂与民窑之间的很多矛盾,让我们与民窑之间关系更紧。另一方面,为新建立的商会树立威信。"

"总管,洋人一些好东西,咱们也得好好地学。要在生意中发展自己,也要在其中保护自己。"

"大人,你的意思我明白了,我这就去布置。"曾总管刚走几步,突然又想起一件事,马上折回,说,"大人,还有一事,我们是不是要干预一下?"

"你说?"

"现在公馆周围,洋商对咱们皇窑厂的瓷器倒腾得厉害,听说一些洋商从我们窑厂购得货后,根本就没把瓷器运出去,而是在镇上就地倒手,净赚上三到四成。大人,这事你看……"

"总管,你认为呢?"

"大人,我认为,东西就要人倒腾,有人多倒腾。这样,我们的路子才更宽,市场才更大。"

"对,你这个想法我赞同。"

这时,商会评审会的马秘书长匆忙走来,说抚州会馆的人在评审办公房闹事。

吴振江听后一惊,曾总管也一样,他马上问:"闹事?什么事?"。

"大人,他们说有人到饶希斋家进行威胁、恐吓,要他放弃竞争。这事激起一些抚州同乡的不服,他们来向我们讨个说法,问我们选举公平、公正在哪里?"

"谁敢如此猖狂?"

"目前还不清楚。"

吴振江对马秘书长说:"饶馆长这人,我看挺通情达理的。你去把他叫来,做好他们同乡的工作,先叫人回去。对这次蓄意闹事之人,秘书长,我们查获后一定要严惩。"

吴振江处理完公务,回到督陶府,看着吴涛兴高采烈地出门。他突然想起什么,忙把他叫住,问:"涛儿,你二弟咋对你说?"

"爸,我看他铁定心,早已把山田这帮日本人当恩人和靠山了。"

吴振江听后不语,心中闷闷不乐。

饶希斋这时来见吴振江,得福把他带到书房。

吴振江见饶希斋到,赶紧放下手中的书,上前与他握手:"稀客、稀客,快请坐。得福,为饶馆长泡茶。"

饶希斋坐下,得福为他沏上茶,吴振江接过茶壶,亲手为他倒茶。饶希斋很感动,站起来,抢下茶壶说:"大人,我自己来。"

吴振江示意他坐下,说:"你是我的稀客,也是我的贵客。来,喝茶。"

饶希斋把茶杯端到嘴边,又放下,他从衣服中掏出一包东西送给吴振江,说:"大人,您看。"

吴振江接过,打开一看,是一把明晃晃的匕首。"饶馆长,你为人磊落,可是我们有的人就不光彩。我已令人追查,对为首者一定严办,给你们大家一个交代。你要一如既往,不能退缩!"

"大人,谢谢你的鼓励和厚爱。他们这样做,已激起我和我的同乡极大的愤慨,我跟他们说决不放弃,抗争到底。"

"好。"吴振江说,"馆长,这次选举,有些人把意思弄错了。商会是大家的,选举就是要选出大家信任的人,能为大伙办事的人。商会不是衙门,不可以作威作福。他不能为大家办事,上去了也得让大家轰下来。"

饶希斋说:"听了这句话,我们就放心了。不过,大人,我想好了,我决定放弃竞选!"

吴振江听后,顿时一惊,双眼看着他,说:"希斋兄,你这是……我想抚州人不是这种性格?"

饶希斋端起杯,喝了一口,笑着说:"大人,您误会了,我不是真放弃。我想……"他附在吴振江的耳朵说,"咱们这样……"

吴振江听后不断点头,说:"好!好!"

当天下午,曾总管带领一队清兵直奔城西的赵窑。赵子和正在检测刚出炉的瓷器,全是仿明成化年的产品。

这时,一青年跑进来,说:"老板,皇窑厂曾总管带领一大队官兵直奔这里来了。他们是不是冲着我们瓷器来的?"

赵子和说:"怕什么,我这儿做的是大明朝的瓷器,现在这是什么年代?"

门口,曾总管已到,他指挥官兵把赵窑包围起来,然后带人直闯进去。

赵子和放下瓷器,走过来对曾总管说:"曾大总管,你们这是?"

"赵老板,我奉命搜查。"说着,曾总管手一挥说,"给我搜。"

官兵乒乒乓乓查起来,不一会儿,便抬上几筐瓷器过来,"总管,你看,总共十二筐,三十个品种。"

曾总管指着赵子和说:"赵老板,这事,你咋解释?"

赵子和两眼睁得大大的,眼红脖子粗地问:"曾大总管,我犯的是什么罪,你好好睁眼看看,我仿的是什么年代的瓷器?这都是大明的!现在是什么时候?"

"哼，"曾总管冷笑一声，说："大清律例规定得很清楚，民窑不准生产任何皇窑厂的有关用瓷。违者轻则充公，重则抄斩。把这些抬回去，人给我带走！"

"慢。"赵子和说，"大总管，皇窑厂现在都可以就地交易，与民间联合生产，再说，这镇子上仿皇窑厂瓷器的不只我一个，为什么就拿我？"

"皇窑就地交易、与民间联合那是经过大清皇上、皇太后批复的。对不起，我们在没有接到宫中下文前，任何私自生产和制作皇窑瓷器的窑和人都以违反大清律例论处。谁犯拿谁，对不起，"曾总管把手一挥说，"带走。"

赵子和被清兵押出赵窑。他的老婆子女上前拉扯，让官兵给推开。

赵子和急了，对着她们喊："你们别怕，吴振江婊子都敢娶，我怕什么，你们等着，吴振江他不敢把我怎么样！"

吴振江仍与饶希斋在书房谈话，曾总管这时不高兴地进来。他们拿眼看着他。

曾总管不作声。

饶希斋站起来说："大人，你们有事，我看我就先走了。"

吴振江也站起来，握着他的手说："好，我们今天就谈到这里，有事咱们及时联络。"

饶希斋点点头走了。

吴振江见饶希斋走后，转身问："总管，今天咋不高兴？"

"大人，连人带货我都给他端来了。我看他的嘴太损了，"曾总管说，"现在我已把他关在大牢中，看他嘴还硬不硬！"

吴振江笑着说："总管，我们断了人家的财路，就不允许人家骂几句？"

"大人，我看把他交给衙门算了。"

吴振江拍拍曾总管的肩膀，说："个人意气是小，这事就暂且搁着。总管，我从生产区回来时，有人跟我反映，说皇窑厂一些窑工情绪不少。"

"大人，有这回事，特别是一些老窑工，他们反映工作量太大，大人只要钱，不顾他们的死活。为首的已抓了起来，关到牢中。"

"谁让你们抓的？"吴振江听后跳了起来，问。

"大人，你平时对窑工不薄，特别是一些老窑工，不整整他们，他们太不知斤两！"

"好糊涂！"吴振江跺着脚说，"总管，你说我们困难时是谁在帮助我们？"

"窑工。"

"这就对了。我问你，现在我们账上还有多少银两？"

"三十万两。"

"行，总管，你回去后，把这近两个月窑工超时的产量折合工时算一算，算出来后，计发他们的工银，同时每位窑工发放二两白银，当作前两个月我们延发他们工银的息银。"

曾总管一听，马上说："大人，这样我们库房可要发放不少。"

"总管,白银是他们挣的,今后我们还要靠他们给皇窑厂挣银。"

"大人,您的意思我明白了,我这就去办。"

离商会最后选举没有几天,东京给山田下达死命令,要他不惜一切代价获取选举的胜利。从第一次选举到现在不到一个月,他已花费了这几年在景德镇从事经营陶瓷的全部积蓄,同时,还用去了东京总部为他拨来的二十万两白银。有第一阶段的胜利,加上这段时间的努力,山田想这次得票一定比上次还要多。想到这,他更加信心百倍,心想这几年在景德镇的苦心经营没有白费。

这时,有浪人来报,说知县马大人到。

山田打破常规,出门迎接。他要把每项工作做细做足,虽说,现在马知县已任他摆布,但是他毕竟是浮梁王,又是这次评审委员会的副主席,这个时候,对他丝毫的怠慢稍使他不满,都可能打乱自己的工作计划。

山田把马知县亲自迎到书房,支开身边的人后,亲手为他沏上一杯热茶,"马大人,请。"

"谢谢。"

山田说:"马大人,我们离选举没有几天,为了确保我晋儿能坐上会长这个位置,我想近来咱们要尽可能减少麻烦,不要让吴振江、李俊他们给抓着辫子。"

"山田先生,事是这么说。上次我亲自到饶希斋那儿去了一趟,好话也说了,钱也拿出来给他,可他就是不认账。倒是二公子叫了几个人走了一趟,他便软了下来。你说这饶希斋不是欠揍?"

"中国人有的就这么贱。不过,马大人,这种方法到此为止。听说吴振江现在到处在找他们,好在我叫人及时把他们转移了。不然,咱们所做的一切全白费。"

曾总管当天便把那些关押的老窑工放了出来。按吴振江的指示,第二天一大早,便把他们带进了皇窑厂衙门议事大厅。吴振江带着皇窑厂一些主要官员在门前等,看到他们,马上上前,对他们说:"各位师傅,我吴振江带着几位总监给你们赔礼了,事是我们的错。皇窑厂上下五百年,这除了托历代皇上的洪福外,也离不开大家。你们回去后,告诉大家,皇窑厂离不开你们,今后的发展还得多仰仗大家。"说完,对着他们就是三鞠躬。

大家看到大人向窑工鞠躬,深受感动,也纷纷向他们赔礼道歉。眼前几个老窑工当初来时,心里就有点打鼓,进会场后,更显得不安,见大人他们又是赔礼又是道歉,一时呆了,顿时跪下,对着吴振江就磕头,说:"折杀我们了。大人,是我们的错!"

吴振江看后,忙把他们扶起,说:"各位,让各车间作坊增加工时量,没有考虑到大家的体力,这是我考虑不周,错不在你们,在我。今后窑工额外增加工时,要根据情况而定。"他对在场的官员说,"我们窑工日常没有义务超时多做,窑工的怨言,我们要理解要从中分析,找出原因并加以解决,不能压制,更不能对他们进行处分;我今天向他们赔礼是因为我工作没有做好,想事处事不周全。各车间作坊总监回去,代表我、也代表你们自己向各窑工道歉,如果还有为此事受到处罚的窑工,一定要消除他们的处罚。我也要求在座的各窑工代表也把我们意思带回去,对大伙把此事说清楚。我在这要郑重地告诉大家,今后皇窑厂窑工完成正常生产量后,超工时部分的工银将在已有基础上增加四成,窑工得四,我们皇窑厂得六。"

在场的窑工听后不断鼓掌。

吴振江看了大家一眼,稍停后,接着说:"各车间作坊加班不要一刀切,对那些年龄大、体弱的,不要求。但月终计发工银时,我们可以在他们工银上增发一成,算是对他们以往努力的补助。"

当即,皇窑厂便把这一措施在皇窑厂城墙上张贴了出来,大家都围着观看,窑工回家后个个跟家人商量,他们的妻子都大力支持;一些年龄大的、身体不太好的窑工担心加不了班,纷纷到作坊总监处反映,遇到拒绝后,他们来找吴振江。吴振江看到这些热情高涨的窑工,十分感慨,热情地答复了他们。窑工走后,他深深感到做官做人做事是相对的,关键在于平等、真诚,没有相互间的真诚平等对待,管理是做不好的。他把这一想法写在宣纸上,压在办公桌上,同时要大家特别是各作坊车间总监明白这个道理。

皇窑厂一系列措施实施后,皇窑厂窑工生产积极性更高,一时间,在皇窑厂,每天每个时辰都有开窑、封窑活动,祭窑神的爆竹声不断。

离选举还有一天,马和尚正在带人布置第二天的商会选举会场。吴振江则与马知县在巡查会场。吴振江要求周统领加强明天的保卫。

周统领听后,马上说:"大人,这事,我没有绝对的把握。"

吴振江听后一惊,问:"统领,这是为什么?"

周统领说:"大人,现在皇窑厂每天有妇人提着小饭篮子来厂为他们的丈夫和儿子送饭,刚开始是十几个,后几十个,现在到了几百个,我担心这事。"

"这……"吴振江知道事情的原委后,一时也没办法,恰巧看到曾总管正朝他们走来,他不由得眼睛一亮,说,"有办法的人来了,你可以去找他商量。"

周统领点点头。

这时曾总管已到跟前:"大人,大伙都在大厅等你。"

"呃,我忘了。走。"吴振江把头一拍,与马知县、马和尚打了一个招呼,随着曾总管走了。

马知县看他们走后,笑着对一旁的马和尚说:"秘书长,我们一笔写不出二个马字,吴晋选会长是众望所归,他是吴振江大人的公子,也是我极力推荐的,日本商人山田社长又是他的岳父,你别看他年轻,今后前途无限,说不定是下一任的督陶官。我说的意思你明白吗?"

马和尚听后,点头说:"马大人,您放心,我一定按你们两位主席定的方针办事。"

"马秘书长,我想你是一个聪明人。"马知县听后,似笑非笑,话中带话,转身走了。

在大清皇窑厂衙门议事房,吴振江面前叠起一把红包。只见他看了在场的每位一眼,说:"总管,你把咱们皇窑厂今年一季度的账务跟大伙算一算。"

曾总管点点头,站了起来,说:"大人、各位,今年一季度我们皇窑厂年产瓷总计一千二百万件,在满足朝廷需求后,我们拿出四百三十五万件进行交易,获利白银三百万两,除弥补皇窑厂监银不足外,还有五十五万两银两结余。"说完,看了吴振江一眼,而后,坐了下来。

吴振江听后说:"各位,刚才总管把我们皇窑厂今年一季度的财务账跟各位作了一个通报,曾总管问我,看到这些数字,有什么安排?我说我要给大家发红包,而后,与大伙再谈谈下一步窑厂发展的想法。"

有人这时站起来说:"大人,有钱了,我们能否对皇窑厂今年工伤户、生活困难户,也考虑一下?"

"好呀,"吴振江说,"你这个提议好,我再加上一句,把婚丧的也加进去。总管,会后,你就去统计一下,到时我们一一走访。"

曾总管点点头。

吴振江看了全场一眼,而后笑着大声喊。"总管,上前领红包。"

"是。"曾总管听后站起,走上主席台。

"拿着。"吴振江说着把红包给递上。

曾总管推迟说:"大人,还是发给其他人,我没做什么。"

吴振江听后,笑着说:"这么大的皇窑厂咋能离得开我们的曾大总管。这红包,我不光是发给你,我也有,在座的各作坊总监都有。我们皇窑厂能有今天,大家付出了很多,以前皇窑厂穷,拿不出钱,发不了大家,现在好了。不过,我要说的是,这只是小小意思,与大伙平时付出相比,太少了。"

"圣旨到,吴振江接旨。"宫中钦差这时不打招呼直接走了进来。

吴振江听后,忙跪下接旨。

钦差说:"奉天承运,皇帝诏曰,吴振江主政的皇窑厂自开放边贸以来,有私分私吞皇家财产之嫌,自即日起,皇窑厂账务一律封存等候检查。钦此。"

吴振江听后,一脸愕然,看着钦差,更是一惊,"王大人,是你?你没有……"

钦差王大人笑着说:"吴大人,我好好的,快接旨吧。"

他宣读完圣旨后,便扬长而去,把吴振江一人愣愣地晾在那。

"大人,大人?"曾总管看后,喊。

"身正不怕影子歪,让他们去查吧。我们该干什么,还是干什么。付炳文,这是你的红包。"吴振江听后,反应过来,马上大声地喊。

付炳文站起来说:"大人,我……大人,这个我不能要。我们不能再给你添麻烦

红店文学系列

了。"

"这钱是大伙血汗挣的,是大家该得的,怕什么。"吴振江大声吼道。

大家不作声。

会场十分沉默。

曾总管示意大家出去。他们离开时,个个把红包悄悄地放回到桌上。

吴振江看后,一言不发地坐在那,心中黯然。

马知县走进景德镇日本株式会社。

马知县一进门,看身边左右无杂人,马上激动地嚷嚷起来:"山田先生,好消息,好消息!"

山田见他一脸兴奋,也被他感染,马上问:"好消息,大人,什么好消息?"

马知县附在他耳旁说:"都察院奉了太后的口谕,来景德镇检查吴振江的财务了。哼,吴愣子呀,他也会有今天!"

"马大人,这是个好消息,大大的好消息。"山田的眼睛中闪出了异常的神采。

第二十章

商会选举这一天，大清皇窑厂前门口人群黑压压一片。主席台上坐着吴振江大人、马知县、商会评审会的成员，山田等一些外商、海商作为特邀观察员，坐在一侧。

江南的春夏之交，正值梅雨季节，特别是山区，老天比女人的脸都变得快，大雨说来就来。今天一大早，天空还是乌云密布，大家还担心这会咋开。可是随着人员的进场，这天空像说好似的，渐渐明朗起来，到最后是艳阳高照、晴空万里、微风习习。

这时评审会的秘书长，站在临时搭建的主席台上看了看天，见时辰到，马上转过身，对着吴振江大人和马知县问："两位大人，可以开始吧？"

"开始。"吴振江和马知县同时点头回答。

他们话音一落，只见评审会委员赵宝贵走上主席台，大声地对着会场下面的人群喊："各位，大家站好，我们现在要清点人数。"

下面的人员听后，立即按约定有序地坐下。

商会评审会派员下去清点人数。过后，交给赵宝贵一张纸条。赵宝贵照例又算了一遍，然后把它交给评委会秘书长马和尚。马和尚走到吴振江、马知县跟前，说："大人，这是今天实到人数。"说着递给了吴振江。

吴振江看后说："符合规矩。"而后，递给了旁边的马知县。

马知县过目后，递还给秘书长马和尚，说："符合规矩。"

马和尚得到他们的首肯后，这时才走到主席台前，对着会场内外高喊："景德镇商会会长决赛选举正式开始。今天应到代表数一千五百人，实到一千四百人，超半数，符合程序。现在请评审会副主席马大人宣布今日纪律。大家欢迎。"

马知县说："各位，今日选举由于饶希斋放弃权利，这次决赛今天只在吴晋和李俊两人之间进行。"

马知县声音未落，下面一阵骚动。

马和尚看后马上说："各位静静，等马大人宣读完。"

会场听后，马上又静了下来。

马知县说："这次决赛，先由两位发表竞选演说，大家可根据他们所说的，决定自己的投票。最后得票多者胜。现由吴晋演讲。"

吴晋听后，马上跑上台，拿出早已拟好的文案，大声读起来，摆出信心十足的架势。

饶希斋放弃参选，马知县和山田认为他们的工作已经奏效，由于有上次成功的优势，加上部分民窑的承诺，以及吴振江这几日出现的变故，他们心想今天获胜是必然的。

吴晋演说完后，李俊接着上台演讲。

马和尚走上前来对着吴振江、马知县、山田他们说："两位大人、山田先生，你们此时可进议事房休息一下。"

吴振江点点头，对着马知县和山田说："也好，马大人、山田先生，请。"

在休息室，马知县端起茶喝了一口，来到吴振江跟前："吴大人，您认为这次他们之中哪个能获胜？是您二公子还是李俊？"

吴振江笑了笑，说："马大人，我想得民心者一定胜。"

马知县听后，哈哈大笑，他对着一处的山田说："山田先生，吴大人深奥，深奥。会后我们一定得请他给我们讲讲课。不过，"他转向吴振江说，"不过，话说回来，吴大人，我马某这次忙碌一场就是胜了，算来算去，你督陶大人最终还是赢家！"

这时马和尚进来说："二位大人、先生，清票已经结束，现在请你们重新上台宣布人选。"

吴振江、马知县、山田他们重新回到座位上。

马和尚站在台前，大声地对着下面会场的人说："各位，现在，清票已经结束，我们请吴振江大人，也就是我们这次评审会的主席，宣布选举结果。"

会场顿时静下来，屏住呼吸，看着台上。

吴振江走上主席前台，接过马和尚递过来的选举结果，手有点抖动，最后，只见他提高嗓门，对着会场喊："我宣布，景德镇商会第一届会长选举结果是，李俊得票六百零二张，吴晋得票四百九十八张，李俊获胜，大家鼓掌祝贺。请李俊会长上台！"

李俊在掌声中走上选台。他显得很激动，连声对着大家说："谢谢大家、谢谢大家。"

吴振江讲话时，马知县和山田一伙屏住气，一听李俊得票六百零二张时，他们顿时呆了，在吴振江鼓掌向李俊祝贺时，他们俩早开溜了，只见吴晋呆呆地站在那。吴振江侧过身对他说："晋儿，跟我回去吧。"

吴晋听后，这才回过神，他双眼瞪着吴振江，说："这就是你所需要的，我不是你的儿子，我也没有你这样的父亲！"说完，头也不回地走了。

李俊追上去喊："二公子，二公子。"

吴振江气愤地说："别理他！让他走！"

东京日本黑龙总会。村山站在发报机旁，脸色沉重，只见他说："山田君，大清皇窑厂产品近期内突然大量出现在欧美各大市场，令帝国产品异常冷落。支那市场上，我们出现缺货。景德镇所加工产品什么时候能到达本土？村山。"

电报员刚发完，便听到对方回复的电波，他迅速记下，"会长，山田君回电。"

村山一看，惊叫起来："什么？景德镇商会竞选失手！目前景德镇陶瓷正出现以皇窑厂产品为龙头，以民窑大户产品为基础的态势，对大日本帝国的产品进行反击。"

村山念着念着，额头上冒出了汗珠。

电报员在一旁问："会长，我们五十万两白银要不要发出去。"

"可恶的支那人，告诉山田，一个点都不能给他们。要阻止他们，阻止他们！不能因他们对大日本帝国瓷业生产受到威胁。"村山怒吼道。

姜雪来到吴晋府上，府上的人听说是督陶府的夫人、老板的二娘到，赶紧去内室通报，不一会儿，吴晋出来，笑着说："二娘，啥风把你老人家吹到我这小庙来了？"

姜雪笑着说："谁说你这是小庙，我看你这可以赶上督陶府了。"

吴晋笑着说："二娘，快到里屋坐。"

"晋儿，里屋就不去了，我就站在这儿跟你说几句。你要是认我这个二娘，你就把皇窑厂这张贸易协议拿去。"姜雪说着从随身小包中掏出协议塞给了吴晋。

吴晋接过后随手抛在地上，说："二娘，我认你，但我没有这样的爹。"

姜雪看后，并没有生气，而是弯腰去捡，一边说："晋儿，你爸虽说有不对的地方，但他毕竟是你爸。他看你心情不好，心里也很难受。这份协定，要不是你窑厂有山田的股份，他还拿不出来。晋儿，他也有他的难处。"

山田不知什么时候进来，他站在他们一旁，见姜雪弯腰去捡协定，他抢先快一步，把它捡起，递给姜雪说："夫人，这都是我的错，我不该让他办这个厂，弄得他们父子不和。"

姜雪听后，感到有点良心上过意不去，她说："山田先生，你帮二公子办厂是好事，我们都很感谢你，老爷也一样。只是老爷现在所处的这个位置不同，让他为难。晋儿，你得理解他。"

"我理解他，他能理解我吗？"

"夫人，二公子我来劝。"

"山田先生，那我谢谢你。"姜雪看到山田在一旁这样谦和、热心，让她很受感动。

山田马上笑着说："夫人，说到谢，我还得谢你。你对我家的恩情，我山田这一辈子都还不清。"

"山田先生，你言重了。二公子的事，那就有劳你了。"姜雪说后把订货协定递给了山田，转身走了。

"一伙假惺惺。"吴晋看姜雪走后，自言自语。

姜雪走后，山田问："晋儿，这提货单不要了？"

吴晋走上去，从山田手中接过，把它撕毁，说："没它，我照样把厂做起来。"

山田看了一眼撕毁一地的订货协定，有点惋惜，但还是感到开心，他对吴晋说："晋儿，好样的，这才是我的好女婿。我现在就给你一条翻身的捷径。"

吴晋一听，眼一亮，马上来了精神，"我就知道岳父有办法，快说。"

"晋儿，现在你说市场上最值钱的是什么？"山田问。

"皇窑瓷器。"

山田摇摇头。

吴晋问："岳父,在景德镇还有比皇窑瓷器更值钱的?"

山田说："有,那就是不起眼的瓷土!要是咱们手上一旦控制住瓷土,你想会咋样?"

吴晋把大脑一拍,顿时开了窍,他伸出大拇指,说："岳父高!对,只要咱们控制住景德镇市场上的瓷土,谁不求我们,到时皇窑厂,哼,我看他怎样牛?可是,岳父,我们资金不足啊。"

"这是二十万两银票。有了他,我们可以在高岭办上二十个小瓷土矿或一两个大矿厂。"

"岳父,日本人在高岭是不能拥有矿石开采权的。"

"我没有,我的女婿,你有呀。不过,这个钱是我从国内借来的,为了使资金回笼,此厂的最终决定权得听我的。"

"行,岳父大人,不过,我想再问一句,我们投资这么多钱下去,咱们的销路在哪?"

"晋儿,这个你不用担心,我想好了,咱们开采出来的瓷土,大部分销往到日本,作为还账。多出的部分,我们把它们囤积起来,今后就当作你、我还有马知县的利润。"

"行,小婿今天就去办。"吴晋说着,高兴地出去了。

晚上,姜雪对着躺在一旁的吴振江说："老爷,我已把你给的单子交给晋儿了。"

"希望这次他能清醒,踏踏实实做人。"

"老爷,我看你误会山田先生了。每次都是他从中帮忙。他没有你想的那么坏。"

"嗯,"吴振江说,"睡吧,不早了。"

姜雪听后嗔怒,用手推着他,说："又把我的话题扯开?"

"雪儿,我倒希望我错了。"

姜雪撒着娇,捶着他说："您就是错了!"

"行,行,行。睡吧。"吴振江拍着她说。

不一会儿,姜雪睡着了。吴振江却怎么也睡不着。

两天看不到督陶官吴振江,内务府王大人在皇窑厂公馆显得心烦气躁,心想其他人听说检查,对检察官巴结都来不及,眼前这个吴振江却躲避不见,冷落上级钦差。对此人,他真有点想不通。

"王大人在吗?"就在这时,他听到门外有声音传来。

王大人一听有人来找,赶紧整衣襟坐好。"本大人正忙着,有事吗?"他操着官腔问。

"王大人,下官奉督陶大人吴振江之命,看望您。"曾总管说着推门进来。

王大人一看是督陶府的总管,心里马上失落许多。他瞟了曾总管一眼,说："总管,这次本钦差是奉太后口谕督察皇窑厂。我已来了几天,听到的、查到的问题不少,你大人到现在为什么还不来见我,难道他就不怕他头上的领带不稳?"

曾总管听后,笑着上前,一面给王大人冲茶,一面说:"王大人,我大人这几天忙于商会选举,真的没时间,这不,他叫我过来好好安排大人的生活。"

"没时间,哼,我看他是藐视本官!"

"大人,我大人绝对没有这个意思!"曾总管听后,不断地解释。

"你去告诉吴振江,到时不要说我没有提醒他!"

这时有人进来报,说浮梁知县马大人求见。

王大人一听,马上向曾总管摆摆手说:"你下去吧。我有客人到。"

曾总管退出后,在长廊上碰上马知县。马知县向他示意一下,便径直往钦差王大人住所走去。他人未进门声音便到:"下官马为民求见钦差王大人。"

王大人听说是浮梁知县马为民到,马上到门口迎接,看到他,显得十分的亲热,他握着他的手说:"马兄,让我想死了,内屋叙谈,内屋叙谈。"

在内室,王大人开门见山就问:"马大人,听说你这次跟吴振江斗输了?"

马知县摇摇头,说:"大人,不瞒您说,这几年,我一直明里暗里与他斗。什么法子都用了,就连他家的祖墓,我都暗地派人去挖过,可就是不行。"

"你就放弃了?"

"有什么法子?唉,王大人,上次师爷差点露馅,好在我没有留下活口。这几个月我是坐立不安,天天祈求神灵保佑着你我!"

"也想不到吴愣子的皇窑厂护卫队那么厉害,连命都不要,现在想来就怕,好在这事已过去。马兄,我这次来的意图你知道吗,趁太后气头上,我们要抓住吴振江的把柄,把他弄掉,这皇窑厂就是你我的。有了皇窑厂,我们要什么有什么,懂吗?"

马知县听后摇摇头,说:"大人,皇窑厂上上下下都听他的,针都插不进,咱们要抓住吴振江的把柄,我看很难。"

"那我们怎么办?"

马知县看着一脸迷惑的王大人,转而笑着说:"王大人,我想只要有公公在,你我就有办法。我们来个虚虚实实,无中生有,太后在深宫,她知道个鸟,我们到时让吴振江来个有口难辩。"

"有理。"王大人听后,忙点头说。

"大人,为了工作便利,我看您还是到我那儿去住,我县衙的条件不比这差,再说下官还为你安排了一个绝色的……"

王大人说:"好好,不过,马兄呀,这镇上再漂亮的美人也比不上你家中那个苏州小妾。"

"大人,这次侍候你的就是我那个苏州小妾。"

"马兄,这咋行,朋友妻不可欺。"王大人听后,略感不安。

马知县听后，顿时哈哈大笑，他说："女人如衣，兄弟才情同手足。"王大人非常受用地笑了笑，接着回道："马兄，我问你，你身边还有什么人可利用？"

马知县听后，想了想，说："吴振江的二儿子和山田。"

"山田，日本人？"王大人看着马知县，疑惑地问。

马知县看着他，点点头。

王大人听后，在房内来回走动，突然，他大声笑道："好，日本人好。当今太后都怕他们。有了他们，我们今后做事就更有胜算。"

曾总管没有回衙门，而是直奔督陶府来找夫人姜雪。

姜雪正坐在后花园，一边赏着花，一边摸着肚子。

"夫人，我有事找您。"曾总管一见到她，也不客套，直说。

"总管，别客气，快说吧。"

"夫人，大人就是不见京城王大人。我刚才去了王大人处，他很是生气，我看这样下去也不是个办法。"

"王大人是个贪财好色之徒，大人自然不会喜欢，但这人得罪不起。我也劝了老爷多次，可他就是个倔性子。"

"我也怀疑，上次鄱阳湖，咋就他一个人存了下来。不过，这都没根据。现在应付眼前要紧，咱们得赶紧打发他走。大人倔不要紧，咱们不倔就行。我想以大人的名誉跟王大人送些礼，可又怕……"

"总管，这几天我也在想这事，这年月送总比不送好。我这有两千两银票，你凑上。"姜雪说着，叫小翠递给总管。

"夫人，"曾总管说，"这个用不上。礼物我已准备好了。是平日大人送我的，他个人的一些瓷画作品。"

"总管，这个王大人，光送他瓷器不行，得有银票。皇窑账上的银子动不了，你家生活也很拮据，就拿着吧。你有这份心情，我和老爷已感激不尽了。"

山田在房内转来转去，商会失利，打乱了他的计划，村山责骂，更让他不自在。

正在这时，"砰"的一声，门被推开。

山田正要发作，只见吴晋用布裹着头，流着血闯了进来。"岳父，我们窑厂给人砸了，现在他们正跟在我后面，冲到这里来了，咱们快走吧！"

"八格，谁让你带他们到这里来！"

吴晋哭丧着脸说："岳父，他们要我们兑现选举时承诺的合同。我没办法，来你这讨个办法，哪知他们紧跟不放。"

这时，一个日本浪人惊慌失措地跑进来喊："山田君，有人冲进来了。"

"给我打！"

"他们有好几百人，我们打不过。"

山田听后，顿时冷静下来，他走到门前，发现门外黑压压一片人正往里面冲，这下，他也慌了，说："快，快，向吴振江求救，说中国公民非法围攻日本驻华商业机构。"说完，与吴晋从后门溜了。

吴振江、李俊、饶希斋，还有马和尚、赵宝贵、曾总管他们在春圆吃金赛花为李俊摆的庆功酒。

吴振江举着杯对李俊说："李会长，我敬你一杯。希望你带领大家干出一片天地来。"

李俊听后，忙站起来说："大人、各位，感谢你们对我的信任，我多的不说，用大人常用的一句话，鞠躬尽瘁，死而后已，来自勉。"

"说得好，为了镇上瓷业的发展，我们共干了这一杯。"吴振江站起来，接过他的话，说后一口干掉。

大家一听，纷纷站起，一口干掉。

赵宝贵不胜酒力，到后来，他突然向吴振江跪下，在场的人为之一惊。

吴振江看着他说："宝贵，你这是为什么？"

"大人，虽然我爸仿制皇窑器有错，我也劝过他多次。但是，大人，他毕竟是我的父亲。今天你能让此事交予商会处置，你这样等于放了我们全家一二十口人的生路。大人，你是我们全家的再生父母。请允许我给你一拜。"

"宝贵，快起来。赵窑有今天，是皇上推行新政、发展瓷业的结果。你要谢，就谢谢皇上吧。"

这时侍从带着皇窑厂的侍卫匆匆来报，说景德镇日本株式会社正遭到市民的围攻。

"什么时候？"吴振江听后问。

侍卫说："已有半个时辰，据说是吴晋、山田与他们签订的商业合同，现在到期，他们不兑现所致。"

吴振江问："多少人？"

"三四百人。"

饶希斋听后说："这叫恶有恶报。"

大家听后，哈哈大笑。

吴振江想了想后对侍卫说："传我命令，令周统领马上带人前去劝解，防止市民出现过激行为。"

曾总管听后，把侍卫叫住，补充道："叫周统领走慢一点，让他们狗咬狗去，长长记性。"

"嗻。"侍卫接令后，转身而去。

待小野打探到镇上的市民都离开了株式会社会馆时，山田才敢回来。这时，天已黑，当他看到公馆到处乱糟糟的时，他气得咬牙切齿地喊道："吴振江你欺我太甚，你会尝到大日本帝国的苦头！"

在浮梁县衙马知县内室，他的小妾正对他说："老娘也想开了，卖给你也是卖，卖给他也是卖。要我去可以，拿来吧。"说着向马知县伸出了小手。

"宝贝，咱们眼前这个王大人，他可是当今宫中李大公公的干儿子。你我要是巴上他，咱们还吃得完？我现在就给你三千两，只要你把他侍候得满意，我再给你三千两。"马知县笑着把银票塞进她手里，然后捏了一把她的小脸蛋。

"老娘也想开了，哼，只要你马为民出得起价，老娘就连宫中那个李大乌龟也给你上！"

"我的小乖乖，你真聪明，不过，我咋舍得你去伺候那个老太监。我的一切还不都是你的？"说后，马知县去搂她。

曾总管来到督陶府见姜雪，姜雪问他事情办得咋样。

曾总管说："夫人，东西是送去了，不过，他看都没看一眼。我想他是嫌我们送得太少了，已向我提出要搬到浮梁县衙去住。"

"这……老爷知道吗？"姜雪问。

曾总管摇摇头，说："夫人，你说我们咋办？"

"总管，我现在这个样子，不便出去。不过，老爷一身正气，他们要想抓老爷的辫子，也抓不到。"

曾总管说："夫人，咱们远离朝廷，我就怕他无中生有，生出更多是非出来。"

姜雪一听在理，也不知如何是好："总管，我想你再去劝劝王大人，如果他不走，你就不要对老爷提起。要是他坚持，你尽快把此事告诉老爷。"

"夫人，你放心吧，我这就去。"总管说着，出门朝钦差王大人住所走去。

到公馆，王大人拒见曾总管，他说要见就叫你们吴振江来见我，总管无奈，只得来见吴振江。

商会会长竞选后，商会成立了以李俊为会长，以饶希斋为副会长、马和尚为秘书长、宝贵为成员的工作班子。由于他们没有行政工作经验，初期，吴振江是手把手地教，他们也是谦虚地学。这时，在皇窑厂公馆与他们再次商量工作。他们见曾总管进来，吴振江忙起来招呼，"总管，正好，你来，一起听听。"

曾总管对吴振江说："大人，有个事，我得先跟您说说。"说着看了大家一眼。

吴振江说："不是外人，你说吧。"

"总管，喝杯茶。"这时，马和尚端来热茶。

"谢谢。"曾总管接过，然后对着吴振江说："大人，我刚从钦差王大人处来，他要搬到浮梁县衙去，说那样办事更便利，我怎么劝也劝不住，你看是不是……"

"让他去吧。"吴振江说，"清者自清，浊者自浊。他这人我跟他交往十几年，这个人我比你更了解他。我相信中堂、皇上和太后。"

就在这时,外面乱了起来,吴振江正想问,周统领汗淋淋地跑来,他说:"大人、大人,皇窑厂后院左侧柴房失火了。"

吴振江一听,顿时大惊失色,心想现在那些都是窑厂的柴堆,一旦烧起来,皇窑厂不得了。他二话没说,迅速跑出去,曾总管、李会长和饶副会长、马和尚听后立马跟了上去。

吴振江赶到皇窑厂后院,火苗正在往上蹿。皇窑厂一支五十来人的专业救火队伍已在那里,他们有的用水浇,有的用棍子打。

吴振江指着火海,对着正在救火的人员问:"里面有人吗?"

"没有。"

"里面还有什么东西?"

救火人员说:"大人,这里除了平日烧窑用的木柴外,其他什么都没有。"

吴振江对他身边的曾总管说:"总管,快,你组织人员把柴房周围的房子都给我拆了,空出一个十五米宽的过道,把火势隔除开来。"

曾总管听后急忙而去。

吴振江和李俊他们则端起身边的水盆就往火上浇,参与救火队伍中。

皇窑厂失火,为钦差王大人进一步找到借口,说住所不安全,吴振江没法,只得任凭马知县把他接到县衙。马知县把钦差王大人接进后,支走旁人,把他带进县衙旁的一个豪宅。这时,他的小妾笑着迎了上来。

王大人看到眼前的尤物,眼睛一亮。

"大人,她就是最近我浮梁县最当红的花旦,这几天,就请她陪您。"

"马大人,大恩不言谢。"王大人说着,转身亲了马知县小妾一口,掏出一张银票,塞到她的乳沟里。

马知县的小妾抽出银票看了一眼,顿时笑容满面道:"痒死了,你好坏!"说着看了马知县一眼。

马知县站在一旁,心里极不是个味。但是他还是镇静下来,向小妾使了个眼色,小妾笑着退下了。

王大人看到眼前的美人离开,有点失望。马知县马上笑着说:"大人,里面请。"说完把他引进一个密室。

这里面全是各种珍奇宝贝。

"马大人,你这是?"王大人一时不知马知县用意。

马知县笑着说:"大人,这都是下官为您准备的。"

"马兄,你看你很会办事!不过,哼,吴振江,他想用几个破瓷瓶,两千两的银票,就想打动我?我说他太小瞧本官了!"王大人看到眼前这一切,马上想到吴振江,前后对比,更让他感到吴振江的不是。

241

"王大人，这些对这个吴愣子来说已够大方了。"马知县听后，马上哈哈大笑。

"马兄，你是说吴振江身上就一点猫腻没有？"王大人盯着他问。

"王大人，这是个怪人。坐在金山，还饿死。说实的，普天之下，大清再也难找了。我气的是，他吴愣子受穷，可让我们这些兄弟也跟着他受苦。"

"马大人，查不到把柄我们怎么办，再说，你还得落个欺君之罪？这上告的折子是你写的呀。"

"这、这……"马知县一听感到了事态的严重性，马上不安起来，在房内走来走去。

王大人随着他的脚步，眼睛一直看着他。

突然，马知县把手一拍，说："大人，咱们有了？"

"有了？马大人，你说有什么？"

马知县对着王大人说："大人，你刚才不是说，他送了您瓷器吗，这就是物证。"

皇窑厂画坊总监汪叔凡在吴振江下狱时告退回家。吴振江出狱后，又把他请了回来。他干了一阵子，因年事太高再次退下了。他退后，带徒在瓷器街开了个小作坊，卖着自己平时做的瓷器。吴振江借此把他的女儿、儿子和侄子都放在他身边学艺。汪叔凡虽然自己退下来，但他感到皇窑厂是个磨炼人的地方，征得吴振江的同意后，把儿子汪仲送进了皇窑厂。

这天，吴振江带着总管和汪仲来看望汪叔凡。

汪叔凡正在作坊内教秀娟画画，徒儿孙承、吴波他们则在后面的坯房拉坯，他们边干着手上的活，边谈论着贴标语的事。

孙承说："把小日本的恶事抖出来，大家看后，才知道小日本坏，跟着小日本的人都不是好东西，最后大家不投吴晋的票，把山田他们气得像猪肝一样，垂头丧气，真让人痛快。"

秀娟看师傅走了，忙走到后面，凑过来说："这还得谢小华莱士，是他的主意好。"

汪叔凡回来，转眼间不见秀娟，侧耳听到她的声音，马上走到后面坯房，看着眼前这伙年轻人又说又笑，马上说："你们这些人，一点事就讲个没完，你们看看，小华莱士他可是一点功劳都不表。秀娟，回到座位上去，争取上午把这个瓶子画完。"

"师傅，我已画了一个上午，你太严，我受不了，让我歇一歇吧。"秀娟嘟着嘴说。

"谁说太严了？"

大家听后，觉得这声音很熟，抬头一看，发现吴振江已走了进来，后面跟着总管和汪仲。

"大人，你什么时候到的，咋也不打个招呼？"汪叔凡看后，马上上前招呼。

吴振江说："打个招呼，是不是大清景德镇皇窑厂画坊总监要到门口迎驾督陶大人了？"

"大人，这多少也是一个礼呀。"汪叔凡回答。

吴振江听后，哈哈一笑，说："老哥哥，我是来谢谢小华莱士和这些孩子们的，他们可是为景德镇立了大功！"

"师傅，你看我爸都表扬我们，就是你说我们啰唆。"一旁的秀娟听后，马上说。

"该表扬得表扬，但是你们不能满足，学习不能丢。"

秀娟撒着娇说："爸，我们不是在学吗？不过，你得奖赏我们吃一顿。"

"就你话多，没问题。"吴振江笑着对一旁的曾总管说，"今天，你就给他们安排一餐，省得到时我这个宝贝女儿又说我说话不算数小气，汪仲，你也去吧，我放你一下午的假。"

秀娟说："还有我哥。"

"他也算上。"

这伙年轻人听后，马上高兴起来。

吴波对汪仲说："仲哥，我们大家有很长时间没有聚过了。"

汪仲点点头。

汪叔凡看着徒儿们又说又笑，十分开心，便吩咐道："秀娟、吴波，看在大人的面子上，今天上午就到这里，你们去休息吧。"

"师傅您真了不起。"说完，秀娟他们起身一起有说有笑地走了，吴亮则凑过头来问吴振江："爸，中午，你来吗？"

吴振江摸着他的头，说："亮儿，爸和你师傅谈点事，就去不了，你们去吧。"

他们走后，院子里清静了许多。"大人，那场火……"汪叔凡问。

"这场火蹊跷，老哥哥，幸亏中午皇窑厂有人，扑救及时。"吴振江说，"我暗中查了一下，好像是山田他们一伙干的。这场火，没让他们达到目的，我想他们还会来。"

"大人，你可得小心。"

"我已做了安排。"

"钦差王大人咋样，听说他搬到浮梁县衙去了？"汪叔凡接下问。

"老哥，清者自清，浊者自浊。"吴振江说，"让他们查去吧。"

"大人，这世道你还是多一个心眼好。"

秀娟他们得到父亲的奖励后，来到了春圆酒楼，找间包房坐下，秀娟拿着菜单开始点菜。

桌上，吴波问吴涛："大哥，你说说，前几年小日本到我们这儿，他们个个像讨饭似的，咋这几年，他们变化就这么大呢？"

"学我们的。"

"学我们，他们学我们？"汪仲听后，有点疑惑，听不懂。

吴涛说："日本人学我们的维新变法。我们自己失败了，他们倒成功了。"

吴波说："维新变法运动有这么好？虽说目前咱们失败了，但是失败不要紧，我们可以继续干呀，像烧瓷一样，有时一道火也不能成功。"

"话是这么说，可是太后不同意。不过好在咱们中华民族就是有一些不怕死的热血青年,他们前赴后继,为国家甘愿抛头颅,洒热血。"

一旁的吴波听后仍是很疑惑,自言自语地说:"强国的事,朝廷要镇压。大哥我这点想不通。"

吴涛指着小华莱士,对他说:"你可以问他?"

小华莱士看吴涛指向他,马上接过话说:"小波,变法维新是要削弱皇权的,这个运动推行的是法制,倡导人性平等、自由,天下的事让天下管,这些他们自然不会同意。"

孙承说:"我平日听师傅和大人谈话说过这事,变法皇上是赞成的,为什么他又会被他的母亲软禁起来?不过师傅也没说为啥。后来师傅说大人为这事闭门三天,头发一时白了许多,师傅也从此从皇窑厂告退了。"

吴涛说:"光绪皇帝是有血性的,他想自己的国家强大起来,只要国家强大,啥都可以。他要向洋人学,可是皇宫太后等大清一批大臣感到这样下去,今后没权没有说话的地方,因此不高兴,不同意这样做。"

孙承说:"这个老娘们也够自私、够毒的,还比不上咱村庄上的侗大爷,那年涨大水,为全村不受淹,他自己硬是跳下河,堵塞了河堤的蚁穴。"

"嘘!"秀娟用手捂着自己的嘴,眼睛对外看了看,然后对着大家说:"你们轻声点,让官府的人听了是要这个……"她做了一个杀头的手势。

孙承站起来,端起酒碗,一干而尽:"怕什么,我们不能跟着那老娘们,现在我们的小徒儿都敢在我们这儿如此神气,她不窝囊,我才窝囊!"

吴波站起说:"大哥,我也想做个热血青年,你认得他们吗,帮我介绍介绍。"

孙承说:"大哥,还有我。"

"行,我们做热血青年。"吴涛伸出手。

吴波、孙承,秀娟、汪仲,还有小华莱士,个个都伸出手,与吴涛的手握在一起。

吴亮双手正抓着猪脚往嘴里塞,听他们这一说,忙把手上的猪脚放下,伸出一双油腻的手握大家,大伙一看,忙缩了回来。只有吴涛抓着他的手,大家一看,又把手伸出,重新抓紧。

山田派人在皇窑厂放了一把火,但是火没有烧起来,他的心头之恨仍没缓解。从吴晋府回来后,他感到已牢牢控制住督陶府二公子这张王牌。有了这张牌,他觉得他不会输,这只是个开头,好戏还在后头。

这天,马知县来到他的会馆。山田给他们备了一桌地道的日本乡土饭菜。酒过三巡后,马知县已有醉意,只见他双眼充红地对山田说道:"山田先生,我看我们要在景德镇过得自在,唯一的办法就是要赶走他。"

"马大人,您指的是吴振江?"山田问。

"对。"

山田听后,马上站起,这时他的酒也喝得差不多,也许是仗着酒兴,这时也没有了往日的伪装："马大人，你我多次都弄不走他，也弄不死他，你说咋办？"

"山田先生，咱们不要急，我先请你见一个人。"

"谁？"

"钦差王大人。他和你我一样，看中这个皇窑厂，不过，这事得绝对保密，包括吴晋也一样，他们毕竟是父子，我怕不保险。"

"大人，这个你放心，我另有安排。只要您、我，还有你们京城来的钦差，我们合作起来，哈哈……"

马知县接过他的话说："大事成矣！到时景德镇就是咱们的天下，你要在镇上干什么就干什么。"

酒后，山田与马知县谈起二公子吴晋同意出面在高岭办瓷土矿石厂的事，马知县为了稳固自己在其中的利益，他向山田建议，把他的侄子老麻子也弄进来。山田正感到吴晋单薄，日本人又不好出手，一时不知咋办，听马知县这一说，心想，他这一矿厂，镇上两大官僚巨头的子女都参与，这事就等于成功了一半。再说，张麻子在高岭土生土长，很有势力，这正是他要借用的，然而更让他感到高兴的是，张麻子与吴振江有仇，这正好，他可以利用督陶府和县衙，达到他分而治之的目的，使自己始终牢牢地控制住瓷矿。想到这，他满口答应。

马知县对吴晋接受他侄子没底，当天，他就叫他的侄子张麻子主动去找吴晋。正好，吴晋未出门，张麻子便自我介绍来到了他家。吴晋上下打量他一眼，尔后伸出手说："张兄，我正要去找你，想不到你就来了，这是我们兄弟有缘，走，我们今天不醉不罢休。"

张麻子看到吴晋这样看得起他，也很激动，有点受宠若惊。

在镇上某酒楼，他们两个从上午一直吃到下午，餐桌上杯盘狼藉，张麻子端着酒碗对吴晋说："二公子，你和你爹不一样，看得起咱们。"

吴晋听后，举着酒杯，半趴在桌上，睁着充红的双眼，指着张麻子说："他是他，我是我。不过上次，你在高岭，那表现，实在太臭。我跟你说，这钱嘛，是好东西，但君子取财要取之有道，要是不经人同意，你就到人家腰包里去拿，那就叫抢；把对方说得云里雾里，让人拿钱，那叫骗；让他在你面前转个三四圈，晕头转向，主动把腰包里的钱掏出来给你，这叫着让他交学费；你赚我也赚，这叫做生意，懂吗？大家天天要用的东西，我把它垄断过来独家做，这才叫作谋划。做这事的人，才算得上生意场上的高人。我这次就要做这个，只要你好好跟着我干，把高岭的瓷土矿石控制在咱们的手里，到那时，景德镇瓷业就得听咱们的，银子让人大把大把地送来。这之中，有我一份，也有你一份。"

张麻子说："二公子，今天听你一席话胜读十年书，我文化少，是个粗人，但在我心中，你才是真正的瓷业商会会长。李俊他是个什么东西！"

吴晋听张麻子的话说得舒服，来了精神，举着杯，指着张麻子说："别说了，要不是我那父亲从中作梗,还轮得到他?这次我要做给他看看,让他知道我才是真正的商会会长。我要让他后悔。干!"

张麻子说:"二公子,承蒙你看得起,我这一辈子就跟定你了。从今往后,你指东,我不往西,一切听你的。这杯酒,我敬大哥。"说着,站起来,端着酒碗要干。

景德镇日本株式会社今天有神秘的人要光临,山田在会馆特意做了一番安排:会馆男侍,换成清一色的女子,并请来了一批歌妓。

小野进来,他在山田耳边悄悄地说了几句,马上退到一旁。这时门开了,日本女人一路鞠躬把两个中国商人打扮的人迎了进来。他们就是马知县和钦差王大人。

山田看后,把手一挥,小野他们全都退下。屋内只剩下山田、马知县和王大人。

王大人这时才伸出手,握着山田说:"山田先生,一路听说你的大名,今日相见,三生有幸。听说你与你亲家有点过节?"

"一言难尽,"山田说,"王大人,我只是一个生意人。我感激他对我女儿的照顾,也想靠着他在景德镇多挣几个,为此我把我的女儿英子许配他儿子。谁知这倒好,他处处打压,让我债务累累。我已没有这个亲家!"

"你就不担心你的女儿?那可是你二十多年后才找到的?"王大人看着山田笑着问。

"嗯,不说了。"山田听后,长叹了一声。

"山田先生,我把钦差请来,就是为你出口气的。你有什么就直说。"马知县一旁说。

山田看着他,心里在盘算着怎么对付眼前这位京城来的王大人。

最后的官窑

第二十一章

在督陶府吴涛的书房,一伙青年在他身边,已是整整一上午,大家意犹未尽,仍在听他演讲。吴涛慷慨激昂,到最后,他说:"清朝政府甘当卖国贼,我们全国四万万同胞都不答应。当前中国海外一些留学青年正自发组织起来,决心为国家的独立和富强而奋斗。"

吴波听得热血沸腾,心想:老祖宗不是老说要我们报国吗? 现在堂哥讲的不正是我吴波报国的好去处! 想到这,他马上站起来说:"大哥,让我也参加你们的组织吧。"

"要做为国家请命的人,必需时时准备为她牺牲,同时要遵守她的纪律,三弟,你做得到吗? "吴涛问。

"不就是死吗? "吴波站起来,拍着胸脯说,"大哥,我啥时怕过! "

吴涛看着吴波,拍着他的肩膀说:"报国的人都死了,那谁来管理我们国家呀。小波,不怕死固然重要,但我要的是我的兄弟不用死也能报好国。"

"哥,那我听你的。"吴波充满着敬佩的眼光,看着大哥吴涛说。

"行。"吴涛往窗外看了一眼,然后让大家把头靠近,悄悄地对着他们说……

开完会,送走同伴,吴涛回来时,经过公馆门口,他发现有几个人不是往公馆皇窑厂对外经贸局走,而是在皇窑厂瓷器仓库前转悠,举止有些异常。这事引起他的注意。他过去,这批人便马上走开,待他离去,他们又出现。

吴涛在日本学习多年,看着这些人的习性和细节,他意识到,这是一伙东洋人。他心想:他们到这来干什么? 为了把事弄明白,他来到这伙人的逗留处,一看,才发现,原来皇窑厂近期将有一批贡瓷装船运往京城。这下他明白了,他们要对皇窑厂御船下手,想到这,他径往父亲的办公房走去。

吴振江正在皇窑厂衙门批改公文。吴涛进来叫了一声爸。吴振江抬起头来,一看是儿子:"呃,是涛儿,有事吗? "

"爸,最近皇窑厂是否有一批贡瓷上京? "

吴振江边看公文边点头,突然,他抬头问:"涛儿,你问这个干什么? "

吴涛说:"爸,我出来时,发现一些商人打扮的东洋人在皇窑厂仓库门前鬼鬼祟祟的,不时向来往的人打探。"

"那是洋人好奇,没什么。"吴振江说着,继续批改他的公文。

吴涛一看父亲把此事不当一回事,马上急了:"爸,我看他们像黑龙会的人,这个组织纪律严密,您可得小心这伙人。"

"涛儿,你放心,这是在我大清的国土上,几个日本人,他们能算计出什么? "吴振江显然没有把吴涛的话当一回事,低头继续批改他的公文。

吴涛见父亲不信任他,不好多说,走之前,他重复了一句:"爸,您还是小心的好!"

吴涛走后,吴振江放下笔,看着他的背影,点头会心地笑了笑。

在景德镇日本株式会社,山田笑着对小翠说:"英子,我的乖乖女,什么风把你吹回来了?"

小翠撒着娇说道:"您是我的亲爸,我是您的亲女儿,还用风吹嘛,除非我不是您亲生的。"

"我的小英子越来越会讨爸开心了。"

"爸,我们老爷过几日就得上京城述职。小姐交代我和得福叔到街市上采购一些老爷路上的必需品。东西买好后,我便打发得福叔先回去,自个儿便径直往这儿来了。"

"大人要上京城?"山田问。

小翠点点头。

山田笑着说:"这么巧,过几天我也得上京城一趟。现在总算有个伴了。不知大人哪日动身?"

"爸,老爷是随贡瓷坐御船进京的,您知道也没用。不过,老爷是个大好人,让我替你说说,或许他会同意。"

"坐大清的御船是有规格的,可惜你爸没有这个福气。英子,你说要爸爸给你带点什么回来?"

"爸,我什么也不要,我只要您快去快回就行。"

山田用手点了小翠一下鼻梁,笑着说:"还是我英子好。这样,等我这次从京城回来,老爸带你到日本老家去看一看。"

"爸,这段时间,我从大公子那儿要了好多书,我发现日本真漂亮。晚上,我做梦都梦见老家日本。"小翠满脸天真地说道。

督陶府与衙门虽相隔不远,但是吴振江每天一大早去上班,下班的时间也很晚。他每天忙于皇窑厂的公事,家中年轻人的变化他一点都不知道。

一天一大早,吴涛见父亲走后,来到吴波书房。吴波还在睡觉。吴涛用手拍着他,把他弄醒了,对着他耳朵喊:"小波,我已经把你的名字报上去,组织批准了。"

吴波从床上蹦起来,吴涛用手指着自己的嘴,"嘘"了一声,向屋外看了一眼:"轻点声,不要让任何人知道,明白吗?"

"大哥,你说,现在我也是中国热血青年?"

"是的,你已正式是我们革命队伍中的人。"

"请组织交给我任务吧。"吴波从床上爬起,站在吴涛面前。

"三弟,你听我说,这两天我要出去一下,外边若有人来找我,你就这样……"吴涛压着声音跟他说。

"大哥,就这么简单?"吴波听后问。

"就这么简单,不过,你记住:一定要记清楚每个人的身份,不要出一点差错。"

吴波以为参加革命后,马上惊天动地,不料,只是这样,他有点失落,情绪不由地流露出来。

吴振江晚饭后,在书房看书,得福在跟他添茶,吴振江问:"得福,近来涛儿在干什么?"

得福说:"老爷,大公子的朋友很多,经常有人来找他,他也经常出去,有时很晚才回来。"

"玩物丧志,得福,涛儿在家待得也有些时日了,他不能总这样。"

"老爷,我从小看着大公子长大,他聪明,有灵性,从小就有志气。"

"得福,我知道你从小就依他,去,你把他叫到书房来。"

"好,我这就去。"

不一会儿,吴涛到。

吴振江看后,示意他在身边坐下:"涛儿,爸爸平日太忙,我们父子好久没有坐下来说说话,上次的事,爸还真应该感谢你。"

吴涛挪着椅子,靠近父亲坐下。

得福赶紧过来泡茶。吴涛连忙站起,抢着自己来。

"大公子,您就跟老爷好好说说,这粗活让我来。"

吴振江见吴涛礼让,很满意,对得福说:"得福,下去吧,让他自己来。"

得福帮吴振江冲上茶,出去了。

吴涛看了得福一眼,转身说:"爸,现在清政府对外软弱卖国,对内压榨鱼肉百姓,官场极度腐败,大清朝已处在风雨飘摇之中,您得站起来为民请命。"

"涛儿,此革命党言论,不可多说。"吴振江听后,马上制止,"涛儿,爸问你,这段时间在干什么?"

吴涛听父亲问,便静静地看着他。他发现这几年父亲老了,人也消瘦不少,那头墨黑浓密的头发,现已变稀。眼前这个连中山先生都敬佩的人,他又能说什么,他只得解释:"爸,我这段时间主要是看看以前的同学、朋友,顺便找找有什么可做的。"

"找好了吗?"吴振江问。

"我选定两项,一是开个书店,二是办个特艺瓷厂,不过现在还没有确定。"

"没确定也好,皇窑厂目前缺人,这是个磨炼人的好地方,你明天就到这儿来上班,曾总管年纪大了,你去帮帮他。"

吴涛没有想到父亲叫他来就是为了这个,他刚才本是想糊弄过去,想不到老爸来真的,一时不知咋好,现在正是他在景德镇打实基础的时候,太忙。不过,不答应父亲,又怕引起他的怀疑,最后,他笑着对他父亲说:"好,我明天就去。"

这时,外面传来得福的声音:"老爷,李会长在大厅里等。"

"叫他进来。"吴振江应道,他看着儿子,说,"早点去休息,爸还有一些事要处理。"

吴涛自从到皇窑厂做事后,每天一大早就出去,这时吴波还没有起床。下午回来,吴波又在汪师傅那里学艺,他回来时,吴涛又出去了。虽说同处一屋,但是兄弟俩要见一次面都难。

吴波几天都没有见到大哥,心里很急。这天他起个早,守在吴涛房前。吴涛起来一开门,他便走了进来。

吴涛问:"三弟,有事吗?"

吴波向四周看了一眼,靠近吴涛,低声地问:"大哥,我有革命工作吗?"

吴涛边穿衣服,边说:"没有,有事我会通知你。"

吴波看着大哥淡淡的神态,很是失望。由于革命纪律,他不便对吴涛多问。出门前,他想了想,过后又缩了回来,看着吴涛,试探地问:"大哥,你近来忙什么?"

"组织近来很困难,我在想办法为它筹集经费。"

吴波一听,革命情绪马上高涨起来,说:"我也参加一个吧?"

吴涛没有回答他,而是转身从书柜中取出一叠书,对他说:"你这段时间把这些书看完,便是完成组织交给你的任务。"

吴波一翻,尽是一些孙中山的三民主义以及吴涛在日本士官学堂学习的军事理论书籍。

吴波接过这些书,心中凉了半截,"大哥,我参加革命就是看书?"

吴涛见他不耐烦,指着这些书,说:"三弟,你不要小看这些书,等你明白了书中道理,我再分配你的工作。皇窑厂这段时间事很忙,你就不要来找我,在家把这些书认真地给我看几遍。"说完就走了。

吴涛走后,吴波站在那儿想:看这几本书就能革命,秀才造反三年还不成!他把它们抛到桌上,转身就走,自言自语地说:"你不让我干,我自己干。革命不是缺经费?我就来个抢船、抢贡瓷,这一来可为革命解决经费,二来也让大清政府罢免大伯,让大伯对大清充满失望,转而革命,这叫一箭双雕。"想到这,吴波很兴奋。他看了一眼地面上被他扔下的书,突然想到什么,急忙把它们捡起,塞在衣服里,转身蹦跳着出去。

镇上瓷器街,吴波、孙承、秀娟、吴亮他们在汪叔凡的作坊里画画,汪叔凡自己戴上老花镜也在一旁画,不时起来到他们面前指指点点,偶尔点上几笔。

吴波一边画一边用眼看着秀娟。不一会儿,汪叔凡出去,吴波起身看他走远,来到秀娟面前。

秀娟看了他一眼,继续低头画她的。

"秀娟,最近皇窑厂有一条装着贡瓷的御船进京。你到时能否到大伯办公室帮我打探到这条船的确切启运时间和航线吗?"

秀娟上下打量着他,"你要这干什么?"

吴波冲着她神秘一笑,说:"到时你就知道。"

第二天,镇上瓷器街汪府,秀娟把一张纸条交给吴波。吴波一看,对秀娟说:"你到门口去看看,要是有人要进来你就咳一声。"

秀娟听后点点头,拿着瓷器坐在门口去画,一面望着风。

吴波把师兄弟汪仲、孙承叫到身边,他轻声地把他的整个想法跟大家说了一遍,孙承听后积极性高。汪仲却说:"小波,能行吗? 你最好跟大哥商量一下,万一……"

吴波打断他的话:"仲哥,我们明的不行,暗的来,出奇制胜,我仔细想了一下,用火攻,等我们把这船瓷器劫持下来,再给大哥一个惊喜。"

大清督陶府后堂,吴老夫人对着姜雪说:"雪儿,你这想法好。让晋儿结了婚,他也许会归归心。现在既然他父亲赞成,这事我们就抓紧办。"

"娘,那我现在就去跟山田先生商量,一起挑个日子? "

"行。见到山田代老身问个好,说话多客气一点,尽量按他们日本人的结婚礼俗办。"老太太笑着说。

"得福,给夫人备轿。"

"娘,不用了。走走对我宝贝好。"姜雪摸着肚子,笑着说。

"好,路上可要小心点。"吴老夫人看着她,千叮咛万叮嘱。

山田正在会馆办公室,一个日本浪人进来,递给他一张纸条。山田一看,站了起来,来到地图前,他拿起笔,在上面画,只见他手中的笔,画出一条红线,从景德镇码头,沿昌江江河,到渔山,最后落在王港。他在这个点上画了一个圆,然后把笔重重一丢,对身边的人说:"这是个好地方。咱们再次在这设伏,吴振江做梦都不会想到他会葬身此地。"

山田为了实现他的计划,并确保这次行动的成功,特地秘密召来了一批日本武士,在他会馆的后山后堂,每天对他们进行实战搏杀训练。

姜雪从山侧上来,发现日本株式会社的门是半掩的。她迟疑了一下,还是推门走了进去。

这里是厨房,里面没人。

姜雪没有过多理会,出厨房,来到大厅,她发现这里也没人。

他们今天上哪了? 姜雪心想。她站了一会儿,四处打量,发现今天日本株式会社整个大院静悄悄的,正想转身走。突然又折回来,往山田办公房走去,边走边喊着山田的名字。

没人应。

姜雪来到后院,看了看,又大声地喊了几声。仍旧没人!

姜雪沿着后院过道走,不断张望着。突然,远处发现人影,她快步走上去,人却不见了。姜雪感到这里怪怪的。

这时，远处不时有打斗声传来，姜雪听后，她心中顿时咯噔一下，心想：不好，山田先生可能出事了。她循着声音快步走去，发现声音是从山后传来的，透过一片乱石，姜雪看到连成一排的茅屋。她悄悄地走了过去。

"朝我吴振江来，狠一点，往死处打。"姜雪听见了这句话，心一下子提了上来，脚步停滞了。

"老爷？"他怎么会在这？姜雪听后，失声地喊了出来。细听，又觉得不对。这声音很熟，对了，这不是山田的声音吗。他打老爷干什么？姜雪疑惑了，她要看个究竟，想后，便急步走上前，透过门缝一看，里面很大，站满日本武士，只看到他们口中喊着："杀死吴振江，杀死支那人。"

人群中间站着一个穿着中国大清官服、官服上写着吴振江的人，日本武士正围着他。那人正赤着脚，双手握着东洋刀，与一群日本浪人在对杀。日本浪人同样赤着脚，双手握着战刀，他们对着眼前这个吴振江有点胆怯，只见他们猫着腰，不停地围着他转，寻找下手的机会。

姜雪此时此刻心都要跳出来，就在他们相互转动间，姜雪看出那个穿大清官服的人是山田。只见山田大喝一声，一个箭步，刹那间，便把其中一个刺倒，接着便听到他大吼："起来，你们再上来！"

倒下的几个日本浪人听后腾地一下站起，又攻了上去。

旁边站着的是穿着和服的钦差王大人，他在一旁观看，不时地笑着鼓掌。

姜雪明白了。此时，她满脑子装着吴振江，她不能让山田他们伤到自己深爱的老爷。她要把这一消息尽快告诉给他，阻止他们的阴谋得逞。由于心里着急，姜雪不小心被一大石绊倒，一阵剧痛，从她身下顿时滴出几滴鲜红的血滴。她捂着肚子，爬起来，艰难地往前跑。

日本浪人听到外面有声，追出来，他们一看，发现地下有血迹，顿时哇哇叫起来。

有人将情况报告给了山田。

山田来到现场一看，用手一摸，闻了闻后，马上说："有人来过，给我搜。不能放过任何一个可疑的人。"

正在日本浪人听令就要往外冲时——

"你还往哪里跑，畜生，够强悍的。"一句喊声从他们后面传来。

日本浪人听后，齐头往后面看，只见三喜抓着一只大公鸡正在放血，指头被划破。

浪人走了过去，三喜已经把鸡杀死，并抛到一处的墙角边，地上到处是血。

这时，人群分开，山田走上前来，用脚踹了一旁的死鸡，看了三喜一眼，然后向一旁的浪人一招手，便转身走了。

吴涛回到督陶府，刚吃完中饭，正要回书房，得福叫住他："大公子，门外有同学来找。"

吴涛听后，赶紧迎到门口："叶兄！什么时候到的？"

"刚到。"

"吃饭了吗？"

"在路上吃过了。"

吴涛说："干吗不到我家吃？走，到我书房谈！"

他们到了书房，吴涛看左右无人，赶紧把书房门关上，转过身，急切地问："叶青，你和同志们联络得如何？"

"我已经联络到十几个人。"

吴涛一听，摇摇头，说："这些人显然不够！"

"涛哥，能凑齐的人我们都凑齐了。你说咋办？听说你把你弟弟发展了？"

"对。不过，他刚参加革命，我看他很鲁莽，经验也不足，这件事有关皇窑厂和我父亲，告诉他，他不一定会赞同。叶青，我看我们只有再想办法。"吴涛说着，从身上掏出一张地图。

吴涛说："这是那一带地形图。我想我们就在这个地方埋伏，等清兵和山田他们两败俱伤的时候，我们再冲上去。"

吴涛与叶青谈了一下午，他把叶青送出皇窑厂时，天色已晚，天边的太阳给景德镇山城留下最后一道余光。

这时皇窑厂内，宫灯已亮。

吴涛站在门口，握着叶青的手，一语双关地说："叶兄，明天见。"

"明天见。"叶青说完消失在夜色中。

他们分手后，吴涛刚转身往回走。突然，听到一阵喊声："大公子，大公子……"

吴涛转身，只见几个陌生人抬着一人进来。他过去借着灯光一看，是二娘姜雪，急忙问："二娘，你们把她怎么了？"

来人说："大公子，我们看到夫人时，气息微弱，脸色惨白。我们兄弟俩看事情紧急，便搁下活，匆匆把她送了来。"

吴涛给他们鞠了躬，也不多说，背起她就往督陶府跑。

此时天已全黑，督陶府宫灯已亮，大家也为姜雪着急。吴涛背着姜雪人未到，声已到："二娘出事了，二娘出事了！"

吴振江听到喊声，惊恐地冲出来，看到吴涛身上背着的姜雪，说："涛儿，你二娘咋了，咋了？"箭步上前，从他身上抱起，对着她喊："雪儿？雪儿？"

此时府里的人都出来了。

吴振江大声叫道："得福，得福，快！快叫大夫。"

转眼，姜雪被放到床上，吴振江坐在她的身边，房里围着很多人。吴老夫人在小翠的搀扶下走了进来，一看到姜雪就喊："雪儿，雪儿，你今天怎么了，走之前，我还再三地交代过你。"说着不断地擦拭眼泪，显然很悲伤。

"小姐,您怎么了,您听不到小翠的话吗?谁把您害成这个样子。"小翠使劲地摇着姜雪,哭了起来。

"老爷,大夫到了。"得福已把镇上名医领来,大家让出一条路。

吴振江看到医生,抓着他的手说:"快,快给她看看。"

医生上前给姜雪号脉。不一会儿,他站起来。

吴振江问:"大夫,雪儿怎么样?"

医生说:"大人,从脉象看,是胎死腹中,人极度虚弱所致。我给她开一服药,要是能把腹中胎儿排出,就没事。不过,就这样,夫人的孩子就没了,以后怕是也难有了。"

"孩子?"吴振江上前看着姜雪惨白的脸,他转过身,对着医生说,"大夫,您有办法,一定要把我雪儿救过来。"

"大人,你放心,我这就去开药。"

一服药后,胎儿排了出去。

深夜,吴振江、小翠守在姜雪床前。

姜雪嘴动了动,想说话。

小翠叫道:"老爷,夫人醒了!"

吴振江眼睛一亮,急忙凑上前,握着她的手,对着她喊:"雪儿,雪儿!"

姜雪睁开眼睛,看着吴振江,吃力地伸出手,用力去触摸吴振江的脸,笑了笑,说:"看到您,老爷,我就放心了。"说着又晕了过去。

吴振江放下姜雪的手,问小翠:"小翠,今天上午夫人去了哪里?"

小翠怯怯地看着吴振江,低着头,"夫人说她去日本株式会社,我陪她,她说不要,让我留下来照顾老祖宗。"

"日本株式会社?"吴振江突然想到什么,对小翠说,"你快去通知得福,让他把周统领找来。"

"嗨。"小翠转身出去。

吴振江从姜雪房间出来,来到书房,坐在那沉思,他脑海中不停地闪现姜雪受伤的情景。这时,得福进来,说:"老爷,统领到了。"

"快叫他进来。"

周统领一进门,便问:"大人,听说夫人出事了,现在咋样?"

"人是保住了,可孩子没了,从今以后也难有了。唉,雪儿醒来,我不知道她能否接受这个现实。"

"大人,夫人是女中英雄。"

"可她也是个女人!周统领,我听小翠说雪儿上午是去了山田处,我看她一定是发现什么。"

"大人,明天我们贡瓷进京,是不是与此有关?"

"统领,我是为这事才把你召来的。我想我们计划必须做出一些调整,你看我们下一步这样……"吴振江附在他耳旁说了起来。

"当当……"督陶府的洋钟鸣了两下,喧闹的古镇显得十分的安静,人们早已进入梦乡。

此时的督陶府,吴振江在得福的引领下,敲响了吴涛的房门。

得福提着灯笼和吴振江一起进来。

吴涛揉着双眼,打着哈欠,说:"爸,鸡还没有打鸣,这么早干什么?"

吴振江说:"涛儿,为赶时间,贡船运送队提前出发。你给我押货去。"

押货?吴涛听后,心中一愣,他没有想到父亲这么快就改变了计划。"爸,我想多睡一会儿。"他想拖延时间,找机会把这突如其来的情报送出去。

"傻小子,还愣着干什么,没长进,穿上衣服,快跟我走。"

吴涛一时不知咋办。

"大公子,我们走吧。"得福不知就里,提着灯笼在前引路。

中途,吴涛来到吴波门前,往里一看,里面一片漆黑,传来他熟睡的声音。由于父亲在后面,过分的举动怕引起他的怀疑,吴涛心想事已至此,到时只有相机行事。

夜深人静中,吴振江、吴涛、周统领一行走在山城古镇弯弯曲曲的弄堂里。一路上,大街小弄传来狗叫声。吴涛显得十分无奈,他老掉在后面,吴振江不时回过头来说:"涛儿,快点。"

昌江官运码头上早已停靠好四条粮运船,两旁站着官兵,皇窑厂搬运工正在往船上搬运瓷器,吴振江他们到时,周统领早已带人在此等候,看着吴大人到,忙前来相迎。

"货物装好没有?"

"大人,瓷器已全部装好,为防万一,船工全部换成化装后的官兵,每条船上多配置了十人。"

"好。"吴振江侧过身来对儿子说,"涛儿,你跟周统领押船到湖口,到了那里,九江水师会来接应,你的任务就算完成了。"

"爸,你放心,我现在不是小孩了。"

"一路上愣头愣脑,为父不放心呀。"

"大人,你放心吧,我会照顾好公子。"

"好,出发!"

吴涛和周统领上了船,吴振江站在码头与他们招手,转眼间消失在黑色中。

船在加速航行。出了景德镇段,昌江的河道显得宽阔起来,两岸的渔家灯火,若隐若现。

在船头木板上,吴涛对周统领问:"统领,咱们用得着偷偷摸摸地走吗?"

周统领说:"这是大人的计策。"

"统领,能跟我说说,什么计策吗?"

255

"行，大公子。上次皇窑厂失火，大人组织人进行了暗查，发现山田他们疑点最大，但是我们找不到证据。那场火及时扑灭，没有给皇窑厂造成什么损失，大人估计山田一伙不会甘心，因此暗中密切监视他们。那天，你对大人的谈话，更证实了大人的判断。就在这时，李俊的儿子李小勇出现了，他在衙门口转悠，趁大人不在时，来到大人的办公房，打开他的抽屉，取出了皇窑厂贡瓷上京的计划书，并记下了他的时间和航线。得到这一资料后，李小勇直奔春圆，与一个络腮胡子的人接上头。这个人，正是山田在景德镇的重要情报员。"

　　周统领感慨地说："李俊的儿子不像他，成天游手好闲，与一些不三不四的人来往，突然的行为引起了我们的怀疑，加上夫人出事，也增加了我们的判断，于是我们决定给山田来个瞒天过海，其实老爷一直不希望事实是这样。"

　　吴涛听后若有所思。一阵江风吹来，阵阵凉意。周统领对吴涛说："大公子，外面很凉，我们进去吧。"

　　"统领，天快亮了，昌江的晨曦很美，离开十几年了，我想站在这看看。"

　　"那我进去了，大公子，注意着凉。"

　　吴涛点点头，双眼凝视着前方。

第二十二章

初升的太阳,慢慢地驱散着昌江河上的水雾,昌江码头上早已喧闹起来,这船刚离岸,那条船又靠上来。人喊声、牲畜叫声,混成一片。

吴波、孙承、秀娟、汪仲他们一行六人,每人身上背着一个鼓鼓的行囊,穿行其中。

船公对着岸上的行人喊:"快开船啰。"

秀娟跳上船,吴波牵着汪霞的手说:"小心点,"并向后面的人说,"你们快点。"

他们挤在人流中,偷偷上了客船。

"三哥,我的眼皮从昨晚一直跳到现在。"

一旁的汪仲也说:"师弟,我也觉得这样做不踏实。"

吴波说:"小妹,师兄,相信我!"

船在走动,汪霞看着沿河秀美的景色,说:"师姐,我好久都没有出来过了。"

"我也是,我爸、老祖宗成天就知道要我们学手艺,人都快憋死了。"秀娟说。

汪仲说:"这里的风景真漂亮,我每次来都有灵感。"

秀娟说:"仲哥,难怪我爸爸常夸你,原来你是看风景来的。"

"师妹,你要想来,我孙承天天来陪你。"

秀娟听后,瞪了他一眼:"去你的,我才没有这个雅兴。"

大约过了两个时辰,客船在昌江下游渔山码头停靠。秀娟第一个跳下去,接着其他人也随着人群下了船。

秀娟说:"三哥,我们是否到镇上去走一走,吃他一顿?"

"我也想去看看。"汪霞说时,看了吴波一眼。

吴波不作声。

孙承捅了他一下说:"还早,不会误事的。"

"好吧,也不在乎这一下。我们到镇里去。"

再说镇上,上午,从督陶府到昌江官运码头上,每隔五十米就站着一个清兵,皇窑厂的窑工正在扛着早已打包好的瓷器,往官运码头走,前头已到的瓷器,在往船上装。

装运完毕。

官运码头一声炮响,写着"御"字的青龙旗扬帆升起。吴振江站在船板上高喊:"开船。"

御船在启动。

曾总管带着皇窑厂大小官员站在码头上,对着船上的吴振江挥手示意,祝他们一路顺风。

在景德镇日本株式会社,一个人匆匆进来,他对着山田说:"老板,船已启动了。"

"看清楚了吗？"

"看清楚了，我亲自看到吴振江带着皇窑厂大小官员站在码头上跟船上的人招手。"

"好。"山田对门外大喊一声，"来人。"

有人进来，山田对他发出命令："沿途发出信号，一切按计划执行！"

"嗨！"来人转身而去。

吴波他们在渔山小镇码头下后，来到一个小酒店，秀娟、汪霞赶快抢座位坐下。

孙承坐好后，对店家说："店家，拿酒来。"

吴波对孙承轻声地说道："你不要那么豪爽，我可没有那么多。"

饭后，时值中午，太阳正照着。

吴波他们出渔山镇后，沿昌江河徒步，孙承和吴波走在前面，沿途观察。

他们来到一座山下，秀娟对着前面的汪仲喊："歇一下，歇一下，我实在走不动了。"说着一屁股坐下。

汪仲过来牵着她的手，说最苦的还在后面，我们这才刚开始。

秀娟看了他一眼，苦着脸，说："后面还苦？"

"到了，到了，这个地方最好。"这时，前面传来孙承和吴波的声音。他们来到山顶上，从山上往下看，发现眼前这里河道最窄，是对来往船只的最佳攻击点。

此时天正晌午。

大家已陆续到齐。秀娟和汪霞怕晒，早坐到树荫下。

吴波看了大家一眼，估计御船傍晚才能到，为确保这次计划成功，他对大家说："起来，起来，我们在这再训练一次。"

孙承说："好。"

大家点头同意，并各自快速准备各种火具，在吴波指挥下，每人认真地演练起来。

吴波一看，感到很满意，抬头看了看天，估计时间也差不多，便指挥大家埋伏起来。

山区，初秋的蚊子特多，叮得他们身上到处是红包，他们蹲在那里不敢吭一声。最可恶的是一条眼镜蛇从秀娟身上过，惊得她眼睛睁得大大的，一口气都不敢喘，脸上直冒汗，倒是孙承胆大，出手很快，三下两下便把那条蛇给剁了，并把蛇挑走。

秀娟吓得嘤嘤地哭起来。

吴波立刻捂住秀娟的嘴，说："早知道你这样，就不该叫你来。"

汪仲看后，感到吴波的行为有点过分，他对吴波说："小波，秀娟吓成这样，你不该这样对她。"

这时孙承处理完蛇尸回来，兴奋地对着大家说："前面五里处发现御船朝这边开来。"

大家一听，顿时来了精神。

昌江河上，御船在航行，押船的官兵在船上来回走动。此时太阳已下山，江上水气慢慢升起，并向四周飘荡。

突然，江边出现了二三十个人，他们蒙着脸，乘四条小船向大清御船围上来，他们一些人把护卫船引开，其中大部分人登上船。

上船的人打开包装箱一看，全是空的。正在惊愕时，船上火把通亮，五十多个官兵不知从船里哪个方向杀出，这伙人猝不及防，顿时死伤大半。

清兵拿着钩子把他们勾住，拖到船上，并马上捆绑起来。清军官兵借着火把，除去这些人脸上的面纱，仔细检查着。

"钦差王大人？"不知谁惊叫起来。

大家一听，都围上去，大清皇窑厂衙门汪捕头走上前，借着火把仔细一看，更惊，钦差王大人已死。他再看下一个，此人正是日本株式会社总管小岛，他口吐着水瘫在那，满脸猪肝色。

汪捕头大声喊道："我们回航。"

在山上，吴波、秀娟他们看后，汗直往下流，眼睛睁得大大的，不敢再吭一声。

吴振江没有上船，而是找来了一个替身，在公开场所演了一出戏。自御船走后，他就一直坐在书房，等待前方的消息。

曾总管匆匆进来，在吴振江耳旁说了几句。吴振江听后，脸色顿时沉了下来，只见他与曾总管匆匆离开督陶府。

到了皇窑厂守军兵营，这里早已灯火通明。

汪捕头看到督陶大人吴振江到，忙上前行礼，说："见过督陶大人。"

"捕头辛苦了，快快请起。"

"嗻！"汪捕头起来站在一旁。

"捕头，战况如何？"吴振江问。

"大人，一网打尽，一个不漏。"汪捕头兴奋地回答道。

"好！好！"吴振江连声说道。

"大人，你看。"汪捕头这时叫人把一副担架抬上来。

吴振江把担架上的尸布掀开看了看，然后轻轻地摆摆手。汪捕头见大人心事重重，马上补充说："大人，他从水中捞起就死了。"

"汪捕头，此事重大，我得速奏太后。现在，我令你速带领一队人马，捉拿主犯山田。"

"嗻。"捕头领兵而去。

在景德镇日本株式会社，山田正在房中观看日本女人跳舞。他双眼眯成一条线，和着拍子摇头摆脑，不时地端起杯子，自斟自饮。

突然，门口传来了急切的打门声，山田用手一挥，歌声停下。

外面继续传来打门声和嘈杂的脚步声。山田对歌艺一招手，说："你们下去。"

"嗨！"那些歌女应声退下。

山田站起来，用手系紧腰带，踱着方步来到门口，亲自把门打开。

门外火光通亮，一大队清兵手握刀枪，威风凛凛地站在门口，怒目而视。小岛一身是血，和几个日本人缩在一处。

山田用手指着，半晌说不出话来："你们……"

汪捕头拿出一张纸，抛到他的面前，说："你被捕了。"他把手一挥，对士兵说道，"把他带走！"

山田还没有反应过来，几名清兵已上前一架，把他带离了株式会社。

第二天，秀娟来到老夫人斋房，老祖宗正念经，秀娟跪在莲花席上，对着观音菩萨双手合十，嘴里喃喃道："感谢菩萨保佑，感谢菩萨保佑。"

老夫人看到孙女这样虔诚地敬奉菩萨，心中高兴，"我娟儿大了，"她点上几根香，递给秀娟，说，"娟儿，给观音菩萨敬上。"

秀娟接过香，恭敬地插在香炉里。老夫人看后，对秀娟说："大慈大悲的观音菩萨一定会保佑我儿的。"

秀娟刚想对老宗祖说，菩萨已保佑我们了，但话到嘴边又缩了回去，还是没有讲出来。

老夫人在继续念她的经，秀娟站了一会儿，不便打扰，便转身出去。

吴涛坐在书房里看书，但是他怎样也看不下去，他拿起书，在那苦想，下一步怎么办？这次他本想浑水摸鱼，神不知鬼不觉来个坐收渔翁之利，没想父亲来个装愣不知，偷梁换柱，把自己彻底迷惑了，要是这次贸然行事，不知会出现什么后果，想到这里他心就凉了。好在父亲对自己信任，没有对自己产生怀疑，不过，长期在家中，人多眼杂，早晚会出事，他必须出去才安全。可是到哪呢？他想。

秀娟进门来找他，吴涛都没有察觉："大哥，你在想什么？"

吴涛听后一愣，这才回过神："小妹，什么时候来的？"

秀娟没回答，而是一阵奚落："一个革命人，连人进来都没有感觉，危险。"

"大哥这几天身体不舒服。"

"哥是不是为了筹钱的事？"

吴涛听后一愣，马上问："谁说的？没这回事。"

秀娟嘟着嘴说："二哥为了给你一个惊喜，差点把你小妹的命都搭上了，还说没这回事。"

吴涛说："小妹，这是咋回事？听叶兄说他们在渔山看到你们，可有这回事？"

秀娟在大哥面前觉得说漏了嘴，转身出去。

"小妹，你回来！"吴涛觉得小妹话中有话，马上把小妹叫住。

吴涛说："你刚才说吴波让你差点把命都搭上了，我问你，这是咋回事？"

"大哥,我刚求过菩萨,苦难都给挡过了。"

"小妹,你把哥弄糊涂了,说啥呢?"

"大哥,三哥叫我们回来不要跟任何人说。"

"不说也行,"吴涛说,"我去找吴波就是。"说着起身出门。

秀娟看实在瞒不住,便把前因后果说了一遍。

吴涛一听,赶紧到门外,看看左右,迅速把门关上。

"哥,你这是干什么,大白天的,谁敢吃你不成?"

"你们太冒失了。你跟我说,小波现在在哪里?"

秀娟见哥一脸严肃,知道事情严重,怯生生地说道:"他在瓷器街师傅那里。"

吴涛把吴波、秀娟、汪仲等人带到浮梁红塔下,看四周左右无杂人,便叫大家坐下来。吴波预感到什么,他坐在一旁,眼睛看着其他地方。吴涛看了他一眼,说:"小波,你坐过来,我有事要问你。"

吴波把脸一转,挪了一下身子。

吴涛看他一副满不在乎的样子,气不知打哪里来,盯着他,问道:"小波,你老实说,谁指使你去劫御船?"

"革命不是缺经费吗,我想为革命出点力。"吴波爱理不理地回答。

"你自己死不要紧,你不能把大家都跟你一个人搭上!"

吴波一听,突然从地上站了起来,他指着吴涛说:"革命,革命就要不怕死。哪像你,说的是一套做的是另一套。"说着起身就走。

汪仲赶紧上前来劝。

吴涛看了他一眼,说:"你参加革命第一天,你是怎样宣誓的? 组织叫你干什么,你就干什么。你牺牲不要紧,你不能把你身边无辜的亲人白白搭上。再说你这样,只能让景德镇革命组织暴露,这个后果,你想过没有?"

"你们根本就不信任我,把我当局外人!"

吴涛说:"成功是给那些有准备的人的,革命工作也是这样,决不能做无谓的牺牲,更不能拿自己生命开玩笑。只凭你们几个人就想劫御船,这不是革命,这是叫大家去送死,你这样做,对得起谁?"

吴涛的话点到吴波的要处。他听后不说了,低下了头。

秀娟看看吴波,又看看吴涛,说:"我当时就说了这样不行,二哥说一定要给你来个惊喜,还有孙承说有把握,结果我们吓得声都不敢吭,想起来够让人害怕的。"

汪霞说:"小波哥也是一番好意,我们也支持他,要错大家都有错。"

"事已过去,"汪仲说,"大哥,我们都听你的,今后怎样做,你就发个话吧。"

"我代表革命谢谢大家。"吴涛听完大家的发言说,"我刚才的话讲重了一点,不过这事太严重了。革命现在确实缺少经费,我们这次也组织了劫船,由于爸防范严,一点空隙都没有。不是我对你不信任,而是当时不允许我这样做。幸好,日本人出现及时，无形中救了我们，也有你们。"

秀娟一听，马上兴奋起来，说："哥，原来你们也这样？说实在的，这事我们还真得谢谢日本人，不，是谢菩萨，是她保佑了我们。我已替大家向她敬了香，还了愿。"

"秀娟，我们向菩萨敬了上千年，我们国家现在怎么还这样？百姓越来越穷！我们不能靠坐在那里当由人搬来搬去的泥菩萨，而是要靠自己，靠革命。"吴涛纠正说。

秀娟瞪着眼看着他，心想：菩萨神，不要听他的，他这几年洋派了。

汪仲听后问吴涛，今后有什么打算。

吴涛说："现在日本人正在染指景德镇，想吞并皇窑厂，组织上指示我们协助督陶官保护好皇窑厂，粉碎他们的企图。同时也指示我们创办瓷厂，筹措经费。"

"大哥，"孙承说："这样好，我们到时都可以到你厂去帮工。"

吴波听后，也不好意思地问："哥，我呢？"

吴涛笑着说："我还得靠你料理厂子呢。"

"我不要你们白帮工，"吴涛说，"到时，我按劳分配，我给每个人算工银。"

汪仲说："大哥，我第一个表态，我不要。"

"做事就得获取报酬。劳有所得，大家有饭吃、有教育，人人平等，这就是我们革命者的追求。你做事的钱我一定要给，至于你怎么用，甚至捐给革命，那是你个人的权利。"

秀娟笑着说："好呀，这样好。以后我们每个人身上有钱，大家就可以经常在一起聚了，用不着老是盯着我一个人，让我向祖宗讨钱。"

大家听后笑了，一下都来了精神。年轻人的嬉笑声传得很远很远。

山田被清兵押着，投进了大清皇窑厂衙门大牢。他在牢中对着外面大喊："我是大日本帝国的侨民，你们不能这样对待我。我要向大清政府抗议！"

衙门汪捕头走上前来，拿着小岛写的悔过书，在他面前一晃，说："你自己看吧。明日公审，到时，让你们死个明白！"

山田说："我是大日本帝国的臣民，我只能接受大日本帝国的法律的审理，你们大清无权审理我。你们快放我出去，不然，我们大日本要再次向你们开战。"

汪捕头不理会他，独自走了。

山田大喊，无人理会他，他自知没趣，颓然地坐在那，眼睛看着窗外，心想：我这样周密的计划为什么会失败呢？难道李俊会长的儿子李小勇得的情报有假，他们联手起来骗我？很快，他又摇摇头，自言自语地说："不像。"

那问题出在哪呢？

山田回忆着当时的情景，哪个环节都很周密。突然，他心绪紧张起来，大脑中闪现出事前一天，后山石上的一片血迹，三喜说是鸡血，正提着一只血淋淋的鸡。为什么就有这么巧，难道三喜是督陶府的奸细？

"爸，爸。"山田的回忆这时已被栏棚外面的叫声打断，他站起来一看，是小翠朝他这边走来了。

"英子,英子? 爸在这。"

"爸,爸……"小翠冲过来,抓住山田的手。山田也紧紧地抓紧她的手。

山田哭丧着脸说:"我的好女儿,乖女儿,你叫吴振江放了我,放了我,是小野他污蔑我!"

小翠说:"爸,到这时你还骗我? 为了这御船,督陶府上下不知吃过多少苦,雪儿小姐冒死到京城告御状,还有这次,她差点命都没了。你叫我咋信你!"说着扭头哭着而去。

山田伸出手,对着她大声喊:"英子,英子——"

山田被抓,镇上瓷业界的人议论纷纷。江西巡抚和湖广总督府电文、信使不断。因涉及的是洋人,吴振江自山田被抓那一日起,就没有自在过。为了打击山田等人的气焰,又不让东洋人捡到口舌,吴振江决定在镇上公审山田一伙。他问侍从,布告贴出没有。

"大人,刚印好,我们马上组织人去贴。"

这时,小翠扶着虚弱的姜雪进来。

吴振江一看,赶紧上前去搀扶,一面责备说:"雪儿,你这么虚弱,到这里来干啥?"

姜雪对着吴振江说:"老爷,我是来求您的! 我知道小翠父亲不对,错了。我求您不要公审他,按照外事惯例,把他驱逐出去,这点你做得到。"

吴振江说:"雪儿,不杀他们,我们今后景德镇就永无宁日。"

小翠突然跪下,对着吴振江哀求道:"老爷,不会的,不会的。您就看在我的面子上,饶他一次吧。他一定会改的。要么,就把他驱逐出景德镇,给他一条生路?"

"老爷,您就看在小翠多年侍候吴家老小的份上,放过他爸。我也求您了!"

吴振江没有理会,他对着门外的士兵大喊:"来人,把夫人他们扶回家去。"

这时几个清兵上来,强行把姜雪和小翠送走。

姜雪扭着头,声嘶力竭地对着吴振江喊道:"老爷,老爷,您就一点情面都不讲吗?"

吴振江把头扭到一边,向着士兵挥手,大声地说:"快,扶她们走。"

"报,大人,门外有两位日本公使求见。"这时,侍从跑进来报。

吴振江心想他们这时来准没有什么好事。想到这,他对着侍从说:"请他们进来。"

日本公使很傲慢地昂着头走了进来。

吴振江一看就来气,坐在那装作没看见,只顾批阅自己的公文。

"大人,日本公使木村求见。"侍从提醒道。

吴振江这时才抬起头,漫不经心地看了他们一眼,问:"有公函吗?"

日本公使走上前,递上公函,说:"我奉大日本帝国之命接回山田。"

吴振江听后,把眼睛一瞪,说:"山田主谋抢劫我大清皇窑贡船,现已严重触犯我大清律例。"

"大清法律管不到我们大日本帝国公民,你无权扣押他们。"日本公使铁着脸对吴振江说道。

吴振江把桌子一拍,吼道:"你们放明白一点,在我们大清,王子犯法与庶民同罪,洋人也一样! 来人,送客。"

这时,皇窑厂衙门外,一信差骑马急驱而来,他到衙门口后立马跳将下来,高喊:"报,朝廷公文到。"

侍从把他领来见吴振江,信差说:"大人,朝廷八百里加急公文,看后,中堂要您立刻回复。"

吴振江拆开一看,是军机处奉太后旨意,为免大清国与日本再生事端,请把关押的山田立即放掉,并向他们道歉。

日本公使看着吴振江的脸色,不由得得意狞笑。

吴振江只感到眼前一阵眩晕,他用手撑着桌面,尽力把自己立起来,低着头,无力地向士兵招着手,低声喊道:"来人。"

侍卫到。

"你引他们去领山田。"

"大人,这……"

"这什么,执行命令! "

日本公使看后,扬长而去。

吴振江无助中抓起身边的茶杯,"啪"的一声,瓷器敲在桌上被震得粉碎,锋利的陶瓷碎片扎进他的手心,鲜血顿时从他手掌中溢出,只见他脸色凝重,用拳把桌子捶得震响。

晚上,姜雪的房门紧闭,吴振江被关在房门外,他敲着门,喊:"雪儿、雪儿,开门,雪儿,开门,听我说。"

"你走吧,我什么也不想听! "声音从房内传来。

"雪儿,开门吧,我向你赔礼还不行吗? "

"当时呢,当时你人呢,小翠跪着,我苦苦地哀求,你连看都不看我们一眼。当初你落难时,小翠三十天晚上,冰天雪地跟着秀娟只身到总督府,可你……"说着,姜雪的哭泣声从房屋里传来。

"雪儿,我的心不是铁石,也是肉做的。她的情,以及大伙的情,我心里时时都惦记着。可是,可是,山田抢我御船,志在灭我大清瓷业,他的险恶用心昭然若揭。雪儿,这事,我答应得了吗? 你可是一个明白人,小翠难过,我这心里比谁都难过。你应理解我呀。"吴振江对着屋内说。

"小翠走了,她啥时候回来,你啥时就可进来!"姜雪的声音从房内传出。

"我、我、我现在就派人把她接回来,行吗?"

"要是她能回来,我还跟你这样干什么?"说着,屋内又传来了姜雪的哭泣声。

老夫人几天没有看到小翠,来找姜雪,姜雪说,小翠只身到日本去了。临行前留下一封信。说着,递给了老夫人。

老夫人看后,眼中渗出了泪花,"苦命的小翠!"她说,"老身希望你一路平安,找到父亲,与他团聚。"

一个月后,镇上和皇窑厂又恢复了往常的平静。

吴振江这天正在看公文。"吱呀"一声,吴涛推门走了进来。

吴振江抬头一看,把公文放下,问:"涛儿,有事吗?"

"爸,我想求您帮个忙。"吴涛怯怯地说。

"我儿子还有求爸的时候,好,说吧。"

"爸,我有一个同学,也是您认识的,他家很穷,平日靠打渔为生,他想到镇上学画画,谋个出路,我跟他说要学就学正规的,干脆到皇窑厂来,他一听非常乐意。我想——"

"你说那个叶青?行。不过,你得告诉他,到了皇窑厂,今后就不能轻易出去。"

"这个没问题。"吴涛兴奋地说,"爸,谢谢您。"说着高兴地出去了。

吴振江笑着看了他一眼,继续看他的公文。

山田被日本公使领回后,马上被召回到日本东京黑龙总会,会长村山见到他对他暴跳如雷。

"啪,啪。"他上来就给山田两个响亮的耳光,破口大骂,指着他说:"你有辱大日本帝国军人的荣誉!"

"嗨,嗨。"山田双脚立正,任由村山训斥。

村山发泄完,抛给他一把战刀,说:"你向大日本天皇尽忠吧。"

在樱花的歌声中,山田抽出村山给他的战刀。刀光闪闪,山田用手轻轻地摸着,然后双手握着刀柄,刀尖对着胸膛,用力刺下。

山田这一边倒下,一个叫川岛的人又被召回,此刻,他正站在村山的办公桌前。这个川岛不简单,他就是多次代表日本瓷业在巴黎获奖的人。只见村山对他说:"总会把你从巴黎召回,派你前往中国景德镇接任景德镇日本株式会社原社长山田君的位置。你的目的是继续山田在中国景德镇的事业,想办法打入大清皇窑厂,获取他们的最高制瓷技术,利用一切机会扰乱他们的瓷业,削弱他们,最后摧毁他们,懂吗?"

"嗨。"

"山田刚愎自用,致使计划失败,他已对大日本帝国天皇尽忠。他就是你的教训,你一定要完成大日本帝国的任务!"村山对着川岛大声说道。

"嗨。"川岛领命后,转身出去。

第二十三章

公元一九〇〇年,也即光绪二十六年,八国联军攻打北京城,火烧圆明园。西太后携光绪皇帝带着大队人马仓皇逃往河南、河北、山西。太后携光绪皇帝逃出京城皇宫后,这朝中大小事务便交由豫亲王料理。

这天,豫亲王批阅奏章,看到大清景德镇皇窑的折子,顿时眼前一亮,他快速翻阅着,但马上又搁到一旁:"好个吴振江,这事咋就糊涂?现在上上下下对洋人躲都躲不及,你却要来个什么合作生产。洋人会平等跟我们合作吗?弄不好,把我们这点家底给搭进去了。"他自言自语地说道。

"王爷,军机处正等着你对吴振江奏章的批复。"身边的侍从轻轻地说道。

豫亲王望了望桌上吴振江的奏章,拿起又放下,心想他写得的确实条条在理,提不出反对意见。"此事关系重大,待禀明太后,再作定夺。"最后他只好如此吩咐。

就在八国联军攻打北京城,火烧圆明园,百姓到处躲藏、逃亡,大清朝正处在风雨飘摇时,远在京城1600公里外的江南古镇——景德镇却是依旧繁荣昌盛:昌江河上来往的船只争道。码头、渡口极度繁忙,这里货船刚开,那边柴船马上靠拢。

镇上,一色青石铺砌的瓷器街,街道两旁店房飞檐凌空,店面宽敞高大,光线充足,摆着各色各样的瓷器;除瓷行、瓷店外,还有各种百货、杂品、饮食、茶铺、酒馆、烟行等,昼夜营业,繁华异常。街道上人来人往,弄里弄堂挑坯的担夫进进出出,吆喝声、叫嚷让路声不断。

春圆戏园老板娘金赛花带着店小二穿行其中。她看到洋人进了一家商店,自己也马上跟了进去,看他们买什么东西。洋人走后,她凑上去,也买上一份。

一上午下来,她买得不少,她看手上东西差不多,便对着一旁的跟班说道:"小二,你给我把这些瓷器拿回去,我顺便再到其他地方看看。"

金赛花顺着瓷器街往西走,不远便到了黄家洲。黄家洲市场上,遍地都摆着瓷器摊,小贩们三五一群,聚集在一起招徕生意,附近民工穿梭其中为外地客商包装、搬运。新春将至,增设了许多年画、春联。

金赛花从年画摊位上经过,摊主笑着招呼:"老板,来幅画,增福增财增寿。"

"谢了,家里已准备。"金赛花扭过头,笑道。

一路上,不时有一些人手里拿着瓷器向她兜售:"我这瓷器是抵账来的,很便宜,二十文一个,要不要?"

金赛花看后,挑了两个。刚走没几步,又有个人上来对她说:"老板,我这瓷器是我抵账来的,很便宜,十文一个,要不要?"

金赛花接过一看,再与手上刚买的瓷器一对照,发现一模一样,知道上当了。这下,她不敢再买。

他们看她不买,一直跟随在后,金赛花实在被他们缠得没办法,开口了:"我是本地人,你们骗不了我,走吧!"她说的是当地话,那些人听后马上自觉地走开了。她看着手上的瓷器,再看看他们,笑着摇摇头。

不远处,一大伙人正围着一处。金赛花走上前一看,原来是大伙在为一堆瓷器估价,只见一人向摊主伸出了指头,说:"六两。"

摊主摇摇头。

另一人说:"六两五钱。"

摊主说:"低于九两不卖。"

金赛花蹲下来,细细看了看瓷器,尔后站起来,说:"出我八两,卖不卖?"她一开口,大家都看着她。

摊主看了她一眼,说:"这位老板识货,能不能加一点?八两五钱。"

金赛花站起来,拍拍手上的灰,说:"手上做的货,五钱争什么?就八两。"

只见摊主略沉思一下,笑着说:"好,交个朋友,就八两。"

金赛花马上从身上掏银子。

"这是谁?"旁边有人问。

"她呀,这都不知道?春圆戏园老板娘金赛花!"有人说。

"难怪她出手那么大方。"另一人说,"她这一来,我们没生意做了。"

大伙看了后,私下议论一番,自觉没趣,独自散去。这时挑夫凑上前问:"老板,要不要挑担?"

"行,说说到春圆多少价?"

"五钱。"

"好。"金赛花心想:正好是刚才杀下的价,马上爽快地答应。

镇上春圆客栈,洋商大包小包扛着,进进出出。

金赛花带着一挑夫挑着一担瓷器进来,桃花早站在门口等候,见妈妈回来,她又是接担,又是倒茶。

"花呀,几天不出去,外面可热闹。我还以为我脑筋转得快,这次出去了才知道,人家早到外面跑了几趟,挣了大钱回来!"

"妈妈,下次你出去,也带上我,让我见识见识?"

"行。"金赛花听后,笑着说。

李俊、饶希斋和一些商会代表人士在开会。

饶希斋说:"景德镇自大清皇窑厂开禁后,目前瓷器行是万国来朝。我们内地一些商人看着其中利大,也跟着做起外销生意。就连一些跑单帮的小商贩也组织起来加入其中。现在瓷器是未等出炉就给订走,这行情,我看是多年少有。"

有人听后马上附和说:"饶会长,我昨天一天就收到八千大洋的订金。"

"我家的三座窑炉,全给法国人包了,现在市面上要买我家一件瓷器都不易。"

李俊看大家讲得兴奋,插过话来:"我们瓷行有句行话,七死八活九翻身,今年七月淡季就这么火,九月份就不知是个啥样子。大家看到没有,最近镇上来了不少外地人,个个身上都绑着钱,就是拿着银票买不到货。一些窑厂乘机纷纷上规模。外地人到咱们镇上开厂也活跃,特别是那些海商、南洋一些华人。"

"会长,这形势是好,可是对我们镇上本土窑主压力就大,不知是祸是福?"未等李俊把话说完,马上便有人把问题提出来。

这一问可把在场的人都给问住了。

这时,吴振江、曾总管和汪叔凡他们朝这边走来。饶希斋坐在紧靠门口的位置,他眼尖,马上站起说道:"李会长,各位、大人、总管他们来了。"

大家听说大人到了,纷纷起身迎接。

不一会儿,吴振江笑着进来。"顺道过来看看,我看你们议事,那我们就不打扰了。"说着,与总管他们往外走。

李俊说:"大人,我们正在谈论外商到景德镇开厂一事,大家都感到压力。不知咋办,能否给我们出个主意?"

"主意?好呀。"吴振江听后,停下脚步。

马和尚这时把刚才大伙谈话的纪要递给吴振江。

吴振江接过,翻开看了看,说:"李会长,我看你们谈得很有见地呀。外商到镇上开厂,特别是海商和南洋华商,他们起点高,规模大,又掌握着一定销路,一旦他们渗入我们的瓷业,对景德镇的发展将有一个促进作用。当然,他们进来,也会给我们带来一些压力,如迫使我们一些小窑主上规模、改进管理,不然就难生存。"

李俊说:"大人,大伙的心算是给您看出来了。您站得高。"

"这事,我也是第一次遇上,我看大家谈兴正浓,实实在在,我还是想听听大家的。"

赵宝贵说:"大人,我认为他们来景德镇投资办厂是好事,我们上一辈都是外来人。在景德镇本土人士很少,大多是外来移民。我们镇上几千年就是靠这样一拨一拨人冲起来的。我们不能歧视他们,同时他们也得符合大家认同的规矩。现在他们中有人提出来要参加我们商会,这我倒吃不准。"

吴振江看着饶副会长说:"饶会长,你认为?"

饶希斋说:"大人,我赞成把他们接纳进来。作为商会,我们还要从中助它一把火。"

吴振江说:"好啊,说实在的,洋人一些新技术、新工艺、新管理,确实值得我们学,对民窑如此,对我们皇窑厂也一样。饶副会长的意见,我赞成。在这,我也告诉大家,我们皇窑厂现已上奏朝廷,请求朝廷批复我们与洋商合作。"

有商人听后，马上说："李会长，没想到大人早已走在我们前面呀。"

吴振江笑着说："顺时而进，各位，我们也不例外。"

"大人，大公子的事，您忘了？"旁边的汪叔凡看吴振江正在兴头上，暂时没有离开之意，马上提醒。

吴振江顿时反应过来："对了，差点把涛儿的事忘了。曾总管，你就不用去了，在这代劳我，各位，我还有一点事，就不奉陪。"说着，拖着汪叔凡就走。

景德镇东南角有个叫福祥弄的弄堂里，今天聚集着许多人。这弄堂中间，有一新窑厂正在开张。它就是吴涛为革命创办的立新窑厂。这天，除汪霞、小华莱士外，大家都来帮忙。

秀娟天性好动，热情大方，吴涛依他的性格，安排她负责接待。

秀娟在弄堂口远远看到父亲和师傅朝这边走来，马上转过头，一路小跑，回到窑厂，对着吴涛说："大哥，爸和师傅来了。"

吴涛听后，顿时兴奋起来，他对秀娟说："快，娟妹，叫小波放鞭炮！"

"啪，啪，啪……"爆竹声顿时响起。

吴振江和汪叔凡穿过烟雾笑着走来。

吴涛热情迎上去，对他们说："爸，汪师傅，欢迎光临、指教。"

汪叔凡笑着从身上掏出一个红纸包，说："大公子，祝贺你开张大吉。"

"谢谢汪大伯。"吴涛笑着接过。

吴振江未待吴涛说完，也把红包递上："一个是曾总管的，事太忙，走不开，叫我转送；另一个是我和二娘送的。涛儿，现在你长大了，今后的路靠自己走，需要爸爸帮助时，说一声，不过不要傻睡。"他拍着儿子的肩说，"做个老板可不容易。"

吴涛当着父亲和汪叔凡的面嘿嘿地笑："爸爸，您和汪师傅来就是对我最大的帮助，您的话我记住了。"

吴振江笑了："傻小子。"

此时有不少的人前来祝贺。

吴振江看到这场景，心里高兴，有人过来跟吴振江点头打招呼，吴振江热情回礼。他和汪叔凡在窑厂内转了一圈，发现吴涛办的这窑厂不大，但是里面布置得井井有条。他看后感叹道："这孩子是个料，洋墨水没有白喝。比起晋儿那浑小子，不知好到哪里去。可惜就是这陶瓷技艺差点。"

"大人，前朝唐英大人，四十才学陶艺，您就放心吧，我看吴涛这孩子，准行。"

"老哥哥，按说，晋儿起点比他高，制瓷悟性也比涛儿强，可惜这晋儿，心思全放在投机取巧上，我倒希望这次山田事件会让他清醒。"

"大人，你们一家世代忠良。年轻人走点弯路，是很正常的。"汪叔凡看大人感叹，忙出声安慰。

"我希望是这样。老哥哥，涛儿有所成，我也高兴。走，到我家喝口去！"

瓷器街上，一人来到瓷器街汪琦家门口，他抬头看了一下门牌号，然后走了进来。见家中无人，喊："汪师母在家吗？汪师母？"

内室的妇人听到喊声，走出来，一看是儿子的先生，急忙热情上前招呼，说："先生，快请坐。"

先生忙说："汪师母，别客气。我是来问问汪霞、汪强的情况，他们近来不来上学。您家是否有事？"

汪琦的夫人淑惠听后心中一愣，忙说："先生，我家汪霞、汪强他们俩一直是大早出去，很晚才回家的。他们没上学堂？"

"汪师母，你家汪霞、汪强最近三四天都没来，这个学期的成绩也不如上学期，您做父母的得协助我们学堂管一管。"

"三四天都没上学堂？"淑惠听后又是一惊，她说，"他们回来，我一定问个明白，先生，谢谢你。明天，我一定让他们去。"

先生说："那好，汪师母，我就不打扰了。"说完转身就走。

淑惠要留先生用饭，但他还是执意走了。他从左边刚走，汪霞和汪强他们姐弟俩就从右边进门。

汪强进来搬上桌椅，坐下来看书，汪霞放下书包，一面帮助家中收捡东西，一面偷瞄着母亲。

淑惠终于忍不住了，指着他们说："你们不要跟我装模作样。强儿，过来，跟娘说你和你姐这几天去哪了？"

汪强听后，怯生生地来到娘面前，说："娘，我们天天都有在学堂念书。"

淑惠一听，二话不说，顺手抓起手边的扫把，照着他就打："现在骨头硬了，连娘都敢骗！"

汪强被娘突如其来的拷打吓哭了起来。哭声惊动邻里，大家过来劝："淑惠，孩子哪用得到这样打，快放手！"

淑惠松开手，汪强挣脱后，哭着跑开。淑惠看他不认错，还跑，便来气，拿起扫把就追。汪强边哭边躲，淑惠一个箭步，冲过去抓住他，打得更凶。看到孩子哭，自己也边打边哭泣起来："看你还往哪里跑，连娘都敢骗，说，这几天不上学到哪里去了？"

邻里过来劝："强儿，不要惹你娘生气，快跟你娘说说，你们去了哪里？"

汪强哭着对邻里大婶说："大婶，我不能说！"

"不要装模作样，给我死过来。"淑惠听后，看了汪霞一眼，对着她喊。

汪霞走上前，突然跪在娘的面前，大哭起来，她拉着淑惠裤角说："娘，娘，我错了，您别打弟弟了，我说，我说。这几天我带着弟弟到东城窑厂去给人填粉彩去了。"

淑惠气愤至极，指着她问："谁叫你们去的？"

汪霞哭着说："娘,是我自己做的主,我和小弟看你太苦了。我们不想让您吃苦,娘!"

原来汪琦的一对儿女自父亲去世后,看到母亲起早贪黑地干,心里难过,姐弟俩商量,自己去挣钱交学费。

汪霞这一说,淑惠心里受不了,"你们让我怎样对得起你死去的爸。"说时,眼泪像断线的珠子,哗哗地掉下来。

汪叔凡正从督陶府回来,听到隔壁家小侄在哭泣,忙过来看,发现汪霞跪着,弟媳淑惠在流泪,忙问:"淑惠,你们娘仨这是?"

淑惠掩面哭道:"他大伯,这俩冤家气死我了。"

汪叔凡问跪在地上的汪霞:"小霞,起来,跟大伯说,你们怎么惹你娘了?"

屋外的瓷器街上,人来人往,十分热闹。小华莱士挑着一桶水穿行其中,他只顾往前走。一位行客东张西望,一不小心撞到他身上,小华莱士赶紧停下来,对他赔礼:"对不起,先生,对不起。"

"不要紧。"行客继续张望,与小华莱士擦肩而过。由于刚才挑水的人外貌形象特殊,待他走过之后,行客又突然停下,站在那自言自语,"怎么会是他?"他大脑中闪出去年法国巴黎艺术展示中心汪琦、老华莱士父子和他站在颁奖台上,相互祝贺拥抱的场景。

271

这位行客就是巴黎大赛铜奖获得者,接替山田来中国的日本人川岛,此时他一身中国商人打扮。看着眼前匆匆而过的小华莱士,川岛站在那自言自语地说道:"是他,是他。"他马上折回,快步追上他,并尾随在他的后面。

川岛一直跟着小华莱士来到汪府门口,远远看到这家人屋子里围着不少人。这屋里的人群见到小华莱士进来,马上让开一条路,小华莱士在屋子里停了一下,挑着水桶进了后院厨房。

川岛站了一会儿,脸上露出得意的微笑。

这时汪府里面很热闹,谁也没有注意到屋外的人。川岛很快消失在热闹的人群中。

汪叔凡听完汪霞的哭诉后,说:"你这孩子,再苦,怎么能不上学堂?快起来。"

汪霞看着她娘。

汪叔凡说:"淑惠,你也是,什么苦都埋在心里,他们两个的学费我来出。"

"他大伯,你也是刚开店,不容易。"

汪叔凡了解她的性格,看了她们娘仨一眼,对淑惠说:"亮儿他娘,这样,我目前活多,一时也做不过来,雇他人是雇,雇你们也是雇,你和小华莱士都过来做,工钱一起算。"

汪霞从旁说:"娘,我一女人家读多书也没用,让我也到大伯作坊去吧。"

淑惠默不作声,在一旁擦泪。

小华莱士从后屋出来，走到师娘面前，说："师娘，你就依了师妹吧，平日里，她的文化我来教她。"

汪霞乞求地望着她娘。

"淑惠，你就不要硬撑了。"

"小霞，娘委屈你了。"淑惠听后，抱着汪霞眼泪又刷刷地掉下来。

吴晋红光满面，后面跟着一帮小厮，唱着小曲回来。他刚一站定，就有人过来跟他接衣服，并送上茶。

吴晋架着二郎腿，摇头晃脑地哼着曲："我今天高岭岭上把它签……"

"二爷，我看您今天一定战果辉煌！"有小厮过来问。

吴晋看了他一眼，笑着说："那可不，这次本二爷与高岭十家礁户签订了瓷土的收购合同，前后算来已有二十家，按这样发展下去，不出三个月，本爷就可控制高岭瓷土的三分之一，到时……"

"那时镇上瓷业就得听二爷的！"

"聪明，没有白跟你二爷一场，哼哼……"吴晋又唱了起来，"到时我珠山岭上把旗观，督陶府吴振江听令！"

"二爷，二爷？"这时有人来报。

"有话就说，有屁就放。"吴晋看到他打扰了自己的雅兴，有点不高兴，瞪了他一眼。

"二爷，今天有一个日本人来找，说是您岳父山田的朋友。"

吴晋听后腾地一下站了起来："你为什么不把他留下？"

"我说我家二爷到高岭去了，下午就回来。他看了一眼，就走了。"

"他留下地址吗？"吴晋急切地问。

"二爷，他说他刚到，到时还会来拜访您。"

"说了半天屁话，等于没说，我还以为我岳父派人给我送钱来了。还有吗？"

小厮说："有是有，大人来过。"

"哪个大人？"吴晋问。

"二爷，是您爸。督陶大人。"

"他来干什么，他还有脸来？不是他，商会会长的位置是我的。不是他，我窑厂亏不了，我岳父就用不着去抢御船。记住，我早已跟他没有父子之情，以后不得在我面前提他。"

"是，是，小人记下。"小厮听后，不断点头称是。

在日本东京黑龙会总部，报务员进来向村山递上一份电文："景德镇川岛来电。"

村山接过一看，只见他双眉紧锁。原来是川岛来电。电文中大致内容是：村山君，制瓷在中国已有几千年，景德镇是中心和代表。今天的景德镇就像一个大火炉，日夜烧个不停。城中大小窑厂数千,窑工数十万之巨,所产瓷器之多、之全、之好,数不胜数;这里瓷器遍地,万国商人来朝,每日从昌江河进出的船只可以与大日本帝国东京城街道往来车辆相比。景德镇是个山城,面积不足二十平方公里,人口却不下百万。商业非常繁荣发达,仅城西南一条街,长度三四百米,宽十五米,其大小店铺竟达上千家。市面上的陶瓷品种之多,质量之好,这在世界上其他任何一个地方都找不到第二个。我不得不认为世界上的陶瓷在中国,在景德镇。大日本帝国在陶瓷方面与中国相比,确实还有一段很长的距离,帝国要成为陶瓷工业大国,必须向中国学。村山君,我感到要整垮中国几千年的陶瓷行业,控制大清皇窑厂,绝非一朝一夕的事,须长期计。川岛。

村山看完后回电说:"川岛君,山田有勇无谋,太不了解中国人,有辱大和民族,该死。你的分析我赞同。你的目标是长期潜伏下来,伺机破坏他们的商会,消灭他们的领头人,造成景德镇瓷业界的混乱。通过收买,策反,对大清政府施压,挤走吴振江,不行,就干掉他。中国的瓷业要为大日本帝国服务,大清景德镇皇窑厂要控制在大日本帝国人的手中。如果支那人不同意,我们必须把他们的制瓷人才押送到帝国,壮大我们帝国的力量。削弱它们,最终消灭它们,为我们建立大东亚共荣扫除障碍,这就是你的使命。"

镇上瓷器街上汪府作坊内,秀娟、吴波、孙承、吴亮他们在画画。汪叔凡带着汪霞、小华莱士进来。

秀娟低声说:"三哥,你看,师傅带谁来了?"

吴波抬头一看,眼前一亮,是汪霞。

汪叔凡看了大家一眼,对他们说:"你们记住,从今天起,小霞、小华莱士就将在这里与你们一起共事。小华莱士跟着孙承、吴波,小霞就跟着秀娟。"

大家听后,点点头。

秀娟把上午画的东西拿过来给师傅,汪叔凡看后,指着画面说用笔粗糙。

秀娟立马把它擦掉,对师傅说:"我重画。"

"好,"汪叔凡对她说:"画好后,墙角边还有几块瓷板的色彩要填,过几天客人就要来提货。"

"好的。还有吗,师傅?"

"没有,"汪叔凡说,"上午我还有一点事要出去,汪霞、小华莱士是生手,你们要多多帮助他们。"交代完后,转身就出去了。

吴亮轻声地跟在师傅的后面,看他走远,手一挥,说:"走了。"

秀娟、吴波、孙承他们腾地一下站了起来,他们来到汪霞、小华莱士面前,屋内顿时又热闹起来。

吴波红着脸走过来,对着汪霞说:"小霞,昨天为啥不来,就差你们两人。"

273

"我……我家有点事。"汪霞低下头,她没有把昨天家中发生的事说出来。

"我们女孩说话,你们男的就不要插嘴。"秀娟过来对汪霞说,"我上午有点事,要出去为罗先生买一样东西。你填过彩吗?"

"填过。"

秀娟说:"这太好了,好妹子,帮我一个忙,把这几块瓷板彩填了。这情我会记得的,我去去就来。"说完就出去了。

吴波看着她,对汪霞说:"她名堂最多,你得小心她一点。"

"谁在后面说我?"秀娟声音从门外传过来,人也把头探进来,她对吴波说,"讨好也不是这样。"

在景德镇日本株式会社内,川岛在作画,旁边放着一张电文。一个日本浪人进来报告说:"川岛君,吴晋求见。"

川岛只顾作他的画。待画完,对站在一旁的浪人问:"人在哪里?"

"在大厅。"

"叫他从后门进来。"

不一会儿,吴晋到。他笑着走上前,川岛头都不抬,继续画他的小鸡。

吴晋站在那,看了眼他的画。川岛瞥了吴晋一眼,问:"你就是吴晋先生,你说我下一步画什么?"

"川岛先生要画老鹰。"

"哼!"川岛把笔一丢。

吴晋听后,见他不高兴,立即低头站在那,对着川岛不断地点头赔礼:"对不起,对不起。"

"哈哈哈……"川岛突然大笑,他走过来,拍了吴晋一下,说,"你的,聪明。"

川岛一冷一热,吴晋不知如何是好,只有不断地点头。

"吴晋先生,"川岛说,"山田因经营亏空,抢劫贵国皇家的贡船,被应召回国,这都是你父亲吴振江造成的。山田回去后因欠债过多,在债主的追逼下,不久便跳楼身亡。你窑厂的投资他已转给我。只要你一如既往,像对山田一样对我,听我的,山田给你的,我同样能给你。"

"谢谢川岛先生,谢谢川岛先生。"吴晋听后,不断点头。

"听说你现在在收购瓷土矿石厂?"

"现在市场上瓷土一天一个价。不过,川岛先生,就是差一部分钱,不然我可以做得更大一点。"

川岛听后,向旁边一人使了一个眼色,那人上来给吴晋递了一张银票。吴晋接过一看,十万两!他的手顿时有点发抖。

川岛看着他,笑着问:"吴晋先生,够不够?"

吴晋激动地说："够,够,川岛先生,我今后一定听你的吩咐。那我走了。"

吴晋走到门口,突然又转身回来,笑着对川岛说:"川岛先生,我还有一事想请您帮忙。"

"请问吴先生,还有什么事能让我效力?"

"小翠,不,英子,她是山田先生的女儿,我未过门的老婆,山田先生出事后,她也去了老家日本。先生能否帮忙打听一下?"吴晋说。

"哟,吴先生倒是个有情有义的人。"川岛听后,笑道,"行。"

"那拜托了。"吴晋向着川岛一鞠躬,走了。

日本浪人看他出去,马上上前说:"川岛君,他是督陶府的二公子!"

川岛冷笑着,看了他一眼,拿起笔,继续画他的,突然若有所思,放下笔,说:"支那人,他只不过是我们眼中的一条狗。过不了一两天,他还会来求你。我们得慢慢喂,才起作用,牵着他为我们所用。"

"川岛君,那英子小姐?"一旁的浪人接着问。

"英子已支那化,山田去后,她的作用不大。不过,她现在还不能死,有她,我们手上多张牵制吴府和吴晋的牌。暂时,我们不要惊动她。"川岛说。

"嗨。"浪人应道。

镇上瓷器街汪府作坊里,孙承在拉坯,小华莱士站在一旁观看。孙承搅拌着转盘,一眨眼的工夫,就拉出一个斗碗的模型。小华莱士对孙承说:"孙承哥,你歇一下,我来试试。"

孙承站起来,说:"好吧。"

小华莱士坐上去。

孙承说:"你等一下。"

小华莱士看着他,只见孙承把自己身上的对布大马褂一脱,抛给小华莱士,说:"换上我的,省得弄脏你身上的衣服。"

"恩。"小华莱士明白过来,迅速换上孙承的衣服。他搅动着转盘用力拉,但一场下来,不是扁的就是斜的。

孙承问:"小华莱士,你们法国是怎样做瓷的?"

小华莱士说:"我们?不用手,用机器压。"

"用机器,不用手,怎么做?有我们的好吗?"

"人做好模,然后用机器压,不过机器做的没有人工造型多,坯质也比较厚。"

"你们也有手工拉坯吗?"

"有是有,不过很少。现在一些老艺人还保留着拉坯的习惯。我没有拉过坯,今天是第一次。"

"你起来,我来教你。"孙承坐下边做边示范给小华莱士看,"拉坯,用力要均匀,手要向上托和提，这样……"说着，一眨眼工夫，一个瓷坯碗又被他拉了出来。

小华莱士看得仔细，跟着孙承学着做了起来。

在大清皇窑衙门，曾总管匆忙拿着电文进来，说："大人，宫中出大事了。这是刚接到的内务府电文。"

吴振江一看：八国联军打到京城已一个多月，李中堂已回到京城，与洋人谈判。太后仍在山西，目前已在回京路上。

"一个月后，这样大的消息才到。"吴振江神情黯淡，他对曾总管说，"你给太后回电，给她汇上五十万两白银。"

"五十万两？大人，要这样，咱们皇厂就紧张了。"

吴振江长叹说："皮之不存，毛将焉附？太后此时比我们更困难。还有，我们的第二份奏章已送出几日？"

"大人，算来已有十日。"

吴振江点点头。

曾总管凑近吴振江说："大人，还有，经过多方打听，山田回去不到一个月便突然死去，死得很神秘，尸体被日本军方通知，由他家人秘密领回，悄悄埋掉。据说，山田在中国没有完成任务，是被什么黑龙总会赐死的，这是照片。"

吴振江接过一看，指着它说："这旁边是不是他的家人？"

"是的，大人。"

吴振江把相片一丢，气愤地说："他骗了小翠，骗了雪儿，也骗了我们。"

曾总管把它捡起，递给他说："大人，到时说不定你还用得上。"

"对，"吴振江说，"他们既然盯上我们，我看他们就不会轻易罢手。"

晚上，吴振江把儿子吴涛叫到书房问："涛儿，你在日本多年，我问你，黑龙会是个什么组织？"

"黑龙会？爸，据我所知，黑龙会在日本成立不久，不过其机构、人员、组织极其神秘，他们的人员无所不在，手段极为鬼魅。听说他们受制于日本军方，为军方所用。"

"涛儿，你说他们的目的是什么呢？"

"按说，黑龙会出现的背后一定有军方的行为。他们这样对中国一个产业倾注如此大的精力，我看后面一定有更大的阴谋。山田只是一个表象。爸，他走了，我看还会派人来。"

"难道他们要对大清帝国下手？"吴振江听后，自言自语地说道。

"爸，我们大清能与世界列国抗拒的也只有瓷业。目前大清瓷业基础在我们景德镇。"

吴涛一语提醒吴振江，他突然想起皇上曾给他的一封信，急忙打开抽屉，拿出那封信，光绪皇上的声音顿时又在他耳边响起：振江爱卿，当今朝廷内忧外患，英法等西方列国依仗锐坚大炮,对我大清虎视眈眈。目前能壮我大清国威并与列强一比高低者,千年基业的景德镇瓷业首推其中……

吴振江未看完,便把它合上,嘴里自言自语道:"日本国、军方、黑龙会、大清、景德镇、瓷业、大清的银库。对!涛儿,日本人要消灭我们的瓷业,我看他们最终的目的是要消灭我们大清帝国!"想到这,他腾地站起来,把桌一拍,说,"小日本想来个老鼠吞大象!景德镇只要有我吴振江在,哼,他们休想染指半步。我不在,有我儿子在,儿子不在,有儿子的儿子在!"

"爸,你放心,我誓死与瓷业共进退!"

"我的好儿子。"吴振江听后,把他带到大清督陶府后院,吴氏宗祠灵位前,他们摆好案几、点上香火,跪在灵前,说:"列祖、列宗在上,吴氏第十代子孙吴振江携儿子吴涛向你们起誓,为景德镇、为大清、为华夏千年瓷业,我们父子同心,死而后已。"说完,父子俩恭恭敬敬磕了三个响头。

在大清太后回京的路上,他们的车队走到某一小村庄前,李莲英上前掀起马车上的帘子,对着里面的人说:"老佛爷,前面有个小村庄,我们是否停下来歇一歇?"

太后点点头,问:"我们离京城还有多远?"

李莲英说:"回禀老佛爷,已到河北地界,估算还有四五百里地,半个月后就能到京城。"

"行,我们就在这休息,等中堂消息。小李子,今天有什么电文吗?"

"有。"李莲英说,"老佛爷,山东巡抚电来十万两白银。江西景德镇大清皇窑厂电来五十万两。"

太后听后一震,说:"好个吴振江,电来五十万两,他明年开春可咋过?这几年,宫里给他银子是越来越少,下的任务却越来越多。这个时候,他能为朝廷挤出这么多银两来,足见他的忠心和忠诚。"

李莲英不断点头,"是,是,是,老佛爷说得对。"

"给吴振江电,代哀家谢谢他,也电告其他各省巡抚、总督,大清危难,全靠大家了。"

"嗻,老奴这就去办理。"

第二十四章

镇上瓷器街汪叔凡瓷器店前,一人推着板车站在门外对着屋里喊:"汪师傅,快来拿瓷器。"

汪霞出来说:"师傅,我大伯出去了。"

"出去了? 小妹子,那就麻烦你,省得我推来推去,帮我把它拿进去,这是昨天你大伯放在我窑烧的。"说着,送瓷人把瓷器从车上卸了下来。

汪霞看他一身是汗,便倒了一杯水递给他说:"师傅,喝口茶。"

送瓷人接过茶杯,一口喝干。"妹子,谢了。"他说时,从口袋中掏出一个小本子,对着汪霞说,"你点个数,没错就替你大伯签个字。"

汪霞拿起笔来便签上自己的名字。

"妹子,你得点一下。"

"师傅,不用了,你搬的时候,我已清点过,是这个数。回来,我叫大伯到你那儿去结账。"

"好,那就谢你了。"送瓷人说完,推着板车走了。

送瓷的人走后,汪霞马上在店中清理起来,她把刚才送来的瓷器归好类,摆在货架上。点到最后几块瓷板时,发现正是那天自己帮秀娟姐填的,色彩太鲜艳。她看后,想了想,便把它放在了一个不容易被发现的地方。

汪叔凡回来见她把事处理得干净、利索,很是满意。汪霞怕瓷板一事败露,便笑着借故走了。

在大清督陶府,吴振江一进门,便发现府中气氛有点不对,他问得福,家中出啥事了。

得福说:"老爷,夫人今天一上午都把自己关在房里,独自哭着,我送饭,她也不开门。"

"什么事?"吴振江问。

得福说:"上午邮差送来了一封信,说是夫人的,当时我也没有细看,便接过给了她。夫人一看,说是小翠来的,哪知看着看着便哭了起来。我问她,她怎么也不说。我把这事告诉了老夫人,老夫人看过后,和夫人一个样,也在那擦眼泪,中午都不吃饭。"

"她们人呢?"吴振江问。

"老夫人在念经烧香,夫人仍在房里。"

"行,你下去吧。"吴振江说着径自往姜雪房里走去。

在房内,姜雪仍在哭泣。吴振江关切地问道:"雪儿,今天又咋了?"说完,他看到一旁放着的信,便拿起来看。

姜雪见后,哭得更伤心。

吴振江迅速把信看完,最后问:"雪儿,信封呢?"

姜雪只是哭泣。

吴振江只有自己四处找。找到后,他看看信封,再看看信,然后对姜雪说:"雪儿,你仔细看一下,这封信不是小翠写的。"

姜雪一听,不哭了,连忙从吴振江手上接过信。

"小翠的字是我教她写的,我认识。雪儿,你再看看这时间。"

姜雪听后,细细对照起来,突然她大声地说道:"老爷,您说得对,这不是小翠的笔迹!"

在大清督陶府后堂,老夫人在佛前已给小翠立了一个灵位。她在替小翠念经超度。

"娘,娘,这封信是假的!"姜雪人未进来,声音已到。

老夫人一听,从葵花椅上站了起来,看着进来的儿子、儿媳,问:"你们说什么?"

"娘,这封信是假的,你仔细看看。"姜雪说着把信递给老夫人。

老夫人看着,手抖动起来,"是假的,是假的。"可是,半晌后,她兴奋的心情又沉了下去。

吴振江看后说:"娘,你应高兴呀!"

"振儿呀,娘咋高兴得起来,虽说这信是假的,可是小翠人现在又在哪儿呢?"

老夫人一问,倒把吴振江、姜雪问倒了。

在景德镇福祥弄吴涛新开的作坊里,吴涛正在给孙承、吴波、秀娟、汪露、小华莱士和吴亮发工银。

吴亮拿着工钱,算了又算,然后把它放进口袋里。

秀娟看后,说:"小亮,平日里,你都是吃我们的,这回你该做回庄吧。"

"好,反正以后在哥这里还可以挣到。大哥,你也去?"

吴涛笑着说:"小弟请客,一定去。"

秀娟顿时高声对着大伙喊:"你们听着,今天中午小亮请客。"

一旁的孙承说:"小亮,还是你够朋友,下次我请。"

吴波听后,指着秀娟说:"你们不要专欺负老实人,小亮请后,一个个都得请。"

在镇上某酒楼桌上,小华莱士第一个伸出筷子给汪霞夹菜,汪霞笑着把菜放进嘴里。

吴波看后,瞪着眼,把筷子一放,碗一推,起身说:"你们先吃,我还有点事。"说完就离席走了。

秀娟看着吴波,说:"大家好长时间才凑在一起,真扫兴。不吃,我吃。"说着,夹上一块肉就往嘴里送。

川岛在瓷器街汪叔凡的瓷器店中看来看去，不时用手摸一摸，自言自语地说道："好，这瓷瓶画得真好。"说完，他指着瓷瓶问汪叔凡，"店家，这瓷瓶多少钱一根？"

汪叔凡说："一两二钱。"

川岛点点头，指着货架说："这几件，你给我算个价，我都要。"

汪叔凡听后，拿着算盘打价。

川岛眼睛仍转个不停，突然，他的眼睛落在一角落处。他走过去，小心地把几块瓷板翻出来，他两眼放亮地看看汪叔凡又看看眼前的瓷器。

汪叔凡这时说："先生，瓷器总共十二件，计价二十三两三钱，去掉零数，给二十三两就行。"

"店家，等一下。"川岛听后，站了起来。

汪叔凡以为他说贵了，哪知川岛拿着一块瓷板走上前来，笑着对他说："店家，再加上这块，出个价，一块算。"

汪叔凡一看客人手上的瓷器，那块瓷板色彩鲜艳，与粉彩截然不同，一时愕然，心想我店哪来这种瓷器，再说，自己从来没看过，被客人一问，不知如何回答。

川岛见他没吭声，心想这老头子好东西一定开价很贵，便笑着对汪叔凡说："店家，给个实价，这几块我一起要。"

汪叔凡仍在想那几块瓷板是从哪里来的？谁放在这里的？是不是哪个放错了？他接过川岛手上的瓷板，再到店角看看其他几块，这瓷器明明又是自己亲手画的，这时他自己也糊涂了。

川岛看汪叔凡没有理会他，以为汪叔凡不卖，但眼下这瓷板确实好，非常喜欢，便自个伸出二个指头，说："我每块出白银二十两，卖不卖？"

汪叔凡摇摇头，说："先生，这几块瓷板，我不卖。"

"店家，这个价已很高，要不，我再增加五两？"

汪叔凡说："不瞒您说，先生，这块瓷板上的色彩，我自己一时都不清楚，我不能卖给您，您要是喜欢，留个地址和姓名，我到时与您再联系。"

川岛笑着说："我叫川岛。"

"川岛，日本人？"汪叔凡问道。

川岛一看店家对他产生戒备，马上笑着说："店家，其实，我也算是一个中国人。我出生在唐山，我娘是唐山人，我内人也是唐山人。结婚后，我随老父回到日本，后一直在西洋做瓷器生意。前段时间，听说大清景德镇皇窑开禁，挣头不少，便奔这里来了。这几天没事，我常来瓷器街看看，发现您老的瓷器，有的比皇窑厂都好，价格又十分公道，我希望您老能成全。"

汪叔凡听他这一说，心中的顾虑顿时打消，马上眉开眼笑地说道："川岛先生，您多虑了,不是我不卖给你,而是这几块瓷板,我自己都不能断定是怎么回事。"

"店家,"川岛说,"这瓷板上的印章、字号,都是您的,这还有假?您就不要推了,您嫌我出价少,好,再增加十两,每块三十两,卖不卖?"

汪叔凡看他真诚,想了想,说:"好吧,川岛先生看得起,我卖一块给您。"

"那太谢谢了,店家,还不知怎样称呼您?"

"承蒙您看得起,本人姓汪,字叔凡。"汪叔凡看了看店外,发现太阳正当顶,已到晌午,便笑着说,"川岛先生,已到中午,若不嫌弃,中午就随便在这吃一点?"

川岛故意一脸虔诚地说道:"店家,你就是汪叔凡?大清皇窑的画坊总监?太后封的陶瓷名家!川岛有眼不识金镶玉,失敬、失敬,这样,汪老,中午我请。"

"川岛先生,"汪叔凡听川岛一夸,心里十分畅快,马上笑着说,"在我家,让你请客,这就见外了。这样吧,我叫人炒几个菜,就在我店里吃?"

川岛说:"好,我出去一下,就回来。"

汪叔凡在店内移动着瓷器,空出一小位置,待川岛带上几瓶酒回来时,他已在店内摆上了一桌的菜。

汪叔凡说:"川岛先生,到我这还要您买酒,你就看不起我这个老头了,您的暂放下,今天吃我的。"说着,从房里拿出一壶酒,给川岛满上,"这还是大人送的,五十年陈酿,不是贵客,我舍不得喝。"

川岛端起酒杯闻了闻,说:"真香、地道正宗的女儿红。"

汪叔凡笑着看了他一眼,说:"您也爱喝这个?"

"我呀,就爱这个,喝它喝了二十多年。"川岛抿了一口,笑着说,"久仰汪老大名,今天才得以相见,谢谢您给我这个机会,汪老,我敬你。"说完一杯下肚。

酒过三巡,汪叔凡已有了醉意,川岛端着酒杯,对他说道:"汪老,你店门侧面的瓷瓶,画法上很有西洋味。"

"川岛先生,不瞒您说,那是我小弟汪琦爱徒画的,他来自法国,曾专攻过西洋画,画功扎实。他的画技中西兼顾,自成一体,就是用料和技法上欠火候。"汪叔凡说着离桌把它拿了过来,递给川岛。

川岛接过,拿在手上看了看,不断点头,以为老华莱士舍得把儿子放到这来,真是独具慧眼。

汪叔凡看着川岛一言不发,不断在看着瓷瓶,以为他的话引起了他的认同。他举起杯,对川岛说:"川岛先生,如果您喜欢,我为他做主,送给您。"

川岛听后,马上反应过来,说:"汪老,我买下。一个外国年轻人有这样的成就不容易。汪老,听说令弟是一位了不起的陶瓷大家,大清太后都有赞词。"

"那没说的,可惜天妒英才。"汪叔凡说着,马上伤感起来,端起酒杯一口闷掉。

"对不起,汪老,我不该提这事。"

"他值,我为他骄傲。川岛先生,欢迎您常来,干。"

281

川岛笑着说："你到时就不要嫌我这人烦。"

"那是什么话，"汪叔凡说，"您说这话就太见外了。不过，您刚进来，说是日本人，我心里有点不喜欢。在窑厂那年，大人叫我陪同一个日本人，我对他处处热心，哪知竟然是个来偷技艺的，把我当二百五耍了。还有那个山田，竟在光天化日下抢劫我大清上京的贡瓷，抢了还不算，硬要大人向他们道歉、赔礼，这是哪门子的事？"

川岛不断点头，说："是，是，是。"

汪叔凡说："日本人在镇上没好脸，不过，今天接触您，我看您不是他们一伙的。日本也有好人，来，干！"

川岛看看醉眼蒙眬的汪叔凡，趁其不注意时，偷偷把酒往后倒，然后再不断给汪叔凡和自己满上。

秀娟、孙承、吴亮、小华莱士、汪霞他们吃完回来时，看到师傅正睡着，一个个轻手轻脚地走过，走在后面的吴亮在他身旁放了一壶酒。

吴波在作坊拉坯。

孙承来到吴波身边，递给他一包东西，说："带来给你的，打开吃吧。"

吴波没接，只是盯着刚进来的小华莱士说："我吃过了。"他来到小华莱士身旁，对他说道，"你跟我来，我找你有点事。"

汪霞看着吴波，吴波没有理她。她来到秀娟的身边，秀娟正在画画。她对着秀娟轻声耳语了几句，秀娟抬起头，看着小华莱士跟着吴波出去。

秀娟说："那是他们男人的事，小霞，"她突然想到什么，便问小霞道，"我家三哥不会是喜欢上你了吧？"

汪霞听后马上红着脸，用手拍着秀娟，怒嗔道："别瞎说！"

在瓷器街上，吴波在前走，小华莱士在后跟着。他们来到一个小巷子，这里没什么人，吴波便停下来，回过头等待小华莱士。

小华莱士走上前，对吴波说："小波哥，有事吗？"

吴波看了他一眼，欲言又止，但他马上调整了一下心态，下定决心般对小华莱士说："我喜欢小霞，我希望你不要掺和。"

小华莱士一听，疑惑地看着他，问："小波哥，就这事？"

"嗯。"吴波点点头。

"小霞是我的师妹，师傅不在，长兄为父，我有责任照顾她。"小华莱士笑了笑，对着他认真地说道，"我爱她，你也爱她，多一个人爱她，不好吗？"

吴波看着他，一时不知说什么。

汪叔凡醒后，看到身边有一壶酒，便问是谁放的。

吴亮走上前说："师傅，是我给您买的。"

"你买的？"

吴亮说："师傅，是我买的。平日里，我们有时间就到大哥那做事，上午他给我们发了工钱,这是我们大家一起合计买给您喝的。"

汪叔凡看看他,再看看其他人,满意地点头笑了。

过了会,汪叔凡拿着酒,起身说:"秀娟,你跟我来一下。"

秀娟跟汪叔凡来到了前台,发现瓷器店收银桌上,放着一块瓷板。汪叔凡问她道:"秀娟,我问你,这块瓷板你是怎样填出来的?"

"师傅,这瓷板,我没见过,哪来的?"秀娟看了看,说。

汪叔凡说:"你再想想?"

秀娟细细一看,说:"呃,师傅,我想起来了,是小霞填的。那天你走后,我想起了要帮罗先生买点东西,便叫小霞帮着,回来后,她便把那几块瓷板给填好了。师傅,这瓷器好漂亮,我可从没有见过,是不是釉变?"

"我也在想这个事,不过,这是釉上彩,不像是釉变。去,把汪霞给我叫来。"

秀娟来到后院作坊,没见到汪霞,问吴亮:"小弟,小霞到哪里去了?"

"我在这。"汪霞气喘吁吁从门口进来,把话接过。

"你到哪里去了?"秀娟问。

汪霞附着秀娟耳朵旁说:"秀娟姐,你刚出去,吴波就进来了,他把我叫出去,问小华莱士对我怎样?我说很好呀,他又问我喜不喜欢小华莱士,我说师兄我当然喜欢。他听后,不声不响,独自走了,怪怪的。我怕大伯说,赶紧回来了。有事吗?"

"嗯,"秀娟说,"师傅在店里等你。"

"回来再跟你细说。"汪霞说着就出去了。

秀娟看着她的背影,心想:女人没人爱难过,爱你的人多了,也烦!

汪霞一进门便发现桌上放的那块瓷板,她心想出事了,战战兢兢地来到大伯面前。

"这块瓷板的色彩秀娟说是你填的?"汪叔凡见她进来,立马笑着问。

汪霞站在那,低着头不语,两只手搓着衣角,等待着大伯下一步的训斥。

汪叔凡看她拘谨,马上心平气和地跟她说:"这块瓷板,色彩很漂亮,有人开出高价,要把你填的几块都买走,我舍不得,只给了他一块,告诉我,这釉料是怎样填上去的?"

汪霞听大伯说这几块瓷板卖上好价钱,没有责备之意,心里石头搁了下来,她眨了一下眼睛,说:"那天秀娟走后,我填了一块瓷板,料就没了,当时你又不在,我便把小华莱士画西洋彩的料拿来,我想反正差不多,便和在一起拌匀,再把剩下几块填上。"

"那料还有吗?"汪叔凡听后马上问。

"还剩下一点点。"

"原来是这样,"汪叔凡笑着说,"莽打莽撞,让你出了个新产品。你可为我们瓷业立了大功!快,去把剩下的料拿来给大伯看看。"

"嗯。"汪霞听后,高兴地出去了。

吴晋来找川岛,日本浪人在门口把他给拦住。吴晋看了他们一眼,爱理不理,昂头向里走。

浪人抽出刀,拦住他的去路。

吴晋一愣,瞪了他们一眼,说:"这是干什么? 是川岛先生请本公子来的,瞎了你的狗眼!"

"对不起。"一浪人向同伙使了一个眼色,通报去了。

吴晋站在那,感到极不自在。

不一会儿,日本浪人回来,对他说道:"对不起,川岛社长有请。"

"听到没有,川岛先生有请本公子!"

川岛办公房的书架上摆满了书、字画和各类瓷器,他正在给一古瓷器擦灰,吴晋进来,他全没理会。

"川岛先生找我有事?"吴晋上前问。

川岛眼睛没有离开瓷,他伸出手,示意他过去。吴晋走上前,川岛问:"吴晋先生,你猜猜,我这个宋代青花梅瓶值多少?"

吴晋接过,在手中掂了一下,马上递给他说:"川岛先生,一两银子。"

川岛被他这一说,愣住了。

"一两银子,川岛先生。"吴晋以为自己没说清楚,又重复了一遍。

川岛说:"吴先生,它,我可是花八十两白银买回来的!"

吴晋知道川岛被人宰了,看到他凶巴巴的样子,本不想点破,但话已说出,收不回,眼下只得硬着头皮对他说:"川岛先生,不瞒您说,这是仿古瓷,现代人仿宋的,它经草酸浸泡、退光、做旧而成的,一般人不容易看出。"

"吴先生,你咋一到手上就知道?"川岛惊讶地问。

"重量不够,川岛先生,你自己拿着掂掂。"

川岛半信半疑地拿在手上细细地掂了掂,感觉好像是轻了一点。

吴晋为了不让川岛小看自己,他提高了音量,大声地说道:"川岛先生,识别瓷的真伪,一看瓷坯,二看坯脚,三看釉面的发色和吹釉的技巧,最后看瓷面的画工,要是再不行,用手试试,掂掂它的重量,这样下来,八九不离十。看多了,你慢慢就能分辨得出来。不过,像您手中这个瓷瓶,仿制和做旧的水平都很高,一般人看不出,您买来多少,一般原价卖出去绝没问题,运气好,说不准还可以赚它一笔。"

吴晋讲时,川岛是聚精会神地听,未待他说完,马上转身到书架上拿出一块瓷盘递给吴晋。

吴晋接过,看了眼,马上笑着对川岛说:"川岛先生,这块瓷盘出自瓷器街汪叔凡的手。"

川岛看着他,伸出大拇指,说:"吴晋先生,好眼力。"

284

"川岛先生,他曾是皇窑厂总画师,督陶府画坊的总监,目前,景德镇瓷器街上的瓷器能与皇窑厂媲美的,只有他一家。不过,他量不多,目前他店里的东西,大多是他徒弟画的。"

"吴晋先生,你讲得不错,让我长了见识,现在他的徒弟已具备很高的艺术水平。"他又指着一幅画说,"这幅画,你看,很具个性,他是我故人之子画的,今后在陶瓷艺术和创作上前途不可限量。"

吴晋听时,不断地点头。

川岛说到此,脸色突然严肃起来,说:"吴晋先生,我们大日本帝国也应拥有这种世界上一流的陶瓷家!"

"川岛先生,看您刚才的手笔,我可断定您的水平不会低于他们。"吴晋听后,马上笑着说。

"吴先生,你很会说话。"川岛说着,来到办公桌旁,打开抽屉,拿出一张纸条递给他说,"这些名单,吴晋先生,请你把他们的详细情况拿给我,我要一一拜访。"

吴晋看了一眼,说:"川岛先生,何必劳你大驾?发个请柬,请他们来。到时,最多给他们每人一个红包,不就得了。"

川岛摇摇头,笑着说:"吴晋先生,你在鉴定行是个行家,但在这方面,你不懂,真正的陶艺家用钱是买不了的,要让他们听我们的,我们就得用真情。真情,你懂吗?正如中国古话说:得人心者,得天下。"

"高见,高见。"吴晋说,"川岛先生,我,我……"

川岛问:"吴先生,还有事?"

"川岛先生,您上次给我的银票,我已全部用到收购高岭瓷土矿石厂去了,目前瓷土一天一个价,我想在高岭再并购十几个小厂,总量力争达到其高岭瓷土的三分之一,这样我手中瓷土在总量和规模上就可超过皇窑厂,到时我们就可以操纵瓷市,景德镇瓷器行就可控制在我们手中,听我们的。"

川岛听后,看着他,足有半分钟,尔后说:"吴晋先生,好,好,我再给你白银二十万两,不过这个股份我得占多数。"

"川岛先生,我能有今天一切都是你们日本人支持的,我拥有的产业,你都可以说了算。只是高岭矿土这个股份,浮梁知县马大人投了不少,在浮梁,我还得靠他。除了他的股份,我看我们各占一半,如何?"

川岛想了一会儿,最后说:"行,就依你。只要你努力,我定会全力支持。"

"谢谢川岛君,谢谢川岛君!"吴晋听后,不断弯腰,向着他鞠躬。

在大清皇窑厂衙门议事房,吴振江正在与德国商人签订易货贸易协定,进口德国制瓷生产设备。双方在交换文本上签字。完毕,吴振江握着德国商人的手说:"希望我们合作成功!"

德国商人说："吴大人，我希望这只是一个开端。"

"好，拿酒来！"吴振江喊。

侍从把酒端上，他们各取一杯，双方笑着一碰，一口干下。

会场上顿时响起热烈的掌声。

两个月后，在大清皇窑厂衙门内，侍从进来报，"大人，咱们那些洋设备来了。"

吴振江一听，马上兴奋起来，说："好，我们去看看。"

皇窑厂作坊门前摆放着许多木箱。吴振江走上前，看了看，对着身边的窑工说："把它打开看看。"

木箱打开，大家一看都是一些铁家伙。

吴振江蹲下，用手摸了摸，兴奋地说道："好、好，把它们装起来，让咱们的窑工瞧瞧。"

吴振江说后，窑厂技工七手八脚地忙起来，但是弄了半天，就是拼装不起来。

这时天空突变，大雨将到。

吴振江仰着头，看看天，心里十分着急，他大声唤总管："总管，快、快、快组织大家把它们抬进去。"

总管立马领着大伙往作坊生产区搬。

这些铁家伙刚收到一半，大雨便哗啦啦下起来。

"大家听我的，往就近仓库里抬。"吴振江一看不对劲，跑到雨中亲自指挥。

这时，侍从拿着油布伞，忙上前为他撑伞，挡雨。

"你没有看到大伙正忙着？"吴振江看到眼前淋在雨中的设备，心疼地推开侍从，上前和大伙一起抬起来。

吴振江由于淋了雨，受了风寒，卧床在家。丫头端来了汤药，姜雪看后，说："你去吧，我来。"她坐到床前，亲自给吴振江喂药。

"雪儿，我没事。"吴振江抓着她的手说。

"病成这样子，还说没事？"

吴振江拿过姜雪手中的碗，一口喝下，放下碗就要起来。姜雪把他按住，说："有什么事比命重要！"

这时曾总管进来，看到大人这个样，忙走上前劝道："大人，夫人说得对，事做不完，身体第一。"

"总管，我睡不下。朝廷有公文吗？"吴振江问。

曾总管说："没有。"

"买进来的洋设备不会用，上面的文字，没人认得。我的大总管，我们要居安思危，趁自己仍有优势的时候，赶紧行动！"

"大人，当前朝廷有一种惧洋症。"

"总管，这段时间，我也在琢磨。得不到朝廷的批复和支持，咱们就不干了？不！

景德镇这个地方藏龙卧虎,我想,我们可以来个就地挂牌招工,聘请一些有文化和技能、懂西洋语的人员进来。今后一旦朝廷批文下来,同意我们跟洋人合作,咱们有了自己的人才,也不会像今天这样无奈。"

"这样好。大人,是不是把民窑厂的技工作为首选?"

"不行,一个都不能要,让他们留在民窑。一来可以壮大民窑,要是今后皇窑厂万一有事,民窑起来了,也能为大清朝留下一个基础。"

"行。大人,什么时候动手?"曾总管问。

"明天就挂牌。还有,总管,我们力争在此期间把钱庄建起来!"

"钱庄?"曾总管一听,忙说,"大人,这个好啊,我一道去筹备。这个钱庄只要把皇窑厂的资金存进去,就可红红火火。"

"总管,你说得对。不过,这次我不想用皇窑厂的名义办,我想像西洋人一样,搞股份,皇窑厂的官员和窑工都可参股。这几天我想了很久,我得为皇窑厂和大伙留点后路。人选吧,你我都不合适,就叫上回跟日本人周旋的那个,我看他合适。他叫什么来着?"

"李星灿。"曾总管回答道。

"好。你找他好好谈谈,先把他开出皇窑厂,然后再叫他去暗中张罗。这事只有你知我知他知。"吴振江说。

曾总管点点头。

晚上,在景德镇日本株式会社,川岛正在发报,"嘀嘀嘀"的声音从他手指中发出:村山君,吴振江在景德镇陶瓷界深得人心,他精明干练,忠诚大清朝廷,一身正气,难以收买和利用。山田在此已造成很大负面影响,这里的人,他们对大日本帝国有一种敌视和鄙视感。要想他们为我们所用,需等待时机。

稍停片刻,对方传来电文:川岛君,按总部意见行事,大日本帝国必胜。

川岛看完电稿,愣了一会儿,他来到窗前,推开窗,向外透了一口气。

外面星光灿烂,群星闪烁。川岛仰望着天空,长叹一声:"如不是为了帝国的利益,我与吴振江可能是这世界上最好的一对朋友,可惜!"

第二十五章

在督陶府书房，汪叔凡欲言又止。

"老哥哥，我看您心中有事。"吴振江说道。

"大人，你说得对。我打算收徒，可又吃不准。"

"谁？"吴振江问。

"小华莱士。"

"好呀。"吴振江听后，笑了。

姜雪看到他们两个在商量事情，添上热茶后，便独自画她的画去了。

汪叔凡端起茶杯，又放下，说："大人，可我担心。"

"老哥，这是好事，有什么担心的？"

"大人，小华莱士是棵好苗子，但是他是个洋人，上次大人被牵连，我仍记忆犹新。"

"老哥哥怕给我再添麻烦？"

"大人，您是一语道破。"

"艺术本身无国界，老哥哥，景德镇之所以能成景德镇，就是它能接纳百家之长，并在他们的基础上不断创新。千百年来不知有多少人来学习，但是他们学好回去后，由于在他们的国度没有一个群体环境，他们的技艺始终只能保留在当时的水平。而景德镇不同，他天天在创新，在发展，这就是景德镇。至于收徒，老哥哥，您就不要多虑了，他与日本人偷技有着本质的区别。"

"大人，当年吾弟汪琦也有这种思想，可是英年早逝。"

"汪琦大哥英年早逝，是陶瓷界的损失呀。"吴振江听后感叹道。

这时，姜雪的一幅画画好了，叫他们过去看。汪叔凡一看，觉得耳目一新，独具特色。"夫人，你什么时候学上画了？"他问。

姜雪笑道："平日无事，看着老爷画，忍不住也就拿起笔，涂上几笔。汪老，请多多请教。"

"夫人，指教不敢当。我的笔是技，大人手上拿的笔才是画。"汪叔凡听后，忙说。

"雪儿，这种画法我从前没见过，哪学来的？"一旁的吴振江也问。

"老爷，"姜雪说："我是从小华莱士带来的洋书中学的。"

汪叔凡听后，顿时有所感悟："大人、夫人，我想明白了。收徒之日，到时你们一定来。我这就算给你们发邀请了。"

"好呀，老哥哥，"吴振江握着他的手说，"收洋徒，在这镇上，您可是第一人，我们一定去！"

汪叔凡从督陶府出来，天色已晚。瓷器街上，人们已渐渐进入梦乡，只有少数几家酒店门前仍亮着光。

汪叔凡没有直接回家，而是敲响了弟妹淑惠的房门。

"谁呀？"淑惠的声音从里屋传来。

汪叔凡说："淑惠，是我。"

"他大伯，有事吗？"淑惠说时，房间的灯亮了，"呀"的一声，把门打开。

汪叔凡进得门来，说："淑惠，我刚从大人那儿来，一路把事都想通了。不过，这事还得跟你说，听听你的意见。"

"他大伯，什么事这么急？"淑惠看着满脸兴奋的汪叔凡，问。

"淑惠，我考虑好了，我决定收小华莱士为徒。"

"真的？"淑惠听后，兴奋地问。

汪叔凡点点头。

"这个好，他大伯，我代汪琦他谢谢你。"淑惠说着，眼泪差点又掉下来，因为她心中一直搁着这事，总觉得对不起这孩子。

大清景德镇皇窑厂的大门口贴出大红招聘告示，引来行人驻足观看。

一些人边看边念了出来："大清皇窑厂为了扩大生产，现向社会招收技工 300 名，其中：烧窑工 20 名，绘画工 80 名，拉坯工 100 名，文书人员 15 名……条件：识字，身体好，技术好，懂洋文优先。"

秀娟经过，发现这多人，也凑上去，看大家在填表。她拿了一张表格，看了看，突然想起什么，一阵小跑走了。

在景德镇福祥弄吴涛的作坊里，吴涛、孙承、吴波、小华莱士和吴亮正在那画画。

秀娟进门，手中拿着一张表格，举在手上高喊："好消息，好消息！"

"小妹，是不是八国联军又打进北京城？"吴波问道。

"你说的是天下大事，"秀娟说，"我是凡人，管不着。我现在只说咱们镇上的事。大哥，你看。"说着，将表格递给了一旁的吴涛。

吴涛接过一看，立马兴奋起来："好消息，是好消息！老爸了不起，总走在我们前面。"他举着表格对着大家说，"各位，今天就做到这里，咱们招工去！"

"大哥，在哪里。"吴波问。

"当然是在皇窑厂门口喽。"吴涛笑着说。

吴涛、吴亮、秀娟、孙承他们拿着刚写好的招聘告示、扛着桌椅高高兴兴地来到皇窑厂门口。

这里早已围着许多人，十分热闹。他们上前，发现有人比他们还早，早已把好位置抢占了。

找不到正中的合适位置，他们只好摆在一侧，刚放下，马上有人过来咨询："请问，你们窑厂招工需要什么条件？"

秀娟一看来人便知那些人都是附近县乡的青年，她指着刚贴好的招聘布告说："你们看，我们上面都写着。"

在民窑吴晋府内，吴晋躺在太师椅上，喝着茶，跷着腿，正哼着曲。

一小厮慌慌张张地跑进来，报："二爷，二爷，高岭出事了！"

"什么，什么，你说出什么事了？"吴晋腾地一下站起来，问。

"二爷，"小厮说，"我们预订的一些矿石厂给出的预付金，现在他们全都退回了。一些地段，当地的人不同意我们开采，说我们超过了合同约定的界线，已聚集到我们高岭办公地，要求我们赔偿！"

吴晋听后说："这还得了，通知张小龙，叫他带几个弟兄，把他们赶走，好好地教训他们一下，看看今后谁还敢跟老子作对。收了我们的钱，不签也得签，不同意就给我往死里打，这世上没有不怕死的！"

"二爷说得对，我这就赶回去。"

"去吧。我还以为是什么了不起的大事。"吴晋说完，又重新躺下。

汪叔凡拜过祖宗，择上吉日，决定一个月后正式收受小华莱士为徒。

转眼一个月过去了，这天，汪府喜气洋洋。

前来祝贺的客人络绎不绝。汪叔凡春风满面站在门前迎客，不断抱拳还礼。

吴振江他们前脚到，川岛后脚就来了，并带来了一块大匾。

只见川岛走到汪叔凡面前深深一鞠躬，说："汪老先生，在您架起中国与欧洲之间的陶瓷交流桥梁时，我希望我们中日陶瓷之间的交往也能世代友好。"说完一挥手，随同来的人把牌匾献上。

大家凑上来看，只见上面写着"中日亲善"四个大字。

汪叔凡请的都是镇上的陶瓷艺人，他没有向川岛发请柬，倒是他不请自到，并带来一大牌匾。汪叔凡看后，一时不知说什么。

站在一旁的吴振江看出汪叔凡的心思，笑着走过来说："川岛先生，愿我们两国瓷业人真正的世代友好，相互亲善，您这个祝愿好。"

汪叔凡听大人这一说，马上反应过来："川岛先生，谢谢光临，屋里请，屋里请。"

川岛很高兴。他见镇上名流都在，心想这是一次与大家沟通的最好时机。他感到他面前这个瘦老头不简单，要拉拢景德镇陶瓷界，必须借重这个瘦老头的力量。想到这，他提高声音，笑着对汪叔凡说："汪老先生，您的作品在我们大日本帝国很受欢迎，包括我们的天皇陛下。当今大日本帝国都以收藏您的作品为荣。我希望今后你能把您的作品多卖一些给我，哪怕是高出同行一倍的价格！"

川岛认为这样给足了老头的面子，他一定会高兴。谁知汪叔凡一听到他说天皇什么的，马上就有点不快，冷冷地说："川岛先生，谢谢您的抬举，你们的天皇只热心我们的国土，我的作品只能卖给那些懂行的人。"

最后的官窑

川岛吃了一个冷门羹,知道说错了,马上笑着对汪叔凡说:"汪老的话说出陶艺人的品格,我佩服,佩服。"

"这小日本口蜜腹剑,看来不是个好东西。他明来送牌匾,实则送大炮!"不知人群中哪个说了一句。

他这一说,大家七嘴八舌地说开了,有的说:"既然友好,川岛先生,上次日本株式会社给我们签订的合同能兑现吧?"

"这点都做不到,还是把中日友善的牌子拿回去吧。"

面对这些陶艺家的指责,川岛感到很不自在,他马上改口说:"各位,我们是艺人,艺人只说艺术,不谈国事。"

"你刚才不是什么天皇友好的,怎么又成了艺术家?"有人又说。

吴振江看到这场面,心想再这样下去,老哥哥这个大喜事说不定就得搅乱了,弄得大家不欢而散,想到这,他赶紧站出来圆场说:"各位,不能因为山田坏,我们就说日本人都坏,日本人中也有好人,既然川岛先生是真心诚意而来,我们就不要为难他。"

川岛见吴振江站出来帮他说话,终于找到了台阶下,马上走上前,笑着说:"大人说得好,山田只是个别。"不过,他嘴中虽这样说,心中却想:我总有一天会让你们来求我!

今天,小华莱士打扮一新,穿着中国的粗布衣服。汪霞走过来,给他把衣领翻上,对他说:"师兄,娘说今天是你大喜日子,不要随意走动,大伯过来了,仪式马上就要开始,就待在大厅吧。"

小华莱士特别高兴,听后不断点头。

不一会儿,拜师礼仪开始,汪叔凡带着小华莱士向祖宗牌位上香,他嘴中念念有词,十分虔诚地上拜下叩。小华莱士也不敢怠慢,每个动作都做得诚意十足,一旁的汪叔凡看在眼里,心中甚是满意。

上香毕,孙承、吴波、秀娟等众弟子依次跟上。

随后,汪叔凡则坐在祖宗前的太师椅上,接受小华莱士的叩拜。

小华莱士拜着,脑海中闪现出几年前家乡法国塞纳河畔家中的情景,当时汪琦师傅也是坐在祖宗前的太师椅上,接受小华莱士的叩拜。叩拜完毕,汪琦拉着他的手说:"你我师徒今生有缘。"

"小华莱士,这镇上正式收授洋人为徒,自古以来还是第一次,你我师徒今生有缘。"汪叔凡看着一脸真诚的小华莱士说道。

小华莱士被汪叔凡的声音叫回,他看着汪叔凡瘦削的脸和带着真诚和企盼的眼神,不由得热泪盈眶。

汪叔凡此时脑海中也浮现出小弟汪琦的声音,他仿佛在说:"哥,谢你了。"他看着眼前的小华莱士,眼泪也不由自主地流出来,但他仍强作镇定地说道:"小华莱士,今天,师傅给你取个中国名,姓汪字洋,从此以后你要尊敬师长、爱护同门兄弟姐妹,刻苦学艺,不负众望。"

小华莱士听后,再向师傅叩拜。

汪叔凡把他扶起,一同向祖宗灵位敬香,跪拜。

门外爆竹声骤然响起。

秀娟、汪仲、汪霞、吴亮这时围了上来:"小华莱士,不,汪洋,恭喜你,我们现在是师兄弟了。"

小华莱士马上对着他们鞠躬:"师兄、师姐,以后多多帮助。"

秀娟用手捅了小华莱士一下,说:"我们现在是同门师兄弟了,还客气什么。"

吴亮在一旁说:"先来后到,学艺分前后。小华莱士是对的。"

"小亮,你不是也想做师兄吧,别臭美了。"

小华莱士这时笑着,问:"秀娟师姐,吴波师兄呢?"

"是呀,小波哥一直没看到呀。"大家听后,四处张望。

"小华莱士,小华莱士。"这时,一人从人群中挤过来,喊。

小华莱士循声望去,是川岛,他马上笑着迎了过去,说:"是你,川岛叔叔,您怎么在这?"说着,和川岛亲热地聊起来。

当晚,汪叔凡来到督陶府。在书房,吴振江问汪叔凡:"老哥哥,川岛怎么认识华莱士?"

"我当时听到川岛叫小华莱士的名字,看到他们间那么亲切,着实让我不解,"汪叔凡说,"事后,我问了小华莱士,才知道他们是在法国巴黎艺术展示会上认识的。川岛每次都代表日本陶瓷界参加大会,在会上,他们之间的作品每次都不相上下,拼比得很激烈。这次法国巴黎艺术展示会上,中国的作品得了第一名、华莱士父子的作品获取第二名,川岛只得了个第三名。"

"这样看来,川岛是个制瓷高手?"

"为什么他要把自己隐藏起来,大人,这点我不懂。"

吴振江若有所思地说:"老哥哥,但愿他不是山田!"

两个月后的法国塞纳河畔华莱士家。

邮差敲着铃,骑着自行车来到他家门口。"叮咚、叮咚、叮咚……"邮差按着门铃。

"谁呀?"里面传出一个老太太的声音。

邮差说:"夫人,今天报纸。"

夫人打开报纸一看,发现上面有自家儿子小华莱士的照片,"先生,儿子有消息了。"她大声地对着屋内喊,快步向家中奔去。

"在哪里?"老华莱士听到屋外的声音,马上迎出来问。

夫人把报纸递给他,急不可待地念道:中日文化亲善,法国陶艺界积极介入。法国陶瓷商会会长之子华莱士拜景德镇艺人汪叔凡为师。巴黎时报转摘东京日报消息。

法国塞纳河畔某公墓区，树立着一块来自中国的陶瓷艺术家的墓碑。墓前已摆放着一束洁白的鲜花，华莱士夫妇正在鞠躬致意。

　　老华莱士说："汪琦先生，您的学生来信了，他的学业进步很快，您的兄长再次收他为徒，代您向他传授技艺，这是您给予我们华莱士家族的荣耀和福气。我们共同的朋友，川岛先生也已移居景德镇。我不能再等了，我把儿子的来信转告当局，对他们说世界陶瓷的工艺在中国，法国陶瓷要发展，要到中国去学习。在法国陶瓷艺术界，我的倡议得到大家认同，明年一开春，我便将组织法国陶瓷商贸考察团到中国景德镇考察。是您，给我们带来了友谊，带来了东方陶瓷文明，我要在您的基础上把我们两国间这种交往、友谊发展下去。您就安息吧！"

第二十六章

早上，吴振江洗漱完毕，正待用膳，曾总管就冲了进来。"大人，出大事了！"他一看到吴振江，便迫不及待地说道。

"大事，什么大事？"吴振江看着他惊慌的样子，一种不祥之感袭向心头，未待他说完，便急忙问。

曾总管说："快马急报，高岭矿山发生械斗，已死亡4人，重伤3人，事态仍在发展中。"

吴振江一听，饭也吃不下了，心腾地一下吊了起来："通知周统领护卫队，速到衙门前集合。"

曾总管听后，马上去准备。

"总管，"吴振江一看，马上把他叫住，说，"再通知马知县，请他速到高岭与我会合。"

"嗻。"曾总管接令后，快步离去。

吴振江也不耽搁，抓起衣帽，转身就向衙门走去。

得福追上前，喊道："老爷，您还没有吃饭。"

"得福，来不及。快去准备，跟我一起走。"吴振江一边走一边说。

大清皇窑厂衙门前，周统领已集合了皇窑厂的护厂清兵。

这时有侍从骑马飞奔过来，到吴振江面前跳下，急切地说："报，大人，皇窑矿厂遇到一伙不明身份的人员围攻，请求增援。"

"速回报，大队人马随后就到。"吴镇江又命令道，"周统领，你协助曾总管带着一部分人坚守皇窑厂，一有情况飞速向我汇报，其余的，跟我走。"

"嗻。"

"嗻。"

曾总管、周统领领命。

吴振江交代后，跃身上马，一挥手，大声喊道："出发。"

高岭，吴晋正在工棚里转来转去。

小厮说："二爷，周边几个村的民工和高岭的矿工都围攻上来了。"

"张麻子这小子红眼了，好好的事让他给办砸了，"吴晋到门外看了看，说，"此地不是久留之地，我看吴振江不久就会到，留下这场面让他去收拾。我们走！"

"二爷，那张小龙？"小厮问。

吴晋说："我们劝不了他，这小子天生是个土匪。留着他也好，我们顶着。不然，到时让吴振江查到我们，我们的银子就全完了。"

"二爷,他是您爸。"

"啰唆这个干什么,他是他,我是我,以后谁敢在我面前提起他就给我掌嘴!"吴晋对着他呵斥道。

在高岭路上,吴振江骑马带着队伍一路快赶。他一路都很担心:现在大清正值多事之秋,革命党人举事不断,前段时间,马知县还诡秘地在他面前说起景德镇已出现革命党一事,要他千万当心。如果马知县所说属实,革命党现在掺和其中,组织矿工暴动,那事态就将向其他方向演化,今后朝廷追查下来如何交代?

浮梁山区小路崎岖不平,杂草丛生,吴振江越想快,越快不了。心急之下,不断抽着马背。突然,吴振江的坐骑一阵嘶鸣,一脚踩空,吴振江从马背上摔了下来。

他滚到山坡下,被一棵大树挡下,才没继续下滑。待吴振江定下神,整理好衣冠,抓着树枝想站起来时,谁知已站不起来,他用手一摸,发现脚上都是血,原来腿摔伤了。

大人突然失踪,把大家急坏了,山上卫兵到处寻找。

吴振江此时也在山沟里对着山上大声地喊:"得福!卫兵!得福!卫兵!"

但山里山风大,双方都听不见。

卫兵来到得福面前报:"管家,没有找到大人!"

得福急了,在山上来回走动,他不时地看着天,此时太阳已快下山。

卫兵看着他,着急地等待着他的命令。

"你给我传令,兵分三路,点上火把,再给我找,一定要把大人给我找到。"得福对着眼前的卫兵喊。

山上山风很大,火光点点。

山下,吴振江找来一根木棍,拖着带伤的腿,一步一步地向山上挪着。走了半天,他实在走不动了,只得靠着一块大石坐了下来。

这时天已黑。

突然,他发现左前方有火光在移动。他抓起木棍,腾地站起,用力往火星方向走去,边走边不断地大声喊道:"得福,得福⋯⋯"

一卫兵听后,兴奋地喊道:"总管,听到大人的声音了,他在那边。"

"对,对,我也听到了。赶快过去。"得福说着,马上往声音的方向奔去。

"大人,您受伤了?"

"一点小伤。"

"大人,您伤得不轻,让卫兵抬你回去吧,我带队与马大人汇合。"

"得福,马!"吴振江大声命令道。

马牵过来了,走了一段时间,吴振江便痛得满头大汗。

得福实在看不下,他抓住吴振江马的缰绳,对他说道:"大人,您别挺了,送您回去吧!"

红店文学系列

"得福,坚持一下就……没……事了。"吴振江咬着牙把得福推开。

得福抓住缰绳不放。

吴振江一看,火冒三丈,挥鞭朝得福身上打去,喝令道:"得福,你要再这样,延误我时间,军法论处。"说完,忍着剧痛,加鞭催马,传令队伍跑步前进。

此时,高岭火把冲天,光影浮动,叫骂声、打斗声连成一片。

一伙人想冲击皇窑矿厂,被矿厂卫兵拦住。

"大人,他们退了。"

"算他们识相。"矿长点点头,说,"我带几个人在这守着,通知其他矿工回去休息。"

"大人,你看,前方有一片火光又朝我们这里来了。"

矿长看后,兴奋地说道:"是大人他们来了。"

"不对,大人。"矿工指着前方说。

未待他说完,阵阵喊杀声朝这边涌来。

"大人,他们又上来了,我看这次人比上次多多了。"

"让矿厂里面能拿得起棍棒和石头的人都到这儿来。"矿长对着他大声地命令道。

"嗻。"工头领命而去。

这时,上百个歹徒已冲到矿门前。

矿长对着矿工说:"大家听着,大人已带领大队人马在路上,对他们给我往死里打!"

大家一听精神一振。

这伙人眼看冲不进去,便向皇窑矿厂抛火把,借着火光,矿长认出张麻子。他顿时指着张麻子大声怒斥:"张麻子,好大胆子,冲击皇窑矿厂是死罪,你不明白吗?"

张麻子早已打红了眼,他急于报往日的一箭之仇,这时,只见他大声喊道:"兄弟们,这年代,谁怕谁,皇帝老子都保不了自己,还管这。兄弟们,给我往死里打。里面有很多金子,谁抢到归谁!"

晚上,大清皇窑厂衙门灯火通明,整个皇窑和景德镇街市加强了戒备。士兵、捕头在巡逻。

叶青带着一批青年窑工站在皇窑厂各门口,协助官兵把守。

"总管,得福派人送来文告。"一卫兵急切走进衙门,看到曾总管,急忙把文告呈上。

曾总管看后,心里一沉。

"总管、总管。"这时,商会会长李俊和副会长饶希斋进来。

"你们来了。"曾总管见他们进来,马上上前招呼。

李俊会长说:"总管,看看我们商会能否帮得上忙?"

曾总管把手中的文告递给李俊。

李俊看后说："大人途中摔下马背,已受伤。总管,皇窑厂是否再派些人去接应大人?"

"你不了解大人,"总管说,"他这时的意思是让我们静等,把窑厂和街市安定,不出意外就是对他的最大支持。"

"督陶府知道大人的事吗?"一旁的饶副会长问。

总管说："得福派人来通知我们时,自然会通知督陶府,这事我们瞒不住,听督陶府传来消息说,大公子和汪仲已赶往高岭了。"

这时,秀娟进来问："总管,有高岭和我爸的消息吗?"

总管说："目前还没有得到新消息,估计大人已带队到了高岭。你回去吧,有什么消息,我会及时通知你们。叫老太太和夫人早点休息,不用担心。"

秀娟点点头,转身走了。

衙门旁的督陶府,汪叔凡、华莱士、汪霞、罗先生都在。秀娟进来,大伙都站起来问："那边可有新消息?"

秀娟说："目前还没有得到新消息,总管说,估计爸已带队到了高岭。有什么消息,他会及时通知我们。叫大家休息,不用担心。"

"我想大公子和仲儿此时也快到了。"汪叔凡说。

老夫人听后对他说道："叔凡,今天就不要走了,你带大家在这休息。雪儿,你去准备一下。"

"好的。"姜雪转身出去。

"夫人,不要麻烦,我睡不着,你和大家去睡,有事我叫醒你们。"汪叔凡对她说。

老夫人说："既然这样,大家都不睡。"

吴振江带兵赶到高岭已是深夜,马知县早已带领县衙一班捕头赶到,势态得到局部控制。吴振江指挥人马迅速投入械斗中,把两边的人分开。张麻子听说吴振江带领大队清兵到,早已溜走。

景德镇一旦有事,吴振江可代表钦差,行使先斩后奏之特权。

马知县听说吴振江来了,赶紧带人来见吴振江。

"马大人,情况怎样?"吴振江问。马知县说："吴大人,这次事件,据我了解,是矿山开采时窑户双方为争夺开采权发生纠纷,引发的群众格斗,同时张麻子乘机闹事。他在我们赶到之前已逃走。不过,我们已拘捕了他们中的几个,我已令衙役把他们押往县衙大牢。"

"好,马大人,辛苦了。"吴振江听后,说。

马知县看着吴振江脚上打着绷带,便问道："吴大人,你、你这是……"

吴振江说："途中不小心马失前蹄,出了点意外。"

这时,吴涛和汪仲在皇窑矿长引领下来见吴振江。吴振江看着他们,立马问："你们咋来了？"

吴涛说："得福叔派人回来禀报，说您受伤了。"

吴振江看了一下得福。

得福不作声。

吴振江对吴涛说："涛儿，你们陪得福先到皇窑矿厂去休息，我还有事要办理。"

"马大人，您去把两边的矿主及附近的里长、各民窑矿的矿长叫到这来开会。"

马知县看到吴振江的儿子如此听话、规矩，再想到自己的远房侄子——张麻子尽给自己添乱，心中很不是味。心想，今天要不是吴愣子意外受伤，自己来得快一点，说不定就麻烦了，自己也要牵涉进来。不过，在晚上谁也看不到他脸上这一变化。为了不让吴振江察觉，拿住自己的把柄，他对吴振江说："大人，您来之前，我已通知好他们，等你训话。"

吴振江来到高岭村里长公所，矿主及附近的里长、各民窑矿的矿长都在，大家正七嘴八舌地议论着。"吴大人来了。"不知谁说了一句。大家听后，顿时静了下来。

大家坐下后，吴振江咳了两声后说道："各位，深夜把你们召集起来，大家已知道我要说什么，这次高岭矿山械斗，参与的人上千，死亡四人，重伤三人，这是谁起的头？为了一点小利，你们用得着把命都搭上吗？"

没人吱声，屋内静悄悄的。

吴振江看大家低头不语，站起来，顿时把桌子一拍，吼道："你们打斗的劲到哪里去了，现在怎么哑了？不说，好，我点名，"他用手指着一个年长的人说道，"你给我站起来说！"

年长的人听后，怯怯地站起来，他不敢正眼看着吴振江，而是低着头说："大人，这事，这事得从张麻子说起。张麻子上次被大人驱逐出去后，这次又回来了，在这不到一个月里，他带着一伙人与一些矿主相互勾结，压低瓷土收购价格，我们稍不同意就打。这还不算，他还把以前大家协商好的矿厂地界自行销毁，强行开采我们的地盘，我们逼得没法，才起来跟他们斗。"这一说，下面人不断跟着点头附和。

吴振江看着大家。

人群又是一阵沉默。

吴振江对里长说："张麻子回来，你报过马知县吗？"

"报过，大人。"里长看了一旁的马大人，低声回答。

吴振江看着马知县。

马知县顿时慌张站起来，"大人，这是本县的失误，这段时间，因秋季征税，朝廷催得急，我把这事一时搁下了。本计划把税收大事处理完，再来收拾张麻子一伙，谁知他们却闯出这般大的祸来。本县有责，有责。"说时，掏出手帕，不停地擦汗。

吴振江听后站起来，对大伙说道："各位，张麻子，本府将上奏朝廷继续缉拿。现在我在这里告诉大家，目前马知县已带人强行拘留了一些好事分子和来不及逃跑的张麻子手下,事情总算平息。但不是说这事就过去了,现在,我宣布纪律,高岭厂矿界线一切维护原状。在座各位回去分头做好自己矿工的稳定工作,劝说大家回去,不准再生事端,如果发现谁再滋事,本府一旦查明,必将严惩。散会!”

第二天天刚亮,吴振江带领队伍回到皇窑厂。

得福一到,便直奔督陶府。督陶府上下也一夜未眠。老夫人他们见他一个人回来,马上问:“得福,老爷呢?”

得福喘了一口气,说:“夫人,有惊无险,老爷就在后面,一会便到。”

“看到涛儿和仲儿没有?”一旁的老太太问。

得福笑着说:“老夫人,老爷现在就由他们俩搀扶着呢。”

“辛苦了,得福,这里没你事,去休息吧。”

老夫人对大家说道:“我们分头准备去,等振儿他们回来,让他吃好、休息好。”

正在这时,桃花慌慌张张地向着督陶府走来,看见吴涛和吴振江大人,急忙上前喊道:“大人,大公子……”

“涛儿,有人叫我们。”吴振江停下脚步,转过身,发现是一脸急汗的桃花,忙问,“桃花,大清早的,有事吗?”

桃花喘着粗气说:“大人,快跟我走,救救我的妈妈!”

督陶府上下忙了半天,已过半个时辰,家中早餐都端上,吴振江他们却依旧没回来。

老夫人看着满桌子为儿子和孙子准备的饭菜都冷了,有点坐不住,不时望着门外。

“娘,我去看看。”姜雪说着就出去了。

姜雪走后不久,老夫人仍不放心,对着一旁的小孙儿吴亮说:“亮儿,你也去看看你爸爸、大哥他们,咋还没回来?”

吴亮来到衙门,大家早已散去。这时皇窑厂仍未上班,整个衙门空荡荡的。

吴亮问值勤的清兵,值勤的清兵说,大人由大公子扶着早走了。

吴亮说:“我爸可没回家!”

值勤的清兵看着吴亮,想了一下,记起来了,他说:“小公子,半个时辰前,来了一女子,慌慌张张说是要找大人,对了,是春圆的戏子,说是戏园出事了。”

“戏园出事?”吴亮看着他,问。

值勤的清兵听后肯定地说:“没错,我听到的是这样。”

“戏园一大清早的,会有什么事?”吴亮又问,“那看到我二娘没有?”

“对不起,我没有看到夫人。”

“谢了。”吴亮说着,急忙转身走了。

春圆,一大早就有一群妇人围着金赛花在闹。她们指着她说:“金老板,我家老头子和儿子是你们给带出去的,现在倒好,自个回来,却把他们丢在外面。你这是安的什么心?”

"各位邻坊、大婶，你们听我说，我们一上岸就遭到洋人的查扣，组织我们去的人都不知到哪去了，我和你们老公一样也是受害者！"金赛花扯着喉咙对着她们极力解释。

"我不管，"妇人们说，"是你担的保。我们只有向你要人。不是你，我们家的丈夫、儿子也不会去。他们不回来，你说留下我们一大家子怎么过？"说着去抓她的衣服。

平时十分豪气的金赛花，面对眼前这些妇道人家，一时也不知所措。

"让开，让开，督陶大人来了！"这时，人群中有人喊。

大家快速让出一条路。

吴振江在吴涛、汪仲的搀扶下，走了进来。

金赛花一见吴振江，马上眼泪唰唰往下掉，一肚子的委屈，没等那些妇人开口，自己竟然像孩子似的捂着脸哭了起来。

这时，姜雪也到了。

吴振江、吴涛、汪仲回到督陶府已是晌午。一进门，发现大家都齐刷刷地看着他们。秀娟反应快，急忙走上前来搀扶，吴振江把她轻轻推开，笑了笑，说："一点扭伤把大家弄成这个样子。娟儿，不用你扶，爸行！"

秀娟放开他。

吴振江刚抬腿，人就往后仰。

得福、秀娟赶忙上来搀扶。

秀娟笑着对他说："爸，不行了吧，还逞强？！"

"别贫嘴了，"老夫人看后，心疼地说，"得福，快扶你家老爷到房间去休息。"

得福把老爷安顿好，轻声出去，刚把门关上，吴振江的喊声就从房内传来。

得福赶紧推门进来，问："老爷，您没睡？"

"迷糊一下，哪睡得着？"吴振江说着，要披衣下床。

"老爷，你歇歇吧，有事您吩咐得福就是。"

"也行，得福，你给我通知曾总管，叫他通知马知县、李会长、饶会长他们，下午一起到我书房议事。"

"好的。"得福说完就出去了。

吴振江看着他背影突然又喊："得福？"

"老爷，还有什么吩咐？"得福转身问。

"办完事，好好去睡一觉。"

"嗯，我走了，老爷。"

下午在书房，大家提前到，见吴振江进来，都站起来相迎。

吴振江找个地方坐下，看大家仍站着，忙说："坐，坐，大家快坐下。得福，你去菜市场买点好菜，准备大家的晚饭。"

吴振江看看左右,问一旁的马知县:"马大人,高岭现在怎样？"

"吴大人,一切平静。"

吴振江听后,点点头。

"吴大人,有一件事我要跟您说。"

"什么事？"吴振江问。

"吴大人,我们抓获的几个人,在押解途中,给张麻子一伙截走了,他们还打伤我们几个捕头。不过,我已派人到处张贴布告缉拿他们。"

"马大人,张麻子是你的亲属,这事你得避嫌,不要让人说闲话。"

"是、是、是,我知道分寸。"

吴振江喝了一口茶,继续说:"这次高岭的械斗虽然平息,但根子还在。可他不在高岭,在镇上。镇上瓷土供需得不到平衡,像这种事有了第一次,就会有第二次、第三次。"

大家听后,觉得吴大人说得有理,都点头赞同。

马知县因张麻子的事一直压在心上,不敢吭声,听吴振江这一说,如同把一切干系给自己洗脱一般,马上站起来说:"大人,分析精辟、精辟。"

吴振江看了看马知县,接着说:"皇窑在湖南、云贵这两年接连开了几个矿石厂,瓷土供应已得到解决。但是,高岭瓷土供应的主要对象是镇上民窑厂,一旦它有事,将是今后制约景德镇民窑瓷业发展的大问题,这次暴露出来也好,早暴露,我们可以早解决,对镇上瓷业来说是因祸得福。"

"大人分析得对,"李俊听后说道,"当前市面上的瓷土是一天一个价,有的接近稻谷价。这段时间,市场上已出现一些搞投机倒把的人,特别是二公子一班人,大量囤积。一些小窑户叫苦不迭。"

曾总管也说:"高岭瓷矿出现周围村民一哄而上的现象,大人,我看对重要的瓷土资源,大清政府应该出面垄断开采。"

吴振江说:"总管,你这个建议好。"

饶副会长说:"大人,我有一想法,不知是否妥当？"

吴振江说:"饶副会长请讲。"

他说:"大人,我认为我们除了控制瓷土资源,做到有序开采外,同时有必要对市场进行整治和加强管理,建立一个相应的瓷土矿专业市场,让镇上矿土一律进市交易,并对周边瓷土进入景德镇市场采用减免一些税赋的政策,同时打击不法商贩。"

马知县见饶副会长这么一说,忙站起来说:"饶副会长,你提的问题虽好,但这不是要我们走回头路吗,我看不行。再说皇税不能免。各位,我看大家把高岭事件看得太过复杂了,抓他几个,关上一年半载,我看哪个不怕死,今后谁还敢闹！"

吴振江示意马知县坐下,他说:"饶副会长的方略很好。但刚才马大人讲了皇税,我们无权减免,这是对的。不过,马大人,我们地方上的一些税费,我看我们还是有权

处置吧。"吴振江说,"各位,高岭事件根子在瓷土,不是抓一两个人的事,抓他几个,今天表面上看来把事态控制了,但是深层的东西还在,今后一旦再爆发出来,马大人,我们就难控制。"

马知县听吴振江这一说,眼红脖子粗地急着解释:"吴大人,这不行,你这一开口,今后我们这些人吃什么,兄弟们哪还愿跟我?"

吴振江看了他一眼,笑着问:"马大人,是脑袋和头上顶戴重要,还是您跟您兄弟情义重要?"

马知县被吴振江一将,顿时一愣,一时答不出话来。

吴振江知道已说中他的要害,继续盯着他问:"马大人,高岭天天械斗,朝廷追下来,你的顶戴能保吗?"

"这……"马知县看着吴振江,结巴起来。

见大家意见统一,吴振江说:"马大人、各位,这事就这样定了。李会长、饶会长,我建议你们利用商会,做好各窑户之间的协调工作,对那些投机倒卖瓷土的不法商贩,发动各窑户把他孤立起来,同时提倡窑户对瓷废土进行回收和节约利用。我决定从皇窑库存料中拿出一些瓷土出来平抑市场。马知县的话提醒了我,曾总管,明天一早你就带人去市场上摸摸行情,做个估算。"

"大人,你预计从库存中拿出多少?"曾总管问。

吴振江说:"只要有人要,我们就卖,我们正好利用这个机会,盘活一部分资金。"

"大人,行,我会后就去布置。"

马知县这时起身,对吴振江和在座的各位说:"大人、各位,我家老母有病在身,我得先告辞。饭,马某就不吃饭了。大人盛情,马某谢了,告辞,告辞。"

"马大人是个孝子,我也不强留,请便吧。"吴振江对曾总管说,"总管,你代我送送马大人。"

"好的。"

马知县出门后匆匆坐上轿,不过,他没有往浮梁县衙走,而是朝另一个地方快步奔去。

曾总管看了一眼马知县行走的方向,然后转身回到督陶府吴振江大人的书房。吴振江见他进来,问:"总管,他往哪走了?"

"大人,好像是吴晋府方向。"

吴振江笑着说:"这就对了!"

大家听后你看我,我看你,最后明白过来,都相视一笑。

吴振江这时才说:"总管,事不宜迟,你赶紧传文山东、湖南、云贵各矿区,要他们加大矿土的开采量,并积极寻找新矿点。告诉他们,土是我们瓷业的生命。"

曾总管说:"大人,我知道,我马上就去办。"

第二十七章

张麻子正在吴晋府内大口地喝酒吃肉。

吴晋进来,拿着一张布告往他面前一扔。张麻子看到他这架势,心中有点慌。

吴晋没有理他,而是拿着桌上的酒喝了一口,说:"这是马知县贴的,大哥给你看,是要让你知道这世上谁对你坏,谁对你好。"

张麻子一听,顿时跪下:"大哥,你是我再生父母。"说着,对着他就磕头。

"咱们兄弟就不用说得太多,"吴晋把他扶起说,"这几天,吴振江和马知县正在派人四处抓你,你得好好待在这。"

"大哥,你说我叔?我可是为他出生入死,他却⋯⋯"张麻子说着,端起桌上一碗酒一口干下,顿时气往上涌。

吴晋抢过他的碗,对他吼道:"马大人不这样过得了门?你也够闹了,攻打皇窑瓷土矿厂干什么?那是犯死罪,莫说一个马知县,天王老子也保护不了你!"

"这⋯⋯大哥,小弟错了,我今后一定听你的。"

吴晋摆摆手说:"不给我添乱就行!"

马知县来到吴晋府上,没有看到吴晋。他东张西望显得很着急,张麻子通过门缝看到他表叔,只见他搓着双手,走来走去。张麻子一边喝着酒,一边看,这时吴晋进来,马知县马上迎上前,迫不及待地说:"我的二爷,去哪了,急死我了。"

"大人,您的表侄在我这,现在外面四处都在拿他们,我看让他长期待在我这也不是办法,迟早会出事,这不,我去给他找去处了。大人,您要不要见见他?"

"你比你爸够义气,"马知县说,"我那死侄儿能跟上你,也是他的福气。不过,老弟,现在最急要的事是把我们那批瓷土抛出去。"

"瓷土还在天天涨,"吴晋对着他说,"大人,现在市场一切都在我们掌控中,价格由我们说了算,这次我要把前几次亏损的老本都扳回来。"

"二爷,你这样会害死我。"马知县说,"我给你的钱是县衙库银。实话告诉你,我刚从督陶府来,皇窑厂明日将拿出库存出面平抑市场,对客户以平价敞开供应,再不抛,我们就要吃大亏了。"

"大人,这消息千真万确?"

马知县搓着手说:"老弟,我什么时候骗过你。"

吴晋说:"那咱们赶紧找川岛先生商量去?"

"惹他干什么,"马知县说,"山田差点把我这一辈子都搭上了,日本人两边吃水,我不想粘得太紧了!老弟,我不能在你待久了,让人看到有嫌疑。"说完,匆匆走了。

月光下,川岛正穿着和服便装,在花园练剑。吴晋走过来。川岛看了他一眼,把手中的剑停下，来到房间。吴晋跟了进去。

川岛瞥了他一眼，漫不经心地问："听说你把瓷土抛出去了？"

"抛了一大半。"

"急什么？"川岛说，"行情还控制在你手里。"

"川岛先生，您有所不知，"吴晋说，"马大人告诉我，督陶府要动用储备平抑行市，还有，今后瓷土一律进市交易，要是动作慢了，我们就……"

川岛说："吴振江动作没那么快！马知县什么时候来过？"

"川岛先生，马知县不想见您。"吴晋说时，迟疑了片刻。

川岛说："为什么？"

"马知县要我给您传个话，他说凡是吴振江的朋友，都是他马某的对头。"

"哟西。"川岛笑道，"吴晋，麻烦你给我再走一趟，这是一张一万两的银票和我写给他的信，请你亲手交给他。"

"嗨。"吴晋学着日本人的方式，点头就出去了。川岛看着他的背影，露出狞笑。

第二天中午，马知县与吴晋一道来到日本株式会社。

席间，吴晋手上拿着一沓银票，对马知县说："大人，这是你的二十万两本金，这十万是您的红利。"

马知县两眼笑眯眯地接过，立马揣进怀里，然后举杯对着吴晋说："老弟，我敬你，辛苦了。"

吴晋端着杯，笑道："马大人，这次能挣这么多，全仗您。我应敬你一杯。"

川岛看后，也把酒杯举上，说："也算我一个，吴晋先生，我们一同敬敬我们的恩人。"

马知县看大家都敬他，十分得意，忙说："回敬，回敬。"说完一口干了。他放下杯，兴奋地说："二位，不是我马某谦虚，我这次不仅探着了吴振江的消息，而且阻碍了吴振江对市场的强行干预。"说到高兴处，拿起酒杯自饮起来。

这时，有一日本人进来，他想说什么。川岛看后说："都是自己人，说吧。"

"川岛君，我们刚得到确切消息，皇窑厂只是象征性地抛出部分瓷土。他们根本没有什么库存。"

"空城计。"吴晋听后一震，马上问，"川岛先生，那我们是否把剩下的部分停售？"

川岛摇摇头说："不，吴晋先生，继续抛，抛净为止。现在周边瓷土已在开往景德镇的路上，你这样做不是又着了他的道？"

坐在一旁的马知县听后，心里很不是滋味，心想好个吴振江，又给你耍了，让他在川岛面前就丢了脸。他想到这，看到川岛一副嘲笑他的神态，很不自在，便起身说道："川岛先生，本县还有要务在身，今日就不奉陪了。"

川岛看到马知县要走，心想好不容易把他请来了，话没说上两句，就要走，后悔刚才说多了几句，让他丢了面子。不过，从这事他也了解了马知县的性格。川岛极力挽留,看到马知县执意要走,他只得站起来,笑着说:"欢迎大人下次再来。"

马知县没有那么多客套,起身就走,没把川岛当一回事。川岛感到被人小瞧了,心中也极不自在。

已是日上三竿,衙门上下没有看到吴大人,心里着急,派人过来问。得福来敲姜雪房门,姜雪把门打开,轻声地对他说:"轻一点,老爷正在睡。"

"谁说我正在睡,是得福吗?"吴振江突然说。

姜雪摇摇头,说:"得福,进来吧。"

得福来到床前,吴振江正在穿衣,他对得福说:"得福,我命你睡个三天三夜,几天了?"

"老爷,一个晚上搭两个时辰。"

"够了吗?"

"够了,老爷。"

"你够了,我也睡足了。"吴振江看着姜雪说道。

姜雪笑着把头扭到一边,装作没听见。

"老爷,衙门来人找。"得福在一旁说。

"告诉他们,我马上就到。"

吴振江正要出门,商会的李会长和曾总管匆匆进来。曾总管一看吴振江就说:"大人,朝廷八百里紧急公函,要求我们禁止景德镇当地商人到国外从事陶瓷经销活动。"

"洋人也太可恶了,"李俊气愤地说道,"大人,他们可到我国从事经贸,怎么就不允许我们去。"

吴振江听后,说:"走,我们到书房去谈。"

到了书房,吴振江为他们沏上茶,说:"喝口水,慢慢说。朝廷处事,想必总有他的道理。"

李会长不作声。

吴振江见他气鼓鼓的,转而说:"李会长,近来,我看了不少涛儿带回的书。我发现他们生意很规范。而我们出去的人,大多小商人多,没有经验,不按规则办事。再说,一些西洋商人见我们的人出去,他们的利益受到冲击,联合起来向他们政府施压。西洋是个贸易国家,这些事情难免会发生。"

"镇上一些人这次损失不少。大人,您说下一步怎么办?"李会长问。

"人不能被尿憋死。"吴振江笑着说,"我们可以来个变通,与洋人合作,李会长,这不就行了?这既可把事给挡过,又不违反朝廷规定。"

李会长一听,马上转怒为喜,说:"好,大人,这样好。虽然商人利益会小点,但是销量可能会比以前更大,说不定今后挣得更多。"

"李会长,你说得在理,不过,这会有个过程。眼前朝廷这一政策出来,可能会给我们镇上的瓷业带来一定冲击,这就得靠你们商会配合做一些说服工作。"

"行,大人,这没问题。"李会长爽快地回答道。

大清皇窑厂城墙上,张贴着大清朝的布告,布告下面聚集着许多人,大家看后顿时纷纷议论。

公文一出,不到半个月后,景德镇一场浩浩荡荡出国销售热潮就这样悄无声息地结束了,景德镇又恢复往日的平静。

不过,这场风雨影响大,因为这些外销的陶瓷产品大都比较低劣,且价格随意,人们对景德镇陶瓷那种崇敬的心情顿时减了不少,一时景德镇瓷业出现滞销现象。镇上很多窑户和街上的一些瓷器店出现大批积压,不少仓库都塞满了瓷器,有的店三四天都开不了张。

一天,戏园老板娘金赛花笑吟吟来到督陶府。

姜雪笑着迎上前,说:"赛花姐,看你满脸的笑容,今天有什么喜事?"

金赛花说:"没喜事你就不能到春圆走走,吃顿饭?"

姜雪说:"我正想下午去看你们。"

金赛花说:"雪儿,现在春圆天天围着很多人,开不了门,这样总不是个办法。我想请你们去吃顿饭,替我撑撑门面。"

"这……"姜雪迟疑了一下,最后还是笑着说,"行,就明天中午。"

"雪儿,有小翠的消息吗?"

姜雪摇摇头。

"好了,那我走了。明天我等你。"

景德镇商会里面聚集着很多人。大家对着李俊七嘴八舌:"会长,朝廷不许我们出去经商,现在我们很多货物都积压在仓库里。你们做会长不要光坐在这,去和督陶大人商量商量,看看咋办,救救我们。"

李俊说:"各位老板,为了这事,我们早已跟督陶大人进行了商量,这事他早料到,现在大人身体不好,大家就不要去麻烦他,应让他好好休息。我们都是生意人,在这行有的做了几十年,生意是个生字,东方不行,可以做西方,走不过,可以绕道走,大人说了,人总不能被尿憋死。朝廷不准我们从事对外销售活动,但没有禁止我们与洋人合作开展对外贸易,对吧?"

商人们听后点点头。

"对啊,会长说得对!"有的说,"布告上没写我们不能与洋人合伙经营,也没写瓷器不能卖给洋人!"

李俊听后,发现大家情绪平静下来,稍停顿了一下,继续说:"各位,在这里我要多说几句,要是大家都卖黄家洲瓷器摊上的那些瓷器可不行,我们做活不能偷工减料,洋人没坑我们,我们不能自己把自己坑了。你们回去把自己现在做的瓷器与以往比比,看我说得对不对?"

大家一听,不作声了,回去的路上,他们纷纷议论,有的说:"今天会长一席话,胜读十年书。"

"会长就是会长,与我们见识就是不同。"

"你们看,大人和总管来了。"有人眼尖,看后马上说,大家一见,马上让出一条路。

吴振江走过时,不断地跟他们点头、微笑。

李俊在收拾东西,正准备回去。

"李会长,今天可热闹。"吴振江进门就说。

李俊听到声音,抬起头,一看是大人和总管,忙放下东西,起身迎了上来,"大人、总管,你们今天咋有空过来?"

吴振江说:"李俊呀,在家不放心。刚才看到大家笑嘻嘻的,你是否把他们的思想做通了?"

"大人,暂时算是做通了。你不来,我下午正想去找您汇报。"

"这几天,我走了不少窑户,李俊,有些事也想来和你商量商量。"

"大人,对外经销受阻,我认为不是当前问题的关键。现在别看我们一些窑户产量上去了,但是质量却大不如以前,不少客户退货现象普遍,这事,以前是不存在的。"

吴振江听后很有同感,他说:"前段时间,出外经商热,也把我们一些窑老板的大脑烧热了,瓷器品质出现大量下滑。市场热时,这些事看不出来。市场销路不畅,问题就全出来了。这是个大问题,也是摆在景德镇当前的难题。"

"质量是做瓷人的生命,"李俊说,"大人,我看我们能否利用这个机会把各窑主对瓷业的质量意识树起来——"

"这个意见好,"吴振江一听,马上问,"你说说咋个树法?"

李俊兴奋地说:"大人,我们是否也学学法国,在镇上陶瓷行业中,来个中国景德镇陶瓷艺术品展示、展销会,给大伙鼓鼓气?"

吴振江说:"行啊,我的会长,这个好。"

"大人,我们到时也组织人员参与。"曾总管在一旁说。

"行,到时,皇窑厂所在大小官员都参与观摩,"吴振江说,"至于怎么组织,具体怎么参与,我们回去再研究。总管、李会长,我们皇窑厂做地主,出场地,商会牵头唱戏,时间就定在下月初六,图个吉利,来得及吗?"

李俊听后说:"没问题,大人。我下午就着手来筹备。"

姜雪到衙门办公地来找吴振江,侍从说:"夫人,大人一早就出去了。"她只好坐在那等,但等到中午,姜雪也没有看到吴振江人影。

金赛花左等右等都没见吴振江、姜雪他们,桌上的菜都凉了,还不见人影,心里甚是着急。

小二站在门外,负责迎接,见老板娘急,心里也急。正没主意时,一抬头看见姜雪正向门口走来,他大声说道:"老板,来了,姜雪小姐来了。"

"快,快。"金赛花听后,马上吩咐说,"把东西拿去热一热。"

姜雪进来。

金赛花一看只有她一个人,问:"雪儿,大人咋没来!"

姜雪说:"我到他办公地去找他,一直等到现在也没等到人。怕你急,就先来了,看样子,赛花姐,他是来不了了。"

桌上的饭菜热后,重新端上来。姜雪坐上,拿起筷子就吃:"赛花姐,我们吃,少个人也好,我们多吃一点。"

金赛花没心思,看着姜雪,说:"雪儿妹子,总听说大人忙,是不是他在外面有人了?"

姜雪听后笑着说:"赛花姐,他呀,让他去找,也没时间。"

"不会吧,以前怎么有时间到戏园来看你?"

金赛花见姜雪不自在,知道自己说漏了嘴,赶紧圆场,往姜雪碗里夹菜,笑着说:"雪儿,不说了。吃,今天我们姊妹两个多吃一点。"

"好。"姜雪回答时表神有点失落。

在景德镇日本株式会社,川岛正在发报,他一边说一边发:村山君,景德镇瓷器,日前在西洋遭联合封杀。原因是当地人贪图暴利,对外经销的瓷器大都低劣。景德镇传统的商业信誉遭遇前所未有的打击,上海、重庆、天津等地一些商场出现改销其他地区陶瓷的现象。村山君,这是我们大日本帝国瓷业发展的一个最大机遇。我们正在组织窑工加班加点进行生产,大日本帝国的瓷器将源源不断从景德镇运出,出现在中国各大市场内。川岛。

正在这时,吴晋突然气喘吁吁地推门闯了进来:"川岛先生,我们窑厂出事了。"

正在兴奋中的川岛一听立即从刚才的兴奋中跌了下来,他看着吴晋,半天说不出话来。

吴晋歇了一口气后,说:"川岛先生,我们五座窑炉刚才接连倒了三座。"

川岛一听,脸色煞白,但他还是强行镇定下来,双眼逼视着吴晋,问:"什么原因?"

"川岛先生,窑炉超负,加上新招的窑工操作失误,造成窑炉中水分过重导致的。"

"你误我大事,赶紧组织人给我抢修!"川岛对着吴晋气急败坏地吼道。

吴晋转身就走。

"回来。"川岛大喝一声。

吴晋愣了一下,停下脚步,转身看着川岛,问:"川岛先生,还有什么吩咐?"

"给我组织加工!"

"川岛先生,委托加工质量没有保证,再说成本过高,市场没有竞争力,亏了谁补给我们?这事,马知县不一定会答应。"

"吴晋先生,你说我们咋办?"

"川岛先生,我们只有等。"

"等?"川岛一听,急了,指着他说,"大日本帝国要的是市场份额!亏了,我给你补助。"

"这行吗?川岛先生。你这一套我不懂,我只知道挣钱。"

"你会慢慢明白的。去执行吧。"

"有你这句话就行。"吴晋说着转身出去了。

吴涛自办厂后,心终于沉了下来。由于有特殊的身份做掩护,谁也不会怀疑到他身上。再说,有了督陶府身边一帮兄弟姊妹帮着,他的窑厂效益不错。除了支持革命外,他手上还略有节余。他的这些工作,得到了孙先生的充分肯定。为了壮大这一革命成果,他向上级建议,在景德镇办一份报纸,进一步扩大革命成果。他这一建议还没发出,孙先生的指示便提前到达,要他利用现有的有利形势,再接再厉,扩大在景德镇的革命成果,如有可能,办一份革命报刊,争取更多的革命者。吴涛一看,特兴奋,觉得自己和先生想到一处了。他这人说干就干,不到半个月。他便在自己窑厂隔壁办了一个《景德镇陶瓷商报社》。版面一出,吴涛叫三弟吴波把先生罗中亮给请了过来,罗中亮看到他们一伙充满朝气和理想,也乐意帮助他们。这不,罗中亮帮忙校对,吴涛则组织一班人调试油墨。到傍晚的时候,他们第一张报纸印出来了。吴波拿着刚印好的报纸,看了又看,兴奋地说:"先生、哥,有它我们就可以把景德镇民众唤醒起来。"

吴涛搓搓手上的油墨,接过吴波手上的报纸,看了看,递给罗先生。

"好。"罗中亮看后,笑着对大家说,"这是你们热血青年的喉舌。现阶段大清政府还不允许我们宣传革命的主张,随时都可能对它进行破坏,我们要像爱惜自己生命一样来爱惜它,保护它。"

吴涛、吴波他们听后,认真地点点头。

《景德镇陶瓷商报社》首刊印量少,它们重点发行镇上和县衙的衙门、商会、帮会和镇上大型茶楼。

马知县一早上得衙门,正要坐下,突然看到眼前桌上放着一张油墨纸,他正要发作,不经意间看了一下内容,拿起来一看,顿时给它吸引,不知不觉坐下浏览起来。不一会儿,他自个地突然大笑起来,连说:"有趣,有趣得很。"

衙内的人都惊奇地看着他。

马知县向站在一旁的衙役招招手。他们马上凑了上来。马知县指着报纸:"你们听着,让本县念给你们听,"他摇头晃脑地说,"男女平等、女人有自己选择婚姻的权利,女人不应甘做他人的小妾。你们说,这做男人还有什么味?这是吴振江的活宝儿子办的报纸,咋就这样水平?"他笑一笑,对着身边的衙役说,"我不知道吴振江看后他咋想。"

一旁的库司笑着说:"大人,我想吴振江看后,一定会把姜雪休掉。"

"为什么？"马知县问。

库司说："姜雪是督陶府的第二任夫人，二夫人就是小妾。小妾按督陶府大公子的道理就得休掉。"

马知县笑着说："那样的大美人，他不要，我照单收。"

上午，大清督陶府后院学堂，罗中亮正在给秀娟、吴波、吴亮他们上课。

姜雪来到门口，往里看了一眼，转身欲走。

罗中亮看后，马上停下手中的课，拍拍手上的粉笔灰，笑着迎出来："夫人，你们什么时候到的？"

姜雪说："闲着没事，过来看看。"

"夫人，请坐。"罗中亮听后，马上去沏茶。

吴波、吴亮、秀娟这时过来招呼。

姜雪对着他们笑了笑，回头对着罗先生说："听说先生画画得好，老爷常夸你，我近来也在学，先生可否赏个脸，让我看看。"

"夫人过奖了。"罗先生笑道，"老爷倒是常对我说，说夫人作画悟性很高，我倒是想向你请教。"说着，去拿画。

姜雪看了罗中亮画的画，其中一些人物，很合她的性格，便问："先生，我能不能学一学？"

罗中亮说："凭夫人的聪明一定学得很快。"

"那你得收下我这个弟子。"

"夫人这样就寒碜我了。不过，只要夫人来，我们可以一起讨论。"

姜雪听后，笑着对着罗先生说："那我不打扰你们上课了。有空，我再来麻烦。"

罗中亮看着她，目送她离去。

秀娟一看，调笑着说："先生，您是不是喜欢上她？"

罗中亮回过神，生气地说："秀娟，不要随便说。她可是你的二娘。大家上课。"

姜雪从罗先生处回来，她支起画架，铺上纸开始画画，她画舞台，画舞台上歌女跳动的舞姿，画着画着，仿佛自己又回到了舞台。

"小姐，夫人。"这时，她听到门外有人叫她。

"小姐，夫人，老祖宗。"外面的喊声不断传来。

"是小翠！小翠。"姜雪放下笔，几乎是冲出房间。

"夫人，老祖宗，小姐。"小翠仍站在大厅叫。

"小翠！"姜雪大声叫道，人已奔了过来。

"是小翠吗？"这时老夫人也喊着从后门出来。

"夫人，老祖宗。"小翠看到她们，特兴奋。

"小翠。"得福也不知什么时候过来了。

"得福叔。"小翠听到得福叫声，高兴地转过头叫道。

"瘦了,瘦了。"老夫人把小翠拖到身边,看着她,心痛地说,"现在不走了吧?"

小翠笑着说:"老祖宗,小翠一辈子侍候您。"

"得福,快、快去通知你家老爷。"老夫人说。

"小翠,找到你的家了吗?"一旁的姜雪看到她,关切地问。

小翠摇摇头。

"那山田呢?"姜雪问。

"到日本后,我一直打听他,找到他家。小姐,我才发现,他不是我的父亲。"小翠悲伤地说。

"那你亲生父亲呢?"姜雪问。

"不知道!"小翠摇摇头,一脸茫然地说。

中午,督陶府上下都坐在一起,吃饭的时候,老夫人把小翠叫到身边,不断地给她夹菜:"翠儿,吃,多吃一点。"

小翠看着大家,突然哭了起来,弄得桌上的人都慌了神,不知如何是好。

小翠一边流着泪,一边哽咽地说:"老祖宗、老爷,这就是我的家,我再也不走了。"

"孩子,谁说这不是你的家?"老夫人心疼地说。

吴涛说:"小翠,你愿意,到我窑厂或报社去都行。"

"大公子,谢谢你,我干什么都行。"

秀娟笑着说:"小翠,我们平常有空都在大哥窑厂,你来了,我们又多了一个人。"

小翠突然从座位上站了起来,向大家不断鞠躬。

第二十八章

大清督陶府的书房内,灯光下,吴振江正在阅读当日《景德镇陶瓷商报》。他边看边用笔在一些重要的段落下面画上杠,自言自语地说:"好,喝过洋墨水的就是不一样。"

得福过来跟吴振江添茶,看到大人高兴的样子,问:"老爷,你是指大公子?"

"是的。对了,得福,去把他给我叫来。"

"老爷,我马上就去。"得福笑着,转身出去了。

不一会儿,吴涛到。

吴振江指着报纸说:"涛儿,过来,爸想问,你报纸上说的珠山八友和办学是怎么回事?"

"爸,我们景德镇一些绘画技术大多是临摹,没有创新。工艺制作水平大多也是师徒相传的,徒工一般学得很慢,长达五六年才能出师。"吴涛对他父亲说,"就这事,我在自家窑厂做了一些革新,现在还只是个开端。"

"怎样革新?"吴振江一听,兴趣顿增,问。

吴涛说:"小华莱士在巴黎高等艺术学院学过四年,在绘画理论方面是行家。这几年到中国后,他又了解到我们的绘画特性,我便让他来做指导。目前我厂的青年窑工在他的指导下,利用工作空隙,常到珠山山上去写生、画素描、作画,这些人的技艺增进很快。他们中一些人平时总爱坐在一起畅谈想法、理想,汪仲、吴波、张承便是其中的常客,秀娟看这些人志同道合,便给他们送了个外号'珠山八友'。大家都说这个名好,便叫了起来。"

"涛儿,你回来不久,景德镇陶瓷的薄弱点,便让你给看出来了,并找了一个好的方法。传统的方法,学艺慢,难以突破。这段时间我也为这事发愁,涛儿,爸没有白供你,你这是为我们瓷业做了一件大好事!"

"爸,景德镇要保住在世界上的制瓷地位,光靠几个人不行,整体要上。 我们厂这次招工就发现大多数人连自己名字都不会写,斗大的字认不出几个,现在日本已提出要在全民普及高小教育,国家发展很快。我们只有整个国家民众文化水平上去了,国家才有希望。"

吴振江听后,颇有感触地说:"涛儿,大清一些有识之士不是不知道,但是当前朝廷积弱如此,哪里还拿得出钱来办学?这几年,我一直想办一个景德镇陶瓷专科学堂,但是一想到钱就退缩了。"

吴涛听父亲所言,把自己椅子向前挪了一下,说:"爸,大清的情况您也看到了,我们如果再不提高国民素质,唤醒民众,我们就真的要做亡国奴了。"

最后的官窑

"涛儿,国家的事自会有朝廷处理,我们世代深受皇恩,千万不可听孙中山那一伙人的蛊惑,中国几千年都过来了,也没有你说的什么亡国奴。那是革命党人一派胡言。"

"爸……"

"傻小子,生爸的气了,听爸的。说说报上办学一事,爸很想听听你的想法。"

吴涛见父亲态度坚决,也不坚持,只是说办学的事,他只有一个想法,具体的内容还没有想好。

吴振江听后,要求吴涛花点时间把它写出来,并希望借他们报纸多宣传。

吴涛回来便加了一个晚班,第二天一早,便把办学计划送到了父亲的办公房。吴振江关上房门,专心致志阅读起来。正在这时,侍从推门来报,说日本株式会社社长川岛先生求见。

"叫他进来。"吴振江说。

不一会儿,川岛到。

"川岛社长有事吗?"吴振江边问边继续看他的方案。

"大人,我是来学习的。"

吴振江一听,抬头看着他:"川岛社长也要学习?请坐。"

川岛没有立即坐下,而是走到吴振江面前,递上一张银票。

"社长,你这是?"

"大人,我知道你这时要用钱,特来表个心意。"

"川岛先生,我什么时候说要用钱了?你看错了,快拿回去!"

"大人,你误会了。这钱是我送给你创办学校用的。"

吴振江听后一愣,重新打量着他,心想我的办学奏折刚送出去,他咋就知道?不过,他还是高兴地对川岛说:"办学只是我一个设想,先生咋知?"

"大人,"川岛说,"我是从贵公子的商报上得知的。现在西洋科技发展很快,景德镇瓷业要保持优势,发展瓷业教育,提高整个瓷业人的素质是关键。这点,我在中国从事陶瓷经营几十年很有同感,我想这不仅是我的意见,也是瓷业中有识之士的意见。"

"先生是个知心人,也是景德镇瓷业的热心人,你这样说,这钱我就收下了。川岛先生,只要你致力中日陶瓷友好事业,一改以往日本株式会社的作风,这对景德镇是福气,对日本瓷业也是福气。"

"大人,谢谢教诲、谢谢教诲。不过,在这件事上,我有一个条件。"

"条件?"吴振江一听,问,"先生有什么条件。"

川岛说:"我希望今后所办的学堂能吸纳一些日本的学生,包括我们的子女。"

"那好啊,"吴振江说,"我儿子能到日本去学习,为什么不能让你们的子女来?我们办学虽说主要面对景德镇,但不拒绝其他地区的人,包括你们这些国外的朋友们。交流才能融合，才能相互促进，才能发展。"

"是的，是的。大人，请问学堂什么时候开始筹建？"

"等朝廷批复下来，我们就动工。我看很快了。川岛先生，您来得正好，看看我们的展览会。"

"大人，这……我合适吗？"川岛问。

"怎么不合适？"吴振江笑着说，"先生在日本，可是陶艺界的权威，并多次代表日本陶艺界参加法国展示大赛，您能来，我们请都请不到，我倒希望先生届时给我们提点中肯的意见。"

川岛见吴振江这样看中他，心中一阵欣喜，但他还是在吴振江面前极其谦虚，说："我只能从中学习，学习。"

景德镇陶瓷商会经过一个月的紧张筹备，首届景德镇陶瓷艺术品展示会终于在大清皇窑公馆会堂如期举行。不过他比西洋法国多了一个内容，同时举办商业订货会。

这是首届景德镇陶瓷艺术品展示、展销会，参展的人大大出乎主办者的预料，来得十分多。他们中有各大窑主、画师，还有各类陶瓷商人，其中有不少洋商。

组委会把这次活动分两组同时进行，第一组是窑户的产品，他们给参展的每家窑户一个展位，展出自己窑厂的主要产品、价目。

一些窑主把自己新产品放在主要位置。这些产品款式、画面都有不同创新，价格比同类要低，它们一出来便立即吸引很多客商。

经过初选，组委会选出十几种新品种。

这时在另一个地方，公馆左侧的戏台上，却是另一番景象。这里正在进行个人作品评奖赛。

"大家静静，大家静静，我们请大人为这次瓷评赛宣读规则。"由于今天来的人太多，副会长饶希斋只得大声地喊。

会场上响起了掌声，吴振江站起来，示意大家静下。他说："各位来宾、参赛者，这次参赛作品以画釉上彩为主。参展作品规定，必须由作者在规定的地点，封闭式地完成。作品成型烧成后，只留编号，不作署名。评后再公布作者名字。个人作品赛，评委将从瓷器造型、釉面发色、画面设计、绘画四个方面量分，并说出原委，以总分居高者为胜。现在请工作人员把已编号的作品依次摆出。请评委看后亮分。"

吴振江、汪叔凡、罗先生他们都是评委，川岛作为特邀嘉宾也坐在评委席上，他的眼睛不断地审视着工作人员摆上的瓷器，眼睛久久不能离去。

在陶瓷新品参展会上，大家都在翘首等待评审席上评委的结果，下面在纷纷议论，猜测谁是今日最后得主。最后见评委成员重新坐下来，会上顿时安静下来。

商会秘书长马和尚说："各位，评选结果已揭晓，现在由这次评审会副主席李俊会

最后的官窑

长宣布结果。"

李俊站出来说:"这次评选第一名是赵窑赵子和。我们向他们鼓掌祝贺。"

会场上面,顿时掌声一片,大家向他祝贺。赵子和那是春风满面,平日不曾露的门牙都笑出来了。

在公馆戏台上,这边评选的结果也出来了。大家在静听吴振江的讲话,只见吴振江站起来说:"我宣布,这次由各窑选派的参赛选手和作品评比结果出来了,瓷板画《花开富贵》、瓷板画《百鸟朝凤》同获得一等奖,《花开富贵》作者是汪仲,《百鸟朝凤》的作者是小华莱士,有请汪仲和小华莱士。"

戏台上下一阵掌声。

商会秘书长马和尚急急忙忙来找李俊,他说:"李会长,遇麻烦事了。"

李俊看着他心急的样子,忙问:"什么事能把你难倒? 快说。"

马和尚说:"会长,窑主赵子和提出让他儿子宝贵代他受奖戴花。"

"这,评审会规定,工作人员可不能参加。宝贵虽说没有参加,可他是商会人员。要不,叫宝贵做做他爸的思想工作。"

"宝贵也劝过,可是就是倔不过他的父亲。这怎么办? "马和尚有点无奈。

李俊说:"我们找大人说去。"

川岛参会回来,他是一路感慨:"把窑户订单量拿出来比,吴振江这一招着实让我佩服、佩服。在'第一名'这个制瓷人最看重的荣誉前,李俊竟然能让给赵子和,这让大日本帝国的武士想不通。"

"他让小华莱士得一等奖,却不咋样? "站在一旁的日本浪人说。

川岛听后,瞪了他一眼,说:"这就是吴振江,你懂吗? 他在告诉景德镇人,瓷业要跟国际市场对接,才有出路,这才是他办这次活动的真正目的。"

川岛突然想起什么,走进办公间储藏室,翻出上次从汪叔凡瓷器店中收购的瓷器,放在手上看了看,感叹地说:"在中国儒文化面前,我们还只是小学生。"

"川岛君,姜雪小姐到。"一日本浪人进来报。

川岛赶紧把东西放进去,说:"请。"

这时姜雪和小翠已进来。

川岛出门热情相迎,"吴夫人,有失远迎,有失远迎。快,给夫人和小姐泡茶。"

姜雪和小翠坐下。

川岛笑着对小翠说:"小翠小姐,一直想拜访你。我是山田多年的朋友,这是他临终前的一封信。"说着递给了小翠。

小翠没有接,而是笑着说:"川岛先生,一切都过去了。我也不想看。"

川岛看到小翠拒绝,心中不安,他略显关切地说:"小翠小姐,你爸临终前委托我一定要照顾你,你是我们大日本帝国的儿女,你的一切都将受到我们的保护。你有什

红店文学系列

么要求尽管向我提出来，比如回大日本去。"

"川岛先生，谢了，我一切很都好，谢谢你的好意。"

川岛说："小翠小姐，你的父亲是忧郁而死。"

"先生，我说了，一切都过去了。"小翠显得不耐烦，她站起来，扯着姜雪的衣角，说，"夫人，我们走。"

姜雪站起来说："川岛先生，希望您记住山田先生的教训，多做一些有利景德镇瓷业的事。谢谢您的邀请。"说着起身走了。

看着姜雪她们的背影和刚才她们的举动，川岛愣在那，想不通小翠为什么对他的热情如此冷淡。

瓷器街上，热闹非凡，大家驻足观望。汪仲、赵宝贵、小华莱士披红挂彩，骑着高头大马走在人群中。

几天后，大清督陶官吴振江带着皇窑厂的总管和得福牵着马走在景德镇郊区的小路上，一路上，他们指点江山，谈笑风生。

在南河前的一块山丘上，吴振江突然停下，他四周看了看，用手指着南河边一块空地说："曾总管，这地方地势高，平坦，面积大，山清水秀，今后发展空间大，我看办学堂是个理想的地方。"

曾总管顺着他指的方向看后说："地方倒是好，可是大人，投入太大。"

"办学是百年大计，"吴振江笑着说，"我们只是个开端，等我们把基础打好了，自有后来人。他们会把此事做得比我们更好。学堂地址就定在这里。总管、得福，我们回去，看看朝廷批文下来没有？"说完跃马而去。

"总管，老爷这段时间从来没有这样高兴过。"一旁的得福看到他家老爷兴奋的样子，笑着对身边的总管说。

"大人一心在瓷业，时时不忘皇恩，看到今日瓷业兴旺发达，能不高兴？得福，我们也跟他一起分享去，走！"总管说完，挥了一下马鞭，和得福一起策马紧随吴振江而去。

吴振江从郊区回到皇窑厂后，当即就召集厂内主要官员讨论这事，在征得大伙的意见后，成立了景德镇陶瓷学堂筹建处，办公地点就设在皇窑厂公馆内，并从皇窑厂拨出五万两白银作为学堂的筹建费。吴振江亲自设计，做预算。朝廷批复下达后，他做得更欢，通常是通宵达旦。最后，他把各项预算合计后，发现缺口很大，总计白银七十多万两。这么多银两，到哪里去筹集？

得福进来，看见大人翻箱倒柜，把自己书柜里的瓷器作品一件件拿出来，忙问："大人，您这是干什么？"

吴振江说："想留，留不住了。得福，明天去跟我找个买家，看看谁要，把它们都卖了。"

"大人，这可是你的心血。"

"只要能把学堂建起来，什么都值。"

"大人，话是这样说，可是你就是把它们都卖了，这还是不够呀？"

吴振江被得福一句话说蒙了，一时不语，顿时他感到一阵头晕，差点跌倒地上。

得福一看，赶忙上前搀扶，大声喊，"老爷，老爷，你怎么了？"

吴振江推开他，摇摇手，说："刚才突然一阵头晕，现在没事了。"

"老爷，我看，你这可是为学堂累的。快，我扶你去休息。"

吴振江看着得福，又看看桌上的学堂设计图纸，说："得福，我睡不下。"说着，推开得福，向桌子走去，刚到桌边，人就倒下了。

吴振江病倒了。来了不少医生，开了不少药，也不见好。皇窑厂的人都在为他着急。

这天，姜雪正给吴振江喂药。曾总管来看他，问："大人，今天可好一点？"

吴振江点点头，不说话。这时，汪叔凡提着酒进来，看到夫人和总管都在，招呼一声，便来到吴振江面前，指着手上的酒对吴振江说："大人，这可是五十年的女儿红，想不想喝一口？"

吴振江摇摇头，说："老哥，没胃口。"

汪叔凡把曾总管叫出来，问："总管，大人这次到底得了什么病，怎么总不见好？"

曾总管说："我问了医生，他们说大人脉象很弱，也很乱，但是怎么医，医生也说不上来。问大人，他只说全身乏力。"

"我听说大人那天从郊外是和你们一同回来的？"汪叔凡问。

曾总管说："是啊，那天大人非常高兴，精神特好。"

"总管，大人是不是在外遇上什么邪气？"

"一些医生见大人久不见好转，也这么说，建议督陶府请位方士做法，帮助大人驱驱鬼神。"

"这好呀，咱们快去请呀。"

"可大人最不信这个。"

"大人不喜欢的事，我们也不好去做。总管，这事，我们不如去问问夫人。"

这时姜雪端着药碗出来，看他们还在，上前招呼："汪老、总管，快到客厅坐。"

汪叔凡问："夫人，大人这段时间，情形如何？"

姜雪说："老爷这段时间成天拿着笔画来画去，自言自语，说什么学堂还差七十多万两。他已把平时积蓄都拿出来，并叫得福去了一趟老家扬州，把家中祖业卖了。"

汪叔凡一听恍然大悟，对着总管说："夫人、总管，咱们大人这犯的可是心病！"

"我这几天一直忙于厂内一些事务，没有过来。"曾总管说，"夫人、老哥，也怪我这个做总管的，不称职。"

姜雪说："办学堂，朝廷只是一张批文，没有给一分钱。现在学堂资金缺口太大，总管,汪老,这事起初是老爷提议的。他不愿再给大家添麻烦。"

"大人这就见外。"汪叔凡说。

曾总管说:"三个臭皮匠赛过诸葛亮。大家一起凑凑,说不定能拿出一个好办法来。这咋叫麻烦?"

"总管,大人平时夸你点子多,快想想办法。"汪叔凡说。

"我看过大人给我的那些西洋资料,说什么股份来着。对,就是股份制,想办大事,没钱怎么办,大家一起凑份子。办学堂是大家的事,也是大事。平日里,大人常对我们说,大家的事大家办。就这事,在镇上要是能把大家集起来,凑个百来万两银子,我看准没问题。"

汪叔凡听后,觉得曾总管在理,马上说:"总管,要是这样,大人就不用愁了,那我们赶紧去跟大人说吧?"

川岛正穿着和服坐在茶室里。吴晋进来,在川岛耳边耳语几句,便出去了。

不一会儿,马知县穿着便服带着一个随从进来。川岛站起来,向马知县鞠躬:"马大人,谢谢光临寒舍,请。"

一个日本女人赶紧过来奉茶。事毕,恭敬地站在一旁。

马知县坐下,端起茶杯,拨了一下茶盖,吹了吹,呷上一口,边品边看着川岛,说:"我听人说先生给了吴振江五千两,给我马某则是一万两,看来你们日本人还是没有忘掉朋友。今天我也给先生一个见面礼。"说着向随从递了一个眼色,来人把东西递上。

318

川岛双手接过,拿在手上看了又看。

马知县说:"川岛先生,这可是正宗的乾隆皇窑产品,虽说这东西是本地所产,但是它可是我从宫中花一千两白银托人弄来的,我珍藏了二十年。"

"谢谢,谢谢。"川岛说着,把手上的瓷器小心地交给身边那女子,并向她使了一个眼色。

女子退下。

马知县也向随从递了一个眼色。随从退下后,马知县朝川岛诡秘一笑,凑在他耳边说:"川岛先生,您这个朋友我认了,不过,山田先生差点把我搭进去了。您知道我头上这顶花翎也是来之不易。"

川岛听后,马上说:"马大人,山田虽说是我的朋友,但有勇无谋。吴振江不是不可战胜。"

"川岛先生,您为什么要与吴振江作对?您不怕我向吴振江告发您?"马知县放下茶杯,重新打量川岛,问。

川岛听后,哈哈大笑。

"您笑什么?"马知县问。

川岛笑着说："马大人，你不会向吴振江告发我。就是你告发我，吴振江也不会信你。这就是我笑的原因。"他说，"我为我的大日本帝国，你为你的官位和金钱，虽说咱们道不同，不为谋，但是我们却有一个共同的对手，吴振江！这就是我们的合作基础，也是我笑的原因。"

曾总管和汪叔凡随姜雪回到吴振江卧室。吴振江见他们进来，要起身，让座。

曾总管忙说："大人，您就别客气，我们一会就走。"

姜雪这时把茶端上。

"谢谢。"曾总管和汪叔凡说。

姜雪说："你们谈。"说着就出去了。

"大人，"汪叔凡指着地上已打包好的瓷器问，"您想把这些东西都拿出卖掉，作建学堂费用？"

吴振江摆摆手，说："是呀，老哥哥，不过，杯水车薪。"

"您把扬州祖业也卖掉，用作办学费用？"汪叔凡继续问。

吴振江说："老哥哥，你这是哪里听来的？"

汪叔凡说："大人，哪里听的您就别管，这事您得告诉我们呀，也许我们能帮您想点法子。"

"老哥哥，实不相瞒，这次资金缺口确实太大，我现在是毫无办法。"吴振江说，"告诉您，不是徒增你们烦恼吗？"

曾总管说："大人，皇窑厂的事，我们什么时候不是在一起？咋的，你这次就见外了？"

吴振江听后，不说了。

曾总管知道说到大人伤心处，忙笑着说："大人，我倒有一法子，可解决建学资金问题。"

吴振江一听，精神一振，马上坐起来，说："什么法子，快说来听听，我的智多星。"

汪叔凡在一旁笑。

曾总管看着眼前的大人说："大人，我们能否用办厂的办法办学堂，向社会凑份子？"

吴振江一愣，看着曾总管，突然大叫一声："哎呀，我怎么没想到。"

"大人，曾总管这服药咋样？"汪叔凡问。

"好，好，好药。"吴振江激动地说道，"我的大总管，我代表娃娃们向你鞠个躬。"说着真的下床鞠了一个躬。

曾总管看后，忙推辞说："大人，这可使不得，我倒要为娃娃们向您鞠躬。"

汪叔凡回来后，把大人办学的事跟他的徒儿们说了，大家听后都兴奋。当天下午，汪仲就带着他们一帮"珠山八友"到镇上主要大街小巷开展募捐活动。他们在募捐桌旁挂上红布,写上"景德镇百年大业,惠及子孙"这一标语。这一招还真灵,来看的人很多。他们看到孙承虎头虎脑的样子,问:"小伙子,你也报了名?"

"那当然,我们是第一批学生,"孙承笑着说,"今年学堂招生,一半是皇窑厂的青年和子女。此外民窑保荐来的人也不少。在社会上招的名额有限。我们每个人都提前交了费,你看这是收据。"说着亮给他们看。

一些人看后当场给子女报了名。

当天他们就募捐到三千两白银。当他们收摊时,一母亲带着她的女儿匆匆走来,问:"小伙子,这里招不招闺女?"

秀娟笑着说:"大婶,您看,我是女的吗?"

大婶看了她一眼,笑了。

那女孩说:"娘,你现在信了,快写个名吧。"

大婶看着秀娟。

秀娟明白了,原来她不识字。秀娟问:"大婶,小妹叫什么名字,家庭地址、年龄?"

姑娘没等娘开口,便抢先说道:"我姓胡,名叫娟娟,今年十六岁。家住东门口老弄9号。"

秀娟看着她,说:"你也叫娟娟,我名字中也有个娟,我以后可多了个小师妹。"

汪仲在一旁收拾,抬头看了一下天,过来催:"秀娟,快一点,天色不早,咱们身上还有这么多银两,晚了不安全。"

"师兄,等一下。最后一个。"秀娟说。

那女孩看秀娟把名写好,催着娘说:"娘,快交钱!"

大婶说:"这事,我看还得跟你爹商量一下。"

女孩说:"娘,我们来时不是说好了吗?"

站在一旁的汪仲说:"大婶,现在时代变了,有文化才能独立,才能受人尊重,才能生活得更好。女孩也是人,你就别犹豫了。"

姑娘拉着娘的衣角,也喊:"娘……"

"好,就给我记上。"大婶见大伙如此说,从衣物中掏出银两,递给了秀娟。

女孩见母亲交完钱,高兴地拖着她就走。

汪仲忙对着她们喊:"大婶,你们等一下。"

大婶停下,回过头,看着他。

汪仲走上去,递给她一张收据,说:"大婶,这是你交钱的收据。"

大婶接过,对汪仲笑了笑。

待她们走后,秀娟对汪仲说:"大师兄,大婶看上你,她要你做女婿。"

汪仲说:"师妹,别开玩笑,不早了,我们走。"

"师兄,你们拿着银子先走,我还得留下来清理一下。"

孙承对汪仲说:"师兄,我留下帮师妹。"

汪仲说:"那好吧。"说完就和其他人走了。

吴振江坐在皇窑公馆学堂筹建处,曾总管在清点银两。他拿着一叠合同和银票对吴振江说:"大人,您看,这是当日报名参股的人,三十家,筹集白银十五万两,捐款五十人,捐银一万两。"

吴振江接过合同和银票,拿在手上不断地翻阅:"总管,大有收获,这样下去,不到十天就可把钱全部凑齐。哇,里面还有三家洋商!"

曾总管笑着说:"大人,今天川岛派人来说,他手上有３０个日本学生,并递上三万两银票。由于他们人员多,又是洋人,我不敢做主。"

"答复他,同意。"吴振江说,"我们学堂办学开放,我们孩子可以到日本去学,为什么就不能让他们的子女来学习?川岛致力中日陶瓷交流,到时我还想请他到台上说几句。"

曾总管说:"大人,那我明天就去回复他们?"

"好。"吴振江点点头说。

"大人,二公子也提出他窑厂承接二十个学生,学完后到他厂工作,这事您看?"曾总管又问。

"我们对洋人尚且如此,对自己的同族,那就更应当胸襟开阔。让他来吧!总管,你已从早上忙到现在,座位都没有挪一下,够辛苦了,早点回去歇息吧。"

曾总管伸伸腰说:"大人,你不说没事,你这一说我还真感到有点累。"说着准备回家。

这时汪仲笑着进来,说:"大人、总管,慢一点,我们这里还有三千两。"

"总管,我这还有一万两。主簿,把银票递上。"马知县他们不知什么时候也进来了。

吴振江和曾总管直看着马知县他们。

马知县笑着说:"这一万银票,九千是县衙的,一千是我的。吴大人,办学堂,这是泽及子孙后代的千秋好事,怎么能没有我?"

吴振江听后,笑着收下了。

马知县交完捐赠后,没有回县衙,而是来到景德镇日本株式会社。他见到川岛,兴奋地伸出大拇指:"川岛先生,您这一招真行。当我把支票递上时,吴振江还从没有这样充满感激地看过我。"

川岛笑着说:"我给了他三万,他收了我三十个弟子,还叫我代表洋商发言,你就知道他这时对钱是何等渴望。"

"川岛先生,吴振江,他也叫我参加学堂庆典剪彩。"

川岛笑着说:"马大人,用你们中国人一句话,欲取之必先予之!"

马知县凑上前,向川岛递了一个眼色。

红店文学系列

川岛看后一挥手,身边的日本人马上退下。

马知县凑到川岛跟前说:"川岛先生,最近景德镇发现革命党,吴涛一伙疑点最多,皇窑厂的问题也不少。我想尽一切办法就是拿不到他们的证据。先生是否能支我高招?"他接着说,"当前朝廷对革命党是决不姑息,只要吴涛和皇窑厂那班小崽子证据在我手,他吴振江就死定了!"

"大人的意思我明白。你可这样……"川岛听后,贴近他的耳边说起来。

第二十九章

大清景德镇陶瓷专科学堂终于迎来了开学那一天。这天，正值金秋时节，丹桂飘香，风轻云淡，层林尽染。

开学典礼仪式由曾总管主持，他站在学堂操场的主席台上，对着人群高声喊道："各位嘉宾、各位先生、学子们，景德镇陶瓷专科学堂开学典礼现在开始。请吴大人、马大人、商会李会长为学堂开学剪彩。"

吴振江、马知县笑容满面地走上台，他们拿起剪刀，红绸在他们手中慢慢断开。

顿时，学堂内外鞭炮声四起。

响毕，曾总管说："各位，现在请吴大人做开学典礼讲话，鼓掌欢迎！"

他的话音未落，下面爆发出雷鸣般的掌声。

吴振江站出来，伸出手，示意大家停下。

操场内外，顿时静了下来。

"各位校董，各位先生，各位学子家长，学子们：

欢迎你们光临大清景德镇陶瓷专科学堂！

学子们，当今世界陶瓷业发展很快，国外已经开始用机器制瓷，虽然目前他们制瓷产品的品质还比不上我们，但是他们的功效却是我们的几倍，随着机器制瓷工艺的改进，他们的产品随即也会有超越我们的那一天。

学子们，居安得思危。大清景德镇的瓷业把希望寄托在你们的身上，你们是大清瓷业的未来和希望，我代表大清皇窑厂和学堂的股东们，祝你们学有所成。我们也将竭尽全力做好服务，让你们在景德镇陶瓷学堂有一个良好的读书学习环境，谢谢大家！"

吴振江的发言，引人深思，催人奋进，赢得了大家阵阵的掌声。

曾总管在大家掌声之后，上前大声宣布："请学堂股东上主席台。"

顿时，汪叔凡、赵子和、马和尚、李俊、饶希斋、川岛等纷纷上台。

曾总管看后马上又说："下面请先生上主席台。"

汪叔凡第一个上去，接着是督陶府家庭教师罗中亮、吴涛、汪仲、赵宝贵、小华莱士等。

台下，学子的家长也是议论纷纷，他们对台上的人指指点点，说："有他们做先生，小儿交给他们，我们放心。"

"你们看，还有个洋先生。"

"别小看他，他可了不起，新彩就是他带来的，大赛一等奖。"

台上台下，大家一致认为，督陶府吴振江大人为镇上瓷业人做了一件千秋功德的大事。

"下面请日本株式会社川岛社长讲话。大家掌声欢迎。"这时,台下传来总管的声音。

他这一说,会场上顿时静了下来,静得连地上掉了一根针都听得到。此时,只看到川岛笑着走上前台,向大家鞠躬。

大家看后,顿时纷纷议论,有人喊:"日本人下来,日本人下来!"有的吹上口哨,甚至丢上瓜皮果壳。

看到这情景,曾总管忙上前,对着台下的人群喊:"大家静一静,静一静!他可是我们学堂的捐资人之一,对学堂的建设是有贡献的,请听他说话。"

川岛也尴尬,但他十分镇静,没有一点的急躁情绪,不慌不忙提高了音量,他说:"各位,我知道你们对山田有看法和情绪,但是,山田代表不了日本人,他只是日本人中的少数。我,川岛以景德镇为故乡,在督陶府的带领下,将致力于景德镇的瓷业发展……"川岛一番表述,让台下群众的情绪渐渐平稳下来。

景德镇陶瓷专科学堂经过一年的筹备、组织,其中艰辛,吴振江最清楚。看到今天学堂顺利开学,吴振江是最高兴的。庆典结束后,汪仲与秀娟手牵手开心地从他面前走过。吴振江看着他们的背影,心中有一种说不出来的愉悦。

一旁的曾总管对他说:"大人,我看,今天最开心的是他们年轻人。"

吴振江听到总管话中有话,笑道:"我家娟儿大了。"

"大人,汪仲可是个好后生。"

"是啊,总管,我娟儿很有眼力。"吴振江听后,哈哈大笑道,"到时我请你喝酒!"

晚上,吴振江在书房看书,秀娟蹦蹦跳跳从门前过。吴振江抬头看到她,突然想到什么,他忙放下手中的书,去找老夫人。

老夫人在庵堂念经,吴振江走了进来。老夫人放下手中的经文,看着他,问:"振儿,有事吗?"

吴振江点点头,说:"娘,我想和您商量一下娟儿的事。"

老夫人看着儿子特意过来说起秀娟,马上不安起来,问:"振儿,娟儿咋的,是不是又惹你生气?"

吴振江看娘误解了他的意思,马上笑着说:"不是,娘,我看娟儿大了,该到婚配的时候。"

"振儿,这才像个做父亲的样子,不过,可有合适的?"老夫人听后立即问。

吴振江笑着点点头,他把这段时间来在瓷器街和在景德镇陶瓷学堂看到他两人的情景,前后对老娘说了一遍。

老夫人听得认真,待儿子讲完,马上说:"振儿,仲儿这孩子我是看着长大的,从小没娘,我早把他当我孙儿看。不错,不错!不过,"她说,"振儿,这事,你跟汪师傅说了吗？"

吴振江说："娘，如果您同意，咱们一块去说。"

"行，那就依你。"

"娘，明天我们就去？"

老夫人听后笑着说："振儿，按说，这男女论嫁，世上只有男方向女方提亲，哪有女方向男方提亲的？这样做，到时婆家看不起，邻里也会笑。但是，这事在我们督陶府就例外。"

"娘，要不要和秀娟商量？"

老夫人白了儿子一眼说："振儿，女儿家这事怎好回答，我看就不要了。"

吴振江哼着小曲回到卧室。姜雪看着吴振江高兴的模样，问："老爷，今天啥事高兴？"

"明天我们到汪府提亲去。"吴振江说。

"提亲？给秀娟？"姜雪看着他问。

"对。"吴振江边脱衣服，边笑着说，"前段时间，一直忙于厂内和镇上瓷业的事，家也忘了，现在镇上的瓷业顺风顺水，可猛一回头，发现娟儿她们都大了，我这个做父亲的可做得一点都不称职。娟儿这丫头，别看她外表秀丽，可是个男孩性格，直率、无城府，恩怨分明，得为她想呀。我看她与汪仲可是一对。今天娘也同意。我这心也就踏实了。"

"老爷，您这才是个真正的男人，给人感觉到依靠。"姜雪说着，过来与吴振江收拾外衣。

"雪儿，让你委屈了。"吴振江搂着她说。

"老爷，我嫁的是大清皇窑厂督陶官，一个肩负皇命的人。老爷闲下来有这份心，雪儿就知足了。"姜雪依偎在他的怀里说。

"雪儿，明天，我们一起去？"

"老爷，这哪有女方求男方的？再说，娘答应去了，我看督陶府也用不着都去。"

"雪儿，看准了就去做，任何事都去讲究，那可什么也干不成。这世上，好女百家求，好男也百家求。要是当时，我过多顾虑，未把你娶过门，今生我会后悔一辈子。"

"老爷，这与娟儿的事有关吗？"姜雪红着脸问。

"虽说不同，道理都一个样。"

吴振江把心放在家中，着实让姜雪惊讶，也让她兴奋。她一时睡不着，看着一旁的吴振江，突然想起一件事，姜雪推醒睡意中的吴振江问："老爷，等下再睡，娟儿的事解决了，那小翠与晋儿的事咋办？"

"这……雪儿，这事我倒忘了。这事虽说是山田提出，我们当初也是同意的，娘也乐意。现在山田不是小翠的父亲，晋儿也与我们越走越远，拒绝与大家往来。雪儿，小翠是个好孩子，这事也不要强求，依小翠的主意，怎样？"

姜雪听吴振江这一说，一时也没了主意。

第二天，吴振江起了个大早。他和老夫人按着事先的商量，吃过饭后，一早便提着大小礼物出去了。

吴亮来找秀娟，对她说："姐，你可知道爸和老祖宗提那么多东西去哪？"

秀娟说："他们今天特高兴，看到我就笑，不一会儿就走了。我也不知道他们咋了，你说他们上哪去？"

吴亮看着她笑，说："姐，不要不好意思。"

"小亮，今天怎么给姐打起哑谜？再这样，姐走了。"秀娟装作生气样。

"姐，你真不知？"

"我知道还跟你这么多废话，不说姐走了。"

"爸和老祖宗是向师傅提亲去了。"

"好呀，吴波哥知道吗？"

"错了。"吴亮看姐误会了，急忙说，"姐，他们不是为小波哥，是为你，他们要把你嫁给汪仲哥！"

秀娟睁大眼看着他问："什么，小亮，你不会弄错了吧？"

"没错，这是我亲耳听到的。爸说好女百家求，好男也百家求，不早去汪仲哥就给人家找去了。"

秀娟瞪着眼，看着吴亮说："谁说我喜欢。"说完眼泪掉下来，扭头就走。

吴亮看着姐，摇摇头，自言自语地说："女人喜欢男人原来就这样！"

不过，吴亮确实不理解秀娟。

其实，秀娟暗自喜欢的是罗先生，她认为汪仲更像她哥哥，只是罗先生平日总是回避他，并拼命让她与汪仲凑在一起。她也知道孙承对她好，热烈、大胆、体贴，有时真让她感动，但与罗先生和汪仲比，她总感到孙承身上缺点什么。

今天父母做主，她不便反对，秀娟是个孝女，她认为这是命。秀娟本是快乐的，但自这以后，心里平添了一份忧愁。

窗外风和日丽，树上的小鸟在叽叽喳喳叫个不停。此时，汪叔凡正在自家的作坊作画。

这时，汪霞进来说："大伯，大人和老夫人来了。"

汪叔凡赶紧起身，说："贵客到。小霞，到街上去买些菜，中午让他们在这吃饭。"

"不急，老哥哥，这顿饭让我请。"吴振江说着人已进门。

汪叔凡看着吴振江提着大小礼物，一时不知他们来意，"大人、老夫人，你们这是？"

吴振江说："老哥，我来提亲。"

汪叔凡想可能是为他侄子吴波提亲的，但汪霞已喜欢汪洋，也就是小华莱士，他心想这事还不知道怎样推托。他看看汪霞，汪霞低下头，不作声，这时吴波进来，那是满脸的欢喜。

吴振江似乎看出汪叔凡心思，马上说："老哥，我们是为我家娟儿向汪仲提亲来的。"

汪叔凡觉得自己听错了，世上哪有女方的父母为女儿向男方下聘礼的，何况是当朝四品大员，太后的红人，他不安地看着老夫人，对吴振江说："大人、老夫人，这事该是我们去你家。"

老夫人在一旁笑。

"你家、我家都一样。"吴振江笑着说，"老哥，只要把他们两个年轻人的事定好就行。"

"大人、老夫人，秀娟这孩子，我一直喜欢，满意，但是大人，您是督陶官，四品，我怕仲儿他配不上，门不当，户不对。"

"老哥，我们两家世代交好，您我又亲如兄弟，您说这话就见外了。"

一旁的老夫人听后笑道："叔凡，仲儿这孩子，我是看着他长的，我早把他当我孙儿了。"

汪叔凡听老夫人这一说，心里踏实很多，他恭谦地说："老夫人，您看上他，这是他的福气！"

在作坊后院的吴波听说大伯和祖母来提亲时，起初，以为是来为他向汪家提亲的，当听说是为秀娟时，他因大伯对女儿关心，而对自己不闻不问，情绪很低落。他来到自己住的房间，悄然拿着行李，不打招呼，从后门走了。这一切，大家都没觉察到。

在大清督陶府前厅，秀娟和吴亮分手后，来到罗中亮书房，发现二娘姜雪还有丫环小翠都在这里，他们正一起品着眼前的画卷。

秀娟默默地走进来。姜雪看到秀娟进来，连忙起身，对秀娟说："秀娟，二娘祝福你！"

小翠和罗先生也异口同声地说道："秀娟，我也祝福你。"

秀娟看着罗中亮，眼泪止不住流了下来："谁要你们祝福……"说完，她捂着脸，转身就走了。

罗中亮问姜雪："二夫人，秀娟这是咋了？"

姜雪笑着说："我看我家娟儿八成看上你了，她心中真正喜欢的人是你。"

罗中亮脸一红，看着姜雪，忙辩说："夫人，我一直把她当作学生、妹妹。"

姜雪看了她一眼，笑道："可我家秀娟她不是呀。"

瓷器街上汪府内，大家有说有笑，汪叔凡恳切地说："大人、老夫人，你们今天就在我这里吃午饭吧。"

"老哥哥，我来时已叫人订好了，你就不必客气。"

"大人，你们也给老哥一个面子？"

一旁的老夫人看了儿子吴振江一眼，吴振江明白老娘的意思，哪有女方送礼又请客的，传出去不好听？他马上改口笑着说："好吧，吃还是到春圆酒楼去吃，钱就由老哥付，怎样？"

汪叔凡忙点头说："这样好，这样好。"

这时，小华莱士拿着刚收到的家信，兴致勃勃地进来，他大声喊道："师傅，我爸爸和妈妈要来景德镇了。"

汪叔凡听后，起身问："什么时候？"

小华莱士指着信说："下个月，师傅，下个月他们要率法国陶瓷经贸考察团到景德镇来参观、考察。"

小华莱士看到大人和老夫人在这，忙笑着过来招呼。

吴振江听说小华莱士父母要来，也很高兴，他对小华莱士说："小华莱士，我也很想见见你的父母，到时在督陶府，我一定热情接待他们。"

汪叔凡看到今天这气氛，兴奋地说："大人、老夫人，今天真是喜事临门，难怪今天一大早，我就看到家里大公鸡不断打鸣。"

大家听后，都开心得大笑。

吴振江这一天非常高兴，喝了不少。吃过饭，老夫人先回府，他又和汪叔凡聊了许久，回来很晚。到卧室时，发现姜雪正在专心看书。

吴振江走到她身边，把书抢下，抛到一旁，抱起她说："睡吧。"

姜雪从他怀中挣脱开，把书拾起，说："你们做事的做事，上学堂的上学堂，我再不看看书，到时你就会烦我这个老太婆了。"说着，又拿起书在灯光下，认真地看起来。

"看来，书比我重要了。"吴振江看了姜雪一眼，和衣而睡，他今天着实有点喝过了。

姜雪发现没了声音，回头一看，发现老爷和衣睡着了。她过来为他脱下衣冠后，继续看她的书。

吴波从昨天下午到今天一上午，都没见到他的人。汪叔凡来问汪霞："小霞，看到小波没有？"

汪霞说："没看到，大伯，可能在督陶府吧，没过来。"

"小波平日很准时，不来也会跟我打声招呼，这孩儿这两天咋的？"汪叔凡寻思。

这时，汪仲手上拿着一封信进来，说："爸，小波房里有封信，是写给您的。"

汪叔凡接过，拆开一看，信上说：师傅，我有事要外出一段时间，待我办完事就回来。请不要挂念，我会照顾好自己。吴波。

汪叔凡看后自言自语地说："这孩子留下一封信，没头没脑就走了，也不告诉我们到哪里，叫人担心。"突然，他脑子里闪出昨天早上，大人和老夫人来为仲儿说亲一事。当时吴振江进来，吴波是满脸欢喜。汪叔凡心想：坏了，这孩子受气了。想到这，他拿着信就要出去。

汪仲被父亲的举动搞得云里雾里，他追上去问道："爸，上哪？"

汪叔凡说："我去找大人。"

汪仲知道父亲是为了小波的事去找大人，但他又不能跟父亲明说，因此，他只好骗父亲说："爸，我听秀娟说大人今天一大早就出去了，很晚才会回来。"

汪叔凡说："好吧，我不去，不过，你得去一趟，告诉大人一声。"

汪仲说："爸，你别担心，他没事的。"

汪叔凡瞪了他一眼，说："你这孩子，长辈的话咋就不听？"

汪仲点点头，看了父亲一眼，极不情愿地走了。

吴振江从外办事回来，路过陈家街，街上十分热闹，他掀开轿子布帘，正看到一家绸缎庄。

"停下。"吴振江下得轿子，对着轿夫说，"你们可以回去了，我得在这儿会个老朋友。"说着，往绸缎庄走去，

商店老板看有客人来，正要上前招呼，发现是督陶府吴振江大人，心中一阵惊喜，赶紧上前，一边对着伙计说："快、快去，把里长请来。"

吴振江看他手脚忙乱的样子，笑着说："老板，不用客气，我是来给我家的女儿买点东西的。"

商店老板听大人要为女儿买东西，这在这镇上还是头一遭，他又是高兴，又是惊慌，忙笑着问："大人，我这里的绸缎，都是来自苏杭。要选些什么布料，你说。"

吴振江看着商店货柜上花花绿绿的东西，一时不知如何回答。

倒是店老板精明，忙说："大人，夫人也常来小店。"

吴振江笑着对他说："那好，老板，平时夫人喜欢的东西，都给我买一份。"

"好嘞。"商店老板马上翻出几卷布，扯下好几块，并包好，送到大人手里。

吴振江问："老板，多少钱？"

店老板说："大人能到我这小店，就是我的福气，还要什么钱。"

"这怎么行？"吴大人说着，伸手去掏钱，他用手一摸，发现忘带了，一时不知怎样是好。他对老板说，"老板，对不起，这布，过会我叫人来拿，到时一起付钱拿货。"

店老板看出了端倪，硬要把东西塞给他。

吴振江一时为难，老板是个聪明人，笑着说："大人，这个算是我送给您女儿的。不过，我这店正差一副对联，大人能否赐个墨宝？"

吴振江笑着说："好，不过一码还一码。这布料的钱，到时我叫人给送过来。"

吴振江拿着一包布料高兴地回来，此时，天色已暗。找姜雪，他发现房内没人，门是关着的。"怎么，今天去哪了？"吴振江说着，推门进去，一边大声地喊，"小翠、小翠！"

"老爷。"小翠急忙应声进来。

"小翠,你家小姐去哪了?"吴振江问。

小翠一边点着灯,一边说:"老爷,夫人去看罗先生了。"

"到罗先生处干什么?"吴振江问。

小翠正要回答,抬头一看,发现姜雪已到跟前,她笑着对吴振江说:"老爷,夫人来了。"

"什么,罗先生是你的,就不是我的?"姜雪说着,抱着一大包东西已到跟前,"老爷,快,帮帮我的忙。罗先生明天要出去,我帮他去准备一些备用的东西,看他书柜好多书,顺便拣了一些回来,有空看看。"

吴振江放下手中的布料,接过,一看都是一些书和他们办的一些报纸。

姜雪收拾桌子时,发现一大包布料,转过头,笑着对着吴振江说:"老爷,什么时候懂起生活了?"

吴振江不悦道:"我看你现在有它们就够了。"

"老爷跟书吃醋?"姜雪听后,笑着拿起桌上的布料,看了又看。

"你看吧。我到书房去。"吴振江放下书就走。

"好了,我今晚不看书,陪陪我们的督陶大人。"姜雪走到吴振江面前,双手环抱着吴振江的脖子,娇柔地说。

晚上,汪府点着灯,开着门,汪叔凡坐在大厅里,等吴波回来。

汪仲上来对他说:"爸,关门睡吧。小波没事的。"

汪叔凡看着门口说:"你睡吧,让我再等等。"

第三天,天刚蒙蒙亮,汪叔凡便气喘吁吁地来到督陶府。吴振江刚起来,看到汪叔凡匆匆走来,问:"老哥,有事吗?"

汪叔凡说:"大人,小波这孩子走了,并留下一封信,他也不说到哪里,我等了他几宿都没有回来。"

吴振江看过信后,说:"老哥哥,这些孩子都大了,我关心得不够,看来这都是我平日的错。对他们教育不够。"

"大人,那小波?"汪叔凡仍问。

"出去走走也好。老哥,让他去吧。"

在大清皇窑厂门前,这几天总有几个小厮从早到晚来回走动着,他们眼睛不断地盯着厂内。

"来了,来了。"有小厮轻声喊。

他们往里看,马上又不见人。

"不是往里看,看我们后面。"另一小厮说。

这时,只见小翠跟着姜雪一起买东西回来。姜雪和小翠好像说了点什么,不一会儿,姜雪拿着东西进去,小翠转身往回走。这下,这些小厮感到机会到,迅速围上去,来到小翠身边,笑着说:"英子姑娘,我家公子有请。"

小翠看着他们,问:"你家公子是谁?"

一小厮说:"是你未来的老公呀,吴晋,吴大老板。"

"他为什么不来?"小翠听后,对着他们大声地说。

一小厮厚着脸说:"我家公子有事。你就不要难为我们这些手下当差的。"

小翠说:"快走,不走我就要喊了。"

"别、别,我们走。英子姑娘,我们礼到了,到时不要怪我们。"一小厮边走边说。

吴晋看着一个个灰溜溜回来的跟班,瞪着眼问:"你们给我接的人呢?"

一小厮结巴地说道:"二公子,我们在皇窑厂门前守到她,可、可……"

吴晋吼道:"可为什么不把她请来。"

"二公子,英子小姐她要你亲自到督陶府去接她。"另一小厮说。

吴晋听后气愤地说道:"这死妮子长个性了。"

"二公子,你说得对,她看到我们,连眼都没有瞧一下。"一小厮马上附和。

"那能怎么办,二公子?"

"怎么办,她在刁难我!"

"二公子,要不,你去趟督陶府?"

"督陶府是什么东西!"吴晋突然大声吼道。

"那英子?"一小厮看到主子这样,胆怯地问。

"你们滚吧!"吴晋听后,大失所望,对他们喝道。

晚上,月光下,大清督陶府后花园,一对人影抱在一起,他们是吴涛和小翠。

只见小翠说:"大公子,我怕。"

吴涛说:"小翠,不要怕,追求爱情、幸福,是你的权利。老祖宗、爸、二娘,他们都是开通人。"

"老爷、小姐,他们不会,可老夫人就不一样。"

"老奶奶疼你,她不会逼你。"

"大公子,您不要离开我。"小翠说着,紧紧地抱着他。

姜雪打这过,听到他们的谈话,转身悄悄地离开,他们俩都没有发现。

姜雪匆匆来找吴振江。书房门是关着的,没人。姜雪来到大厅,发现得福慌忙进来。

姜雪问:"得福,看到老爷没有?"

得福说:"夫人,罗先生出事了。京城来了钦差,老爷赶到浮梁县衙去了。"

晚上,在另一处,景德镇日本株式会社,川岛对着一旁无精打采的吴晋问:"吴先生,据说今天上午你派手下到皇窑厂去找英子了?"

红店文学系列

吴晋颓废地说:"川岛先生,什么都瞒不过您。"

"怎么样?"川岛看了他一眼,问。

吴晋对着天花板不作声。

川岛说:"吴先生,督陶府毕竟是你的家,我不拆散你们父子之情。但据我所知,英子与你大哥吴涛往来密切,可能,英子已忠诚于他。我劝你认清这个现实。"

"英子是我的!"吴晋一听,一反常态地对他大声吼道。

"吴先生,可事实是这样,你得冷静。"

"我与他势不两立!"

"吴先生,可他是你大哥,你能怎样?冷静点。"

"我冷静不了。自他回来,我什么都没有了。"吴晋说着,显得十分的痛苦和无奈。

"吴先生,只要你手上有钱,这世上没有你要不到的,更何况是女人!"川岛说着,拍了拍手,一个穿着和服的女子走了出来。她来到吴晋面前,低着头,轻声细语地说:"吴公子,多多关照。"

吴晋看着她,眼睛都直了,心想这世上还有这么漂亮的美人?

一旁的川岛看了他一眼,笑着说:"吴先生,她是我的家奴,你看上,今晚,你就可以领她回去。"

"谢谢先生,谢谢先生。"吴晋一听,非常激动,对着川岛不断鞠躬。

第三十章

吴振江回到督陶府时，已是深夜，人显得十分疲惫。府内，大家都站在大厅，见他回来，看着他，不说话。他也不知道说什么，径直往书房走去。

姜雪看了他一眼，心想一定是出了什么大事，不然老爷心情不会这样的忧郁，想到这，她跟了上去。

吴振江到书房坐下。得福赶紧去沏茶。姜雪接过，说："得福，你出去吧。我来。"

得福走后，吴振江突然抓起姜雪的手，颤抖地说："雪儿，要是罗先生是革命党，我也愿参加！"

"老爷，罗先生人呢？"姜雪看着悲伤的老爷，问。

"他死了！"吴振江泪流满面地说道。

"老爷，先生，他、他怎么死的？"姜雪听后，有点不相信自己的耳朵，看着老爷，急切地想问个究竟。

"他们说罗先生是在南昌一家旅社被抓到的。据说当时该旅社中有一批人要南下参加广州暴动。大批官兵把他们包围。罗先生身上没有搜出证据，其他人也是一样。最后，钦差把搜出的男女老少，总计三十多口人一并带到一隐蔽处，全部杀害。"

"那罗先生也在其中？"姜雪问。

吴振江点点头，突然拍案而起，大声骂道："他们这是滥杀无辜！"

在景德镇日本株式会社门口，一外地模样的商人在门前四周看了看，抬脚走了进去。有浪人迅速上前阻拦，那人对准他就是两个耳光，浪人正要发作，川岛出来见状，也不多说把他迎到书房。

这人到书房后脱下外套，原来他就是大岛。上次，他到景德镇是以公使的身份出现，不过，这次打扮不同。大岛看到眼前的川岛，也没有过多的客气和寒暄，人还未坐定，便对着他说："川岛君，目前，景德镇瓷器有大举进入关东之势，我们的陶瓷产品不仅在上海、天津、青岛没有站稳，传统市场也面临威胁。国内商人已联合向内阁反应，村山会长压力越来越大。我这次来，带来村山会长的命令，要你扰乱皇窑厂和民窑之间的关系，破坏他们的联合，同时想办法利用景德镇瓷业资源，帮助国内瓷业创出自己的品牌，在情况允许的条件下，获取他们的技术和人才，及时输送到国内。"

川岛听后，回道："大岛君，当前景德镇瓷业，在市场上已形成以皇窑厂为龙头，民窑企业为基础的局面。这个局面，当前很稳固，而且上升的势头十分强劲，目前，我们要利用他们的产品和技术为我们所用，概率相当小，几乎不可能。"

大岛听后，在书房转了几圈，最后停下，指着川岛说："我们不是向他们的学堂捐了白银吗？你说，我们为什么要捐助他们？现在，山村会长要我们利用好这一良好的关系，向他们的学堂派出更多的学生。同时抓紧时机，寻找我们的合作伙伴。"

"大岛君，景德镇民间陶瓷企业，大多实力雄厚，家族式经营，一般不对外合作，较封闭；即使出现一些合作的，他们都控股，不愿接受他人指挥，更不愿受人控制。要他们听我们的谈何容易。山田是个先例。"川岛解释着自己的观点。

大岛看着川岛，大声问道："那你说我们就没有办法？"

"大岛君，目前只能这样。"川岛回答。

大岛听后，突然对着川岛吼道："川岛，你不配做大日本帝国的武士，你是不是被他们吓怕了？"

川岛此时也被激怒了，回敬说："大岛君，山田的教训难道我们还不深刻吗？"

"川岛君，你来中国已经两年。两年，难道就没有一点机会？"大岛责问道。

"机会倒是有。"

"为什么不动手？"

"我在等。"川岛说，"目前，马知县在拼命地搜索革命党的影子，矛头直对吴振江。前几天，督陶府罗先生在南昌被杀，虽说没有抓到吴振江的什么证据，但对他是个下马威。现在马知县把朝中钦差请到景德镇，一旦查到吴振江的证据，马知县就会想方设法扳倒他。马知县目的很简单，就是要捞钱。只要给他钱，他就会听我们的。我请求总部帮我查清吴振江儿子在日本的关系，只要他的证据在我们手里，我就有办法挑动马知县，把吴振江从皇窑厂赶走，吴振江一走，景德镇的形势就将出现变化，皇窑厂自然会落入我们之手。"

"这事为什么不早报告总部？你要记住山田是怎样死的！"大岛说后，转身走了。

景德镇城郊南山脚下垒起一座新墓，墓碑上刻着罗中亮先生墓铭，下方刻着学生吴秀娟、吴波、吴亮的名字。

此时，督陶府上下都在罗先生墓前上香。

马知县在县衙案几上打着哈欠。一差役进来上前对着他的耳朵嘀咕，说："大人，吴振江带着全家老小，为他的先生在城郊南山脚下，建墓立碑祭拜。"

马知县精神一振，支退左右，对着前来的差役说："你把这一情况写明一点，我要密报钦差。他吴愣子也太明目张胆，敢与朝廷钦差作对。记住，不要放过他们每个人的一举一动。下去吧。"

"嗻。"差役领命出去。

在大清皇窑衙门，随从向吴振江呈上当日的公文。

吴振江接过，拆开一看，是朝廷下达的紧急公函，要他们派人到京城，随外务省到西洋使馆去领人。他向刚出门的随从喊了一声，说："你去把曾总管叫来。"

不一会儿，曾总管到。

"总管,你来得正好。我刚收到朝廷紧急公文,要我们派人到京城,随外务省到西洋使馆去领人。"说着把公文递给总管。

"大人,这事总算有了一个结果,对镇上市民也算有个交代。"

"是的,总管,此事事关景德镇社会的稳定,我决定让你亲自去一趟。"

"好的,大人,什么时候动身?"

"你马上就去准备,越快越好。记住,从账房多支点钱带在身上,路上不要太节省,到京城气派一点。你顺便去趟宫中,看看京城近来有什么变化。"

"好的。"

曾总管走后,吴振江想到姜雪,他想带她出去走走,到春圆看看戏,忘记前段时间罗先生不幸给大家带来的不快,顺便把这个好消息告诉金赛花。他想金赛花得知这个消息,一定会高兴。春圆可以安安心心营业了,想到这,吴振江拿着公文兴冲冲地往督陶府里走去。

姜雪正懒洋洋地躺在床上,拿着烟袋,在拼命地吸,而后慢慢地吐出,十分惬意,丫环小翠在一旁点火侍候。

她自从嫁入督陶府后,离开了歌声,离开了舞台,人一下失落很多。吴振江事忙,有时几天都看不到他。在这里,她不能唱,更不能跳,同时说话声音都不能大,这一切让她十分压抑。好不容易,可以和罗先生做个画友,现在人又没了。姜雪感到命运在捉弄她。自吸上后,她便一发不可收拾地迷上了。

吴振江没有招呼,也没有敲门,直接推门进来。眼前的景象让他惊呆了。他冲上去抓着姜雪手中的烟管就往地下丢。姜雪腾地翻身从床上滚下来,双手抓住烟管,喃喃道:"我的烟,我的烟!"

小翠站在一旁,惊恐地看着他们。

看着姜雪这个样子,吴振江对小翠说道:"小翠,别怕,告诉我,你小姐的烟土是从哪里来的,快说,快说?"

小翠怯生生地回答:"是、是李会长!"

"来人!"吴振江突然大喊一声。

府里的人都进来了,他们从没有看过老爷发这么大的火。得福走上前,问:"老爷,您这是?"

吴振江说:"你把夫人给我关起来,不许她离开房间半步。"说着气呼呼地走了。

得福指挥人把夫人的房门钉上,姜雪抓着门窗,喊:"给我烟,给我烟!"

小翠隔着窗户,哭泣:"小姐、小姐,您要坚强一些!"

"小翠、小翠,救我,救我!"姜雪听后把脸紧贴窗户,说时,一把鼻涕一把泪。

这时的李俊站在窑边也是哈欠连连,他感到自己又犯瘾了,忙招呼一声后,转身就往家内室跑,到了内室,他双手抖动地摸出烟管,点上灯,倒在床上,对着油灯吸起来。

"李俊、李俊,你给我出来!"吴振江在外大声喊道。还未等李俊回过神,他转眼已带人冲了进来。

李会长慌忙坐起,把烟管藏起来。

吴振江大声地指着他问:"好个李俊,敢做为什么不敢当!"

李俊坐在床榻上,低下头,不敢对视吴振江的目光,"大人,我……"他不知说什么,极度紧张。

吴振江一看,更来气,抓着他吼道:"李俊,你给我站起来,说,哪来的鸦片?"

"大人,"李俊怯生生地说,"查尔斯在付款时,开始总是送点烟土。我不好拿出去害人,放在家,开始好奇,尝尝,不知不觉上了瘾。查尔斯看我上瘾,便把一些烟土当瓷款给我,我看夫人心情忧郁,便叫她也试试……"

"李俊呀,李俊,什么不好试,你却偏要试这个? 他是在残害你。查尔斯可恶! 你告诉我他现在在哪?"

"在他商行。"李俊回答。

查尔斯英商瓷行里摆满了瓷器。他正站在柜头上,在与一瓷业商人结账。

查尔斯拿出一锭烟土,给那商人。

那商人把烟土推回到查尔斯面前。查尔斯以为他拒收,把烟土放回到银柜里,然后拿出银两给他。

那商人忙说:"查尔斯先生,我不是这个意思?"

"那你是什么意思?"

"查尔斯先生,我是说上次结账您给得多,这次就这么……"

"老板,现在断货,我给你这些都是看在你我是老朋友的分上。你不要就算了,我不勉强。"

那商人一听有点惊慌,忙说:"查尔斯先生,您大人大量,能不能再多给一点,我这次给您的可都是上等的瓷器。"

查尔斯冷冷地看了他一眼,说:"好吧,看在朋友的分上,我多给你一点,不过,我这个越来越贵,你的瓷器……"

那商人不断点头,说:"一定,一定。"

正在他们交易时,一队清兵冲进来,把他们团团围住。

查尔斯顿时慌了手脚,赶忙把手上的烟土藏起,对着清兵说:"你们干什么,我要抗议。"

这时,吴振江走到他面前,厉声说道:"查尔斯,你走私烟土,坑害我大清百姓,你还有什么可说的?"

"你有什么证据?"查尔斯争辩。

这时,旁边的商人见状,急忙开溜。有清兵眼尖,上前把他挡住,那人突然双脚一跪,说:"爷,我只是这一次。"说着把烟土递上。

那清兵把收缴的烟土拿到吴振江面前,吴振江接过,对着查尔斯一阵冷笑。这时查尔斯无话可说。吴振江把手一挥,说:"搜。"

士兵进去,不一会儿,抬出几箱烟土。

一士兵搜出一本账单,对大人说:"大人,这还有一本账本,记录他们交易情况。"

吴振江接过看了看,说:"好,把他们带走。还有你迅速给我带人,按账单上的地址给我把人都抓起来。"

"嗻。"那清兵领命后,迅速带人离去。

当天下午,侍从来报:"大人,这次行动,搜查烟土十箱,零星烟土折合二箱,抓捕烟民六十名。"

吴振江仔细听后,把桌一拍,说:"好,你去与浮梁马知县联系,让他在监狱看管所里腾出一部分房屋做临时戒毒所,然后把这些人带去。"

"那李会长?"侍从问。

吴振江思索了一下,说:"一同给我送去,戒不了烟毒就不要让他回来!"

"大人,那烟土?"

吴振江说:"贴出告示,正告市民,当众销毁。"

"嗻。"侍从接令后,转身而去。

镇上大街小巷张贴着后天下午在皇窑厂门前焚烧鸦片的布告,市民都在驻足观看,纷纷议论。

一个妇人说:"查尔斯太缺德,我家老头自打跟他做生意,不仅没挣到钱,还把一个好端端的窑厂给弄垮了。"

另有一位老太太说:"我邻居家那娃子,在他们窑厂打工,好好的人进去,听说他们把烟土当工钱,后来变得事不能做,最后去偷去抢。自吃上了那个,那可是六亲不认!"

一老头听后,上得前来,说:"听说吴大人把那个叫什么查尔斯的抓到了?"

旁边一老妪听后,为他纠正,说:"不是查耳瓷,叫查尔斯。不能放过他,放了他,又让他出去害人。"

老头说:"那是洋人,英国的洋人,朝廷都怕他们。"

妇人说:"吴大人敢抓他,就不怕他。听说吴大人要公审他,杀他的头。"

"这洋人不是好东西,应当让他千刀万剐!"一旁的老妪说。

吴晋匆匆跑进景德镇日本株式会社,气喘吁吁地说:"川岛先生,吴振江对英国人查尔斯下手了,他现在被姜雪弄疯了,我看你们也得躲一躲。"

川岛看了他一眼,哈哈大笑,说:"为什么要躲?吴晋先生,吴振江虽说是你的父亲,但你不了解他,我了解他,他永远也不会疯。不过,他只是个艺术家,管理家,但不是一个政治家。他这样做很好,为我们清除了强有力的竞争对手。现在我们要抓住这个时机。吴先生,你赶紧去动员一些商人,到督陶府处,列举英国人的恶行,我要让吴振江帮我把英国人彻底清除出去,到时景德镇就只属于你我了。"

姜雪在房内用头在撞墙,她大声喊道:"你们给我,给我!"

大家都站在房门外往里看。这时吴振江进来,大伙马上让出一条道。

小翠看见老爷,连忙跪下,哭着说:"老爷,救救小姐吧。救救她吧,我求你了!"

吴振江走到房门前,隔着窗户看,只见姜雪缩在一角,全身打抖。见老爷来了,姜雪赶紧走到窗口,抓住窗户的栏杆,对着吴振江说:"老爷,救我,救救我!"

吴振江看着姜雪,眼泪唰唰地流下来:"雪儿,坚持一下,就会好的,就会好的!"

这时,得福说,一些窑户老板来找。吴振江点点头,对着得福说:"去,叫他们在大厅等。"

吴振江到大厅,这些民窑老板已在大厅等了一阵子。这段时间,吴振江几夜未合眼,他用双手搓了一把脸,喝了口茶后,人精神恢复了许多。

这些商人见大人进来,纷纷站起来,说:"大人,茶我们就不吃了,我们来是向您讨个公道。"

"公道,什么公道,好,你们一个个说。"

有姓王的老板第一个站出来说:"大人,印花纸是查尔斯带来的,那是偷工减料,假冒伪劣,我建议大人乘机取消他。"

另一姓伍的老板听后,马上帮腔道:"大人,镇上都用印花纸,要是这样,以后画工就没有事可做。"

旁边一人插过话说:"那东西败坏我们景德镇名声。"

吴振江静心听着,看他们说得差不多了,便笑着问:"各位老板,你们说人工画的瓷器与印花刷花瓷,哪个好?"

姓伍的回答:"当然人工画的好。"

吴振江听后又问:"哪个便宜?"

"印花瓷。"姓王的抢着回答。

吴振江笑了笑,接着他的话说:"王老板,我再问你,它们哪个销路好呢?"

姓伍的说:"各有各的销量。"

"他们之间相互影响吗?"吴振江继续问。

姓王的说:"大人,不影响。不过,镇上瓷业要是没有印花瓷。我想我的销量会更大些。"

吴振江看谈话差不多,也明白他们的来意,站起来说:"各位,生意人人做,客户要什么,老板就做什么。客户对印花瓷认同,说明印花瓷有市场价值。"他一说,说得满屋的人没话说。吴振江看后,继续说道,"我说各位老板,生意生意,创新才生意,客户需求是多方面的,没有印花瓷还会有其他瓷出现。现在印花瓷技术还不太成熟,我想,市场上,我们只要把每项产品做好了做精了,样样都挣钱。"

未待吴振江说完，这时有人站起来抢过话说："大人，话是这么说，但我还是认为那是偷工减料，假冒伪劣，大人不是把查尔斯抓起来了，说明他不是好东西，他带来的印花纸也不是好东西。"

此时，随从进来，在吴振江耳边说了几句。

吴振江点点头，笑着对眼前的老板说："今天我还有事，就不陪各位了。"说着和随从一起出去了。

三天后，在大清皇窑衙门前，布满了一排排清兵，十几箱烟土放在门口操场的正中央。四周围满了人。查尔斯被清兵押着，站在公审台上，市民在下面高喊："烧死他，烧死他！"

吴振江拿起火把，往烟土上一丢，十几箱烟土顿时火起。

四周群众鼓掌，高呼："烧得好，烧得好！"

这时，侍从走过来，在吴振江耳边说："总管回来了。"

"在哪？"吴振江问。

侍从指着前方说："大人，你看。"

此时，只见总管从人群中走来，吴振江看后，匆忙起身相迎，看到他，忙问，"总管，你可回来了。人带回来了吗？"

曾总管点点头说："都回来了。不过，大人，查尔斯的事，豫亲王知道，他要我告诉你，赶紧把查尔斯放掉，以免两国再起争端，大清经不起折腾。"

吴振江说："查尔斯在我大清国土上走私烟土，毒害我大清子民，我们怎能放他。"

"这是豫亲王的手谕。"

吴振江接过一看，只见上面写道："振江老弟，一切以大清利益为重。"

"大人，亲王怕你不放，特意要了太后的手谕。"曾总管说着也把它递给了吴振江。

这时，侍从过来问："大人，市民很激昂，高喊要烧死查尔斯。怎么办？"

吴振江摇摇头，无奈地说："去，找个地方把他放了。"

侍从看着他，怕没听清楚，问："大人，你说什么？"

吴振江突然吼道："放了！"

"嗻。"侍从行了一个礼，转身而去。

曾总管看到大人心情极端差，对着转身而去的侍从说："慢，这事我来处理。大人，我先走了。"

吴振江双手捂着头，一个人坐在空荡荡的皇窑厂衙门办公房内，桌面上放着军机处的公文和太后的手谕。

汪叔凡来到吴振江身旁。

吴振江抬起头，满脸的苍凉。

汪叔凡安慰他说："大清已千疮百孔，大人，你已尽力、尽心了。"

吴振江摆摆手，说："老哥，不说它，有事吗？"

"走，到我画室去看看。"汪叔凡拖着吴振江就走。

"老哥，有什么好东西？"吴振江无精打采地问。

汪叔凡笑着说："去了，看后就知道。"

汪叔凡把吴振江领到家中画室内一块大瓷板前。瓷板被红布裹着。

汪叔凡指着它神秘地说道："大人，请你把布揭开！"

吴振江看了汪叔凡一眼，上前把红布掀开，他眼前一亮，只见瓷板画面色泽鲜艳，图像栩栩如生。他忙转过脸问："老哥，这不是郎世宁的百骏图吗？"

汪叔凡点点头，说："大人，您看怎样？"

"绝了。不过，皇窑厂早放弃了，你怎么……"吴振江疑惑地看着他问。

汪叔凡听后笑着说："大人，我知道你想说什么。当年乾隆帝要我们皇窑厂用瓷板复制一幅郎世宁的百骏图，但是皇窑厂当时用清花斗彩和粉彩绘制，瓷板烧制出来后效果不理想，乾隆帝不满意，他要皇窑厂再做，但效果仍是一样。乾隆帝不高兴，好在郎世宁站出来说话，他说，万岁爷，大清皇窑厂的陶瓷颜料和西洋用料不同，加上火的烧制，自然出不了效果。这句话点醒了乾隆帝，我们皇窑厂窑工就此免除了一场灾难。这事从我爷爷，传到我父亲，再传到我。汪霞偶得新彩，这让我精神一振，我用新彩试做，一做就成。不过，我把它放在画室，一般人不让看，不然又不知会被哪个商人给强买去。"

吴振江听后，再看了看眼前瓷板画，感慨地说："这幅画，前后上百年，老哥哥，不易，不易呀！"

汪叔凡说："大人，我把您叫来，我的意思是想把它献给皇窑厂。"

他这一说，吴振江倒是一愣，他说，"老哥哥，您已退出皇窑厂。您已没有义务这样做呀！"

汪叔凡满腔激情地对吴振江说道："大人，我一辈子给了皇窑厂，这东西本是皇窑厂的，只是当时它没有做出来，现做出来了，自然要归还给皇窑厂。"

吴振江听后很感动，他紧紧地抓着他的手说："老哥，谢谢，我谢谢你。中华皇窑厂上下五百年窑火不灭，而且越做越大，现在我总算明白了，那是因为皇窑厂窑工代代人心系着它，自觉地维护它，奉献给它。面对外来强敌，这么多年来，一想到皇窑厂，我的心就忐忑不安，深感有负皇恩，今天看来，我多虑了。老哥，我要把你这块瓷板放在皇窑厂陈列室，让皇窑厂的人都来看一看，记住和发扬这种精神。"

吴晋来到景德镇日本株式会社，向川岛报告前段时间的工作，川岛听后说："吴晋先生，据我所知，吴振江把查尔斯抓起来后，又暗中把他放了。按吴振江的性格，他不会放掉查尔斯。"

吴晋凑上前，悄悄地说："川岛先生，听说曾总管回来时带来军机处和太后的手谕。"

"原来如此，吴晋先生，吴振江他并没有取消印花制瓷技术，对其他英国商人也没有因为查尔斯事件迁怒他们，相反采取了克制态度，给予安慰。我们低估了他。不过，他也有屈服的时候，查尔斯被驱逐出去，英国商人在景德镇利益和影响去了一大半，多少是件好事。"

"川岛先生是指……"

川岛看了吴晋一眼，说："他的生意我们可以接过来，吴振江到底还是帮我们除了一个对手。"

吴晋点点头，突然他想起什么，向川岛使了一个眼色。川岛会意，支退左右。吴晋凑上川岛耳边说："川岛先生，我听说李俊从戒毒所出来后，他窑炉接连倒塌两次，由于以前一直跟查尔斯交易，查尔斯鸦片事件后，他的产品大量积压，资金周转困难。现在李俊十分消沉，商会都难得去。"

川岛听后，眼前一亮，忙问："吴晋先生，你继续说，李俊现在家里是个什么状况？"

吴晋说："李俊家里人丁很少，只有一个儿子，叫李小勇，他肚里无货，平时又特吹，动不动跟一班富家子弟比富、好赌。李家四代单传，就这一个儿子，他一管紧，李俊老娘就不干，弄得他没一点办法。李俊平时从不给儿子钱，他儿子小勇就向老祖宗要，现在老祖宗死了，他就偷偷拿着自家的东西到外面去典当，是个不争气的花花公子。"

川岛听后抑制不住内心的激动，连拍着双手，说："好，太好了。"他对着吴晋耳语，最后笑着说，"吴先生，这是你吐气的时候了。"

吴晋不断点头，伸出拇指，说："川岛先生高明、高明。"

川岛从抽屉拿出一张支票，说："这是一张五千两的银票，下一步就看你的了。我等你的好消息。"

吴晋走后，川岛转身对身边的一个日本浪人说："走，跟我到浮梁县衙。"

小华莱士一身是汗地跑回家来找师傅。汪霞看他急切的样子，忙问："师哥，出什么事了？"

小华莱士说："小妹，快告诉我，师傅在哪？"

"大伯找大人去了。"

小华莱士听后，马上往外跑。

小华莱士一路小跑来到皇窑厂。到了皇窑厂，他沿路问："看到我师傅没有？"

有人说："我看到他往大人办公房去了。"

小华莱士急忙来到吴振江办公房，没人。他正转身出来，迎面碰上吴振江和汪叔凡过来。

小华莱士一看到他们，哭丧着脸说："师傅，大人，出事了。"

吴振江见他如此，上前安慰说："小华莱士，慢慢说。"

小华莱士喘口气后，心里平静了许多，他说："大人，今天上午，我们与学堂七八个学友相约在景德镇珠山上写生画画。马知县突然带着捕快见人就抓,我们对他评理,问他凭什么抓我们?马知县说我们在聚众闹事,煽动反清情绪,是革命党人。孙承问他有什么证据?马知县指着他说,到时,会有证据。大家一个个挣扎,马知县根本不理会,临走时,他把我留下,其他的带走了。大人、师傅,他们为什么要抓我们?"

汪叔凡听完后,把吴振江叫到一边,说:"大人,他抓这些娃娃干什么?"

吴振江摇摇头说:"我也不知道,浮梁县抓人,特别是学堂学生,马大人按公务程序,他应当通知我。"

小华莱士看着吴振江,乞求道:"大人,你要救救他们,他们无罪,根本不是什么革命党。"

"这也许是误会。老哥哥,小华莱士,我现在就去县衙,问问原委。"

吴振江辞别汪叔凡、小华莱士后,当即来到浮梁县衙。马知县听说吴振江到,笑着迎出来:"督陶大人,今天什么风把你吹来了?"

吴振江说:"马大人,你我用不着客气,我是为上午那批学堂学生被抓一事来的,在镇上抓学生,我希望马大人能给个理由。"

马知县笑道:"大人,坐下谈。不瞒您说,这是朝廷的密令,吴大人,您看吧。"

吴振江一看,这里有一大串名单,其中有侄子吴波和不少皇窑厂青年窑工。

吴振江看着马知县,问:"他们是革命党?"

马知县看着一脸疑惑的吴振江,笑了笑,说:"吴大人,你现在明白吧。朝廷这次在广州乱党处搜到了一批瓷器,要我按瓷器上的底款抓人。据说,这些瓷器都出自你儿子吴涛的窑厂。朝廷念你有功,没有把你儿子列上。不过,在景德镇围捕乱党一事,朝廷明文规定不允许督陶府插手。现在我把事情的前因后果都跟您说了,按说,我这样做是冒着失职的危险。可是,谁要我们是兄弟呢!"

吴振江听后,没有感动,倒是更加冷静,他说:"马大人,围捕乱党,我没有意见。不过,凭乱党处搜出几根瓷器,发现它们是我们景德镇青年人制作的,就抓人,马大人,这是否草率了点?"

马知县看着吴振江说:"吴大人,我也是迫不得已,他们都是我的百姓,我也难过。不过,朝廷旨意谁敢违抗。在处理乱党上,朝廷一向是宁可错杀一千,也不放走一个。这个政策您不是不知道。"

吴振江极力争辩道:"马大人,可也得有影子,这样做,人心不服,反而会把人推向乱党。希望你上表朝廷,力陈此事。"

"吴大人,你我同朝为官多年,食君之禄,就得为君分忧,为君办事。朝廷公文在此,你看我……唉,我也是没办法的,你就不要难为我。"

吴振江说:"马大人,你们抓的这些人都是镇上陶艺界新秀人才,如果有确凿证据,我不反对,但现在这样莫须有,人心难服!"

马知县看到吴振江激动,也站了起来,指着他说:"吴大人,朝廷已经念及了您,你就要适可而止,我没有抓你的儿子,说明我心中有你,此事,你就不要再为难马某了。"

"马大人,我会就此事奏明朝廷,如果我儿子、侄子真是革命党人,我不要朝廷念及,也不要你马知县这个情,我会把他们亲自押赴大牢。"

"吴大人,请便。马某还有公务在身,恕不奉陪。"说着,马知县把吴振江搁在那,起身走了。

回到督陶府后,吴振江第一个就是来找儿子吴涛。得福说大公子一早就出去了。

他听后,也没多说什么,而是独自一个人来到吴涛的书房。他把门关上,把他的东西翻了一个遍,果然从一个书角边找到一本孙中山的三民主义。

吴振江顿时大喊:"得福,得福。"

得福匆匆从外进来,问:"老爷,有事?"

吴振江说:"去,你去把老夫人给我叫到这来。"

不一会儿,老夫人到。

吴振江看了老夫人一眼,对得福说:"得福,你退下吧,我有要事与老夫人商量。"

"是。"得福点头出去,顺手把房门关上。

老夫人看这样子,心想家中可能出了大事,她忙问:"振儿,你这是?"

吴振江没有回答,而是把刚才找到的孙中山的三民主义的书扔在桌上,他对老夫人说:"娘,您看吧。"

老夫人捡起,拿在手上看。

吴振江说:"我刚从浮梁马知县处回来,他最近在镇上以乱党为借口,大肆抓人,其中名单上列有吴波,他说涛儿也是,看在我的面子上才没有对他动手。我对他的话是将信将疑。不过,乱党无孔不入。刚才在涛儿书房一搜,果真发现一本革命党的书。我们一家世世代代忠诚朝廷,如果涛儿真是乱党,娘不要怪我。我到时会亲自把他绑到浮梁大牢去。"

老夫人听后,把它放下,十分镇静地说:"振儿,涛儿从日本留学回来,年轻人思想先进,带些禁书回来很正常。这些书现在到处都有。"

吴振江说:"娘,这事,我也不能肯定,才请您来商量。"

"振儿呀,"老夫人说,"马大人是怎样的人,你难道不知道?要是他真的抓到涛儿证据,他会放过他?振儿,何不等他回来,再问不迟,如果他真是革命党,到时你怎么做,我不会拦你!"

此时,秀娟正在一旁偷听,父亲与老祖宗的谈话,她听得一清二楚。她知道哥哥就是革命党人。此时,秀娟的脑海里只有一个概念,父亲要抓大哥。她想马大人都不抓,做父亲的为什么要这样做?革命党是要杀头的。想到这,她轻手轻脚出了督陶府,拔腿就向福祥弄跑去。

第三十一章

在福祥弄窑厂，吴涛在清账。秀娟急匆匆跑来。

"匆匆忙忙的，娟妹，什么急事？"

秀娟看了其他人一眼。

吴涛会意，支走身边人。

他们走后，秀娟赶紧上前把门关上，转过身来，把吴涛拖到一边说道："哥，爸刚从你书房中搜出一本三民主义，他现在怀疑到你了，正跟老祖宗商议，要把你绑了送到浮梁大牢，哥，快走吧，晚了就来不及了！"

吴涛听后，有点犹豫，他说："娟妹，爸是凭证据说话的人，这书，目前到处都有，说明不了什么。目前他还拿不出我的证据。"

"你怎么这么浑。"秀娟看他不在乎的样子，心中更急，跺着脚说，"哥，爸多聪明的人，你那点子事，他早晚会知道。他这人顽固不化，甘心当清廷的卖命狗，你快走吧。晚了，谁都救不了你。"

吴涛听后，觉得她说得也有理，想了一下，对她说："娟妹，你等一等。"说完，走进房间。不一会儿，拿着一封信出来，对秀娟说，"娟妹，请你转交给爸爸和老奶奶。我走后，你要代我照顾他们，还有小弟。"

秀娟接过，催他道："哥，咋像个娘们，快走吧。"

吴振江从外边回到督陶府，一旁的得福看到大人回来，赶紧上前侍候，"得福，涛儿回来没有？"他问。

"没有。"

吴振江说："回来，叫他到书房来见我。"

"爸。"秀娟这时叫了一声，走过来。

吴振江一看是秀娟，笑了笑。

"爸，哥的一封信。"秀娟说着，悄悄递给他。

吴振江接过，一看是吴涛写给他的，忙问："娟儿，你说，你哥去哪了？"

秀娟回答说："哥已回日本了，具体情况您看信就知道。爸，没事我走了。"

吴振江看了她一眼，拆开信，自言自语地说："想来就来，想走就走。真是大了。"他看着信，只见吴涛在信上写道：奶奶、爸，当你们看到我这封信时，我已走了。目前我还有两门学业未完成，学校发来电传，催我速回去。我怕您操心，没给你告别，待完成学业，拿到毕业证后马上回来。望父亲大人保重，勿念。您的涛儿。

镇上某赌场上，李俊的宝贝儿子李小勇正坐在一方，押赌。

不到半个时辰他就输光了,不过,他还是赖着不走,"李少爷,起来吧,让我上。"旁边有人说。

李小勇瞪了他一眼,说:"神气什么?你这两个钱,抵得上我父亲?"

那人说:"去你吧,你父亲是父亲,又不是你的。"

李小勇说:"我是他的儿子,他的就是我的。开啊,我先欠着。到时本少爷双倍还给你!"

"李少公子,你还不知道,你爸在外讨小了,生了儿子。算了吧,不要浪费时间,把位让出来。"这时,有人戏说道。

李小勇听后,腾地一下站了起来,"你,你,你说什么?妈的,欠揍?"说着要与他动手。

那人看后哈哈大笑:"我说你又怎样?没钱就不要到这来丢人现眼!"

"你,你……"李小勇举起的手,又软了下来。

这时坐在另一旁的吴晋看到时机已到,掏出一把银票,往李少勇座位一丢,对着庄家说:"老板,这位兄弟押的钱,赢了是他的,输了是我的,开吧,不要扫兴!"

李小勇一看遇上救星,马上来了精神,大声说:"谢谢,谢谢。"

"小意思,不算什么,只要小兄弟尽兴就行。"吴晋全不当一回事,继续玩他的。

"他就镇上大大有名的吴老板,督陶府的二公子,吴晋。"旁边有人说。

庄家听后,立马站起,抱拳说:"您就是吴老板?小的有眼不识泰山,失敬,失敬!"

吴晋眼都不抬,摸着桌上的骨牌,冷冷地说:"大伙出来就是图个痛快,不要寒碜人,小子,开吧。"

"是,是,是。"庄家听后不断点头。

李小勇心想:他就是吴晋,跟我父亲一起竞选会长那个?父亲平时讲他为人差、阴险,我看比父亲强十倍百倍。他敬佩地看了他一眼。

吴晋一直在用眼角看着他,看到李小勇这个情形,知道他已上钩了,他扯着嗓子对他喊:"小兄弟,开牌。"

李小勇被他这一叫,一下反应过来,一看,把牌一摊,大叫道:"天地。"

李小勇赢了不少,他笑着对吴晋说:"吴老板,等下我请您赏个脸。"

吴晋看着他说:"老弟,你父亲是我爸至交好友,我看你英雄出少年。今天算是有缘结识,这样,我请你,这次就算是小弟给大哥一个面子。"

李小勇从没有人这样看重他,心里十分得意,看了在场人一眼,昂着头跟着吴晋走了。

吴晋和李小勇来到烟花楼。

吴晋问道:"老弟,这窑子里就有个赌场,咱们要不带上身边的妞,进去摸几把?"

李小勇怯怯地说:"大哥,我……"

吴晋看后，明白了，说："放心吧，不就是几个银子，这些都是我的朋友，只要你签个字就行。"

李小勇有点犹豫。

跟在他旁边的小姐看后，嗲声道："公子，我们走吧？"

"行。"

他们来到赌场，里面早已乌烟瘴气。李小勇和吴晋分头坐下。赌场老板过来，向吴晋招呼。

吴晋向他使了一个眼色，指着李小勇说："过来，给我这个小弟借个数。"

"好，好。"他马上来到李小勇面前，恭谦地问："李老板，您要多少？"

"三百两。"

身旁的女子听后，马上说："公子，还有我的？"

李小勇听后，捏了她一把，笑着说："行，再加五十两。"

"你等着。"

一会儿，赌场老板拿着银两过来，对着他说："李老板，数数？"

李小勇看了一眼，说："没错。"说完拿上二锭塞给女人，"这是你的。"

女人接过后重重地在他脸上亲了一把。

赌场老板过后，把账本伸到他面前，指着上面说："李老板签个字。"

李小勇也不多想，拿起笔，唰唰把名字签上了。而后，把笔一甩，冲着女人一笑，显得十分豪爽。

几天后，李小勇绑着纱布来吴晋府找吴晋。吴晋看着他，心中窃喜，不过，他没有表现出来，而是故作惊讶地问道："老弟，你这是咋了？"

李小勇哭丧着脸看着他，如遇救星，突然扑通一声跪下，说："老板大哥，救我，救救我。"

吴晋说："老弟，你、你这是折煞大哥了！"说着去扶他。

李小勇看到他这一说，突然哭了起来，说："大哥，你还不知道，赌场老板向我要债来了，这事是您担保的，您再给我垫付一下，以后我还给您，不然他们威胁说要打死我。我不想死呀！"

吴晋把他扶起，给他拍了拍身上的灰土，十分惋惜地说："老弟，真不巧，不是我不救你，只是我这时账上的银两全部压了货。"

李小勇一听，顿时慌了，他抓着吴晋的手说："大哥，你我兄弟一场，你不能见死不救。"

吴晋显得无奈，问："你老实告诉我，你欠多少？"

李小勇说："大哥，三千两，加上利息，总计六千两。"

吴晋一听，显得十分生气，责问他："什么？！你、你怎么欠了这么多。我一年也挣不了,这样,我身边只有五两碎银,你暂时凑合吧。"

"大哥,"李小勇说着又跪下,扯着吴晋的裤角哀求,"我这命全靠了您,您不能丢下我。"

吴晋看着他,心中觉得好笑,也特痛快,但是,他仍是极力掩饰自己,"让我想想,"他对着李小勇说,"对了,你父亲不是很有钱,你去找他呀?"

"大哥,我爸要是知道,他会打死我的。"李小勇哭丧着脸,说。

"小弟,那为兄就没有办法了。"吴晋把李小勇拖起来,一边说,"现在你只有出去躲一躲。"

李小勇不起来,对着吴晋说:"大哥,我躲到哪里去。你不答应我,我就不起来。"

吴晋说:"你既然不愿意,我倒有一计,它可救你。"

李小勇听后,噌地一下站起身对吴晋说:"大哥,快说,快说!"

吴晋附在李小勇的耳旁,说:"兄弟,你把你家房地契拿出来,把它拿到典当铺当了,这钱不就来了?"

李小勇听后,后退一步,他看着吴晋,连连摇手说道:"大哥,这不行!这不行!"

吴晋摇摇头说:"兄弟,既然这样,那我也没有办法。"

李小勇问:"还有别的办法吗?"

吴晋说:"这是最好也是唯一办法。兄弟,当了钱,你可拿着这些钱再去扳本,钱回来了,你再把它赎回来,这事不就得了。万一,你父亲知道,你是他唯一儿子,他还等着你去给他传宗接代,他会打死你?"

此时,李小勇也没有他法,只得任由吴晋做主。

在景德镇日本株式会社,川岛听完吴晋叙说经过后,对着他是大加赞赏,他说,"吴先生,这口气你算是出了。"

吴晋说:"川岛先生,这一切还不是全仰仗着您点拨!"

一个月后的一天,吴振江来到陶瓷商会。大家正在议事。他们看到吴振江来了,都站起来相迎,吴振江发现这之中唯独不见李俊,便笑着问:"马秘书长,你们的李会长呢?"

大家听后,你看我,我看你,不吱声。

吴振江觉得奇怪,最后把目光落在商会副会长饶希斋身上。副会长饶希斋只得站起,说:"大人,你还不知道,李会长,李会长这段时间都没来。"

"希斋兄,这是为啥,李会长出事了?"吴振江看大伙这情形,不由得马上问。

饶希斋说:"大人,一言难尽。李会长出来后,生意上十分不顺利,连倒两座窑,和查尔斯生意中断后,窑厂仓库积压,资金周转困难。眼看生存不下去了。他准备拿家中房契、窑厂地契去抵押,以作周转,哪知逆子早把他家中的房契、窑厂地契拿出抵押,所得全部花光。李会长对这个逆子没办法,情绪十分低沉。因资金口子大,我们也帮不上。"

"还有这回事,怎么不告诉我?"吴振江听后说。

饶希斋说:"大人,李会长是个实在人,他不愿麻烦任何人,我们也是后来通过他人才打听到的。听说他那不争气的逆子现在常和二公在一起,成天进妓楼上赌场。我看……"

大家看着饶希斋,示意他说多了。不过吴振江倒不这样想,略沉思一下后,站起身对大家说:"各位,走,我们一起看看去。"

李俊府乱七八糟,东西乱摆乱放,这里正在搬家。饶副会长第一个进来,看着眼前一切,忙向擦身而过的挑夫打听:"师傅,你们这是?"

"搬家。"

"李会长呢?"

挑夫看了他一眼,用手一指,说:"好像在后面。"

饶会长听后,快步往后面走。

在后院,李俊此时正在对挑夫喊:"你们小心点。搬不动,就多做几次。"

"李会长。"饶会长老远看到他就喊。

李会长循声一看,发现是饶副会长,身后还有吴大人一帮人。他赶紧走过来,说:"饶会长、大人,真不巧,里面乱七八糟,让大家见笑了。到了新居,我一定提前请你们!"

吴振江用眼扫了一下后院,对着他说:"李俊啊,李俊,亏你我之间朋友一场,家中出这等大事也不跟我说一说?"

李会长摇着头,苦笑着说:"大人,家门逆子,让您见笑,无脸哪。"

马和尚一旁安慰:"会长,要说错,这应是二公子的不对!"

饶希斋看了马和尚一眼。

李会长看后,说:"家出逆子,饶兄,怎能怪人。怪只怪我平日管教不严。"

吴振江见大家说话有所顾忌,也不含糊:"各位,你们也不要顾我面子,我也是拿那逆子没法。李俊,实话告诉我,你家契约抵押的日期还有几天?"

"大人,两天,我想提前一天搬走,省得到时让人驱逐。"李会长说。

吴振江听后,想了一下,说:"李俊,这样,搬家一事暂时放下,下午你到太平银庄去,你要多少从那支多少,皇窑厂给你做个担保。"

李俊看着吴振江,一时说不出话来,满眼泪汪汪的。吴振江拉着他的手,拍着他的肩,说:"李兄,一切都不要说,哪个没有落难的时候!"

吴振江回到皇窑厂衙门,把曾总管叫到身边,交代了李俊窑厂的事。总管办理好后,马上来跟大人汇报,他对吴振江说:"大人,李会长的事我已办妥。"

吴振江点点头,说:"好,你马上派人去跟李俊说一声,让他心里有个底。"

曾总管看着吴振江，想了一下，说："大人，当前对李俊来说，我看重要的还不是资金。"

吴振江一听，放下手中的笔，看着他说："总管，你说下去。"

"大人，"曾总管说，"对困难窑厂来说，给资金不如给他销路，让他转动起来。我想把一些皇窑厂的加工订单给他，从中预先支付他一部分合作金，这样一可促进他窑厂生产的周转。二可减轻他经营压力。"

"好啊，这样好。"吴振江说，"总管，还有，你再叫汪仲带批厂技术骨干，帮他找找原因，让他尽快站起来。"

"大人，那我现在就去安排。"

"好。"吴振江说，"总管，记住，李俊窑厂这段时间有什么情况，你及时跟我汇报。他是景德镇民窑的一块牌子，皇窑厂市场上的朋友，他不能倒。"

"大人，你的意思我明白了。"曾总管说完，点头而去。

川岛收买的线人来报，说李窑起死回生，川岛计谋眼看要得手，却在吴振江的掺和下，被搅和了，他在日本株式会社会馆气得砸椅子摔杯子。吴晋从外面进来，瓷器的碎片正好溅到他脚上，吓得他弹了起来。他从来还没有见过川岛发这么大的火。

再说，吴振江和李俊这段时间，他们各自经历着一场心灵的艰辛后，一起相邀来到酒楼喝酒。

吴振江端着酒杯对着李俊说："李兄，不要把儿子的事太放在身上，慢慢调教。咱们兄弟，你的儿子就是我的儿子，来，我们干一杯。"

"我为我那傻儿子，有你这样的人做他干爹，干！"李俊端起杯，一口干完。

"干儿子？李兄，我也不成功。不过，我们共同努力。干！"

"大人，夫人为了你，把命都敢搭上，你可得有信心。"

吴振江端起杯，与李俊碰了碰说："我这一辈子有两个女人，一个是爱我的人，一个是我爱的人。这爱就像我们瓷器，烧制不易，烧制后还得精心去呵护，一不小心，碰碎裂了，就难修复，即使复火修好也不能像以前。对这个情字，最好的办法就是做事，它是最好的忘情法子。"

李俊说："大人，我明白您的痛苦。"

"你真的明白？"吴振江看着他问。

李会长说："明白，我真的明白。"

吴振江第二天照旧起了一个大早，他一扫往日不快，出现在督陶府大厅，此时大厅里正掌声一片。华莱士带着法国陶瓷商业促进联合会考察团来了。

吴振江握着华莱士的手说："华莱士先生，欢迎，欢迎你们的到来。"

华莱士今日也十分激动，他说："督陶大人，我们法国的制瓷人准备了几百年，今日才到,来晚了,来晚了。"吴振江拍着他的肩,爽朗地笑着说:"来了就好,来了就好。"
会后,吴振江陪着老华莱士一行参观了皇窑厂。

华莱士虽说在景德镇前后待的时间不算短,与吴振江的关系也一直相处不错,但是到皇窑厂如此近距离看,还是第一次。这几年,他从景德镇回去后,把带去的经验和技艺融入到当地瓷业中,就地发展。法国的瓷业原本有一定基础,在他的推动下,发展更快,他感到有点满足了。可一进入皇窑厂,看到这里的规模和气势,心里就暗自惭愧,他感到自己的陶瓷工厂不如这里二十分之一,整个法国陶瓷工业区规模也才抵得上大清一座皇窑厂。

法国的考察团在皇窑各车间一个一个地走,一个一个地看,不时询问,吴振江从旁作答。到了神庙,他们恭恭敬敬地上前敬香,华莱士对小华莱士说:"儿子,我们法国的陶瓷工艺是从中国传过去的,他们是中国人的制瓷祖先,也是我们制瓷人的祖先。"

接下来几天,景德镇商会与他们进行了详细的交流。交谈完毕,老华莱士的法国陶瓷商会考察团在景德镇陶瓷商会会长李俊的陪同下,重点参观了镇上几家民窑大户。路上,法国人一直对李俊说:"李会长,你们的企业ＯＫ。"

李俊笑着说:"各位,像刚才你们看到的这种企业在景德镇大小有几百户。"

"几百户?"法国人听后,个个瞪大了眼。

李会长似乎明白大家的意思,笑着说:"各位先生,当前我们商会统计的景德镇制瓷业登记在册的有二千一百户,这还不包括一些零散户,目前全镇近百万人口中直接从事陶瓷的有五十八万。"

华莱士听后,感叹地说:"李先生,我们的祖先十七世纪在景德镇一待就是三十年,他把当年世界上最先进的制瓷工艺带到法国,这样才有了我们今天法国的瓷业和我们家族的瓷厂。几百年以前景德镇陶瓷技艺是世界上最棒的,今天景德镇陶瓷技艺仍是世界上最棒的。景德镇陶瓷厂不论规模产量和质量,当今世界上,任何一个产瓷国家都难以比拟。"

老华莱士看后,是一再感叹。他说:"我们陶瓷界一年要组织几次人员去国外考察,这几年,我们引进了不少先进的制瓷技术和管理经验,自以为差不多。但这次博览会上,我们才发现世界上的陶瓷工艺和技术还在中国。这次回去后,我要大力宣传景德镇,我要让法国的制瓷人永远记起自己的瓷业祖先。"

川岛听说华莱士来了,在春圆大酒楼安排了一桌丰盛的酒席,宴请老华莱士夫妇,并邀请了吴振江夫妇、汪叔凡作陪。

席上,川岛表现得十分热情,他对华莱士说:"华先生,几年不见,想不到我们在中国景德镇能再次相遇,您的孩子出类拔萃,景德镇陶瓷大奖赛与汪老哥公子同获第一,真令人高兴。"

华莱士接过话,激动地说:"这都是汪先生教育得好,也与大家平日对他的关照和帮助有关。我要谢谢大家。"

华夫人听后，举杯站了起来，对着大家说："来，我代表全家，敬各位一杯。"

大家干杯后，华莱士对川岛说："川岛先生，谢谢你给我这个机会，我们巴黎一别又是几年，本打算到了中国后，再转道去日本看你，想不到在这里见到你，真让我高兴。"

一旁边的姜雪笑道："华老先生，中国有句古话，叫有缘千里来相会。"

吴振江也接过话说："华老先生，小华莱士这孩子不错，他在我们这里学习的同时，也给我们带来法国的绘画技艺。我们也很感谢他。为了雪儿讲的这个缘字，我们共同干一杯。"

汪叔凡这几天特兴奋，看到这热切的场面，本来讷言的他，一时不知说什么，好在他心细，事先有安排，看桌上大家吃得差不多后，便站起来说："大人、川岛先生、华莱士先生，我提议我们联手作幅画如何？"

"汪老这个建议好。"川岛听后，立即附和。

华莱士说："你们中国古代有一个将军，叫什么温酒斩华雄。我们也来个温酒作画行吗？"

吴振江听后说："好，有创意，店家，你们有纸墨吗？"

这时，早已等候一旁的店主笑着说："大人，本店早已备好画室，文房四宝正在恭候各位。"

"好，那大家请吧。"吴振江听后，笑着站起，并在前引路。

在酒楼画室，汪叔凡首度挥毫，华莱士、吴振江、川岛依次上，在落笔时，川岛看了一旁的姜雪，有意留了一笔，尔后对着她说："夫人，最后这一笔应由夫人落上。"

姜雪听后，忙推说自己不行。

一旁的华莱士夫人抓着她的手，笑着说："夫人，听小儿说，你是个绘画天才，我很想看看你的风采。"

吴振江含笑地看着她。姜雪在大家鼓励下，拿起笔，略一沉思，然后一挥而就，大家纷纷鼓掌。

川岛见画面画完，走上前，鼓着掌道："大人、汪老、华老先生，各位夫人，这是我们日、中、法陶瓷友好的见证。"

他这一说，再次引来了在场各位热烈的掌声。

法国代表团住宿在大清皇窑公馆。小华莱士带着汪霞，晚上来到父亲住处。他们几年不见，父子十分亲热。看到儿子与汪霞的亲密，老华莱士夫妇相互看了一眼，他们担心儿子会留在中国。

"我的儿子，你什么时候学成回国？"华莱士问。

一旁的夫人补充说："孩子，我们都老了，如果汪霞小姐同意，你也可以把她一起带回去。"

小华莱士看了看眼前几年不见的父母，发现他们真的老了，看着他们，心中感到一阵心酸,他说:"爸、妈,我学成后一定会回去。"说完又问汪霞,"你愿跟我去法国吗?"

汪霞红着脸,扯着他的衣服,说:"师兄,我们刚才怎说来的,快说。"

华莱士夫妇看后,相互一笑。

小华莱士说:"爸,我们想请你帮个忙?"

华莱士笑着看着他们,和蔼地说:"儿子,你说。"

小华莱士说:"爸,我的一伙师兄弟在我带出去写生时,被当局无辜关押。他们没有犯法。爸,他们是我带出去的,我有责任把他们带回来。"

儿子说话的时候,老华莱士在仔细地听,这时吴振江进来,他刚好听到一点点。华莱士对着前来的吴振江说:"大人,刚才的事你可知?你我是多年的朋友,这些孩子是小儿的朋友,他们是好的,无辜的,你可以放他们吗?"

一旁的小华莱士插着话,说:"爸,这不是大人的事,是浮梁县衙的事,大人现在也为难呢。"

"浮梁县衙?"华莱士问。

吴振江点点头,心情很沉重,他说:"华莱士先生,这事件已有一个月,我多方交涉,并就此事上奏朝廷,但是浮梁县衙以我侄子涉案为由,进行反奏,朝廷明确规定督陶府不得插手这件事。不过,我一直在努力,可到现在仍无头绪。华老先生,这件事,根子在浮梁马知县身上,督陶府虽不能出面,不过,当前朝廷也拿不出证据,如果先生有这番好意,通过你们国家的邦交途径出面交涉,说不定有转机。"

华莱士听后,对吴振江说:"大人,我相信我的儿子,他的朋友就是我的朋友,只要能救出这帮孩子,你提出的方法,我愿意去努力。"

川岛把老华莱士的到来,作为一个契机,他想借用华莱士进一步融洽他与吴振江和汪叔凡他们之间的感情。宴请完老华莱士后,他哼着调子回来。刚到会社,他突然想到什么,急忙来到谍报处,问:"总部查到了吴涛的消息吗?"

谍报员说:"总部派人跟踪吴涛已多日,没有发现他不正常的地方。"

川岛对着他说:"你继续请求总部保持对吴涛的跟踪。"

谍报人员说:"是。"

川岛顺手从身上掏出一份名单,对着身边一日本浪人说:"去,按此名单立即请马知县抓人!"

"嗨。"日本浪人听后,马上转身出去。

翌日,华莱士携夫人到景德镇日本株式会社回访川岛。川岛十分热情,华莱士笑着对他说:"川岛先生,我儿子的同学出了一点麻烦,你听说了吗?"

川岛点头说:"略知一二。"

华莱士说:"既然你知道就好,川岛先生,这件事既然因我儿子而起,我就有责任帮助他。我希望你能和我一同前往浮梁县衙。"

川岛没想到华莱士来这一手，他愣了一下，但马上反应过来，笑着说："华莱士先生，我平日从不与县衙打交道，不过，是公子的事，既然你提出，我非常愿意同往。"

华莱士、川岛来到浮梁县衙，马知县十分客气。他们刚坐下，华莱士就说："马大人，我儿子一批同学被关押，我和川岛先生来请求你，希望你能把他们释放出来。"

川岛给马知县使眼，装作不认识的样子。

马知县会意，说："华莱士先生、川岛先生，你们是我大清的客人，是我浮梁县衙尊贵的朋友，不过你们的请求，我有点为难。我没有这个职权，你们懂吗？这是朝廷的旨意，我也无能为力，实在对不起。"

川岛说："马大人，他们那些人是我小侄的朋友，如果需要，我景德镇日本株式会社愿意出面担保，马大人能否通融一下？"

马知县笑着说："在处理乱党上，本县无力通融。不过，你们两位对这批学子如果有这番好意，不是没有办法，你们可以通过你们国家的邦交关系，向我大清朝提出要求，我朝一定会考虑的。只要朝廷有公函，我马上放人。"

川岛对华莱士说："华莱士先生，这个……他们又不是我们国侨民，我看……"

华莱士说："老朋友，为了这些无辜的孩子，我看我们试试吧。"

川岛笑了笑，说："老朋友，你有这样一副热心肠，我怎么能袖手旁观？好，我也去试试。"

川岛他们走后，马知县很费解，自言自语地说："想抓的是他，要放的是他？真他妈的，不知跟我唱哪一出。"

这时，一衙役进来，把一纸条送上，马知县拆开一看，顿时笑起来。看着川岛他们远去的身影，他马上高喊道："各位，恕不远送。"说完，笑着对身边侍从说，"发财的机会来了，我们走。"

"大人，我们到哪里去？"侍从问。

"笨蛋，布置抓人呀。"马知县对着他大声嚷道。

华莱士夫妇就要走了，吴振江以皇窑厂的名义，设宴为他们钱行。与他们同时离开的还有姜雪。

大家干完杯坐下后，华夫人与姜雪攀谈起来。

川岛看了她们一眼，笑着问吴振江："大人，听说你的夫人有意随同前往巴黎学习？"

川岛这一说，大家都拿眼睛看着吴振江夫妇俩。

吴振江点点头。

川岛说："大人，你舍得这么年轻漂亮的夫人？"

吴振江说："雪儿绘画有天赋，也很执着。我们镇上的制瓷绘画多以临摹为主，小华莱士来让我们看到我们瓷业绘画技艺的欠缺。这次雪儿和陶瓷学堂一些学员先出去学习，是我们计划的一部分，今后，我们将派出更多的人到法国去学习。"

"大人的胸怀，在大清官员中不可多见。夫人去后，我保证为她提供一切方便。"

吃完饭，姜雪一边收拾一边说："老爷，家里的东西我都为你收拾好了，我走之后，你要学会照料自己。"

吴振江抓住姜雪的手说："雪儿，还是把小翠带上，到那边也多一个人照应。这事我和娘也商量过了。"

"老爷，娘身体差，你又是一个不懂照料自己的人，小翠跟我走了，谁来照顾你们。现在时局多事，你就听我的吧。"

第二天一大早，吴振江、汪叔凡、淑惠、小华莱士、汪霞都来到码头为华莱士夫妇、姜雪送行。华莱士临行时握着吴振江的手说："大人，法国工业化进程很快，一些瓷厂已用上机械化设备，我欢迎你有机会组织景德镇陶瓷商会代表团到法国参观考察。"

吴振江笑道："华莱士先生，我早就想去，只是找不到机会，有你们搭桥，我们今后交往就方便多了。现在我夫人去了法国，我就更想去看看。"

华莱士握着他的手说："大人，我们在法国恭候你们的到来。"

华莱士夫人与淑惠在交谈，她拉着儿子的手对着淑惠说："大姐，他还要您操心。"淑惠笑着说："夫人，放心吧，这孩子听话，要是走，我还舍不得。"

吴振江笑着安慰她道："雪儿，我知道，你也要好好照顾自己。这是你第一次出国门，学习完后，就回来，督陶府不能没有你。"

姜雪目视着他，点点头，说："老爷，回去吧，有空就给我来信。"

吴振江点点头，不断地向她招手。

镇上昌江码头，船在走动。华莱士夫妇、姜雪他们站在船头。吴振江一直向着他们招手，船走了，吴振江一直看着，直到船走远了，不见了，大伙都走光了，他还站在那。

太阳西下，江面起了风，似乎有条小船向他驶来。

"起风了。"附近的船工在喊。吴振江这才回过神。他转身准备回去，迎头看到姜雪从小船中下来。他不敢相信自己的眼睛，用手擦了擦，发现姜雪正朝他跑来，眼角流着泪，深情地对着他说："老爷，家里还有一些事没有交代好，我不放心。"

"雪儿，其实，督陶府一天都少不了你。"吴振江强忍着泪说。

"老爷，我不走了。我们回去！"姜雪说时，扑到他身上。

"回去！"吴振江一手搂着姜雪一手提着东西，笑着向督陶府走去。

吴振江和姜雪回来，他们未到门口，小翠眼尖，打老远就看到，冲上前，喊道："小姐、小姐回来了。老爷，让我来提东西。"她把吴振江手中的东西接过，开心地说，"老爷，马知县和汪师傅一直在督陶府等你，后汪师傅有事先走了。他说，有事通知他，他随时就到。"

"那马大人人呢？"吴振江问。

"吴兄,我在这!"

马知县对着吴振江说:"吴大人,你和汪师傅的事,我可是认真办了。不过,昨晚浮梁县衙大狱,突然有几个蒙面人闯入,打昏狱头,用大刀把门砸碎,幸好我早有防备,带人杀来,阻挡他们,但大部分人已被劫走,只有两个被我带人给拦下。从种种迹象看,劫狱的是革命党。但是我答应放他们,本县兑现诺言。我想这时,那两个人估计已回到家中,我特来向你通知一声。"

马大人这一说,把吴振江给弄糊涂了,是不是这些年轻人真的参加了革命党? 但他马上镇静下来,笑着说:"马大人,谢了。"

"那本县告辞。"

吴振江把马知县送到门口,急忙回身,喊道:"得福,得福,你快去给我通知汪师傅,叫他马上到我书房来。"

"好的,我现在就去。"

得福走后,吴振江在大厅走来走去,忧心忡忡。

小华莱士、汪霞回来后,发现两个同门师兄站在汪府门口。汪霞问:"孙承他们呢?"

他们其中一人说:"师姐,昨晚突然有几个蒙面人闯入打昏狱头,用大刀把门砸碎,他们一进门,拖着我们就往外跑。快离开大牢时,马知县带人杀到,把我们两个拦下来。马知县说他们是革命党,不过,师姐,我们从没有跟革命党联系,也不知革命党是什么。"

汪霞对孙承多少知道一点,她想可能是孙承的朋友们出面干的,心里暗自高兴。

汪叔凡听马知县说人已给他放回来了,一路高兴,可是回家仅看到两人回来,心中也一阵愕然。他们把刚才对汪霞说的情况跟师傅重复了一遍。汪叔凡听后,觉得其中蹊跷。恰在这时,得福来找便带着两个被放回来的徒儿直奔督陶府。

到了督陶府,吴振江把门关上。汪叔凡这才感到事态的严重。吴振江反反复复询问着他们每一个细节,最后问:"你们能断定救你们的人不是革命党?"

其中一青年说:"大人,我们平常只知学艺作画,跟师兄弟们在一起,从来不知什么革命党,也没听过,更别说见过。"

汪叔凡一旁说:"大人,我看马大人跟我说话时眼光闪烁,一副得意的样子。这……"

吴振江说:"老哥,您说得对,刚才的情况您也听到了。劫狱是何等大事,马知县却说得不当一回事,如果真是革命党,他早报了朝廷。我也觉得这其中必定有诈。"

汪叔凡说:"如果真是他们捣鬼,大人,那么,这些孩子又给他们弄到哪去了呢?"

"是呀。老哥哥,问题就在这。"

深夜,在景德镇日本株式会社,穿着日本和服的川岛正在公寓里来回走动。从他急促的脚步声中可以判断出,他此时的心情十分急躁。只见他来到办公桌旁,对着刚从日本东京黑龙总会会长村山发来的电文看了又看。

电文内容如下:川岛君,你到中国景德镇两年后,景德镇瓷业不仅没有垮,反而越来越红火,大日本帝国需要的技术、人员一个也没搞到,你的表现令军部很失望。如若再看不到你的成绩,山田就是你的榜样。

川岛看了看挂在墙壁上的战刀,走上前,摘下战刀,用力拔刀出鞘,刀锋在灯光的照射下,寒气逼人,他用力把刀推了回去,大叫一声:"来人,叫吴晋来见我,告诉马知县,我要人,我要人!"

第三十二章

午夜,皇窑厂某柴窑旁,把桩的王师傅正在往窑口添柴,几分钟后,只看到他往炉火上淬了一口痰,窑火被他这一淬,顿时一股火苗往上蹿。他对身边的伙计说:"这窑到火候了,出来的一定是一窑上等的好瓷。几天没回去,一身是汗,我得回家换件衣服,你们就在此好好守着,明天一早我就回来。"

王师傅从炉房出来,他觉得外面有点冷,披上衣服后,就往家赶。他家住在城东的一条小弄里。今天,往日平静的小弄突然出现了几个鬼鬼祟祟的人影。王师傅一出皇窑厂,便被这伙人盯上。他一进弄,前面的人影马上吹声口哨,后面一伙听后,迅速散开。王师傅发现有点不对劲,一路上,总感到后面有人跟着。但停下来后,并没发现什么,只得继续往前走。

后面的脚步声似乎越来越近。王师傅再次停下,脚步声又随之消失。"人老了,大不如从前。"他摇摇头,继续往前走。行至黑暗处,七八个蒙脸大汉突然出现在王师傅面前,还没等他反应过来,人已被打昏,给塞进了麻袋,瞬间即逝。

第三天,窑炉坊仍不见把桩师傅的身影,窑炉没有他开不了窑。有人把这事反映到总管那,总管急着赶来,问:"你们师傅呢?"

徒工说:"大人,自前晚他走后,我们就一直没有看到他。"

曾总管说:"王师傅是从不迟到的,你们到他家去看看,没事催他快回,这里等着他开窑。"

他们应声出去。不一会儿,人又折回来,说:"总管,师傅他家人来了。"

家人看到总管说:"大人,我爸几天没回家。我娘叫我送衣服来。"

徒工们一听很吃惊,个个看着曾总管。

总管问道:"没回家? 那他人呢?"

王师傅的家人也感到突然,说:"我爸平日不会去哪,特别是开窑,他更不会走。"

总管这时才感到情况严重,他暗自想了一下后,对大家说:"你们分头去找找,有什么消息立即回来告诉我。这事,我去督陶府跟大人谈谈,看看他是否把王师傅调走了,另有安排。"

曾总管从烧窑区出来后,直奔衙门。到衙门口,他发现衙门内围了很多人,有的在哭泣。曾总管十分纳闷。他急忙来到大人的办公房,发现大人办公房也围着很多人,他正在与人谈话。只见大人对他们说:"你们一个个讲。"

一位窑老板说:"大人,我窑孔师傅前天晚上回家,一去就没回来。我们派人去找,一连两天,该找的地方都已找过,仍不见踪迹。"

孔师傅的女儿在一旁哭泣,她说:"大人,我爸爸平时就窑厂、家里两地方,他从不到哪里去，我爸是在他家出事的！"

吴振江听后脸色凝重。

曾总管心想，他们也不见了窑师傅？他正要向大人招呼，倒是大人先发现了他。

"总管，你来得正好，去把捕头给我找来。"

曾总管点点头出去了，就在他刚走，又有一老妇人挤进人群，哭着喊："大人，你得帮帮我，我家儿子十天半个月都没有回来！"

吴振江听后，给她倒上一杯热茶，对她说："老人家，什么情况，慢慢说。"

老妇人说："大人，我儿是绘画的，平时就知道绘画，请他的人很多，平时出去，他都会给我招呼，按时回来，可这次出去快半个月了，都没回来。我到他平时几家雇主那，都说没去。大人，他爸死得早，我就这一个儿子。"说着又号啕大哭起来。

不一会儿，曾总管分开人群，带着捕头进来。

"大人。"汪捕头过来招呼。

吴振江看后，说："汪捕头，你来得正好，眼前来的这些人都反映家人失踪。你赶紧组织人记一记，把情况统计清楚，立马告诉我。"

"嘛。"

捕头听后，马上对着人群说："大家不要着急，跟我到衙门议事房，把情况——给我说清楚。"

人群走后，吴振江办公房的气氛仍很紧张，他在办公房不安地来回走动。曾总管看着大人，他感到景德镇出现了有史以来最严重的情况。

不久，汪捕头进来说："大人，今日报案的居民二十多起，人员大多是窑厂技术人员和画师，其中我们皇窑厂窑工就占七成。他们大多在晚上出事，从窑厂出去后就再也没有回来，现在整个镇上人心惶惶，谣言四起。市民晚上不敢出门，商店餐馆提前关门。"

吴振江听后对捕头说："你把整理出来的资料给我看。"

"在这。"捕头说着，把资料递给吴振江。

吴振江接过资料，自言自语地说："三四天内镇上就发生二十多起失踪案，二十多起！"他看完递给了曾总管。曾总管一看，没有王师傅的名字，看来他家人还不知他已失踪，事实上，失踪的人员可能还要多。

这时，汪仲急急忙忙推门进来。

曾总管问："有事吗？"

"总管，我来向大人反映一些情况。我们珠山八友中，有几个人已有几天不见人影，一些人染上鸦片。"

曾总管疑惑地看着他，说："你们也出了这事？"

汪仲听到总管话中有话，问："总管，听说最近镇上接连有人失踪，确有其事？"

曾总管点点头，说："是的，目前统计二十多起。估计还不只这个数。汪仲，你把这事跟汪捕头先去说说，他就在议事房，正在做笔录。"

"好,总管,那我走了。"汪仲说着出去了。

在大清皇窑衙门,吴振江连夜召集有关人员商议。

会上,捕头向与会人员做了一个全面汇报,他说:"大人、总管、各位,截止到现在,镇上失踪的人员已达到三十三人,其中人员年龄大多在二十到四十五岁之间,在职业上,他们一个共同点就是他们都是镇上陶艺界的人,而且都是镇上一些技艺精湛的老师傅和后起之秀。"

他刚说完,吴振江马上接过他的话,说:"各位,刚才汪捕头把近来镇上人员失踪情况作了介绍,现在市面上流传着各种谣言。从目前失踪人员来看,这里面很蹊跷,可能埋藏着一个很大的阴谋,一场针对皇窑和镇上整个瓷业的阴谋。"

大家不断在点头。

"为慎重起见,"吴振江站起来说,"曾总管,这段时间你要组织人员加强对皇窑厂的保卫,对皇窑厂艺人要暗中保护。"

"嗻。"曾总管领命。

"现已是秋末,天色黑得快,自明天开始,皇窑厂下午提前下班,同时把这一决定告诉商会,通过它及时通知到镇上大小窑户。我们将派兵加强对镇上大街小巷的巡视,皇窑厂从现在起昼夜值班。"

散会后,吴振江召侍卫传周统领。

不一会儿,周统领到。

吴振江说:"周统领,我现在令你从部队中秘密地抽出８０名精干人员,分成20个小组,化装成市民,深入镇上各城区,对疑点全面监控、侦察。有什么情况单独向我汇报。"

"嗻。"周统领领命而去。

"侍卫。"吴振江又喊。

"喳。"侍卫应声而到。

吴振江说:"今晚你随我化装暗中侦察。这事不能让任何人知道。"

"嗻。"侍卫领命后,转身去准备。

景德镇大街小巷冷冷清清。酒庄茶楼早已关门打烊。更夫在报时,他边走边唱:"深秋干燥,注意火烛！ 深秋干燥,注意火烛！ "

两个小贩挑着小担喊着:"酒糟冲子,二文一碗。"

他们来到一个小弄口,停下。这两人正是吴振江他们扮的,只见他放下担子,四周看了看,说:"我们今晚就在这。"

吴振江昨晚没有回家,从外回来时,天已放亮。他在办公房和衣睡了一会儿。刚入睡,便有暗探敲门进来,吴振江把他引到后室密谈。只见那人对吴振江说:"大人,经过这几天多方跟踪,我们发现二公子吴晋近来与镇上一些陶瓷艺人走得特别近,而这些人三四天后便一个个无缘无故失踪。"

吴振江点点头,听得很仔细。

"另外,我们还发现,他最近经常出入浮梁县县衙,马知县目前把对乱党的搜捕范围也扩大到一些艺人的子女家属。"暗探继续说。

吴振江在房间来回走动,自言自语地说:"失踪、陶瓷艺人、吴晋、马知县、革命党,革命党、马知县、吴晋、陶瓷艺人、失踪。难道他们……"想到这,吴振江身上冒出一身冷汗,他盯着暗探问,"川岛他们有什么动静?"

暗探说:"大人,我了解的就这些。"

吴振江说:"你回去继续监视,特别注意,他们是否还与其他人接触,比如洋人,一有情况及时来报。"

"嗹。"暗探说完从后门出去。

吴晋来到景德镇日本株式会社,在大厅,他一眼看到小华莱士,马上惊慌走开。

川岛正在房间作画,旁边放着一瓶酒,只见他在宣纸上画出一只鹰,那鹰正朝地面上一群小鸡俯冲下去,小鸡们惊恐万分。画好后,他把它挂在墙壁上,细细品看,端着酒杯自斟自饮,一副很得意的样子。

吴晋推门进来,川岛头也不回。

"川岛先生,我已按您的要求,把名单上的人全部抓到,什么时候启运?"吴晋问。

"吴老板,别急,过来看看我的新作。"

吴晋一看,这画中气势,再看看川岛,马上笑着说:"川岛先生,此画真是神来之笔,我看整个镇上无人能及。"

"哈,哈,哈……"川岛一阵狂笑,"来,吴先生,喝一口你们中国的女儿红,三十年陈酿。我就喜欢喝你们中国人做的酒。"说完他倒了一杯给吴晋,"听说你父亲吴振江也喜欢喝这种酒?"

吴晋比划着说:"川岛先生,他怎能与您相比,充其量也就是画上那只大一点的小鸡。"

"不,"川岛说,"你不可小瞧他。据我所知,他正在组织力量侦察此案,你们务必要小心。叫马知县赌场少去,他要的钱我会及时送到,给我好好守住那些人,千万不要出差错!"

"是,是,是……"

"来时,让人看见没有?"川岛问。

"没有,不过在大厅里碰到了小华莱士。"

川岛对他说:"吴先生,为了你我的安全,你近来要少到这儿来。"

"好的。"吴晋说着,转身而去。川岛看到,对他说,"吴先生,请从后门出去。"

小华莱士在大厅看到吴晋来时神情慌张，一会儿却不见了，他想探个究竟，便在大厅里等着他出来。哪知良久没有看到他，小华莱士正想离开，此时川岛刚好出来，对面碰上。

"大伯，您好。"小华莱士装出若无其事的样子，看见他后，主动上前热情地跟他招呼。

"小侄有事？"川岛问。

"我来跟家中发电传，师傅过段时间就要做六十大寿。我请求我爸能给我寄点钱，给师傅买点东西，到时给他一个惊喜。"小华莱士尽力掩饰着自己。

川岛听后，说："好样的。到时我也去庆祝。电文发好了吗？万一钱不到，你可到我这儿来拿。"

小华莱士点头说："大伯，谢谢。时候不早，我得回去。"

川岛说："小侄，到了吃晚饭的时间，要不，陪大伯吃了晚饭再走？"

"不了，现在晚上不安全，我得早点回去，省得师傅担心。"

"好，那我就不留你。"

随着身边朋友、熟人一个个的消失，小华莱士不能不把这件事与川岛联系起来。可只是猜测，一时也拿不出什么证据。为了证实自己的判断，他近来常以发电传为由，到这里来转转。

川岛没有想到眼前这个青年会怀疑他。

再说，小华莱士出门后，没有看到吴晋。不过，他不甘心。由于近期常来景德镇日本株式会社，他对周边的环境已十分熟悉，他很快来到后门。房屋周边十分安静，不过，他看到远处有一人影，很像是吴晋。小华莱士立即尾随其后，想从他身上找到什么蛛丝马迹。

小华莱士一直跟着吴晋不放。穿过几条小巷、里弄，不久，他们便出了城。

吴晋一路上走一段，停一下，看一看，在没有发现什么异样后，便直奔郊外。不久，他来到城郊外二里地一个杂草丛生、偏僻荒芜的地方。这是一个已废弃多年的窑厂，外面破破烂烂，一般人很难注意。吴晋来到这里，四顾没人，便弓身低头走了进去。

废窑厂四处闭门闭户，里面灰暗。随着窑门打开，吴晋走进来时，一束强光射进。大家一看是吴晋顿时破口大骂："吴晋，你这畜生，快放我们出去！"

"吴晋，你这条披着人皮的狼，我错把你当朋友。"

也有人在苦苦哀求："吴老板，求求你，求求你，我一家几口还等着我吃饭！"

吴晋把他们不当回事，而是满脸笑嘻嘻地说："诸位，不要激动，我与你们朋友一场，我咋会害你们？各位先忍忍，等到了日本，大家的日子就会好过，到时就会明白我对各位的苦心。"

大伙一听，知道吴晋要把他们卖到小日本去，心慌了，顿时骚动起来。

吴晋大声说："诸位，听我说，你们暂时哪里也去不了，好生待着吧，省点力气。"

说完侧身跟身边的打手嘀咕几句，打手走上去把他们的嘴给堵上，吴晋看后笑着说："对不住，委屈了，小弟这也是为你们好。"

在场的人挣扎着，双眼圆瞪，恨不得吞了他。

吴晋进窑时，小华莱士找个不易发现的地方蹲下，躲在一处进行观察。

不一会儿，吴晋出来了，等到他走后，小华莱士才轻轻靠近砖瓦窑。他透过光亮，往里一看，里面很大，而且有很多人，都捆绑着，嘴巴给堵上，十来个彪形大汉给看着。他贴近缝隙仔细看，发现其中一人他认得，是日本株式会社里的一个日本浪人，现在则穿着浮梁山里人的衣服。他在这干什么？再看，发现师兄孙承在里面，还有一些师兄弟。原来他们被关在这里！

小华莱士一路狂奔回到督陶府，向吴振江说了这一切。

吴振江一听，忙问："小华莱士，你刚才说什么？发现失踪人员关押地址？"

小华莱士点点头说："大人，我下午从川岛处出来，一直跟踪吴晋。在一旧砖瓦窑厂内，我发现了前段时间失踪的孙承师哥他们，那里面有很多人，有专人看守，其中一个我认得，是景德镇日本株式会社会馆里的人，他们一身浮梁山里人打扮。我急着回来告诉你们，走错了路。师傅，马大人骗了我们，那些师兄弟不是什么革命党救走了，他在跟我们演戏！"

"原来如此。"

汪叔凡说："大人，这是一伙披着人皮的狼，你要尽快把他们救出来。"

小华莱士说："大人，我隐约听到吴晋说，他们要把这些人运到日本去。"

吴振江在大厅来回走动。大家都看着他。只见他脚步突然停下，说："你们去了川岛处，我想他已有了感觉。侍卫，通知守卫队速到这里集合。"

"嗻。"侍卫听后，急忙出去。

吴振江这时走到小华莱士前面说："小华莱士还得麻烦你，给我们带路。"

小华莱士笑着说："大人，没问题，只要能救出他们，要我做什么都行。"

侍卫进来报队伍集合完毕。

吴振江把手一挥，说："好，我们出发。"

深夜，夜空繁星点点。

吴振江带着皇窑厂二百名官兵和一百多名捕快，总计三百人举着火把，在小华莱士带领下，向城郊急奔而去。

江边，马知县早派人在那里准备了一条大船。张麻子站在船上，对着人群吼道："他妈的，磨磨蹭蹭，还没来，老二，你去看看？"

"是。"老二应声而去。

失踪的人员双手倒绑着，连在一起，在吴晋和日本浪人押送下，此时正在向昌江河岸走来。他们走得十分缓慢，押送的人用皮鞭抽着，一路喊："快走，快走。"中间的孙承一路上双手搓着，把绳索弄松，乘人不备，就地一滚，夺路就跑，解押的人一看，迅速追上来,人群中发生骚动。

吴振江带领人马赶到,眼前已是人去窑空。

这时,侍卫过来报说:"大人,前面有一片足迹。"

吴振江听后,在火把照耀下细细查看,一旁的侍从指着脚印说:"大人,这是一条通向江边方向的小路。"

吴振江点点头,再顺着足迹向前查看了几十步,足迹不见了,又好像往回走,再看没了。

吴振江停了下来,他思考一阵后,对清军周统领说:"这足迹,是刚踩过不久的,他们可能还没走远,我们兵分两路,你带着一队人马,一路就地搜索,我带着一队人马赶往江边。"

"嗻。"周统领听后一挥手,说,"跟我来。"

吴振江他们还没到江边,便听到远处传来了激烈的打斗声。他向着队伍把手用力一挥,说:"快。"

队伍加速向前。

此时,孙承正在与人打斗,眼看不支,危难时吴振江带兵突然出现。那些人看到清兵,撒腿就跑。孙承倒在地下,小华莱士发现,快步走上前去,把他扶起,握着他的手喊道:"师哥。"

这时,吴振江已到跟前。他看了孙承一眼,问:"孙承,你怎么在这?"

孙承说:"大人,我是挣扎着跑出来的,他们要把大家装上船,今天晚上运走。"

吴振江问:"你还能走吗?"

"行,大人。"孙承回答说。

"好,你往前面带路。"吴振江转身对着队伍说,"大家跑步前进!"

吴晋看到人跑了,赶紧过来,谁知他刚赶到现场准备灭口时,吴振江带人突然出现。他庆幸自己没有现身,扭头便溜。

再说江边那些失踪的人刚好上船,吴振江带人已到,张麻子一看不妙,跳入江中,很快,清兵把这伙人团团围住,来不及跳水的全给捕获,及时解救了失踪人员。

第二天,大清皇窑厂各出入口突然增了许多士兵,来往的人员需严格接受检查。

衙门内,吴振江与曾总管、周统领正在商议何处理这批打手和其中几个日本浪人。

曾总管说:"大人,这批人穷凶极恶,不杀不足以平民愤。"

吴振江点头表示赞同,他说:"总管,说得对,他们给景德镇瓷业带来的影响太大了,最近外地人不敢到景德镇来经商,有的瓷户举家迁走。今天如果不惩治他们,不足以挽回景德镇的人心,但若我们把他们交给朝廷,很快就会被放掉。"

"大人,他们利用当地土匪身份,为非作恶,我们何不如来个将计就计,不揭露他们身份,把他们当成张麻子一伙土匪就地处决?"周统领建议。

吴振江听后，马上说："总管，周统领这个主意好。"

"好，让川岛来个哑巴吃黄连，有苦说不出。"曾总管看到大人激动的样子，补充了一句。

吴振江说："总管，你说得对。不过，此事宜早不宜晚，你马上张贴布告，后天上午公审他们。同时，你给商会、海商、洋商、特别是川岛发出邀请，请他们参加。"

景德镇陶瓷艺人没有弄到日本，白搭了一批日本浪人。川岛此时如热锅上的蚂蚁。

谍报人员拿着电传进来说："川岛君，东京来电，责令我们救出这批忠勇的武士。"

川岛对着东京的电文一筹莫展，他对谍报员说："你给我回复东京，此事已激起景德镇人的公愤，如果强行出面等于不打自招。给我电令总部，目前不宜暴露，更不宜公开与景德镇陶瓷界为敌。我们正在想法营救。"

"嗨。"谍报人员双脚一立，点头出去。他刚一走，另有日本浪人拿着督陶府的邀请函进来："社长，督陶府后天上午举行公审大会。这是他们送来的邀请函，请你准时列席。"

川岛接过一看，气得脸色发青，把它撕得粉碎。

川岛电文发出的当天，日本大使馆便以日本侨民在中国景德镇受迫害为由照会清政府。清朝政府因害怕日本人报复，竟答应了他们的无理要求。拿到大清朝下发的赦免令，日本驻汉口公使当日乘船赶赴景德镇。抵达后，他一刻不敢耽搁，在川岛陪同下趾高气扬地来到大清皇窑厂衙门。他们在门口被清兵守卫挡下。川岛拿出公函，递给守门士卫说："我们要约见大清督陶官吴振江大人。"

守卫清兵进去，马上又出来，说："对不起，督陶大人已去了公审大会会场。"

川岛感到不妙，马上对着公使大声说："公使阁下，快，我们去会场。"

川岛带着公使急忙来到公审大会会场，这里早已人山人海。他们好不容易挤到主席台下不远的地方，看到台上坐着很多人，有镇上的商会成员，还有来景德镇投资的海商、洋商，以及镇上的乡绅、皇窑厂的主要官员、浮梁知县马为民等。台下绑着十几个人，其中就有他们的人。

川岛对着守卫一旁的卫兵说："请通报吴振江大人，说川岛求见。"

卫兵站在那不动，不理睬他。

川岛看后，大声吼道："我是你们特邀的嘉宾，请让我进去。"

卫兵要川岛出示邀请函。

川岛拿不出，后悔当时一时冲动，把它给撕了。川岛要强行进入会场，但卫兵厉害，始终把他们给挡住。川岛没办法，只得对着台上大声叫喊："吴大人、总管、马大人。"

场上人多，不易听见。川岛跺着脚，像热锅上的蚂蚁，这时他远远发现总管出来，不一会儿又要进去。公审会马上就要开了,再不进去就来不及了。川岛此时急了,他推开卫兵,要强行闯入。

台左侧边发现骚动。有人进来,通报曾总管。曾总管看着吴振江。吴振江给他使了一个眼色。曾总管会意后,匆匆出去。马知县看着曾总管,顺着他的方向望去,发现了川岛一行,他赶紧把头扭到一边,害怕被他们发现。

再说,曾总管来到后台左侧,问卫兵道:"出什么事了。"

卫兵指着一旁的川岛说:"总管,有人要强行冲进会场。"

川岛看到曾总管像是看到救星,马上大声对着他喊:"总管,总管!"

曾总管侧过头一看,故作惊讶地说道:"呵,川岛先生,川岛先生是我们的朋友,你下去吧。"

"嘛。"卫兵退下。

曾总管对川岛说:"川岛先生,咋这么晚,邀请函我们可是派专人给你送去了。"

曾总管的话让他哭笑不得,川岛强说笑着说:"总管,我们要见你们的督陶吴大人。"

曾总管说:"川岛先生,大人正忙于审理张麻子一伙贩运人口案,现在不可能有空。"

川岛此时已没了理智,他顾及不了许多,大声地对总管说:"总管先生,告诉大人,这是我们的公使,台上那批被绑的人员之中有我们的侨民。"

川岛这一说,曾总管马上露出很惊讶的神情,他轻声对着川岛说:"川岛先生,台上是犯人。你看今天会场上的人群,他们个个巴不得要吃他们的肉,扒他们的皮,抽他们筋。这事,你不可乱说,要是把自己搭进来,市民控制不住,督陶府负不了这个责任。"

这一说,把川岛一行给吓回去了,他看到现场这黑压压一片的人群,不敢再说什么。

总管暗想,他的话已点到川岛的痛处,为了不增加今后督陶府的麻烦,他得装下去,只见他对一旁的公使及川岛说道:"公使先生,川岛社长,你们人员失踪,我现在才听你们说起,你们等一下,我去问问大人。"说着,转身走了。

过一会儿,曾总管便出来了,他对川岛说:"川岛先生,你们弄错了。你看,这是他们的笔录,并有画押,他们都是些十恶不赦的土匪,这里根本没有什么日本侨民,你们弄错了,如果有,我们一定会上奏朝廷。大人说了公审完后就来拜会公使大人。"说完把笔录递给了日本公使。

公使接过,看着川岛。

曾总管对卫兵说:"这里人杂,不安全,你负责把公使大人迎接到公馆去休息。"

"嘛。"卫兵领命。

川岛他们无言以对,只得听任总管的安排。

365

此时被押的人群中有人发现了川岛一行,他们当中有人马上大声叫喊:"我是大和民族公民,你们无权处理我!"

川岛一听顿时来了精神,对着台上大声喊道:"大人,刀下留人。"

"大人,刀下留人。"川岛一喊,这群绑匪顿时看到希望,他们纷纷挣扎站起来,对着公审台嚷嚷道:"中国人,你们无权审判我们!"

这一突然变故,使得整个公审会场顿时安静下来。台上台下的目光齐刷刷地看着吴振江。吴振江没有预料他们来这一手,不过瞬间的安静后,会场下面马上出现大的骚动,群众挤向公审台,高喊:"打死他们,打死这帮猪狗不如的东西!"

川岛刚跨出脚步,看这阵势,到喉管的声音顿时没了,伸出的脚也给缩回去了。

吴振江迅速扫视了一下会场,他大声断喝:"大胆的恶徒,临死还敢狡辩,恶意破坏我大清邦交关系,来人,推出去,斩。"

刀斧手举起大刀,绑匪个个人头落地。

台下顿时一片高呼。

川岛愣愣地看着,顿时傻了眼。

景德镇大街小巷,鞭炮声不断,人们欢呼庆祝。

在景德镇日本株式会社,川岛却暴跳如雷。

公审这帮恶徒后,吴振江回到衙门,他坐在衙门办公房提笔上奏:

皇上,太后:

江西浮梁知县马为民与不法商人吴晋、土匪张小龙勾结,以搜捕革命党为由,在景德镇大肆捉拿当地一些高级陶瓷技师和画工,然后把他们贩卖到日本。此举严重破坏了景德镇瓷业的正常生产,一度使市民不敢外出,商人不敢到景德镇经商,欣欣向荣的瓷业明显受挫。

现在参与此次活动的土匪已经正法,匪首张小龙和奸商吴晋仍潜逃在外,我们正在组织人员对他们进行追拿。此次事件的出现,与往日浮梁马知县包庇、放纵有关。

臣请求皇上罢免马为民以整纲纪,同时把马知县错抓的人全部释放,以安人心。

山间路上,驿官骑着马,带着吴振江写好的奏章迅速奔向京城……

第三十三章

时值深秋,秋风瑟瑟,落叶萧萧,山城落叶遍地飘零。景德镇今年冷得比往年任何时候都早,不到冬天,人们便早早地穿上了棉衣,室内生起了炭火。

吴振江站在窗口,看着窗外发呆,办公房桌上放着刚收到的朝廷的公文。曾总管知道大人心中有事,不便打扰,把门掩上,走了出来,刚好撞上汪叔凡。

"看到大人吗?"汪叔凡看到他就问。

曾总管往房内指了指,说:"在里面。"

"皇窑出事了?"汪叔凡看了总管眼色凝重,问。

曾总管说:"那倒不是,刚收到朝廷公文,朝廷罢免了马知县,但是对浮梁县衙前段时间抓获的人,却仍当为革命党疑犯,下达了宁可错杀一千,也不可放走一人的指令。大人不理解朝廷这一做法,心里很苦闷。"

"朝廷积弱已不是一朝一夕之事,这也太难为他了。"汪叔凡感叹道。

曾总管看着汪叔凡,问:"汪老,有事吗?"

汪叔凡说:"很久也没有跟大人在一起喝两杯,我想叫他到我那坐坐,既然这样,我就不进去了。"

曾总管听后,马上拖着他说:"老哥别走,正好,我们一起去见见大人,拖他出去喝两杯,帮他解解闷。"

在镇上瓷器街汪府,吴振江、曾总管、汪叔凡他们坐在一起喝酒。

汪叔凡不停地往他们酒杯里倒酒。

吴振江看了一下总管,说:"已三壶了,总管不能喝,老哥哥,你就不要难为他了,自己喝吧。"

曾总管听后,指着手中的酒杯说:"汪老,不要紧,给我满上,今日,我豁出去了,满上。"

汪叔凡说:"慢着,我去拿样东西给你们看。"说着站起来开柜子。

曾总管错解了他的意思,忙大声问:"汪老,还拿?"

吴振江看后,笑着说:"总管,你刚才不是说豁出去,这酒不到量,不带劲。"

汪叔凡嘿嘿一笑,没理会他们。他从里面拿出一个瓶子,乐呵呵地递给吴振江,说:"大人,总管,你们看看我这个?"

吴振江接过瓷瓶一看,对着汪叔凡说:"这不是祭红瓶吗?不像啊。这是什么瓶,老哥,我咋从来没见过?"

汪叔凡笑着说:"您再看看?"

吴振江把手上的瓶子转来转去，左看右看，嘴里不停地讲："漂亮，真漂亮。像团火，正在燃烧的火，给人一种热烈、向上的感觉，好，真好。"

曾总管放下手中的酒杯，凑过来说："老哥，你家还藏有这种宝贝？快，给我看看！"

吴振江递给了他。

汪叔凡听到他们两人不断称赞，更是欢喜，他指着瓶子说："大人、总管，这不是我家所藏，而是近期产的，不过这种颜色，也是我近几年偶然所得。后来我在这基础上不断摸索、调试、烧制。你们看看，我这几年的试制品都在这柜子里，每件都标有年月日。现在我给你们看的，是我目前烧制得最好的一个，但我还是觉得欠缺什么。我想请你们给看看，出个主意，再取个名。"

吴振江拿起眼前一杯酒，一口喝下，他从曾总管手中接过后说："老哥哥，那我就不客气了。我认为：器皿形体与色彩不协调。你们看这色彩像窑火中燃烧的火焰，热烈、向上、祥和，而眼前这器型表现不出来。要是能把它们协调起来，做到形与实，表与内有机结合，表现瓷的内涵，展示出它火与土的最佳结合，天泰、地泰、人泰，三阳开泰，昭示着我们大清国的兴旺发达。"

"天泰、地泰、人泰，三阳开泰，老哥，三阳开泰，形象！"曾总管一听，重复道。

"三阳开泰！好，好，你们把我想表达的意思全都说出来了。大人，按您的建议，我再在这基础上试试？"汪叔凡说。

吴振江笑着说："老哥，那我等你的好消息，喝你的庆功酒。"

汪叔凡送走吴振江、曾总管，自己来到作坊。小华莱士和孙承在拉坯。他走过去，脱下外套，对他们说："你们起来，让我来。"

孙承看着师傅已有醉意，笑着说："师傅，你歇歇吧。"

汪叔凡看了他一眼，说："傻小子，师傅没事。"

小华莱士和孙承只得起来，站在一旁，汪叔凡一头坐下，不停地用力转动轱辘，泥土在他那双手旋、转、拉、提、撮下，一个个成型，排成一排排。

李俊窑厂内，窑工从窑炉中进进出出，把一件件精美的瓷器搬出来。李俊拿着刚出炉的瓷器，看了又看，在阳光下照了又照，满心欢喜。

儿子李小勇过来说："爸，刚才来了几个客户，他们非要见你不可，我说现今见我奶奶都没用，我家瓷器还没有开窑就让人订走了，有钱赚不了。"

李俊问："他们人呢？"

李小勇说："给我打发走了。"

"打发了？"李俊听后，摇摇头说，"你这傻小子，怎么能拒绝客人。他们地址你可给留下？"

"爸，我们东西做不出来，要他们地址干什么。"李小勇看到父亲责备，有点委屈。

李俊说:"勇儿啊,做生意的还怕订单多? 生意是活的,我们做不过来可以和人合作,或委托他人加工,你怎么一点长进都没有? ! "

"爸,我可是你生的,你后悔,我还怪你呢。"李小勇嬉笑着说。

李俊被他儿子说得哭笑不得,看着他儿子远去的背影摇摇头。事后,他来到皇窑厂衙门来找吴振江。

"大人,目前我窑厂在汪仲带人帮助下,结合你们的管理经验,根据自身的特点,加以创新,对窑厂中的重要技术窑工和画工增加工银,对管理人员给予一定的干股,年终参加分红,现在我窑厂的生产数量和质量已是大大地提高,订单不断,生产不过来。我想扩大厂房,细算下来投资很大,手上资金一时周转不过来,我想到大公子,他开的窑厂现在却空置在那,我想能否暂时租借,等他回来,再还给他? "

吴振江听后说:"好啊,这是好事啊,闲着也是闲着,他不在,我替他做主。租金,你就看着给吧。"

李俊未待他说完,马上掏出一张纸条,递给吴振江,说:"大人,这是我的清单,请过目。"

"好啊,李俊,想不到,你早就有预谋。"

几天没见汪叔凡,吴振江心中就起挂念。一天午饭后,他趁有空时来到汪府,门口看到汪霞,问:"小霞,你大伯在吗? "

汪霞看是吴振江,忙说:"大人,我大伯刚放下碗,到作坊去了。我去叫他。"

"不要,我自己去。"

吴振江来到汪府后院作坊,他一进门,老远就叫:"老哥哥。"靠近身旁,见汪叔凡一身是泥,正在那拉着坯,徒弟们在一旁帮衬。

汪叔凡听到喊声,见是吴振江,马上说:"大人,干完手上的活,我正想去找您,没想到您就来了。这几天,我一口气做了许多,您看看怎样? "

吴振江看着满屋子里的瓷坯,对眼前这个大他十来岁的老人投去钦佩的目光,他连声说:"不错,不错。"他脱掉外套,搓着手,走上前说,"老哥哥,你歇歇,让我来。"

汪叔凡搓着双手,说:"大人,你来也没用,泥没了。"说着,笑着站了起来。

吴振江也不多说,看着一旁的釉壶,拿着它,把已干的坯端到眼前,一个个小心地吹上釉。待阴干后,然后与大家一道,一个个小心地放到窑里。

满窑后,他和汪叔凡再重新检查一遍。

"行,可以封窑了。"汪叔凡和吴振江齐声说,说完后,相互笑了笑,笑得很开心。

这样一忙,就是一个下午。外面已天黑,汪霞进来通知大家吃晚饭。汪叔凡看了一旁的吴振江说:"大人,就不要走了,在这吃晚饭? "

吴振江说:"行。"

此时天色已暗。窑火烧得正旺,照得窑房通亮。

369

不一会儿，汪霞和汪仲把酒菜端了上来。

他们端着杯，看着热腾腾的窑火。汪叔凡一边喝着酒，一边对着吴振江说："大人，你看这窑火，多旺，一定能把三阳开泰烧出来。"

"没错。"吴振江干着酒，看着炉火应道。

镇上瓷器街听说汪府明天要开窑，烧出新品瓷三阳开泰，说如何如何，越传越奇。第二天一大早，汪府一开门，家中便挤进许多人。都是乡里乡邻，汪叔凡便在窑旁圈了一根红绳，大伙看后，也自觉站在界外。

开窑了，窑炉前早已摆上窑神的神像。吴亮、汪仲、小华莱士站在一旁。汪叔凡点上香，对着窑神作了一个揖，然后把香插上。完毕，汪仲、吴亮、小华莱士依次上香。

过后，汪仲点上爆竹。和着爆竹啪啪的响声，汪叔凡对着窑工高声喊道："开窑。"

窑炉一打开，大家只感到一股火焰从窑内射出，满窑光亮、通透，在阳光照射下，像一团正在燃烧的不灭的窑火。大家被这光焰惊呆了。这哪是瓷，它是火的化身！

"爸爸，这瓷就是您说的三阳开泰？"汪仲问。

"三阳开泰，三阳开泰，三阳开泰……"汪叔凡看着这瓷，激动得语无伦次，不断地重复着，用手摸着它。他的手抖着，心也在抖。

三阳开泰一出，顿时成了景德镇街头巷尾谈论的话题。这天，在瓷器街上的茶楼，老王端着茶碗，对着茶友老喻头说："老哥，最近你们听说吗，汪叔凡做出了三阳开泰。"

老喻说："大家正在谈这事，不过很多人都没见过。您是老行家，我们想听您说说。"

老王看了他一眼。

老喻赶紧给他添茶。

老王喝了一口，似乎要品足茶的味，待他长长透出一口气后，才开口，他说："老喻，这三阳开泰，取天泰、地泰、人泰之意。你们知道不，开窑时，一股火焰从窑内射出，满窑光亮、通透，在阳光照射下，整窑瓷器像一团正在燃烧不灭的窑火。汪叔凡那可是激动得手舞足蹈，不断向窑神磕头。"

一旁的茶客谢老汉听得津津有味，凑上前说道："听大家说，三阳开泰一出，预兆国家兴旺，但是依现在情景，我看，看不出呀？"

老喻头说："老哥，听说汪府这几天有不少的人去看，一些外商要出巨资买断，回去献给他们的国王。"

老王点点头说："是有这一回事，你说汪老怎么着？"

谢老汉瞪着眼睛问："怎么着？"

一旁的老喻也跟着问。

老王卖足了关子,最后伸出大拇指说:"汪老,真令人敬佩,他是分文不取,要把它献给当今大清国!"

这时,坐在一旁、满脸络腮胡子的人看了他们一眼,悄悄地离去。

自暴力劫持、偷运陶瓷艺工事件发生后,川岛在景德镇的形象大打折扣,没有人再信他。走在街上,大家都拿眼光看着他,使他很不自在。他来到汪府,发现里面没人,看到汪霞出来,正要喊。汪霞看到他,立马又缩了回去。

川岛在汪府门前站了一会儿,看没有人理会他,最终还是没有进去,转身沿街向东走了。

川岛沮丧地回到株式会社。不久,吴晋扯掉脸上的扎鬈胡子,也从后门走了进来。

川岛回来后,把自己关在书房内。为平静自己心绪,他拿起笔画上了。吴晋站在一旁咳了一声,川岛听后,转过头,吴晋笑着对他说:"川岛先生,瓷行出现了三阳开泰,现在镇上都说开了。您可听说?"

"什么三阳开泰?"川岛放下手中的笔,问。

吴晋说:"三阳开泰,取天泰、地泰、人泰之意。据说开窑时,窑内一股火焰喷射而出,满窑光亮、通透,在阳光照射下,整窑瓷器就像一团正在燃烧不灭的窑火。汪叔凡当时激动得自言自语,不断向窑神磕头。"

"你看了没有?"川岛急切地问。

吴晋苦笑着说:"川岛先生,现在我这情况,你知道,我不便进去。不过,我派了一些人进去看,他们回来说,那瓷器真不可思议,像团火,准确地说像窑火,热烈向上又祥和。现在镇上都在议论这事,说它预示中国将出现变化,大清将出现大治。"

川岛阴沉着脸,问:"吴晋先生,大清朝有这个迹象吗?"

吴晋摇摇头。

川岛大声地说:"大清朝不配它。"

"川岛先生,您的意思是我们去把它买过来?"吴晋听后,试着问。

"不,吴先生。"川岛说,"我要的不是他单个产品,我要的是它的整个烧制技术,懂吗?它应属于我们大和民族。"

吴晋为难了,说:"川岛先生,听说一些外商出巨资买断,回去献给他们的国王,可是这个倔老头就是不同意,他硬说三阳开泰属于大清的,要把秘方献给皇窑厂。"

川岛听后,在房内来回走动思考,他突然停下,对吴晋说:"不能让他计划得逞,我们必须在他们之前动手得到它,拿到国际上注册。这样它就是我们的。他们所做的任何一切都是我们的。"

"先生,我会按您的意思去办理。"

"吴先生,我希望你马到成功,到时我为你向天皇请功。"

"好,看我的!"吴晋听后有一种受宠若惊的感觉,向川岛表下决心,然后匆匆离去。

晚上，一伙蒙面的黑衣人翻墙溜进瓷器街汪叔凡的作坊。他们一进门，不管三七二十一，抓起桌上的瓷泥和釉料就往袋子里装，然后一袋一袋地往外运。

床上的汪叔凡起来小便，他感到隔壁的自家作坊好像有动静，小便后，点上灯，推着一床的汪仲说："仲儿起来，跟爸去看看，作坊好像不对，有声响。"

汪叔凡拿着灯，汪仲在后跟着。

"有人来了！"黑影中有人轻声地喊，人影听后，迅速躲藏起来。

汪仲听到人说话的声音，说："爸，作坊有人。"他们快速过去，一看前几天烧的瓷器和桌上的釉料没了，汪叔凡顿时大喊："有贼！"

父亲喊时，汪仲看到一个人影拿着木棍正朝他打去，他急忙把父亲推开，木棍落在汪仲肩上。

汪叔凡一看，急了，对着屋内叫："有贼呀，抓贼、抓贼！"

这一喊叫，房里灯顿时全亮了，大家操着木棍，喊着冲过来。孙承冲到师傅身边，大声问："师傅，贼在哪？"

月夜风高，盗贼瞬间没了踪影。

汪叔凡作坊失窃，烧的三阳开泰给人偷了，连摆在柜子和桌上的釉料都卷走了。吴振江听后，十分震惊，第二天一大早便带着衙役捕头前来查案。

吴振江察看情况后，说："老哥，我看他们是有预谋而来。你想想，这几天来的有什么人？"

汪叔凡想了想，说："大人，这几天来人不断，有洋商，也有我们本地的，有长期客户，也有不熟悉的。"

吴振江问："你记得起他们？"

汪叔凡摇摇头，说："大人，人太多，记不起。再说我讲了不卖，这是大清的，要给皇窑厂、献给皇上。我本想把三阳开泰资料配方整理好，然后给你们送过去，想不到……要不是仲儿在身边，反应快，我这条命也没了。"

吴振江看着汪叔凡不断地自责，不便再问，安慰道："老哥，不要自责，三阳开泰出世太耀眼。我这几天也被它精气所吸引，没有及时提醒你，看来我大清朝一时无福。不过，东西还在你肚里，这是偷不掉的。"

吴晋因涉及偷运陶瓷艺工事件被通缉，不过，他与日本人合作办的窑厂，却仍受保护。吴振江明知逆子吴晋就在里面，也不敢派官兵冲进去抓他。吴晋也不出来，乐得在里面快活，每天呼朋唤友，十分热闹。

这天，窑厂里面突然静了下来，吴晋吩咐大家把昨晚从汪叔凡作坊偷来的东西，挨个打开，那知三阳开泰被打破了，吴晋拿在手上看了又看，十分惋惜，气得他大骂：

"一群废物,连到手的东西都保护不好,给我把瓶子重新拼起来,照着给我做!"

就这样,他们照着样,在吴晋的监督下,忙活起来,拉坯的拉坯,吹釉的吹釉,乱成一团。

几天后,川岛桌上摆着一个拼凑好的三阳开泰和吴晋组织人烧制的瓷器。川岛拿着它看了又看,爱不释手,叹道:"世上瓷工,汪叔凡第一人,陶神也!"

"先生,你说得对,可惜他不为我们所用。"

川岛摆摆手,说:"不,吴先生,我们要有耐心。"他指着桌上另一瓷器问,"吴先生,这是什么?"

吴晋说:"川岛先生,这是我们用汪叔凡作坊偷来的釉料,按他的器型做的。"

川岛听后哈哈大笑,看了瓷器一眼,再看看吴晋,说:"我说吴先生,世上有那么容易做的事,就没有艺术这个词。"

吴晋被他说得极不自在,他说:"川岛先生,要不,我组织人再去一趟?"

川岛摇摇头说:"不必了。吴振江本打算拿它上贡,讨好大清皇上,可是你这一闹,把他的想法搅掉了。汪叔凡要再把三阳开泰做出来,得有段时间,看来大清皇上不配拥有它。我们得从长计议。你这段时间派人密切注意汪叔凡,不过,不能过于接近他,我们得等吴振江放松警惕后,才能再行动。"

吴晋点点头。他突然拍了一下脑袋,说:"对了,川岛先生,最近张麻子在镇上活动,他说他手上缺钱花,问你……"

川岛笑了笑,说:"他要钱可以,不过他得对我有所表示。"

"那我去转告他?"

川岛点点头。

转眼又到年关,大年三十,李会长带着一年的红利来到督陶府。吴振江正在书房看书。

得福进来说:"老爷,李会长来了。"

"快请他进来。"

吴振江放下书,笑着说:"什么风把你这个大忙人给吹来了?"

李俊掏出银票放在吴振江的手上,说:"大人,股银,我给您送来了。这五千两是您投资的股份,另五百两是大公子厂房的租金,总计五千五百两。"

吴振江把钱放回到李俊手上,说:"李会长,我还不等钱用,是否能放在你那继续生息?"

"可以啊。不过,大人,四五年您都没有支用过股息,这回您得拿着,您的心意我明白,我窑厂现在不缺这几个钱。"李俊说着又把钱塞到吴振江手上。

吴振江看了他一眼,说:"好,得福,把它收下。李会长,明年有什么打算。"

"大人,我想明年一开年便派我厂的一些技工、画师到你皇窑厂去学习学习,你看……"

"李俊,这事你得让我想一想。"

李俊看着他。

吴振江沉思了一会儿,说:"李俊,皇窑厂有自己的利益。这事我得通盘考虑,我一时答复不了你。不过,我建议你把皇窑厂刚退下来的窑工用高价请去,那可是一本万利的财富。"

"大人,您还不知道,现在他们可俏了,一出来就给人请走了。"

"我听说一些窑厂把他们请去,做一两年便把他们辞走了。他们现在大多不愿干。你的要求,我看一时有困难,你不如请他们到你窑厂当师傅,用他们来教你们的徒弟。"

"大人,你这想法我已想过。如果我现有的想法皇窑厂同意不了,第二步我就打算按您说的做。我准备把徒工的收益算在他们身上,给他们提分成。开春后,大人,我想通过商会,把镇上瓷业老板都组织起来到景德镇陶瓷学堂去听听课,学习学习,我想这对镇上瓷业会大有帮助。"

吴振江一听,不断点头,他接过李俊的话说:"李俊,你这生意做精了,思想也更阔了,我看镇上瓷业人没有白选你。水多就鱼大,鱼大水面就得广阔。"

李俊笑着说:"大人,您就不要夸我了,我这一点东西还不是从您这学的,您是我的良师!"

这时,得福端着夜点进来。吴振江对他说:"也给李会长来一碗。"

得福说:"老爷,我都准备好了,每人一份。您看?"说着递给李俊。

"李俊,吃。"吴振江边说边自己吃将起来。

得福对李俊说:"会长,今晚就睡在这吧?不早了。"

吴振江边吃边指着李俊说:"得福说得对,外面黑暗风又大,快到下半夜了,得福,你去铺床。"

李俊放下碗,站起来说:"大人,总管,你们就别客气了,现已是年关,一些窑工得回家过年,明天一大早还等我发工钱。"

"李俊,真这样,我们就不留你了。"

吴振江和得福把李俊送到皇窑厂门口。李俊说:"大人,你们就别送了。"

吴振江看了一下黑洞洞的天,说:"会长,外面很暗,你把灯笼带上。"

吴振江因昨天睡得晚,第二天,太阳一丈高才起床。刚开房门,得福便急匆匆进来,说:"大人,捕头急见。"

"传他到大厅见,我马上就到。"

捕头在大厅走来走去,吴振江洗漱好,才出来。捕头一见大人,急忙上前说:"大人,镇上出大事了。"

"这一大早的,出什么大事?"吴振江问。

"大人,陶瓷商会李俊会长被害!"

吴振江一听,顿时紧张起来,问:"什么?你说什么?"

捕头说:"大人,城东一大早发现李会长尸体。"

吴振江听后大惊,来不及细想,便与汪捕头火速赶到李俊出事现场。

案发现场,人群中有人远远看到吴振江和捕头走过来。"大人来了,大人来了。"大家都扭着头,自动让开了一条路。

捕头走上前,对着围观的人群说:"大家散开一点,散开一点。"

吴振江来到李俊尸体旁,掀开裹布,目睹此惨状,此时再也忍不住,眼泪唰地流下来。

汪捕头迅速过来把尸体盖上,扶起吴振江,说:"大人,他已死了几个时辰。"

吴振江听后,吼道:"汪捕头,我不要你的几日几时,我要你的确切时间。"

"大人,从尸体来看,准确地说应是昨晚子时。"

众人看着吴振江,再看看一旁的捕头,又议论开了:"会长可是个正派人。"

"谁这么狠心?"

吴振江此时什么也听不见,一双眼睛痛得睁不开。他蹲下把李俊用过的灯笼捡起,自言自语地说:"昨晚还好好的,子时、子时……"突然他站起来说,"汪捕头,子时,他刚好从我府里出来,看来他早就被人盯上。他是让人有预谋地杀害的。汪捕头,你要给我组织人对昨晚的情况进行排查,一定,一定要把凶手给我查出来,捉拿归案。"

在大清督陶府,得福不断地自责:"要是当晚把他强留下,就没这事。"

375

在景德镇日本株式会社,吴晋问:"川岛先生,李俊的事,你知道吗?"

川岛摇摇头,说:"我刚得知。吴先生,上次贩运人口案,吴振江对我已有很深的戒备,只是他惧怕朝廷,才不敢闯入我们这,不然他早就对你我动手了。偷盗汪叔凡三阳开泰的事没完,又出现李俊之死,吴振江他一定会认为这是我对他的报复。现在我们的一切活动都纳入他的监视视线。一旦让他抓到我们什么把柄,他有办法对付我们。李俊,吴振江这个帮手,我早就想除掉他,但目前不是时候。吴晋,这段时间,不管如何,你得让你们的兄弟小心点,千万不要再生事端。你说,这事是谁干的,谁有这么大的胆?"

川岛说话时,吴晋在认真地听,见川岛问,他想了想,马上说:"川岛先生,张麻子想见你,他说有一件东西要给你,我看李俊八成是他干的。"

"张麻子?吴晋,你身上案子还没有了结,你最好给我躲着他,不要出去,更不能让张麻子找到我们这里来。吴振江迟早会查出来。一旦证据落入他手,他有办法让杀害李俊的家伙人头分家。"川岛看了一旁边的吴晋,警告他说。

张麻子此时正在城郊某废弃的民窑房里走来走去。一打手上前说："大哥，他们咋还不来，我们这次可给他办了大事！"

另一个说："大哥，他们不来，我们去找他们。"

张麻子用眼一瞪，说："要是能出去，老子还要求他们？"

"有人来了。"一打手说。

他们一看迅速隐藏起来。

外面，一人从房边走过，咳嗽一声，拿出纸在嘴上擦拭一下，向房里抛去，转眼走了。

"走了，娘的，现在连痨病鬼都敢欺负咱们。大哥，在这饿死，不如痛痛快快杀出去，吃个饱，总比做个饿死鬼强。那狗日的川岛不是什么鸟东西，我们不能信他！"打手看到外面的人走后，气愤地说道。

倒是另一打手心细，他看了纸团一眼，迅速捡起，打开一看，顿时连声喊道："大哥，是一张千两的银票，上面还有字。"

张麻子接过一看，气愤地说："狗日的，这么大的事，竟然是一千两打发我们，太不仗义。"

打手凑上前说："大哥，怎么办？"

张麻子拿眼瞪着他们说："是我们自作聪明，活该。我们走，留在这只有死路一条。"

吴振江带着姜雪来到李俊府。李俊夫人和儿子李小勇看到他们，哭着上来。姜雪上前安慰："嫂子，血债血偿！你放心，有大人在。"

"干爸，你得给我做主。"李小勇扯着吴振江的衣服说。

吴振江看着他，摸着他的头，走了进去。

李府大厅，安放着李俊的灵堂。饶希斋、马和尚、赵宝贵等陶瓷工商界人士早已恭候在这。他们见吴振江进来，个个默不作声，看着吴振江，自动让出一条路。

吴振江走到李俊遗体前，鞠了三个躬。然后转过身，对着大家。马和尚低沉说道，现在请督陶大人吴振江作悼词。

吴振江走上前，说：李俊，安徽淮安人士，生于同治十年。他少小孤苦，十岁学徒，半生勤奋，终得一门制瓷绝技，自创业以来，以诚经商，深得同行的赞誉，被同道推举为景德镇陶瓷商界首届会首。自他主持商界以来，他联合陶瓷工商各界，规范各种经营秩序，带领大家一致对外，为景德镇陶瓷发展做出了贡献。

李俊与我相交相知十余载，亲如兄弟，就在前日，仍在与我商议镇上瓷业的发展大计……

说着说着，吴振江的眼泪不断地往下流，最后泣不成声。在场的人无不动容。

最后吴振江大人说："我们不能让李俊会长白死，一定要追查元凶，为李俊会长报仇！"

这时,副会长饶希斋站出来说:"大人,他们残杀我们李会长,就是残杀我们陶瓷界,公开向我们陶瓷界挑战。我捐银五千两,配合衙门公开悬赏捉拿元凶。"

"我出两千两","我出四千两","我出三千两"……广大瓷业界义愤填膺,为替李会长报仇,纷纷出银捐助,悬赏捉拿元凶。

一时,为李俊会长报仇,悬赏捉拿元凶的布告张贴在景德镇大街小巷。布告规定:能捉拿到真凶者,可得赏银十万两,凡能提供真凶线索的,可得赏银一万两。大家纷纷驻足观看。

有人说:"我看是日本人,上次吴大人杀了他们的人,他们会放过?"

另有人说:"我看是,他们杀不到吴大人,会长是吴大人的朋友,他们拿他开刀。"

大家一时把目光都集中在川岛一伙身上,他们走到哪,有的人就跟到哪。

料理好李会长的事后,吴振江和姜雪回到家。他已是几天都没有合眼。老夫人很心疼,她看到吴振江想说又不敢说。

姜雪心细,问:"娘,有事?"

老夫人对吴振江说:"振儿,家里上午来了个陌生人,说是你朋友,他送来一件包裹,说一定要等你回来亲自打开。"

吴振江问:"在哪?"

老夫人叫道:"得福,把东西拿给老爷。"

得福拿着包裹过来。

吴振江接过,打开一看,一把闪闪发光的匕首"当"的一声掉到地下,里面还附着一张纸条,上面写道:小心一点,李俊就是你的下场!

吴振江不看则已,一看怒火中烧,拍案而起:"大清土地上还能容得他们胡作非为!"这更加坚定他缉拿凶首,为李会长报仇的决心。

日本人在镇上成了众矢之的。川岛心中很惊慌,在景德镇日本株式会馆,川岛对着会馆内上下的日本人大声训道:"各位,景德镇瓷业人正在火头上,你们要谨慎,千万不要激怒他们,更不能让他们抓住我们什么把柄。目前我们的力量还不到占领他们的时候,我们只有忍,忍,忍,记住吗?"

"嗨。"这些日本人点头弯腰。

川岛看了大家一眼,无力地摆了摆手,说:"你们下去吧。"

"嗨。"他们转身出去。

这时,谍报人员拿着一张电报进来,说:"总部电文。"

川岛一看,顿时眉开眼笑,说:"天助我也!去,快把吴晋、马知县给我叫到这来。"

不一会儿,吴晋、马知县到。川岛把电文递给他们说:"马大人,吴先生,你们看看。"

377

马知县低下头说："川岛先生，你再也不要这样叫我了，我已是一个没用的人。"

川岛拍着他的肩膀，笑着说："马大人，你不必自谦，你看了这份电报就知道，我们机会来了。"

马知县接过电报一看，问："吴振江大儿子吴涛被捕了？"

川岛点着头说："千真万确！他比他老子还狡猾，我们派了那么多人跟踪他，都没有找到他的蜘蛛马迹，要不是被他自己人出卖，谁都抓他不到，不愧是我大日本帝国调教出来的高才生！"

马知县说："川岛先生，我看吴振江做梦都不会想到儿子会背叛朝廷，背叛他。"

吴晋在一旁问道："川岛先生，吴涛被捕，我们怎么会是个机会？"

川岛笑着说："吴先生，这事让马知县告诉你。"

马知县一脸苦笑，说："川岛先生，我现在只是个闲人，没什么用。你让我说什么？"

川岛摆摆手，说："不，马大人，这次是你除掉吴振江，翻身的最好机会。就看你愿不愿意合作，依照我的方法去做。"

马知县听后，眼前一亮，忙说："川岛先生，你说，只要能整倒吴振江，让我重新坐到这个位置，我什么都干。"

川岛哈哈大笑，对着他耳边耳语，最后，他说："这是银票，五十万两，你拿去，今晚就秘密动身前往京城，到时，我们会有人在那接应你，钱不够，你随时可到他们那儿去支取。"

马知县扑通跪下："川岛先生，你是我的再生父母！"说着，对着他不断地磕头。

"川岛先生，吴涛此时不能死。"一旁的吴晋想后，说。

川岛看着他，愣了一会儿，问："吴先生，你的意思是要有活的证据？"

吴晋点点头。

"高！谍报员！"川岛突然大声地喊。

"嗨。"谍报员进来。

"给总部发电，我要活的吴涛！"

第三十四章

皇窑厂作坊区内，吴振江带着曾总管在巡视釉料作坊。窑工们正对着瓷坯吹釉。他不时停下，弯身下来察看，并对着一旁的曾总管说："总管，汪老的三阳开泰是我们的国宝，他的制瓷配方已日见成熟。目前他正在整理，准备献给皇窑厂。我现在令你从窑厂釉料作坊和拉坯坊，选出一批技艺高强的人，待他配方一到，立即组织人进行生产。产品出来后，我要从中挑出最好的，沐浴更衣，择上吉日，上京敬献给皇上。"

"大人，你看这个名单行吗？"曾总管听后，马上掏上一份名单递给他。

吴振江看后，笑着对他说："行呀，我的总管，你现在成了我肚子里的大蛔虫了，什么事都让你想到前面。这个名单行，我同意。"

就在他们谈论下一步的工作时，侍卫来报，说宫中圣旨到，请他速到衙门接旨。

吴振江听后说："总管，我去去就回，在我回来时，我希望你把名单上的人给我召集起来，我要对他们训话。"说着，随侍卫大踏步向衙门走去。

吴振江还未到衙门口，突然，从衙门内走出一队清兵把他围了起来，他从未见过这架势，正待他感到纳闷时，为首的官兵站了出来，对着他大声喊道："罪臣吴振江接旨！"

吴振江一听，顿时慌忙跪下。

为首的官兵说："奉天承运，皇帝诏曰。大清督陶官吴振江暗通革命党，革职下狱。钦此。"

吴振江接过旨，叩首道："万岁、万岁、万万岁。"

他宣读完毕，马上把手一挥，说："把罪犯吴振江拿下。"

吴振江被这突如其来的事给弄糊涂了，未待他弄明白缘由时，乌纱帽被摘，人给他们押了起来。

此时，有人急忙到督陶府去通知夫人和老夫人。

老夫人、夫人、得福他们听后冲了出来，大喊："你们为什么抓我们老爷。"

清兵根本不理会，把他们强行推开，并大声对他们吆喝："谁敢抗旨，定斩不饶。带走！"

姜雪再想往前冲，给老夫人扯住，望着吴振江远去的背影，她大喊："老爷，老爷……"

吴振江听后，回过头，对着她们说："娘、雪儿，我是无辜的，你放心，吴家世代忠良，忠于朝廷，这一定是朝廷弄错了，我过几天就可回来的！"

不过，事情没有吴振江想象的简单。

就在吴振江下狱当日，吴府一家老小十几口被从督陶府驱逐出来。镇上风火弄一间五开的平房成了他们的临时住所。不过，这里他们也未放过，周围布满许多可疑的人。

吴老夫人坐在大厅，看到姜雪进来，问："雪儿，看到振儿没有？"

姜雪点点头。

"老爷怎么样？"一旁的得福问。

"昨天，钦差升堂。老爷拒不承认。娘，涛儿原来没有去日本，而是去了上海，他早已参加革命党。这次他是在上海被他的同伴出卖，关进监狱的，地点在上海松江县。目前他们还没有老爷参与革命党来往的证据。现在马知县又官复原职，我们住所外面到处都是兵，这次，他与钦差在镇上抓了不少人，看来，这次老爷真是遇上麻烦了。"

"我们家为大清朝督陶上下百年，历经几代人。为了它，生命都搭上，且毫无怨言。今天落到这个样子，这不是我们家族的错，是大清国的错。你们不要担心我，这样的日子，我们经历过。你们该做啥就去做啥，我这个老太婆没事，挺得住。"说着，老夫人颤巍巍地站起来，小翠和得福来来搀扶，她把他们推开，独自一个人向房内走去。

吴振江被关在浮梁县衙监狱内，没有像他说的那样，几天内就可以出去，相反因儿子吴涛的牵连，还在等待着朝廷对他的处置。

这天一大早，他所关押的牢门被打开。牢头说："吴振江，马知县、川岛先生他们来看你。"

吴振江看了他们一眼，把脸扭到一旁。

马知县看后，说："吴兄，我和川岛先生来看看你，你这又何必？谁没有落难的时候！"

一旁的川岛也笑："吴兄，我们总算相识一场，只要能与我合作，我可以想办法救你。"

"吴兄，当今太后也惧怕日本。川岛先生的话，你可听到？"马知县附和道。

吴振江头也不回。

"可惜、可惜。"川岛摇摇头，啧啧叹惜。

马知县大声地对着他说："吴振江，我现在可以告诉你，参展瓷被劫是山田日本人干的；鄱阳湖一案是我的预谋。我斗不过你，但你救不了大清朝。吴大人，不是我不讲情面。识时务者为俊杰。想通了，告诉牢头一声。"

不管怎样说，吴振江对他们就是没反应。

马知县看后，也自觉没趣，对着川岛说："川岛先生，我们走，我想他一定是上次的牢房没有坐够，还留恋着。"说完与川岛相对哈哈狂笑。

待他们走后，吴振江靠在墙上，痛苦地闭上眼，十多年来景德镇皇窑厂督陶生涯历历在目，有的事，感觉就发生在昨天。他预感到川岛一伙日本人不控制景德镇，控制皇窑厂，他们不会罢休。他倒不担心自己，而是担心皇窑厂和景德镇瓷业。有他在皇窑厂一天，川岛一伙的阴谋定不会得逞，可现在？想到这，他摇摇头，痛楚地闭上眼睛。

是儿子、侄子他们帮了川岛一伙的忙。吴氏世代对皇上忠诚，这叫他今后何以面见列祖列宗？对此，他感到自己负有责任，理应受到朝廷惩罚，但是他有点不明白，就是朝廷为什么要重新启用马知县这伙人？想到这，他仰天长叹！

在浮梁县衙公馆钦差下榻处，钦差看着马知县送来的大小礼单，笑着说："马大人，你太客气了。坐，请坐。"

马知县看到钦差见到他的礼单心花怒放，心中窃喜，但他没有表露出来，却反而装出一副委屈、可怜样，说："大人，下官被吴振江陷害，心身俱损，经济薄弱，小小意思不成敬意，还请大人海涵。"

钦差惋惜地说："马大人，本钦差很看重你。本想在此多住时日，不巧，刚接到快报，孙中山在广东闹上了，亲王爷命本将即日南下前往平叛。"

"大人英勇神武，下官在此祝愿大人马到成功，生擒反贼孙中山！"

钦差听后，倒是淡淡一笑，他说："马大人，你有所不知，孙中山在广东已成一定气候，此次征伐，任务艰巨。吴振江治厂有方，是朝廷和豫王爷的钱袋子。逮捕吴振江、启用你马知县，王爷费思了很久。本将猜测，王爷不想吴振江现在就死，只想压压他身上的那股臭气，你明白吗？"

"明白。下官明白。"马知县不断点头说，"多谢钦差的教诲。"

"本钦差知道你与吴振江有过节，"钦差说，"我本想帮你，待抓住吴振江参与革命党的证据后，除掉他，不过，本钦差现在要走了，咱们只得后会有期。"

"钦差大人，马某有您这句话就够了。"马知县说着，突然向钦差跪下，哽咽起来。

钦差看后，把他扶起，说："马大人，新任督陶官已在途中，在我走后，新任督陶未到之前，你暂且代理皇窑厂一切大小事务。"

马知县一听，心中顿时大喜，马上说："谢钦差大人信任。下官一定克己奉公，为钦差大人争脸。"

"好，马大人，有你这一句话，本钦差也可放心南下，下去吧。"

马知县送走了钦差，来到春圆酒楼，一次订上二十桌酒食，他要摆宴庆贺，让镇上的人看看，我马为民背后有的是洋人撑着，倒不了，这浮梁还是姓马。

晚上宴席上，吴晋端着酒，对他说，今天，这镇上马大人最出彩，并敬上他一杯。马知县一听，心中久违的感觉又出来了。但是他马上意识到什么，对着他说："老弟，我马某能有今天，全仗川岛先生，你的酒，我等一下喝。我现在要敬川岛先生，敬我的再生父母。"说着站起来，对着身旁的川岛一口干下。

川岛听后，笑着说："大人，你太客气了，我干了这杯。"

马知县还觉自己说得不够，对着川岛继续说道："川岛先生，这镇上有我的，就有您的，今后皇窑厂有什么事，你叫下人吩咐本县就是。"

一旁的吴晋听后，马上说："马大人，现在川岛先生要的是汪叔凡的三阳开泰，他要用它来敬献给他的天皇。"

马知县被吴晋这一说，一时僵持住了，他抓着脑袋，不好意思地说："川岛先生，汪叔凡可是个倔老头。"

川岛听后，脸上的笑容顿时消失。

马知县见川岛不开心，一时结巴起来："川岛先生，我……我……"

吴晋看他吞吞吐吐的傻样，在他耳边耳语了几句。马知县听后，脸上由阴转晴，笑起来，最后，只听到他对川岛说："川岛先生，这个你放心，你是我的恩人，你要的，本县一定给你办到。"

在镇上风火弄吴府临时住所，秀娟进来，姜雪问："见到晋儿没有？"

秀娟气愤地说："这个混蛋，我好不容易等到他，他说他根本就不认识我！"

姜雪听后不作声。

秀娟说："二娘，听说钦差昨晚就走了。现在马知县又暂时督理督陶府，管理皇窑厂。"

"马知县能回来，肯定与川岛有关。老爷罢了马知县的官、杀了川岛的人，他们这次肯定不会放过老爷的。"姜雪说。

秀娟说："二娘，那怎么办。我们再到京城去？"

姜雪摇摇头说，"娟儿，此时不是彼时。暂不说，光绪驾崩，小皇上即位，主不了事。再说，咱们老爷这几年，一心扑在皇窑厂上，除与内务府接触外，与朝中大臣少有往来。现在当朝中主政的是豫王府，但他最恨革命党，这次下令抓你父亲的就是他。"

"二娘，那我们怎么办？"秀娟急着问。

"现在南方事急，亲王府对革命党正在火头上，只有等这件事过后，咱们再想办法。现在我担心的是川岛、马知县他们不会让我们等。"姜雪说。

"那怎么办呀，二娘？"

"要是晋儿能从中周旋，老爷说不定还有一些希望。"姜雪坐在一旁，呆呆地说。

小翠在一旁听着，默不作声，最后她对姜雪说："小姐，你让我去试试吧。"

"你？"姜雪瞪大眼看着她，不过，最后她还是点了点头。

小翠来到吴晋府，吴晋看后，上下打量她，嬉笑着说："英子，怎么，这时才想起我来了？"

"我不是什么英子。我叫小翠！"小翠说。

"对，是小翠，不叫英子。"吴晋说，"小翠，我想你不光是来看我的吧？"

小翠说："现在督陶府没了，你倒发达起来。看着你风光，我来借个光，不行吗？"

吴晋笑道："小翠，你本来就是我未过门的老婆，我的不就是你的？"

小翠低着头，不吭声，眼泪唰唰地掉。

吴晋一看，两眼立刻放光，拉着她的手问："小翠，你现在想通了？"

小翠擦着泪,把他推开,说:"二公子,要我嫁给你可以,不过,我有一个条件。"

"条件?"吴晋问,"什么条件,不用说一个条件,我十个条件都答应你。"

小翠说:"我不要你十个条件。我只要你答应我一件事,就是想办法把老爷救出来,不论哪一天,哪天出来,哪天我就跟你成亲。"

"又是吴振江?不行!"吴晋听后,说。

"他可是你爸!"小翠对他大声说道。

"他没有我这个儿子,我也没有这个爸!"

"不行就算了,那我走。"小翠说着就要走。

"那让我试试。不过,你说话得算数。"吴晋看着小翠要走,无可奈何,勉强答应了下来。

汪仲从外面进来。汪叔凡问他,看到大人没有?汪仲摇摇头说,他们这些人根本就不让我进去。

"唉。"汪叔凡低着头,拼命地抽着旱烟,不断地咳嗽着。

这时秀娟过来,看着汪仲,问:"见到我爸了吗?"

汪仲气愤地说:"他们根本就不让我进!"

秀娟说:"我给你的银子,你给他们没有?"

汪仲摇摇头,说:"牢头讲,这次马知县下了死命令,谁都不能探监。"说时,把银子还给秀娟。

"他们怕我们去探监,这是他们心里虚!"汪叔凡说。

"现在大街小巷贴出布告,说贩运人犯是哥哥他们乱党干的,"秀娟说,"听说他们还要推出二哥做陶瓷商会会长。"

"别理这些!"汪仲说。

汪叔凡坐在一旁,一直吸着烟,不吭声。突然,他把旱烟一灭,站了起来,把汪仲叫到画室,并关上了门。

在画室,汪仲看到父亲拖他进来的神态,知道父亲心中一定有大事。只听他说:"仲儿,三阳开泰是我们陶瓷人世世代代创造的成果,我本想在它制作技艺更加成熟后,找个时间把它献给皇窑厂,献给皇上,但看今天这架势,他们这伙人不会放过它。爸老了,为防不测,这是三阳开泰的釉料配方,你记下,千万不可泄露给任何人!"

汪仲接过去看。

"仲儿,你把它记下没有?"汪叔凡等了一会儿,问。

汪仲点点头说:"我记下了。"

汪叔凡马上对他说:"你跟我再复述一遍。"

汪仲按照老父的要求,把它复述了一遍:"红釉 $1/1$、黑釉 $2/5$,釉灰渣 $3/20$、釉果 $3/10$、乌金土 $1/5$。"

汪叔凡点点头,然后把手上的配方点上火烧掉。

就在此时，外面传来嘈杂的声音。汪叔凡叫儿子待在房内不要乱走动，自个独自出去。一捕头见他出来，走上前，神气十足地指着他问："你就是汪叔凡？"

"我是，请问有事吗？"汪叔凡上下打量他一眼，反问。

那捕头也不多说，只见他一招手，对着同伴大声吼道："给我把罪犯拿下。"

几个捕头上来。

秀娟、汪霞和汪府上下的人听说有人要抓他们家主人，轰地一下从各处围了上去，问他们凭什么抓他师傅。

"上头要抓就抓，这就是理由。"捕头瞪着眼，傲慢地说道。

这时汪仲在房内再也忍不下去，他从画室冲了出来，拦在捕头的前面，指着他问："我父亲犯了什么罪？"

捕头放下汪叔凡，转过身，指着他说："好，本爷我告诉你，据有人反映，你父亲偷窃了皇窑厂贡瓷秘方。"

"这是污蔑！"汪仲听后，大声呵斥道。

捕头用手指着他说："妨碍公干，一并抓走。"

汪叔凡马上说："我的事，跟他们无关。"随即，被他们带走。到门口，他回转头对着汪仲喊，"仲儿，我的话你可要记住！"

汪仲茫然地点点头，愣在那。

"还愣什么，师傅都让人给抓走了，快想办法呀。"秀娟对着他大声喊道。

汪叔凡被抓，汪府顿时缺了主心骨，汪霞跑到风火弄吴府临时住所来找姜雪。

"看来他们动手了。这一切，老爷早预言到。"姜雪自言自语地说道，她后悔自己没有把老爷的话及时转告给他们。

捕头没有把汪叔凡关到浮梁监狱，而是把他带到大清督陶府。汪叔凡一进来，马知县马上迎上去，笑着去握他的手，一面热情地说："汪老，用这样的办法把你请来，委屈你了。"说着，向捕头使了一个眼色。他们马上退了下去。

"马大人，我犯了什么罪？"汪叔凡冷冷地问道。

"谈什么犯罪，汪老，这个地方，你很熟悉。"马知县说，"要怪就怪吴振江大公子不争气，去参加什么革命党。"他摇摇头，显得十分无奈，连说，"可惜，可惜。不过，汪老，吴振江不在，这个地方你仍可经常来。你我都是老朋友。皇窑厂的工作还要你多支持。"

汪叔凡说："我是皇窑厂一个告退的老窑工，进你这个督陶府，我无资格。"

马知县笑着说："汪老，你就不要自谦了，谁做得出三阳开泰？只要我马某在，督陶府随时为你开放。"

"好，马大人，既然我没犯罪，那我走了。"汪叔凡说完，转身便走。

马知县见状，忙上前拦住，说："汪老，你是皇窑厂的楷模，吴振江在时经常表彰你。今天我请你来，是要你像支持吴振江一样支持我的工作，烧出你的三阳开泰，献给大清皇上,我也好在朝廷有个面子。"

汪叔凡见硬不过去,马上转变态度。当他听清马知县的用意时,将计就计,故作惊讶地说:"原来是为这事。烧制三阳开泰,马大人,我是答应过吴大人,可是你知道我的作坊釉料全部被偷,你让我做,我现在年老了,那些配料、配方,一时也记不起,我是有心无力。"

马知县一听到眼前这一偃老头松口,立马亲自给他倒茶,并双手奉上,他说:"这个好办,汪老,我马上叫人把它全部要回来就是。请喝茶。"

"大人,要回? 难道我作坊里的东西是你们偷的? "汪叔凡听后,瞪大眼问。

马知县自知失言,立刻板着脸说:"汪叔凡,我堂堂五品知县,大清皇窑厂临时代办,怎么会做出那种事? ! 你太伤我自尊了,我把你当朋友,可你……"

汪叔凡笑着说:"马大人,我只是顺着你的话说。我该说的都说清楚了,我该走了。"说着又转身要走。

"汪叔凡,"马知县对着眼前这个偃老头,见软的不行,也不再绕弯了,突然把脸一沉,对着他说,"烧制三阳开泰的釉料本县已备好,你烧也得烧,不烧也得烧,烧不出三阳开泰,你别想离开督陶府半步。"说着向左右使了一个眼色。捕头上来,把他押向督陶府后院。

此时,朝廷任命的大清皇窑厂新任督陶官,骑着马正走在上任的路上。

也就在此时,武昌爆发起义。

消息马上传到景德镇。在山城的大小街头,报童拿着报纸在到处叫卖:"卖报、卖报。武汉爆发起义。孙中山在南京成立临时政府,就任临时大总统! "

在浮梁监狱,一帮狱头在议论。只见老狱头说:"各位,现在马知县要我们处决这批革命党人,这如何是好? "

年轻一点的牢头听后,马上说:"老哥,这几年在我们监狱里被整死的革命党人还少吗,一旦这天下成了他们的,他们会放过我们? "

一旁的矮个子说:"三十六计,兄弟,我看我们还是走吧。"说着转身溜得不见人影。

浮梁监狱里的牢头少了。牢饭是有上餐没下顿。一些犯人因饥饿,敲打栏杆,大喊:"人呢,送饭的人到哪里去了? 要把我们饿死吗! ? "

这是个与世隔绝的世界,外面的消息很难传进来。

吴振江心里好生纳闷,隔着栏杆往走廊看,好不容易看到了一个上了年岁的牢头走过来,忙问:"老哥,你们这些天都去哪了? "

这牢头看了周围一眼,说:"吴大人,你还不知道,大清朝没了! "

"老哥,你刚才说什么? 大清朝被推翻,没了,没了,谁说的? "

吴振江听后,抓着栏杆,对着他问。

牢头看他急，摆摆手说："大人，这不会有假，过两天革命党人就要进城了。现在镇上有些做官的早跑了。"

"大清朝被推翻了，大清没了，大清没了？皇上没了！"吴振江抓着栏杆，喃喃自语，突然号啕大哭起来。

也该马知县倒霉，这上任不到十天，便遇上这事。这不，他犹如热锅上的蚂蚁，急得上蹿下跳。

一旁的川岛也是一样，中国的形势发展太快，让他有点措手不及。这几天，他与日本东京，几乎是电传不断。这不，刚搁下电报机，马知县便派人来找。他到时，刚好遇上吴晋也在。他们便不约而同地在县衙密谋起来。

马知县说："川岛先生，把你请来，不好意思，现在的形势你也知道，你看我们现在怎么办？"

川岛听后，在一旁沉思，没有吱声。

吴晋看后，心中更急，他激动地说："马大人，我想这时不如乘乱把皇窑厂值钱的东西卖掉，杀掉吴振江和汪叔凡。然后叫川岛先生给我们介绍到日本去，做日本国的臣民。"

"小弟，前面我同意，但我这把年纪，日本我就不去了。"马知县听到吴晋一说，马上摆摆手，表示反对。

吴晋说话时，川岛一直盯着他。当听他们说要杀掉吴振江，到日本去，川岛觉得他们这样做将打乱他的计划。他站起来对着一旁六神无主的马知县说："马知县，中国人落叶归根的心情我理解。我想现在的情况还不是你们说的那样糟。我们还可以继续过我们现在这样舒心的好日子。你也可以继续做你的知县和临时代办，但吴振江必须死。"

马知县一听，忙问："川岛先生，有这等好事，快说出你的妙计？"

川岛叫他们凑上前，一字一句说："二位，吴振江忠于大清，是大清朝的死党，他不可能转向革命。革命党到来之后，按他的个性，我想他只会对革命党进行仇恨和对抗，这样革命党必杀之。你们要是把皇窑厂和吴振江献给孙中山革命党，通电起义，就可做革命党的功臣，再借孙中山革命党之手杀死吴振江。"

马知县看了川岛一眼，问："川岛先生，你说得有理。为什么我们不拿吴振江的头献给革命党，以绝后患？"

川岛笑着说："马大人，这个你就不懂。吴振江是景德镇的大英雄。你我杀了他，镇上我们还能呆得下？我们让革命党去杀他，让镇上的人去恨他们，让他们呆不住，到时我们再站出来，这里天下不就是我们说了算？"

吴晋忍不住问："川岛先生，吴振江的大公子也是革命党，革命党怎会杀他？"

川岛觉得吴晋问得奇怪，不免哈哈大笑，他说："吴晋，你不是吴振江的儿子吗，为什么要他死？中国人有句话，人不为己，天诛地灭。我研究过中国的革命党，他们一伙大多六亲不认。这点，吴晋先生，你可放心。"

"妙！妙！一箭双雕。川岛先生，我听你的，吴老弟，我们起义！"马知县听后，拍着手说。

汪仲来到督陶府找马大人，他说："马大人，我父亲的三阳开泰制瓷秘方在我手里。他现在年岁大了，记忆力很差，平常丢三落四的，不可能为你们烧出三阳开泰，你逼他也没用。只要你放了他，我马上把秘方交给你。"

为了答谢川岛，也为了稳固前眼这个靠山，马大人这段时间为这事一直伤透脑筋，听他这一说，心中顿时十分惊喜，但是他毕竟是老江湖，心想倔老头的儿子会有这么好？不过，他再想一想，感到汪仲说得在理。想到这，马知县看着汪仲，上下打量他一番，笑着说："这事我们再商量一下。"

汪仲走后，马知县匆匆来到后室，对吴晋："快，你快去把川岛先生请到这里来。"

不久，一顶轿子匆匆在督陶府门前停下。

川岛先生来到马知县书房。

马知县说："川岛先生，刚才汪叔凡的儿子到我这里，说愿意献出三阳开泰秘方，换取他的父亲，这事你看怎么办？"

川岛看着吴晋。

吴晋犹豫了一下，对川岛、马知县说："先生、大人，汪仲，这人我了解，他是个老实人。他制瓷技艺深得他父亲的真传，为人很厚道，不像他父亲那样倔。再说汪叔凡年龄实在大了，记忆力不行，要他做出来很困难，汪仲说得不假，他的话值得一信。即使他要滑头，我们还可以把汪叔凡再抓起来。"

川岛听后，觉得吴晋分析在理，点点头说："好，马大人，那就依他说的办，不过，我们不能让他离开，告诉他，他是来代替他父亲的，做不出三阳开泰，就永远别想出去。"

他们研究好后，通知捕头带来汪仲，同时令人把汪叔凡软禁的房门打开，放他回去。

汪叔凡听说马知县要放他回去，站起，搓了搓手上的泥土，自言自语道："不知什么事，让马大人发善心了？"

一旁捕头不耐烦地说："老头，不是他发善心，是你儿子发善心，他来替代你，答应交出秘方，为马大人烧制三阳开泰。"

汪叔凡听后，心中一惊，忙问："你说什么，汪仲？我儿子？"

捕头说："没错，是你儿子汪仲。你呀，好福气，快走吧。"

汪叔凡突然气血上涌，一阵眩晕，他大声骂道："这个逆子！"说着一口鲜血从嘴里喷出来。

汪仲接替父亲汪叔凡后，表现得很卖力。三天后，便把一件件吹上釉的瓷器装进匣钵。川岛是一个个地亲自检查，待他确定一切妥当，无任何差错后，令窑工把它们端进窑炉。

一旁的马知县唯恐有失，亲自带着官兵进窑监督，看窑工把匣钵安放好后才出来。

这时，马知县走到川岛前，笑着问："川岛先生，可以封窑吗？"

川岛点点头。

马知县转身冲着把桩师傅嚷道："你们可以封窑了。"

一旁的叶青听后，与汪仲擦肩而过。他们对视了一眼，然后走进窑炉前，把窑炉封好。窑炉封好后，叶青转过身对着马知县说："大人，准备好了。"

"好、好。本县亲自来点火，你们退下。"马知县看了川岛一眼，笑着走上前，把叶青推到一边。他举着火把把它抛进窑炉，顿时窑火轰的一声燃烧起来。

川岛眯着一双小眼，看着窑火，一脸的得意。

突然，窑炉顶端冒起黑烟，继而发出吱吱的响声。

川岛瞪着眼，大声地说："不好。"还没说完，"轰"的一声巨响，窑炉爆炸了，川岛、马知县顿时被气浪掀翻在地。

巨声过后，清兵赶紧过来搀扶马知县。马知县惊魂未定，看到清兵上得前来，才定下神。马知县站定后，用手一摸，发现自己满脸是血。他一眼发现站在一旁的汪仲，顿时来了精神，指着他，对着清兵大喊："抓起来，给我把他们统统抓起来。"

士兵蜂拥而上，把汪仲和叶青按倒在地，捆绑起来。

汪仲大喊："马大人，凭什么抓我，我是按照配方做的。"

叶青也喊："大人，我冤枉，冤枉！"

"冤你奶奶个球。晦气。给我带回去。"马知县对着他们吼道，看着一旁在地下乱摸的川岛，他赶紧上前来搀扶。哪知川岛不起来，不停地捶打着他的脚。原来，马知县踩到了他的眼镜。

皇窑厂窑炉爆炸的第二天，吴晋爬上城楼，扯下大清龙旗，用力踹了一脚，然后挂上了民国的青天白日旗。

站在城墙下的马知县头上裹着白布，看到大清朝的龙旗落地，马上对着前来参加革命举旗仪式的人群大声喊道："各位乡民，自现在起，浮梁县全境参加革命，脱离外族满清政府，回归汉人领导的中华民国政府。自此我浮梁人民在民国政府孙中山的领导下，走向新生。"

下面乡绅一听，立即鼓掌。

这时，有人指着他问，你头上干什么？

马知县一听，指着自家头大声地对着人群说："各位乡民，刚才有人问我，我头上是咋回事，我在这里要郑重地告诉你们，这是我带领大家革命时所做出的牺牲。"

下面的人不明所以，顿时爆发出一阵掌声。马知县感到十分得意，心想这窑火还真炸出一个好彩头，真是天助。

浮梁县衙装饰一新，门前挂上中华民国浮梁县政府的招牌，马知县的头衔也随之变为马县长。

吴晋穿着革命军装，来到马知县的办公室前，他行着军礼，大声喊道："报告，马大人，浮梁保安大队大队长吴晋求见。"

马知县一听，觉得滑稽，赶紧叫他进来。他说："老弟，现在是民国，懂吗？再不能称什么大人，得叫县长、马县长。"

"是，马县长。"吴晋马上行了一个军礼。

马知县把手一摆，说："好了，我问你，坐上这个位置习惯吗？与你生意相比如何？"

吴晋说："大人，不，县长，小弟还是感到这有钱的，不如做官的好。做官威风，你想打哪个就打哪个，想整谁就整谁。要钱，找个理由，把人抓过来，吃的、喝的、玩的、乐的，全来了。只要有您大人这棵树，我走在街头上，对谁都可哼着。大人，好威风。"

"那做生意呢？"马知县问。

"大人，生意可不同，你得会算计，一招算错，一场辛苦白搭。平时，各个衙门，红道黑道，谁来你都得笑着相迎，这其中滋味，只有自己知道。"吴晋叹道。

马知县听后说："兄弟是个全才，我没看错。你现在虽说踏入这行不久，但已深知其中奥妙，今后前途不可限量！老弟，你这个位置对我很重要，你一定要给我看住。过两天，民国专员就要到，你给我组织接待好。这个做官，全在这个接待之上，你得多给我花点心思。懂吗？"

"你放心吧，大人，这个我最拿手。只要他有欲望，我吴晋一定可以把他摆平。"

"行。去吧。记住，今后见面，你得叫我马县长。"马知县说。

"是。"吴晋行上军礼，转身出去了。

红店文学系列

第三十五章

在浮梁县,马知县把剪辫子作为革命的标志。起义第二天,在县衙监狱中的狱头便带着马知县的命令,拿着剪刀来到每间牢房,他要每个犯人都剪辫子,一些人不同意,牢头们就强行剪去。过后,一些犯人一摸发现自己头上辫子没了,号啕大哭。

吴振江今天发现,狱中的哭声是此起彼伏,正觉纳闷,想站起来看个究竟,谁知刚抬头,便发现狱中牢头们个个拿着剪刀,冲着他笑眯眯地走过来。

他马上问:"你们这是干什么?"

狱头是个结巴,只听他说:"吴振……江,我……奉……奉革命的……命令,来带……领大……家革命。"

"你们都革命了?"吴振江问。

狱头摸着头上的头发,指着他说:"我已是……革……命党,我们都……是革命党。"

"革命党,那马为民呢?"

狱头说,"马知县带……领……我们都……革了命,他现在是……革命县的……县……县长。"

"马知县革了命,做了革命县的县长?"吴振江听后,喃喃道。

狱头说:"马大人,不马县长,他现在正……在迎接新……上任的吴专员。他教导我们要……适应时代潮流,我们是……是汉人,不能受……他们外……族统治,他……说他……早就想革命,只是……苦没……机会,现在他要……带……领全县,包……括你……们都革命。这不,我正……忙着?等下……就是带你革……命。"

"我不革命!"吴振江坚定地说。其实,革命到底是什么,他也不甚了解。

狱头说:"吴……大人,你大……人大……量,不要为……难我……们,我……们在这……吃口……饭也……不容易,上……有……老下有……小,没……办法。"

"我死也不革这个命!"吴振江再次回答。

这时,有人过来说:"吴振江,有人来探监。"

吴振江心想此时都在革命,谁还有空来看我?他还没有想好,人已进来。

"大人,是您吗?"那人看着他问。

"你,你是谁呀?"吴振江问。

"大人,是我,汪叔凡。"汪叔凡激动地喊。

吴振江反应过来,笑着说:"老哥哥,呃,是您呀!老哥哥,你革命了?"

汪叔凡摸摸自己的头,说:"革命了,以前几次来,他们都不让我进。现在革命了,自由了。"他从篮中拿出酒和菜,说,"这是您爱吃的酒,还有您爱吃的菜。"

吴振江一脸无奈地说："老哥哥，我哪里有心情吃得下？告诉我，外面怎么样，我家还好吗？"

汪叔凡听着吴振江一连问的几个问题，一时不知怎样回答。

镇上街头，人群中突然之间没了辫子。一夜之间四处插上了青天白日旗。墙壁上刷着许多红绿色的标语。

在风火弄吴府临时住所，吴亮兴奋地跑进来喊："二娘，革命了。"

秀娟也笑着进来说："二娘，我们周围的清兵也撤了。"

"这下好了，老爷有救了。"一旁的得福说。

吴亮说："二娘，二哥做上了浮梁县治安大队大队长。"

这时，老夫人在小翠的搀扶下走出来。

"革命好，但是当道的仍是马为民这批人，他们不会放过你家老爷。就是马为民革命了，他心结也解不开。"姜雪看着大家高兴，独自一旁忧郁地说。

吴涛和吴波穿着军装，骑着马，走在夹道欢迎的队伍中。

红店文学系列

"欢迎革命军，欢迎革命军，欢迎吴专员。"秀娟、张承、汪霞他们挥动着手中的青天白日旗高喊。突然，人群中有人指着走在队伍前的吴专员说："你们看，吴专员，像不像督陶府的大公子吴涛？"

吴涛此时正朝这边挥手微笑。

"我看像是他。"一旁的人说。

"什么像不像，就是他。"另一人说。

"吴专员就是督陶府的吴大公子。"欢迎队伍中的人在窃窃私语。

秀娟听着大家议论，拼命挤入人群前。到了前面，她看到吴涛、吴波骑着高头大马正走过来。"是我哥哥，是我哥哥。"秀娟自言自语，大声地说。人群中的人都望着她。秀娟顾不了许多，冲出迎接欢迎线，站在游行队伍中间，对着他们大声喊："大哥，三哥！"

马背上的吴涛在欢迎声中不停地向两旁的人群招手。后面的吴波听到喊声，声音十分熟悉，他马上侧身对着吴涛说："大哥，好像娟妹在叫我们。"

"是吗？"吴涛停下脚步问。他们转身，发现真的是娟妹，且已站在他们马前。

吴涛、吴波他们立即跳下来，看着她，又惊又喜。

马知县头上裹着白布与吴晋一起站在皇窑厂前门，正准备迎接孙中山的特别代表、浮梁专区吴专员一行。

他们久等不到吴专员，心中很是着急，踮着脚往前看。

"吴队长，你到前面去看一看，看看吴专员什么时候到。"马知县说。

"是。"吴晋转身而去。

在街头，秀娟笑着说："大哥、三哥，想不到是你们，我还以为再也见不到你们了。"

站在一旁的吴波笑着说："我们不是好好的？"

"大家都好吗？"吴涛问。

"你看，他们都来了。"秀娟用手一指，只见汪霞、汪强、吴亮、张承、小华莱士他们不知什么时候都冒出来了。

"爸爸呢？怎么不见爸爸？"吴涛问。

"是啊，怎么不见大伯？"吴波也问。

秀娟说："爸爸自你们出事后，受到牵连，现仍关在浮梁大牢。"

"不是革命了，怎么还关着？"吴波问。

"这一活动结束后，我们马上就去接他出来。"吴涛说。

吴波看着一旁的汪霞，腼腆地问："还好吗？"

汪霞红着脸说："你现在是大英雄了，大家都敬佩你。要是大伯知道，他老人家一定高兴。"

吴波听后呵呵地笑。

吴晋垂着头回来。马知县看了他一眼，问："吴队长，他们人呢？"

吴晋有气无力地指着前面说："马县长，你看吧。"

马知县看了吴晋一眼，马上满脸笑着对一旁的乐鼓队喊："奏乐，快，奏乐！"

乐声响起。

马知县笑着迎上去，近前一看，他们专程迎接的人原来是吴振江的大儿子吴涛和他要抓的吴波。他顿时愣住了。

这时吴涛他们已笑着来到他面前。

吴晋扯了一下马知县的衣角，他才回过神来，对着吴涛他们说："吴专员，我带领浮梁县全县起义代表，在此恭候你，请检阅。"

吴涛听后，把手一挥，说："马县长，你们辛苦了，我代表孙大总统向你们表示慰问。"

马县长这时调整好了表情，说："吴专员，我把一切准备就绪，请您检阅。晚上吴晋大队长将代表景德镇商界代表为你洗尘。"

吴涛看着一旁的吴晋，笑着说："做了大队长，什么时候又做了会长？好，二弟，我到时一定去。不过，我现在要去见爸爸，吴振江同志。马县长，听说他仍被你们关在监狱中？"

"这……这……这是误会，我马上就把他放出来，不，请出来。他是我最尊敬的人，我要为他压惊，为他接风。"

吴涛点点头，说："好，马县长，你安排一下，二弟，我们兄弟姐妹一起把爸接出来，我要亲自代表孙总统向他问候。"

吴晋不语。马知县捅了他一下。吴晋立马笑着说："好，这最好。"

秀娟、汪仲、汪霞、吴亮、张承一起回到风火弄吴府临时住所。

姜雪出来,看着他们个个不说话,问:"出去好好的,你们怎么了? 又在哪里受了气? 快,大家吃饭去。"

小翠这时出来,秀娟上前,把她拖到一旁说:"小翠,大哥回来了。"

"真的,他现在在哪? "小翠听后,眼睛一亮,问。

秀娟轻声地说:"在皇窑厂门口。"

"小翠,他现在是浮梁专区的吴专员。"一旁的吴亮说。

"什么,你们说什么? "姜雪听到他们叽叽喳喳,便过来问。

"大哥现在是浮梁专区的吴专员,陪同的是三哥。"吴亮老实,留不住话,马上说了出来。

"好呀,快通知老太太。你爸有救了,有救了。"姜雪喃喃自语,说时,眼泪都流下来了。

吴亮却低着头说:"二娘,不过,现在大哥和马县长、吴晋在一起。"

"亮儿,我不管他们跟谁在一起,只要平安回来就好。"姜雪激动地说。

姜雪兴奋地喊:"小翠,小翠。"

小翠不在,也不知怎么时候走了。

吴涛和吴波带着随从在马知县、吴晋的陪同下来到浮梁监狱。

狱头看到马知县,马上跑上前来报告:"报……报,县……长,15号不……愿革……命。"

马知县瞪着他说:"快,快把吴大人房中的锁匙给我。"

狱头指着牢房中的吴振江说:"对,就……就……是他。"说着把锁匙递给了马知县。

马知县快步上前,狱头看后也精神抖擞地跟在后面。此时吴振江正低着头坐在那儿。这段时间他苍老了很多,头上长了很多白发。马知县到了吴振江牢房前,迅速把牢门打开。狱头跟着进去,他指着吴振江大声地说:"吴振江,县……长带人亲……自帮你革命来了,还不起来! "

马知县瞪了他一眼,过去亲自扶起吴振江,拍着他身上的灰尘,笑着说:"吴大人,让您委屈了,您看看,谁来了? "

吴振江以为马知县又要耍什么花招,把头扭到一边。

马知县见他不理睬,提高声音喊:"大人,您看看,谁来了? "

吴涛、吴波这时已快步来到吴振江的跟前,对着他大声喊道:"爸。"

"大伯。"

吴振江听到喊声,抬转头一看,是大儿子吴涛、侄子吴波,还有二儿子吴晋。他突然上前抱着吴涛看了又看,尔后又抱起吴波,喃喃地问道:"涛儿、波儿,真是你们? "

"爸,爸,是我。"

"大伯,是我,是我。"

他们同声回答。

一旁的马知县见状,笑着说:"吴大人,祝贺你们父子和叔侄大团圆。这是革命的成果。"

吴振江这时才回过神,看了他一眼,再看看大家,疑惑地问:"你们?"

吴涛笑着说:"爸,我们革命成功了。我们来接你回去。"

"回去?"突然,吴振江把脸一沉,说,"回去,我回哪?大清没了。涛儿,你是当着为父的面,向列祖列宗起誓,永保大清的。你当初的誓言呢?我不信你会背叛大清,参加革命!"他歇斯底里地对着吴涛喊。

"爸,大清腐败成风、贪官污吏当道、忠臣蒙冤,对内镇压人民,对外卖国称臣,民不聊生。这样的国有何用。回家吧,大家都在等你。大清没了,有民国!"吴涛听后,激动地说。

"我是大清的臣民,你们走吧,我没有你这样的儿子,吴家也没有你们这样的子孙。"

吴涛看着父亲反常的情绪,马上安慰说:"爸,现在民国了,孙中山先生要我代他向您问好。"

吴振江扭着头,用眼瞪着他说:"我不认得什么孙中山,我只认得大清,认得皇上!"

一旁的马知县看到吴振江至此仍惦记着大清和皇上,心里有点挂不住,但他马上镇静下来,笑着对吴振江说:"吴大人,吴公子现在是浮梁专区专员了,他现在受革命之命,总理景德镇陶瓷业。"

"什么革命,景德镇没有民国,更没有吴专员。"吴振江说时,双眼盯着他,全身充满着愤怒。

吴波也上前劝:"大伯,大清被我们推翻了,孙大总统念您对瓷业有功,特要大哥代表他亲自迎接您出去。"

"要回去,我自己会走!"

他们走后,吴振江自个打监狱中走了出来,狱士向他敬礼,他看也没看一眼。外面强烈的阳光直射得他睁不开眼。他不得不停下,理了理自己的衣衫,然后朝前走。

不远处,姜雪正独自站着,看着他。吴振江走上前,问:"雪儿,你怎么来了?"

"我知道你不会跟他们一起走!"姜雪温柔地说道。她双目注视着他,眼里渗出了泪珠,用手轻轻地帮他理了理头上的鬓发。

"雪儿,我的好雪儿。"吴振江说着,一把把她抱紧,眼泪唰唰地掉了下来。

"老爷,不管这些晚辈了,我们走吧。"姜雪心疼又理解地看了他一眼,挽着他往前走。

吴振江随姜雪来到风火弄一平房门口,停下了。"老爷,我们到家了。"姜雪笑着说。

吴振江看了一眼,跟着姜雪走了进去。

"娘,娘,老爷回来了。"姜雪一进门,就喊。

端坐在大厅的吴老夫人倒像没有听见,仍坐在那不动。

吴振江看到老娘,走上前,对着她突然跪下,流着泪,大声喊道:"娘,儿回来了!"

老夫人仍然端坐着,连看都不看他一眼。

"娘,你不是天天盼着老爷回来吗,现在他回来了,回来了,你该高兴呀。"一旁的姜雪看着一声不吭的老夫人说。

"娘,儿让您受苦了。"吴振江抱着老夫人的双腿喊。

老夫人这时才低下头,看了看吴振江,她长长地叹一口气,自言自语地说:"现在按理说,儿也出来了,孙辈们个个都长出息了。吴家也算是苦出头了,我该高兴。可……可……可这个家个个拿着自个儿的主意,互不往来,你们说,这哪像一个家?"

"得福,谁惹老太太生气了。"姜雪问。

得福说:"二公子来过。"

"晋儿来这干什么?"姜雪问。

"二公子说是小翠自个答应嫁给他,他是来接她过门的。"得福回答。

"小翠跟她走了?"姜雪问。

得福说:"你前脚走,小翠她后脚就出去了,到现在还没回来。老太太叫秀娟她们出去找,也没音讯。"

姜雪点点头,看着老夫人,若有所思。

晚上,汪叔凡、饶希斋、马和尚等在春圆为吴振江摆酒接风。

席间,饶希斋站起来说:"大人,我先敬您一杯。"

吴振江摆摆手,苦笑着说:"大清朝都没了,我已不是什么大人,谢谢各位平日对我的支持,谢谢,我敬大家一杯。"

"大人,大清朝是非不分,乾坤颠倒,忠臣蒙难,对外屈辱奉迎,对内搜刮镇压,气数已尽。您已尽力,不必难过。"马和尚看到大人伤心的样子,站起来安慰。

"马秘书长说得对,不过,大公子就在隔壁,他们能跟马为民这班人搅在一起,我看革命党人也好不到哪里去。"饶希斋说话直肠子,一向直来直去。

吴振江像什么也没听到,拿着酒杯独自一个人喝。

父亲吴振江对自己的不理解,吴涛心里多少不好受。为了尽快开展景德镇的工作,打开工作中的新局面。晚上,吴涛带着吴波如期参加了马知县和商界代表吴晋为他们举行的欢迎宴会。

马知县见他们到了,带着大家在门口鼓掌欢迎。

吴涛举着手,微笑着向大家点头。

来到宴会上,吴涛才知道坐在这儿的根本不是什么商界代表,而是川岛一伙。吴波欲走,吴涛暗中踩了他一脚,拖着他坐下。

马知县待他们坐定,站起来对着吴涛说:"吴专员,让卑职给您介绍一下。"他指着第一个说,"这是商会吴晋会长。"

"马县长,吴晋什么时候做上的会长?据我了解陶瓷商会会长是要陶瓷界代表选举的?"吴涛听后,笑着问。

"这……这……因为李俊会长事出仓促,商会不可能一日无主,为了工作,本县临时……"马知县听到吴涛责问,忙着给吴晋解释。

吴涛点点头。

马知县接着介绍,指着第二位说:"吴专员,这是日本……"

吴涛未等他说完,马上接过话说:"他是川岛先生,是吗?马县长,其实,在座的各位,我们早就认识。我看马县长就不用介绍,不必客气,大家请坐。"

"我们欢迎吴专员给我们训话,大家欢迎。"马知县听后,举手鼓掌。

吴涛一时还真不知讲什么。他来之前本想在今天商界各代表宴席上,希望大家看在他父亲薄面上继续支持他的工作,但是现在来的根本不是什么商界代表,而是川岛、马为民一伙。

马知县是南京临时政府任命的县长,又是起义有功之士。吴涛来这工作,他需要马知县的支持和协调。此时不能丢他的面子,否则今后难以开展工作。吴涛想到这,犹豫了一下,然后端起酒杯,说:"谢谢大家盛情,希望大家按孙大总统的精神,尽心尽力地做好工作。我一定克己奉公,恪尽职守,勤政为民,不负景德镇人民的重托。"

"讲得好,讲得好,吴专员年少有为,人中俊杰,现又得中山先生器重,今后前途必然远大。吴专员能领导我们是我辈前生的福气,是景德镇人民的福气。我们以有吴专员这样的上司感到自豪。"马知县未待吴涛的话音落下,立即站起鼓掌,唾沫四溅、言辞谄媚。

在座的也不断点头,跟着鼓掌。

这时,只见吴晋给吴涛递上一个红纸封,笑着说:"大哥,不,吴专员,我代表商会,一点茶水费,不成敬意,希望笑纳。"

吴涛打开一看,是一张一万两白银的支票。他笑了笑,说:"谢谢,谢谢。"然后交给吴波。

吴波看着他,觉得大哥没有一点原则。

川岛此时也站起,送上一个红纸封,吴涛看后,显得很激动,只见他端起酒杯,对着在场的人说:"我代表革命政府,谢谢各位的支持和厚爱。来,我敬大家一杯。"

"好,我们都干。"川岛两眼笑眯眯的,第一个站起,大家也跟着,端起杯,一口而干。

吴涛放下酒杯,此时已略显醉意。他看着身旁的马知县,指着他笑着问:"马县长、你头上这是？"

"报告专员大人。"马知县听后,马上站起,说,"吴专员,下官为了迎接革命,特命汪仲他们赶制一批新瓷,叫三阳开泰来着。下官本想烧制好后,敬献给你,让你再敬献给孙大总统,敬献给中华民国。这可是代表我们民国的象征！那知汪仲这小子,他把这个三阳开泰给我弄砸了,还有这个叶青。我把他们统统给抓了起来,明日即将交给革命法庭审判。"

一旁的吴波听到这,再也坐不住了,他正要站起来,吴涛在桌底下用手又把他给拉住。只见吴涛笑着看了他们一眼,说:"马知县,你对革命的忠诚和精神可嘉,我代表革命和孙总统感谢你。在南京,我们就听说景德镇出了三阳开泰这一事,孙总统也很重视,听说这瓷是汪老前辈发明的,现在他不行了,他儿子汪仲在继承,新瓷试制倒窑,在皇窑厂并不为怪,如果我们就此把他们给杀了,马知县。那谁来为我们烧制这举世国宝三阳开泰？"

"请吴专员明示。"马知县见风使舵。

一旁的川岛看了马知县一眼,独自喝着酒。

吴涛扫视了在场的人一眼,放下手中的酒杯,站了起来,他说:"各位,现在革命事业正处用人之际,大家一定要精诚团结,不能相互猜疑,更不能相互打击。马县长,汪仲是个人才,烧制三阳开泰,是代表我民国国运兴旺发达的大事,你明天叫他来见我。"

马大人不断地点头,说:"是、是。"

川岛这时仍满脸是笑,喝着酒,没有吱一句,让他猜不透。

吴涛坐在皇窑厂衙门军政办公桌上,展出宣纸,提笔,写了一封感谢信。

吴波进来,一看,指着他问:"大哥,我们才来两天,写给谁呀？"

吴涛说:"小波,你来得正好,看看。"

吴波接过一看,一愣,转身看着吴涛,说:"哥,你写给他们？我看你现在真是中邪了！"

吴涛说:"你看后再发表意见。"说着低头又写了起来。

吴波站在一旁,念道:"吴晋先生,与自己过去决裂,积极投身革命,现捐赠白银一万,用于革命建设事业"。

"好,这样好,省得大家误解我们收了贿赂,我们革命党人是腐蚀不了的,让他们哑巴吃黄连。"

吴涛说:"小波,不说了吧,你再去给我重抄一份,并把它贴到墙上去。"

"哥,要那么多干什么？"吴波问。

吴涛看着他,笑着说:"小波,我们这样做,一来可以稳住他们,二来我们缺经费,这样正好。"

"大哥，我明白了。"

红榜在衙门外贴出后，大家纷纷观看。

吴晋拿着信来找川岛，进门便说："川岛先生，川岛先生，你看。"

只见川岛嘿嘿一笑，也从抽屉中拿出一封，并在他面前晃了晃，说："吴先生，我也有一封。不过，他不像你父亲，算是给了我们的面子，他帮了我们的忙，为我们买了人心，买了人心，懂吗？"

吴晋不解地看着他，说："先生，这年头，人心也能值钱？你不是说革命党不讲人情吗？"

"你不是也想吴振江死吗？虽说我们失算了一步，但是，要沉住气，好戏还在后面！"川岛回答。

第三十六章

　　大清皇窑厂衙门换成了中华民国浮梁专区行署,站岗的清兵换上了革命军。吴涛正在办公室主持他入驻景德镇以来的第一次会议。今天来的人很多,屋里坐不下,有的坐到了走道。

　　会场上,吴涛慷慨激昂,他对着大家说:"同志们、同胞们,民国建国伊始,当前摆在我们面前最紧迫的任务是发展生产,生产上去了,这不仅可以养活一大批人,稳定景德镇经济,稳固我们的革命成果,同时可以为我们的革命前线提供大量的充足的经费。"

　　待他的话一停,坐在一旁的马知县用力鼓掌,他站起来说:"专员训示得好,训示得对,我坚决支持。"

　　"下一步,把窑工请回来,尽快恢复生产! 吴波,会后,你马上把皇窑厂复工的告示贴出去。告诉窑工,皇窑厂十天后按时复工,恢复生产。"

　　吴波点头说:"好的。"

　　会后吴涛带着马知县他们一行视察皇窑厂。他们走进厂生产区,只见皇窑厂空空的。粉彩车间工作台上,早已布满了一层厚厚的灰尘。这里好像几个月都没有人来过。吴涛看后,侧身对着马知县问,"马县长,这里停产多久了? "

　　马知县走上前说:"报告专员,已五六个月。"

　　"我要具体时间,马县长。"吴涛说。

　　马知县默算了一下,最后说:"报告专员,严格地说,应是大清倒台那天。当时听到消息,上下惊慌,当天就走了不少人,第二天窑工就不来了。那时我也没信心,不知这皇窑厂今后何去何从,更谈不上去组织生产,掐指算来到现在有六个月差八天。"

　　吴涛点点头。他们边说边看,不一会儿,来到库房,里面空空的,一件瓷器都没了。

　　吴涛看后,脸色一沉,问:"各位,此仓库里的瓷器呢? "

　　一时,现场竟无人应答。

　　吴涛回头一看,马知县已在后面。他停了下来,等着马知县,待他到了跟前,问:"马县长,你说说,这库房里的瓷器你把它们藏到哪里去了? "

　　他一听,马上支支吾吾,"这……回专员,大清朝垮台时,皇窑厂当时乱极了,有些官员乘机浑水摸鱼,好在我及时阻止。停工后留守的人员不少,因没有钱发工银,我们便决定,把库存房里库存下来的瓷器发给他们,抵大家的工钱。"

　　吴涛冷冷地说:"马县长,据瓷工说他们根本没有得过什么瓷器。这又是怎么回事? "

　　"专员大人,你知道当时皇窑厂留下来的人不少,时局混乱,我们看到人就发,发了多少，我们也不知道，多少人没得到，我们也不知道。"

马知县心虚，吴涛又问得太细，一路上，马知县都答不出，他只得不断借故："报告专员，我得方便去。"

马知县不断来回，吴涛也忍不住了，指着他问："马县长，你今天这是怎的？"

马知县装出一副苦脸，诉说着："专员大人，革命了，同僚个个高兴，大伙凑合着请吃，可人老了，这肚子也就不争气。对不起，对不起。"

吴涛看到皇窑厂这个样子，再看马知县，看下去也无益，便对大家说："好吧，既然马县长不舒服，咱们今天就到这。"

在民窑吴晋府，小厮们个个低着头。吴晋看了他们一眼，指着他们说："你看你们，一个个熊样，我平时怎么养你们的？怎么，去了这么多人，连一个小丫头片子都给我接不回来？"

一小厮抬头看了吴晋一眼，壮着胆说："二公子，不是我们不卖力。我们这些兄弟时刻都守在吴府门口，可就是不见她出来。后来，我们实在没办法，进去问，才知道，小翠已失踪两天了，吴府的人也不知她去哪了。现在他们也到处在找她。"

"这等大事应早告诉我，我养你们干什么，还不组织人给我找去！"吴晋吼道。

"是。"

晚上，姜雪依偎在吴振江的怀里，吴振江望着天花板说："雪儿，小翠为了咱们这个家，付出的实在太多了。她的情，我这一辈子也还不清。你说说，已两天了，目前还是没有一点她的消息，这能不让人担心？现在，娘是不吃不喝，不断唠叨。我们对她有愧呀。"

"老爷，你有这个心就可以了。"姜雪说。

"雪儿，你说我们现在怎么办？"吴振江问。

"小翠不喜欢晋儿，倒是对涛儿有意。可她是为了老爷你才答应晋儿的。现在你出来了，涛儿也回来了，你叫她怎么做人，我想她这时心里很难。"

"雪儿，等她回来，我们再也不能亏待她。"

"老爷，你说得没错，可现在她人在哪？要不，跟涛儿说说，让他组织人到处找找？"

"这事，你去说吧。"

姜雪看了吴振江一眼，说："行，我明天就跟他说。"

第二天早上，吴涛把军装穿戴得整整齐齐，骑着马来到镇上风火弄吴府临时住所。吴振江看后，马上放下手中的活计，呆在屋内不出来了。

这时，姜雪笑一笑，对着屋内喊："娘、老爷，涛儿和波儿来了。"

"来了，来了。"老夫人听后，倒是人未出来，声先到。

"奶奶、二娘、得福叔，大家好。"吴涛和吴波笑着进来问候。吴波紧跟其后。

老夫人看着两个有出息的孙子,满面是笑,喊着儿子吴振江出来。

姜雪特意看了一眼内房,对着老夫人说:"娘,老爷朋友有事,他一大早就出去了。快,得福,为少爷倒茶。"

吴涛看得福起身去沏茶,马上说:"得福叔,我们一会儿就得走,谢了。奶奶、二娘,我是来请你们搬回督陶府的。"

"我们在这已住习惯了,涛儿,这事还是等你爸回来再定。"姜雪说着,把话题移开。

"那行。"吴涛会意地笑了笑。然后转身向随来的警卫员挥了挥手,他们上得前来,把一袋袋东西搬进来。

"你们这是? "姜雪问。

吴涛说:"二娘,家庭用品,以后我们每天都会叫人送过来。不够,让得福叔过来跟我吱一声。"

"嗯。"一旁的得福应道。

临走时,吴涛对着内屋说。"二娘,告诉我爸,革命政府要请他回去,重新掌管大清皇窑厂。"

"涛儿,等你爸回来,我一定转告给他。"姜雪会意,扬声说。

老夫人看着心痛,她拉着大孙子的手说:"涛儿,你现在是这里的父母官了。父母官,就要把这里的百姓当自己的父母看待,真心实意为百姓办好事、办实事。切不可欺压百姓。你能答应老奶奶吗? "

吴涛知道她的意思,认真地回答:"奶奶,民国就是民众的国家。您放心吧。"

姜雪看后,想起昨晚的事,马上把吴涛拖到一旁说:"涛儿,小翠已出去两天了,你是否派人帮忙找一找? "

吴涛忙问:"二娘,小翠没留下什么? "

姜雪摇摇头,说:"涛儿,自打她到了晋儿处回来后,就一直闷闷不乐。老爷出来那天,她出走了,再也没回来。细算起来,已有五天。"

"大哥,我一回去就组织人去寻找。"吴波见大哥心里着急,上前来安慰。

"行。二娘、奶奶,我们就不久留了。一有消息,我立即通知你们。"吴涛说后,领着吴波他们走了。

屋内,吴振江把他们说的话听得一清二楚,浓浓的烟雾中闪烁着那张阴晴不定的脸。

镇上西南观音阁大殿内,小翠此时正站在观音菩萨前,目光呆滞,面无表情。一老尼拿着发剪,问:"姑娘,你真的想好了? "

"师傅,我想好了,开剪吧。"小翠坚决地说。

老尼拿起剪刀。顿时,她的青丝一缕缕飘落。

吴波守候在观音阁门前，见吴涛到了，赶紧迎上去说道："大哥，小翠就在里面，快进去。"

青丝从小翠头上大片地散落。老尼已把她的头发剪去一大半。

"师傅，请住手！"吴涛看后，大声喊着奔到了眼前。

老尼听后，手中的剪刀停了下来，转身看着眼前这个青年男子。

"师傅，继续吧。"小翠回过头，看了吴涛一眼，转过头淡淡地说道。

"小翠，你不是答应我，一辈子爱我吗？"

"施主，请回吧。这里没有你要找的小翠。"

老尼剪刀又起，小翠头上的青丝渐渐隐去。

"小翠……"吴振江、姜雪、金赛花、秀娟此时也赶到。

"干女儿，你可不能这样狠心，抛下你干娘一人。跟着我们回去吧，不到督陶府也行，就到我的春圆吧。"金赛花流着泪哀求道。

小翠这时站了起来，她双手合十，说："施主，没事就请回吧，贫尼告退。"说着转身向殿内走去。

吴涛、吴振江、姜雪、秀娟愣在殿内，目送她离去。

在督陶府后院，砰的一声，门被打开。"汪先生，你自由了。"一士兵对着他喊。

"我自由了？"汪仲站起来看了一眼，疑惑地问。

"是的，先生，你自由了！"兵士点点头，重复地说。

"那我爸呢？"汪仲继续问。

"汪老好好的，你放心吧，他老人家正在家里等你呢。"

"对了，与我一道被抓的叶青兄弟呢？"汪仲到门口后，又转身回头来问。

"他也自由了。"

"督陶吴大人呢？"汪仲又问。

"也自由了。汪先生，现在是民国，民众的国家。你看看我身上的衣服？"兵士指着自己说。

汪仲看了他一眼，走了出来，好奇地转过头看着他。

汪仲走到大厅，眼前摆设一切如旧，没有什么两样。他正疑惑，只见眼前身着革命军服的人进进出出，看着他，一脸的和气。

"兵老爷，你们的大人在哪？"汪仲对着走上前来的一士兵问。

士兵看着他笑了笑，指着正朝他走来的军官说："先生，他就是我们的长官。他正在等着你，要见你。"

汪仲顺着士兵的手指一看，他的心差点跳出来，他对着眼前的士兵连声说："谢谢。"便朝着那位长官跑了过去，一边跑一边大喊，"小波！小波！"

吴波看到汪仲正朝他奔过来，也跑上前，抓着他的手喊："师兄！师兄！"

汪仲也紧紧地握着他的双肩，不停地上下打量着他，问："小波，你说的革命，成功了？"

吴波笑着，不断地点头，说："革命成功了，大清被我们推翻了，现在是民国，民国！师兄。"

"那你们谁做皇帝？"汪仲问。

"师哥，我们民国没有皇帝，我们是民国，民众之国，只有大家公选的孙中山总统。"

"呵，师弟，你们有督陶官吗？"

吴波兴奋地说："师哥，民国没有皇帝，也没有督陶官，但皇窑厂仍在。大哥现在是浮梁专区专员，直接管理皇窑厂。"

"小波，这么说，你们的革命真的成功了，我们再也不受人欺负和摆布了？"

吴波点点头。

"太好了，革命太好了。"汪仲拉着吴波的手，不断地说。这时，他才弄清了眼前的事实，他紧拉着吴波的手，说，"小波，走，你带我去见大哥，我要为民国，为孙总统烧三阳开泰。"

吴波说："大哥去见大伯去了，他马上就会回来。他要我告诉你，马上重新组织人员，再烧三阳开泰。"

汪仲听后，兴奋地说："行。我一定做好。请大哥放心。"

在风火弄吴家临时住所，秀娟对吴振江说："爸，您把哥又气走了。大清有什么好，您为大清卖命，最后，他们还不是把您下了大狱，是革命救了您！"

吴振江用眼瞪着她说："哼，女儿家懂什么。我家世代忠良，没有那畜生，我能下大狱？我不要他们救我。吴家没有这样儿子、侄子，你要是跟着他们，我也没有你这个女儿。"

秀娟听后，哭了起来，对着一旁的老夫人喊："老祖宗！"

老夫人看后，说："振儿，你就不能对孩子少说几句。依我看，这个革命可能是好的，不然孩子们怎么都想去？"

吴振江说："好，你们都好，就是我不好。要去，你们去。"说着独自走进房间，把门关上。

一旁是儿子，一旁是孙儿，手心手背都是肉，老夫人没办法，看着吴振江离去，只得摇摇头。

这时，汪仲兴冲冲地进来，看到秀娟在一旁流泪，疑惑地看着大家，说："秀娟、老祖宗，革命了，现在民众做主了，你们咋不高兴？"

秀娟听到声音，抬起头，发现是汪仲，马上收起眼泪，上前关切地问道："仲哥，你没事了？"

汪仲笑着说："你看，我不是好好的。你们这是？现在大哥、小波都回来了，革命成功了，应高兴呀。"

"高兴，高兴，你出来就高兴。秀娟，你快去叫你爸和你的师傅，就说仲儿出来了。"老夫人高兴地说道。

"唉。"秀娟应声出去了。

汪仲走到老夫人面前，亲切地喊了一句奶奶。

不一会儿，汪叔凡随秀娟、汪霞进来。汪仲高兴地迎上去。哪知汪叔凡一见他就破口大骂："蓄生，你还有脸回来，你这个没骨头的东西，给我出去，我没有你这个儿子！"

秀娟莫名其妙，对着汪叔凡说："师傅，他没回来，你天天念着他，现在回来了，又大骂人家。你今天这是咋了？"

汪叔凡指着他说："娟儿，你去问问他？"

汪仲一肚子委屈，看着父亲，反问，"爸，你说我咋了？"

倒是汪霞进来，笑着对汪叔凡说："大伯，你误解我汪仲哥了。"

"我会误解他？这小子到关键时刻就是软骨头。"汪叔凡说着转身就走。

汪仲这时才如梦方醒，"呵，原是这样。"他从身上掏出一张纸条，追上去，递给他爸，说，"爸，你看，这就是我给他们的配方，并照着这方子做的。他见我久做不出来，说我骗他们，并威胁我说，我烧不出三阳开泰，永远别想离开督陶府，想不到吴涛哥来了。"

汪叔凡一看，配料中换了两种，材料搭配乱七八糟。他眉头顿时舒展了，抬头看着汪仲，说："平时看你愣头愣脑的，想不到关键时候还不傻。"

一旁的汪霞看到大伯解开了心结，笑着打趣说："大伯，你这么聪明，生出的儿子咋会傻呢？不过，大哥，大伯听说你把配方交给他们，当时就口吐鲜血，回来病了好一阵子。"

汪叔凡看着儿子，摸摸他的头，说："小子，想不到把你爸也给骗了。爸错怪你了！"

汪仲听后，只是嘿嘿地笑。

吴涛在督陶府书房写字，吴波进来。他抬头看了吴波一眼，然后继续写他的。

吴波看后，着急地说："大哥，你还有心在这写，咱们布告贴出两三天了，到目前为止，回来报到的窑工还不到五分之一。"

吴涛放下笔，叹了一口气，说："是呀，小波，我也为这事犯愁。这时要是爸能出面撑我一下就好。"

"大哥，你说得对，皇窑厂窑工听咱大伯的。我们要想办法把他请出来。万一他不出来，曾总管也行。"

吴涛一听，拍了一下脑袋，说："对呀，小波，我怎么没想到这一层。你赶紧给我准备一些礼品,厚重一点,明天,我们一大早就去拜访曾总管。"

"大哥,曾总管从小就喜欢你,他一定会出来帮你的。不过,我明天约了人,这事……"吴波看到大哥高兴,忙解释。

吴涛说:"行,我把你的事给忘了,反正总管不是外人。小波,时候不早了,去休息吧。"

吴波走后,吴涛放下手中笔,来到吴振江以前的书房。房屋早已打扫得干干净净,一切都按原样摆放着。吴涛目睹眼前这一切,顿时回想到与父亲、李俊当时交谈的情景。

"大公子,大公子?"

吴涛回过神,听到有人叫他,声音非常熟悉。他大声应答道:"是得福叔吗?"

"是我,大公子,是我!"得福说时,人已笑着过来。

"哥,还有我。"秀娟这时也笑着不知从哪里钻了出来。

"哥。"吴亮也一旁喊。

吴涛看到他们同时出现,惊喜万分,连声问:"小妹、小弟,爸、老奶奶和二娘,他们也来了吗?"

秀娟不吱声。

吴亮说:"是二娘和老太太叫我们来的。"

"大公子,你爸是个开通人,他迟早会转变的。"得福在一旁说。

吴涛笑着点点头,说:"得福叔说得对,我有信心。小亮,还想吃吗?"

吴亮看着吴涛,说:"想是想,哥,吃啥啊?"

吴涛说:"我们督陶府什么时候断过饭?小亮,我也饿了,小波的卧室就在原来书房,你去叫醒他。这是革命后,我们兄妹首次团聚,大家好好庆贺一下,怎样?"秀娟听后,马上说:"大哥,这个提议好。你不说,我都想说。"

餐桌上,吴亮拉着吴波的衣角问:"三哥,你离开的那一天,为啥什么也不说,放下一封信就走了。你到底去了哪?你可知道,当时师傅在家整整等了你两天。"

"你想知道?"吴波看着他问。

吴亮点点头。

"好,我现在就说给你听。"吴波说,"当时,我们革命党人正策划广州起义,缺经费,那时队伍中出事的人多,大哥不放心便叫我亲自去。可这种事,我怎么能说?只得悄悄走。我一到广州,按大哥交代好的地点去接头,久等不到人。此时,广州城内外布满清兵,到处在搜捕我们的人,我发现在我住的地方有人鬼鬼祟祟。那时,我正好有点饿,便独自一个人到外面吃饭,不到一刻钟,回来时,我发现我住的地方被包围,好在银票我带在身上。那时,我已不能回去,带出的瓷器自然也不能要了。后来,我辗转到了上海找大哥,当打听到大哥时,大哥已出事,我没办法,通过组织来到武汉,参加了武昌起义。"

"原来是这样,爸还以为你小气,给气走的。"一旁的秀娟说。

吴波听后说:"你们想到哪里去了。那是革命纪律,我能随便说吗?"

秀娟接过他的话说:"三哥,你可不知道,你留下的瓷器,不知在景德镇引起多大的风波。马知县与日本人勾结,按底款抓人,把抓的人贩卖到日本,最后事发,爸以土匪名义把他们给宰了,马知县也因此革了职。"

"那再后来呢?"吴波问。

秀娟说:"后来,李会长被杀,爸说这可能是他们一伙的报复,但一时拿不出证据。爸不久便因大哥出事下狱。马知县复任后,黑白颠倒,说贩运人口是大哥一伙革命党干的,大伙不服,马知县便把为首的当作革命党人抓进监狱。"

"太可恶了!"吴波拍着桌子说。

秀娟接着说:"爸本来对你和哥就不理解,现在,发现你们又与他们搅在一起后,误解就更深!"

"娟妹,在对待马知县这件事上,说实在的,我也不痛快,但是他是起义人员。"吴涛为自己的行为解释。

秀娟看了大哥一眼,不高兴地说:"对这样罪大恶极、残害百姓的人,你们还当他功臣,我想不通!"

"这……"吴涛被他说得没词了。

一旁的吴波说:"娟妹,你得给大哥一点时间,相信他。"他看了大家一眼,悄悄跟秀娟说,"娟妹,我也想问你一个事?"

"说吧,什么事?"秀娟问。

吴波看着秀娟,顿时涨红着脸,说:"汪霞……汪霞,她……"

秀娟指着他说:"三哥,这点我不是说你,一点气魄都没有,你的英雄气概哪里去了?喜欢她就当面去表达呀,汪霞又不会吃你。"

吴涛坐在一处,心事重重,他问:"得福叔,有酒吗?"

"有。"得福说着,把酒拿出来,给他满上。

"得福叔,您是长辈,我当敬您!"吴涛说着,端起杯,一口干下,然后,一阵咳嗽。

得福看着心疼,说:"大公子,你累了。要注意身体,多休息,铁打的身子骨也会垮的。"

"得福叔,民国才刚开始,要做的事太多。"

得福不作声,因自己帮不了他,只得点点头。

"得福叔,把东西送到观音阁小翠那了吗?"吴涛问。

"天天送,可小翠她看都不看一眼。她每天就是坐在青灯前念经。唉,多好的姑娘。"得福说着,长叹了一声。

大家看到大哥提起小翠时,表情痛苦,呆呆地坐在那,望着窗外,不知如何安慰。倒是吴涛感觉到什么,只见他端起眼前的酒杯,一口干后,爽朗地说:"今天是我们兄妹团圆的日子,好不容易凑在一起,你们看,都是我搅的。娟妹,吃。"

"这才像大哥的样子,小亮,吃。"秀娟灿烂地回答。

桌上的气氛,顿时又活跃起来。

曾总管自吴振江下狱那天,就自动离职,此后,便一直坐在家中。今天,看到吴涛的到来,他显然有点激动,不停地对着吴涛说:"大公子,快坐,快坐。来就够了,带这些东西来干啥?"

吴涛看了看他住的环境,坐下说:"总管,一直想来看看您,只是镇上解放初始,事务繁忙,我还要请您原谅。"

曾总管听吴涛这么一说,心里感到很满足,他感到大人没有忘记他,他的后人也没有忘记。看到吴涛,他笑着说:"原什么谅,见到了你,我就高兴,快,坐着说,坐着说。"说后,急忙去沏茶。

曾总管一边沏茶,一边说:"大公子,上次你不辞而别,你不知道,大人和我是多么担心。你爸是个有事不说、自己硬扛的人。好了,你们没事,有出息回家了,我为你高兴!"说着流出了热泪。

"总管,谢谢。在督陶府最苦时,每次都是你明里暗里帮衬着我们,我不知怎样来谢你。民国初始,所做的事情很多,我想把皇窑厂恢复起来,并请父亲出山。可我不管怎样努力去做,他就是不愿见我,目前,仍抱着大清朝不放。镇上当前很多人失业在家,皇窑厂得复工,让大家有饭吃,可窑厂我很多东西不懂。我急呀!我希望总管能出面,请动我爸出山,我也敬请您继续做皇窑厂的总管。"

听完吴涛一番表述后,曾总管说:"大公子,你爸下狱我就告退了。我岁数大了,身体已大不如从前,想出去做点事都力不从心。现在是你们年轻人的天下,新朝了,我那一套也跟不上。"

"总管,您是看着我长大的。民国建国伊始,当前我们最需要做的是恢复生产,这不仅可以养活一大批人,还可稳定和繁荣景德镇经济。我们布告贴出两三天了,可回来的人很少,不瞒你说,我现在是无从下手。"

曾总管拿出旱烟,吴涛赶紧帮他点上火。总管吸了一口,递给了吴涛。吴涛笑着说:"我不会。"总管猛吸一口后,说:"大公子,景德镇五百年皇窑厂为皇上而生,为皇上而活,现在皇上没了,大家心也散了。目前,据我所知,皇窑厂出去的窑工中有条件的,自己了开窑厂,做了老板;没条件的,各民窑厂都开着高价请他们。大公子,要想他们回来,难呀!你父亲经营皇窑数十年,窑厂的人都听他的。现在要把大家聚拢,也只有大人才有这个办法。"说完咳了起来。

吴涛赶紧帮他去捶背,一面说:"总管,我爸到现在都不见我,你说我咋办?"曾总管想了想,说:"大公子,你爸爸的个性,叔凡老哥最有办法,你不如去找他。"

"我知道了。对了,总管,我想问您一下,当时皇窑厂库房里的那些瓷器和藏品是不是分发给窑工了？"

曾总管听后，瞪着他问："你听谁说的？"

"马县长。"

"哼，这个白眼狼，他一上来，就把皇窑厂库房里的瓷器大多抵了川岛借给他跑京城告你父亲的账，其余的，它们都搬到吴晋的窑厂去了。他们组织人搬了半个月，最后连一块瓷片都不放过。革命了，他现在又风风光光成了你们的有功之臣，这是哪门子的事？天理何在！大公子，你怎么能跟这只白眼狼搅在一起！"

吴涛毕竟年轻，被总管说得脸上有点挂不住，看着情绪激昂的总管，忙站起，说："总管，我还有事，有空我们再慢慢地聊。您老多保重。"曾总管头也不抬，拼命地吸着，旱烟里的火光一闪一闪。

在汪府后院作坊内，秀娟把椅子移动，靠近汪霞身边，对她说："小霞，昨天我三哥跟你谈得怎样？"汪霞瞅了她一眼，说："秀娟姐，你说什么，我昨天可是一天都没有看到他。"说着，低头继续填她的画。

秀娟自言自语地说："窝囊，这事咋这无用？见都不敢见。"

汪霞停下笔，看着她问："秀娟姐，你说啥？"

秀娟一边画着她的画，一边说："我家三哥，一心喜欢你，昨天说来看你，并要对你说，可……唉，真窝囊，别看他革命不怕死，可一遇这事，咋就这无用！"

汪霞低下头，满脸绯红，拿着彩笔，无心地点着。

秀娟看了她一眼，说："小霞，他不敢对你说，我来跟你说，在我三哥和小华莱士中间，你选择那个？"

汪霞红着脸说："秀娟姐，我心也很乱，小华莱士，生活中心细、有趣，可他要回去；吴波哥的心我也知道，是个男子汉，但跟他在一起，听不到一句赞美开心的话。"

秀娟听她一说，用眼瞪着她问："小霞，你不能两个都要吧？"

"秀娟姐，我……"汪霞的心被她说得怦怦跳，一时回答不上来。

"你这一双勾魂眼，羞答答的样子，不用说男人，我们女儿家看了都觉可爱。难怪他们痴迷。"秀娟看后，嬉笑着说。

吴涛来找汪叔凡。汪叔凡正在画室创作一幅新画。见吴涛来了，忙丢下手上的活计，问："大公子有事吗？"

吴涛说："师傅，我想请您出面，劝劝我爸。"

汪叔凡给他沏上茶，坐下，说："大公子，你现在是民国的专员、皇窑厂的总督，你能来看师傅，我就够了。要想把景德镇的事办好，你不能高高在上，更不能以官压人，人是压不服的。你应以你的人品，正气去招人。你父亲来时，皇窑厂的条件比你现在差得多，困难得多，他能迅速恢复生产，并把皇窑厂办得红红火火，他靠什么？靠的就是他自己一身的正气,对皇上的忠诚。虽然你教训了川岛、吴晋一伙,但大伙不喜欢你这种事事算计的行为。你想办好皇窑厂,让你爸理解你,你就得改变你当前的行事风格。"

吴涛认真地听着,他说:"师傅,我准备继续悬赏捉拿张麻子,立案查办李俊会长被杀一案,撤销没有经过商会代表选举的二弟,追讨皇窑厂丢失的瓷器,请我爸继续督理皇窑厂,选用贤能,实行扶持工商,进一步推进瓷业发展的政策,你看如何?"

"大公子,如果你早这样做就好了,不过,你现在认识也不迟,民心有杆秤,只要你用心一件一件事去做,大家会接受你的。"

"师傅,我担心我爸……"吴涛看汪叔凡没有表态,心里仍不踏实,问。

汪叔凡看他着急的样子,说:"孩子,你父亲是个开通的人,只要用心去做,剩下的事我来帮你。"

吴涛赶紧起身向汪叔凡致谢,"师傅,我代表民国、代表景德镇民众向您鞠躬。"

"孩子,师傅受不起。只要你把刚才说的每件事做好,这比你向师傅鞠一百个躬都强。"

汪叔凡来到吴振江临时家中,吴振江刚好在作画,见汪叔凡进来,看了他一眼,继续画他的,一面问:"我那畜生又去了?"

汪叔凡笑而不答。

"我跟他说了,叫谁来都没有用。"吴振江说时,继续画他的画。

汪叔凡过去,把他的笔抢过,放下,说:"大人,不说这个,我们去喝酒去?"

吴振江听后说:"好,这还差不多"。

秀娟从作坊处出来,回督陶府,路上,正好遇上汪仲,看到汪仲裤子上都是泥,便问:"仲哥,你这一脚的泥,去哪了?"

汪仲说:"小波上午约了小华莱士,商定今天中午比剑决斗,规定输的一方自动退出,找我做公证人,我提前去了。站在那里,想想觉得不对,便赶紧回来找小霞。"

秀娟一听,心想,这还得了,她说:"仲哥,我看我三哥是疯了,这会出人命的。还好你不是猪脑袋,快,我们找小霞去,我看此时只有她才能劝说他们。"

秀娟和汪仲跑回汪府,人未进门就喊:"小霞、小霞?"没人应。

汪强出来,秀娟急着问:"强子,看到你姐吗?"

汪强说:"娘叫她到前面买盐去了。"

秀娟听后,拖着汪仲就走。到了前面的南杂店,发现汪霞正在那称盐。秀娟走上去,扯着汪霞说:"别买了,要出人命了。"

汪霞被她说得摸不到头脑,看着她。

秀娟责备她说:"你还愣着干什么,跟我们走。"

汪霞挣扎着说:"等我把盐称好。"

秀娟急了，指着她大声地说："吴波和小华莱士他们在为你决斗，要闹出人命了，你咋还有心在这称盐。"

汪霞莫名其妙，问："秀娟姐，你刚才说什么呀？"

秀娟把前因后果跟她说了一遍。汪霞弄清实情后，盐也不要了，匆匆向后山橘园跑去。

待汪霞赶到时，她发现只有吴波一人以胜利者的姿态站在那里，地上有一把带血的剑。吴波看到汪霞，高兴地走过来，说："小霞，你来了？"

谁知汪霞劈头就问："小华莱士呢？"

吴波得意地举着剑，说："他两下就给我打败，扔下剑走了。"

汪霞没有理会他的得意，急着问："我问他的人咋样，伤着没有？"

吴波这才从兴奋中反应过来，他说："我只是把他的剑从他手中刺下。"

汪霞指着他说："剑上都有血，那还不是伤？我不是你们的东西，让你们送来送去，以后我再也不愿见到你们。"说完扭头哭着跑了。

吴波这下愣住了，剑也从他手上滑落下来。

瓷器街上十分热闹。吴振江被汪叔凡拖着走在大街上，他发现最近不出门，一切都变了。一路上，大家都看着他们，像耍猴似的。吴振江感到很不自在。他看看汪叔凡，汪叔凡对着他笑笑，用手指指他的辫子。吴振江这下明白过来，说："老哥，我们回去吧？"

汪叔凡停下，抬头看了一下前面的酒楼，说："来都来了，回去干什么？你看前面就是酒楼，回去干什么？咱们进去好好喝它一杯！"说着，走了进去。

一进门，发现这家酒楼人已坐满，他们只得到另一家，正想离开，老板过来，笑着说："这不是吴大人和汪师傅？贵客，贵客！前面还有一张空桌，预订的，人没来，你们先用着？"

吴振江看了老板一眼，说："这怎么行？"

汪叔凡扯着他的衣角，轻声说："他们做生意的自有办法，我们不管那么多，走，过去。"

前台，老板对着小二说："去，招待好两位贵客。"

小二点点头，马上过来，笑着问："二位客官，今天你们想吃什么？"

汪叔凡开口说："给我们来一盘米粉蒸肉、两斤白切牛肉，两壶女儿红。"

小二唱道："好呢，一盘米粉蒸肉、两斤白切牛肉，两壶女儿红。"

"老哥，这里的生意真好。"

汪叔凡说："最近浮梁专区下令把通往景德镇的来往路桥费取消了，同时调减了一部分捐税，现在来往镇上的人是越来越多。"

吴振江不作声，一心喝着他的茶。

这时,邻桌的人在议论:"你们听说吧,吴专员最近审了一场案子,那才叫痛快。丁员外他是赔了夫人又折兵。"

旁边的人听后,马上好奇地问怎么个赔法。

那人说:"青塘王毛仔父母下葬时,据说是借了同村丁员外三两纹银,毛仔到丁员外家还账时,半年不到丁员外七算八算,把三两纹银变成十二两。"

"哪有那狠?"同桌的人问。

那人说:"可不,毛仔还不起,员外看中他家的闺女,想纳做小妾,要他女儿抵押。毛仔此时小女已许配他人,丁员外看软的不行,就动用家丁强行抢走,并恶人先告状,把毛仔告到衙门。"

有人问:"那后来呢?"

吴振江和汪叔凡觉得有趣,竖起耳朵听。

这时,小二过来,对着他们嚷道:"二位客官。酒菜来了,慢用。"

吴振江和汪叔凡看后,没搭理,一心想听旁边桌上的人把此事讲下去。

只听刚才那人继续说道:"丁员外以为只要用银两就可以买通专员大人,谁知吴专员审理此案时,以抢劫民女罪,处罚丁员外五十两纹银,丁员外赔了夫人又折兵。专员把从丁员外罚来的纹银,赠送毛仔小女做嫁妆,并在公堂上给她们主婚,毛仔十分感动,逢人便说景德镇出了个青天大老爷。"

桌上的人听到结果后,都拍手说:"好,好。"

"听说吴专员把他二弟那个会长撤了,并在四处重新悬赏捉拿张麻子,立案查办李俊会长被杀一案,追讨皇窑厂丢失的瓷器。马县长这下主动不干,二公子近来也看不到他的人。"

"镇上人说,吴振江大人行,我看他这个专员儿子也不差。"

大家纷纷议论。

汪叔凡看吴振江听得出神,举着筷子对吴振江说:"来,来,我们吃,菜都凉了。"

吴振江回过神,却全没心思喝酒。

汪叔凡轻轻捅了他一下,问:"大人,我们吃完是不是到督陶府去看看?"

吴振江看了汪叔凡一眼,说:"有什么好看的,我们喝。"说着端起杯子一口喝下,说,"老哥,喝完,陪我剪头去。"

"行,行,这样好。省得我们出去,他们把我们当猴子。"汪叔凡对着他的辫子笑着说。

晚上,吴振江在床上翻来覆去睡不着。最后,他披衣坐起来,去喝水。姜雪早把茶给他沏好,并端到他面前,关切地问:"老爷,是不是在想涛儿他们?"

吴振江点点头说:"是呀,"他问,"雪儿,你说说我是不是落伍了?"

姜雪笑着说:"老爷,你这一辈子都在为民请命,啥时落伍过?"

"雪儿,我想好了,后天咱们回督陶府!"

"老爷，为什么不明天？"姜雪笑着问。

"行，听你的。"吴振江爽朗地回答。

三天后的早上，大清皇窑厂门一开，窑工就纷纷往厂里拥。吴振江起了个早，一到厂区，窑工早在门口排成队，为了看他，他们足足等了一个时辰。他一时不知如何是好，站在那看着大家，眼睛红红的、湿润润的。

"欢迎我们督陶大人回来。"站在前头的叶青喊着，带头鼓掌。

吴振江看到眼前这一张张熟悉的面孔，他倍感亲切，对着窑工深深地一鞠躬，说："我回来晚了，对不起大家！"

窑工听后，鼓掌更响。

大清皇窑厂因时代变迁，停产八个月后，在民国景德镇政府的积极组织下，又顺利开工生产了。生产区内，窑工正在用力地搅拌着转盘，一件件瓷坯从他们手上拉出，立在坯架上一大片。釉料车间的技工在向瓷坯吹釉；画房的画工在填彩、画画，窑炉边，窑工正从窑炉里搬运出一件件刚烧好的精美瓷器。

这时的汪仲，他每天满脸都是笑。他正在实践着他的诺言，为民国烧出三阳开泰。在作坊里，他正拿着手上的图纸，对着窑工耐心地指导。

吴振江和汪叔凡来到作坊，窑工看后，马上转身要去通知，给吴振江、汪叔凡他们叫住。

"好了，拿走。"坯架前汪仲的喊声传来。

吴振江快步上前去接，一不小心失了手。

"手怎么这么笨？"汪仲骂道。

那人不走，汪仲又要开骂，抬起头一看："大人，怎么是您。"顿时，腾地一下站起，再看到一旁的父亲，自觉失言，脸都红了，"爸，大人，刚才不知是你们？"

"你这小子，不知我们就能骂？长本事了，自己几两都不知道！"汪叔凡指着他教训。

"仲儿，你说得没错，我们的手脚现在已大不如前了。"吴振江感叹道。此时，吴涛、吴波他们也不知什么时候走了进来。

第三十七章

离吴涛进驻景德镇,转眼已过去两个多月。一天午餐桌上,老夫人发现大孙儿吴涛抢着酒喝,心想,涛儿平日是不大喝酒的,今天咋了,她问:"涛儿,遇上啥不痛快事,跟奶奶说说?"

"你奶奶在问你,拿什么架子?"一旁的吴振江看着儿子不搭理,大声责备道。

吴涛看着满目慈祥的奶奶,不知说什么,端起酒杯,只想往肚子里倒。一阵呛咳,他又举着杯,要吴波再帮他倒酒,给姜雪抢下。

"雪儿,让他喝吧,我想这样,他会痛快一点。"吴振江看着不说话的儿子,对姜雪说。

"老爷,哪有你这样做爸的,你看看,涛儿咳成啥样了?小波,你跟二娘说说,今天你们到底遇上啥事?"

"这……"吴波停了一下,自己拿起酒杯喝了起来。几杯酒下肚后,他感到心中舒服多了。

桌上的人都看着他们。

这时只见吴波气鼓鼓地说道:"袁世凯要做皇帝,发来电传,要我们为他登基时,献上洪宪贡瓷。我们革命者不知流了多少血,到头来换来的还是一个皇帝,大哥心里难受!"

"原来是这样。"老夫人说,"涛儿呀,中国几千年都有皇帝,咱们皇窑厂本来就是为皇上生的,不要想那么多。"

"老祖宗,有些事你是不会理解的!"吴波见奶奶不理解,心里更堵。

吴振江知道了事情的原委,他放下手中杯子说道:"袁世凯称帝,中国有皇帝了。涛儿,这是好事呀!"

"爸,中国近百年处处挨打受欺,正是因为有了皇帝。"吴涛终于忍不住了,冲着吴振江喊。

吴振江说:"英国也有女皇,他怎么不受欺了?涛儿,这是你们年轻人的偏见。"

"袁世凯为做皇帝连国都卖,这样的人还能让国家兴旺发达?"吴涛反问。

吴振江一听火了,把桌一拍,说:"你们去问问,中国人是要皇帝还是要总统?我看,你们革命党还是现实些。"

老夫人看着他们父子争吵起来,转身对着吴振江说:"振儿,孩子们心里不好过,你就不能少说两句?"

吴振江看了儿子吴涛一眼,对着老娘说:"娘,他们还年轻,我不说他们,谁说他们?他们这样要吃亏的。不要以为他念了几年洋学堂就了不起。东洋还有天皇呢。皇

红店文学系列

窑五百年为皇帝而生,他不做我做!"

"偏执,守旧!"吴涛看了父亲一眼,丢下话就走了。

吴振江一时不知说什么,看着一旁不说话的侄子吴波,说:"让他去,小波,你陪大伯喝。"吴波看看离去的大哥,又看看身边的大伯。吴振江看他愣头愣脑的样子,大声斥道:"愣着干什么,小子,给大伯倒酒呀!"吴波给大伯满上酒后,立即追了出去。

袁世凯在京城称帝。孙中山先生掀起反独裁、反帝制的护法运动。

他们对同盟会革命党人进行威逼利诱。最后,宋教仁在上海被刺。孙中山先生被逼流亡海外。中国的革命形势一时又处于低潮。

在皇窑厂的办公室里,吴涛已清理好东西,吴波进来一看,问:"大哥,你这是干什么?"吴涛说:"小波,景德镇的事就交给你了,我决定追随孙中山先生再度东渡。"

"大哥,你能否再考虑一下?"

"小波,大哥主意已定,你就别劝了。"

侍卫拿着一份电文进来,递给吴涛说:"刚收到的急电。"

吴涛一看,是孙先生发来的,上面写道:吴涛同志,我们不仅要站在革命的立场上,同样要站在国家的立场上,要忍辱负重。你不能离开皇窑厂,离开景德镇。为革命,你得韬光养晦,要利用特殊的身份留下,保护好经营好景德镇陶瓷产业,特别是五百多年来的皇窑厂,同时为革命积蓄力量。孙中山。

吴涛看完,递给了吴波。

吴波接过,兴奋地说:"大哥,孙先生要你留下。他是有用意的,利用这块土地再做革命的基础?"

吴涛点点头。

吴波高兴地把他的东西收拾起来,放回原处。

这时,吴涛突然想起什么,他对吴波说:"小波,今天下午,我把一重要的事情都忘了。你赶紧去安排一下,把烧制三阳开泰的人重调整一下,要换成思想上绝对可靠的人。"

"是,我明白。"吴波会意一笑,行了一个军礼,转身出去了。

这时,督陶府里的洋钟敲了四下,吴振江从床上翻身起来,自言自语地拍着自己的拍脑袋说:"过量了,喝过量了。"

姜雪端来了洗脸水。

吴振江抹过脸后,问:"雪儿,几点了?"

"四点。"姜雪回答。

"四点?糟了!他们还等我去封窑点火呢,这酒真误事!"吴振江说着,提起衣服就走。

姜雪看他心神不定的样子,笑着说:"老爷,不用急。涛儿已差人来过,我看你这个样子,便打发他们走了。临走时,留下一份电文,说一定要交到你手上。"

414

"快拿过来看看。"

姜雪递上。

"好啊。皇窑厂又要烧皇瓷了。"

吴振江心中有一个皇帝结,皇窑厂又要做皇宫用瓷,而且是皇上登基所用,他的心情别提有多高兴。

这天,吴振江在审阅陶瓷花面,只见他拿出一张,看了看,摇摇头,再抽出一张,再看,最后,对着身边的年青画工说:"不行,这都不行。"

"吴大人,朝廷有没有下达画面?"一画工问。

吴振江摇摇头,说:"没有,我看你还是去把画坊一些老技师都给我找来,我们大家商议一下。"

吴振江从没为此等事难倒过,这还是破天荒第一次。画工看老大人如此认真,知道此事的重要性,问:"大人,为一个开国皇帝做开国陶瓷,我们窑厂还是头一回吧?"画工说。

"是的。"吴振江说,"这是我们皇窑厂做瓷人的福气,我们一定要把它做好,懂吗?快去,给我把人找来。"

画工听后,马上提醒:"大人,小李已去叫了。"

吴振江把脑门一拍,笑着说:"对不起,我忘了。对了,你到后面储藏室把历年画稿统统给我搬出来。"

不一会儿,宫廷画稿拿出来,铺在桌上。

这时,画工小李带着老画师也陆续来到,他们围在桌前。吴振江指着桌面上的画稿对大家说:"各位师傅,你们看看,眼前我们这个洪宪皇帝开国用瓷花面设计,怎样合适?"

有人拿出光绪爷结婚时的版面,吴振江看后觉得不妥;又有人拿出老佛爷六十大寿用瓷的版面,吴振江也摇头。最后,他说:"洪宪帝是民国的开国皇帝,他的画面除以上祥和、喜庆外,我认为还应包含繁华和富贵的成分。"

"大人,那么多图样,咋弄?"有人问。

"想办法。"吴振江说。

"大人,咱们不如来个作品征集大赛,向镇上陶瓷界征稿。"画工小李从旁建议。

吴振江连连摇头,说:"皇宫规矩,皇宫的东西历来限于皇窑厂独自完成。你这个说法有失皇窑厂的体统,不可取。我看你去瓷器街一趟,把汪老先生请来。"

不久,汪叔凡随小李到。

吴振江也不客套,见面就说:"老哥哥,洪宪皇帝的开国用瓷花画设计,的确不易,我想请你来共同出个主意。"

"大人,路上小李便把这事跟我说了。我看咱们能不能把乾隆爷登基时的画面找出来,作个基调?"汪叔凡建议道。

"我也在想,不过,办学堂时,我把它放到学堂作娃娃们的资料了,这里没有。"

"那我们去找!"汪叔凡说。

吴振江点点头。

景德镇陶瓷学堂的学生这几天在罢课,他们游行到皇窑厂,并把皇窑厂衙门的大门围住,要求吴涛他们通电全国反对帝制,并与学生对话。

吴涛要出去,被吴波拦住,并对他说:"大哥,中山先生临走时给你电文,你忘了?"

吴涛用力捶着门窗说:"真窝囊!"

学生看不到他们,久久不愿散去。

吴振江和汪叔凡刚巧出来。一到窑厂门口,他们便被学生认出。有学生指着他说:"你们看,那不是吴振江大人吗?"声音刚落下,学生便蜂拥上前把他们围住。

"吴大人,你要和我们站在一起,反对帝制,劝说吴涛放弃做洪宪用瓷。"学生对着他说。

看到自己创办的学堂教育出来的学生,反对皇帝,吴振江心里像打翻的醋瓶,个中很不是滋味。

这时,学生越来越多,他此时是前也进不了,后也退不了。面对群情激昂的学生,最后他对学生说:"同学们,吴专员和你们一样,反对帝制,他比你们还坚决,这点我可以保证。你们回去吧,把书念好,学到真本事,才能真正地报效国家。"吴振江说完后,自己也不知说了什么?是在违背自己的良心,还是在讨好眼前这些娃娃?他也不知道。

学生退却后,他仍傻瓜似的站在那里。一旁的汪叔凡捅了他一下,才反应过来。

不过,皇窑厂门前学生闹得正热,可是这里面的生产却正常有序,好像什么事情也没有发生过。学堂去不了,与汪叔凡分手后,吴振江也没有回画坊设计室,而是来到皇窑厂作坊。他来到窑炉前,看见把桩师傅和伙计们正在聊天,觉得好奇,便静下心来听。只听到把桩师傅对着徒工们说:"我们世代都是皇窑的窑工,没有皇帝,这可不行!"

一旁的伙计们问:"师傅,那些娃娃说,国家的事,大家来决定。洋鬼子这样做了,他们才发达了。这是真的吗?"

把桩师傅听后,回答不上。他们看到吴振江,都不说了。

吴振江看了他们一眼,问:"刚才你们说什么来着?"

把桩师傅起先不敢说,看到吴振江一脸的和颜悦色,他最后还是说了:"大人,我们只是无聊,随便聊聊,在谈论今天学堂娃娃们游行的事。"

"你们是怎么想的?"吴振江蹲下身问。

"大人,我们这些窑工在皇窑待久了,听娃娃们说,也觉得有点道理。不过,国家那么大的事,我们不懂。我想,谁能让我们的生活过得好,我们就赞成谁,谁给我们饭吃,我们就跟谁干,你说呢,大人?"

吴振江觉得他们说得在理,也朴实,他没有回答他,只是点了点头,起身离开。

吴振江一路听来一路想:袁世凯做皇帝,像这样得不到百姓赞成,这基础一定是不稳的。他想,这就是自己与儿子拉破老脸争论,想要拥护的皇帝?想到这,他满脑茫然。

在景德镇日本株式会社,川岛兴奋地拿着一份电传给吴晋。吴晋看了以后,给了马为民。

"各位,你们看后感觉怎样?"川岛问。

马知县伸出大拇指,笑着对川岛说:"川岛先生,这下可好了,洪宪帝和日本天皇签订了二十一条。吴涛这小子再也牛不起来。这世道,还是川岛先生,你们日本人牛!"

这时,一阵嘈杂声从外面传来。川岛走到窗前一看,笑着转过身来,自嘲地说:"十四五岁的娃娃,要反对什么帝制,反对日本,反对得了吗?"

吴晋可不这样想,他透过窗户看后,心里顿时打了一个寒战,回过头来对川岛说:"川岛先生,上次我们就是败在这些娃娃身上。"

"吴晋先生,你胆子可是越来越小了。"川岛见吴晋讲得认真,再看看一脸无奈的马知县,突然哈哈大笑起来。

洪宪用瓷在吴振江亲自督理下,花了一个月就烧制了一大半。这天,一件件精美的瓷器分门别类地摆放在了衙门前两边厢房的仓库门口。在清晨的阳光映照下,晶莹剔透,熠熠生辉。吴振江站在那,手上拿着瓷器,对着光,看了又看,用手摸了又摸,他不放过其中的任何一点瑕斑,打下的瓷器抛到一旁的箩筐中"砰、砰"作响。不久,便一身是汗。只见他脱下衣服,坐在瓷器上,瓷器在他手上飞过,不知不觉,被他选下的瓷器便是一大筐。

突然,他看到筐底下有几件黑溜溜的瓷器,不由一惊,马上问:"这是什么?"

窑工上前一看,指着他说:"大人,这是三阳开泰。"

"三阳开泰?"吴振江笑着摇摇头,把它放到一边。

在大清皇窑厂衙门办公室,吴涛看着电传,激动地站起来,不断指着他说:"好,死得好,小波,快!快!拿给我爸看去!"

吴波拿着电传,兴奋地跑出来,发现大伯坐在瓷器上,与人有说有笑。他对着吴振江喊:"大伯,大伯!"

"小波,有事吗?"吴振江放下手上的事,看着一脸兴奋的吴波,问。

"大伯,电传。"

"给我？"吴振江问。

吴波点点头。

吴振江接过一看，顿时什么也不说，愣在那，大家都看着他。突然，只见吴振江拿着手中的瓷器就往地下砸。

吴波看着大伯愤怒地砸着瓷器，一种宣泄的快感从他的心中涌起，他二话不说，也摸起眼前的瓷器，就向地下砸。

其实吴振江砸瓷和他侄子吴波砸瓷心情是不一样的：吴振江砸瓷是对中国大地上从此没有了皇上的失落，对皇权最后一点希望的落空；而吴波砸碎洪宪瓷是革命党人这几个月来对袁世凯的怨恨和对汪霞感情压抑的一种发泄。

"哥，我回来了。"吴波光着膀子，提着衣服，一身是汗，笑着从衙门外进来。

"小波，你已是浮梁县代县长了，快，把衣服穿上，注意仪表。"吴涛看了他一眼，责备道，并把手上电令递给吴波，说，"县长同志，北京刚来电，他们要求我们把这批已做好的洪宪瓷急速运往京城。"

吴波接过电文，一看电令，顿时哈哈大笑。

吴涛看后，莫名其妙，问："笑什么，快去办呀。"

吴波抓抓头，做着鬼脸，说："大哥，我们所做的瓷器刚才已被大伯和我砸得差不多，所剩无几。"

吴涛瞪着眼看着他说："你说什么？你刚才是砸瓷器回来？都砸了？"

吴波点着头说："砸了，都砸了。"

吴涛听后在房间来回走动，吴波从大哥的脚步声可以判定，刚才自己所为的严重性，他不安地看着大哥。

突然，吴涛停下来，对着吴波说："小波，你以我的名义，向段总理发一电报，就说，洪宪瓷已被学生市民砸碎。通知作坊，下一炉洪宪瓷出炉后立即给我全部封存在仓库里，剩余部分就不用再做了。"

"是。"吴波立正，敬礼，匆忙走了。

京城总理府内，侍从递给段祺瑞一张电文："总理，江西浮梁专区电。"

段祺瑞接过吴涛发来的电文，看着发愣。

"娘的，这么好的东西竟让学生给砸了，他们人到哪去了？一群饭桶！"

身边的人员看着电文，笑了笑，指着它说："总理，我看这电文有假。"

"这话怎说？"段祺瑞问。

"总理，你想想，吴涛是孙大炮的学生，他能听我们的？据情报部门反映，吴涛把皇窑厂的资金源源不断地送给孙大炮，他给我们的财税不及孙大炮的五分之一。"

"娘的，他反了？给我电，令他把今年全年的收入提前给我交上来。"

最后的官窑

手下听后,略作犹豫,站在那不走。

段祺瑞看着他。

那人笑着说:"总理,吴涛不会听咱们的,给他电文也是白搭。"

"有什么好办法?"段祺瑞问。

身边的人员凑上前,附在他耳边嘀咕起来。

段祺瑞听后,摇着头说:"不行,至少目前还不是时机。"

那人笑着说:"总理,我们可以先向他们派出中央特派员,表面上是支持他们的工作,实际上,暗中对他们进行监视,等待时机。"

段祺瑞想了一下,说:"好,这个主意好。"

段祺瑞政府继续推行卖国政策。《巴黎和约》一签完,立即激起全体中国人民的愤怒。北京学生火烧外交公寓,进而在全国引发一场声势浩大的五四运动。

消息传到景德镇,镇上的窑工和陶瓷专科学堂的学生纷纷响应。他们走上街,举行新一轮的游行示威。汪仲及学堂的老师走在前面,他们高呼口号:"打倒帝国主义!废除不平等条约。"

小巷,小朋友们拿着小旗走来走去,追逐着。

一些镇上商店老板在门口挂出"本店不售日货"的牌子。

景德镇一些日商为此受到很大的冲击。他们商店的商品出现大量的积压。就是卖出的商品,市民也纷纷要求退货。看着满房的商品,有的日商走出商店,向景德镇日本株式会社寻求帮助。

街道上,他们看到镇上几个市民和小孩在光天化日下焚烧他们国家的太阳旗,气得他们哇哇大叫,上前就要动手。

小孩看着几个日本人气势汹汹冲过来,大声喊道:"小日本打人呀,小日本打人呀!"惊恐地往里弄跑。

里弄中,四爷听后一看,果真有几个日本人朝这边追来,心想,这还得了,他跑进家,拿着铜锣,就冲出来,一边敲,一边用力喊:"街坊邻居,小日本打我们的娃子,小日本打我们的娃子。"

锣声很响。

里弄里的人一听,瞬间,拿着木棒、刀叉就冲出来。日本商人一看不妙,赶紧往景德镇日本株式会馆跑,进门后,迅速把门关上。

市民追到景德镇日本株式会馆后,发现大门紧闭着,激动的市民喊道:"我们的娃不能让小日本白打,冲进去!"

川岛正坐在办公室。有人冲进来说:"川岛先生,镇上市民向我们冲来了。"

川岛透过窗户一看,外面的人群黑压压一片,并越聚越多。

"把门砸了,冲进去,冲进去。"声音传来,川岛很惊慌,大喊,"快、快、把门给我

红店文学系列

顶住。"

外面的喊声越来越大,眼看就要支持不住。川岛对身边的人说:"你,快去,快从后门出去,向大使馆发电,要求他们向民国政府抗议,对我们实施保护。"

不一会儿,镇上来了一批军警,为首的吹着口哨,指挥着军警,大声地对着人群喊:"快,把大家隔开。"并迅速把日本株式会社会馆保护起来。

这下市民更被激怒了,有的说:"还有帮日本人的,一帮卖国贼,我们冲进去。"

由于兵力不够,景德镇日本株式会社还是让愤怒的市民冲了进去。市民见东西就砸。川岛看到拥进的愤怒的人群,急忙从会馆后门逃走。

群众事件过后,川岛回到被砸得一片狼藉的会馆,他似乎在找什么,突然看到地下半年前画的一幅图,画框已被人踩碎,他弯腰把它拾起来,笑着说:"我们现在就是画中这群小鸡,那惊恐的小鸡,小鸡。"说完,把画撕个粉碎,摔在地上。

这时吴晋进来,看着眼前一切,愕然站在那。

"你……你们这些可恶的支那人,给我滚出去。"川岛吼道。

吴晋从未看过他发这么大的火,看了一眼后,慌忙出去。

"回来。"吴晋刚走出门口,便又听到川岛的大声叫喊声。吴晋战战兢兢回到川岛寓室,看着川岛,一时不知所措。

川岛似乎感到自己的失态,马上变过脸,笑着走上前,对着站在门角的吴晋哈哈大笑:"你的,吴先生,这时来看我,是我的朋友!你有事吗?"

吴晋说:"川岛先生,我们窑厂的窑工全走了!"

"可恶!可恶!"川岛伸出双手,对着吴晋歇斯底里地喊道。

吴晋走后,晚上,床上的川岛久久不能入睡,群众的高呼声和焚烧日货的狂躁群众,以及小孩对他们的蔑视,个个在他眼前晃悠。迷糊中,突然,市民又把他包围起来,用手指着,并把他打倒在地上,踩在脚下。

川岛喘着气,坐了起来,一身是汗。他扭开灯,从床头摸出笔记本,写道:"面对日益唤醒的中国民众,我深深感到中华民族犹如一只沉睡多年的雄狮,如今醒了!她的叫吼让人不寒而栗。东京的决策者,你们要是来到这儿看看,我想你们一定也会像我这样认为。川岛于中国景德镇。"

一个月后,镇上大小街头,报童拿着报纸在叫卖,"卖报,卖报,今天特号新闻,段祺瑞推行独裁,孙中山发动第二次护法运动,江西督军李烈钧通电声讨。北洋军直逼江西。"

大清皇窑厂衙门内气氛异常紧张。吴涛对在场的人说道:"各位同志,江西督军李烈钧出走,孙传芳现已率兵占据南昌城。他不会放过景德镇。"

这时,有人说:"孙传芳可是个杀人不眨眼的魔王,比起段祺瑞更难对付。"

"那我们怎么办?"这一说,马上有人问。

吴涛看了看大家,说:"同志们,段祺瑞的亲信,预计明日将到达景德镇。有他在,孙传芳一时还不敢染指景德镇事务。"

"专员,我看我们还得做最坏的打算。"一旁的吴波补充说。

"各位,吴县长说得对。大家要有这个思想准备。今天的会就到这,大家分头去准备。"

大家一个个散去。

"吴波,你留下。"吴涛对着走出门口的吴波喊。

"大哥,有事吗?"吴波转身回来,问。

"小波,为慎重起见,我想你明天亲自带人去码头,一定要把段祺瑞的特派员接到,至于以后的事,我们走一步,再看一步。"

第二天清晨,景德镇码头迎来了第一条客船。此船靠岸后,一个戴着墨镜,挂着文明棍的人,在仆人的陪同下,大摇大摆地走下船。随着人流,他边走边看,不时地对身边的仆人说:"阿四,看到他们吗?"

阿四说:"特派员,你看,前面好像有人举着牌子来接我们了。"

特派员说:"还识相。走,我们过去看看。"

阿四边走边对着举牌的人举手招呼:"我们在这里,在这。"

举牌的人听后,马上直冲了过来。

阿四指着他们说:"你们是吴专员派来的吗?"他用手指着一旁的人说,"这就是我们的中央特派员。"

举牌的人看了看他们,笑着说:"对,我们就是吴专员派来的。"

特派员看了他们一眼,昂着头说:"你们的专员吴涛呢,他咋不亲自来?"

"哼,"举牌的人突然掏出枪,对着他说,"我是吴专员派来送你上西天的。"说完"啪"的一声,特派员应声倒下。

旅客听到枪声,纷纷逃散,码头顿时混乱。待吴波他们赶到时,码头上早已空无一人,段祺瑞的特派员早已死了。

北京特派员遇刺,形势顿时把吴涛他们逼到边缘。为了不做无谓的牺牲,他决定远走他乡,再次流亡国外,为下次革命准备实力。在离开景德镇前夜,他与吴波在江边的一个小亭上,谈了他们参加革命的经历,也谈了为共和牺牲的同志。面对百废待兴的景德镇、日益恢复起的皇窑厂,转眼间,就将葬送在一帮土匪出身的军阀手里,而自己却无能为力,这让他们痛心疾首。他们检讨自己,但就是不知问题出在哪里。

月已西沉,江面西风乍起。吴涛此时感到身上有点冷,他们烤起了火,默默地坐着。最后,吴波懊丧地对大哥吴涛说:"大哥,都怪我,要是我能赶早一点,把段祺瑞的特派员接到,并保护起来,孙传芳他就无借口,你就不用离开。"

"小波，进攻景德镇，看来孙传芳预谋已久，刺杀段祺瑞的人不是其他人，而应是孙传芳派出的手下干的。孙传芳这一闹，全国其他军阀必然群起效之，到时，痛苦的是我们的国家和百姓。"

"大哥，你这一说，那太可怕了。一个清廷好对付，但是，这些拥有枪的军阀可不是那么容易推翻的。孙先生，他有什么办法吗？"小波问。

吴涛摇摇头，说："国家的形势大出他所料，先生这时也一筹莫展。"

"大哥，孙传芳那帮军阀毕竟是外来的，我们在这里生，在这里长，坚持下来就有办法。你就放心走吧。"

"小波，几个军阀不可怕，但是一旦他们与川岛、马知县这几股恶势力勾结，镇上的情况就又不一样。"吴涛看着他，长叹一声，说，"镇上今后工作会更加复杂和危险，我这一走，还真不放心。"

吴波拿着木棒，拨动着火苗，笑着说："大哥，这么多年的斗争，同志们都成熟了，这点你不必担心。我担心的倒是我们上了年纪的老奶奶和大伯他们，他们好不容易激起来的革命生活激情眼看又要被掐断，我不知道他们能不能承受。"

吴涛看着他，一阵沉默。最后，他说："小波，家中有事，今后你可多找找二娘。"

吴波点点头。

此时东方已吐白。

吴波与吴涛这一对同门亲兄弟热烈相抱。吴涛说："小波，大哥真有点舍不得你和大家。"

吴波也笑着说："是呀，大哥，长这么大，我还没有这种心酸的感觉，我也舍不得你，我希望你们早点回来！"

第三十八章

民国二十年，初冬的一个清晨，孙传芳的士兵冲进了皇窑厂衙门。吴波醉烂如泥地睡倒在专员办公桌上。孙传芳的士兵出来向长官报告，"报告连长，办公房只有一醉鬼。"

连长指着他说："姥姥的，给我扔出去！"

几个士兵进来，把吴波架起来。吴波挣扎着，大声喊道："放开我，你们放开我！"

孙传芳的士兵拥上前，不管三七二十一，架起他就走，把他抛到了皇窑厂门口。

上午，在督陶府门口，一群士兵正在门前把孙传芳督军府景德镇军管会的牌子挂上。他们要把办公点搬进来。

吴振江在一旁看着他们。这时，一个军官模样的人大模大样地走了过来。

"报告司令，一切准备就绪。"连长看后，赶紧上前敬礼。

司令点点头。

这时，连长介绍道："这是我们的付司令、浮梁专员。付司令，他就是吴振江。"

付司令上下打量吴振江一眼，然后双手抱着拳说："吴大人，我是个粗人，读书不到半年，字念不了几个，在来景德镇之前，我在大帅府已多次听到你名字，你行，了不起。在下受孙大帅指派，前来接管景德镇，初来乍到，还望您多加指点。"

"指教不敢，我希望你们不要横征暴敛就行！"吴振江回答。

"好、好。不过，吴大人，什么叫横征暴敛，我肚子里墨水少，听不懂。不过，本司令要告诉你，这座楼馆风水好，我们用了。"付司令笑着说，"你家公子不听中央调遣，拒绝中央特派员入境，并把他杀害，我奉中央政府的命令，前来捉拿，希望你配合。"

姜雪看着吴振江，吴振江不作声，目视着这位行伍出身的新专员。

付专员被他看得不自在，转身对着身边的连长大声地说："快，我不想看到这位大清国的遗老，把他马上给我送出军管会！"

吴振江全家再一次被赶了出来，东西被抛出督陶府门外。这时，马知县、吴晋向督陶府走来。姜雪看到吴晋，连忙上前喊："晋儿、晋儿。"

吴晋头也不回。

老太太颤抖地拉着他，吴晋用手一晃，说："你是谁？认错人了。"

老夫人跌倒。

吴振江看后，赶紧上前搀扶，"娘，他早不是我们吴家的孙子，我们走吧。"

老太太却不停地回头，对着吴晋喊："晋儿，我是你的奶奶、奶奶呀！"

马知县看到眼前吴振江一家的狼狈，一脸的得意。到了督陶府门口，他们被士兵拦住。马知县看后，马上满脸是笑，对士兵说："请通报一下，浮梁马为民、商会吴晋二人前来晋见专员司令。"

马知县说时，吴晋在一旁不断地点头赔笑。

当晚，马知县和川岛、吴晋一伙便在春圆酒楼设宴，宴请孙传芳军管会的司令兼浮梁专员付宝龙。

桌上，付专员狮子大开口："各位兄弟，孙大帅要我在景德镇十五日内，筹集一百万两白银，请问，有何高见？"

马知县听后，马上站起来笑着说："司令，景德镇这里商贾云集，大小窑厂 5000 多家，遍地黄金，孙大帅把目光放在景德镇目光远大、高人一筹。"

付专员看了他一眼，笑着说："马兄，这样说一百万，没困难喽？"

马知县说："司令，要是我们对陶瓷商户大户中每家收取 5000 两，不，8000 两，中户 5000 两，小户 2000 两，我看还不止这个数。"

付专员把桌一拍，兴奋起来，他说："好，马兄，有你这句话，我心里就踏实了。明天，我就派兵协助你。只要你能完成我这个任务，我向大帅给你请功，继续做你的浮梁县县长。还有你，吴晋，做商会的会长，如何？"

马知县听后，受宠若惊，满脸赔笑着说："谢司令栽培，马某一定为司令效力。"

付专员说："好，这杯酒，我敬大家。"

马知县见付专员高兴，说："司令，等一下，我这还有一道菜，来了，您再喝。"说着用手一拍，一位女子进来。

付专员顿时双眼放亮。

吴晋打趣地说："司令，她可是，这春圆里的头牌小姐。"

"哈哈哈，好，好。"他也不多说，自己先干掉杯中酒，然后放下酒杯，搂着小姐说："本司令醉了，各位慢用，我先告辞了。"

第二天，付专员派兵把对各窑户的征缴告示，贴在大街小巷。该告示中规定，凡镇上窑户必须在三日之内向军管会交纳保安银，延期不交者，军法论处。

一时镇上，各窑户议论纷纷，大家都说，在吴大人督陶时，窑房一年上交的部分，不过一百两，吴涛在时，最多也就二三百两。他们现在一开口，动辄上千上万，这样下去，今后哪有窑户的活路？说着，纷纷来到陶瓷商会找饶希斋。

"我也是刚从告示中得知的，"饶希斋说，"不过，他们这是明抢，是让窑厂没活路，我现在就找他们评理去。"

由于马为民、吴晋的帮助，付专员一到景德镇就为孙传芳轻松地筹措到一百万两白银。孙传芳得到这笔巨银后，对他是大加赞赏。付司令也得意，这不，他正双脚架在办公桌上，靠着太师椅，瞅着川岛刚派人送来的五十根金条，眯着双眼暗忖，景德镇这地方来银太快了，庆幸自己已坐到了金山上了。

"报告，司令。"这时，卫兵进来报告。

付专员给他嚷得从椅子上弹了起来。他对着卫兵吼道："奶奶的，我没有死。要叫专员，我跟你说几次了？"

"是，司令，不——专员，陶瓷商会副会长饶希斋领着一班人求见。"卫兵回答。

付专员看了一下面前的金条，重新又坐了下来，"商会饶副会长，"他问，"他们手上带了金条吗？"

"司令，不，专员，他说有要事求见。我看他们手上什么东西都没有，好像不是来送礼的。"

"一个商会副会长，到本司令这儿，空手？他妈的，他哪把我放在眼里？"付专员把手一摆，说，"不见，说我正忙。"

付专员在闭目养神，听门外脚步声又起，有点不耐烦，他大声呵斥："怎么，还没有走？"

川岛听后，一愣，但是还是鼓起勇气，走上前，说："专员、专员，是我。"

付专员一听，觉得声音不对，睁开眼一看，顿时从太师椅上站了起来。"不知财神到，有失远迎。"说着，伸出手，紧紧抓着川岛，问，"先生，你这次又带来什么喜事？"

"专员,那批皇窑厂库存的瓷器什么时候给我？"川岛问。

"瓷器？"付专员拍着脑袋说,"这事我倒忘了。不过,川岛先生,我刚收到张大帅电,洪宪瓷要启运南昌,这下对不起了。不过,除洪宪窑瓷外,皇窑厂的瓷器,只要你出得起价,你要什么我给你什么。这点我还是说了算。"

"好,痛快。专员是个办大事的人。"川岛说着,不急不慢地从衣袋中拿出一张清单,说,"专员,我这里也有一批货,不知您是否有兴趣？"

"什么货？"付专员问。

川岛瞄了他一眼,笑着递给他。

付专员一看原来是一批军火,不由得眼睛一亮,但是,马上脸色又沉下来,递还给了川岛,说:"川岛先生,谢谢好意,不过,这笔买卖,本帅没有这么多本钱。"

川岛笑。

付专员问:"川岛先生,笑什么？"

川岛说:"专员,皇窑厂每月付窑工工钱就是五万两。景德镇还有那么多民窑厂,这可是取之不尽的银库。您这点本钱,算什么？"

付专员摆摆手,说:"川岛先生,你可不知道,皇窑厂工银是吴振江十几年前就定下来的规矩,我怕动它了,窑厂会乱。民窑吗,刚征收不少,这个以后再说吧。"

"付专员,景德镇自古是个草鞋码头,在景德镇能捞一把就是一把。吴振江再聪明,不是也被赶出皇窑厂？"川岛说后,笑了笑,双眼盯着他。

"川岛先生,这事说得有道理,就这么说定了。"付专员想了一下,最后拍着脑袋,说。

由于军阀横征暴敛,不出一个月,景德镇瓷业便起了明显的变化。晚上,在昌江码头上,常有一些商人提着箱子,举家离开。

镇上各处,常可看到一些民窑厂的门被大锁锁着,门上贴出招租或转让的纸条。

在大清皇窑厂督陶府门前,人声嘈杂。这里的窑工已是两个月没有领到月薪,叶青他们正领着大伙来到孙传芳军管会——专员府要工银。付专员站在门口,扯着喉管对大家喊:"各位,孙大帅说了,现在我们国家有困难,大家要为国家着想,回去吧。"

"我们两个月都没拿到工钱,再拿不到工银,全家都要饿死了"叶青站在前头说。

"是国家重要,还是你家重要？"付专员听后,指着他问。

"国家是靠我们这些百姓撑起来的,没有了我们,哪有国家。干了活,我们就要有工钱,没钱,我们到哪里吃饭去？"

"你们想闹事？"付专员看着窑工情绪越来越高涨,急忙喊,"卫兵,他妈的巴子,把这些人抓起来,关进大牢,看他嘴硬,还是我的牢门硬。"

卫兵一拥而上,去抓人。

窑工与他们发生冲突,相互推拉起来。

"啪。"付专员朝天上放枪，顿时局面静了下来。

这时人群中，站出一个老头，他指着付专员说："付专员，你不能这样对待皇窑厂的窑工，吴大人在的时候，总是把窑工的冷暖放在心上，窑工工银常常是提前发。窑工才努力工作，你这样做，皇窑厂要垮的。"

一旁的马知县指着他，对着付专员说："专员，你看，眼前这老东西以前就是吴振江手下的总管曾开，他可不是什么好东西，到现在他还拿着吴振江来对抗我们。"说着，掏出枪，对着他"啪"地开了一枪。

曾总管马上应声倒下。

窑工一看，自己的总管被他们打死，顿时愤怒了，拼命地往军管会冲。

吴老夫人自从被军阀赶出督陶府后，因受到孙儿吴晋的刺激，回来就病倒了，且久病不起。任凭怎样调理，也不见好。这不，姜雪又把水药煎好，端到她床前，一匙一匙地喂着。

吴振江上得前来说："雪儿，我来。"

"老爷，你已两天没睡，到床上去躺会。"姜雪一边喂着药一边说。

"雪儿，我哪里睡得着？"

"有没有看到小波？"姜雪问。

"一好心的人刚把他送了回来，一身的酒气，脸上不知谁打的，鼻青眼肿。现在，我让他睡下了。"吴振江说。

"娘一醒来就喊着晋儿、晋儿的，这样下去，不知如何是好。老爷，能否把他叫来，也许娘会好一点？"姜雪与他商量。

吴振江气愤地说："这畜生，娘一手把他带大，他现在是六亲不认。"

"老爷，你也不要难过，娘一生为善，我想好人总有好报。"姜雪看着他，安慰道。

"雪儿，太难为你了。本想娶你过来，是想让你过上好日子，哪知让你跟着我，过的尽是些担惊受怕的日子。"吴振江看到姜雪近来消瘦的脸，十分内疚。

"老爷，你有这份心，我就知足了。去睡吧。"

吴振江刚出房门，准备去休息，突然有哭声传来。一看，人已闯至跟前。

这时，只见一窑工对着他喊："大人，大人，曾总管，他——他——"吴振江看他惊恐万分的样子，急忙问："曾总管，他怎么了？"

窑工突然跪下，哭着说："大人，总管帮着我们讨工钱，在督陶府门口被马知县开枪打死了。大人，你要为我们做主，为总管报仇呀。"

付专员面对愤怒不断拥来的窑工，心慌了，"啪、啪、啪"，他朝空中连开了几枪。

枪声一响，士兵顿时退到门口，排成一排，他们端起枪，用枪口瞄准拥上前的窑工。

"谁要是再闹事，曾开就是下场。"付专员提着枪吼道。

这时，窑工后面的人骚动起来，有人大声喊："大人来了，大人来了。"并让出一条路。

吴振江走上前,来到曾总管身边,一声不说,把他抱起,向着付专员他们走去。

付专员瞪大眼,惊恐地看着他,一步步地退却,他指着吴振江说:"吴振江,你……你要谋反?你……你可不能跟着他们一般见识!？"

"付专员,我早跟你说了,窑工也是人,要善待他们。你这是在自毁我们的皇窑厂,你居心何在!"吴振江对着他,心中充满着愤恨。说完,抱着曾总管转身而去。

吴振江把曾总管抱回后,亲自为他主持了葬礼。在曾总管出殡的那天,吴振江和饶希斋,还有皇窑厂各作坊总理们,他们一道抬着他的棺枢走在大街上。

这天,皇窑厂的窑工似乎也早有约定,等曾总管的灵枢从皇窑厂门前过时,他们一个个自发地拥出来,跟在队伍的后面,为他们的总管送葬。

士兵看窑工不断出去,人越来越多,值班的连长跑来向付专员办公室报告:"报专员,窑厂的窑工,他们都出去了,我们士兵拦也拦不住。"

付专员一听,顿时兴奋地站起来,笑着说:"好,好。这些泥巴佬,让他们去吧,告诉他们,私自外出者,本月工银全部扣除。哼,这个是他们自个找的。老子正愁着银子!"

"专员,要是窑工都走光了,咋办?"连长问。

"笨蛋,这个不是更好吗,我们这个月就用不到给他们发工银了,下去吧。"付专员搓着手,笑着说。

"是。"连长听后,只得转身出去。

自打这事发生以后,皇窑厂除了孙传芳的几个兵丁外,整个窑厂都是空空的,没有人。第一天这样,第二天还是这样,没有人。

到第五天,连长又来找付专员,"专员,今天已是第五天了,皇窑厂仍没有一个人,你说,这厂子咋办?"

"这些泥巴佬竟跟老子真的叫起板来了。不就是用泥巴做几个碗筷吗?这有什么难。你给老子贴出告示,明天不来者,今后一律不许到皇窑厂上工。"

到了第五天,付专员问眼前的连长,窑厂有多少人在上工?

"报告专员,到现在为此,一个没有。"

"奶奶的,这些泥腿子给老子铆上了。谢连长,你组织士兵到街头上去喊话!"付专员这时才感到问题的严重性,对着眼前一个空空的、偌大的皇窑厂,不安起来。

谢连长按专员的吩咐,带着士兵站在街头大红告示前喊话:"皇窑厂各位窑工,专员有令,皇窑厂窑工两日内不上工者,军管处一律除名,永不启用。"

街市上,人来人往,竟无人搭理。

在南昌孙传芳总督府,孙传芳桌子上放着一张景德镇的电传,只见他拍着桌子在总督府内破口大骂:"付宝龙,你奶奶的混球,把老子的钱袋弄砸了。给我传电,复不了工,交不上银子,叫他奶奶的拿头来见!"

"司令,他可是你的救命恩人,是不是……"副官一旁轻声地提醒。

孙传芳听后，瞪了他一眼说："他是个球，交不上银子，老子哪来枪，哪来地？给我电！"

"是。"副官转身而去。

在督陶府军管办公室，付专员在大厅里来回急促地走动，额头已渗出了汗，桌面上，摆着孙传芳电传。

"专员，还是没有一个人回来。"连长板着苦瓜脸，进来报。

付专员指着他说："快，赶快把布告贴出去，答应他们马上发放工银。"

"专员，这个，你昨天已交代过手下，当场我就带人把它贴出去了。"连长回答。

付专员说："不行，这样不行，你得把它贴到镇上大小主要街道。"

这时，连长靠近专员耳边耳语几句。

付专员用眼瞪着他说："这话为什么不早说。快，给我传吴振江来见我。"

"这，司令，我看不妥。"连长吞吞吐吐，看着他说。

"好，照你的主意办。去，给老子备礼，记住，得把此事给老子办好，不然，老头子要我的脑袋，我就要你的脑袋！"

付专员带着谢连长，提着重礼来到瓷器街吴振江的家门口。

到了里面，他们发现家中没人。付专员站在屋内看了看，这才发现吴振江这个家实在是简朴。

正在这时，得福打外面买菜进来。

付专员看后，忙走上前，恭谦地问："请问，吴大人在吗？"

连长马上附着他的耳朵说："司令，这是他府上仆人。"

得福看了他们一眼，问："你们是……"

连长昂着头，指着身边的付专员说："这位，付专员，前来拜见你的主人。"

得福说："我家老爷正在后院休息，稍后，我去通报。"

"司令，他出来了。"连长说。

付专员一听，迎了上去，笑着说："吴大人，付某今日有幸，前来拜见。小小礼品，不成敬意，还请前辈笑纳。"说着瞟了连长一眼。

连长赶紧把礼物献上。

吴振江看都没有看，淡淡地说："前辈不敢当，专员驾到，有什么就直说吧。"

付专员笑着说："您老是前辈，付某初到景德镇，对您做得不周到的地方，还望你海涵。"

吴振江上下打量他一眼，说："专员，没事，吴某还有事要出去。"说着就走。

付专员忙说："前辈，别，别，就耽搁您一会儿。"

"说吧。"吴振江说。

"大人，付某前来，希望您出面，请窑工回来复工。"付专员恳切地说道。

"哼，"吴振江冷冷地说，"你们现在才想到窑工。要出面可以，但有一条件，惩办打死曾总管的凶手,处决马为民,以平窑工民心。"

"这……吴老,我已贴出告示,补发窑工工银。处决马县长,这? 不是我能力能办到的,得孙大帅答应。"

"那我们就没有可谈的。"吴振江说,"得福,送客!"

付专员迟疑一会儿,双眼一转,最后说:"好。只要前辈出面,劝皇窑厂窑工复工,前辈的话,我一定照办。"

付专员回来,马县长赶紧上前,笑着来迎接。付专员看到他,突然对着身旁的卫士大喝一声:"卫兵,给我把马为民拿下!"

卫兵听后,随即缴了他的械。

马知县丈二和尚摸不到头脑,眼前突变,他不知自己的祸从何来,只见他挣扎着,惊恐地看着付专员,问:"专员,我可是一心跟着您,您……您这是?"

付专员冷笑着说:"马县长,对不起,我得借你头用一下。"

"专员,专员,这玩笑可乱开不得的。"马为民全身颤抖地说道。

"你马某不是一心为我吗,好,现在我就看看你的心是真为我还是假为我。来人,给我押下。"付专员说。

第二天,付专员手下谢连长骑着马走在前面,马知县站在囚车里,嘴被塞住,绑赴刑场。

大街两旁的人群,愤怒地向囚车抛着各种脏物。随后,他的人头被付专员令人挂到了皇窑城墙上。

第三十九章

"预备,鸣枪。"谢连长向士兵口令。

"啪""啪"……两旁的士兵向着空中鸣枪射击。

枪声过后,付专员、谢连长、吴振江、饶希斋依次向着曾总管墓前上香奠拜。

奠毕,付专员对着吴振江说:"吴老大人,你说的,付某都做了,现在窑工应该复工吧?"

吴振江说:"付专员,这次只是个教训。今后,希望你能引以为戒。你只要尊重窑工,不恶意克扣窑工血汗工银。我相信,我们的窑工是最踏实听话的。"

"是的,是的。付某今后一定照办、照办。多谢前辈的教导。"付专员说。

付专员从南山曾总管墓场回来,脱下军装,走到后院。马为民此时正躺在那里抽着鸦片。他见付专员进来,赶紧爬起来,把烟枪递上。付专员打了一哈欠,接过狠狠地吸了几大口,过后,长长地吐了一口气,说:"奶奶的吴振江,害得老子烟都没时间抽。"

马知县接过他的话说:"专员,我跟他斗了几十年。他一日不除,这镇上便不得安宁。"

付专员腾云驾雾,对着烟圈,笑着说:"老子倒不想他死。死人,本司令看得太多了,折磨他,让他慢慢地死,那才叫做杀人的乐趣,你懂吗。"

"司令,你说得新鲜、有趣,好!好!"

"马县长,你放心,吴振江他们要你的命,可我偏要保你,我要让人知道,跟着我付某的人,我不会抛下他。不过,你这个县长位置就没了,以后也不能再露面,我让你做我的师爷,呆在我身边,如何?"

"谢谢专员!"马知县听后,显得十分感激,忙上前为付专员点烟。

"专员,孙大帅电。"侍卫进来报。

付专员接过一看,腾地从烟床上蹦了起来,他把烟管一扬,气急败坏地大骂:"妈的,又是一百万两,他真的把我这当成金库了。"说着把电报抛到地上。

马知县上前弯腰捡起,对付专员说道:"专员息怒,这话说到这为止,千万不可再说。"

付专员一愣,顿时反应过来,问:"马兄,你说此事咋办?"

马知县想了一下,说:"专员,我看,此事只有川岛先生才能帮我们。"

"奶奶的,"付专员一听,马上来气,"上次就是听他的话,弄得老子钱没捞到,还里外不是人。"

"专员,川岛一直想要垄断皇窑厂的瓷器,你可学吴振江,卖订单,提前向他要押金。"

"要是他不干呢？"付专员问。

马知县说："那就卖给法国人和英国人。"

"这个主意好。"付专员拍着马知县的肩说，"吴振江这个主意好。我也学学。"他大喊，"卫兵，请川岛先生来见。"

皇窑厂门前围了很多人。大家都在仰头观看，原来，马为民人头旁边贴着一张纸条，纸条上写着："此人不是马为民。"

大家都在议论，有的说："那天，我看过马为民，不会有假。"

"这人头倒是越看越不像。"另有人说。

"付专员咋就那样听吴振江大人和我们的？再说马为民没有付专员撑腰，他敢开枪？"一旁的人讲。

就在大家议论正酣时，一队卫兵冲了进来，驱散人群，爬上城墙，把纸条撕了下来。

过后，撕条的卫兵，匆匆走进督陶府，看到马知县在，迟疑一下，本想转身回去，却给付专员叫住。他一只眼看着马知县，一只眼看着付专员，壮着胆子把刚才撕下的纸条递了过去。

付专员接过一看，哈哈大笑起来："奶奶的，还有人真的跟老子铆上了。"说着，递给了一旁的马为民。

马知县接过，看后，极不自在。

"报，川岛先生到。"这时，有卫兵来报。

"请他进来。"付专员说。一看，马知县仍站着，赶紧请他暂避。

马知县前脚出去，川岛随后就到。

付专员也不客套，直说："川岛先生，本专员知道，你很想得到我们皇窑厂的瓷器。今天本专员考虑好了，答应你的要求。不过，我得有个条件，你得给我预什么……什么付款。"付专员跷起二郎腿，当着他的面，以主人的态度，十分得意地说。

付专员主动邀请川岛还是第一次。路上，他便在暗中琢磨这事，现听他这一说，明白了原委，差点没把茶水从鼻中喷出来。只听到他嘿嘿一笑后说道："专员大人，现在皇窑厂的瓷器大不如从前。预付款，现在不是吴振江时代，不会有人交。不过，既然专员看得起我，把此事提出来，行。但是，我也有个条件。"

"你也有条件，什么条件，说。"

川岛说："皇窑厂的整个经销权归我。"

川岛说的这些，付专员全没听过，也听不懂。他扭过头问一旁的侍从："你说说，什么是经销权？"

侍从也摇摇头。

付专员向他递了一个眼色。

侍从会意后，马上转身出去。

不一会儿，侍从出来，在他耳边嘀咕，付专员忙不停地点点头。转过身对着川岛说："川岛先生，你说的经销权我明白了，你说说，你打算给我多少银两？"

川岛伸出一个手指。

付专员马上笑着问："一百万两？"

川岛摇头说："不，不，不，十万两。"

付专员这时憋不住了，他来不了许多斯文，站起来，指着川岛说："十万两顶个屁用？不够老子塞牙缝。"

川岛也站了起来，毫不示弱地说道："专员大人，是你请我来的。一百万，我跟你说，那是不可能的事。不过，要是把皇窑厂的整个生产和经销权全部给我，这个，我倒可以考虑、考虑。"

付专员一听，暴跳如雷地吼道："你说什么？让我把厂交给你，川岛先生，记住，你的株式会社还在我地盘上！"

川岛针锋相对，冷笑着回答："专员大人，据我所知，吴大帅最近要东进，孙大帅急需钱购买大批军火。我告诉你，我们大日本帝国可以满足你大帅需求，但是，我的前提就是这个。对不起，专员大人，我告辞了。"说着转身就走。

"川岛先生，有事，我们可以慢慢商议。"付专员看到川岛强硬，且对他的底细了如指掌，至此，他已硬不起来。

川岛走后，他马上令人把此事电传给孙大帅。随即，便有了回复。

付专员看后不作声。

"专员，可是大帅回电。"马为民在一旁小心地问道。付专员把电文递给了马知县。

马知县看后，说："专员，这年月，你只要位置在，就不怕今后没钱花。再说，那窑工都是吴振江带出来的，川岛先生愿管就让他管去。"

付专员点点头，突然他青筋直暴，指着他说："他奶奶的，马为民，你说得有理，不过，皇窑厂可是个金鸡，就这样依了他？你不是说还有英国人、法国人？再说这样卖出去，要是大帅突然反悔，我咋办？"

"报告，专员，吴晋会长求见。"这时，侍卫来报。

付专员一听，马上说："快，请我们的会长。说不定他有更好的办法。"

马知县看眼前情景，有种寄人篱下的感觉，感到自己在这最多不过是个摆设，心中未免有点酸，黯然退下。

付专员没有想那么多，不过，当他看到马知县要走时，却马上说："马兄，他是你的好兄弟，我看你就不必避了。等他来，一起帮衬拿个主意？"

马知县一听，心里倒是一热，点点头，站在一旁。

吴晋看到马知县时，顿时一愣。

付专员看他的表情，顿时哈哈大笑道："吴老板，不必惊慌，马县长不是鬼，不用怕。他现在是本府的师爷。"

"那外面传说人头是假的,现在是真的?"他问。

马知县笑着说:"老弟,付专员义薄云天,老哥现在不是过得好好的?"

"有这样的好事,怎么不早说一声?让小弟担心!"

"出去不便。也就不便对你解释。兄弟,你怎么来了?"马知县问。

吴晋看了一旁的付专员,声音故意放大地说:"马大人,是川岛先生让我来探探情况,做做专员工作。"

"这么说,川岛也心急?"马知县问。

"老弟,不瞒你说,为这事,我已劝过专员,希望他能采纳川岛的意见。这年头,有了位置,手上有枪,还怕什么?川岛就是经营了,不顺心,专员的军管会找个借口,随时还可把他收回来。"

"马师爷,对外国人可不是那么简单,你没有看到,他娘的多凶!镇上的人敢这样对我说话吗?借他一百个熊胆也不敢!"付专员接过话说,"吴老板,你是这里的一会之长,商家行手,说说看,还有没有更好的人选?"

"马大人可是见多识广,专员大人,我的意见不一定对。"吴晋说。

付专员说:"吴老板,我是个武夫,没有那么多花花肠子,你有想法就直说。"

"行,"吴晋说,"专员,你既然这样对我老哥,又这样看重我,我不尽力也说不过去。川岛虽说是我朋友,又是我业务上的合作伙伴,我本应为自己打算,但今天看到我马大哥在专员大人这里活得新鲜,我就知道付专员是个够仁够义之人。让我吴某敬仰、敬仰!"

付专员听吴晋一说,很舒畅,摆摆手说:"吴会长,我是个急性子。好点子不要跟我藏着掖着,你说吧,我不会亏待你。"

"专员大人,你这就见外。要我说,马大哥的意见是对的,但有一点是,川岛是日本人。你担心得对。他们要是得到皇窑厂,要回来就难。再说,这镇上的人,最恨卖国卖祖宗的人。专员大人,你在这不是一天两天,那是长久和万年的事,背个卖国卖祖宗的罪名,你担当得了吗?皇窑厂,要是给了镇上的人,枪在你手上,你以后随时都可以整得了他们,钱吗,哗哗地来。再说,到时,他们没钱经营,再由他们转给日本人,这责任也不在专员你身上。专员,你说,在下说得对吗?"

"深刻,"付专员指着他说,"会长年龄不大,就有这种见识,比我有水平,高!这日本人,我也看不顺眼。在山东,老子的家乡,我家本有十几亩好田,就是给他们弄走的。不是他妈的逼的,老子也不会投军,用不着出来拼命。我是个粗人,但我看出,川岛租是假,他姥姥最终要老子的皇窑厂是真。皇窑厂是大帅也是我在这镇上的钱袋子。再说,背个卖祖的骂名,他奶奶的,我家有几个祖宗让人操!洋人不是什么好鸟,吴会长,你回去告诉川岛,说皇窑厂只租给镇上人,本专员来个公开竞拍。他奶奶的,有本事就从中国人手中转过去,这事,我不管。至少,没人操我奶奶的球!"付专员说后,对门外大喊,"侍卫!"

"到。"侍卫应声进来。

"去,把皇窑厂出租竞拍的告示给老子贴出去。镇上大街小巷都要贴到,听到了吗?"

"是。"侍卫马上领命出去。

趁付专员出去解手的空隙马知县就把吴晋拖着到一旁,看左右无人,马上附在他耳朵说:"老弟,你想对川岛留他一手?"

"老哥,为什么我们有两杯酒不喝,而喝一杯酒。再说,这么多年,我们哪从他们身上赢过?川岛他们的目的就是志在大清皇窑厂,要是让他轻松得了,他们小日本还会要我们?再说,我也想借他们的手,整整吴振江。为老哥,也为我自己出出这么多年的恶气。这辈子,我与他虽说是父子,但天生就是个死对头。"

"老弟,你比我高,为兄没有交错你。"马知县抓着他的肩,感慨地说。

镇上,士兵在贴告示,引得过路的人驻足观看。大家看后,三三两两散开,随即不久,整个山城议论纷纷。

在景德镇日本株式会社,川岛看到吴晋笑着回来,急着上前问:"吴晋先生,那个土司令咋说?"

"川岛先生,付专员说,他的家乡在山东,当时老家曾有十几亩良田无端被你们日本人豪夺,看来他对你们日本人心中有芥蒂。"吴晋接过日本侍女端上的茶水喝了一口,说。

"那他一百万不要了?"川岛问。

吴晋说:"川岛先生,他说了,他怕背上一个卖祖的骂名。"

"到手的东西就这样给溜了,吴晋先生,皇窑厂对我们来说,多重要。你说说,现在我们还有没有办法?"川岛听后有点沮丧。

吴晋看了川岛一眼,笑着说:"川岛先生,付专员虽说他把皇窑厂拿出来竞拍给中国人经营,但是他没有说不允许洋人找代理呀。"

"对呀。吴晋,这事,由你出面代理我们。"川岛突然眼睛一亮,来了精神。

"川岛先生,这么多年,吴某一直承蒙您厚爱,此事我自然义不容辞。"吴晋说,"不过,我们能找出代理,他们法国人、英联邦,还有美利坚,他们也想吃下眼前这块肥肉,还有镇上一些瓷业人,先生,你千万可得小心。"

"吴晋先生,镇上瓷业人虽说人员规模数量大,但是他们分散,不足为惧。就是吴振江出面,此时要他筹集一百万,那也不可能。"川岛待吴晋把话说完后,得意地分析道,"我们的对手在法国、英联邦和美利坚人等国,虽说他们在景德镇生产经营规模不大,但是,面对这样的机遇,他们的政府不能不支持。吴晋先生,这事,我们绝不能掉以轻心,一定要做到万无一失,懂吗?"

"川岛先生,你所说的英法等西洋商,我的意见与你相反,参与性不大。据我了解,他们都是单个商人,财力有限。我倒是仍担心吴振江他们。他们在镇上多年,对皇窑厂情有独钟。当前我们要做的,就是赶在他们的前面,把镇上几大银庄抓在手上,到时,他们想跳也动不起来。"吴晋说。

"好,好。吴晋先生,你说得对。按你的意见办,我马上组织人去办。"

街面上,大家三三两两在一起议论,皇窑厂刚复工,怎么又要卖?大家不解。

"听说,孙大帅又要打仗了。"有人凑上前讲。

"孙大帅来,不到半年,这镇上便让他们给刮了三四层,窑厂关闭了近四成。现在又动上皇窑厂了,这样下去,镇上瓷业完了。"另有人摇着头叹息。

"我说兄弟,大清早,你们说啥,这么起劲?"汪叔凡从家中出来,看着街坊一个个站在那,说着话,便凑上前,笑着问。

"汪老,我们哥俩在说你们皇窑厂的事。"

"皇窑厂又怎么了?"汪叔凡一听说到皇窑厂,神经马上绷了起来,急着问。

"汪老,这事您还不知道?"一旁的人问。

汪叔凡笑着摇摇头说:"我刚从家中出来。"

"汪老,前面有告示,您去看吧。"他顺手一指,对着他说。

汪叔凡分开人群,果真发现墙壁上张贴着一张大红告示,有人大声念道:"为了推进民国瓷业大发展,江西浮梁专区专员办经报华东五省总督府孙传芳大帅批准,决定把皇窑厂推向民间经营。现公开拍卖民国皇窑厂和民国皇窑厂高岭矿业经营权。有意者三日之内到民国皇窑厂军管会报名。江西浮梁专区专员办。民国……"

汪叔凡未等他念完,上前刷地一下把它撕下,转身就走。

在督陶府,川岛质问付专员:"专员大人,你答应我的事,怎么能一变再变?"

"川岛先生,大帅要吃饭,我这里还得养上千号人。你是饱汉不知饿汉饥。把它拆开,我还不是想多卖几个?你要谅解。再说,我这也是为了你着想。这么大的皇窑厂,你咋租得起?我现在把它一拆为二,凭你的实力,你至少也可以两者得其一,对吧?再说,对大帅也是个交代。我这个官职没有是小,说不定,哪一天,咔嚓一声,我这个脑袋还得搬家。"付专员说时,笑着给川岛比了个手势。

"专员,大帅电。"侍从这时进来,递上电文。

付专员接过,看了一眼,对川岛说:"川岛先生,大帅来电,对我这样做仍是多加责备。你回去准备吧。我等着吃你的庆功酒。"

瓷器街,吴振江的住所。此时,在他家的书桌子上,正整齐地摆放着一本《大清制瓷考》草稿本。吴振江在伏案疾书,夫人姜雪在一旁帮着研墨。

汪叔凡闯进来,看到他们两口子悠然的样子,气得上前抢下吴振江手中的毛笔,扔到地上,大声地斥责道:"大人,你们还有这个闲心,我们的皇窑厂都要卖给他人了!"

"老哥，自打认得你以来，我还是头一次看你发这么大的火，你说说，这事你是从哪里听到的？"吴振江看着眼前怒气冲冲的汪叔凡，一边笑一边弯腰去捡笔。

"大人，你看。"汪叔凡说着把刚才在街头撕下的告示，扔到他面前。

"大人，大人……"这时，副会长饶希斋、太平银庄老板李星灿也不知从什么时候冒出来，他们的手上也各拿着一张告示。

吴振江说："你们也知道了？"

"大人，镇上这事都传开了。我们来寻您问个主意。"饶希斋未待吴振江把话问完，便抢先说了。

吴振江拿着汪叔凡刚才摆在桌上的告示看。在场的人都看着他，只见他脸色凝重。而后，只听他长叹一声，说："这一天，终于来了。没想到的是这么快。"他抬起头，对着一旁的李星灿说，"星灿，现在就只有看你的了。"

吴振江一说，大家都看着他，不知他与星灿在打什么哑谜。这时，倒是李星灿开口了，他说："大人，当时办银庄也是为了防这一天。各位，我来时已概算了一下，我们银庄能启动的银两大概有四十万两左右，要是能再联合几家，凑上百来万两白银，拿下皇窑厂，我看，我们有这个可能。"

"星灿，路上为什么不早跟我们说，让我们白担心一场。"一旁的饶希斋听后，转忧为喜，兴奋地说。

这时，吴振江倒显得心事重重，若有所思，他说："各位，布告上虽说洋人不可参与竞争，但是没有规定他们不能在镇上寻找代理竞争。他们一出手，个个后面都有洋政府支撑，要是这样，我们就不一定争得过他们。咱们皇窑厂要是真让他们这班洋人给铆上，这一租，我们的皇窑厂可能就永远要不回来。退一步说，今后政府就是要得回来，皇窑厂的技艺也让他们给掏去差不多，留下的也只是一个空壳。"

"大人，那我们怎么办？"汪叔凡问。

"洋人参与竞争，特别是东洋川岛这伙日本人，他们窥视我们皇窑厂已不是一年两年，可以这样说，我们与他们之间将是一场恶战。银两已不是几十万、一百万的事，可能更多。也许他们早已勾结好，给我们布上局，要是这样，我们的凶险就更大。但是，我们决不能让皇窑厂落于外人手中。饶会长，你回去后，马上去摸摸动静，做到知己知彼。星灿，你得给我一声不响去落实银两，越多越好。明天，这时，咱们再在这里碰头。"

"大人，那我呢？"汪叔凡看吴振江没有吩咐他，马上问。

吴振江说："老哥，我们要做最坏的打算，你这段时间，要想办法把咱们皇窑厂历年来的资料在他们没有发觉之前，神不知鬼不觉地弄出来，保藏好，以便将来留给我们的子孙后代。万一他们得逞，我们也为我们国家和子孙保留住根基。我就不信，咱们国家永远会这样落后挨打！"

李星灿匆匆来到家，他发现钱庄门口排起一条长队，好生纳闷，心想，今天咋这么多人？停下一看，发现大多不熟悉，好像都不是当地景德镇人。他来到柜头，问："小二哥,这些人都是来存钱的?"

"嗯。"小二听后,点点头。

"存了多少?"

小二笑着说:"老板,十两二钱。"

"十两二钱?"李星灿看着他,疑惑地问。

"十两二钱。"小二怕自己的话没说清,重复了一遍。

李星灿走上前,拿着今天的账簿看了看,再看看外面的人,问:"小二,这些人你们认得吗?":

小二摇摇头,说:"老板,我看他们好像是外地人,不过,有点奇怪他们存的钱都是一样的,昨天上午来,今天上午还是他们这些人。"

李星灿听后,感到不对,马上对他说:"小二哥,快,你给我马上挂出清账的招牌,停止存取业务,有人想对我们做动作。"

在景德镇日本株式会社,川岛的桌上摆着浮梁专区军管会的第二号公告。他坐在那沉思,心想这个付宝龙,开初一见面时便向我提出一百万,回来屁股还未坐定,便又传出公开拍卖,现在又来个洋人不能参与,再又来个一分为二,他到底想干什么?难道付专员身边有高人为他筹划?他想了一下,又摇摇头。

吴晋进来。

川岛急忙起身,问:"吴晋先生,银庄情况怎么样?"

吴晋笑着说:"川岛先生,按您的意见,咱们这次利银比往常提高了五个百分点,并抢先一步动手。目前我们手中已集中到白银一百二十万两。"

"好。"川岛听后,那是大加赞赏。

"川岛先生,听说太平银庄也在拆借资金?我们挤兑他,也给他看出来了。这里,是否与吴振江有关?"吴晋问。

川岛想了一下,说:"吴振江是个明知山有虎,偏向虎山行的人。他一定会集中一切与我们一搏。不过,他已不是当年。但是,我们仍然要以防万一,不让他有一丝缝隙可钻。"

在吴振江家,吴振江听完汪叔凡有关吴晋的情况汇报后,说:"老哥哥,我早说过,他只是个棋子,后面是日本人。"

"大人,二公子处,要不,我去说一说。"汪叔凡问。

"老哥,该说的我早说了,没用的。我与他虽说父子一场,但是,我们之间是有缘无分。"吴振江伤感地说。

汪叔凡看他痛苦,不再吱声。

"对了,老哥,皇厂的那些制瓷资料怎么样?"

汪叔凡笑着说:"一天带出一点。到拍卖那一日,就可把它们全部拿出来。"

"行。"吴振江说,"我想川岛他们做梦也不会想到这事。"

饶希斋见汪老把情况说完,马上接过说:"商界情况是这样,大人,我暗自摸了一下底,镇上瓷业中除了赵子和一家单干外,其余都想与我们联手,海商有两家想参加。另外,另有四五家当地人,他们后面不是英国人就是荷兰人、美国人。大人,看来这是一场龙虎斗。"

吴振江问:"饶会长,你说说,我们能否做通赵子和的工作,让他与咱们捏到一块?"

"那我去试试。"饶希斋听后,说。

"星灿那里的情况怎样?"吴振江问。

饶希斋说:"大人,来时,我恰好经过,看来有人早动手了。星灿正在想办法,他要我转告你。"饶希斋说。

吴振江听后,脸色顿时又凝重起来。

在太平钱庄厅堂里,程家街银庄的许老板对着李星灿有点不好意思,他说:"李老板,真对不起,我们昨天已贷出一笔巨款。现在钱庄所剩不多,能盘出的银两不足五万两。"

一旁太和钱庄的钱老板未待他说完,也说:"李老板,这几日,市面上有人以高出平日市面上五至八分的利率拆借资金,我钱庄大头资金已贷出。目前钱庄资金我了解了一下,普遍紧缺,我看这是不是与皇窑厂拍卖有关。如果此时李老板想参与,我看我们这些兄弟再无多大的能力帮助你了。"

钱老板一说,其他人听后都点着头。

"喝茶,喝茶。"李星灿笑着说,"不瞒各位,我这次是想参与皇窑厂的竞拍,一方面皇窑厂是目前瓷业中利润最大的窑厂,另一方面,我钱庄与它关系密切,平日所存银两大都来自它们,我本人来自皇窑厂,这次有这个机会,我自然不想错过。再说,我参与竞拍,也是防止我们祖宗的家业落到外人手中。各位老哥是这方面的行家,我想只要你们出手来帮李某这个忙,李某就有胜算。"

许老板说:"李老弟话说到这个分上,我们还有什么话说。目前我看景德镇境内是没有办法,只有向邻近周县银庄拆借。"

"好,那谢谢各位。操作上,我们按老规矩。拜托各位仁兄了,请大家务必记住,后天早上准时赶到这。"李星灿说后,站起身,向在座的各位鞠了一躬。

第四十章

晚上,吴振江在家中与汪叔凡、马和尚等商议竞拍的一些具体细节事宜,姜雪在一旁帮忙记录着。

他们分两大论题进行评估,重点研究对手的心态。吴振江认为,外资,也就是境外资金,包括海商、洋商,他们一旦参与这次竞拍,势必一口吃进;内资则瞄在皇窑厂上。

外资中,英、法、美他们实力强,但瓷业不是他们的强项,且在景德镇瓷业的基础也不很扎实,因此对这次竞拍,兴趣不是很大;日本人川岛的实力虽不算强,但野心最大,因此,势必倾力一搏。

内资则是这几年冒出来的赵子和。但他的资金量,白银也不足60万两,其他几户,是小资金,加起来,不足50万。若与外资比,很小,单个,显然竞争力不大。他们若想成功,唯一的一条路,是联合。

山城的冬天很冷,人们不到十点便早早地睡去。今夜,整个瓷器街,就吴振江一家仍亮着灯。

突然,门外,吠声四起。

汪叔凡一听,说:"大人,有人来了。"

吴振江看了姜雪一下,姜雪会意,放下笔马上去开门。

"你看谁来了?"不一会儿,姜雪领着一人进来。

"呵,是星灿,老哥、马秘书长,我们的财神来了。"

"大人,对不起,到我来为止,我还没有钱老板、许老板他们的音讯。"李星灿不安地站在那,看着吴振江说。

吴振江自然心一沉,但马上转过话题,说:"星灿,快坐下,不能怪你。刚才马秘书长已跟我说了,码头的船家大多给人买通,有人已走在我们前头。"

"大人,其他情况如何?"未待吴振江说完,李星灿便迫不及待地问道。

"镇上合股的五家,经过商会马秘书长做工作,他们基本同意与我们合到一处,但是,我们手中的银两满打满算不过八十万。孙传芳向付宝龙开出的价格是一百万,他能把皇窑厂和矿厂拆开,说明他心中的要价不只一百万这个数。现在我们筹集到的的数字与他的需求看来差距很大。而日本的川岛,听说在镇上筹集的银两不下一百五十万两,还有来自他们黑龙总会的资金,总额加起来不会少于二百万。星灿,眼下的情况就是这样。"吴振江向他介绍时,极力控制住自己的情绪。

"大人,那我们怎么办?"坐在一旁默不作声的马和尚问。

吴振江说:"现在我们就看希斋兄的。如果他能说服赵子和加入,我们还有一点胜算。"

大家看后，都不吱声，屋内十分沉默。

民窑赵子和府中，主人赵子和把前来游说的饶希斋留下吃晚饭。酒桌上，酒过三巡，赵子和的话便多起来。他端着酒杯，指着饶希斋说："饶会长，我说实在的，吴振江这人，我佩服。他对我做的那些事，现在想起来，当时，也有他的难处。处在那个位置，我想，我也会这样做。"

"爸，你这才想对了。这叫各为其主。"一旁的赵宝贵插过话说。

"大人是个理财的好手，这点我服，钱交给他打理，我放心。以往不对的地方，回去替我美言几句，怎样？"赵子和边喝边说。

饶希斋说："赵老板，大人是个心胸开阔的人。这次来，不瞒你说，也是他叫来的。他来时交代，只要能保住皇窑，什么都好说，就是赵老板当头也行。"

"吴振江大人，他真是这样说？"赵子和问。

饶希斋点点头。

"唉。"赵子和长叹一声，说，"吴振江真汉子也。我赵子和要钱，但我也不是什么钱都挣的人，我不像我那表弟马为民，没有是非，没有人格，连棺材板里死人的钱都不放过。他落到今天，连人都不敢见，这也是他的报应。"

饶希斋端着杯，说："赵老板，其实，大人早知道马知县没死。他念同僚一场，没说破而已。"

"我不知道他什么时候会醒悟过来。他后辈子这样，都是因为搭上日本人。我这里，他平日放着二十万两银子，在我这生息。这辈子，他坏事做尽，这次我决定给他拿出来，算是给他折罪。"

瓷器街吴振江家中，火炉把水壶烧着嘟嘟响。灯光下，吴振江、汪叔凡、马和尚、李星灿在喝着闷茶。

"爸，仲哥、叶大哥来了。"秀娟这时从门外把汪仲、叶青带了进来，她看到这其中还有其他人，点了一下头，便站到一旁。

"大人、爸、夫人、李叔叔，你们都在？"汪仲、叶青笑着上前招呼。

汪叔凡问："你们怎来了？"

汪仲看了一眼叶青。

叶青马上掏出一把银票，递给吴振江说："大人，皇窑厂的窑工听说是您站出来竞拍皇窑厂，这是窑工捐的钱两，总计四千一百五十一人，白银十一万二千一百零六两二钱。我把它们换成银票，全在这。"

"大人，我这里还有三万两，是镇上艺人这两天捐的。"汪仲说着，也递给了吴振江。

吴振江看着这手上的银票，一时说不出话，双眼都湿润了。

"来，喝口热水。"姜雪站起来给大伙添茶。随后，到门口去关门。她发现黑暗的弄巷中，一束灯光正急速地朝她这边走来。姜雪定眼一看，是饶会长。"老爷，快，饶会长来了。"姜雪转身对着屋内喊。

"大人，你看还有谁来了？"饶希斋指着身后的赵子和父子说。

"赵老板、宝贵？稀客，稀客，请坐，快请坐！"吴振江看到他们，热情上前招呼。

"大人，平日多多得罪，您大人不计小人过。"说时，赵子和上前，对着吴振江弯腰鞠躬，以表他诚意。

"赵老板，赵兄，你能来就让我感动。我得向你敬礼。"吴振江见他们到，激动得手足无措，忙对着一旁的姜雪喊，"雪儿，快，快给他们父子上茶。"

第二天，大清皇窑厂公馆议事厅周围布满了军队。

吴振江和汪叔凡、饶希斋、马和尚早早来到这里，看到门口的士兵，他整了整衣服，昂着头，走了进去，此时，大厅仍是空空的。

汪叔凡望了一下会场，说："大人，看来，我们最早。"

"别管他，找个好位置坐下再说。"同来的饶希斋说。

他们大家距主席台左侧，选了一个位置坐下。刚坐定，川岛便带着吴晋大摇大摆地走了进来，看到吴振江，川岛冲着他笑了笑，然后在相隔不远的地方坐下来。

紧接着便是赵子和父子俩。

这天来的人很多，到了太阳二丈高时，仍有人往里面赶，当然，这其中也有不少的洋人。

这样，大约过了一个时辰，门外的铃声响了，竞拍开始。就在这时，付专员走了进来，他对着谢连长问："报名的人都到齐了吗？"

"报告，专员，全部到齐。"

"好。"付专员听后，看了会场一眼，走上主席台。

全场顿时安静了下来。

场下的人个个打量着这个行伍出身，近似野蛮的军阀专员。只见他扯起大嗓门，喊："各位，我是个粗人，只知道要枪弄棒，办厂这事我不懂。我也实话实说，现在大帅府急需要钱，为此，我想了很久，决定把皇窑厂租出去，以后我就不管了，我也管不了。为了不让人骂我是卖祖宗，我决定这次皇窑厂出租的对象是镇上人，各位洋人朋友，我只有得罪了，至于你们能不能从他们手上转过去，是你们的本事。我也不管。我宣布皇窑厂和它下管的高岭瓷矿厂这次一分为二，租期都为五年。皇窑厂起价一百万两，高岭瓷矿厂十万两起价。举牌成交后，马上到前台交银。虚报，交不起银子，扰乱老子牌局的人，你向外看看，老子三百名士兵就在门外伺候，他们的枪眼不认人！现在，想租高岭瓷土矿的人举牌。"

"十万。"付专员话音刚落，赵子和便举出牌，对着台上喊。

这时，他旁边的人看后，马上举出十二万。

吴晋举出十五万两。

有人看后，举出十八万。

吴晋再次举出二十五万两。

台下一阵沉默，赵子和看了一下左右，又举出手中的牌子喊："二十六万。"

吴振江和汪叔凡他们显得很焦急，不时地看着外面。

川岛瞟了他们一眼，得意地坐在那。

城西的太平银庄，李星灿没有随吴振江前往皇窑厂，他打听到，钱老板、许老板他们个个按时都出去了，按他们的性格和交情，他们个个落地千金，一定会给他一个交代。因此，当吴振江和饶希斋他们一班人去皇窑厂时，他便与大家约定，银庄这边一有消息，他立马赶往皇窑厂竞拍会场与大家会合。

东边的太阳已升出一丈多高，李星灿站在钱庄门口，一面不停地抬头看着空中的太阳，一面着急地看着街头左右过往的通道。突然，一匹快马朝他急奔而来。

钱老板此时整个人已气喘吁吁，好在有李老板扶着，他才得以下得马来。李星灿问他，他什么也没说，而是从身上摸出银票，递给他说："李老板，这是三十万两银票。老弟，路程艰难，再说一路土匪多。告诉吴振江大人，老哥只能做到这一点了。"

李星灿接过钱老板的银票，也不多说，而是转身对着身边的伙计说："快，你马上快马把它送到吴大人手中。"

在皇窑厂公馆议事厅，吴晋举着牌喊："四十三万两。"

台下的人群都看着他。一旁的川岛左右扫了一眼，露出了微笑。

付专员这时在台上举着手喊："四十三万，还有没有更高的。没有我喊了，一、二……"

"四十八万。"赵宝贵举上牌。

"四十八万？"大家都看着他，私底下，大家议论开了。

"五十八万。"吴晋听后，马上站起，喊。

"五十八万。"付专员在台上喊，心想，这下自己发大财了，他再也控制不住兴奋，就差没有手舞足蹈了，对着台下高喊，"五十八万，还有没有更高的。没有我喊了，一、二……"他用眼扫视了下面会场，最后用手在桌上一拍，大喊，"三！"

付专员也许是过于激动，由于用力过猛，把桌子上的木槌都震了下来。

他当即宣布："吴晋，吴老板，你举的牌子有效，上来交完银子，这高岭瓷矿厂五年内经营的权力就是你的了。本专员祝贺你。现在休息，下一场是皇窑厂。"

川岛未等付专员说完，马上站起来鼓掌。

在镇上太平钱庄，李星灿仍在银庄门口站着。大清皇窑厂公馆议事厅，第二轮拍卖活动已开始。

"大家看清了,我手上就是皇窑厂大门的锁匙。它该是谁的?本专员先在这开个起价,一百万,谁给我第一个举牌。"

饶希斋未待他喊完,便举着牌站起来大声道:"我出一百零一万。"

付专员笑着说:"好呀,我的爷,平时我叫你出两个银子,你这困难,那困难。今天我算见识了。饶希斋一百零一万两,还有没有应叫。"

川岛转过头,看了他一眼。

吴晋低声对着川岛说:"他,啥玩意,让他陪考吧。"说着站起来,举着牌高声大喊,"一百二十万两。"

"我的奶奶,一百二十万两,吴晋行。还有没有。我说一,二⋯⋯"付专员手舞足蹈,大声喊道。

这时,赵宝贵举上牌,喊道:"我出一百二十一万。"

"我出一百二十八万。"另有人举牌说。

"我出一百三十五万。"吴晋亮牌,便又把大家给压下。

场下一阵沉默。

付专员指着吴晋喊:"吴晋出一百三十五万,好,还有没有应叫的?"

"一百四十万。"

付专员看了那人一眼,发现那人后面站着几个西洋人,心中一喜。顿时指着吴晋说:"吴老板,你呢?"

"我出一百五十万。"吴晋说。

"一百五十五万。"那人看了川岛、吴晋他们一眼,又把牌举出。

场下再一阵沉默。

汪叔凡看看吴振江,吴振江看看饶希斋。

"我出一百六十万。"吴晋这时,举出牌喊。

付专员听后,指着吴晋对会场喊:"吴晋出一百六十万,好,还有没有应叫的?没有,我喊了,一、二⋯⋯"

"我出一百六十五万。"站在大厅东侧的一洋人看到大厅没人反应,抢过身边人的手中指示牌,忍不住地站起来喊。

"好,这位洋人朋友说一百六十五万,好,看看还有没有人⋯⋯"付专员指着他,亢奋地叫道,一边谢连长也喜形于色。

"专员,您不是已宣布洋人不能参与竞拍吗?"有人在下面责问。

"这,对、对,你看看,他身边的朋友不是举起了牌吗?他可是我们黄皮肤。一百六十五万,有没有?"付专员停顿了一下说。

此时,吴振江双眉紧锁。汪叔凡不时地用双眼看着门外。

"老哥,他可能不会来了。"饶希斋看到神情不定的汪叔凡忧郁地说道。

镇上太平银庄门前，许老板翻身下马，对着李星灿说："老弟，路上耽搁了，我这里四十五万两，快拿去吧。"

李星灿接过他的马绳，对着他说："许兄，大恩不言谢，时间急迫，你自己进去休息吧，钱老板也在里面。"说着翻身上马，急速向皇窑厂方向驰去。

在皇窑厂公馆竞拍现场，吴晋叫出一百七十五万的价。只听付专员叉着腰喊："一，没有人应。现在我喊二，还是没人应。"

川岛侧眼看了不远处的吴振江、汪叔凡一眼，"哼"的一声冷笑，转过双眼盯着台前桌上的锁匙，满脸露出得意的微笑，心中有一种抑制不住的兴奋。

这时，汪叔凡控制不住自己的心情，泪水从眼角哗哗地流下来，他不想让身边的人看到，尽力低下自己的头。不知什么时候，吴振江已伸出双手紧紧地抓住他那双苍老的手，他意识到自己失控，用手擦干了眼泪，重新昂首坐了起来。

李星灿骑马已急驱到大清皇窑厂公馆前，到了门口，他翻身下马，便冲进会场。

卫兵提枪把他给挡住。

在里面，拍卖已到高潮。付专员喊到二，还是没人应。"看来又是我们的吴老板中标。"下面的人议论。

付专员扫视了一眼会场，声音拖得特长，他希望有人再应标，能让他的数字再增长一些。

这时，吴晋、川岛已先后笑着站起来。

"大人，四十五万，大人，四十五万……"一阵喊声从外直冲而来。

"大人，星灿！"汪叔凡、饶希斋听后，他们对着吴振江同时喊。

"付专员，我吴振江出一百八十万！"吴振江此时已按捺不住一直压抑的感情，腾地站起来，对着付专员大吼。

顿时，会场沉默了，个个拿眼看着他。

付专员看到眼前一直沉默的吴振江突然蹦起，冲着他一声大吼，也是一愣，眼睛直勾勾看着他，一时也回不过神来。

"吴振江，乱叫是要杀头的！"川岛说时，圆瞪着双眼，对着他冷笑。

"吴振江，本专员事前说过，没钱扰局的人，枪子伺候。念你是皇窑厂前辈，暂且原谅你这次。"付专员被川岛这一吼，这才回过神来，说。

"付专员，你听听外面的声音吧！"吴振江对着付专员，挥手指着门外大声喊。

"皇窑厂不能落入外人手里！皇窑厂不能落入外人手里！皇窑厂是民国的！"外面不知什么时候聚集很多人，并且越来越多。李星灿、许老板、钱老板，他们手挽着手地站在议事厅门前，带着大家，对着里面高呼。

这时，饶希斋冲出门外，他举着双手，对着李星灿他们高喊："星灿，我们赢了。赢了！"

李星灿看到冲出来的饶希斋，推开士兵，跑到饶希斋前，双手搂抱着他。

大清皇窑厂公馆议事厅内，川岛、吴晋低垂着头，再也高傲不起，灰溜溜地走出了皇窑厂的大门。他们承认，这次他们又败给了让他瞧不起的大清遗老。

吴振江出来时，皇窑厂的窑工早已等在门外，他们看到吴振江，个个面带笑容，并向他们报以热烈的掌声。吴振江这时双眼全模糊了，他对着大家不断地鞠躬，说："谢谢大家，谢谢大家。"

川岛怒气冲冲地回到株式会社办公室。

"川岛先生，皇窑厂的瓷土全仗高岭矿支持。没有瓷土，皇窑厂就是死厂。没有皇窑厂，我们却照样可以做出好瓷器。"吴晋一旁劝说。

川岛听后，冲着吴晋吼叫："没有皇窑厂的技艺我们怎么做？我们的窑厂已停了两年，出双倍的价目也招不到半个窑工。支那人，太可恶！"

"川岛先生，吴振江的皇窑厂，没有了高岭瓷土，他们撑不了多久。到时，它逃不过我们的手掌心。"

吴晋这话，倒让川岛冷静下来，他望着吴晋说，"吴晋先生，你……你继续说。"

"川岛先生，"吴晋说，"我们以皇窑厂优质高岭瓷矿土为基础，借机把高岭地区所有民间矿厂都垄断在我们的名下。然后……"他在川岛耳旁比画着。

川岛听后，转怒为笑，对着吴晋大加赞赏。

皇窑厂和皇窑厂高岭瓷矿厂转让经营权合同签字仪式在大清督陶府付专员的办公室举行。

付专员代表浮梁专区军管处与吴振江、吴晋分别签下合同。

合同签署完毕，副官便把早已准备好的酒端了上来。

付专员接过酒杯笑着说："从今以后，我们就是一家人了。我这还指望你们好好干，给我多生几个仔。愿我们合作成功。我们干。"说着他一口干下。

吴振江、吴晋看了付专员一眼，接连干下。

付专员看着他们，笑着说："好。吴老大人，你们明日便可到你以前的衙门办公了。不过，这里的规矩你可得知道，不然我的士兵，我可约束不了！"

"专员，我会按我们的合约办事。"吴振江说完，转身走到吴晋跟前，伸出手，关切地说，"晋儿，皇窑厂能否生存，还在你的矿厂支持。为父希望你不计前嫌，共同努力，把镇上瓷业做好。"

"哼。你是谁的父亲。你是你，我是我！只要有人价格出得比你高，我照样给他们。"吴晋说着，甩手转身对付专员说，"专员，在下得组织生产，今日就此告辞，来日再登门拜谢。"说着转身而去。

合同签字第二天，赵子和、李星灿、汪叔凡、饶希斋等一些民窑老板便一起聚集到原衙门督陶大人吴振江的办公室。

赵子和东看看、西看看，对着桌椅摸了又摸。他兴奋地说："皇家就是皇家，气派。"

一旁的饶希斋看后，说："赵兄，再怎样气派，我们还不是坐进来了吗？"

"还是革命好，没有民国，我们这些泥巴佬在这多看一眼的机会都没有，别说坐在这。"赵子和满面春风得意地说着，坐上了往日吴振江的座位。他看到李星灿过来，赶紧站了起来。

"赵老板，大人说了，这个位置得请你来坐。"李星灿看他的样子，笑着对他说。

赵子和一听，摇摇手，说："李老弟，这个话不能乱说。几百年，这皇窑厂都是皇家办，我现在能做个股东，在这能说上一两句话，我这一生已知足了。"

"赵兄，你是大股东。大人说了，持股大的应是东家，你就不要推辞了。"一旁饶希斋也附和。

"老弟，这把椅坐起来，着实威风。不过，我们这一辈子做的是小窑，窑工最多的时候，不足二百，产值不过五十两白银。这是个什么地方？ 窑工和官员多时，上万人，产值上百上千万。这里，有时几窑瓷器，便抵上我们做几年。我这几斤几两自己知道，我不是这块料。想是想，我是做不下来呀，我的会长。再说，我这也是为自己那五十万两银子打算，也是为大伙打算。我看，这位置，要是大家还认我是个大股东，那我说，由大人来坐。"赵子和感慨一番后，对着大家说。

"行！ 赵兄有理。"大家听后，鼓起了掌。这倒让他赵子和不好意思起来，忙摆着手，笑说着："惭愧，惭愧。"

"对了，大人叫我们先到，他自己怎么没来？"饶希斋想起了什么，突然问。

这时，马和尚匆匆进来。"饶会长、各位，出事了。"马和尚端着气说，"川岛、吴晋，他们把皇窑厂高岭瓷土矿的矿土插上膏药旗，一船船外运了。"

"你说什么？"赵子和听后，瞪大眼问。

"川岛、吴晋，他们把皇窑厂高岭瓷土矿的矿土插上膏药旗，一船船外运了。"马和尚端了一口气后，对着在场的人一字一字地说道。

大家把眼光看向赵子和。

赵子和跺着脚说："你们看着我有什么用，快去，请吴大人呀。"

吴振江静静地坐在他爷爷的灵前，双目注视着爷爷的遗像。

汪叔凡走到他身旁，端着粗气，大声地说："大人，吴晋和川岛停止供应皇窑厂的瓷土，你可知道？"

吴振江坐在原处，点点头，说："老哥哥，自签约那一刻，就决定瓷土矿厂与我们分开了。我当时带着最后一点点希望，想与吴晋交谈。他甩手而去，我知道皇窑厂瓷土矿与我们彻底决裂了，我与他父子情也彻底决裂了。矿土在他们之手，他们必定外运，等他们积累到一定时候，他们就会腾出手，在镇上或在我们周边就地设点，制出日本款式的瓷器与我们抗衡，再想方设法寻找机会挤垮我们。这就是川岛。"

"大人，那、那怎么办？"汪叔凡急切地问。

"皇窑厂瓷土占整个镇上瓷土供应量的二成,但历来自产自销。今天,他们断了我们皇窑厂的瓷土,等于把皇窑赶到市场,与镇上民窑争夺本来就紧缺的瓷矿土。这样,镇上瓷价必然上涨。这样一来,我们在洋人瓷器面前,优势就没了。再说,没有自身的瓷土,皇窑厂自身的质量也没有保证。没有质量保证,皇窑厂的牌子和经营的平衡就很难做到。我们抢回了皇窑,但是保住它就更难。出此逆子! 祸害无穷。我……我……教子无方,有愧列祖列宗。"说着抓住汪叔凡的手,哽咽不止。

汪叔凡平日里只看到吴振江刚强的一面,今天,看到大人如此伤感,一时没了主意,只得劝慰他说:"大人,大家都知道你尽力了。现在,你把大家带出来,皇窑厂下一步怎么办,大家还在指望你拿个主意。"

在景德镇日本株式会社,川岛看着匆匆进来的吴晋问高岭现在情况如何。

"川岛先生,按您的意思,我把皇窑瓷矿厂和与它配套的户主全部召集起来,通过软硬兼施,我看,现在高岭,可以说,没有人当众敢对我们吭一声。"吴晋接过侍女递上的茶,喝了一口,对着川岛夸下口说。

"好。"川岛自言自语地说,"我大和民族为了这镇上的瓷业,整整谋划二十年,终于快到头了。"

"川岛先生,您是中国五百年后第一个进入中国皇窑厂的人,您不仅是大和民族的英雄,也是中国历史的英雄人物。"吴晋伸出拇指说。

川岛哈哈大笑,摆摆手说:"不过,吴振江还是让我敬佩。吴晋先生,你很会办事,我不会亏待跟我做事的人。我现在正式聘请你做皇窑高岭瓷矿厂督办,全权打理一切。把你吴氏家族的管理才干和基因拿出来为大日本帝国效力,如何? "

吴晋马上说:"谢谢先生栽培,我一定效忠大日本帝国和天皇。"

晚上,川岛借付专员办公地,在皇窑厂公馆第一次以主人的身份宴请景德镇陶瓷工商各界。不过,大半天过后,公馆宴席上除了付专员和吴晋所领的一批小厮外,没有其他人。

川岛看了一下情景,问一边的吴晋:"吴先生,今天来的人怎么这样少,你的请柬是否发到每个人手上? "

"川岛先生,请柬是我亲自督办的。"吴晋回答。

川岛看了一下场内的人数,觉得自己在付专员面前很没有面子,他对吴晋说:"其他我不说了,吴晋先生,不管怎样,你出去一下,给我弄一些人进来,我不能把面子丢在这!"

"是,是,是。"吴晋不断点头,随后叫了几个人随他一同出去。

"吴先生,等一下。"川岛突然想到什么,把走到门口的吴晋叫了回来。

"川岛先生,还有什么事吩咐? "吴晋折回身问。

"怎么没有看到马知县? "川岛问。

吴晋向四周扫了一眼,说:"我也一直在找他。听专员府的侍从说,他出门很久了。"

川岛交代说:"出去时,你看到他,请他在厢房用膳,告诉他,千万不要到大厅来,以免节外生枝。"

曾总管的事平静后,马知县在家坐不住了。这天,他来到怡春圆找他的相好。看到吴波躺在怡春圆门口,他看了一眼,自言自语地说道:"往日的英雄,今日瘟猪。"说完哈哈大笑,抬头昂首走了进去。

"吱呀"一声,妓女春香房门被打开,马知县走进去笑道:"我的宝贝,想死你爷了。"说完就去搂她。

那妓女,回头一看,以为是鬼怪,吓得躲在一处直说:"马大人,大人,我可没得罪您,别吓我,您……您要钱,初一十五,我一定烧给您。"

马知县笑道:"春香,你别怕,我没死。我可一直待在专员的军政府,这不好好地来了吗?"说着,他拿出银子,扔在桌子上,咚咚作响,"你看,这银子,咚咚响的,听到了吗?鬼是没有声音的,我的宝贝。"

春香仍躲在一角,疑惑地看着他,说:"那,那外面说的可都是真的?"

马知县没回答,上前要去搂她,春香仍极力躲开。

马知县觉得春香仍不信他,便停下说:"春香,实话跟你说吧。那是付专员为掩人耳目,给吴振江和窑工演的一场戏。虽说县长丢了,但是我现在是专员府上的师爷,座上宾。你不信,咬咬这银子,看它是不是真的?"说着拿起银子递给春香,春香伸手接过,看着他,拿到嘴边就咬。

川岛在公馆举办的宴会已开席,付专员正搂着一个涂脂抹粉的小女人在大吃大喝,川岛和吴晋陪在一旁。

"专员,我们皇窑厂高岭瓷土矿的吴督办为您再敬一杯酒。"川岛说时,给付专员把酒添上。

付专员打着酒嗝,指着他说:"名字太长了,我记不清。说白了,我已交给你了,你们之间,用谁我不管。"说完他对着女人说,"是不是,我的美人?"

"付专员,那吴晋做商会会长的事……"川岛问。

"他不是已是会长吗?"付专员一摆手说,"行,让他明天交上五千两银子,我发上一个告示就是。"

"这……"川岛被他这一说,愣住了。

"这什么,我还是看在你的面子上,要是他妈的吴振江来说,我两万两银子也不干。"

川岛摇摇头,往大厅看了一眼。

一旁的吴晋见状,端起酒杯站起来说:"我吴晋谢过专员。"说着一口干掉。

付专员指着他说:"谢我什么?"

吴晋拿出一个红包,递了上去。

专员看后,也不客气地接过。

"专员,那饶副会长,他们……"吴晋问。

付专员瞪了他一眼,说:"他们是个球,你明天就上任吧。"

"是。"吴晋点头说。

这时,一浪人进来,在川岛的耳边耳语。川岛听后,顿时眉开眼笑,起身就走。

付专员看着他问:"你们嘀咕什么? 是不是有大买卖?"

川岛转身笑着说:"专员,吴振江和他夫人来了,我得去迎接一下。"

付专员瞟了他一眼,抓起桌上的一只肥鸡,就往口中塞,他心中有点不自在,说:"他是个什么东西?"

川岛笑着说:"专员,我叫他来,是想让您看看他的狼狈相。"

付专员说:"这还差不多,那快去,快去!"

吴振江和姜雪来到公馆门口,川岛早已赶到门外,笑脸相迎,按中国人的礼节,举起双手,抱着双拳说:"不知大人、尊夫人光临,有失远迎,快请进。"

吴振江和姜雪他们没有回答,只是点点头。

付专员正拿着鸡腿坐在那咬着,看到吴振江,指着他们说:"吴振江,快! 快坐下来吃,吃。"算是招呼。

吴振江和姜雪微笑着,拿眼扫了一下大厅。

怡春圆内,春香依在马知县的怀中娇滴滴地问:"马爷,这么久都有没看到你,是不是外面又有相好?"

马知县用手捏着她的脸,说:"有相好,也舍不得你呀,我的春香。"

他们猴急着宽衣上床,把纱幔掩上。正在行事时,床上纱幔突然被人拉开,只见两个蒙脸的汉子,拿着明晃晃的刀对着他们。

春香想叫。

那蒙脸的汉子低沉着声音,对着她厉声喝道:"你叫,就先宰了你!"

他这一说,吓得春香蒙着头,在被子里打抖。

马知县赤身裸体地从被窝里给揪出来,他在地上拼命地向着他们磕头,嘴里不停地喊:"好汉饶命,要钱我给。"

那两蒙脸大汉也不多说什么,拿着毛巾就往他口中塞,用麻布袋罩着,扛着从窗户口跳走。

春香全然不知,仍在被窝里发抖。

马知县被两个蒙面人带到一座新坟前,他借着月光一看,是曾总管的新坟,顿时魂飞魄散,爬着走。一大汉挡在他的前面。

马知县仰着头,只见那两个蒙脸的汉子扯掉面巾。

马知县惊恐地指着他们，"原来是你……你……"

第二天，在景德镇日本株式会社，川岛仍在为昨晚宴会上的事生气，且不说人少，还有，他原以为吴振江夫妇不会来，但是他们还是来了。宴席上，付专员与吴振江相比，两人可真是山鸡与凤凰。他本想借此在吴振江面前显显威风，压一压他，想不到，倒让他们看不起。

正在此时，吴晋慌张进来，附在他的耳旁说："川岛先生，找到马知县了。"

"你为什么不把他给我带来？"川岛问。

吴晋看了周围一眼，小声说道："听说，他昨晚出去，很晚才回来。现在人神志不清，疯疯癫癫，一见到人就做拱，嘴里喃喃地说，我有罪，我有罪。"

"这……付专员知道吗？"川岛顿时紧张起来，问。

吴晋点点头，说："知道了，不过，他现在已被付专员赶了出来。被他的表亲赵子和安排在城南的一座民房里。"

川岛待在那，陷入了沉思，他想了一会儿，突然站起来，说："走，我们去看看。"

马知县没死，且疯了。这事在镇上给传开了。一时成了茶楼酒肆的话题。"报应！"茶楼里，老王等一批茶客一致说。但是川岛不死心。接到吴晋的情况汇报后，他马上要吴晋陪他去看个究竟。

川岛在吴晋的陪同下，他们来到城南一民房门前。吴晋说："川岛先生，马知县就在这里。"

川岛看了一眼，跟着吴晋走了进去。

同来的日本浪人迅速站立两边，守候在民房的两旁。

马知县坐在屋内的一把椅子上，脸部浮肿、目光呆滞，嘴里不停地喊："我有罪，不要杀我！不要杀我，我有罪！我有罪！"全看不出往日的威风、精明和奸滑。

川岛来到他面前，马知县没有反应，嘴里仍喃喃自语，不停地说："我有罪，不要杀我。不要杀我，我有罪。我有罪。"

"马大人，川岛先生来看你。"吴晋对他说道。

马知县抬起头，看到川岛一脸的凶相，立即从椅上蹿了起来，躲到一旁，用手挡着自己的目光，说："不要杀我！不要杀我！"

吴晋上前，想对马知县再说些什么，川岛伸出手制止道："我们走。"

吴振江与李星灿在议事。饶希斋兴奋地走进来，看到他们都在，笑着说："大人、李老板，你们都在这！"

"希斋兄，我们正在商谈高岭瓷土的事，你来得正好。"吴振江看他进来，赶紧叫人搬来椅子。

一旁的李星灿笑着说："看希斋兄今日这样开心，一定有喜事！"

"说喜事，也算得上。狗日的马知县总算有了报应。现在大街小巷都在议论，一路过来，大家脸上是个个称快。子和兄呢，怎么没有看到他人？"饶希斋问。

"饶兄，我在这。"赵子和人未到，声先到，说着便到了眼前。

"子和兄，今天你迟到了。"饶希斋说。

赵子和说："大人，饶兄，星灿老弟，对不起。你们也知道我那表弟的事。今天一大早，我便带上人把他接了过来，他现在已痴呆得不成样子了，想当初他在位时，八面玲珑，何等风光，不可一世，俨然一个土皇帝。年轻时，他本不是这样。要是他知道自己有今天下场，我想，他也不会削尖脑袋，挖空心思去求官。这官，看来不是个好东西。幸好，我宝贵及时给拔了出来。要是依我，就害了他。今天我当着我宝贵的面说，我们赵家以后子子孙孙永不为官。"

"子和兄，大人也是官呀，在镇上，你说谁人不夸，谁人不赞？是男人，谁不想当皇帝，不爱女人、不爱钱、不爱权？你说我说得对不？"饶希斋笑着对一旁的吴振江说道。"这？饶兄，我看你这是歪理。"赵子和笑着看向吴振江。

吴振江笑了笑，没有吱声。

饶希斋说："爱钱得有度，凭本事挣来的，你说谁会去说？爱美，得人喜欢你，跟着你，不去强迫，你说谁又会多舌去讲？有权，为大众办事，不但威风，大众也会敬仰你。现在是，马知县他这个人，不仅没有道德，而且有时连畜生都不如。落到今天，我看不是官害的，是自己把坏事做尽遭的报应。"

"大人，饶兄这话说得在理，可我还是弄不透，难道说，我错了？"赵子和看着吴振江问。

"子和兄，圣人设立官吏的目的，是要择选好的人居之。一旦居在这一位置上，处事就要公正，在利益面前要廉洁在公务上显示出自己的勤奋，对百姓和朝廷表现出忠诚。马知县这辈子一切只有自己，公正、廉洁、勤奋、忠诚成了他的摆设，他自恃聪明、为所欲为。我曾对他说过，他这样下去，就是躲过朝廷的眼睛，也躲不过同仁的眼睛，躲不过下属的眼睛，躲不过百姓的眼睛、上苍的眼睛。你做一件好事，百姓心里会记住；你做一件坏事，百姓的心里也会记住。民道就是天道。多行不义必自毙。马知县有今天，饶会长说得对，这是他平日作恶多端的报应。"吴振江就此事感叹道。

川岛带着一班人来到高岭碓户区。他看了看，发现一碓户人家，水车在转着，却看不到人。

这家碓户姓孙，他一家正在和泥土。

里长指着孙昆林向川岛介绍："老孙，这是皇窑厂高岭矿新任督办川岛先生。"

"不是吴督办吗？"孙昆林看着川岛问。

里长笑着说："吴晋先生只是代办，这真正的后台老板则是眼前这位川岛先生。"他转向川岛说，"川岛先生，他，就是我们高岭的碓户大户，孙昆林。"

孙昆林看着川岛笑道："大人、里长，你们今天就在我这吃中饭，孩子他娘，快，上集弄点酒菜去。"

"嗯。"孙妇笑着点头出去。

川岛指着孙昆林，傲慢地说："孙老弟，饭，我请你们吃。不过，你必须把你们的瓷土卖给皇窑厂矿厂，不能卖给他人。"

"大人，这……"孙昆林停顿了一下，说，"大人，你们现在把价压得越来越低，半年不付款，我们已没活路了。"

川岛笑着说，"老弟，话不要这样说，现在皇窑矿厂经济已十分紧张，你们做下人的要体谅，价只能这样，你明白吗？"

"川岛大人，我们都是皇窑矿厂长期的主户，以前皇窑厂不管怎样困难，都优先考虑我们这些碓户的利益，从不压价。我们都记这个情。可是现在……我们也得活呀，大人！"

孙妇高兴地买好了菜，走在回家的路上。快要到家门口时，"啪""啪"屋里连续两次枪响，她不知家里出什么事，赶紧冲进去，眼前的景象让她惊呆了：自己的男人已倒在血泊中。

孙妇转身大喊着冲向川岛。

"啪"的一声，枪声再次从孙昆林家中传出。

第四十一章

452

早晨，一青年穿着草鞋、戴着斗笠走在瓷器街上，他沿街在借问："大叔，汪叔凡、汪师傅的家在哪？"

有人看了他一眼，指着前面说："你再往前走，东头倒数第五家就到了。"

"那谢谢了。"青年说着，转身加快脚步往前走。到了门口，他看见一年轻女子正从里面出来，那青年赶紧问："这位姐，汪叔凡家是这里吗？"

青年女子正是汪霞，她上下打量来人半天后，点点头说："是，"然后反问，"你找谁？"

那青年看问对了，急切地说："大姐，我找我堂哥孙承，快，快带我去找他。"

汪叔凡这时正好出来。

汪霞一看，跟过去说："大伯，他说是孙承哥的堂弟，急着找师哥，不知有什么事。"

汪叔凡过来，看了来人一眼，说："孙承今天一大早就出窑去了，要过一会，他才能回来。你是他的表弟？快，进屋坐。"

"师傅，我坐不下，快带我见孙承哥吧。"青年突然哭着哀求。

汪叔凡一看，忙问："孩子，有什么急事，可跟我说说。"

青年听后，突然跪下号啕大哭起来。他说："师傅，昨天一大早，新来的督办川岛，他们带了一帮人来到高岭，强行要我们把瓷土卖给他，二叔为了维护大家利益与他们评理，可是他们根本不讲理，开枪把他打死了。二娘上去，也被他们开枪打死，房子也给烧了。村里人不服，我爸回来知道后，便带着大家与他们打了起来，他们个个有枪，打死了我爸，还有我们村子里很多人。我要找到孙承哥，为我爸、我二叔、二娘，还有乡亲们报仇啊！"

汪叔凡听得眼泪都出来了，他转身对汪霞说："小霞，快，你去把大人叫来。"

饶希斋、李星灿陪着吴振江来到皇窑厂作坊，窑工都在忙碌。"你看，我们的大人来了。"一窑工发现吴振江，对众窑工喊道。

"大人来了"！"大人来了！"窑工听后，齐刷刷地从座位上站起来，争先看着他。

吴振江走到他们的身边。窑工赶紧给他行大清礼。吴振江连忙把他们给拦住，说："工友们，现在是民国了。要行礼的是我们，没有大家的支持，我可能这一辈子也来不了这里。"说着，向窑工敬礼，鞠躬。

在大清皇窑厂生产作坊，吴振江往窑厂后面走，越到后面，厂区人员越稀少，到最后整个区间都没有人，大部分是空的，画坊有的地方结上蜘蛛网，上满了灰尘。吴振江看后触景生情，想到十几年前，也是今天，他陪着总督张大人和各国大使参观时的情景，他当时指着眼前的画坊，对着张大人一路自豪地说，大人，皇窑瓷厂像这样的画坊有五六个。当时参加的外宾个个伸出了大拇指。

吴振江想到这，心里很难过。一路上，他一言不发地回到原衙门办公房，半晌，他长叹了一口气，说："各位，刚才的情况，大家也看到了，开工率不到四成。按这样下去，我们坚持不了两年。"

"大人，皇窑厂，你可不能见死不救呀，我们要不分头出去，重新把窑工给召回来？"赵子和忍不住说道。

一旁的李星灿说："赵兄，请窑工回来容易。关键是目前我们所需的瓷土供应不上，窑工回来也是多余，反而增加负担。"

"大人，皇窑厂瓷土矿瓷土，由川岛他们把持，这说得还在理。但是，这碓户的瓷土，他们也要强行垄断，这帮鸟人分明是要卡死我们！"饶希斋气愤地说。

赵子和听后，把桌一拍，腾地站起来说。"大人，我找付专员说理去。"

"这事，大人早已交涉。"李星灿说，"跟这帮军阀说理，白搭。他们早就穿成一条裤子。"

大家看着吴振江。

吴振江沉思良久，最后，站起来说："各位，川岛的目的明确，最终是逼着我们把皇窑厂拱手让出去。你们说，怎么办？"

"大人，高岭瓷土矿，川岛他们仗着这帮军阀霸占了，我们没办法。但听说周边的小瓷矿不少，这几年停下来了，我们可以组织人去，把他们重新建起来，变成我们的瓷土供应基地。"李星灿突然眼前一亮，对着吴振江建议道。

"好，这个主意好。"大家听后，也纷纷点头赞同。

这时，有人敲门进来说："大人，外面有人说有急事找你。"

大家一听都看着门外。

在瓷器街汪府，孙承扛着瓷器笑着回来了，看到堂弟，马上放下手中瓷器，抢步过来，拍着他的肩膀说："水生，你怎么来了？"

水生见是堂哥孙承，立马抓着他的手，哭道："哥，快回去，我爸、二叔、二婶，还有一些乡亲都被川岛他们给打死了。"

孙承一听，顿时大脑轰的一声，血往上涌。他圆睁着双眼，紧紧地抓着水生，大声地问道："水生，你说什么？你说什么？这是什么时候的事？"

"昨天！孙承哥，现在，他们还在高岭，还在高岭。乡亲们都盼着你回去，为大家报仇！"

孙承突然大声哭喊道："爸，娘！"

汪叔凡拉着孙承的手，面对这突如其来的变故，也不知对他说什么。这时，孙承突然对着他跪下，说："师傅，孙承不能再待奉你老了，父母之仇不能不报。"说完向汪叔凡磕下三个头，拖着水生就往外跑。

汪叔凡追出来，在后面喊："孙承、孙承……"

孙承他们头也没回地跑远了。

待吴振江匆匆赶来，只见汪叔凡一人呆呆站在门口。

汪霞上前扯着他的衣角说："大伯，大人来了。"

"孙承呢？"吴振江这时也问。

"这孩子走了。"汪叔凡看到吴振江，长叹了一口气。

汪霞一听，顿时急了，她对汪叔凡说："大伯，川岛一伙有枪，孙承师哥斗不过他们的。"

汪叔凡跺着脚，无奈地说："我何尝不担心，但拦不住他们呀！"

"老哥，孙承这孩子性格虽豪爽粗犷，但点子多，胆大心细，加上当地人熟，我看他未必斗不过川岛。"吴振江看到老哥汪叔凡痛不欲生的样子，一旁安慰道。

"但愿老天有眼！"汪叔凡长嚎一声。

高岭的晚上，山风很大。川岛因白天事故，晚上警惕地在居住的房屋旁燃上篝火，并派上人四处巡逻。

这时的孙承，他带着人借着夜色，悄悄地来到川岛住所的房前，指挥着人在四周摆放上干柴，浇上油，点上火。顿时房屋四周火光冲天，顺着风势向屋内烧去。

日本浪人看后,冲到房内报告,川岛已熟睡。他推着川岛说:"川岛君,房子着火了,着火了!"

川岛仍迷迷糊糊的,眼看大火已烧到眼前,日本浪人害怕了,他用力摇着他喊:"川岛君,火、火、火烧进来了。"

"什么,哪来这么大的火?"川岛醒后,突然惊恐地问道。

"杀呀,杀死日本鬼,杀呀,杀死日本鬼!"这时外面的喊杀声借着风势越来越大。

川岛这时才清醒过来,他感到事情不妙,猛然爬起,借着四周的火势,他发现一群群愤怒的群众,提着锄头正往他们冲来。

川岛此时心虚了,提着衣服和随从撒腿就跑。

高岭人看见他,对着他们穷追不放。眼看就要被追上,川岛看到前面一水塘,情急之下,跳了下去。

高岭村的村民已追到跟前,川岛这时在水塘里,全身颤抖着,惊恐万分,不过,为了保命,他连气都不敢喘一口。

逃回日本株式会馆后几天来,川岛对高岭的村民都心有余悸,他原本以为在高岭杀他几个人就能把这批碓户镇住,没想到半路杀出个孙承。他当时带去的十几个人,最后跟着回来的就剩下三个,自己虽说没有被他们打死,但也冷得半死。联想到近来马知县突然变疯一事,川岛突然感到,在这镇上似乎有一张网正悄悄地向他逼来,其中孙承对他威胁最大。此人一日不除,高岭碓户的瓷土就不可能再卖给他们。如果这样,他这么多年在镇上的辛苦经营转眼就将付之东流。他要重新把高岭碓户控制在自己手里,但是有孙承,就不可能。他得消灭他。川岛想到这,突然发现自己势单力薄,连一个刚出道的小孩都斗不了。他腾地站起来,在房内焦躁不安地来回走动,他不时喃喃地说道:"我必须改变策略,向中国人学习,以夷制夷,利用中国人治中国人。"想到这,当天下午,川岛便把付专员请到。为了讨付专员的好,他按付专员的性格,特意安排了几个日本歌妓作陪。宴席上,川岛端着杯子对他说:"付专员,景德镇近来几大恶性案件,我看都跟匪首孙承有关。"

"这个……川岛先生,你这是指我治理无方?川岛先生,马知县民愤太大,我已想尽办法保他,但是他不争气,让我没面子,奶奶的,这事,以后你就不用说了。"

"专员,我看孙承一案,他可是针对你来的。"川岛见付专员不高兴,岔开他的话说。

"他奶奶的,我看他吃了豹子胆,敢?"付专员看了川岛一眼,突然转过话题问,"川岛先生,据我线人来报,事情可不是这样。听说,前两天你带人到高岭打死了不少人?"

川岛没想到付专员这一将,一时搭不上话。

"川岛先生,虽说你我是老朋友,但是,我要对你说,杀人偿命,在中国这是天经地义的事。你打死人在先,村民报复在后,这事我管不了。我要是再插手,只怕会激起更大民变,现在大帅正在打仗,到时,我不好向他交代!"

川岛给付专员说穿，不由得脸红一阵白一阵，最后，他还是厚着脸皮说："专员，我不整倒高岭这些碓户，树个威性，今后高岭泥土就很难再挣上大钱，我这也是为了您呀。"

付专员听后，马上站起，指着他说："川岛先生，我把皇窑厂高岭瓷土矿租给你不到半年，你倒好，把瓷土全运出景德镇。这镇上的瓷业一下就给消失一半。现在镇上商人天天来嚷嚷，皇窑厂吴振江那一班人就更不用说，为了你几个钱，你可置我不义，让我成了景德镇人心中的罪人，老子也在算这个账，问自己值不值。"

川岛看付专员心中不痛快，忙支退歌女，站起来赔笑："专员大人，坐下，坐下。这生意，各人有各人的做法，现在瓷土主要销往我们日本人办的瓷业，我这样也是为了我们的利益。"他的话还没有说完，手下送来五十根黄金，川岛接过，笑着递给付专员说，"专员，这是我的一点心意，望你笑纳。"

付专员一看着金条，马上笑着说："川岛先生，明天我就出兵高岭，剿灭他们。我倒想会会这个让我们川岛先生都感到害怕的人，为川岛兄出这口恶气！你说怎样？"

"那我谢过专员。"川岛笑着说。

送走付专员后，川岛心里踏实不少，但是他想，他不能光靠着他，想到这，计从心来，顿时大喊："来人。"

不久，吴晋鼻青脸肿地进来，看到川岛，问："川岛先生，你找我？"

川岛上下打量着吴晋。

吴晋给他看得不好意思，哭丧着脸说："川岛先生，你可不知道，你带人到高岭后，我便按你的旨意带人到赵子和家。我问他，瓷器为什么不打上日本款。我现在是来退款的。你知道他怎么说，他说，我们合同中没有这一条。不过，要退款，可以，把他瓷器退回。我不跟他啰唆，命兄弟们砸他窑厂。没想到，他窑厂上百号窑工，突然从窑厂各个角落，拿着各种棍棒，把我们围了起来，照着我们就打。"他捂着脑袋继续说，"川岛先生，我个人名誉是小，但您的利益是大。今天，不整服他们，今后咱们就没有立足之地！"

川岛看着吴晋的脸，关切地问："吴兄，痛不痛？这是一千两银票，你拿去吧，坐在家中去好好养一养。"

吴晋接过，十分感激。

"这口气，我得为你出！"

"那我谢谢川岛先生。"

川岛想了一下，把手一招，吴晋立马凑到他身边，他说："吴先生，你必须这样，这样……"他的说话声音越来越很小。吴晋听后，顿时眉开眼笑，不断地点着头。

高岭村孙家宗庙大厅，孙承、水生他们看着缴获的枪支，正谈论着昨天的事。

"可惜，让那川岛狗贼跑了。"水生说。

"只要他在景德镇，水生，我就不会放过他，到时拿他的人头来祭奠我的父母。"

"孙承哥,官兵来了。"

孙承感到诧异,马上问:"多少?"

"我看有近百人。"

大家顿时纷纷议论起来,有的提倡打,拼一个是一个,有的没了主张,他们拿眼纷纷看着孙承,等他拿主意。

一旁的水生看着孙承独自在那寻思,也着急。

这时又有人来报,说官兵已快到村前,离村口不到一里地。

水生这时再也忍不住,上前问:"孙承哥,你倒是快拿个主意呀。"

孙承见水生问,抬头一看,四周都是山,突然他眼前一亮,对着水生说:"水生,点燃爆竹欢迎他们,我们上山去!"

"为啥,哥?"

孙承说:"高岭四面是山。打得赢就打,打不赢就走,强龙还斗不过地头蛇。"

"我明白了。"水生一挥手,提着枪带着几个兄弟出去了。

付专员骑着马带着队伍,悠闲地走在高岭的山间小道上。

"砰……砰……"前面突然传来激烈的枪声。

付专员一听,顿时被眼前这突如其来的激烈枪声给震住,他匆忙下马,慌张地趴在地上。待前方的枪声一停,付专员才爬起。他拿着望远镜左照右看,确定前面确实没有动静后,这才从地上站了起来,指挥着人冲上去。

他们来到刚才响声处,一看,原是油桶里放的爆竹声,顿时傻眼了,有种被捉弄的感觉,气得他狠狠地踢了一脚。

"报,司令,村子里一个人影都没有。"这时,探子来报。

付专员这才知道上了孙承这小子的当,他用枪顶顶帽子,骂骂咧咧地冲着士兵喊:"奶奶的球,玩起你爷爷来了,烧,给我把他们的村子统统烧光!"

顿时,高岭内火光冲天。

"大哥,你看,我们的村子……"山上,水生指着山下不远处的火光对着孙承喊。

孙承停下,回身看了一眼后说:"水生,这笔账,先记上,我们到时一定要让他们双倍偿还。"

在镇上某一小酒楼后屋,吴晋提着酒瓶,对着桌上一班小厮说:"你们今天放开吃、喝,晚上再请你们到怡红院去,大哥今天包了。"

一人听后,喷着酒气说:"大哥,平时我这班弟兄全仗你照应,有什么事,就直说,兄弟们跟你摆平。"

"是,是,是。"其他小厮一听,也不停地附和道。

吴晋看了他们一眼,用手往自己脸上一指,说:"你们看到大哥的这张脸没有?"

他话语一停,马上有一人把桌一拍,站起来说:"在镇上,谁敢欺负我大哥?"

"兄弟们，别提了。喝！"吴晋端起杯一口干掉。

"大哥，看得起我们，你就快说。"这人看着吴晋不开口，更加着急地问。

"你打不过他们。"吴晋摇摇手，无奈地说道，说完独自喝着酒。

"我们明的打不过，可以来暗的，我们兄弟五六十人，还怕他们不成，大哥，这口气，我咽不下。"其中一人说。

"好，这才是我吴晋的兄弟，不枉我们相交一场。不过，你们要替大哥出头，你们就得听大哥的。"吴晋看火候已到，把酒仰头一干，大声地说。

这班小厮喝了酒以后，更加兴奋，看着吴晋齐声地问："大哥，快说。"

吴晋向周围扫了一眼，然后叫他们凑在一处，轻声地对着他们说："我只要你们这样……"

小厮们听后，不断点头。

第二天一大早，镇上城西某个店里，十几个青年人在买瓷器，他们在看货时，故意把手中的瓷器掉在地上。"你这瓷器太不经摔。老子看不中。"说完甩手就走。

店老板看来人故意找茬，追出来，拖着其中一个说："你们，你们打碎我的瓷器不能这样就走。"

这青年转过身，马上把眼一横，问："说什么，你说什么？你想拿我咋的？"

旁边的人听后顿时围上来，推着他，骂道："老东西，你不看看他是谁，他是我们都昌馆的大佬。"

"大佬，大佬也得讲理！"店老板抓着他就是不放，要他赔。

"讲理？"大佬露出了拳头，对着他就是一拳，吼道，"这就是理，给你脸不要脸。兄弟们给我砸，教训教训他们这些不懂事的抚州佬。"

就在同一时刻，城东陈家街店前，一帮操着抚州口音的人，演绎着同样的故事。

当天，镇上大小街头就有一二十家店被砸，十多个店主被打得头破血流。

在抚州会馆内，被砸的店主急急忙忙来找他们的馆长饶希斋，要会馆为他们出头。饶希斋听后，心想一天之日，十多家店被砸，且过程都大同小异，其中必有蹊跷。他对来人说："你们都回去，待我们查清真相后，会采取一些措施，到时及时通知你们。"

饶希斋身边这时一人插嘴道："饶大哥，我们不能就这样无缘无故给人欺了！"

"对，这位大哥说得对，饶会长，我可把事情托付给你了。"刚才那几位被砸的人听后立即附和。

"各位，我看这事行事方法一样，好像出自一个人之手，不那么简单。"饶希斋想了一下，对刚才说话的人说，"你们现在就去查一查，记住，千万不要把事闹大。"

这时有人进来说："大哥，吴晋来了。"

"吴晋？他从不到这来。"饶希斋心想他来准没好事，说，"不见。"

不一会儿，吴晋还是不请自到。他身边跟着几个人，饶希斋他们一个都不认识。

吴晋进门时，双眼就往里外扫了一眼，看到饶希斋和一处头上包扎着白布的人，他心里有了数，马上笑着对饶希斋说："饶副会长，有不少的人告到我们商会，说这两天，你们抚州人开的店，不少受到都昌人冲击，有的损失严重。都昌人也说你们一些抚州人仗着人多欺负人，且说是你们先动的手。有人向我搁下话说，今天是有都昌人就没抚州人。我看这事不好办，怕大家吃亏，特来与你商量。"

饶希斋看了他一眼，十分冷淡，说："谢谢费心。不过，这事，我们已在调查，我们会馆内的事，自己会处理。"

"饶副会长，虽说我是正会长，但我知道你平日看不起我，商会也不认我，但是我在这位置上一天，我还得说，这事，你们最好还是防着点好。不过调查一下也好，多准备一点，省得到时吃亏。"吴晋笑着说。

吴晋这一说，会馆中的人听后，马上七嘴八舌地议论起来。

有人对饶希斋说："大哥，我看吴会长说得在理，这些天来，这么多家老乡店被砸，我们还是提防一点好。"

"会长，要不要通知大家，随身准备些防身器械？"另有人说。

吴晋看看饶希斋，再看看大家，脸上露出一丝不易让人察觉出的得意。

饶希斋见大家情绪激昂，也不好过多坚持，最后说："好吧，不过没弄清事实之前，我们大家切不可轻举妄动。告诉大家忍一点，遇事及时与镇上保安局联系。"

吴晋看目的已达到，对同来的几位使了一个眼神，说声告辞，便悠然离去。

饶希斋看着吴晋背影，心想他无故来，目的是什么，而且不早不晚，来得十分巧。想到这，他对大伙说："你们在这待着，我去找找吴大人。"

在吴振江家中，饶希斋和吴振江从下午一直谈到晚上，最后越谈越明朗。灯光下，只见饶希斋控制不住激奋，对着吴振江说："大人，我看这事很不平常。"

吴振江点点头，说："希斋兄，这事你在商会中处置得很好。从种种迹象看，有人要恶意挑起镇上帮派争斗。吴晋、川岛、日本人，他们近来连续吃亏，我看他们又在使坏招，他要让镇上人自相残杀，达到他们不可告人的目的。"

饶希斋看着吴振江，站起来，说："大人，我知道怎样做了。"说着起身告辞。

吴振江把饶希斋送出门，并对他说："饶兄，记住，一定要小心提防。"

"大人，"饶会长在门口对着吴振江说，"我会的。一有具体情况，我便会找你商谈、汇报。"

在景德镇日本株式会社，川岛听完吴晋汇报后，亲自给他斟上酒，说："吴晋先生，你这次做得太成功了，我敬你一杯。"

吴晋接过，看到川岛这么尊重他，一口也干下，他拍着胸脯说："川岛先生，这一切都是您策划、指挥的结果，我只是按你说的去办，要说敬，我要敬您，是您为我出了一口气。"

川岛听后哈哈大笑，指着吴晋说："吴晋先生，这才是第一步，你要彻底出这口气，还得加把火。"

吴晋看着川岛问："川岛先生，你的意思是？"

川岛神秘一笑，招招手，吴晋靠上，川岛对他说："吴晋先生，用你们的三十六计讲，我们第一步是无中生有，下一步是隔岸观火，第三步是趁火打劫，第四步是瞒天过海，最后来一步……"

吴晋听后，马上伸出大拇指说："先生高，高。两千年来景德镇第一人！"

川岛被吴晋夸得很舒服，不过，他一出去。川岛立马对身边的浪人招手。浪人凑近川岛。

川岛说："支那人不大可靠，你跟在他的后面，带几个弟兄死死盯着，扮成当地人，一有机会，趁机给我下手。"

饶希斋自上午出去，到现在已是深夜，仍不见他回来，商会中的人焦急起来，在抚州会馆门前，他们个个翘首张望。

这时一人脸上流着血，气喘吁吁地跑来，边跑边喊："邹……邹大哥，会……会长被人围攻，他叫我回来跟你们报信。"

"什么？大哥人在哪？"邹大哥急着上前抓着他的衣领问。

那人转身指着城北，哭丧着脸说："在老虎弄口，快，快去救他，不然就晚了。"

大家一听，随手操起锄头、铁锹等家伙，在那人的带领下举着火把往出事地点跑去。

邹大哥领着帮中一班人赶到，人早走光，只有饶会长一人躺在弄口地上，这时已是后半夜，饶希斋身上一身是血，不省人事，更谈不上说话。

带路的那人借着火光，看到饶希斋躺在地上仍微微有点动，他忙哭着上前，扑到饶希斋身上，用力拼命地往饶希斋胸口上压，一边大喊："大哥，我来迟了，你说话呀，谁把你打成这个样子。你一生行善，从不得罪人，谁这么狠！"

大家看到心中的英雄饶会长被人打成这个样子十分难受，这时有人走到邹大哥跟前，大声说："邹大哥，我们不能再忍了！"

邹大哥吼道："你们少说一点行不行？饶大哥是你们的大哥，也是我的大哥，他临走时怎么说的？现在最重要的是把大哥救醒。"

这时扑在饶会长身上的人大喊道："邹大哥，你看，地上有一张纸条。"

大家把眼光集中在饶会长身旁。邹大哥拾起一看，上面写着："抚州佬，谁要是再哼一声，饶希斋就是榜样！"

"都昌人欺人太甚，这口气我吞不下，会长不能被他们白打，我们要为会长报这个仇。"大家看后，个个握着拳头义愤填膺道。

"这个仇一定要报！"邹大哥说时，指挥人把饶希斋抬了回去。

报信的人看他们已走远，赶紧把脸上血迹擦掉，偷偷溜走了。

第四十二章

大清皇窑厂原衙门里，皇窑厂股东正准备开会。

吴振江对身边的一名管事说："饶会长看来把今天这会给忘了，十点了，你派人再去催一下。"

管事听后，点头出去。不久，便行色匆匆地回来。他来到吴振江面前，附在他耳旁耳语，吴振江听后顿时脸色突变。

大家看着吴振江，心想可能出了什么大事。只见吴振江缓缓地站起，语调十分沉重，他说："各位，我们的饶副会长出事了，生命垂危。刚才在瓷器街头，抚州和都昌的人已打了起来。川岛他们蓄谋让我们镇上人自我火拼的事件已成现实。现在各位回去，把各自窑厂的人管好。一有机会，跟附近的窑户老板说一说，千万要阻挡他们介入。今天的会我们就到这里。有什么情况，大家到时再另听通知。"说着起身走了。

"大人，等一下，让我跟你一起去。"赵子和追上前说。

吴振江点点头，对着管事说："好，我们走。"

饶希斋躺在会馆大厅中央，里面站着很多人，他们个个拿着刀枪棍棒，群情激愤。

"大人来了。"不知是谁喊，大家听后迅速让出一条路。吴振江跑步上前，一路喊："希斋兄，希斋兄！"

汪叔凡这时也不知从哪里得到消息，赶了过来。

饶希斋躺在那一点反应也没有。

邹大哥上前说："大人，这口气我们吞不下！"

"抚州人和都昌人世世代代生活在一起，不是好好的？ 为什么现在就容不下。邹大哥，你说呢？"吴振江看着躺着的饶希斋，激动地说道。

"大哥是多好的人，从不与人结怨。现在，他被人打成这个样子，这口气，我们受不了！ 大人，你说怎么办？"邹大哥说时，充满着愤恨。

"当时是谁来报的信？"吴振江突然问。

邹大哥想了一下说："大人，那人当时满脸是血，把我们带到出事地点后，不久就不见了，我们都不认识他。"

吴振江脸部相当严肃，转身对着大家说："各位，饶兄是你们的馆长，也是景德镇瓷业人的会长，同时是我的亲兄弟，他不能白打！ 但是，我们不能凭他身边的一张纸条就断定这一定是都昌人干的。给我们报信的人来路蹊跷。我也与饶兄商量过此事，我们认为似乎是有人在操纵，他们的目的是让我们瓷业人自我打起来，进而相互残杀。我们不能让他们的诡计得逞。你们照顾好你们的大哥。这事我会查清楚，给大家一个交代，到时大家再报仇也不迟。"

吴振江虽然说服了抚州会馆的众兄弟，但是凭他个人的力量，阻止不了局势的发展。

镇上大街小弄，当夜仍有一伙手持刀具的抚州人出现，他们向都昌人的商店发起了破坏性的冲击，见东西就砸，见人就打，然后纵火焚烧。周边一些睡梦中的人们被噩梦惊醒，哭着喊着四处奔逃。

川岛推开窗，看着窗外，不远处火光点点，喊杀和格斗声断断续续地传来。他犹如在欣赏一幅美景，满脸露出得意的微笑。

吴晋走上前，站在一旁。

川岛叼着烟，得意地问："吴晋先生，你说说，那个发火的地方是什么弄？"

"先生，据我看，应是福祥弄。"吴晋回答。

"福祥弄，那不是你大哥吴涛开厂的地方？"川岛眯着双眼笑道。

"对、对、对。不过，先生，你知道的，我与他们已断绝来往。"吴晋说。

川岛突然显得有点惆怅，自言自语地说："这样的景色，要是能与吴振江分享多好。可惜，可惜……"

镇上的格斗活动，从晚上一直延续到第二天大白天，镇上一些弄堂中，昨晚被烧的窑厂仍在冒着青烟，有窑工拿着木棍还在追打。

在皇窑厂原衙门，李星灿一脸冷漠地对吴振江说道："大人，昨晚，一些窑厂、里弄损伤不少。现在一些都昌居民和抚州人，他们身上还带有利器，见面就打，局势有恶化趋向。"

"各位的窑厂如何？"吴振江问在场的人。

赵子和听后说："大人，由于你说得及时，我们目前各自的窑厂都很稳定，周边的窑户老板听从我们的建议，都做了一些防范措施。不过参加的只是少数。"

吴振江说："川岛在高岭吃了亏，他不服。这次活动，我猜，一定与他们有关。他们的目的是要我们窑厂乱。我们不乱，他们就唱不起戏。大家回去后，要继续做窑工的工作，条件许可，成立各自的护窑队，对来串联的、可疑的人，要坚决给驱逐出去，不要让他们有一点可乘之机。"

赵子和他们听后，都会意地点点头，然后各自散去。

"子和兄，你留下，跟我一道去见见付专员。"吴振江对着走到门口的赵子和说。

"这帮军阀，大人，我认为，见也无益。"赵子和说。

"死马当作活马医，子和兄。"吴振江说，"我们到时只有见机行事。"

在督陶府军管办公室，付专员此时正在听取镇上保安局朱局长的汇报。

"专员，他们已打了三天，我们咋办？"

"奶奶的，把那些闹事的、好斗的给我统统抓起来，好好地关上几天，饿他妈的几顿，看他们还打不打。"付专员听后说。

"专员，抓了。"朱局长说，"目前牢狱都关满了，但打斗之风仍有蔓延之势。现在镇上大部分窑厂停工,商店歇业,捐税无处收。"

付专员站起来,不断摸着头上那颗硕大的脑袋,在房内走来走去,他突然停下,指着朱局长说:"我说老朱,你是本地人,按说这打斗倒不关老子多大的屁事,但窑厂停工,捐税收不上,孙大帅可不会让我有好果子吃,这事,你得给我想办法把它给压下去!"

"专员,"朱局长突然哭丧着脸说,"我,我该想的办法都想了,就是制止不住。我看你得派兵,才能压住这帮人。"

"派兵?"付专员问,这一句倒把他问醒了。他想了想说,"老朱,你说说看,这事是不是孙承那伙高岭小毛贼干的?"

"孙承?"朱局长忙摇手说:"专员,我看不像,倒像川岛一伙日本人。"

"日本人,日本人掺和这事干什么,川岛不是得了皇窑瓷矿厂吗?"付专员心中一惊,疑惑地问道。

"专员,门外吴振江和赵子和老板求见。"这时,侍从进来报。

付专员不耐烦地挥挥手说:"不见,老子心烦,没空。"

随从听后转身出去。

朱局长一听,马上凑上前说:"专员,饶希斋被人打伤不醒,我看他们说不定是为这事而来,也许吴振江有妙计。"

"这话有理,叫他来见我。"

不一会儿,吴振江和赵子和到。

付专员笑着迎上去,拉着吴振江的手说:"吴老和赵老板是个大忙人,今天咋有空到我这来走走?"

"付专员,我是为都抚两帮打斗而来的。"吴振江直奔主题。

付专员看了吴振江一眼,对着朱局长哈哈大笑,说:"吴老大人,你可知道,我们刚才正在谈论此事。外面有消息说里面有日本人掺和,川岛对我说这是孙承一伙小毛贼干的,要我派兵前往高岭镇压。你是个高人,本府想听听你的高见。"

"专员认为?"吴振江看着他,没有急着回答,而是反问。

"吴老,川岛他们不是要了我的矿石厂吗,还想干什么?"付专员在大厅来回走动,不时地看着吴振江问,显然他也在为此事急。

吴振江见他停下,笑了笑,说:"专员,依我看川岛他们不仅要皇窑厂,还要景德镇。当前他们还没有力量控制,便想出挑起事端,让景德镇帮会间相互残杀,最后他坐收渔翁之利,让大家都听他的。"

"听他的,那我怎么办,我的税收怎么办?"付专员听后,十分不高兴,责问吴振江。

吴振江说:"川岛的性格,我了解,他得不到的东西,别人也别想得到,他会把它摧垮。"

"哼,小日本,我一直就感到他们不是好东西。来人,把川岛、吴晋给我监视起来,派人给我包围都、抚会馆,把他们头儿给抓起来,老子要对他们训话。"付专员喊道。

"是。"侍从转身而去。

在景德镇日本株式会馆,吴晋急匆匆进来,说道:"川岛先生,付专员出兵包围了都昌会馆和抚州会馆。我进来时,身后有不少的人在跟踪。"

"我的会馆四周他们也布置了不少眼线。他不是去高岭吗,怎么却对我们反打一手?"川岛说着陷入沉思。

吴晋说:"我看这个草包贪婪无度,川岛先生,他是喂不足的。现在我们手上有的是白银,撇开他,我们组建自己的队伍,在这山沟镇上,有了枪,我们还怕谁?"

"吴晋,你想法是对的,我们在高岭容易得手。不过,在镇上,我们的力量还相对弱,目前还得靠眼前这帮军阀,没有他们,吴振江的势力马上可以迅速恢复。他们一起来,就没有我们的立身之地。他贪不要紧,只要他敢贪我的,他就得听咱们的摆布。"

"川岛先生,我们已经送他不少了,那他为什么还要监视我们?难道有人隔在我们之间?"吴晋问。

川岛听着吴晋的话,陷入沉思。

第二天,川岛便来到督陶府门前,卫兵拦住他不让进。

川岛指着他说:"我是川岛,请给我通报一声,我有要事见你们的付专员。"

卫兵说:"对不起,川岛先生,专员正在会客。"

川岛看到自己竟被眼前一个小小卫兵阻挡,心里窝火,正要强行往里走,谢连长出来,看到川岛,过来说:"对不起,川岛先生,专员正在会客,请回吧。"

"请回?"川岛心想今天这专员府邪了,竟连他都不让进?想到这,他对着谢连长吼道,"谢连长,我有急事见专员,耽误专员的大事,你们负担不起!"

"川岛先生,对不起,我就是奉命出来告诉你的,今天他不想见任何人,你请回吧。"

这时,英国商人查尔斯出来,谢连长和卫兵见后,马上向他行礼。

查尔斯看了川岛一眼,十分得意,趾高气扬地走了。

川岛有一种被人抛弃的感觉,但仍有点不死心,临走前,他对着谢连长说:"请你转告专员,晚上我在春圆酒楼设宴,敬请他的光临。"

晚上,川岛在春圆酒楼包房设宴,付专员倒是如约而至,这让他悬在半空中的心掉了下来。想到这几天付专员不同寻常的举动,川岛想,也许眼前这位草包军人看出了他近来的目的,但是川岛自己也觉无奈,在这镇上,离开他不行。出于这个目的,川岛又准备了二十根金条。

再说,付专员看到桌上的金条,马上笑着说:"川岛先生,您太客气了,总让您破费。"说完向侍卫使个眼色,侍卫上前欲把它收起。

川岛这次却抢先一步,用手把金条罩住,说:"专员,我倒要谢谢你,你在我公馆附近布置不少人,使我安全不少。"

付专员一面盯着川岛的手,一面笑着说:"川岛先生,这才是朋友的话。你不说,我还怕你误会。先生,近来镇上很乱,出现帮派仇杀,出于对你们的安全,我不得不考虑这样。拿了人家的钱,要帮人消灾呀,何况我们是朋友,是不是?"

川岛被他这一说弄得哭笑不得,傻傻地看着他。

付专员看了他一眼,继续说:"川岛先生,据我的保安局长说,帮派格杀中出现你们日本人,他当场抓了几位,但报到我这来,我可是当场叫人把他们放了,这事你可知道?"

"镇上帮派格杀,有我的人参与?专员,这倒是我头一次听说,我回去倒要好好查查,严格约束他们。"川岛心中一惊,判断了自己的猜想,但马上镇静下来,笑着把手中的金条递到他面前,说,"近来生意不好做。眼下只能拿出这么多。不过,等我资金腾出来,到时,株式会社能给专员的,就不只这个数!这次,你就不要见怪。"

付专员接过,说:"川岛先生,你可知道景德镇这地方可是我大帅的钱仓,在景德镇没有钱,大帅枪眼是不认人的。你给我的,我可一份都得不到,得全部缴给大帅府。"

川岛听后,笑着说:"专员,等矿厂好了,我给你双份。不过,专员,我也是给人打工的,你帮我越多,我才能获得更多的金条和银子。只是那孙承……"

"川岛先生,你看镇上乱七八糟,我能分出兵力?再说,有孙承在,老子不时还可向大帅要点打牙祭的钱。中国人的这套,你们日本人不是不懂。"付专员说时,看了周围一眼,显得特神秘。

"这个……"川岛不断点头说,"理解,理解。"

付专员这时伸出双手,打了一个哈欠,说:"理解就好,理解就好。朋友间就怕误会!川岛先生,这段时间付某已被这些打斗拖累了,不好意思,我要告辞。"

"慢。"川岛说着,一招手。

付专员一愣,不知他又要干什么,正在猜测,只见门外一个妙龄日本女子笑着朝他走来。

川岛指着她说:"专员大人,方岛美子,她可是我从本土花重金请来的。"

付专员眼睛一亮,跨步上前,搂着她的腰,笑着说:"那我就不客气了。"

"那孙承的事?"川岛问。

"明天,"付专员说,"明天。"这时他已无心理会这些,搂着方岛美子立马猴急地离开。

川岛宴请付专员的第二天,一百多号官兵便聚集到皇窑厂督陶府门前。谢连长跑向付专员,立正敬礼,大声说:"请司令训示。"

付专员把手一挥,冲着他喊:"给老子出发。"

谢连长向付专员敬礼,转身归队,带领部队开拔。

付专员突然想到什么,他大喊一声说:"谢连长,你给老子回来。"

谢连长一听,停下队伍,跑到付专员前面,双脚一立,说:"报告司令,请训示。"

付专员把手一招,谢连长马上把耳朵靠上。

付专员对他说:"小子,记住,你给老子绕个圈圈就回来,留着孙承这小子,他还不是死的时候。"

"是。"谢连长笑着归队,带着部队继续前进。

眼前一切,昨晚那个日本娘们正站在门口,看得确切。

"他这一草包,好摆布得很,怎么一下变了呢?"川岛得到消息后,联想到付专员近来的一系列行动,十分费解,他在株式会社房内来回走动。

一日本浪人进来报告说:"川岛君,据可靠消息,付专员与吴振江最近接触频繁。"

"好一个吴振江,看来查尔斯的突然出现也与他有关,他现在学聪明了,我川岛小看他了。"

一旁的吴晋说:"川岛先生,我看你说得没错,他在借英国人来压我们。"

川岛自言自语地说道:"这草包看似粗俗,其实不是我们想象的那么简单。"川岛突然停下对吴晋说,"吴晋先生,我们的目的已达到,帮派的事就此作罢。不然,逼他与吴振江走近,让他们联合起来,我们就得不偿失。"

汪叔凡在家中房子里翻来找去。汪仲进来,看见父亲神神叨叨的样子,把橱柜的东西翻得乱七八糟,问:"爸,这么乱,找什么?"

"我放得好好的,"汪叔凡边找边说,"好好的,怎么一下就记不起来呢。"

汪仲看了他一眼,说:"爸,我走了。"说着出去了。

汪叔凡没理会他,翻了一会儿,感到一阵头晕,坐下,闭上眼睛自言自语道,"老了。"他发现近期自己的身体是越来越差,饭量越来越少不说,还常头晕,睡不着,常梦到和小弟汪琦一起学艺的情景。他想自己已是来日不多,在临终前他想把汪仲和秀娟的婚事办了。

汪叔凡坐着歇了一下,睁开眼,皇历却赫然地摆放在桌子右前方,他走上前去,摇摇头,对着它翻了起来,嘴里喃喃道:"十月一日宜生育,出行;初六宜兴土木,安葬,初八宜婚嫁。好、好,就选十月初八。仲儿,仲儿?"

"爸,什么事?"汪仲进来问。

汪叔凡指着手上的皇历说:"下月十月初八,仲儿,爸想把你和秀娟的婚事办了。"

汪仲说:"爸,是不是快了一点?"

汪叔凡放好皇历,笑着说:"不快、不快,你明天带着礼物跟我到吴大人家去。吴大人世代是官宦人家,大户。祖上就和我们家素有往来,他看得上我们,对我们好,我们更得好好待人家,把婚事办得热闹一点。"

秀娟进来,看着家中桌上放满了彩礼,父亲和二娘有说有笑地看着她。

秀娟被看得莫名其妙,看看他们,再看看桌上的东西,问:"这么多好东西。爸、二娘,看你们美的,谁送来的?"

这时,老夫人从里面出来,秀娟看见,赶紧上前搀扶,并问道:"老祖宗,你怎么出来了,今天咋都这么高兴?"

老夫人笑着说:"我娟儿就要做新娘了,能不高兴?"

秀娟嘟着嘴说:"老祖宗,我还小!"

"娟儿,说实在的,爸真有点舍不得。"吴振江在一旁说。

秀娟说:"爸,舍不得好呀,让我一辈子侍候你们。"

吴振江笑着说:"傻孩子。爸不能这样自私呀!"

转眼,他们的婚期就到了。

镇上瓷器街汪府,汪霞忙上忙下地帮着大哥装饰新房。

明天儿媳妇就要进门了,汪叔凡今天特高兴。他到处看看,总担心有什么不妥。来到家门口,汪强站在椅子上正贴着婚联。汪叔凡看了看,在后面对着他大声喊:"嗨,强子,低了一点,高了。"

汪强站在上面说:"大伯,行了吧?"

汪叔凡这边看看,那边瞧瞧,用手比划着,最后点头说:"行。"

汪强下来,看着汪仲过来,发现这段时间他整天是笑,问:"哥,结婚好开心吗?"

汪仲听到强子问他,转身看着他,又笑,他说:"强子,等你长大了,你就会明白。"

汪强愣愣地看着汪仲,瞪了他一眼。等汪仲走后,冲着他嘀咕道:"结婚那么好吗?又是这又是那,一副对联都花这么大的功夫,我看挺麻烦的!"

吴晋来找川岛,屋内的人都说一天没有看到他,最后吴晋还是在株式会社后院的画坊找到他,原来川岛关上门独自一个人在画瓷器。

川岛看到吴晋找来,忙放下手中的画笔。

吴晋对着川岛说:"先生,听说没有,我妹妹要结婚了。"

"什么时候?"川岛看着他,问。

吴晋说:"对联都贴上了,就在后天,也就是十月初八。"

"十月初八,"川岛说,"是个好日子。吴晋先生,祝贺你。"

吴晋说:"川岛先生,这对我们也是一个大好日子!"

"此话怎讲?"川岛问。

吴晋对着川岛耳旁,"你看我们这样……然后,到时吴振江就不得不听我们的。"

川岛不断点头,最后笑着说:"吴晋先生,你是越来越聪明了。就按你的计划去执行。"

"嗨。"吴晋答道。

此时在离景德镇西三十公里处,有个叫经公桥的山洞里,十来个大火把把它照得通明。这里面的人个个袒胸露背,腰圆体粗。张麻子站在中间,大声地说道:"兄弟们,川岛先生给我们送来了酒和肉。你们看,还有这白花花的银子。今天弟兄们吃个够,喝个够。晚上我们就下山到镇上逛窑子去!"

一土匪端着酒碗说:"大哥,我们呆在这鬼洞里,再不出去憋都快憋死了。"

张麻子指着他笑道:"老三,这机会不是来了嘛,到时我就是怕你让那些婊子把你裤子给藏起来,耽误老子的正事。"

"张大哥,请放心吧。"众土匪说。

"好啊,兄弟们,喝,喝完咱们找婊子去。"张麻子端起碗对着众土匪说,说完哈哈大笑。

大婚这天,吴振江家中,丫环笑着跑进来,一路喊:"老爷、老祖宗、夫人,新姑爷的轿子到了。"

老夫人听后,满面是笑。

秀娟正在梳妆,从铜镜中看到老祖宗进来,扭过头说:"老祖宗,我不想嫁。"

"又来了。孩子,天下哪有女儿在父母身边待一辈子的。你愿意,我和你爹还不愿意呢。"老夫人笑着说,"到了婆家,再也不能像家中一样任性,像个野小子,要孝顺公婆。还有……"

"还有相夫教子。老祖宗,你已经讲了十多遍,我耳朵都听出了茧了。"秀娟抢白着她。

老夫人笑着说:"好了,我不讲了,你以后想听我讲还听不到呢。"

瓷器街人来人往,十分热闹。

街东头的汪府门前张灯结彩,大门上方挂着两个大红灯笼,灯笼上面各书写一个大喜字。门前贺喜的人一个接一个。

汪叔凡满脸是笑地站在门前迎客。

这天,孙承脸上贴着满脸的假胡子,扮作跑单帮的商人,带着一帮兄弟混入城中。好久没有看到师傅他们,他一到镇上就直奔瓷器街而来,一到瓷器街,远远便看到师傅家门口挂一对大喜字,师傅正笑着站在门口迎客。孙承看后,心里有种淡淡的酸味,但马上让他给驱散了,他感到自己小气,因为秀娟和师哥才是一对,想到这,他就要过去,给师傅道喜。就在这时,他突然发现一个熟悉身影,仔细一看,原来是土匪张麻子。他正与一伙人在周围鬼鬼祟祟地东张西望。

孙承停下脚步,心想:他们来干什么? 他停下脚步对身边的兄弟说:"我们就不进去了,跟着他们。"

汪府门前,汪强跑上跑下,他来到汪叔凡的身边,喊:"大伯,大伯,新娘的轿子到了。"

淑惠过来招呼他说:"强子,快、快、快叫你师哥放鞭炮。"

大街上,汪仲的迎亲队伍正吹吹打打走过来。小华莱士带着汪强迎上前,点燃鞭炮,走在迎亲队伍的前面。

爆竹在小华莱士和汪强手上,"啪、啪、啪"地响,把这对新人迎进了汪府门前。

汪叔凡笑着站在大厅,接受着亲朋好友的祝贺。

"汪老,贺喜,贺喜。"川岛不知从哪里冒了出来。

"同喜,同喜。"汪叔凡一愣,但马上举手还礼。

"大伯,快坐到太师椅上去。新郎、新娘都要拜堂了,你还站在这干吗?"汪霞跑过来说。

"什么时候轮到你啊?"汪叔凡边走边笑着对汪霞说。

"大伯,您又取笑我了。"汪霞说时,红着脸,低下头。

"大伯办完你汪仲大哥的喜事,下次就操办你的。"汪叔凡看侄女低头笑着不好意思的样子,便笑着调侃道。

"大伯,就你啰唆,大家都在等你。"

在大厅,汪叔凡笑眯眯地坐在祖宗堂前的太师椅上。

新郎汪仲牵着新娘秀娟出来。

主婚的人高唱:"婚礼开始。"

"新郎、新娘一拜天地。"

"二拜高堂"

"夫妻对——"

话还未说完,突然,门口骚动,二三十个大汉直闯进来。只见一个上了年纪的人跨步来到堂前,指着汪叔凡和汪仲大声骂道:"你这老东西,小畜生,丢下我的侄女在家守寡,我看你们倒好,在这开心。小侄们,给我砸,打这小畜生,让他们结不了婚!"

一处的川岛看后赶快站出来,挡在汪叔凡前面,对着他说:"好汉,有话好说,有话好说。"

那人瞪了他一眼,骂道:"你是什么东西。我跟你有什么可说的,要问你去问那个老东西、小畜生。"

汪叔凡被这突如其来的事搞晕了,回过神,他上前问那汉子道:"我说兄弟,何出此言,你搞错了,我家汪仲哪有什么媳妇?再说,我根本不认得你。"

"不认得我?老家伙,不要脸的东西,亏你是有身份的人?"那人指着他骂,一面转过身对着同伴大喊,"小侄们,把这个女子给我抢走。我也要让这小子尝尝守寡的味道。"

突如其来的事,大家都不知如何是好。屋内的叫骂声惊动了整条瓷器街,外面围观的人越来越多。

川岛这时向那为首的人使了个眼色。那人抢步向前,抱着新娘就往外跑。

等到大家反应过来，他们一伙已冲到门口。

汪仲、汪霞、汪洋、小华莱士马上追了上去。

这伙人可不客气，照着他们就打，汪强抱着那人的脚，咬住不放。那人痛得直嚎叫，用力一踹，汪强被重重地摔在墙角上。

孙承此时也已到门口，一听里面乱糟糟的，转眼一会儿工夫，张麻子一伙便冲了出来，抱着新娘秀娟。他心想不好，张麻子动手了。他一面上前帮衬，一面大喊："土匪张麻子抢劫呀！那麻脸的就是高岭土匪张麻子！土匪张麻子抢劫呀！"

张麻子一听有人认出他们，十分惊慌，夺路就走。

瓷器街的人听说高岭张麻子土匪进城抢劫，大家纷纷围了上来。

张麻子他们可是有备而来，个个抽出明晃晃的大刀。大家拦不住他们，只好任他们而去。

汪叔凡追出去，不到几步路，便晕倒在地。淑惠一看转过身来，蹲下扶着他，大喊："他大伯，他大伯？"

汪仲听到喊声，也急忙跑过来。

汪叔凡没有反应。

不一会儿，镇上保安局的人来了。

大家让出一条路，他们看看这又看看那，淑惠冲上去抓住他们的衣角，哀求道："捕头大人，你们可得为我们做主！"

捕头没有理会，而是对着人群喊："哪个叫汪仲？"

扶着父亲的汪仲这时嘴角仍流着血，他站了出来说："是我。"

捕头指着他说："走，跟我们到保安局走一趟，做个口供。"

在景德镇保安局，捕头对汪仲大声吼道："汪仲，你得老实交代，我问你，你与他们有什么过节？"

"捕头大人，我已说过很多回了，与他们素不相识！"汪仲说。

捕头看了他一眼，说："有人现场反映，说你以前跟他们的侄女成过亲，现在不要人家，另攀高枝。这怎能行？你得给我如实地把这件事情说清楚。说，你的前妻现在在哪？"

汪仲解释："我从小就没有离开过我的父母，更谈不上订婚，这点你可去瓷器街左右邻舍打听。"

捕头冷笑着问："我说汪仲，他们为什么不赖东家也不赖西家，我看你小子不老实。"

汪仲一脸无奈，看着捕头眼前这张嘴脸，想到家中被打的老父，抢走的新娘秀娟，心里气不知打哪里出，他突然大声指着他们问："有人认出他们是土匪张麻子，这事你为什么不问，为什么不查？"

景德镇治安局朱局长正带着捕头在向付专员汇报。他说："专员，汪府抢婚案，据下官所查，高岭张麻子以前与吴振江就有很深的过节。这次，他闯进他女儿婚礼，并把她抢走，我看他女儿凶多吉少。"

"带人闯进婚礼，重伤汪师傅。汪叔凡是个什么人，你知道？"付专员问。

朱局长说："专员，这个下官知道，他可是这镇上瓷业艺人中叫得响当当领头的一流人物，听说，他还受过前朝皇帝和太后的御赐。"

"小子，你晓得就好。我告诉你，就汪叔凡大白天被土匪闯入，打成重伤，这镇上议论就够大的了，"付专员停了一下，说，"他妈的，再加上一个吴振江，就让我们更头痛。虽然这个吴振江，有时与我过不去，但在稳定这镇上瓷业方面，我们还得靠他。川岛太狡猾，他的野心太大。正是这一点，我们需要他制约川岛他们。朱局长，老子说这么多，你明白吗？不要让人认为，我们只是会搜刮的军阀。"

"明白，专员。"朱局长回答。

"明白就好。老子现在令你想办法把他的女儿找到，我要当面送给他一个人情，让他欠我的。老子要在这镇上树个面子，懂吗？"付专员对着他说。

"是。"朱局长接令，转身匆忙而去。

第四十三章

汪叔凡本来身体就虚弱,在儿子的大婚上,被张麻子这帮土匪一折腾,当时就晕了过去。

半天,他才在众人的叫喊声中慢慢地睁开双眼,他看看大家,憋着最后一口气,断断续续地说:"告诉汪仲,一定要把秀娟救出来。快去通知吴……吴大……"他还没有把话说完就去了,死的时候眼睛睁得大大的。

汪仲拼命往回赶。到了家,他发现家中挂上了白幡,父亲笔直地躺在大厅。他扑上去,伏在父亲的身上号啕大哭:"爸,我是仲儿,你醒醒,我是仲儿、仲儿,你醒醒,你醒醒!"

汪露、汪亮、小华莱士他们流着泪,黯然地站在一旁。

此时,吴振江和姜雪已闻讯赶到汪府。看到汪叔凡,吴振江扑上前,紧紧地抓着他那早已僵直的手,"老哥、老哥,"他哽咽地说,"我是吴振江,我是吴振江呀,你我相处几十年,你怎么说走就走,也不招呼一声!老哥哥,我是吴振江,镇上的瓷业还靠你,国家复兴,还等着你烧三阳开泰呀,老哥,你不能和李俊会长一样,不顾我们之间的情面……"

姜雪看到此情景,哽咽地说不出一句话,只在一旁不断地抹泪。

这时,朱局长领人进来。他发现吴振江在,忙上前安慰:"吴老大人、夫人,你们让我好找。付专员要我代表他来看望你们。"他看了一旁躺着的汪叔凡说,"汪老他不能白死。我们一定抓住张麻子,将他绳之以法,救出您的女儿,让你们团聚!"

"那有劳朱局长。"吴振江起身,说时,充满着感谢。

"老爷、夫人,老祖宗她……她……"这时,吴府丫环慌慌张张地跑来,对着吴振江和姜雪喊。

吴振江一看丫鬟神色不对,抓着她的手问:"我娘怎么了,快说!"

"老爷,别急,让她慢慢说。"旁边的姜雪说道。

姜雪这一说,丫鬟反而呜呜地哭了起来,她说:"老爷、夫人,老祖宗听说秀娟小姐出事,憋了一口气,就……就走了。"

朱局长看了这场面,不好多待,对着吴振江说了一声节哀,带着来人向汪叔凡的遗体鞠了一躬便走了。

在离市区一个僻静的民窑柴房,秀娟双手双脚被人绑着,蒙上眼,正关在这里面。她拼命地挣扎,大声地喊道:"放我出去,放我出去,放我出去!"

"妈的,喊什么喊?"有匪徒骂骂咧咧地进来,指着她说,"这地方没人听得见,你老公救不了你。"

土匪说完,打了一个哈欠,转身睡觉去了。

张麻子带着众匪,扛着秀娟仓皇逃走时,孙承带领手下三人一直尾随在他们的后面,看到张麻子一伙在一柴房停下,他便在附近,选择对面墙的另一端蹲下,监视着对方。孙承对着同来的伙伴说:"水生,快,你回去把兄弟们召集到这来。"

"哥,那你?"水生问。

"我在这监视,"孙承说,"你要给我尽最快的速度返回,懂吗?"

"放心吧,哥。"水生点头转身而去。

土匪张大麻子正在与他的兄弟们吃庆功酒,川岛和吴晋这时进来,这帮人看后,迅速站起,唯有张麻子坐在那不动,独自饮着酒,眼睛不时瞟着他们俩。

吴晋看了他一眼,笑了笑,走上前,拍着张麻子的肩膀说:"张兄,我看吃庆功酒还在后面,这事只是个开头,小心点。"

张麻子继续喝他的酒,像是没看见,也没听见。

"放我出去,放我出去,你们这伙强盗、土匪。"秀娟的骂喊声又从另一侧传来。

川岛顺着声音朝侧面的柴房看了一眼。

"张兄,快起来,川岛先生想看看秀娟。"吴晋见张麻子不理不睬,忙圆场说。

川岛一伙在张麻子带领下来到柴房前。吴晋犹豫了一下,没进去。川岛心里明白,直走了进来,吴晋过后也跟了进来。

柴房里,有几个醉醺醺的土匪,正想对秀娟动手动脚。吴晋走上前,对着他们啪啪就是两个耳光,大声喝道:"不得对我小妹无理!"

张麻子本身就有一股怨气,看自己的兄弟被吴晋当面教训,更不是滋味,他跨步上前,"啪、啪"对着他们又是两巴掌,一面大声呵斥:"丢人现眼,你们知道吗?他是我兄长的妹子,不是婊子,你们得给我好好对待他!"说着,亲自上前,给秀娟扯下蒙布,解开绳子。

秀娟睁开眼一看,以为自己看错了,揉了揉眼睛,定睛一看,顿时傻住了,想不到,竟是自家二哥吴晋参与绑架了自己。

吴晋笑着走上前,说:"娟妹,我和川岛先生来救你。"

"救我?"秀娟突然大声吼道,指着他说,"谁是你的妹妹,滚,你给我滚!"

川岛马上说:"秀娟小姐,这不关你家二哥的事,我们也是刚知道这事,便匆匆赶来。"

"你们,你们是人吗?"秀娟骂道,"我们什么时候亏待过你们,可你们像狼,披着人皮的狼!"

秀娟劈头大骂,让川岛这张虚伪的嘴脸没处放,自感没趣,"哼"地冷笑一声,扬长而去。

秀娟瞪着他们。

离开前,吴晋对着张麻子说:"张兄,你得给我看紧点,不得出差错,懂吗?他是你的银子。"

张麻子瞟了远去的川岛一眼,嬉笑地对着吴晋说:"大哥,现在好人你们也做了,只是……"张麻子做了个数钱的手势。

吴晋淡淡一笑,从衣袋里掏出了一张银票,塞到他手上。

张麻子用手接过,一看,发现不对,不高兴地说:"大哥,我们说好的,怎么五千两变成了两千两?"

这时,川岛从远处折了回来,他对张麻子说:"张老弟,这只是第一步,如果事情全部办妥,我会另派人把钱送到;必要时,我会派人来协助你们。"

"好、好,那更好!"张麻子满脸赔笑,心里却骂了一句,"老狐狸。"

川岛和吴晋一起回到景德镇日本株式会社,刚到门口,吴晋突然想起什么,便对川岛说:"川岛先生,你看他们会不会坏事?"

"这?"川岛停下脚步,想了想,说,"吴晋先生,我看这个你放心,钱就是他们的爹和娘,他们会尽力的。"

"川岛先生说得对,说得对,不过……"吴晋想说什么,但是到喉咙口一直又不知怎说。

川岛看了他一眼,笑着说:"吴晋先生,不要多虑。不管吴振江答应还是不答应与我们合作,都得死。吴振江不是景德镇人心中的英雄吗?我现在就是要彻底打垮这个英雄,摧毁景德镇瓷业人的意志力,让他们永不得翻身,臣服我大日本帝国!"

"不过,秀娟是我妹,对我一直很好,川岛先生,能不能让她不死,或者把她卖到你们日本去?"川岛哈哈大笑,拍了拍吴晋的肩膀,说:"吴先生还是信义之人,我川岛值得交往,不过,你不是想成为日本人,做武士吗?现在就看你了。"

川岛、吴晋走后不久,张麻子也走出郊区民窑柴房。他抬头看着太阳,正当午,树上的乌鸦正在不断地叫着。"在这他妈的鬼地方不知要待到什么时候?"他自言自语地说道。此时,两手下正走过来,他不耐烦地对着他们说:"情况怎样?"

"大哥,一切正常。"

"憋死了,让我们这伙大老爷们守个小女人,真丢人!"

"大哥,这地方谁会注意?就是他们找来,我看也不是我们这伙爷们的对手。"另一匪徒说。

张麻子看了他们一眼,若有所思,笑着说:"我说兄弟,你们在这里给我看着,记住,看住这娘们,就是给我看住川岛手上的那笔钱。待这事完后,大哥,我,让你们到镇上最好的窑子玩个痛快。"

土匪兴奋地说:"大哥,这个你放心,有事你就先走吧,这里有我们兄弟,保证不出差错。"

这时,柴房对面,孙承正密切地监视着秀娟关押处。

"孙承哥?"后面有人影朝这挪过来,轻声地叫了一句。

孙承马上转过头，一看是水生，问："水生，来了多少兄弟？"

"大哥，按你的吩咐，我把队伍中最好的都挑来了，总计有十几个，现在城里搜查正严，他们个个都化上装，一会儿到。"

"大哥""大哥""大哥"……这时，有人陆续过来与他招呼。

孙承点点头，说："好，你们来得正及时。"

柴房另一端，这时张麻子正对着土匪说："大哥出去转转。看看镇上什么风声，我过一阵子就回来，兄弟们，记住我说的，给老子盯牢一点。"张麻子说着，在周边转了转，心里感到一切正常，然后拐了个弯，直奔镇上怡红院去了。

看着张麻子走远，孙承感到时机到，正要起身动手，突然背后一只大手在他肩上一拍。孙承心一惊，他回头一看，原来是吴波！

孙承握着他的手，上下打量着他，激动地对着大伙说："过来，你们都过来，我跟你们介绍一下，眼前这位就是我的师哥，曾任浮梁县县长的吴波。"

"常听大哥说起，我们久仰大名。"大家轻声地围过来招呼。

孙承看到他问："师哥，你怎么会在这里，大家说你……"

吴波也十分兴奋，他热情地跟大家点头，然后笑着对孙承说："师弟，这是革命工作的需要，以后有时间我会跟你慢慢说。师弟，这里不远处就是川岛在景德镇的一个秘密基地，住着不少日本浪人，要顺利救出娟妹，我们只有智取。大家过来，我们……"

张麻子戴着鸭舌帽，一路低着头，把自己脸遮着，到了怡红院门口后，四周张望了一会，趁没人注意，才径直走了进去。到了房间，里面的女人先是一惊，待张麻子拿下礼帽，脱掉外套时，那婊子一阵惊喜，扑了上来，搂着他嗲声道："张爷，你刚才这身装饰，真是把我吓死了，你咋才来？想死我了！"

"我不是来了吗？老子来一趟也不容易，快，老子办完事还得回去。"张麻子说着，粗壮的大手早已搂着她，用嘴亲个不停。只听那婊子嗲声道："张爷，来了我就不让你走。"

张麻子把婊子抛到床上，扑上去，淫笑着说："这就要看你下面的功夫了……"

镇上郊区民窑柴房外，一个村姑提着东西正打柴房门前过。有土匪看见，冲着同伙嚷着："哪钻出的娘们？脸蛋不错。"

"让我过去看看，把她逗过来给咱们兄弟解解闷，享受享受。"一旁的土匪说着，人已上前。

"你，老五？"一年长的土匪说，"张大哥走之前可要我们小心点，你看……"

那土匪反身笑着说："我说三哥，大哥到窑子里去找他相好去了，再说一个小女子，咱们这么多大爷们还怕她不成？"说着，对着那村姑调笑道，"小妹，你上哪？"

村姑向他飞了一眼，含笑躲避着，"大哥，我给我家男人送饭去，你就让我过去吧，他可是一个粗鲁人，受不了。"

"你的男人，这里哪有？我看不如我吃了得了，省得妹子辛苦。"那土匪说着，厚着脸缠了上去。

"我家男人比不上你，他以打柴为生，常在这一带。"

土匪调笑着说："我看你白白净净的，跟个打柴的，真是委屈了。不如跟了我，我保证你这一辈子吃香的喝辣的。"

村姑半嗔半笑着说："你这大哥看起来斯文，怎么这样不正经，不怕你老婆半夜扭耳朵？"

这时，那个年长的土匪上来说："小妹是个明白人，我们只是开个玩笑！"

村姑笑着说："这位大哥，你才是一个正道人。这酒，我给你一半。"说着就动手往碗里倒。

"我这五哥最骚，你可当心他喽。"旁边的土匪哈哈淫笑道。

柴房里的人闻到酒香，都嚷着出来，抢着把村姑另一半酒都喝了。

村姑忸怩作态地怒嗔道："你们，你们这些大哥怎么全喝了？"

"不光喝酒，还要吃人。"一土匪上前就要去抱她，都被村姑左闪右闪躲掉了。

众土匪看后哈哈大笑。没一会儿，便纷纷倒下。

村姑踢了他们一脚，这些人个个像只死猪。他除下面具，原来是吴波。只见他把手一挥，孙承几个人从屋后蹿了出来。

吴波快步走进柴房，解开秀娟身上的绳子，说道："娟妹，快跟我走。"

"三哥，是你？"秀娟惊喜地问。吴波拖着她的手说："以后再跟你说，快，快跟我走。"

此时孙承他们也跟着进来了。

"张寨主，张寨主，川岛社长有请。"外面传来了叫喊的脚步声。

水生警惕地看着外面，说："有人来了，好像是日本人。"

"张寨主，张寨主……"叫喊声越来越近，转眼便到了柴房门前。

柴房的门虚掩着。

"谁嚷嚷，老子正在睡觉。"孙承模仿着张大麻子的声音叫道，同时和吴波他们迅速地躲藏在柴门的两旁。

这时，喊话的人听到回应声，便把自己的头探了进来。吴波手快，猛地一下把那人给揪了进来，顿时就给剁了。

吴波看了日本浪人一眼，对孙承说："师弟，此地不可久留，你赶快带我妹妹走，让她转移到你处。"

"师哥，你，你不和我们一道走？"孙承问。

"师弟，我还有要事要办。你们快走吧，川岛久等没人，一定会察觉。到时大家就走不了了。"

孙承双拳一抱说："师哥，那我们后会有期！"

"后会有期！"

秀娟跟在孙承的后面，转身对着吴波喊："三哥，告诉家里，还有仲哥和我师傅，说我平安。"

吴波心想，娟妹此时还不知道家中变故，要是说了，怕她承受不了。想到这，他点点头，催促他们赶快离开。

孙承、秀娟他们和吴波分开后，不一会儿，几个日本人就到了。他们叫喊道："宫木君，宫木君……"

没有人回应，柴房门开着。

他们很快就发现宫木已被人杀死，其他人个个被捆着，昏睡在地上。

川岛与吴振江约定当天下午在镇上一茶楼见面。吴振江按时赴约，走到茶楼口，一日本浪人赶紧上前，向他鞠躬，把他引到茶楼的二号包房。

川岛见吴振江进来，笑着站起来伸出手，说："我心目中的大英雄，坐、快请坐。"说着亲自为吴振江沏茶。

吴振江笔直地坐在那，把面前茶杯一推，说："川岛先生，信中说，你能救出我女儿，开条件吧。"

吴振江这么爽快，让川岛出乎意料，不过，吴振江在走投无路时仍这么霸气，川岛没有想到。他不由得重新打量自己的对手，他发现吴振江这段时间瘦了，人也显得十分的憔悴，手臂上戴着黑纱，显然仍处在悲伤之中。川岛心中暗喜，转过话题，指着他手臂上的黑纱，故作惊讶地问："吴大人，你这是？"

"川岛先生，今天就我们两个人，不要扯远。我希望你我之间不要伤及无辜。你已弄走了我一个儿子。现在又打我女儿的主意，我告诉你，我娟儿少了一根毫毛，我不会放过你。"

"吴大人，你说到哪去了，我是请你出来，做我皇窑瓷土矿高岭的督办。秀娟是你的女儿，也是我的女儿，婚礼那天，我在场，我不知道汪老与人还有那么多过节。我去劝，可也被他们打伤。说实在的，我很愧疚，保护不了他。"川岛装出一脸的委屈。

"哼，"吴振江听后，一声冷笑，他说，"我告诉你，你在镇上撅什么屁股，我就知道你想拉什么屎。你这一套，只能蒙别人，可蒙不到我。在我们这块土地上，按说你挣得已够多，可你不满足。你想的不只是吞并我华夏瓷业，更要占我中国。川岛，我警告你，我不会答应你！镇上几十万瓷业人也不会答应你们！我劝你们早点收起你们的想法，趁早回你们岛上去。只要我在，你就别做这个梦！"说着，拿起面前的杯子，砸向他，转身出门。

看着吴振江远走的背影，川岛摔着杯子，对着浪人吼道："滚，你们都给我滚！"

茶楼门外，早已站满了窑工。

"大人！"李星灿、赵子和他们看到吴振江出来，赶紧迎了上去。

吴振江看了大家一眼，点点头，大步向皇窑厂走去。

李星灿看到大人安然无恙，一挥手，喊了一声"走"跟了上去。

川岛从茶楼气冲冲地回去后，一个日本浪人神色匆匆来找川岛报告。川岛听后脸色突变，他怒骂道："八格，他妈的一群废物！这么多人连一个村姑都对付不了？还不组织人给我追！"

"川岛君，我们已经去追了，追不到……"

川岛顿时对他疯狂地叫喊道："张麻子在哪里，他在哪里？"

那浪人战战兢兢地说："张麻子去了怡红院，听说，半路遇到人追杀，逃了回来，发现政府兵在抓他，便丢下手下，先跑了。现在他带来的几个手下已被全部抓获。"

川岛颓败地坐在椅子上，向浪人挥了挥手。

吴波醉倒在瓷器街的路边，一帮小孩围着他，说说笑笑。汪霞路过一看是吴波，停下来把他搀扶到吴府。一路上吴波嘴里不停地喊道："喝、喝、喝。"

"喝，喝，喝，我让你喝个够。"汪霞看到吴家门前的一盘水，气得放下他，上前端起就往他身上泼，指着他哽咽道，"你师傅和奶奶都被气死了，师兄被打伤，妹妹被抓，他们生死不明，可你还在这天天醉生梦死。以前的革命热情到哪里去了？男子汉的气概到哪里去了？你要是真爱我，就拿出点行动给我看！"吴波嘿嘿地向她笑，显得无动于衷。汪霞看着更气，扭头哭着跑回家。

吴振江听到外面哭声，出来发现汪霞哭着跑了，而吴波倒在家门口，嘴里在不停地喊"喝、喝、喝"。

看到侄子今天这个样子，想到革命时期的他是那么充满朝气和活力，吴振江不免仰天长叹。把他扶进家门，放在椅上，摇摇头，然后转身到后房去打水，给他擦洗。

突然一个纸团被抛到他脚下，吴振江弯腰捡起，四处看看，左右无人，只有侄子呼噜噜的睡觉声。他拆开纸团一看，只见上面写着："秀娟被孙承救走，人已安全转移到瑶里汪湖山上。"他一看，心中舒了一口气。

第四十四章

转眼到了民国二十六年。这年秋天,在景德镇日本株式会社,在镇上做生意的西洋商人纷纷来到这里,拿着货单要求退货。

川岛叫人把吴晋叫来。等他到时,大厅早已挤满了人。吴晋一进门便被眼前那些洋商围住,他赶紧从保险柜中翻出合同,解释道:"各位尊敬的朋友,你们看,这合同上白纸黑字写着,还有你们的亲笔签字。"

一洋商看后从自己随身携带的行袋中拿出三件瓷器,扔在他面前说:"吴老板,这里一个是你们窑厂现在做的碗,一个是以前的,还有一个是其他民窑厂的碗。吴老板,你自己看看,现在你们厂的质量如何? 镇上一些民窑厂的产品都比你们强,但是他们的价格却是你们厂瓷器的五分之一,你们要是仍保持往日的价格不变,我们只有退出合同。"

另一洋商也拿出一瓷器,挤上前说:"吴老板,你自己看,以往这上面写的是大清底款,现在你们硬把它改为日本款,我们的客户只认大清年制。你们这一改,我们这生意做不下去了。"

川岛一直躲藏在后门,待弄清情况后才出来。看着洋商围着吴晋争论不休,他笑着上前说:"我说各位朋友,我是这里的负责人,叫川岛,有话请跟我说。"

吴晋看到川岛前来,精神一振,指着一洋商对他说:"川岛先生,这位朋友说,大清瓷款更改为日本款,瓷价得大打折扣,想要退出合同。"

川岛接过话笑道:"这位朋友,我们生产大清款的窑厂已转租给他人,退货,我拿什么抵给你? 为了履行好你的合同,我株式会社已尽了最大的努力,并专门从我们大日本帝国本土调来一批最好的产品,也就是你们手上的瓷瓶。"

那洋商看来了负责人,马上说:"川岛先生,你也是生意人,西洋人目前只认大清瓷,用日本款,客户会认为是日本国在仿大清的瓷器,这瓷卖不起价。"

川岛笑着说:"这位老板,你眼光要放长远一点。高岭瓷土在我们手上,皇窑厂迟早是我们的。大日本的瓷器,它的瓷土、工艺、配方都是仿照大清皇窑厂制作,我看它已不亚于大清瓷,甚至好于它们。今后大清皇窑瓷退出市面后,取代它的必然是大日本帝国的瓷器,到时只怕你求我也求不到。"

那洋商说:"川岛先生,我们等不到那一天,为了生存,我现在得退货。"

"这……"川岛想了一下,说,"这样,你我都退一步,只要你接受我这瓷器,价格我可以降到现在镇上民窑的水平,如何? "

"那就是一半的价? "洋商问。

川岛一听，马上说："你这不是趁机打劫？"

那洋商也不相让，他说："川岛先生，你这瓷器只值这个价。不行，我们就走。"

"这……好，我依你。"川岛显得无奈，最后还是点头成交。

街头上，不时有穿着和服的日本人从吴振江和李星灿身边走过。一旁的李星灿看了他们一眼，对身边的吴振江说："大人，这几个月来，日本洋瓷像潮水般涌来。你看，我们站的这条街上，已有十多家他们的专营店。"

"他们在这销路怎样？"吴振江问。

"我初步做了一下了解，日销量一两万件。"

"一两万件？"吴振江停下来，看着李星灿问。

李星灿点点头。

这时，一队士兵荷枪实弹从他们旁边冲过。吴振江、李星灿让过他们，继续往前走，他们边走边说，不知不觉已到一个日本瓷店前。

"大人，我们进去看一看？"李星灿问。

吴振江点点头，与他一同走了进去。

街的另一头，一男子正匆匆往前跑，他不时回头四处张望。看着前面一家人门口没人，便迅速拐了进去，随后，一队士兵追了过来。

得福出来，看到家中有人进来，正要迎上去招呼，那人已到跟前。他抬头一看，顿时惊得目瞪口呆，正要喊。那人眼快，迅速捂上他的嘴，示意他不要出声。

外面，一阵急促的脚步声传来，一队士兵已到门前，为首的谢连长提着枪冲着房内的得福问："老头，可看到有人打这里经过？"

"是不是一个个子不高、面目清秀的瘦小男子？"得福问。

"对，对，对。"谢连长点头说。

得福走出门外，向左前方一指，说："朝那边走了。"

谢连长看了得福一眼，转身把手一挥，喊道："我们走。"说着，带队朝着得福所指的方向追去。

官兵走后，得福看左右无人，便转身进屋，把门关上。

吴振江和李星灿从街市上带着一大包瓷器回到皇窑厂。赵子和、赵宝贵、马和尚等看后，个个都好奇，心想，皇窑有的是瓷器，今天他们从外面买这些东西回来干什么？

吴振江坐在一边，心事重重，看着他们一句话也没说。

这时，倒是马和尚明白过来，他拿着桌上的瓷器看了看，放下，感叹地说："大人，各位，东洋人看来这几年利用我们的瓷土和技术优势，已成气候。上海、武汉、重庆等城市，他们的产品总量已经超过我们。目前，他们的瓷器除款式上与我们不同外，质地也与我们不相上下，价格却只有我们的七成。这样下去，我们将没有立身之地。"

吴振江仍没有吭声。

赵宝贵气愤地说："秘书长，川岛这狗日的，这几年，他利用手中掌握到的瓷土优势，已把我们镇上的瓷业搞得一团糟。"

"大人，你也说说话呀。"一旁的赵子和看着吴振江一个人闷在那，忍不住地喊。他这一喊，在场的人马上把目光集中到吴振江身上。

吴振江看大家都拿眼看着他，长长地舒了一口气。赵宝贵给他沏上一杯热茶，吴镇江接过，喝了一口说："各位，我和星灿带回的瓷器，你们都看了，刚才你们也说了不少，我认为都说得对。日本人在利用他们的财力和国力，跟我们打消耗仗，想慢慢蚕食我们。虽说目前，皇窑厂总算撑了下来，制瓷技术上我们仍占主导权。可是我们这几年辛苦积攒下来的利润却全给孙传芳他们拿走了，我们已没有发展后劲，要是再有一个风吹草动，我们就撑不下了。川岛仍在一旁虎视眈眈地窥视我们，你们说，我们怎么办？"

"大人，你问我们怎么办，我们恐怕都说不上，您说吧，大伙都听您的，您说我们咋干，我们都跟着您。"赵子和噌地站起，拍着胸膛说。

"子和兄，各位，这段时间，我一直在检讨，为什么我们这样的被动。我发现我们镇上瓷业人都各自为战，就是我们这些股东，除了皇窑厂外，仍守着自己的一间窑厂。说白了，我们把力量给分散了，形成不了拳头，成不了拳头，便没有优势。川岛正好利用这一特点，对我们各个击破。你们想想，皇窑厂利大，可是目前开工量不到五成，可是你们手上的瓷厂在目前的条件下，几乎是没有利润。既是这样，我想不如把大家手上各自的窑厂纳入皇窑厂，统一管理，把大家窑厂的技艺人员，暂且编入皇窑厂各彩绘、釉料、拉坯、窑炉坊；其余人员，分成五个队，由星灿负责统筹，到周边寻址开矿，全力保障皇窑厂开工生产，这样，我们才有生的机会，才不会被川岛他们吃掉。你们说如何？"吴振江越说越清、越说越明，到最后，他的眼睛放着光亮。

"大人，我们这皇窑厂是五年一签的合同，这样行吗？"赵子和问。

"子和兄，我们不是还有两年吗？大清朝，皇窑厂的制瓷技术，对外是密而不示。现在，国将不国，我想了良久，要想把镇上瓷业这条命脉保留下来，把皇窑厂保存下来，唯一的办法，我们就是把它的制瓷技术继承下来，并让它开枝散叶。一旦我们的瓷土供应到位，大家马上可以分散出去，带走自己的窑工，做出自己的品牌，把一个皇窑厂，变成若干个皇窑厂。这样，不管今后镇上再遇多大的风雨，我们瓷业都有抗争的实力。"吴振江侃侃而谈，说出自己这几个月来深思熟虑的一些想法。

在场的人听后，个个连声赞同。

瓷器街吴振江家中，得福看着眼前的罗中亮，问："先生，怎么会是您？我们大家都以为您在南昌旅店被清兵杀害了。"

罗先生看到故人，激动地说："得福，我当时的确被清兵他们抓住。是大人救了我！"

"先生，可大人说当时你便被朝廷密使杀了？"

"那天，"罗先生说，"清兵突然间包围了我住的饭店，当时我正在房中睡觉，有清兵闯进来，把我强行带走。我与店内其他人一道被关在店内底层的一个杂货铺间。后来又被他们叫去，单独带到一房内。里面，一个清兵官员坐在太师椅上，他看到我进来，上下打量我，指着一旁桌上的瓷器和通关文件问，你就是罗中亮？我点头，说是。他又问，桌上这些东西是你的？我说，我是大清皇窑厂督陶府的先生，这次奉老爷之命，前往福建省泉州、广东石湾考察陶瓷商务，征集明年宫中用瓷画面。那官员听后，马上问我为什么不住官府驿站？我当时说，我一路走来，常受匪徒侵扰，这次事务重大，只有深居简行。那官员看了我一眼，向一旁的清兵使了一个眼色，当场就把我放了，并归还了桌子上的东西。我转身出门时，突然又给他们叫住。我问还有什么吩咐？他笑着说要把我手中的瓷器留下，以便到时好向钦差交代。我当时虽说不愿，但最终还是交了。"罗中亮接着说，"听说，这官员接待我之后，突然奉命移防了，以后的事，我便不知道。"

"原来是这样。"得福说，"罗先生，这事，闹得督陶府上下为您祭拜了一个月。秀娟、吴亮他们个个哭得伤心。大人为这事还与当时朝廷的钦差争吵了一场。"

"得福，大人呢？"罗先生问。

"在窑厂衙门，不过快了，马上就会回来吃午饭。先生，您别走，在这吃饭。"得福说着，便忙去了。

在督陶府付专员办公室，付专员正指着眼前的谢连长问："我说人呢，抓到没有？"

"报司令，我们追出风火弄，一到大街上，人便不见了。"谢连长回答。

"他奶奶的，十几个人，连一个人都看不住。你们给我继续查，一定要把这个共产党抓到！"付专员说。

"是！"谢连长接令后，马上转身出去。

"妈的，共产党闹到老子地盘上了。"付专员烦躁地在大厅来回走动，气愤地骂道。

一旁的侍从看后笑着讨好说："司令，不就是一个共产党吗，能成什么气候？"

付专员说："你懂个屁。一个孙大炮已难对付，现在又出现共产党，他们一旦联手，就更不得了。大帅说了，不要小视他们！你马上亲自给我带人去搜，一定要把他抓到。"

吴振江一进门，姜雪就笑着指着一旁的罗中亮说："老爷，你看，谁来了。"

"老爷！"罗中亮看后，箭步上前。

"中亮，我的先生，咋是你？"

罗中亮紧紧地抓住他的手说："老爷，是我，我没死！"

"今天街头满城都在抓共产党，难道是你？"

"是的，老爷！"罗中亮回答。

“他们说，你们共产党要共产共妻，消灭富人，罗先生，你说说是否有这回事？”吴振江看着他继续问。

罗中亮笑着说：“老爷，军阀他们把我们描绘成恶魔。我们与他们之间，谁是恶魔，您是最清楚的。”

“罗先生为人和才学，督陶府上下都信得过。老爷，罗先生几年不见，你不会就这样欢迎他？”姜雪看到吴镇江不断地追问，在一旁责备道。

“雪儿说得对。得福，到街上去买壶好酒，我今天要与罗先生痛快地喝上几杯。”

姜雪笑道：“老爷，都准备好了。得福，你到门前去看看，一有生人就对里面咳一声。”

在后院，姜雪一边为罗中亮添酒，一边说：“罗先生，我们都以为你出事了，再也见不到您。当时，老爷把您随身携带的东西带回时，大家都受不了。秀娟、小亮他们哭得很伤心。老爷跟当时的钦差吵了一次，并提出辞官。”

“是呀，中亮，这几年，你到哪里去了，也不来个信。”吴振江也问。

罗中亮说：“老爷、夫人，其实，我是老同盟会员。”

“同盟会，那你和涛儿他们一样也是革命党？”吴振江一听，放下酒杯，疑惑地问。

“是的。”罗中亮说，“老爷，我与孙先生他们单线联系。长期在您身边工作，这是孙先生的布置，以便能从您处及时了解朝廷的意图。上次我借故出去，本是到广州谋划孙先生的起义。不料透露了风声，我们一到南昌便被他们盯上，是您给我的公函救了我。我离开南昌后，转道来到广州。孙先生领导的起义失败后，我便与他们失去了联系。后听说孙先生去了海外。我决定到外面去看一看顺道与他会合，便取道香港，到了大不列颠。在大不列颠，我听说孙先生取得了胜利，正准备回国时，又听说袁世凯窃取了革命成果，孙先生再次流亡海外。我只有留下来，没多久，我便去了法兰西，后又去了德意志，最后到了列宁领导的苏维埃国，我发现孙先生领导的国民党救不了中国，便在苏俄加入了共产党。”

“好个中亮，你，还有涛儿他们，你们个个都给我摆迷魂阵。大清朝，救不了我们中国、孙先生的国民党太过软弱，共产党是什么，我倒还是头一次听说。我不了解，我也没空去了解。但是冲着你，我知道一定比这帮军阀强盗好。我不管你什么同盟会、革命党、国民党、共产党，只要是你，我都认。说说，这次，你们又想干什么，有没有我能帮上忙的？”吴振江说到最后，笑着问。

“老爷，先生刚到。”姜雪看了罗中亮一眼，在一旁提醒他。

吴振江说：“雪儿，我吴振江可从没有把他当客人，以前是，今天是，以后还是。”

罗中亮笑着说：“老爷，以前是我不对。但是当时的形势，我也不便对你说，今天，能得你们包容和再次相救，我已感激不尽了。老爷、夫人，谢谢你们，眼前这杯酒，我借花献佛，敬你们。”说着站起来，一口干掉。

姜雪见他们喝完，一边给他们添酒，一边笑着打趣道：“先生，幸好你当时没有说。

他那时心中只有他的大清和皇帝，为这事，没少跟涛儿吵。好在，他是个开通人。"

罗中亮接过他们的话说："夫人，老爷一生为民请命，把自己的全部都奉献给了皇窑厂和瓷业。在当今列强大举入侵，军阀残暴的条件下，仍然为国家保下皇窑和镇上这块祖宗留下的千年基业，并让它们发扬光大。就这一点上，共产党佩服、国人佩服，就是洋人也佩服。"

"中亮，不要给我戴高帽子了，我只是尽了一个中国人的良心，没你说的那么了不起。"吴振江笑道。不过，他马上收敛起笑容，显得心事重重起来。

吴振江与罗先生在一起，感到有说不完的话，他们从中午一直谈到下午，又从下午聊到晚上。

灯光下，罗中亮发现几年不见，吴振江老了不少，消瘦了不少，他眼里一阵湿润，对眼前这位大他十多岁的忘年朋友打心里升起一种敬佩，他对吴振江说："老爷，看您这几年瘦多了，也老了。"

吴振江看了他一眼，长叹了一口气，说："中亮啊！你走了这几年，这镇上的事刚才我都跟你说了。现在上有孙传芳军阀，外有川岛为首的洋人。上次皇窑厂竞拍，孙传芳从镇上瓷业仅此一项就刮走近二百万两白银。川岛他们利用这个机会，要走了我们的瓷土矿，他们利用我们瓷土和技术，就地加工，然后对我们的传统市场进行了低成本销售。川岛的目的很明显，他就是要整垮我们。最后，让我们拱手让出皇窑厂。为了不让川岛他们阴谋得逞，现在我们是自动关停了二十多家民窑大厂，以确保皇窑厂的运转。这几年，我们深受瓷土被人控制之苦。中亮啊，你说我们怎么办，我从来都没有悲观过，但现在我感到自己都快撑不住了。"

"老爷，高岭零星碓户的瓷土生产量不少于皇窑高岭矿厂和几大民窑矿的总量。我想，川岛他们低成本对市场进行销售，他仗的是低价瓷土。依皇窑厂多年的信用，我们有条件把高岭碓户吸引到我们身边来。"

吴振江站起来，气愤地说："可川岛买通这帮军阀和黑势力，碓户斗不过他们。"

"老爷，高岭碓户大小上万户，人口十多万，只要把他们组织起来，你说川岛他们能横行霸道？"罗中亮问。

吴振江感叹地说："中亮，这个我也知道，但他们个个分散，谁有能力去组织他们？"

"老爷，你让我去试试。"罗中亮说。

"你？"吴振江看到罗中亮，摇摇头说，"中亮，付专员他们现在到处在抓你这个共产党。你一个人？不行，不行。"

"老爷，皇窑高岭瓷矿厂里面的矿工，我看他们跟着川岛他们，也是被迫和无奈。我带着你的口信去，他们一定会暗中接纳和帮助我。还有，广大的碓户，我有信心。"罗中亮给吴振江分析个中的形势，最后坚定地说。

"好。有你这一说，我心中多少有点底气。这样吧，你以皇窑厂的名义，在高岭设立一个瓷土收购所，这样，便于你活动。此外，我派人与孙承他们联系一下，他手上有十几条枪，三四十号人，到时说不定他们可以助你。"

"那我谢谢你，老爷。"

"中亮，说这个干什么，要说，我倒要代镇上瓷业谢谢你。"吴振江说，"你就好好在这住几天。再说，你这个做先生的就不想见见秀娟、小亮他们？"

"行。老爷，我也想看看他们。"

镇上郊外，南山罗先生墓地上早已长满了青草，在他墓的旁边还立着几座墓，那是曾总管、饶希斋、吴老太、汪叔凡的。这里每座墓碑前，都摆着几个青果和一束鲜花，显然，不久前，还有人来祭奠过。

罗中亮这时站在自己的墓前，看着他们，默不作声。

一旁的汪仲说："小亮，先生好好的，我们不如现在就趁此把它毁掉。"

"对呀，师兄，这多不吉利。"吴亮说着，拿着锄头就要上前动手。

"小亮，让他留着。"罗中亮制止道。

汪仲、吴亮和秀娟他们一听，面面相觑，看着他。

罗中亮看着他们疑惑的眼神，明白过来，他笑道："旧的罗中亮没了，让他成为我们历史的见证，这不是更好吗？"

第二天早晨，在瑶里汪湖山上，罗中亮蒙上双眼，被水生他们押着，带进山寨的议事厅。

此时，孙承正在后厅议事，有人来报，说来了个直闯山寨的，指名要见他。

"走，看看去。"孙承听后，随他出去。

到了大厅，孙承令人把来人的面纱摘下。谁知，眼前那张脸让他惊呆了，这不是督陶府罗先生？可罗先生的坟墓还是他和汪仲、秀娟、得福叔他们一起挖的！孙承有点不相信自己的眼睛，他上下打量着罗先生。

罗中亮笑了笑，对着眼前一脸迷茫的孙承喊："孙承，孙承，我是罗中亮，咋的，就不认识了？"

罗中亮这一喊，孙承这才反应过来。他腾地蹦起来，几乎是跑上前，给他松绑。"不知先生到，得罪，得罪！水生，水生，这就是我常说的先生，快来拜见。"孙承兴奋地喊。

水生听说眼前这位就是大哥经常给他提起的督陶府罗先生，也是一惊，没等他吩咐，自己早已搬上椅子，沏上茶，等孙承为先生解绑时他已笑着端上："先生在上，请喝杯清茶，希望您能留下来，帮助我们赶走这帮小日本和军阀。"

罗中亮接过茶喝了一大口，说："水生兄弟，只要你们信得过，我就不走了。"

"先生，不是开玩笑？"孙承睁大眼问。

"孙承，先生什么时候说话不算数？"他笑着反问。

"先生,容我三拜。"孙承未等他说完,突然跪下,对着罗中亮就行叩拜礼。

高岭矿区工场上,人声嘈杂。罗中亮摸清了这里的情况后,第三天,便与水生一道装扮成矿工深入到皇瓷矿生产区。

"这就是罗先生。"水生指着他对着工地上的工友介绍。

"罗先生,这几天,我们可天天盼着你来。"矿工听说水生的介绍后,上前紧紧地握着他的手。

水生指着眼前毛仔说:"先生,眼前这位就是我在路上向你提及的毛仔兄弟,他与我和孙承哥一起长大,别看他年龄大不了我们一两岁,可在这干了十多年。"

"罗先生来了,罗先生来了。"矿工听说督陶府的罗先生来了,马上私底下悄悄传开了,自觉地围了上来。

"工友们,大人不便来,他要我代他来看看大家。大伙好吗?"罗中亮坐在他们中间,看着身边的工友,和蔼地问。

一矿工听后气愤地说:"好个屁!罗先生,自打小日本来了,我们这些人就没有好好睡过一天觉。他们简直不把我们当人看。"

另一矿工说:"先生,你回去跟大人说说吧,我们有手、有力气,什么苦活累活都能干。请把我们带走,我们一天都有不想在这干了。"

罗先生接过他的话说:"工友们,这皇瓷矿是我们的,是我们工友世代开采建立起来的,为什么要走?要走的是他们。现在孙传芳为了他们军阀的利益,不惜把你们卖给洋人。他拿了钱后,马上就去打仗杀人。走,这不是便宜了他们?"

"咳,咳,咳,吴晋来了。"这时,一阵咳嗽声从不远处传来。

大伙迅速散布开。

罗中亮一看,他发现吴晋在打手的拥护下正耀武扬威地朝这边走来。他迅速把帽子压得低低的,抓着手上的活干了起来。

吴晋过来后,在罗中亮面前停下,朝他看了一眼。

"毛仔,快,督办来了,快醒醒,快醒醒。"这时,一矿工摇着毛仔,对着吴晋这边大喊。

吴晋听后,马上转过身,迅速上前,推开那矿工,用木棍敲着毛仔的大脑袋喊:"死猪,想不想拿满这个月的工银?"

毛仔似乎被吴晋震醒,弹了起来,眼睛直直地看着他。

"哼,看……看我干什么?给我干活去。"吴晋指着他说,"我告诉你,这个月的工钱扣了。要是本督办再发现你睡,我让你一年都白干。"说着,扬长而去。

"哼,督陶府怎么会出这样的恶狗。"毛仔对着吴晋远去的背影骂道。

"毛仔,他们得意不了几天。"水生过来说。

晚上,罗中亮在毛仔的引导下,进入了高岭皇窑厂矿工生活区,他敲开了工友的家门。大家见罗先生到,把室内的油灯拨亮,围坐在一起,听他讲述外面的新鲜事和一些从来没有听过的道理。他们常常这样,不知不觉就到天亮。

最后的官窑

第四十五章

今年的雨季来得早,老天还未出梅,昌江的河水更比往年涨了两成。镇上的船工未等水位全涨,便忙活起来。

在码头上,一大早,卸货的、装货的,忙碌不停。前面的货担刚离开,后面载着一舱舱瓷土的船队,又从南北两方向同时抵达。它们刚近码头,船主便迅速地从船上跳下,站在码头上,抢占位置,迅速组织人卸货,一刻都不耽搁。

在皇窑厂,吴振江在办公室与赵子和、李星灿等在议事。他拿着一张账单说:"各位,皇窑厂重组后,已经历时半年,这半年下来,我们经账房核算,产瓷一千万件,收入白银三百七十二万一千三百零五两。扣除各项开支,纯利是八十万两。大家看看。"说着,他将账单递给了赵子和。

"大人,这合在一起就是不一样,比我们自己开厂划算。"赵子和笑着接过,一面说着,一面拿在手上看,然后递给了一旁的李星灿他们。

李星灿看后,兴奋地说:"大人,这样下去我们就要发了。"

"这皇窑厂以前是皇上的,大人,它是不是早晚还得收回去?"有人问。

"我想你说得对。这皇窑厂是国家的,我们现在嘛,说到底,是在给国家看管。"吴振江说。

"大人,这样说,我窑厂还是得开?"赵子和问。

"开。一旦我们的瓷土供应上,你马上就让它开起来。"吴振江说,"不过,你以前的小窑厂和今后开出去的窑厂可不同,土枪换成了洋炮,先进了。"说着,哈哈大笑。

在场的人也被他感染,跟着笑。

赵子和说:"大人,我不懂您那么多,我只有一句话,我听你的!"

"好!"吴振江说,"这张账单,让我想得更多。我想一旦我们瓷土供应上,我希望各位立马恢复原位,今后,咱们就以皇窑厂为中心,形成一个高、中、低档产品俱全,仿古瓷、艺术瓷、日用瓷等门类配套的生产体系。再有可能,我们将开发出像房屋装饰瓷等一类的新产品。你们意下如何?"

未等吴振江讲完,大家听后马上热烈鼓起掌来。

"大人,能否以我们为主块,再把镇上一些民窑户联合起来,我们来一个统一质量、统一价格,形成大优势,把国内的洋瓷给压下去,赶回他们的老家?"李星灿建议。

"好是好,但是我们不学洋人,做这种下作的事。我们光明磊落,把这种权利交给客户,让他们去比较和选择。"吴振江说。

"大人,马秘书长的船队已到码头。"这时,赵宝贵风尘仆仆地进来了。

"好呀。说到曹操,曹操就到!"吴振江听后站起来,笑着说,"我们走,看看去,去迎接我们的功臣！"

灰白的瓷土在昌江码头上垒成一座座小山。马和尚在此忙前忙后。报信的人回来说，大人他们随后就到。

马和尚看了看眼前垒成小山的瓷土，兴奋得自言自语道："这回大人一定开心。"

一旁的船主说："老板，这二十船瓷土，你们定可卖上好价钱。"

"卖上好价钱？"马和尚笑着说，"你可不知，我们大人为它可愁白了头。有了它，我们股东手中三十家窑厂马上就可以复工。川岛这几年，就是用它来挤压咱们。它可是我们瓷业人的口粮。兄弟，我说的，你明白吗？"

昌江码头上，吴振江和马和尚相拥而握："秘书长，你可是我们的功臣！"

马和尚说："大人，功臣不是我。要感谢，还得感谢高岭的碓户。他们为了能把瓷土卖给我们，并让我们顺利运出来，不惜与川岛他们对着干。"

"是呀，为了我们，他们牺牲不少！"吴振江感叹地说，"钱都发到他们手上了吗？"

"大人，这几年，他们给川岛一伙压苦了。"马和尚说，"我已按市场价，一个个如数发到他们手中，钱货两清，一个也没少他们的。"

"这个就好。"吴振江总算舒了一口气。

马和尚说："大人，现在他们可大不一样。目前，整个高岭各山头碓户，都自动组织起来，川岛这帮人看到碓户个个团结、齐心，也无可奈何。目前，碓户五成都已与我们签订了定期供货合约。这样下去，我们就用不着为瓷土犯愁了。"

一旁的赵子和说："马兄，你知道吗，这都是罗先生的功劳。"

"罗先生？原来是他！你看我在高岭一两个月都没想到。大人，他可真行。"马和尚说到他时，心中有一种由衷的敬佩。

吴振江说："我们的大秘书长，这也不怪你，他突然出现时，我都有点不信，更何况是你。"

"马兄，告诉你，我们周边的瓷土矿也开始出货了。"李星灿在旁说道。

"大人，我看川岛又得急了。"赵子和说。

川岛在株式会社账房看账单，他旁边坐着不少日本人。不一会儿，他抬起头笑道："诸君，我们的瓷业不仅在关内一枝独秀。在内地，我们现在的市场占有份额也均已到达三至五成。我们从零起步，不到二十年，在中国，利用他们的人、才、物，已坐拥了他们瓷业市场的四至五成占有率，目前我们的销售份额与中国景德镇传统瓷业市场上份额几乎持平。按这个走势，不出一两年，我们就可超过他们，再过个三五载的，我们就可以把景德镇这三个字，从市场上挤出去。"

未待他说完，马上有人打断他的话说："川岛君，我们这可是成本销售。虽说市场份额大，但亏损不少。"

"妇人之见。"川岛看了他一眼,说,"只要我们把景德镇挤出市场,我们的价格就可以迅速回升。虽说眼前吃亏一点。但是关东和华北的市场运营经验告诉我们,最终的赢家仍是我们。再说,摧毁中国最后的一大产业,为大日本帝国人主中国扫除障碍,这是军部最高的战略目标。我的话,诸君明白吗?"

就在川岛得意忘形时,外面离他不远处,爆竹声突然响起。

"川岛君。"一浪人匆匆进来,见场上不少人,马上附在川岛耳朵嘀咕起来。

开始时,川岛不断地点头微笑,但是到了后来,他脸部渐渐僵持了,人呆在那。

在场的日本商人看后,一个个悄悄从侧门溜走。

川岛没有理会他们,而是独自走到窗前,"嘭"的一声,把窗户关上。"高岭碓户的瓷土已不卖给我们。皇窑矿厂的矿工现在正酝酿着大罢工。赵窑、马窑、李窑等重新开张,这才一个月,还是天方夜谭的事转眼成了事实。这是怎么回事?"听到这些消息后,川岛焦急地在室内来回走动。

"川岛君,咱们怎么办?"浪人问。

"一定要把他们给我压制住,给我压制住!"川岛对着浪人吼道,"不然,我们为帝国辛辛苦苦打下的市场就会付之东流。"

川岛带着一批日本浪人走进高岭矿。吴晋笑着迎了上去。川岛一看他,就厉声问:"吴督办,矿工什么时候复工?"显然他对吴晋的工作很不满意。

"川岛先生,这帮奴才,要是一软,以后,我们就怕管不住他们。我让他们闹,看他们哪来的钱吃饭。"吴晋说。

"吴晋先生,你错了,损失最大的仍是我们。"川岛看了他一眼,说,"去,给我向李毛仔传话,说我川岛要请他。"

"这……"吴晋心想,今天川岛咋就软了,他有点不相信,怕自己弄错了,继续问,"川岛先生,要是依了他,以后这矿工人人效仿,怎么办?"

"吴晋先生,用脑,"他用手指着自己的脑袋,转而对着吴晋说,"先稳住他们,只要矿厂开工,我们然后再把这帮闹事的,一个个给他抛到南江河喂鳖去!懂吗?"

当天下午,皇窑厂股东们开完会,吴振江便和李星灿一道来到镇上某弄堂中的一座小茶楼上。房内早有一人在此等候,他见到吴振江他们进来,急忙起身。

李星灿进门时,往外看了看,顺手把门关上。

茶楼内,吴振江紧紧握着罗中亮的手说:"中亮,你可为镇上的瓷业做了一件大好事!听说皇厂矿工跟川岛他们已经闹起来了?川岛可是只老狐狸,凶残而且狡猾。你们可得当心。"

罗中亮点点头。

"罗先生,你们共产党可真了不起。川岛做梦都不会想到是你们共产党在领导着高岭的矿工和碓户。这是五千两银票,我想你们用得着。"李星灿说着,掏出一张银票,递到他手中。

"老爷、李老板，你们也不容易。你们的心意，我领了。"罗中亮谢绝了吴振江他们的好意，把银票还给李星灿。

"中亮，这钱不是给你的，是给你们干事的。我不了解你们共产党，但是共产党也是人，也有困难之时，你就收下吧。"吴振江说着，从李星灿手中接过银票，重新塞到罗中亮手中说。

"老爷，李老板，我收下了。我代表大家谢谢你们！"罗中亮听后感激地说。

吴振江说："中亮，一家人，也就用不着客套，其实，是你们在帮我们，要说谢的人是我们。"

"罗先生，南方孙先生在搞什么国共合作，说是他们马上要出兵北伐，可有这回事？"李星灿一旁问。

"是的。老爷、李老板，孙先生领导的国民革命军即将北伐，孙传芳他们长久不了。一个新的、民主的中国不久就要来临！"

"好，这就好，这就好！"

下午，高岭李毛仔他们在矿工生活区开会。

一矿工进来，递给李毛仔一封信，说："大哥，吴晋在门外，这是他给你的信，说是看完后，等你的回话。"

李毛仔接过，打开。

一旁的矿工挤上前，问："大哥，他们说些什么？"

"川岛邀我去赴宴，说答应我们的复工条件。"李毛仔说着，把信传给了大伙。

一矿工接过，看后马上说："川岛没有那么好心，大哥，我看你最好不要去。"

李毛仔说："不去，他们会说我们矿工怕了。我倒想去看看，他们又想出什么新花样。"

"大哥，这事是不是等罗先生回来？"有矿工建议。

"你们在这等着。我去去就回。待先生回来，告知他一声。"李毛仔说。

吴晋站在工棚外，见李毛仔和其他矿工一起出来，他满脸堆笑地迎了上去："李兄，请吧。"

"前面带路。"李毛仔看了他一眼，昂着头，走了。

李毛仔走进皇窑厂高岭矿川岛办公室。川岛见到他，满脸堆着笑，迎了上前，伸出手说："李兄，欢迎、欢迎。"

李毛仔看了他一眼，叉起双手，对着他说："川岛先生，有事就说，工友还等着我！"

"李兄，我就喜欢你这样的爽快人，在下今日特意为你备下一桌酒席，请！"川岛心中一阵冷笑，但表面仍装着极其亲热的样子，像与李毛仔是一对久违的朋友，拉着他的手,就往宴席上走。

"川岛,你少来这套,没事我走了。"李毛仔摔开他的手,转身就走。

打手立即上前拦住他的去路。

李毛仔马上转过身,双眼盯着川岛,问:"川岛,你……你们想干什么?"

"哼,"川岛冷笑着说,"李毛仔,我明确告诉你,只要你答应复工,在这纸上签个字,这一千块银元和十二根金条就归你,不行,你就别想走出我这个大门。"说着递了一个眼色,一日本浪人把一张早写好了的合约递了上来。

"你要我出卖自己?"李毛仔说着,伸手把合约撕得粉碎,抛向了川岛,说,"你看错人了。怕死的就不来,来的就不怕死!"

川岛气得脸成猪肝色。

"李毛仔,你这是敬酒不吃吃罚酒。来人,给我把他抓起来。"一旁的吴晋喊。

打手马上冲上前,架着李毛仔就走。

"川岛先生,那我们怎么办?"吴晋问。

"杀,"川岛恶狠狠地说,"没有不怕死的。"

李毛仔被打手投进一个黑暗、潮湿的工棚里。他爬了起来,刚冲到门口,"嘭"的一声,打手把门给锁上。"川岛,你们好卑鄙!"李毛仔抓着门框喊。

督陶府军管会办公室内,侍卫进来,递给付专员一份电文。付专员看过,头上渗出了汗珠,站在大厅内,不知所措,急促地来回走动。

"又是八十万,奶奶的,"他骂道,"这是叫老子开抢嘛!"

"司令,不到三年,大帅从我们这已提走四百万两白花花的银子。上个月,他要的六十万两,我们费尽心机,才刚筹齐。现在又伸出手,这……这太困难了。"旁边的谢连长听后也是大倒苦水。

"大帅有令,抢也得给老子抢!"付专员红着眼,气急败坏。

"司令,有了。"谢连长突然急中生智,拍了下脑门。

付专员看了他一眼,极不耐烦地说:"卖什么关子。有话就说,有屁就放!"

"专员,大帅要我们追查共产党。我们就从这个开始。"谢连长说着,附在他耳边说道。

付专员听后,冷笑一声:"你小子,够绝的。不过,也只有这样,去安排吧。"

"是。"谢连长听后,笑着转身出去。

在春圆酒楼,商人站在会客大厅纷纷议论。有人站在中间说:"专员请客,大姑娘上轿,这是头一回,我看不安好意!"

一人看了周围一眼,附在他的耳边,极其神秘地说:"听说南方孙中山闹得厉害,共产党都钻到镇上来了。付专员要我们来共商大计。"

"吴老大人,你是我们的大佬。你说说?"有人笑着走到一言不发的吴振江面前。

吴振江淡淡一笑，说："方老板，皇窑厂的经营现在是大家说了算，我只是个代管。想怎么打是他们当兵人的事。这种情况，我已习惯了。"

"老大人，这印币机也得有个过程。不过一年，我这个小窑厂就缴了白银十万两。你说这还要不要人活？"一商人不安地插话。

这时，谢连长进来，对着在场的商人喊："专员到。"

大厅顿时静下来。

付专员一身行武穿着走了进来，他看了看大家，示意大家坐下。大声地讲道："各位，本专员把你们这些财神请来，你们可能猜出用意。当前，南方孙大炮闹得正欢，北方张土匪正与冯玉祥打得厉害。大上海等各大城市，洋人各霸一方。现在就是景德镇平静。为这平静，孙大帅和我不知花了多少心思。但是今天有人就是不想让它平静。他们是谁，你们知道吗？我现在就告诉你们，他们是共产党。这些人仗着北方洋人这座靠山，提出什么共产共妻，你们说，怎么办？"

下面的人一个都不吭声。他们知道，眼前这个屠夫又要向他们伸手了。有的马上往后缩，抽身就走，却给卫兵挡了回来。

在春圆，吴振江待了近两个时辰。待付专员要他表态时，他以自己仅是一个代管为由，把此事给搪塞过去了。回到家，他发现大家都坐在他家中等。他一进门，便气愤地说："哼，这帮军阀，为达目的，手段极为卑鄙。"

"大人，他们又要干什么？"马和尚急忙问。

"说是对付共产党。"

"那罗先生是否有危险？"赵子和担心地问。

吴振江说："危险自然有，但是，我看他们这是借口，意在向工商户索要银两！"

大清督陶府内，一片狼藉，付专员穿着一身军装在指挥搬运东西。

"报，司令，景德镇日本株式会社川岛社长求见。"侍卫跑进来报。

"奶奶的巴子，这时来干什么？"付专员在大厅走来走去，眼睛不停地看着侍卫问道。

侍卫看着他，等待回答。

付专员用手捏着下颌，突然眼前一亮，对着里面正在搬运什物的军士嚷着："奶奶的，停下，你们都给老子停下，重新把它们摆好。"

军士停下手上的活，先是一愣，待反应过来，便重新去布置。

付专员在侍卫耳边说了几句。

侍卫转身出去。

川岛进来，发现大厅里面是空的，没人。

这时，付专员却一身军装从内屋出来。

川岛看后，忙笑着上前，说："专员大人，打扰了，只因有要事求见，实在对不起。"

"你我客气什么，川岛先生。"他伸手打了个哈欠，说，"你是无事不上门的，说吧。"

"专员，最近高岭矿厂共产党活跃厉害，他们正在串联，针对我株式会社而来。我希望能得到你的帮助，把共党抓起来，把这帮矿工给压下去。"川岛乞求道。

"川岛先生，按说铲除共产党也是我们的目标，不过，现在的形势你也知道，我们正在与南方的孙大炮作战，目前一时分不出兵力。"付专员说着，显得爱莫能助，一脸的无奈。

"专员，这是一万两银票。"川岛说着，从腰包里掏出银票递给了对方，"我希望你能支持我一个加强连的兵力。"

付专员听后，马上把银票塞还给川岛，说："川岛先生，你不是在做梦吗？此时，我能给你派出一个排的人马，已经是背着大帅，看在你我之间的交情上了。"

"专员，要彻底铲除共产党和孙承这帮人，没有一定数量的兵力根本靠不住。我再追加三万两，怎么样？"

"好吧，看在朋友情分上，我亲率大军前行。"付专员看了看手中的四万两银票，说，"川岛先生，你先行，本专员随后就到。"

高岭皇窑厂矿区内，川岛在四周修建了不少碉堡，并派有浪人和矿丁荷枪把守。李毛仔被吊在矿区中央的一棵树干上。

"你们看到没有，他就是榜样。快干！"吴晋提着枪，手上拿着皮鞭，不时对着面前干活的矿工说。

化装后的罗中亮夹在其中，他见吴晋过来，向矿工使了一个眼色，大家默不作声，迅速把所带的工具隐藏好。

矿区外，此时的孙承正带队悄悄地来到附近，与先前在此潜伏的水生汇合。他蹲下，双眼盯着矿石区内的碉堡，问："水生，里面有什么动静？"

"还没有。"水生盯着前方碉堡说，"大哥，咱们动手吧？"

"我们再等等。"

"大哥，你看，矿门口来了一帮人。"有人指着前方说。

"是川岛。"水生看后，说。

孙承点点头，死盯着他们，盘算着下一步的行动。

川岛带着一批浪人和打手从景德镇回来，他们大摇大摆来到门口。吴晋一看，赶紧打开寨门，迎接。

"这班穷棒子怎样？"川岛一进门就问。

"川岛先生，你看，我已把他给吊着。现在这些穷鬼害怕了，个个老实了许多。"吴晋在一旁得意地回答道。

川岛朝李毛仔处瞥了一眼，说："吴先生，付专员他们随后就到。有了他们，外加上我们的枪马，这高岭就是咱们的。我们这次一定得把高岭的共党彻底揪出来，除掉这个祸害，并把孙承这帮匪帮赶出高岭。"

吴晋一听，马上来了精神，他说："川岛先生，这下好了，高岭不姓高了，永远姓川岛，我们今后就可以高枕无忧了。"

川岛听后，哈哈大笑。

李毛仔被吊在树干上，烈日下，他嘴唇干裂，满脸流着汗。已是晌午，川岛、吴晋一伙早钻到办公房去了，四周碉堡楼上，也少有人走动。

罗中亮抬头看了看，把铁锤用力敲了三下，分散四处的矿工听后，个个顿时精神起来。他向一旁的人使了一个眼色，马上有两人相互推扯起来。他们中一人指着另一个说："你不吃不能把水倒掉！"

"老子倒掉也不给你吃，你怎的？"另一个喊。

矿工看后，都围了上去，相互对骂。罗中亮却在一旁警惕地看着四周。

在办公室，吴晋正赤膊地坐在那喝酒，川岛打着扇，不停地来回走动。一矿工跑进来报，说是矿工打起来了，就要出人命，这事管还是不管？

"妈的，领我去看看。"吴晋带着几个矿丁就走。

"慢。"川岛从面后把他叫住。

"川岛先生，有什么吩咐？"吴晋转身问。

"吴晋先生，"川岛笑着说，"你不是一直希望他们内部相互打起来吗？这正是机会。你就让他们打吧，等他们打得你死我活时，你再上前，到时，他们就听你的，懂吗？"

"高！"吴晋说着转身出去。

吴晋走后，川岛突然指着身边的一浪人说："去看看付专员的军队现在已到达哪里。"

494

吴晋出来，阳光正烤着。南方的夏季，空气中都能让人感到一种热浪。他朝远处看了一眼，马上转到树荫下，吩咐人搬上桌椅，独自坐着喝起来，一边看着热闹。四周堡楼上的兵丁，本已百无聊赖，看着督办都是这个的样子，干脆放下手中的枪，站在上面掺和起来，只听到他们对着下面矿工喊："打，往死里打。"

罗中亮见状，明白了吴晋他们的意图，他指使人闹得更凶，另一方面，带着人迅速靠近吴晋。吴晋还在那得意，待工友把他们团团围住，他这才感到不对劲，马上站起，瞪着眼大喊："你们……你们干什么？干什么，想反了？"说着拿起口哨就吹。

哨声惊动碉堡上的浪人和矿丁，他们见状，提着枪冲了下来。

"大哥，你看堡楼上的人下去了，罗先生他们动手了！"埋伏在外面不远处的水生对着孙承喊。

"对，水生，现在就看我们的，大家跑步上。"孙承说着猛地从地沟中跃起，提着枪，指挥着乡勇往矿区方向冲。

"有人！"碉堡上的矿丁看着外面有大批人群蜂拥地向他们冲来，顿时大喊。

"啪"，孙承一枪，那矿丁便应声栽倒在地。

罗中亮一看，大声喊道："工友们，孙承义军来了，卸下他们的枪，打开矿门，迎接他们,向川岛讨还血债去!"

"先生?"吴晋一看,发现人群中的罗中亮,顿时明白了,掉头就跑。

工友看他跑,提着抢和木棒拔腿就往前追。

"砰""砰""砰"……

"哪里来的枪声?"川岛在办公室大喊。

一浪人闯进来,报:"川岛君,孙承他们带队打进来了。"

"你们的吴督办呢?"川岛惊恐地问。

浪人慌张地说:"他……他们早被矿工围住。"

"什么?矿工?快,告诉吴晋,闹事者杀!"川岛吼道。

付专员带着兵马走在山涧路上,他们来到某十字路口,突然远处一匹快马朝他飞奔而来。付专员看后,大手一挥,队伍顿时停了下来。就在这时,快马已到跟前。

"报司令,孙承带队正在攻打高岭矿厂,川岛请你快速增援。"通讯兵上前报。

"速报川岛先生,本司令大队人马马上就到。"付专员对他说。

"是。"通讯兵接令后迅速离去。

高岭矿厂前,枪声大作,孙承和罗中亮带着工友正往矿区办公楼冲。

"川岛君,孙承他们已打进来了。"一浪人跑进来说。

川岛对着他喊:"饭桶,孙承他们几个乡勇,你们都对付不了?"

"不,川岛君,现在矿上的矿工都闹起来了,还有共产党罗中亮,现在他们正汇成一处,正向着我们冲来。"浪人指着门外喘着气说。

"罗中亮,他不是早死了,难道他能从土中冒出来?"川岛惊恐地问,"告诉吴晋他们,坚守三个小时,每人发大洋一千,打死匪首孙承和罗中亮者,我赏大洋五千,不,一万两!"

在高岭矿厂办公楼门口,"啪"的一枪,吴晋头上的帽子被不远处的孙承一枪打飞。

吴晋吓得急忙趴下。

罗中亮看后,对着他喊:"吴晋,放下你手中的武器,争取人们对你的宽大处理。"

"督办,我们投降吧?"一旁的护丁全身颤抖,对着吴晋说。

"砰。"吴晋对着他就是一枪,骂道,"妈的,汉奸、卖国,这些我们洗得清吗?"说罢他提起枪,对着孙承他们就是一枪,并转身对着护丁喊:"这年代钱就是兄弟,枪声就是回答。兄弟们,打死一个赏一百,打死孙承和罗中亮,赏大洋一万!"

"先生,咋办?"孙承问。

罗中亮说:"孙承,我看他是王八吃秤砣,铁了心。我们冲上去。"

孙承听后,顿时跃起,挥枪对着乡勇和矿工喊:"各位弟兄,我们为乡亲们报仇的时候到了,冲呀!"

顿时,他们枪声、喊杀声四起,冲向吴晋这帮高岭恶徒。

495

川岛此时在大厅内惊恐地走来走去。

一浪人跑进来报："川岛君，付专员正带领队伍奔向高岭的路上。"

"好，好。快，快，你快给我告诉吴晋，付专员大队兵马马上就到。给我顶住，狠狠地打！把孙承和共产党给我打下去，彻底消灭他们就在今天。"川岛兴奋地说。

拿人钱财，就得替人消灾。这是付专员这位绿林出身人的准则。现在高岭军情紧急，他也不含糊，带着部队急驱而来，眼前路途不远，突然前面一快马又挡住他的去路："报司令，南昌失陷，北阀军已占乐平。大帅令你退守九江。"说着，递上孙传芳急电。

付专员一下愣住了，电文从他手中飘落。

"司令，司令。"谢连长喊。

"妈拉个巴子。大帅不到三天，连丢五城。后队改前队。通知部队跑步退守九江城。"付专员被谢连长一喊，惊醒过来，对着他大声命令。

"那川岛？"谢连长不安地问。

"川岛个屁。现在就连咱们自己的命也悬在裤腰带上了。快，快给我撤！"他说着，调头就向九江方向跑。

"工友们，向川岛、吴晋要回血债的时候到了，杀呀！"

"杀呀。"

高岭矿厂内外，此时是枪声大作，喊杀声震天。

吴晋边打边退，到了厂矿大厅，再也没地方走了。"川岛先生，付专员再不到，我们就要顶不住了。"他哭丧着脸，对着他喊。

"川岛君，付专员他，他……"一浪人冲进来报。

"他什么？"川岛瞪着猩红的双眼吼着。

浪人说："他……他们往九江方向跑了。现在镇上已打开城门，正迎接孙中山的北伐军。"

"土匪，十足的土匪！"川岛骂道。

吴晋问："川岛先生，咱们也撤吧？"

"撤？"他听后，川岛惊慌地说，"我们也往九江撤。不然，镇上那批共党和吴振江他们不会放过我们。"

此时的高岭矿区，大家欢声笑语。

"先生，除川岛和吴晋带少数人往都昌、鄱阳方向北窜外，其他川岛在高岭的势力全部肃清。我们这次打死和捕获的人员总计四十多人。"水生来报。

"可惜，让他们给溜了。"孙承跺着脚说。

"孙承，你放心，只要川岛他们继续在中国大地上为非作歹，他就一定会受到应有的惩罚！毛仔，你带人到镇上，给皇窑厂和我们的吴大老爷报喜去。"罗中亮兴奋地说。

"是。"李毛仔大声应道。

"先生,有人找。"这时,水生带着一人来到他跟前。

"先生,吴大人给您的信。"来人掏出信递给罗中亮。

罗中亮接过一看,马上兴奋起来,他对着一旁的孙承和在场的工友高喊:"各位工友们,告诉你们一个特大的好消息,吴涛、吴波率领着北伐大军已进城,军阀孙传芳被赶跑了。镇上现在是一片欢腾,比过年都热闹。老爷和李老板他们正在皇窑厂迎接我们。走,我们送上瓷土,也赶热闹去!"

第四十六章

"欢迎北伐军","欢迎北伐军……"

景德镇大街上,北伐军高唱着军歌,吴涛、吴波骑着马走在前头,大步通过。

两旁市民夹道欢迎。

游行的队伍过后,舞狮队、舞龙队顿时在景德镇山城大街小巷上下翻腾,四处的爆竹声、欢笑声连成一片。

打跑了军阀,驱逐了小日本川岛,镇上的瓷业人个个扬眉吐气,一扫多年的压抑,喜悦挂在了每一个人脸上。

罗中亮和孙承他们走在街上,心情从来没有像今天这样舒畅过。来到皇窑厂,只见这里已经是大红灯笼高高挂。吴振江领着大伙早早地迎候在门口。见他们走来,两边爆竹声和锣鼓声顿起。吴振江领着大家快步迎上前,紧紧地握着罗中亮、孙承他们的手说:"罗先生、孙承,老夫在此恭候二位大英雄。"

"李老板呢,大人?"罗中亮笑着问。

"他备酒去了。"吴振江爽朗地笑着说,"听说你们要来,我们已联合各界,以皇窑厂和镇上陶瓷商会的名义,在春圆办下三十桌酒席,宴请你们还有北伐的将领,走,赴宴去!"

"好,孙承,那我们也去凑个热闹。大人,您先请。"罗中亮笑着说。

"先生、孙承,你们先请。"

春圆酒楼内彩灯高挂,欢声笑语,热闹异常。

席上,吴振江端起酒杯,满面红光地站起说:"罗先生、孙承、涛儿、波儿,各位同仁,景德镇光复,瓷业重新走向光明,这与你们各位英雄的努力分不开。商界同仁们,在此,我提议,共同举杯,敬他们一杯。"

"罗先生、孙少侠,干。"

大家笑着端起杯,一口干掉。

这时,一人进来,在孙承耳边悄悄耳语,然后又匆匆离去。

"什么事?"一旁的罗中亮问。

"先生,吴晋抓到了,我出去一下。"孙承轻声地对罗中亮说道。

罗中亮看了吴振江一眼,点了点头。

吴晋被绑在木制的囚车里,手脚都用铁链铐着,由孙承的农会赤卫队押着,走在大街上。

"打死他,日本人的狗。"

街上两旁的群众边骂边向他扔着烂蔬菜、果壳。

孙承来到大清皇窑厂门前,正好押运吴晋的囚车走了过来。"报,队长,吴晋押到,等候你发落。"一农会赤卫队员上前向孙承报告。

孙承看了囚车中的吴晋,只见他满身都是果壳垃圾,低垂着脑袋,他心中顿时产生了一种惆怅,因为他们毕竟是同门师兄弟,一起快乐过,想到这,他走上前,看着低垂着头的吴晋,把他头顶上的果壳清理掉。

吴晋抬头一看是孙承,眼前一亮,伸出双手去抓他,哀求道:"师弟,他们听你的,只要你一句话,我就自由了。"

孙承听后,指着他说:"一句话?当时在矿厂门外,我们不是没给你机会。"

"师弟,我现在错了,师弟,我一时糊涂,看在师傅的分上,救救我。"吴晋哀求。

孙承一听他提师傅,马上来气,脸色大变,对着他吼道:"师傅,你还敢提师傅?他就是你给害死的!"

"他不是我害死的,是张麻子他们。"吴晋争辩。

"张麻子?那我的父母,还有高岭村三十几号人呢?"孙承用手拧着他的头问。

"他……他们是川岛干的。"

"川岛他们?没你这个走狗,川岛他们敢在景德镇这样猖狂?我父母还有高岭三十几号人,他们怎么会死?没有你,张麻子早被政府捉拿处死,师傅他老人家怎么会死?你说,你说!"

"师弟,求求你。"

"你现在才知道胆怯?哼!给我押到浮梁县政府,等候政府的公审。"孙承大声吼道。

晚上在房内,姜雪正在叠被,吴振江哼着曲兴奋地回来。姜雪转身笑着说:"瞧你,咋这么高兴!"

吴振江抓着姜雪的手,兴奋地说:"军阀没了,川岛这伙黑暗的外国势力也没了,中国马上要实现大统一。我们可以挺直腰杆做人,挺直腰杆地烧制瓷器了。当年光绪爷想做而做不到的,让孙先生的国民党和共产党给做了。雪儿,你说现在,我能不高兴!"

"高兴,可不能不顾身体。你已不是二十岁的小伙了。"姜雪怒嗔道。

"雪儿,为了这皇窑厂和瓷业,我和马知县、川岛他们斗了大半辈子。国弱,我们总矮人一截。这个苦楚,谁知道?现在好了,不要我斗,川岛这班畜生,看到中国人起来了,知道在中国已没有他们的市场,脚板擦油,比谁都溜得快。吴晋这个畜生,也给抓住了,真让人痛快。"

"老爷,晋儿也是走错了路,他毕竟是你的儿子。"

"儿子?我不是没有给他机会,可他认贼作父,一条路走到黑,这几年,他不知害死了多少人,让多少窑厂关门。孙承把他交给政府公审,这是罪有应得。"吴振江说到儿子吴晋,马上血往上涌,气愤异常。

"是,是。快睡吧,皇窑厂明天还等你召开股东大会。"姜雪一边叠着衣被一边说。

"雪儿,我想好了,明天我就在股东会上宣布,由宝贵这孩子来接掌这皇窑厂。皇窑厂不能总让我们这些老头子把持着,不然,那有什么发展?"

"老爷想得在理。好了,快睡吧!"

第二天一大早,皇窑厂股东在原衙门吴振江以前坐的办公房内,准时召开股东会议。吴振江把赵宝贵拉到自己座位上,让他坐下。

赵宝贵疑惑地看着他。

吴振江对他笑了笑,尔后对大家说:"各位,经过这几天的慎重考虑,皇窑厂总经理这个位置,我提议由赵宝贵来坐。如果没有意见,大家鼓掌。"说完,自动鼓起了掌。

李星灿听后举起双手,拍了几下,他发现大家都拿眼看着他,不好意思地停了下来。会场一时沉默。

吴振江被大家看得莫名其妙。

"宝贵,还不下来!"对面的赵子和瞪着眼,对着儿子吼。

"是。"赵宝贵这才反应过来,他从位置上弹了起来,拱着手对吴振江说,"大人,放过我吧。"说着,回到了原座位。

吴振江看后,认真地对着在座的各位说道:"宝贵、各位,我是经过认真考虑的。皇窑厂要发展,就要有新的血液。只有新人不断,我们皇窑厂才有后劲。这是我们对自己负责、对皇窑厂负责、对镇上瓷业负责呀!"

"大人,你说得在理。可宝贵太年轻了!说到才干和机智,我看李老板,他最合适。"赵子和看了对面李星灿一眼,对着吴振江说。

"子和兄,你多虑了。星灿不错,但他现在的位置更重要。皇窑厂,我们只是个看管,待国家大统后,早晚得给国家收了去。现在它在我们手中,我们除了把它看护好外,也要为它培育好人才,为它今后发展打下更好的基础。万一,国家到时相不中我们培育的人才,退一步,也是为我们自己的发展留条后路。人是磨出来的,你不给他们机会,你就怎么知道他不行? 我三十二岁受太后、皇上钦点,督陶皇窑厂。当时朝中很多人就反对,事实上,后来我也干得不错,之后,反对的人自然就少了,都说当时太后、皇上决策对。宝贵这孩子,我推他,不是我头脑一时之热,我是经过多年观察。大伙都知道,他负责的分厂产品更新快,管理层面团结,绩效虽说不是第一,但是也排在前三位。可大家要记住,他的分厂却分担着皇窑厂三分之一的成本费用。再说,每当皇窑厂有困难的时候,他总是第一个站起来。在大事上、在原则上,他从不人云亦云,就事不就人,为人坦坦荡荡。我们皇窑厂,有这样的人,是福呀。年轻不是理由,不试,怎么就知道他不行? 此事,我本应该先与大伙通个气,今天这事,算是我做得唐突了一点,我在这对各位说一声对不起。不过,我还是想坚持我的看法,如果大伙有意见,先让宝贵做个执行经理,窑厂,由我挂名负责。一年后,大家没意见,再让他扶正。如何?"吴振江真诚、恳切地说道。

下面的股东听后,不断地点头,为吴振江的人品和胸襟感动。"啪、啪、啪",李星灿带头鼓起掌。

掌声顿时在会议厅热烈响起。

秀娟在瓷器街汪府家中热情地招待着罗中亮、孙承他们。她对着站在一旁的汪仲说:"快,买点菜,顺道去我爸家一趟,把小亮叫来,通知一下大哥和三哥,就说先生、孙承他们在这里,我做东请客。"

"嗯。先生、师弟,你们坐一下,我去去就回。"汪仲笑着招呼后,转身出去。

"师兄,先生!"汪霞人未到,声已到。

"汪霞。"罗中亮和孙承见汪霞进来,都站了起来,热情招呼。

"小霞,你怎么来了?"秀娟问。

"大哥说,先生和孙承师兄来了,要我过来帮帮忙。"汪霞笑着说。

"还是仲哥心细。小霞,你来得正好,来,给我揉揉面粉,我们今天吃个团圆饺。"秀娟说着,起身把手上的活丢给她,自己去准备佐料。

汪仲提着酒回来时,秀娟包的水饺也在起锅。她把饺子捞起,递给汪仲说:"快,端出去。"

"饺子来喽。"罗中亮看到汪仲把热气腾腾的饺子端到面前,赶紧帮衬着,伸手去接。

不一会儿,秀娟又把一大碗热气腾腾的饺子给端上。

秀娟看了一眼,问:"仲哥,大哥他们呢?"

"大哥、小波他们说走不开。"汪仲回答。

"那小亮咋还不到?"秀娟接着问。她一边煮着饺子,一边说:"这个四弟,再不出来走走,我看就成呆子了。"

"姐又在背后说我?"吴亮应声进来,笑道。

"我的书呆子,你仲哥不是说你随后就到,怎么到现在才来? 咋能叫先生他们等你?"

"姐,我在赶画一张瓷板像,你们看,我画得怎么样?"吴亮说着从行李袋中拿了出来,双手小心地递给了罗中亮,"先生,请指正。"

"小亮,画瓷像,我也不懂。先生不敢指正,但可以一同欣赏。"罗中亮笑着站起,双手接过一看,顿时脸上露出惊讶,"小亮,画得好!"他说,"蒋先生,本人我见过不少次,人也很熟,你画得太像他了。"

"先生，我是依照大哥办公房的挂像画的。"吴亮听到先生的赞美和夸奖，心里美滋滋的。

"先生，让我看看。"孙承说着，从罗中亮手中接过，看后，伸出了大拇指，说，"像！先生，蒋总司令本人我虽说没见过，但在大哥办公房，我也见过。师弟，我看师傅这么多人之中，只有你才深得他的真传。"

吴亮笑着说："师兄，你现在可是瓷业人心中的大恩人，大英雄。我这个，与你比，倒是小儿科了。"

"说来这都是川岛一伙逼的。待镇上安定下来，我还是回来与你一道做我的老本行。把师傅的作坊办起来，如何？"

吴亮说："师兄，你的坏就拉得比我强，咱镇上，我看能比过你的人很少。现在镇上光复了，我看打打杀杀，那不是我们这些人做的，咱们可一言为定！"

孙承说："一言为定！"

"孙承、小亮，你们这想法是好，我看现在还不行，革命才是刚起步，要你们做的事还很多。待国家统一，社会安定了，到那时有你们拉的坏和画的画。"一旁的罗中亮笑着说。

旁边的汪仲也插上话："孙承，现在镇上都在议论你们如何把川岛他们赶走的事，真是越说越奇，快把你当成神了。"

"师兄，现在小强子都讲你，说你除两手能开枪外，关键的时候，脚都可开枪打人。几日不见，师兄，你真了不起！"汪霞也说。

"他们瞎掰。要说赶跑川岛，这功劳应算在先生身上。没有先生的神机妙算和工友们的里应外合，我们没那么轻松取胜。我现在是紧靠着先生，跟着他的党走。"孙承说着，看了一眼罗中亮，一脸自信和得意。

"先生，你也把我和仲哥、小亮一起算上？"秀娟问。

"先生，还有我呀。"一旁的汪霞听到他们说话时没有她，忙凑上。

"行。"罗中亮看了他们一眼，点点头。

"不过，我说，我参加可以，但得以画好我的画为主。"吴亮看了大家一眼，认真地说。

"老土。爸都说了，这中国能跟小日本干的，只有先生这共产党。现在不积极，到时想参加，先生还不要你呢！"秀娟马上指着他说。

吴亮听后不吭声。

"我看，要是三哥知道，他准是我们中最积极的。"秀娟说时，看了汪霞一眼。

汪霞脸一红，低声说："嫂子，说得好好的，你看我干什么？"

"小霞，听说小华莱士来了几封信，催你到法国去，你什么时候动身？"秀娟听后，问。

"嫂子，我想了很久，我在镇上生、镇上长，眼前这一切我都熟悉。去了西洋，我可是个哑巴。小华莱士说他的事业在他的国家,十年了,他还不忘他的祖宗,他不愿为我留下,我为什么要跟他走。再说,现在罗先生共产党来了,镇上又有了希望,我也决定跟随你们,参加先生的那个——什么党。"

"共产党!"秀娟回答。

罗中亮听到她的话,很受感动。他对汪霞说:"小霞,你说得对,有志气。我代表共产党欢迎你!"

"洋鬼子的地方有什么好。等我们把这些封建、帝——什么的? 先生,你跟我说的一下又忘了。"孙承一时想说却说不出来,不好意思地问罗中亮。

"孙承,叫帝国主义。"罗中亮看着他,笑着回答。

孙承兴奋地说:"对,我想起来了,封建官僚、军阀、帝国主义,等我们把他们赶跑了,我们把国家建设得比他们还好。"

"吃吧,师兄,再不吃饺子都凉了。我没有你们那么多想法。现在我认为最好是填饱肚皮。"吴亮说着,夹起饺子就往自己嘴里塞。

"光顾说话。小亮,还是你说得对,大家快吃。"秀娟热情地招呼。

午饭后,赵宝贵站在皇窑厂门口。他看到汪仲陪着罗先生前来,忙迎了上去,说:"先生,可把您盼来了。走,窑工和股东都想见您,他们非常想听听您对时局的看法。"

"好,咱们走。"

一路上,赵宝贵对着汪仲不断地嘀咕。汪仲摇着头,最后他说:"宝贵兄,现在先生来了,这事你还是直接跟他说的好。"

"行,"赵宝贵说着,来到罗中亮面前。他说,"先生,汪仲说你答应他参加共产党。先生,你们共产党能否也算上我一个?"

"宝贵,共产党要的是无产者,你可是资本家。"汪仲见罗先生没有回答他,插过话说。

"先生,我不做这个资本家,把我家的财产分给窑工和穷人,行吗?"赵宝贵心里着急,对着罗中亮问。

"宝贵,只要献身无产者的事业并为共产主义奋斗终生的人都可以加入共产党。你现在有这个愿望,但要做一个真正的、合格的共产党人,更多的是体现在他的实践中。"罗中亮引导他说。

赵宝贵说:"先生,您说的,我都能做到。明天,我也像汪仲一样,给您递上一份要求加入书?"

汪仲纠正说:"那叫申请书。"

"对,申请书。"赵宝贵笑着,不好意思地看了罗先生一眼。

"行。"罗中亮看着赵宝贵十分真诚的样子,笑着点点头。

罗中亮应邀对皇窑厂股东做一次演讲。他向他们全面地介绍了国家的形势，指出帝国主义、封建军阀是当前中国人民的头等敌人，并介绍了中国共产党和他的政策主张。罗中亮的演讲一说就是半个时辰，尔后马不停蹄地走进窑厂生产区窑工中准备宣讲。

"各位工友，罗先生来看大家了。"赵宝贵对大家说。

窑工听说罗先生来看大家，个个放下手上的活，都了站起来，鼓掌欢迎。

"工友们，我是来学习的。宝贵，快，叫大家坐下。"罗中亮看着热情的窑工，转身对赵宝贵说道。

"各位工友，请我们罗先生讲几句怎样？大家拍手欢迎。"赵宝贵笑着对窑工说，举手鼓掌。

作坊内，又是掌声一片。

罗中亮伸出手，示意大家静下。他说："各位工友，你们辛苦了。你们是皇窑厂财富的造就者，是主人。没有你们祖祖辈辈的努力就没有今天的皇窑厂。可是，为什么劳动者不得食，创造财富的人却受到欺压，那是为什么？"

大家听着罗先生的发问，个个摇摇头，然后眼睛睁得大大地看着他。

罗中亮这时脸部严肃，他拿出一把筷子，说："工友们，是因为，劳动者不团结。你们看我手上的筷子，单个的容易折断，要是一双呢，就不那么容易了。如果把两双、三双、四双，甚至几十双都给它们扎在一起，你们说折得断吗？"罗中亮形象地比喻道。

"折不断！"窑工们听后齐声回答道。

"工友们，窑工的力量就像这把筷子。"罗中亮看了众窑工一眼，最后大声地说。

"讲得好、讲得好！"赵宝贵站起来鼓掌。

窑工突然明白过来，顿时，拉坯坊里，掌声一片。

罗中亮的演讲非常成功，取得了很好的效果。吴振江、李星灿把罗中亮送走后，高兴地回到办公室，接待北伐军军管会的同志。可当大家打开他们呈送的公函时，一张南京政府《中华民国政府令》，让大家的脸色凝固了，刚才的开心和快乐马上烟消云散。

北伐军军管会的人走后，南京《中华民国政府令》冷冷地躺在桌上，它犹如一把寒剑，刺着在座的每一位。

吴振江和赵子和、李星灿等呆呆地坐在那，不说一句话，屋内空气异常得沉重。

皇窑厂原衙门内，经过一阵沉默后，股东终于开口了，首先打破这个僵局的是吴振江，只见他说："我说各位，皇窑厂自它建立初，便为皇家所有，是国家的。由于当时的政府腐败和无能，我们这些平民百姓，举起义旗，以免它落入外人之手，才有今天。现在，我们国家清明了，我们理应交还给国家，也就是中华民国。我们大家当时站出来，不就是为了这一天吗？好了，这日子总算到了。我们也可高兴回家，干自家的小窑厂了。"

马和尚说："高兴！大人说得对,该高兴呀。我们不就是为了这一天吗？不过,说实在的,我真有点舍不得。但是我们骄傲。我们为国家做了一件有益的、功在子孙的事。我们更值得骄傲的是,我们这些人为国家不仅保护了皇窑厂的技术,而且把皇窑的技术散开出去,并发扬光大。今天,我站在这,可以毫不夸张地说,在我们这镇上,只要机会一到,中国马上由一个皇窑厂就可以变为几个甚至几十个皇窑厂。各位仁兄,现在时机来了,瓷业的春天来了,我们可以放手去做我们这一辈子为之奋斗的事。中国陶瓷史上的康乾盛世,不久又可再现。"

"大人,我们也不是那种计较之人,何况是为国家。这几年下来,我想,不求有功,但求无过。"赵子和听后,淡淡地说,"不过,在皇窑厂交还国家之际,有一事得跟国家说清楚,现在我们皇窑厂运作的资金,不光有在座股东的,还有一部分是太平银庄储户的。不然,我们向储户交代不了。"

"这个说得好,说得好。我想这张政府令虽说下达了,但这期间接收还有一个过程。星灿,皇窑厂,你是管家,这事,你就组织人算一算。你可得豆腐拌葱,得一清二楚。这不仅关系皇窑的发展,也关系镇上民间陶瓷的发展。"吴振江听后,认真地吩咐道。

"行。三天之内我就拿出来。"李星灿站起来,胸有成竹地说。

晚上,罗中亮继续在皇窑厂窑工家中,与窑工们交谈。"罗先生,你讲得真好。"窑工们紧紧地握着他的手说。

罗中亮说："丁大叔,几千年来,封建统治者从来没有把我们窑工当人看。那是为什么？是因为我们窑厂的窑工没有团结起来。只要我们窑工团结起来,我们就可讨回我们的劳动创造,我们就可以当家做主。"

室内,窑工听后个个鼓掌。

丁大叔说："罗先生,我们这些窑工,今后就听你的,跟着共产党走。"

"对,罗先生,我们这些窑工今后就听你的,跟着共产党走。"

窑工个个双眼放着亮,齐声地表达了自己的意愿。

北伐军军管会改为江西省浮梁专员署,办公点仍设在督陶府内。三天后,在它的办公桌上放着皇窑厂的账务预算清单。吴涛指着它,对吴波说："小波,蒋司令指令我们接管,那是无偿的,我们要是按皇窑厂股东这个算法,我们得筹备一笔巨额资金。可现在我们的蒋司令是空手,一文都没有,也不同意给。你说,我们怎么办？要是强行,老爸他们资金必然从中抽回,皇窑厂也就成了一个空壳,我们要它又有何用,反而是个巨大的包袱。"

吴波说："大哥,这皇窑厂在孙传芳手上开工就不到三至四成。在他们这帮王八蛋的折腾下,到了后期,开工不足二成,他们要卖给川岛。是大伯他们组织商会和镇

上一些有骨气的陶瓷商人，花了一百八十万两白银才把它租下。川岛利用它控制的瓷土，对皇窑厂百般刁难，最后，拒绝向皇窑厂提供瓷土，皇窑厂一度陷入绝境。大伯发动大家把股东各自手上的窑厂都停下，才保住了皇窑厂。这几年下来，皇窑厂形成的利润，全都给了孙传芳这伙王八蛋。我们把孙传芳赶走后，他们看到了希望，迅速筹资更换皇窑厂设备，蒋司令一道收回令，一分钱也不给他们补偿。我们这与孙传芳有什么两样。再说，他们都是乡里乡亲的，收不回投资，他们今后怎么活？"

"这？"吴涛听后，陷入迷茫中。

吴波看后，说"大哥，你也不要死要面子，活受罪。如实把我们镇上的情况对南京说，请求蒋司令从中央政府拨付资金。"

"小波，要是这样，我为难干什么。现在中央政府的现状是没钱，蒋司令说了，一个子也拿不出。我们的革命事业才刚开始，他还指着皇窑厂能给中央政府更大的财政支持，至少能从中得到一百万。"

吴波说："不给钱，还要从皇窑厂拿走一百万。这比孙传芳还狠！"

"这……小波，不说了，镇上的情况你比我熟，看看，这事，你有什么好主意？"吴涛问。

"大哥，我们北伐就是要在全中国彻底推行孙总理的民主、民权、民生。你问我的主意，我看，最好的主意，你就是把这里的情况和现在遇到的困难如实跟你的同窗好友蒋先生说，两条路，一是中央拿钱来，全面彻底接管皇窑厂，另一方面，保持原状，由大伯他们这些股东经营，每年我们从中按相关合约收取一定的租银。"

吴涛无奈地说："我看，只有这样。"

"报，罗中亮和孙承求见。"这时，一侍卫进来报。

"好呀，快请他们进来。"吴波兴奋地说。

侍卫正要转身执行命令时——

"慢。"吴涛把他叫住，"你告诉他们，就说我不在。明天窑工大会也取消。"

"是。"侍卫转身而去。

"大哥，你……"吴波瞪着大眼问。

吴涛从公文袋中拿出一份绝密公函递到吴波面前，说："蒋司令已在上海对共产党动手了，他要我们也下手清党，我不希望先生和孙承他们闹出什么事，不然，我们到时就两难了。"

"大哥，北伐才刚刚成功，怎么就自家人打起来？"吴波问。

"蒋先生知道，今后能与他争天下的，就只能是共产党，他现在想趁共产党翅膀未丰之时，先下手。"

"大哥，那你、我怎么办？"

"小波，你知道，镇上共产党是先生和秀娟、汪仲、汪霞等，他们都是我们的亲人。你叫我怎样下手。可我是个国民党党员，又是个军人，你说我怎么办？小波，现在大哥请你出面劝劝先生,他不是老同盟会会员吗? 只要他放弃共产党,我这个专员都可由他来做。这镇上,先生放弃共产党了,娟妹、汪仲他们自然会退出。"

吴波坐在那不做声。

"大哥,要是他们明天会照开呢? "吴波突然对着他问。

"那我明天就没有选择,只得出兵镇压。"吴涛回答道。

"这……"吴波迟疑了。

"迟疑干什么? 快去呀! "吴涛对着他吼。

吴波对着他说:"这……大哥,先生和娟妹的性格你是知道的,我只能是试试看。"说着,无奈地摇了摇头,出去了。

第四十七章

晚上，灯光下，汪府的墙壁上，挂着一面鲜红的党旗，罗中亮站在前头，领着秀娟、赵宝贵、汪仲、汪霞等窑工在向她进行庄严地宣誓。

"我自愿加入中国共产党。"

"我自愿加入中国共产党。"

罗中亮念一句，他们跟一句。宣誓完毕，罗中亮转过身，握着赵贵宝、秀娟他们的手说："从今天开始，你们就是党的人了，我祝贺你们！"

秀娟、赵宝贵、汪仲、汪霞听后，满脸洋溢着笑容。

"咚、咚、咚……"这时，一阵急促的敲门声传过来。罗中亮看了大家一眼，向秀娟使了一个眼色，秀娟上前把墙上的党旗收起。汪霞出去开门。

不一会儿，汪霞把一人带进来。大家一看是吴波。

吴波看大家都在，快步上前，把罗中亮拖到一旁说："先生，蒋司令在上海已对共产党下手了。大哥已接到他的命令，要向你们动手。你出去避一避，明天的窑工联合会我看暂时就不用开了。"

罗中亮说："小波，我们共产党人自参加那一天起，就把自己的一生交给了共产主义事业。我不会退出，其他的共产党也不会退出。退就等于对蒋介石说，我们怕了。"

"张麻子已被收编，明天我营调防，这说明大哥已做好了安排。你们可得小心。"吴波临出门时把这一消息告诉了罗中亮。

罗中亮听后点点头。

吴波走后，大家看着罗中亮。

"我们明天大会照常准时召开。"罗中亮坚定地说。

第二天，在皇窑厂公馆内，中共景德镇第一次窑工代表大会如期举行。

会场十分热烈。

罗中亮、秀娟、汪仲、赵宝贵、汪霞等站在主席台上，引领大众高唱《国际歌》。

嘹亮，雄壮的歌声响彻整个大厅。

门外，吴振江和李星灿他们说说笑笑来到公馆会场大门口，正要进去。

突然旁边蹿出几个陌生的人来，他们笑着说："老大人，李老板，我们罗主席说了，这次会议，除了窑工和工会人员外，资产者一律不准参加。"

"参加大会，是罗先生亲自对我们发出的邀请。年轻人，你搞错了，请进去通报一声。"吴振江看了李星灿一眼，笑着对他们解释。

青年马上说："原来是这样，对不起、对不起。老大人，李老板，既然你们是罗主席邀请来的，那你们先到里面休息一下，我马上就去汇报。"

"行。"吴振江笑着点点头。

在浮梁通往山城景德镇的大路上,一队队国民党军队正荷枪实弹,四面八方地往镇上方向赶来。为首的张麻子提着短枪,骑在马上,冲在队伍的前面,他大声地对着急行军的队伍说:"妈的,总算轮到咱们爷们露脸的时候,快,给老子快点。"

在大清督陶府浮梁专员办公室,吴波进来向吴涛报告:"报告,一营集合完毕。请指示。"

吴涛说:"一营长,我命你前往高岭,监视孙承那批乡勇和高岭矿厂那批赤色自卫军。一有情况,随时向我报告。"

"大哥,那经公桥镇张麻子那伙土匪不打了?"吴波问。

"明知故问,我跟你已说过多少遍,张麻子已接受政府的收编,为政府服务了。他现在不是什么土匪,而是我们的同志,知道吗。"吴涛责备道。

"狗改不了吃屎,到时你会后悔的。"吴波看了他一眼,不服气地说。

"收编是经过中央慎重研究的。你也是一名老党员了,要相信我们的党。"吴涛看小波嘴中嘀嘀咕咕,知道他心中不服气,故而提高声音,大声地对他说,希望他服从,不要生出什么事来。

吴波看说服不了他,转过话题问:"大哥,我不跟你说这些,我现在问你现实的,公馆的窑工大会开了,你说怎么办?"

"上面自有安排。军人以执行军令为天职,一营长,执行你的任务去吧。"吴涛看他纠缠个没完,有点不耐烦。

"大哥,他们可是我们的先生和兄弟!"吴波大声地对着他喊。

"吴营长,执行任务!"吴涛用眼一瞪,大声对他吼道。

"是。"吴波快快地,不安地带队离去。

吴振江和李星灿被安排在公馆的侧室。他们坐在那,久不见人进来。"中亮不是这种作风,今天咋了?"他自言自语对李星灿说道,"我去看看。"

"我们一同去。"李星灿说着,陪着大人向门口走去。他们刚出门,便给人拦了回来。

吴振江看后,心里总感到有什么不对劲,但一时又说不出来。

这时,赵子和也被带了进来。他看着吴振江和李星灿,也是一脸的疑惑。他问道:"大人、李老板,你们怎么也在这,没进去?"

"我也纳闷。罗中亮把我们请来,可他的人就是不让我们进去,也看不到他人。"吴振江回答。

"我那浑小子昨晚一直缠着我,非要我今天参加他们的什么会,谁知到门口就给他们的人给挡回来,不知这小子在搞什么名堂。"赵子和生气地说。

吴振江对他说:"我感到今天这气氛好像有一点不对劲,但一时又说不上来。子和兄,干脆,我们在这等等。"

赵子和听后，心中也有点不安，他说："大人，我来时，发现外面四周来了不少陌生面孔，神神秘秘的。这共产党真让人捉摸不透，怪怪的。我说大人，他们是不是真的要把窑工发动起来，对我们这些窑主来个什么'共产共妻'，把有钱的人抓起来，投到监狱，还让咱们下油锅？"

吴振江说："子和兄，对共产党我不了解，可对罗先生，我心中有数。他们这些共产党让穷人有饭吃，跟川岛这些洋人恶势力斗，把高岭瓷土按往日平价供应给镇上各大瓷厂。你说他们是那样的人吗？现在，在镇上年轻人中参加共产党，成了时髦，连我家秀娟那小两口，还有汪霞他们都参加了，听说，宝贵也是其中一员。这些都是些善良的好孩子，你说说，他们咋会做那些事？"

赵子和说："大人，我来时，街上可贴满了这些布告。"

"子和兄，这些事，是军阀付专员在时干的。"吴振江说。

"对了，"李星灿突然想起什么，他说，"大人，看来，现在的政府也要对他们动手？"

吴振江笑着摇摇头，说："他们一起北伐，打倒军阀，按说不会，这不是小孩子，说翻脸就翻脸。"

"你们这伙新军阀，勾结张麻子，与土匪有什么两样？"这时，一青年挣扎着从他们身边经过。

"张麻子，他们开会与张麻子有什么关系？不对，这好像是你家宝贵的声音。"吴振江突然反应过来，先冲了过去。

赵子和和李星灿看后，马上跟上。

门口的人看到吴振江他们冲了出来，赶紧过来阻拦。吴振江远远看到赵宝贵由国民党两个士兵强行架着，拖着走。只见他挣扎着，大喊："吴涛，你们这些新军阀，勾结张麻子，镇压工友，你们与孙传芳有什么两样？你们与土匪有什么两样？"

吴振江彻底愤怒了，他推开阻拦他的人，冲向国民党士兵，大声喝道："你们放下他，放下他！"

"你们，你们凭什么抓我家宝贵？"随后的赵子和也吼着冲了过来。

赵宝贵被国民党的士兵强行投进了监狱。

"嘭"的一声，士兵已把牢门锁上。他挣扎着爬了起来，冲向门栏，对着铁栏外面喊："吴涛，你与军阀、土匪有什么两样！"

皇窑厂公馆外，此时，到处都是国民党的士兵。他们个个挥舞着手中的木棒，驱赶着人群，见人就打，见人就抓，参与开会的窑工有的被打得满脸流血，有的被追赶得四处逃散，现场十分混乱且惨烈。

吴振江从没有看过这种局面，待在人群中。

"大人，你看，前面左侧的那个人已经爬不起来了。"一旁的李星灿嘶喊着。喊声让他清醒，他顺着星灿的手势一看，远远发现一人被打得躺在地上，痛苦地挣扎。他快步走了过去,扶起他。只见那人满身是血,指着远处的国民党士兵说:"大人,罗先生和赵宝贵他们都给他们抓去了。"说着脸部痛苦地抽搐着,"星灿,你给我看着他。"说完,吴振江把他放下,直冲督陶府浮梁专区专员办公室。

在浮梁监狱西则,秀娟从地上爬起,她冲着士兵歇斯底里地喊:"你去给我把吴涛叫来!"

为首的一军官全当没听见,走时,对着士兵说:"他们一个是旅长的妹子,一个是营长的心上人,你们听着,好生伺候。"

"是。"

那长官交代完,看了她们一眼,转身而去。

秀娟对着他们喊:"我不要你们伺候,叫吴涛来见我,放我们出去,我们犯了什么罪?"

门前的士兵对着她说道:"大小姐,你喊破了喉咙也没用,这事就是你哥哥吩咐我们干的。你们好生歇歇吧。"

秀娟不做声了,低下了头,喃喃地说:"哥哥?他已不是我的哥哥了!"说完,她突然哭了起来。

"小同志,你能不能帮我把吴波给我叫来?"汪霞这时问。

"小姐,吴营长到高岭布防去了。"那士兵回答道。

"他们当日信誓旦旦的正义呢,小霞,你说,你说?"秀娟突然站起,痛楚地抓着她不停地问。

汪霞看着秀娟,茫然不知所措,痴痴地呆在那。

这时,镇上的主要大街上,"打倒新军阀,释放窑工代表"的口号此起彼伏。

窑工打着横幅,手挽手,高呼着口号,向着督陶府浮梁专员军政府走去。

督陶府浮梁专区军政府办公室内,张麻子正笑着对吴涛邀功:"旅长,那班工友按你的指示,我已全部抓获!"

"张小龙,干得好,你对党国有功。我现在嘉奖并命令你为浮梁县保安大队的大队长。"

"我?保安大队长?浮梁县保安大队长?"

吴涛看着他,点点头。

张麻子突然跪下,对着他不断地磕头:"旅长,请受我张小龙三拜。谢旅长的栽培,我张小龙肝脑涂地,一定跟着你。"

"不是跟着我,而是跟着党国。"吴涛说着把他扶起。

"是,跟着党国。"张麻子有点受宠若惊,起来后,对着吴涛双脚并拢,即刻行了一个国民党军礼。

这时,有士兵进来在吴涛耳边悄悄嘀咕几句,然后悄声离开。

吴涛顿时脸色极不自在,匆忙出去。

张麻子一看，紧跟其后。

在室外，镇上窑工手挽着手，站在大清督陶府浮梁专区军政府门前。国民党的士兵用枪对准他们，双方形成对峙状态。

吴涛走了出来。士兵看长官到，马上让出一条路。他近前一看，门前站满窑工，为首的是父亲吴振江和窑厂老板赵子和、银庄老板李星灿等。窑工看到他出来，立马高呼：

"打倒新军阀，释放窑工代表。"

"爸，你为什么也跟他们一伙掺和？"待窑工喊声停下，吴涛满脸严肃地对着前头的父亲吴振江喊。

"掺和？你们国民党在镇上，你等遭朝廷捉拿的时候，是谁保护着你们这些人！"吴振江满脸愤怒地指着他问。

吴涛被问得哑口无言。

"吴大专员、吴大旅长，脸红了，有愧了！"吴振江对着他吼道，"你回答不了，我跟你回答，是这些窑工！是他们保护着你们，养活你们！吴涛，我再来问你们，军阀孙传芳打到镇上，你们国民党到哪里去了？川岛掠夺景德镇，你们国民党又到哪里去了？再说，这皇窑厂是谁保护下来的？就是眼前我们这些窑工，是他们用省下的血汗钱保护下来的！这镇上瓷业的发展，哪一件陶瓷产品离开过他们之手。你们不是提倡民主、民权、民生吗？共产党要求窑工团结，有饭吃，这有什么错？要求当家做主，虽说过激一点，但是这只是个想法，谈谈想法，这又有什么错？他们这些人把小东洋人赶走了，你们回来捡了一个便宜不说，现在却反过来要镇压他们，你们良心何在！"

"爸，共产党宣传赤化，打倒资本，要推翻政府。这是你知道的。只要他们放弃主张，我立马就可以放人！"

"大白天，我看你满口说黑话。你看看你身边站着的是谁？是罪大恶极的土匪张麻子，他抢了你的妹妹，打死你的师傅，气死你的老祖母！你现在倒好，却把他当功臣。你，你当初的人格和血性呢？你们，这与军阀孙传芳又有什么两样？"吴振江指着他问。

"爸，你被他们赤化了，我与你谈不了。"吴涛涨红着脸狡辩。

"要是这样就叫赤化，我们这些老头子愿意被他们赤化！"吴振江指着他怒吼。

"打倒新军阀，释放窑工代表。"

窑工这时又齐声高喊道。

"兄弟们，子弹上膛。"旁边的张麻子看了吴涛一眼，掏出枪，冲着吴振江他们喊。

"谁要你们上膛，谁开枪，老子就毙了他！"吴涛吼道。

张麻子听后，后退了一步。

"要打，小子，有种，你就先朝你老子这儿开枪！"吴振江挺起胸膛朝着吴涛喊，并冲了过去。

窑工队伍跟了上去。

"旅长,咋办?"张麻子侧耳问。

"抓。"

"那大人呢?"一旁的张麻子疑惑地问道。

"也给我抓。"吴涛狂叫着,说完,甩手退回督陶府。

高岭皇窑矿厂内,吴波和孙承正在喝酒。

"师兄,喝。"孙承举着杯对着吴波说。

吴波端起杯,又把酒杯放下,说:"师弟,现在革命形势让我也迷糊了。我们中国人,大家这才刚齐心,才有点成就,怎么就开始窝里反了呢?我想不通。"说着端起杯,一口干。

"师哥,我看这是蒋介石贪功,学着当年袁大头样,想当皇帝。"

吴波一听,拍着桌说:"他要当皇帝,我就跟他斗!"

孙承长叹一声,说:"我们镇上人好不容易盼着赶走军阀和川岛他们,这好日子还没有过上几天,就又兄弟相残了。师哥,我也想不通呀!"

此时,景德镇大街小巷到处贴满消灭赤匪,处决ＸＸＸ共匪的布告。

张麻子提着枪,指挥着国民党士兵到处挨家挨户地搜查抓人。

远离镇上三十多公里处的高岭皇窑矿厂,对镇上近日的巨大变化仍一无所知。吴波和孙承在继续喝着他们的酒。这时,一士兵进来,在吴波耳旁低声耳语。吴波听后,脸色顿时变色。"你刚才说什么?"吴波冲着他大声地问道。

士兵结结巴巴地说:"报告,营长,旅长已把窑工头子们抓了,还有……还有……"

"还有什么?"吴波看他结结巴巴的,气不知打从哪里来,双手抓着他的衣领吼。

"报告,营长,还有吴老大人和赵老板他们。旅长要求你为绝后患,把孙承就地扣押起来,对他的乡勇和窑矿赤卫队就地解决。"士兵大声回答。

他话一出口,孙承两旁卫士立时掏出枪,对准了吴波的卫队。

吴波的卫兵也同时举起了手中的枪。

双方一触即发。

这时只见吴波站了起来,他看了周围一眼,然后指着他们哭笑不得地说道:"你们?师弟,这就是我们要的革命吗?"

在场的人都看着他。

吴波这时,苦笑着摇摇头,突然转身对着他的卫士吼道:"你们给我把枪收起来。我吴波的枪口永远不会对着自己的亲人和兄弟。撤队,回镇!"

三天后,皇窑厂后花园布满国民党荷枪实弹的军队。这里正在举行公审大会。站在主席台中央的国民党浮梁专区专员吴涛把手一挥,对着一旁的卫士大声一吼:"把罪犯带上来！"

台上台下顿时屏住了呼吸，大家齐刷刷地看着台上。不一会儿，只见一队士兵把两个五花大绑的人押了上来。

台下人一看，顿时骚动起来，"不是说公审日本狗吴晋吗？怎么成了罗先生和督陶府大小姐秀娟？"

"他们一个是专员家以前的先生，一个是亲妹子。他们可是大好人。"

下面乱纷纷的。

"各位，请安静。共产党首匪罗中亮和吴秀娟，他们煽动咱们镇上附近一些乡下穷人和镇上街头游民抢劫大户人家的家财，共产共妻，密谋推翻政府，事出突然，政府临时变动，审判吴晋改为审判共产党首犯。"吴涛对着下面的人群大声地解释。

罗中亮昂着头，站在那，轻蔑地看了吴涛一眼，未待他说完，突然哈哈大笑。他说："各位，刚才吴专员也说了，共产党人煽动乡下贫苦穷人抢劫大户人家的财产，是的，我承认，我们共产党人是这样做了。"

"你们听到没有，他都承认了。"吴涛马上喜形于色，尔后，他转向罗中亮，大声斥责道，"罗中亮，你们还有什么要说的？"

罗中亮笑着对他说："有，吴旅长。我们共产党好汉做事好汉当。不像你们颠倒黑白。我们承认我们是抢了，但是，场下的各位都知道，我们是抢谁的，我们抢的是川岛那伙日本人和汉奸的。我们为镇上瓷业人抢回了自己赖以生存的高岭瓷土。各位窑工兄弟姊妹，我们的吴旅长，也就是专员大人吴涛，他嘴里口口声声说民主、民权、民生。我问你，军阀和川岛欺压我们的时候，你们这些国民党到哪里去了？军阀走了，川岛赶跑了，你们倒是大摇大摆地回来，成了镇上有功之臣，现在你们本该用心安抚镇上这些长期受军阀和川岛压迫的人，迅速恢复生产，可是你们不是，而是反过来指责我们一心保卫镇上瓷业的人，并黑白颠倒，找出种种借口，杀害共产党和窑工大众。你们与军阀孙传芳和日本人川岛有什么两样？"罗中亮站在台上大声责问着吴涛他们。

"这，这……"吴涛面对着罗中亮的不断责问，竟然答不上。

"说呀，说呀。"台下的人不断高喊，一片混乱，有的人开始向主席台前挤，台前的士兵拼命地阻拦。

"各位，共产党善于煽动，你们不要听他们的，请保持安静。"吴涛面对台下激奋起来的人群，大声地喊。

"窑工兄弟姊妹，蒋介石到处在屠杀手无寸铁的工人和农民，他要建立新的独裁。你们答应不答应？"罗中亮对着台下的人群大声地问。

"不答应，我们不要独裁，我们要民主和自由。"台下的喊声一浪接过一浪。

"各位窑工、兄弟姐妹，今天，站在这里受审的，我要说，不应是我们共产党人，而应是他们这帮新军阀！"罗中亮说。

就在吴涛安排公审吴晋，改为审判罗中亮这批共产党的时候，关在浮梁监狱的吴晋,算是舒了一口气,这事,让他感到这世道又变了。他感到自己还一时死不了。这时,就在他所蹲的临时监狱外,几个国民党士兵来到门口,他们看左右无人,突然举手打昏守卫士兵,闯进监狱,来到他的牢房门前,把门打开。这让吴晋吓了一跳,吓得急忙缩到一个角,颤抖地指着眼前的士兵喊:"兵⋯⋯爷,我已认罪了,请转告你们的大人,他、他可是我的亲兄弟,你们就放过我吧。"

"二公子,是我。"来人向外迅速地看了一眼,转过身,把脸上的胡子撕掉,笑着对他说。

"张兄,是你?"吴晋突然眼睛放亮,腾地站起来,抓着他的双手说,"快救我。"

"二公子,没时间跟你解释,快,把这身衣服穿上,跟我走。"张麻子从同伴手上麻利地拿过衣服,塞给他说。

张麻子和吴晋出来后,牢门前站岗的士兵仍昏睡着。张麻子看了他们一眼,急忙把吴晋扶到一个弄堂,对他说道:"二公子,咱们后会有期。"

"张兄,那你怎么办?"吴晋看着他,胆怯地问。

张麻子指着他身上的一身军装说:"你看我这套行装,不瞒你说,我现在投靠国民党了。这镇子上,现在是你大哥当家,你是他的亲兄弟,知道了,他也不会深究。不过⋯⋯"他把脸上的假胡须又重新贴上,尔后,笑着说,"我还得去应付一下,兄弟就不送了。"

"救命之恩,来日一定相报。"吴晋抱拳说。

"后会有期。"张麻子说着,催他快走。待吴晋走远后,张麻子这才从弄堂闪出,他撕下胡子带着刚才那几个人,大模大样地来到牢门口,看着一旁仍昏睡着的士兵,用脚一踢,大声喝着:"你们干什么?共党都到家门口了,怎么还在这里昏睡?"

值勤的士兵给他踢醒,抬眼一看,是保安大队大队长。他们腾地从地上站起,向张麻子敬礼说:"报告队长,刚才有⋯⋯大⋯⋯队国军,他⋯⋯们一上前,二话⋯⋯不⋯⋯说,便把我们俩打昏。"

"啪,啪⋯⋯"张麻子对着他们就是两个耳光,大声吼道,"混蛋,什么国军,还有国军劫自己的监?我告诉你们,那是共党。抓不到他们,我毙了你们。"

"是。"一士兵马上从腰间掏出口哨"嘀、嘀、嘀",就是一阵猛吹。

"吹有鸟用,快给我向旅长报告去!"张麻子对着他吼道。

"是。"一士兵大声回答,慌乱而去。

张麻子看他走远,这时才掏出枪,对着天空一阵射击,同时大声喊道:"兄弟们,给我抓共党。"

在皇窑厂后花园公审大会上,秀娟站在台上对着台下的人群高喊:"打倒新军阀""打倒蒋介石"。

"打倒新军阀!"

"打倒蒋介石!"

台下人员群情激愤，同声回应。

"专员，我们怎么办？"有官员问吴涛。

"报，共党劫狱，张大队……长请……求增……援。"一士兵匆忙上前来报。

台上人员听后，一阵惊慌。

罗中亮蔑视地看了他们一眼。

"把他们押走！"吴涛看了一眼会场，对着身旁的士兵吩咐完后，便匆匆离去。

罗中亮一阵大笑，对着慌乱而去的吴涛大声说："吴涛，这就是你们背叛人们的结果。"

南京政府内，蒋介石指着桌上的电文说："那罗中亮可是个老会员，公审他，这不是让我在党内失信？娘希匹，吴涛的政治性哪去了？"

"校长，吴涛一向慎重，又是你的同窗，他这一点不可能不知道。"侍卫军听后，从旁说。

"他与我相交多年，为了党国，他可把他的妹妹都搭上。就这点，我蒋某感谢他。不过，这件事，也做得太失水准！"

侍卫官说："校长，为了稳定景德镇，不让共党染指，学生建议，令吴涛杀掉吴秀娟，绝他后路。"侍从军官笑着说。

蒋介石没有回答，在办公室来回踱着步。

"你给我接吴涛。"蒋介石突然停下来，对他说道。

"是，校长。"侍从军官应道。

516

督陶府浮梁专区军政府专员办的电话铃声骤然响起。侍卫拿起一听，"吴涛兄，我是介石。"声音从话筒传来。

侍卫一听，双脚马上立正，对着话筒说："总司令，我们的专员出去了。"

"他干什么去了？为什么不守在办公室。"对方问。

"总司令，我们专员今天公审共党罗中亮。"侍从回答。

"我不管罗中亮还是李中亮，请他马上接我的电话。"对方在电话中命令。

这时，吴涛正垂头丧气回来。

"专员，蒋总司令电话。"侍卫刚放下电话，正要转身去喊，见吴涛进来，赶紧上前报。

吴涛一听，快步上前，抓紧话筒，急切地说："蒋司令，我是吴涛。请指示。"

"吴兄，听说你公审罗中亮和你的妹妹？"对方问。

"是的，总司令，你怎么知道？"吴涛问。

"我怎么知道你就不用追问了。我理解你对我的忠诚，但你得给我停下来。"对方说。

"司令，他们可是我们这里的头号共党。"吴涛急切地解释道。

"吴兄，秀娟是你的妹子，我不是那种绝情的人。罗中亮，也是我们的老同盟会会员，在我们党内还有一定影响，再说，他对景德镇瓷业的贡献也大。现在南京新定，我不希望对立面再扩大，涛兄明白吗？"

"我知道。"

"景德镇瓷业和它的皇窑厂历来是政府的粮仓和银库，我也要它们成为我政府的粮仓和银库。我现在就把景德镇和大清皇窑厂交给你。景德镇的共产党要彻底清理，不一定都要杀，据我了解，他们有的都是陶瓷界的杰出人才，他们能为共产党利用，为什么就不能为我们国民党政府利用。我蒋介石也是爱人才的。对他们，要威逼利诱，更多的是收买。我现在要的是钱、钱，你知道吗？"

"是，司令。"

"前段时间，林森主席跟我嚷嚷，说我们的国宴上看到的尽是些外国的洋瓷，我们的外国朋友多有嘲笑，这个让他很没有面子，更让我没有面子，这说明我的政府无能，你明白吗？吴涛兄，不管你采用什么办法，我希望在我的办公桌上，一个月之内见到你们的瓷器。"说着对方把电话挂掉。

吴涛听后，呆呆地站在那，手中仍抓着电话筒。

第四十八章

镇上春圆四周布满了国民党军队。晌午时分，张麻子走到门口，犹豫了一下，但最终还是走了进去。进得楼上后，他抬头一看，厅堂上正坐着国民党新任的一团团长吴波，他怒目圆睁，一脸的杀气。张麻子心里顿时咯噔一下，可他马上镇静了下来，满脸堆着笑，壮着胆走上前，向吴波敬了一个军礼，"浮梁县保安大队大队长张小龙向新任一团团长吴波报告。"

"什么新任，就是团长。"一旁的副官大声吆喝。

"是，是，是……"张麻子忙赔笑。

"卫士，给我拿下！"吴波突然大声喝道。

几个军士听后，顿时上前，三下五除二，缴了张麻子的械，并把他按倒在地，拧到吴波面前。

张麻子惶恐地说："吴团长，我、我也是为党国效力！"

"哪个党国？"吴波双眼瞪着他问。

"为蒋先生的党国。吴团长，我现在可是规规矩矩做人。一切听从专员府的指令行事，不敢有半点失误。"张麻子避开吴波的目光，战战兢兢地回答。

"哼，张麻子，你只能骗过专员府，我问你，带人私闯监狱，放走吴晋，此事又怎么跟我说。"吴波两眼像刀，直逼着他问。

"吴团长，饶命！"张麻子突然跪下，对着吴波哀求。

吴波指着他说："张麻子，你以往做的一切，政府和百姓都记得清清楚楚。现在，你要是再为虎作伥，残害无辜百姓，只要我在镇上一天，我就不会放过你。"

"是，是，是。"张麻子跪在他面前，全身发抖，不断地点头。

"张麻子，今后，你在镇上做一件好事，我跟你在本上记一次，做一件恶事，我也跟你在本上记一次，听到没有？"

"听到了，听到了，吴团长。"

吴波吼道："听到了，好，你给老子复述一遍。"

张麻子看着吴波，大声地回答："我做一件好事，团长你在本上记一次，做一件坏事，团长也在本上给记一次。团长，我力争多做好事，争取……新……生。"

"滚！"吴波对着他吼道。

"是。"张麻子爬起来，转身就跑，突然他想到什么，跑回头，向着吴波磕了一个头，"谢谢团长，谢谢团长！"然后转身仓皇而去。

在督陶府后院临时关押所，赵子和对着坐在一旁的吴振江说："老爷，这么多年了,我悟出,跟着您,没错!"

吴振江坐在那,两眼无神地看着天花板。

"哐。"这时,铁门的门锁被打开。一下士军官笑着进来,对着他们说:"老大人、赵老板、李老板,请。"

"你们又要干什么?"赵子和瞪着他问。

下士军官忙说:"赵老板,不要误会。南京政府来人,他想见见老大人。"

"告诉他们,我们哪也不去。"赵子和回答。

"子和兄,我倒想看看他们,到底还有什么新花样。走,请在前面带路。"吴振江终于开口说话。

"大人,这才对。专员毕竟是您的儿子,他让你们暂时待在这,他有他的难处。"下士军官连忙赔笑解释。

吴振江全没听见,正如他说的,他这时还在想,吴涛这龟儿子又在给他耍什么花样,他不能这样总被动着,他也该出手了。想到这,他挺起了胸,昂着头往前走。

吴振江、赵子和、李星灿他们由下士军官领着,来到浮梁专区军政府,这里早已摆下酒宴。

"吴大人,我代表中央政府、代表蒋委员长,向您问候,让您委屈了。今天,我特借你大公子的宝地,设宴为您压惊,请,快请。"自称南京来的官员见他们进来,热情地笑着上前迎接。

吴振江看了他一眼,把头扭到一边。他的行动,让眼前这位南京来的官员很失面子。南京官员转身看了吴涛一眼。吴涛会意,笑着上前,说:"爸,孩儿也是一时权宜之计,快请坐吧。"

"哼,好一个权宜之计。你们屠杀手无寸铁的无辜青年学生和窑工也是权宜之计?"吴振江眼光逼视着他,问。

"他们受共产党迷惑至深,其实,我和您一样,也难过。"吴涛极力解释和掩饰。

吴振江指着他问:"共产党?他们杀的是川岛日本狗,他们帮的是镇上瓷业,可你们回来在镇上做了些什么?除了杀人还是杀人。你们与孙传芳有什么两样?"

"吴大人,一些事,事出突然,我们没有及时与你们沟通。以至造成双方误解,这是我们工作的失误。我在这向您,还有赵老板、李老板赔罪了。蒋委员长也是爱惜人才的,他们只要放弃共党,以后安身瓷业,我保证都把他们放出来,怎样?"南京官员问道。

"你们不是说民主、民权、民生吗?信仰是他们的自由,为什么要他们放弃,而你们不放弃呢?"吴振江问。

南京官员笑着说:"老大人,放眼中国,现在天下是国民党蒋委员长的。共产党在中国,在我这儿通不过,在蒋委员长那儿更通不过。这又何必?你回去告诉他们,把这个道理说清楚,他们都是明白人,会听您的。"

"听我的,那你们也听我的?"吴振江冷笑着,问。

"老大人德高望重,那当然。"南京官员笑着点头。

"好,那你们先把他们一个个都放了。尊重他们的自由,向镇上人赔罪。"

"这……"南京官员一时哑口无言。

"专员先生,不用白费劲了,把我们关回去吧。"吴振江转身对着吴涛冷冷地说道,说完起身就走。

一旁的南京官员说:"吴大人,你们本来就是自由的。"

"好,赵兄、星灿,那我们走。"吴振江听后,马上对着一旁的赵子和和李星灿说。

"爸……"吴涛欲言又止地喊道。

"你们是不是后悔了?"吴振江停住脚步,转身问。

"不,不,不,吴大人,你们本是自由的。我的意见,大人是否可以考虑一下,再说,赏个脸,吃了饭再走?"南京官员强笑着说。

"哼,这就是我的回答。"吴振江冷笑一声回到桌前,然后伸出手臂,"啪"的一声,用力把它折断。

"爸,您这是……"吴涛发现后,已来不及。

吴振江忍住剧痛站起来,然后头也不回地走了出去。

在座的人一个个惊呆了,眼睁睁地看着吴振江他们拂袖而去。

张麻子走后,吴波把自己关在酒楼,从上午一直喝到下午,老板叫伙计过来通知,说酒店要打烊,他才感到自己在这呆了大半天了,喝得时间够长,也太多了。他努力地站起,可身子不听使唤,人东倒西歪的。侍卫赶紧过来搀扶。出了门,到了部队宿营地,侍卫把他扶到团部宿舍,吴波抬起头一看,感到不对劲,走错了。吩咐侍卫,跟他一道去专员府。侍卫说,时候不早,专员一定睡了。吴波对他说,吴涛什么都在变,唯独他的生活作息变不了。

到了专员府,果真不假,吴涛办公室的灯仍亮着。吴波直往里面闯。有卫兵提着枪上前喝问。

"妈的,连我们的团座也不认得?瞎了你的狗眼。"侍卫指着他吼。

吴波看了他一眼,摆摆手,说:"新兵,别为难他。你在这呆着,我去见见专员、旅长。他目前还是我的大哥,你呆着,我心里有一些话要跟着他说。"说完,便东倒西歪地闯了进去。

"大哥,专员,旅长,一团团长吴波,我来了。"他推门进来。

吴涛一看,发现他又醉了,赶紧起来。吴波把他给拦回,说:"你是我的大哥吗?"

吴涛点点头,扶他坐下。

吴波说:"我不坐,你是大哥就听我说几句。"

吴涛转身给他沏茶,并端上,给吴波用力推开,茶洒了一地。吴涛摇摇头,再去添水。

"够了，我今天喝得够多了。我来，只想问问你，你的良心还在不在？"

"小波，你喝多了。大哥什么时候违背过自己良心？"吴涛看着他问。

"大哥，你不是跟我说笑吧？良心？为了你那个同窗蒋介石，六亲不认，不择手段，放掉吴晋，连张麻子这种罪大恶极的人都让他做上保安队长。你说，这也是良心？"吴波指着他问。

"小波，这是政治。你不懂。"吴涛对他解释道。

"哼，他妈的狗屁政治。张麻子抢走我们的亲妹，打死我们的师傅，气死我们的老祖宗，这是我们的家仇，我暂且不说。他在镇上不知害死过多少人，今天，得不到应有的惩罚，反而却耀武扬威地走在大街上，成了民国革命的功臣；而对我们家、对我们镇上有贡献的先生和救过你生命的亲妹妹秀娟，你却把他们押上审判台，这些就是你心目中的政治？"吴波说时，指着他突然怒吼。

"特殊时期，特殊办法。共产党虽说与孙先生的三民主义表面看似有一些相同，但是他们之间有本质区别。我们的民主、自由、民生是在尊重财产私有为前提，但共产党财产虚化，看似说的公有，其实最终操纵在少数人手中，我对他们那套理论有看法，至少说不认同。他们目前只是初始阶段，如果不下狠心剿灭，任其做大，今后国家将永远处在混乱和贫困中。我们这样做，看似理在共产党，其实这一切都是共产党逼的，我也不愿意看到。要是共产党能迅速肃清，我看不出一两年，国家将会迅速发展起来。小波，我说的这些道理，你懂吗？"吴涛看着眼前愤怒的兄弟，坐下来，静心地与他沟通。

"逼的？这理由多好听。吴涛，我告诉你，我也向共产党写了申请，现在我人在这，抓起来吧？"吴波说着，掏出枪，摆在他的面前。

吴涛没有理会他，而是转身从办公桌上抓出一个文件，抛到吴波面前，大声地说："你看吧，蒋介石一天在上海就杀掉共党数万之众。汪精卫在武汉清党，杀死的也以万计。景德镇是中国的工业重镇，蒋先生他为了彻底掌握这一瓷业，已指令我们在镇上这二十万瓷业工人之中，清理的人员应不下一万之多。你看看，现在我们镇上处决的不到一百人。我不用先生和自己的妹妹作赌，能换回这么多生命吗？你就不能为你大哥想想？再说，我杀的是什么人？"他被吴波的情绪激怒了，怒吼起来。

"大哥，一百人还……不算多？难道你还……嫌少？"吴波指着他，突然哽咽起来。

"好，你来坐我这个位置，我听你的，你说我怎么做？"吴涛看着三弟痛苦的祥子，摆摆手，叹了一口气。

"反他娘的，"吴波说，"跟他斗！"

"斗，小波，你不是一天、两天的党员了。我们斗得他过吗？他现在手中雄兵百万。再说，我们党内斗得还少吗？"吴涛问。

"那我们就这样助纣为虐？"

"吴波，你别忘了，我们是军人。再说，我们不干，蒋介石会派出其他人干。他们甚至比我们干得更狠、更恶！我也是有血性的，我也是镇上的人供养我长大的！"

"这样说，我们杀了人，还是镇上的恩人？"

"现在随你怎么说，我的苦处，我想你永远也不会明白。"

"明白？大哥，至少，我不会像你那样，为了保全自己，可以把自己出卖。"吴波说着，收枪，转身出去。

吴波走后，吴涛突然发现整个房屋内是那么的空荡，自己是那么的孤独，谁都不理解他的苦心。桌面上放着南京政府所需的瓷器清单，他呆坐在蒋介石的画像下，双手抓着自己的脑袋，显得是那么的疲惫又无奈。

第二天上午，浮梁监狱内，"哐"的一声，铁栏被打开。一下士军官走了进来，指着罗中亮说："罗中亮，走吧。"

罗中亮看了他一眼，坦然地站了起来，弹了弹自己的衣服。一旁的汪仲、赵宝贵拉着他的手不放。

"罗中亮，走吧。"下士军官催道。

罗中亮瞄了下士军官一眼，笑着对汪仲、赵宝贵说："汪仲、宝贵，再见。有机会看到孙承，请你们代我转告他，共产主义一定有胜利的那一天。"说着转身出去。

"先生……"赵宝贵、汪仲对着罗先生的背影喊。

下士军官转身对着他们说："你们俩自由了，可以出去。"

罗中亮由下士军官带人押送到督陶府浮梁专区军政府。一进门，吴涛便笑着迎了上来，他热情地抓着他的手，说："罗先生，学生给您压惊了。"

一旁的记者拿着相机，对着他们两个不停地拍照。

"哼。"罗中亮冷笑一声，收回他的手，看了一眼餐桌，径自上前拿起筷子吃起来，看都没有看吴涛他们一眼。

吴涛感到十分尴尬，脸上的笑容刹那消失。但他还是强笑着，赶紧上前，为罗先生倒酒。

罗中亮不管那么多，一个劲地吃。

汪仲、赵宝贵他们从监狱出来，来到大门口，因久在狱中呆着，一时对外面的阳光不适应。汪仲抬眼看，发现妻子秀娟和小妹汪霞她们就在前面。他问："宝贵大哥，前面是不是秀娟和汪霞？"

赵宝贵用手挡着眼前的强光一看，笑着说："就是她们，什么好像不好像的。"

"秀娟、小霞？"汪仲兴奋地对着她们大声喊。

"嫂子,好像是大哥在喊我们？"汪霞说。

这时,汪仲和赵宝贵已快步来到她们跟前。"秀娟,真是你们！"汪仲开心地喊。

秀娟含笑地点点头。

一旁的汪霞看到他们兴奋地说:"大哥、赵宝贵,我们自由了。"

"仲哥,我们也是刚出来的,想不到在这相遇。"秀娟说,她突然想起什么,对着他问,"对了,仲哥,先生他呢？他怎么没有和你们一起出来？"

汪仲不作声。

一旁的赵宝贵看着秀娟,低下头说:"你大哥派人把他带走了。"

在督陶府浮梁专员办军政府,罗中亮吃完后,只见他把筷子一放,擦了擦嘴,说:"我该上路了。"说着一个人径直往外走去。

"先生,你可是我们党的前辈,深受大家尊敬,蒋委员长特来电指令,要我代表全党欢迎先生归队。"吴涛笑道,说完向一旁的士官使了一个眼色。

士官会意,迅速从文件夹中拿出一封电文,递给吴涛。吴涛接过,双手递到罗中亮面前。

罗中亮接过,冷笑一声,把它撕得粉碎,扔到地上,"蒋介石？他也能代表国民党？"他面部严肃地问吴涛,"我问你,民主、民权、民生,联俄联共、扶助农工,是谁制定的？"

"孙总理。"

"他蒋介石做到哪一点了,回答我？"罗中亮双眼直逼着他问。

"这……"吴涛语塞。

"我替你回答,"罗中亮说,"他一点都没有做到,相反,对外勾结帝国主义,对内勾结封建官僚黑势力,对百姓进行横征暴敛,在党内残酷迫害异己,对友党进行血腥镇压,吴涛,我倒要问问你,你当年救民于水火的理想去哪了？我奉劝你不要再助纣为虐。"

一旁的吴波看到大哥吴涛的脸由红转黑,站立不安,不自在。他感到从未有过的一种快意。

这时,只见吴涛摆摆手。

门外两个士兵迅速过来。罗中亮瞥了吴涛一眼,突然放声大笑,他对两旁的士兵说:"不用了,我自己走。"说着,昂首阔步出去。

"大哥！"吴波看着先生背影,对着吴涛大声地喊。

吴涛被罗中亮气得七窍生烟。"按蒋委员长的密令,三天后就地处决。"他说后,甩手而去。

汪仲、赵宝贵、秀娟、汪霞一路心情沉重地走在浮梁县城街头。

"卖报、卖报，吴秀娟、汪仲、赵宝贵脱离共产党。"

报童挥动着报纸，沿街叫卖。

"秀娟，宝贵大哥，你们听，报童他刚才说什么？"汪仲停下来问道。

"好像在说我们？"秀娟突然反应过来，追了上去，对着报童喊，"报童，报纸。"

报童转身过来，问："小姐，你要买报？"

秀娟掏出一个铜板，要过一张报纸，她打开一看，正如她刚才所听到的，当日报纸头条正赫然刊载着他们声明脱离共产党，并获释的消息。

"真卑鄙。"秀娟气愤地说。

这时，汪仲、赵宝贵、汪霞已上前。

"你们回去，我去找他问个明白。"秀娟气得把报纸扔到地上，转身就朝督陶府而去。

此时的孙承在方志敏的领导下，将高岭的赤卫军正式改编成中国工农红军一部，他率队攻打位于景德镇东南八十里处的赣东北重镇乐平城。城头守军在他猛烈的攻势下，挥动白旗，放下手中的武器，孙承指挥部队迅速冲了进去。

"喂，乐平。喂，乐平，我是景德镇。"

督陶府浮梁专区军政府专员办公室内，十分混乱，士官拿着话筒正在大声嚷嚷，半个时辰后，他们还是得不到对方一丝的回音。

吴涛急得在大厅走来走去，他对着报务员大声说："给我喊，再给我喊！"

"报，旅长，秀娟求见。"一士兵进来报告。

吴涛一愣，心想此时她来干什么？她们不是给放出去了吗。想到这，他连连摆手，对着侍卫说："不见、不见。"

"吴涛，你太卑鄙。让我进去。"这时，秀娟推开门口士兵，闯了进来。她直冲到吴涛前面，指着他喊，后面跟着汪仲、赵宝贵、汪霞他们。

吴涛听后，脸色发青，对着她大声地呵斥道："好，卫兵，来呀，为她的主义，让她再到监狱里去。"

"这……"卫兵看着秀娟，再看看吴涛。

"吴涛，我们不要你同情。我们之间没有兄妹情。"

吴涛听后，对着一旁正在疑惑的士兵吼道："还愣在这干什么？还不把她们给我关到监狱去。"

"是。"

顿时，外面来了一队卫兵把她们强行架走。

"吴涛，你助纣为虐，人民不会放过你！"她的骂声仍不时从远处传来。

"找吴团长。"吴涛气得在屋内团团转，突然对着卫兵喊。

"报，旅长，吴团长正在开往乐平的路上。"一卫兵上前来报。

乐平城内，锣鼓震天，街头上踩着高跷，扭着秧歌，人民载歌载舞在欢庆胜利。

此时,城西红军指挥部内,孙承正趴在一张八仙桌上看地图,思索着下一步的行动。

"报团长,我们抓到一奸细。"一红军战士进来报。

"带他进来。"孙承转身,放下手上的铅笔说。

不一会儿,奸细被带上来。

孙承看了一眼,眼前一亮,顿时对着红军战士说:"你下去吧,我要单独提审他。"

"是。"

战士走后,孙承迅速把门关上,转身握着那奸细的手说:"水生,小波师兄可好?"

"大哥,吴涛接到蒋介石密令,要求他在三日之内秘密处决罗先生,吴波要你想办法,给,这是他给你的信。"水生说着从衣角中掏出信递给他。

孙承接过看了看,说:"好,代我谢谢他。这是我们的计划,内容都在上面。水生,请你再辛苦一趟。"

水生接过,把信藏好,重新戴上帽子,说:"大哥,那我走了。"

"我派人送你?"孙承说。

水生说:"派人反而不安全。你等我的消息。"

"行,"孙承点点头,然后对着门外喊,"来人。"

两红军战士上来。

"官爷,我可是一个地道的小生意人。"里面的水生不断哀求。

"一个小商贩,找个人静的地方给我放了。"孙承看了水生一眼,对着战士说。

"是。"水生给红军战士押了下去。

吴波带着部队来到浮梁县监狱。队伍迅速分开两列,把守在牢门口。

"吴团长,你们这是?"狱中军官问。

吴波说:"党国戡乱时期,为了防止共党趁乱劫狱,专员部决定加强保卫。"

"是。"

"走,带我们进去看看。"吴波指着他说。

狱内,秀娟已大着肚子,只见她坐在一处,摸着自己的肚子笑着说:"小宝贝,妈妈的革命现在正有困难,听话,在妈的肚子里多待几天。"

吴波这时在狱中军官的引领下,来到秀娟所关的牢房前。他朝里面看了一眼,说:"把门打开。"

"吱"的一声,牢头把门打开。

"秀娟?"吴波走了进去。

秀娟抬起头来,一看是吴波,马上把头转向一边。

"这是大伯给你的信,你看吧。"吴波说着从衣中掏出信,抛给了她,转身就走。

牢头迅速把牢门锁上。

吴波回身看了秀娟一眼,对着牢头大声地说:"虽说他是我的妹妹,但更是共党要犯,给我看紧一点。"

"是。"牢头双脚立正,大声地回答。

"重犯罗中亮呢?"吴波又问。

"报,团长,在后院地窖里。"牢头报。

"带我去看看。"吴波说着,在牢头的引领下,继续往前走。

秀娟见他们走后,打开信,发现里面是空的,中间夹着一张纸条。她看了看门外,偷偷打开纸条看了看,顿时惊喜,然后迅速把它吞进嘴里。

水生扮着小商人模样从孙承驻地回来。他一边喝着水,一边对着吴波说:"团长,孙承哥临走时再三对我说,要我们不惜一切代价救出罗先生。"

吴波看着孙承给他的信条,划上一根火柴,把它烧掉,然后,拿起一张纸条递给他,说:"水生,这是镇上兵力分布图,你再辛苦一趟,告诉孙承,我们今晚午时,以三声布谷鸟叫为号。"

"行。"水生放下水碗说。

"不用了,吴团长。"这时,一个穿着长衫的人走进来,打断他们的谈话。

"你是?"吴波看着他问。

来人笑着把脸上的胡子撕掉。

"孙承,是你?"吴波惊讶道。

孙承笑着说:"不相信吧,我的吴大团长,悬赏一万两人头的孙大土匪把自己送上来了。"

"师弟大将风范。"吴波佩服地说。

"我到门口看看。"水生招呼一声就出去了。

晚上,吴波的队伍悄悄地潜伏到皇窑厂城墙下。

"干什么的?"城墙上的士兵问。

"一营孙水生。"水生大声回道。

"呃,是孙营长。"城墙的士兵看着他说。

"今天是谁值班?"水生问。

"保安队一个班。我是这里的班长。孙营长,请指示。"班长笑着过来招呼。

未等他说完,水生对着他就是两耳光,大声吼道:"是这样值班的吗?来人,给我把他们手中的枪下了,押下去。"

"孙营长,你们……"班长一时丈二和尚摸不到北。

水生看后,对后面一挥手,他的部队见状,迅速地摸近各主要位置,并从暗中一跃而起,就地解决了城墙上的其他人,然后,示意侍卫,学着布谷鸟叫了三声,城门打开。

孙承的部队迅速而起,冲了进去。

"谁?"张麻子正带队从这经过,看到一大片人群朝他方向冲过来,忙掏出枪。

"我们是中国工农红军。"孙承喊道,"啪"一枪打过去。

"共匪进城了！"张麻子一听，顿时慌了，一面跑一面喊。

"行动！"吴波站起来喊。他的部队，个个戴上红绸，在他的率领下，直冲浮梁专区军政府。

顿时，镇上城里城外枪声大作。

火光把整个景德镇山城照得通亮，喊杀声震天。

"我们的部队打进来了。"秀娟扒着铁窗，看着窗外，兴奋地喊。消息顿时在监狱中传开。

罗中亮也兴奋地看着窗外。

皇窑厂内，国民党士兵依托坚固的城墙，拼命进行抵抗，他们的密集火力压制了红军的冲锋攻势。

一队队战士倒了下来，孙承甚是着急。

突然对面敌阵的枪声小了，里面传来了震天的喊杀死。"团长，你看……"一战士指着敌阵喊。

这时，借着火光，孙承清楚地看到汪仲带着窑工手持铁锹、木棒出现在国民党士兵的后面，国民党士兵顿时调转枪口向着他们射击。

"啪"一枪，一颗子弹正打中汪仲胸前，他晃了一下，栽倒在地，但是，他马上挣扎地爬了起来，带着窑工继续往前冲。

孙承这时一跃而起，大声喊道："同志们，给我冲。"

国民党士兵被前后夹击，顿时，他们乱了方寸，弃阵而跑。

"杀啊，杀啊。"

吴涛从睡梦中惊醒，打开灯，大喊："来人。"

一侍卫慌慌张张进来。

"外面的枪声是哪个部队的？"

"报旅长，孙承领着红军打进来了。"侍卫惊恐地说。

"孙承？他不是在乐平吗？"吴涛问。

"旅长，他不在乐……平城，就在我们的皇窑厂城……墙门口。"侍卫紧张得结巴起来。

"紧张什么，他们就那么几条破枪和山上打猎用的鸟铳，成不了什么气候。我们的队伍呢？"吴涛慢腾腾从床上爬起问道。

"旅长，你不是通知他们前往乐平剿匪吗？现在联系不上。我们身边只有不到一个连的卫队。"侍卫听后，心情算是平静了许多，回答说。

"对，附近里村，水生那个营就驻扎在那。立即派人去通知他们。"

"旅长，水生已反水，他现在正与孙承红军合为一处，就在门外。"

"原来，他是罗中亮对国军布的局！"吴涛这时才感到事态的严重，他腾地从床上跃起，喊，"赶紧给我传张大队长的保安队，要他们组织力量把他们压下去。"

"张队长到现在,他们手下一个人影也看不到。旅长,快走吧,不然,就来不及了。"侍卫哀求。

"不许动。"就在这时,红军突然从各处冒了出来,明晃晃的刺刀对准了吴涛。

吴涛乖乖举起了手。

第二天,镇上到处飘扬着红旗。街头上爆竹声声,锣鼓震天,镇上市民露出了久违的笑脸。

皇窑厂门口,窑工涌向公馆处,个个踊跃报名参加红军。

浮梁监狱牢门被打开,被关押的窑工、学生拥了出来。"你们看,罗生先和秀娟他们出来了。"身着红军军装的水生指着狱门口喊。

一旁的孙承、汪霞、赵宝贵、吴振江、姜雪一看,赶紧迎上前。

"罗先生。"

"秀娟。"

"爸。"秀娟喊了一声,扑在吴振江的怀里。

孙承说:"罗先生,景德镇解放了。"

罗中亮握着吴振江的手说:"老爷,谢谢你对共产党的理解和支持。"

"二娘,我的仲哥呢?"秀娟看到一处默然不作声的姜雪问。

"他在家里等你。"姜雪强笑着扶着她,说,"娟儿,走吧。"

镇上陶瓷街汪府内,晚上,灯光下,汪仲躺在床上。罗中亮、汪霞、吴振江、姜雪、孙承围着他。

秀娟流着泪,在给他轻轻地梳理。

汪仲满脸是汗地抓着秀娟的手,吃力地笑道:"师妹……景德镇解放了,我们又……可在一起安心作画,烧我们的瓷器了。"

"师哥,解放了,你摸摸,还有我们的孩子,等他出来,我们一家人再也不分开,我们哪也不去,就在家开个作坊,我们的孩子和泥,你拉坯,我画画。"秀娟含着泪说道。

"嗯。"汪仲笑着,用力点点头。

吴振江看着他们,再也控制不住自己,转身离去。大家的心情也一样,跟了出来。房内只剩下秀娟他们小两口。

在大厅,吴振江拍着案几说:"都是这个畜生,害死了镇上多少人,我们一定要公审他。让镇上人看看他那张国民党的嘴脸。"

"老爷,这仇,我们一定要报。"罗中亮在一旁说。

房内,汪仲紧紧地抓着秀娟的手,断断续续地说:"师妹,我……我……不行了。但我这一生很值,娶了你这个聪明、漂亮、能干的师……妹。"

"仲哥,我也是。"秀娟终于控制不住,眼泪唰唰地掉了下来。

"师妹,我不在了,你……你要更……坚强———点……"汪仲说着,陷入昏迷。

"仲哥,仲哥,你怎么了？"秀娟急切地喊道。

汪仲慢慢地睁开眼,断断续续地说:"师妹,涛哥,我们本是一家人,是兄弟,人都有错误的时候,给他一点时间,他……他会明白过来的。"说着,晕了过去。

"师哥,师哥……"秀娟撕心裂肺地喊。

"汪仲……"

外面的人听后,冲了进来。

红店文学系列

第四十九章

中国瓷业基地,江西赣东北重镇景德镇失陷,南京蒋介石政府大为震动。他迅速组织人员进行围剿。一时,周边的各路国民党军队荷枪实弹,杀气腾腾直往景德镇奔来。

吴涛由两个红军看管着,关在大清皇窑厂的后院内。此地,也就是原先他关押父亲的地方,吴涛看后,觉得挺好笑。他站起来,看着门前两个值勤的红军小战士,问:"小同志,多大了?"

一小战士听后,看了他一眼,说:"十七岁。"

"这么小,读了书没有?"吴涛继续和蔼地问。

"咱家穷,读不起书。"小战士回答。

"你这岁数,读不了书,也正是学艺的时候,当兵,让你爹娘给耽搁了。"吴涛摇摇头叹惜地说。

"咱认得你,要不是你们杀咱穷人,不让咱窑工活路,咱们也不会来当兵。"他指着一旁的同伴说,"他也是我们一个弄堂。咱十几个朋友都参加了红军。罗政委说了,等打败了蒋介石国民党反动派,到时,人人有工做,有饱饭吃,有书读。"

"你们政委?谁是你们的政委?"吴涛急忙问。

"罗中亮,罗政委呀。"小战士回答。

吴涛没做声。

"吴专员,听说,我们的政委以前是你的先生,他还是老国民党党员,他都退出了国民党反动派队伍,那你为什么还要跟蒋介石走?"小战士看着他,好奇地问。

吴涛说:"这是政见,等你长大后,会明白的。小小年纪,就这么聪明好学,要是你们两个参加政府军,不跟共产党造反,我保证你们今后一定前途无量。"

小战士听后,马上气愤地说:"我们赶走了军阀和东洋鬼子川岛,镇上窑工个个扬眉吐气,可是你们一来,不是抓就是杀,比军阀和川岛还坏。跟着你,我们还有什么前途,背后,还指不定给人戳了脊梁骨。"

"民国初始,在景德镇,我把她治理得路不拾遗,窑工安居乐业。要不是共产党赤化,我有信心,不出两年,便可把景德镇治理好,让百姓过上安居乐业、富裕的日子。"吴涛自言自语地说道。

"谁听你们的,骗人!"小战士看了他一眼,说。

吴涛摇摇头。他往大厅看了一眼,问:"怎么,小同志,今天大厅的人,都到哪里去了?"

"看汪仲师傅去了!"小战士看了他一眼,鄙视地说,"哼,你还有脸问!"

"他怎么了？"吴涛听后，急忙问道。

小战士把头放到一边，不理会他。

"小兄弟，汪仲师傅他到底怎么了，能否告诉我？"吴涛对他恳求着。

"他给你们用枪打中了胸部，现在不行了，你现在满意了吧。"小战士指着他骂道，"按说死的该是你们这种人！"

"别跟他啰唆。吴涛，放老实一点！"

吴涛神色黯然地坐回了原处。

马和尚领着一班商人来到红军指挥所……皇窑厂公馆内。"罗先生，这是我们商会凑的钱，总共是十万两。"他说着掏出银票，递给了罗中亮。

"谢谢，马老板。"罗中亮接过后，紧紧地握着他的手说。

马和尚笑着说："你们红军也是为了瓷业，为了我们这些百姓。罗先生，听说前方吃紧，用得到我们的地方，就吱一声。"

"罗政委，我们能参加你们的红军吗？"这时，一个青年走进来问。

"行啊。"罗中亮回答。

那青年说："不过，不止我一个。"

"可以，"罗中亮笑着问，"他们在哪？"

"你看？"那青年往门外一指。

门前站着黑压压一片。

"罗先生，你忙，我就不打扰了。"一旁的马和尚说。

"行，马老板，改日，我亲自到贵府拜访。"罗中亮握着他的手说，并把他们送出了门外。

浮北山区某阵地上，杀声震天。红军打退国民党军队一次又一次的进攻。

"营长，电话。"一战士跑到阵地上喊。

"接过来。"水生大声地对他说。

一会儿，电话到。

水生拿起电话筒，"喂，是一营吗？"传来对方的声音。

水生回答："我是一营，团长，请讲。"

"水生，你们的情况怎样？"对方问。

水生说："我们已打退敌人十二次冲锋，团长，敌人现在是越来越多。"

"你们一定要坚持住，把他们打下去，保卫我们的胜利果实。"对方说。

"请团长放心。"水生说着，放下电话。

"营长，你看，我们的队伍上来了。"一旁的警卫员指着后山说。

"孙营长。"有人远远朝他喊。

"呃，是宝贵，你怎么来了？"水生迎上去，问。

"看，我把他们带来了。这些都是新参军的窑工，总计五百人。"赵宝贵指着他们说。

"不会是你窑厂的窑工吧？"水生笑着问。

赵宝贵说："这是我们附近几个窑厂的。你说的皇窑厂的子弟六百人，他们都已穿上军装，马上就到。"

"有了你们，我心里就更有谱了。"水生说时，兴奋地捶了宝贵一拳。

大清皇窑厂内，一批批的伤员从前线抬了下来。罗中亮和孙承看后，心情显得特别的沉重。

这时，一士兵在罗中亮耳边悄悄地说了一声，转身而去。他点点头，转身同孙承招呼，尔后一同向督陶府走去。

在督陶府内，孙承对着身着便装的吴波说："师弟，你来时也看到了，现在我们的伤亡是越来越大，国民党的军队却仍在源源不断地向我们开来。把你请过来，有重大的事要跟你商定。"

吴波听后，看着罗中亮。

罗中亮说："吴波，当前的敌我情况就如刚才孙承所说，我们不能拿百姓和红军子弟的生命做无谓的牺牲。特委已同意我们的意见，命我们暂且退出景德镇。"

吴波接过他的话说："政委、孙承，理智上说，我们是对的。但是，我看镇上的百姓和窑工的感情会一时受不了。特别是我大伯。"

"小波，你说得对。"罗中亮说，"不过，退，不是失败，而是为了积蓄更大的力量，更好地打击国民党反动派。这一点，我看要跟大家说清楚。此外，我们决定让一部分人坚持下来，做长期的斗争。"

"政委，你的意思我明白，我服从党的决定。但是，吴涛怎么处理？"吴波回答道。

"小波，你说说，我们很想听听你的意见和看法。"罗中亮看着他说道。

"吴涛并不坏，本质是爱国的，他只是受蒋介石蒙蔽。我们要是能把他留下，今后，对我们在镇上开展工作有利。"

"小波，你分析得对。吴涛经过这次打击，在思想上可能会有所触动。孙承，你把上级的意见跟他说说。"

孙承说："根据对敌形势，特委要求我们放掉他。"

未待他说完，罗中亮接过孙承的话说："吴涛这人对景德镇有感情，也做过不少好事。给他时间，我想他会明白过来。特委也是据此考虑，才做出如下决定。不过……"他说，"我们不能简单地放他。小波，你还没有暴露自己的身份，组织决定，由你把他放掉，并继续潜伏下来。"

"先生，请组织放心，我保证完成党交给我的任务！"吴波听后，坚定地回答道。

罗中亮说："孙承，那我们分头准备吧。"

最后的官窑

"政委,孙承,我哥不行了。"这时,汪霞匆匆跑进来说。

罗中亮听后,马上向一旁的吴波示意。

吴波赶紧躲开。

"孙承、汪霞,我们走。"罗中亮心情十分沉重,与孙承一道随着汪霞朝瓷器街汪府走去。

吴波看着他们离去的身影,呆呆地站在那,尔后,咬咬牙,出了督陶府,消失在人群中。

在陶瓷街汪府内,秀娟正在哭泣。罗中亮、孙承他们进来时,汪仲已经去了。罗中亮蹲下,伸出手把汪仲的眼合上,然后站起来,对着大家说:"这笔账,我们一定要跟国民党反动派算。"

到了晚上,枪声离镇上越来越近,不远处的火光把皇窑厂照得通亮。

关在皇窑厂督陶府后院的吴涛兴奋地站起来,他对着一旁值勤的红军战士说:"小同志,快打开门,放我走,到时,我一定会给你很多钱。"

小战士用枪指着他说:"老实点,别做梦。"

吴涛失望地回到原地。

这时,化装后的吴波带着一班人悄悄地摸到督陶府后院,把看守的红军战士摞倒,并迅速地从他身上搜出钥匙,把门打开。

听到开门声,吴涛躲到一角。

吴波看了他一眼,压低着声音喊:"大哥,是我。"

"三弟,怎么是你?"吴涛一听,顿时精神一振,腾地站起来冲向他问。

"大哥,以后再说,快,我们走!"吴波说着,把他拖出了门外。

趁着夜晚的黑色,他们从后门溜了出去。

"吴涛跑了,吴涛跑了。"进来的红军一看,发现战士倒在地上,一边放枪,一边大声地喊。

吴涛拔腿就跑。

孙承收起枪,在后面笑,倒在地上的小战士苏醒,站了起来,看到孙承,马上敬礼,说道:"团长,我们……"

"敌人太狡猾,罪不在你们。归队。"孙承对他们说道。

"是。"小战士向他敬礼,转身而去。

在城外,国民党正在向景德镇发起更大规模的进攻。皇窑厂督陶府内,此时的秀娟正在分娩。

"报,国民党已进入城区。"一战士上前来报。

秀娟的叫声从屋内传出。

孙承往里屋看了一眼,对士兵大声地说:"通知水生,一定要把敌人阻击住。让秀娟顺利把小孩生下来。"

"是。"战士转身出去。

此时,国民党军队已攻入镇上街中心。水生指挥着红军战士对国民党军队进行顽强阻击,战斗十分惨烈。

"营长,团长命令我们一定要把敌人阻击住,让秀娟顺利把小孩生下。"一战士匆匆过来报。

"告诉团长,请他们放心。我们一定把敌人给压下去。"水生大声地说。

大清皇窑厂督陶府内,"哇"的一声,一小孩清脆的哭声从屋内传来。

"生了,生了,是个胖丫头。"汪霞笑着跑出来说。

罗中亮和孙承他们听后,奔了进去。

屋内,姜雪抱起小孩,秀娟正看着她笑。

"好,我们革命队伍中又多出一名战士。"

外面枪声大作。

"你们快走吧。"吴振江进来催促道。

战士早已把准备好的担架抬到前面。秀娟从床上爬起后,被人扶上担架,抬起就走。

"慢,让我再看看我的女儿。"秀娟挣扎着起身说。

姜雪抱上前,对着婴儿说:"快看看你的妈妈。"

秀娟抱过孩子,亲了又亲,说:"二娘,对不起。"说着,将小孩递给了姜雪。

"娟儿,给她取个名字吧?"一旁的吴振江说。

秀娟看了她一眼,说:"他爸爸为中国穷人的翻身事业献出了生命,他这样做,就是盼望国家富强,百姓有一个好日子。爸、二娘,就叫她盼盼吧。"

"好,秀娟,我和你爸盼望着你们革命早日成功。快,盼盼,我苦命的孩子,跟你妈妈道个别吧。"姜雪眼睛含着泪水,对着手中的小宝宝说。

小孩似乎明白眼前大人的一切,脸上露出天真灿烂的笑容。

国民党军队重新占领了景德镇城。吴涛又回到皇窑厂督陶府。中华民国江西剿匪总司令部的牌子用红绸裹着,正等待他的剪彩揭牌。吴涛久久地站在原先的办公室内,望着窗外,思绪万千。

"报,师长,一切准备就绪,请您光临。"副官进来报。

吴涛说:"丁副官,本座对剪彩不感兴趣。我感兴趣的是,今天有多少镇上瓷业商人和陶艺家前来向我们祝贺。"

"师长,除县、乡、里外,镇上的商人只有四家,洋商八家,陶艺家一个都没有。"丁副官看着吴涛的眼光,低声道。

"我的请柬发出去没有?"吴涛看着他问。

"发出去了，每一个都是我亲自送的。"丁副官急忙回答。

吴涛摆摆手说："你出去吧，让吴参谋长代我就行，我累了！"

瓷器街上，经历这次变故后，已失去了往日的繁华。半年后，吴涛穿着便装领着专员府一班人走在街上，街上行人看到他都远远地避开。这让他不自在。这时，一伙日本浪人大摇大摆地从他身边走过。吴涛看了他们一眼，显得若有所思。一旁的吴波看着他表情的不断变化，知道他想的是什么，淡淡地对着他说："大哥，现在这条瓷器街六成以上都是他们的瓷业。"

"六成？"吴涛转过身，瞪着眼问。

吴波点点头，说："光复后，我们根据你的指令，对镇上的共产党进行了地毯式的搜查，镇上当地瓷业主大多都与共产党有点瓜葛，我们把他们统统抓了起来，窑产充公。仅这一项，直接波及五成的窑厂。此外，还有……"

"不用说了。"吴涛十分不悦地打断他，指着眼前的汪府说，"小波，这不是我们师傅的家吗？"说着，抬脚就进去，恰在这时，看着吴亮打里面出来，他大声喊了一声，"小亮。"

吴亮一听，抬头一看，转身进去，像是不认识，也像是躲避，"呀"的一声，把门关上。

吴涛十分尴尬。

吴涛在瓷业街吃了小弟吴亮的冷脸后，丁副官请求他回去。倒是一旁的吴波说，师长难得清闲，出来就让他多看看。吴涛看到瓷器街上大量充斥着日本的东洋瓷，还有日本浪人趾高气扬的得意劲，使他感到作为当地的父母官，有必要对镇上的瓷业作进一步了解。他在吴波、丁副官的陪同下，出瓷器街，过丁家洲，来到十里渡码头。

"嗡……嗡……嗡……"这时，头顶上一架飞机飞过，它在镇上盘旋一周，丢下一大批印刷品。兵丁赶紧上前捡拾。

"大哥，这是小日本的飞机第四次深入我们领地上空。"吴波对着空中的飞机说。

"淞沪战事急，看来中日一战迫在眉睫。"吴涛抬头看了看，说。

"师座，又是小日本的东亚共荣。"丁副官捡起一张传单跑过来，递给他。

吴涛接过，冷笑一声后，把它撕得粉碎，扔到地上，自言自语地说："长了几两肉，就不认识自己了。"他侧身对着吴波他们说，"我们过河去。"说着，直往码头走。

码头哨口的士兵这时正在争抢着看刚才小日本飞机丢下的传单，他们看后，摇摇头，自言自语地说："这小日本，花钱丢这玩意，说些看不懂的话，不如直接撒点钱，我看谁都叫你爷。"见吴涛他们一行横着直冲码头过来，顿时吹起口哨。哨子一响，马上从哨口下来了七八个兵丁，他们个个端着枪，刚才那兵丁指着前头的吴涛说："老子在哨所里打老远就注意到你们，兄弟们，看看他们是不是山上来的共党。"说完，马上有两个兵丁拿着罗中亮、孙承、秀娟他们的画像对着他们左右前后瞧着，看后对着刚才那兵丁说："班长，我看他们不是山上的，但也不是好人。"

那班长瞄了吴涛他们一眼，嬉笑着说："妈的，小日本走时，他还知道丢几张纸下来给爷擦屁股。我看你们个个肥头大耳，就这样走，这与共匪有什么两样？兄弟们，给老子搜。"说着，几个人围上来，就要对吴涛动手。

"啪、啪、啪……"丁副官走上前，对着那个班长左右开弓，就是一阵耳光，吼道："瞎你狗眼，在师座面前还敢如此放肆？"

"师座？"那班长一听，顿时傻了眼。

吴涛瞧都没有瞧他一眼，大踏步走了。

吴涛他们一行来到河对面，一上岸，便到了西河的潘家村，这里以前是周边外地人到镇上打工、开厂的落脚点，当年人来人往、窑厂、作坊遍布，十分繁荣，现在早已找不到他的踪迹，从一些门前结上的蜘蛛网看，显然，这里已停业很久。

吴涛一路眉头紧皱。

"师长，你看，前面有窑烟。"副官见师座不开心，一直寻思，想让他高兴，一看到前面有烟冒出，顿时就喊。

吴涛一听，顿时也精神一振，抬头顺着丁副官的方向一看，果真有黑烟冒出。他加快了脚步，朝它走去。到了后，他们只看到一对母女在被烧的房屋前哭泣。

原来一伙保安军刚来过，说是她的男人与山上的"共匪"有来往，人也被抓，临走时还放火烧了她们家的房子。

吴涛走上前问话。小女孩躲藏到她母亲的背后，瞪着一双大眼惊恐地看着他。吴涛没介意，而是蹲了下来，对着那小女孩笑着说："小丫头，来，我是你爹的朋友，是来看你们的，不要怕。"

那哭泣的妇女听说来人是她男人的朋友，顿时不哭了，看吴涛慈眉善目，不像是坏人，便信了。她说道："大兄弟，你知道，我家男人可是一个老实人，平时靠到河对面帮工拉坯，挣几个辛苦钱，从不与外人往来。这官府硬说他与山上红军勾结，我男人没有那个本事认得他们，可官府硬是咬定，他们要我们出一百块大洋了事。可是，大兄弟，我们倾家荡产也不值五块大洋。我家男人与他们评理，他们二话没说，便把他给抓了，临走时，还放了一把火，把我家房子烧了。大兄弟，你说，没有她爹，我们娘俩怎么过？"说着，又号啕大哭起来。

"大嫂，听说这里是国军清查重点，大家都走了，那你们……"一旁的丁副官问。

"这位大兄弟，这是我们的家呀。家都不能呆，你说我们还有哪个地方能走？"那妇女回答。

吴涛什么也没说，从衣袋中摸出十块大洋，放在她跟前。

那妇女看后，赶紧对小女孩说："快，给这位伯伯磕头。"说着，她们母女，对着他不断磕头。

吴涛转过身，对着丁副官说："回去给我查一查，把他的男人给我放了。"

吴涛沿着他当年父亲吴振江的路线进行巡视，本希望看到国军打败共产党红军后,镇上瓷业稳定,百姓安居乐业,但事与愿违,他看到的一切比大清朝晚期还黑暗。此时,他再也没兴致游览下去,急忙回府。

晚上,在督陶府中华民国江西剿匪总司令部,吴涛躺在办公椅上,黯然不语,想着近来发生的事。

吴波进来,看了他一眼,发现他身边桌上正放着一份南京政府电文。他伸手拿起,看了看,重新放下。

"三弟,坐吧。今晚就只有你我,我们兄弟俩好好唠唠。"吴涛坐起,说道。

"大哥,你想我说真话还是假话?"吴波问。

"三弟,你记得吗?革命初期,那时虽说危险,但是有大家的支持,我们什么都不怕,且工作十分开心。转眼十几年,亲人离我们越来越远。虽说,我们获取了政权,但是我们骨肉反目为仇,百姓朝不保夕,你说,你说,这是为什么?"吴涛对着他问。

"大哥,因为镇上瓷业自我们再次当权后,不仅没有发展,反而一落千丈,百姓没有安居乐业,反而妻离子散,苦不堪言。民权、民主、民生,当年你追随孙先生的事业,现在一天天化为泡影。我想大哥心中此时怎么不苦?"吴波说时,给他递上一根烟。

吴涛犹豫一下,还是接过。但是抽了一口,因烟味呛着,马上咳嗽起来。

吴波看后说:"慢慢就会习惯的。"

"唉。"吴涛长叹了一口气说,"三弟,你把大哥的心思都说了。"

"大哥,为什么会这样,你知道吗?"吴波问。

吴涛说:"三弟,大哥也一直在问自己这个问题。"

"大哥,你把对孙中山先生的感情,化作对他提出的三民主义绝对化,以至排斥其他一切学说和主义。你以前不是总对我说,世上没有永恒不变的真理,也没有一句顶万句的言论。可是今天,你却把三民主义永恒化、绝对化。大哥,以前的你越来越不见了。我近来看了一些书,像美利坚、英联邦,西方这样发达的国家,他们也有共产党,并不像我们的蒋先生那样,对他们个个赶尽杀绝,而是允许他们与自己共存。为什么,我们国家就不成呢?民主就是民众的国家民众做主,而不是个人独裁;民权,为什么窑工就不能有更加富裕的权利,就不能有拥有更多财富的权利,他们祖祖辈辈就该穷吗?至于民生,穷人唯一的希望都被我们残暴地扼杀,我们有资格谈吗?今天的情况,你都看到了,要是孙中山先生地下有知,大哥,你敢面对他吗?在这方面,大伯是时变而方法变,而你呢,却固守着自己的想法一成不变,这就是你这么多年在景德镇被动及失败的根源。"吴波对他侃侃而谈。

"三弟,士别三日,刮目相看。有理、有理。"吴涛听后,双手拍着大腿,站了起来,在房内走来走去。

"三弟,你说我现在该怎么办?"他突然停下来问。

吴波说:"大哥,放弃对共产党的清剿,着手发展镇上瓷业,让皇窑厂恢复生产,把日本人的陶瓷从市场上赶出去,让镇上百姓有事做、有饭吃,这才是你该做的。"

537

"三弟,大哥累了。"吴涛摆摆手,沮丧地躺在办公椅子上。

吴波走后,吴涛躺在床上久久不能入睡。白天的事,一幕幕在他眼前不断地晃动,西河潘家的断垣残壁,民妇绝望的哭泣,小弟吴亮对他的躲藏,日本飞机在景德镇上空肆意飞翔,镇上瓷器街充斥的日本东洋瓷和浪人的狂态,这与孙中山先生初期的民国简直是天壤之别。"今天的情况,你都看到了,要是孙中山先生地下有知,大哥,你敢面对他吗?"此时,三弟吴波的话又在他耳边响起,想到这,吴涛再也躺不下了,他翻身起来,点上灯,展出宣纸,提笔写起来。他用"蒋委员长"四个字开头,想了想,感到不适,把它撕毁,再用"介石学兄"打头,仍感不适,撕毁,最后,他落笔"介石兄"三个字时,他这才感到这样真诚、贴切。只见他继续写道:自北伐以来,我们国民党打败各军阀,重新执政后,我们这几年不仅没有看到我们理想中的中国,相反,到处血流成河、哀鸿遍野。就景德镇而言,工厂企业关闭六七成,经济萧条,百姓无以安身立命。在我们党内,有人都把这一责任推到共产党身上,但是方志敏领导的共产党军队打败后,情况并没有好转,百姓并没有像我们党内同志说的一样处处欢迎我们,相反,对我们充满着仇视。介石兄,我们当年追随先生,出生入死,换得今天的江山,并不是为自己,而是图谋国家的发达强盛。可是我们今天做的,却事事相反。介石兄,我觉得我们有必要检讨我们的国策和方法。当前我们的敌人已不是马列共党,小弟认为应是要灭我种族的日本。再说,共产党能争取民众,我们为什么不能? 只要我们把国家治理好,让百姓安居乐业,百姓还跟马列共党造什么反? 介石兄,我们已是执政党了,我们要有执政党的气派,不然,我们国民党要输掉自己,甚至成为民众的公敌,社会的罪人……

吴涛在纸上,一股脑儿地便流出上万字,他把自己这几年的苦恼和想法给尽情地倾泻出来,写完后,吴涛身上有一种从未有过的舒畅。

镇上,通行山区的各关隘都有国民党重兵把守。由于国民党不断清剿,红军根据地不断缩小,到了 1936 年,红军与山下的联系几乎全部被切断。孙承他们因得不到给养,部队生活非常的艰难。又到隆冬,看到战士身上仍穿着单衣,他十分着急。孙承走出草棚,来到一木屋,问正在抢修电台的战士:"能修好吗?"

战士摇摇头。

他失望地回到草棚,秀娟正在等他。看他进来,秀娟起身问:"师兄,还有其他办法与上级联系吗?"

孙承说:"方志敏同志带领红军主力北上抗日,听说他们在怀玉山一带遭到国民党重兵伏击,之后,我们就再也没有他们的消息,也失去了联系。现在,吴涛部实行彻底清乡,断绝了我们与山下的一切联系,山下情况怎样,我们一点也不知道。"

"师兄,先生按说出去找组织已半年,理应回来。"秀娟问。

"先生一定不顺,不然,他早就回来了。"孙承说,"师妹,你看我们的战士,现已近隆冬,可身上仍是一件薄单衣,这样下去,我们没有被国民党反动派的军队打死,反倒会被这严寒的天气冻死。"

秀娟说:"师哥,我下去,找我三哥想想办法?"

孙承听后说:"师妹,现在是我们下不去。"

"师哥,让我想想。"

"师妹,你下去要想办法找到你三哥,并设法联系上,说不定,他有办法。"

在吴振江居住的大院里,盼盼正在院中玩耍,天上的飞机让她十分好奇,她一直用眼注视着它,看着它丢下传单,她兴奋地跑上前,捡到后,马上往家中跑,一面喊:"爷爷,爷爷,我捡到东西了,我捡到东西了。"

吴振江听后,放下手中的画笔,抱着她,笑着问:"盼盼,跟爷爷说,你捡得什么了?"

"我不给你。"小盼盼把手藏在背后,对着吴振江笑。

"盼盼,你奶奶是怎样告诉你的?"吴振江笑着问。

"奶奶说,好孩子可不能把捡到的东西据为己有的。"说着,她拿出传单在吴振江面前晃了晃,说,"爷爷,你说,天上那嗡嗡叫的东西丢下来的,我怎么还它?"

吴振江笑着说:"盼盼,乖,去,你把它都给爷爷捡来,爷爷过年,拿它给你做炮仗玩好不好?"

"嗯。"盼盼说着,点点头,跑了出去。

突然,门外闯进一人来,紧接着,"啪、啪、啪……"外面传来一阵枪响。

盼盼顿时惊恐地跑了回来,躲到吴振江身后。

"快到里屋去。"吴振江说着,站了起来,来到院内,那人一看到他,突然喊了他一声"爸"。

"秀娟?"吴振江一看那人,十分震惊地喊道。

秀娟指着外面说:"爸,后面的白狗子追过来了。"

"快,到我画室去。"吴振江说。待把秀娟安置好,出来后,张麻子已带着保安队来到院内,一看是吴振江,马上不断点头,赔着小声问:"大人,有没有看到一个共匪?"说着,眼睛贼溜溜地往里瞧。

吴振江看了他一眼,双眼瞪着他说:"张队长,不信老夫,你就往里搜吧。"

"搜?"张麻子突然腰身一挺,笑道,"小的不敢,对不起,打扰了。"说着,把手一挥,喊,"回去。"走了。

张麻子出了院,突然停了下来,在便衣耳边嘀咕了几句,便扬长而去。

张麻子走后,姜雪刚从门外回来,看到两便衣鬼鬼祟祟地在门口张望,马上警惕地关上门。

到了内屋,正听到吴振江父女俩在说话,只听吴振江说:"娟儿,你怎么下来的?先生、孙承他们好吗?"

红店文学系列

秀娟说："爸，先生去找组织了，半年了，到现在还没有半点音讯。现在山上两百多号人，都还穿着单衣，我下来是想办法筹点冬衣上去。"

"筹集两百号人的冬衣没问题，但是怎样才能送上山？"吴振江问。

秀娟说："我现在急着要找到三哥，爸，你有没有机会联系上他？"

"前段时间，他经常来，这段时间，便很难看到他。对了，星灿可以联系上他。"吴振江想了一下，说。

"爸，山上两百多号人正等着我，我不能留，得走了。"秀娟说着，往大院外走。

"娟儿，你就不想看看你的盼盼？"吴振江看着一身破旧、瘦弱的女儿，说不出的心酸，对着她急速的背影，喊。

"爷爷，爷爷？"这时盼盼从后院出来。

"爸，女儿拜托您了。"秀娟听到喊声，远远地看了她一眼，鼻子一酸，眼泪唰地一下掉下来，她咬了咬牙，怕父亲看见，转身就走。

"娟儿，门口有狗。"姜雪正与她迎面碰上，对着她说。

"二娘？"秀娟喊。

"娟儿，你和你爸说的，我听到一点。盼盼有我和你爸，你就放心吧。前门不能走，跟我来。"姜雪说着从后面小门把她安全地送了出去。

吴波回到军营，已是深夜，李星灿仍在他的门口等。看到他过来，李星灿马上迎了上去，叫了一声："吴团长。"

吴波一看是银庄老板李星灿，忙上前问："李叔叔，这么晚了，有事吗？"

李星灿点点头，看看左右，然后附在他的耳边说："小波，秀娟来了。"

"秀娟？"吴波心中一惊，马上问。

李星灿点点头。

"她人呢？"吴波轻声问。

"就在我的银庄。"李星灿说，"她要见你。"

"行，李叔叔，那我们快走吧。"吴波说着，转身随他而去。

到银庄，李星灿进门就喊。"秀娟，你看谁来了。"

"三哥？"秀娟抬头一看，从座位上站起来，惊喜地喊。

"秀娟，真的是你？"吴波一样惊奇，他对着秀娟看了又看，说，"娟妹，你受苦了，同志们怎样？"

秀娟说："三哥，我们困在山上，一些地方连树皮都吃光了。现在要命的是即将到来的隆冬，我们两百多号战士身上仍穿着单衣。我们与外界彻底失去了联系。我知道你有一颗正义的心，相信你能帮助我们。"

吴波看着他，思绪翻腾，面对眼前自己坚强的妹妹，革命的同志，他多想说，秀娟，你们辛苦了，我不惜一切代价，也要把战士们的冬衣送到山上，但是罗先生对他的交代，他目前还不能亮出自己，告诉她们，他，吴波也是一名坚定的共产党党员。

想到这,他笑着说:"娟妹,谢谢你们对我的信任。但是,大哥自上次水生起义事件后,对谁都防着,包括对我。好在这几天,一些事情对他触动很大,特别是我们头上不断飞来的日本飞机。目前,毛泽东主席领导的中央红军已到达陕北,共产党已向全国发出抗日宣言,蒋介石对日本已提高警惕,我看用不了多久,国内形势和镇上形势就会向有利于革命的方向变化。"

"三哥,谢谢。我们一定会坚持到革命胜利的那一天,不负你们这些正义之士对我们共产党人事业的支持。"秀娟说着,站起来,对吴波深深地敬了一个礼。

一旁的李星灿说:"秀娟,一家人,就用不到这么客气。这事,你就放心,我和吴团长一定会把你们需求的冬衣弄到手,并设法替你们送去。"

第五十章

在景德镇郊外青塘北面的日本株式会社大院内,腰佩武士战刀的日本浪人进进出出。

这时,院外一浪人手中拿着一张报纸,冲了进来。他跑到后院,推开门,对着正在伏案的川岛说:"川岛君,蒋介石在西安被扣,蒋介石在西安被扣! "

川岛一听,马上从座位上跃起,抢过报纸看了看,尔后叫起来:"哟西,大日本帝国的机会终于来了。备车,我要见吴涛,要回属于我大日本帝国的高岭。"

川岛开着车,后面跟着一大帮浪人,浩浩荡荡地来到大清皇窑厂督陶府前。不过,这里的中华民国江西剿匪总司令部现在又改回了江西省浮梁专区军政府和中华民国景德镇瓷窑厂。

川岛在门前逗留了一下,看了一下门牌,然后大摇大摆地走了进去。值勤卫士上前把他挡下,川岛冷眼横了他们一眼,大声呵斥道:"滚开,我是南京政府的客人。"说着闯了进去。

吴涛听到门外的吵闹声,抬起头,正想喊,川岛已到了面前。

吴涛对着他呵斥道:"谁叫你进来的? "

"吴专员,久违了。老朋友,你怎么把我忘了。我是南京政府的客人。怎么,你就这样对待你的贵客。"川岛神态十分傲慢。

"来人,给川岛先生看座。"吴涛看了他一眼,对着门外喊。

卫兵进来。

"吴专员,慢,我不是来做客的,我来是代表我的帝国要回属于我们的高岭瓷土矿产权。"川岛说时,语气十分强硬。

"高岭瓷土矿产权? 川岛先生,这是你们与孙传芳的协议,此协议对我们政府无效。"吴涛坚决地给予了回绝。

"吴专员,对我们来说,凡与大日本帝国所签订的一切协议,中华民国政府都必须执行。"川岛马上回击他。

"执行? 哼……"吴涛吼道,"前天,你们一批日本浪人闯进春圆戏园,奸淫二十余人,重伤戏园老板金赛花和领班桃花,致其死亡。我还没有找你们。你竟敢拿着旧协议到此放肆? "

川岛说:"吴涛,别忘了,你们的领袖蒋介石先生已在西安被抓,中国将再次大乱。我大日本帝国据有东北后,又拿下上海,你就不怕我大日本帝国的铁蹄和武士? "

吴涛听后,怒发冲冠,把桌一拍,指着他吼叫:"怕,中国的军人什么时候怕过? 来人,把他给我轰出去。"

赶走川岛，吴涛便带着副官随从来到观音阁，到了大殿门口，他屏去左右，独自走了进去。

看到吴涛一行到来，早有小尼去通报。主持方丈静心大师，也就是小翠，正在做早课，听到小尼的报告后，她迎了出来。见到吴涛，她远远地喊了一声："涛哥。"但是，当走近看到吴涛满脸的热情时，她突然想起什么，马上又冷静了下来，双手合十地对着他说："吴施主，有事吗？"

"静心大师，吴涛只是想来看看你。"吴涛仍然充满着深情地说道。

小翠避开他的目光，双手合十，说："施主，请。"

在客房，吴涛看着小翠，一脸的迷茫，半晌，他突然对着她说："静心师太，让我也剃度吧。"

小翠听后，心中黯然一惊，她看向吴涛，这才发现，他瘦了，人也十分憔悴。小翠双手合十说道："施主，你的心意我明白，你已不是你，你正在痛苦中煎熬，这是因为你心中佛心未灭。施主，有佛心，还要有佛行，才有佛果。"

吴涛双手合十，说："静心师太，我懂了。"他眼中闪出泪光，最后他问，"静心师太，你们有什么要我帮助的？"

静心师太说："吴施主，老大人、夫人他们经常来，这里就谢谢你的关心了。用你的佛心，去关心镇上更多的要关心的人吧。"

在浮梁瑶里红军营区内。"孙司令，我们抓了一个活的。"

孙承吩咐道："快，给我把他的头巾除掉。"

战士听后，上前迅速把中年汉子眼睛上的头巾摘掉。

"政委？"孙承一看，是政委罗先生，惊得差点从椅子上掉下来。他跳将起来，跑上前，给他松绑，激动地说，"罗先生，我的大政委，是你，你可让我们望眼欲穿啊。"

一旁的两个小战士，看到眼前的情景，傻了，呆呆地站在那看着他们。

"你们这两个饭桶，连我们的政委都不认得，还不向政委赔礼。"孙承对着一旁傻站着的战士喊。

"政委，我们……"两个战士一听，转过神，看着罗中亮怯生生地想说什么。

"你们是新来的战士，不知不怪。"罗中亮说后，转身对着孙承讲，"孙承，快倒口水给我喝。"

"还不给政委搬椅子坐下。"孙承对着两战士喊，说时，自己亲自去倒水，并亲手端到面前。

"痛快！"罗中亮接过，一口喝干。

"政委回来了，政委回来了。"山上的战士对着大山深处高声喊道。

瑶里山上顿时沸腾起来。孙承的帐篷外，很快聚集了大批红军。

"政委，政委。"战士们围着他，兴奋地招呼。

"同志们好,同志们好。"罗中亮看着久违的战士,心情特开心,不断地对着大伙点头致意。

"政委,党中央有什么指示?"一旁的孙承兴奋地问。

罗中亮说:"党中央要我们马上下山,接受改编。"

"改编?罗政委,你说我们接受谁的改编?"一旁正在喝水的孙承心里一惊,看着他,马上问。

"接受国民政府改编,改编后的部队为国民革命军新编第四军。"罗中亮说。

"扑……"孙承刚喝下去的水,突然从嘴中喷了出来,"什么?你说什么?你要我们下山接受国民党吴涛的改编?"他问。

"是的。孙承,我已跟吴涛进行了接触,具体细节,我们下山谈判后再说。"罗中亮看着他突然变化的神态,平心静气,一字一句地跟他说。

"先生,这么说这张告示也是你与他谈妥后,张贴的?"孙承说着,从桌子底下拿出一张布告,对着他质问。

罗中亮点点头,说:"对,吴涛为显示诚意,他已令人撤掉镇上通往山上的关卡。"

"先生,就是为了这些,你就投降他们?来人,把这个叛徒给我捆绑起来。"孙承突然把桌子一拍,大声喝道。

旁边的战士蜂拥上前,三下五除二,便又把罗中亮给捆上。

"孙承,这是中央的指示。"罗中亮对着怒气冲冲的孙承极力解释。

"哼,老蒋这么多年杀死我们多少同志?只要是有血性的人,谁会放弃这个仇。你胡说八道,中央是绝对不会投降的。把他的嘴给我堵上,押下去。"孙承对着士兵说,容不得罗中亮有半点分辩。

成群的日本飞机飞到景德镇的上空,它们对镇上船只、码头、窑厂等,进行疯狂乱炸。镇上人员四处躲藏,街面一片混乱。

一小孩孤零零地站在血泊中的母亲旁哭喊,一架飞机转身俯冲下来,对其扫射。

吴波带着军队冲到码头,远远看到一小孩倒下,鲜血染红了江水。

他疯狂地跑过去,把她抱起。小孩早已闭上了眼睛。

吴波怒发冲冠,抢过随从手中的机枪,对着空中的日机狂喊:"小日本,你们这帮畜生。"边喊边端起枪,对着它们就是一阵狂射。

此时,皇窑厂一片残痕,浓烟四起。窑工正在扑火。吴振江对着刚炸过的残痕大骂:"狗日的小日本,使用这些下作的手段!"

"师长到!"城楼门外,国军一队士兵列队跑来,到了皇窑厂门口,一上尉连长远远看到一汽车开来,马上大声地叫喊。

前队的士兵听后,马上停下,个个整齐、笔直地站着。

吴涛的车停在皇窑厂门口,他走了下来。

吴振江一看到他,气就不知打哪里出来,指着他骂道:"你们这些国民党,嘴里常喊着民主、民生、民权,你们看看,小日本现在他们都打到我们自家头上了,你们却一个屁都不敢放。共产党要咱们中国百姓富强,你却大打出手。你们这些国民党,还有没有人性?!"

"爸,这是蒋先生的国策,我们军人……"吴涛看着一脸愤怒的父亲,忙为自己解释。

"军人?军人是谁养的?没有你们自家人打自家人,小日本,他们敢那么横?"吴振江指着他问。

"老大人息怒,息怒。"旁边的赵子和看着他们父子争吵,上前劝说。

吴振江说:"息什么怒,你赵子和忍得下?我忍不下。老子要骂,见到蒋光头老子还要骂。"

"师长?"国军连长过来,看到老太爷这种架势,一时不敢说。

"师长个屁,你们在这里干什么,还不组织队伍给我全城救火。"

"是,大家跟我上。"连长接令后,转身走了。

这时,丁副官匆匆赶来,看到吴振江在,马上附着吴涛耳边低语。吴涛听后,脸色顿时突变,与丁副官一道,跳上车,匆忙而去。

观音阁已被日本飞机炸得面目全非。吴涛赶到时,国军官兵已提前赶到,扑灭了这里的大火。他们见吴涛到,赶紧让开了一条通道。吴涛快步上前,来到大殿,只见一伙和尚和小尼正围在一处,打坐诵经,为他们的主持静心方丈念经超度。

"小翠、小翠、小翠?"吴涛分开众僧,抱起小翠,对着她声嘶力竭地喊,"你醒醒,我是吴涛,你的涛哥。小翠,你醒醒,我是你的涛哥!"

可是任凭吴涛怎样叫喊,此时的小翠,她永远也听不到了。

"师座,你节哀吧。"这时,丁副官上前劝。

吴涛放下小翠,站起来,双手抓着丁副官,哭喊:"你说,你说,这帮强盗,为什么连这些道姑、和尚也不放过?"

"吴涛,你该醒醒了。"赶来的父亲吴振江、二娘姜雪站在一旁,对着他说道。

吴涛听后,看了小翠一眼,突然转身,对着一旁的丁副官大声喊道:"丁副官,令吴波一团迅速集合队伍,火速包围日本株式会社,捉拿川岛。"

浮梁瑶里红军营区内,孙承在帐篷内喝着闷酒,心情十分的沮丧,他自言自语道:"没想到,我做梦也想不到,领我革命的先生,他怎么也经受不了考验!"说着,他又拿着酒往口中灌,他想用酒来麻醉自己。

"报,副团长吴秀娟到。"这时,一战士进来报。

"秀娟,她回来了?快,快请她进来。"孙承顿时酒醒了一半,他赶紧对着眼前的战士说道。

"师哥。"孙承话音刚落,秀娟已到眼前,同来的还有李星灿。

"你这是怎么了?"她看到桌上的酒壶,还有他满身散发出的酒气,问。

孙承摆摆手,垂着头,说:"师妹,别提了,你知道吗,领我们革命的罗先生,他叛变了。"说完,竟像小孩一样,用手敲着自己的头,号啕大哭起来。

"师哥,你把罗先生怎么了?"秀娟听后,再看看孙承的神态,心中顿时不安,马上问。

孙承说:"我,我把他给捆起来了,等你回来处理。"

"孙承,你糊涂!"一旁的李星灿说。

"糊涂,我糊涂,李老板,我糊涂什么?"

秀娟知道他一定误会了,马上静下心来说:"师哥,李老板说得对,你犯糊了。罗先生,他是带着中央的指示来的。我这次到南昌,找到了省委,他们要我积极协助先生,帮助队伍下山,接受改编,奔赴抗日前线,对日作战。山下,大哥已动手了,派三哥包围了日本株式会社,可惜,这次又让他溜走了。"

"这么说,师妹,我错了?"孙承看着秀娟、李星灿他们,睁大眼问。

李星灿接过话说:"孙团长,你师妹说得对。吴涛怕你有误,特请我居中调停,这事也是经老大人认定的,不会有错。老大人本人,也准备一道前来,可是,小翠在今天上午日本飞机轰炸中,不幸遇难。他很悲痛。他要我告诉大家,本是同门兄弟,有什么了不起的仇。现在,小日本要灭我种族,亡我中国,兄弟应该团结起来,共同抗击小日本,中国才有希望。"

"师哥,李叔叔说得对。你这次是真错了,而且是大错特错。快,快,快带我们去见先生。"秀娟对着孙承说。

第二天上午,按照约定,孙承带着队伍如期下山。他和罗中亮、秀娟骑着白马走在景德镇街头。两旁的市民挥动着小旗,夹道欢迎。

吴涛打开城门,带队亲自出来迎接他们。

在吴涛的司令部,吴涛握着罗中亮和孙承的手说:"孙承、罗先生、秀娟,快,大家快请坐。"

"先生、师弟、秀娟,我和大哥这几天都盼望你们下山。"一旁的吴波激动地说。

"我们也早想来呀。"罗中亮说着,看了孙承一眼。

"嘿、嘿……"孙承给他看得不好意思。

吴振江戴着老花眼镜,在家中书房作画。

"爷爷,快看舅舅和共产党在谈判。你看,上面还有照片。"他的小外孙女盼盼拿着一张报纸跑进来喊。

"快！快给爷爷看看。"吴振江放下手中的活,接过,一看,他双手抖动了,一时无语,眼泪唰地一下,从眼中掉下来。

"爷爷,你这是咋了？你看这报纸上的那个女人,小朋友都说她好厉害,双手都能打枪。"盼盼指着她,天真地介绍。

"盼盼,她是你的妈妈呀！"吴振江放下报纸,搂着她,哽咽地说道。

"妈妈？"盼盼瞪大眼看着吴振江。

"兄弟残杀,才有外人欺。这是中国一百年来的教训。我希望从此以后,国人能就此团结起来,我们国家才不会亡,才有希望。天下就会少一些骨肉分离的人。"吴振江自言自语地说道。

一旁的盼盼看着吴振江,似懂非懂。

在吴涛的司令部,孙承和吴波在签署着双方协议。文件签订后,双方递交文本。

罗先生和吴涛站在一旁相互鼓掌。他握着吴涛的手,语重心长地说:"吴师长,但愿从今以后,我们团结起来,共同抗日。"

"先生,一定！一定！学生早就盼望着这一天。"吴涛激动地说。

吴振江为儿女的相逢和团聚,亲自下厨,特意为他们备上一桌家宴。在宴席上,小盼盼指着秀娟、吴涛、罗中亮、孙承他们对吴振江说:"爷爷,他们就是报纸上面的人。"

大家听后哈哈大笑,都抢着去亲她。

"盼盼,过来,这就是你妈。快叫妈。"吴波指着秀娟对她说。

"盼盼！"秀娟抢步过去,抱着自己的女儿。

"盼盼,我的好盼盼！"秀娟紧紧地把她抱起,喃喃自语,眼泪唰唰地流了下来。

盼盼在秀娟怀里挣扎着,疑惑地说:"妈妈,你就是我妈妈？他们说你双手都会打枪？"

"盼盼。我就是你妈妈,就是他们说的双手都会开枪的妈妈。"秀娟看着女儿不断地点头,抱得更紧,到后来,竟哽咽起来。

"妈妈！妈妈！"盼盼明白后,突然伸出两只小手,紧紧地抱着秀娟的脖子,大声哭起来。

在场的人无不动容。

餐桌上,热气腾腾。盼盼坐在妈妈的身边又是说又是笑。

"娟儿、先生、孙承,你们吃。"吴振江用筷子指着他们说。

一旁的姜雪不断给秀娟夹菜:"多吃一点。"

秀娟又把它夹到女儿盼盼的小碗中。

"妈妈,你吃。"盼盼又懂事地把它夹回,并塞进秀娟的嘴里。

"妈妈吃,盼盼也吃。"秀娟一口夹给女儿,一口自己吃。

桌上的人都看着她们母女俩。

秀娟似乎感到什么，她笑着站起，双手端着酒杯，说："爸、二娘，我敬你们一杯。"

"我们一起敬大人和夫人。"罗中亮听后，马上站起提议。

大家都站起，端起杯，为他们的健康干杯。

"都是一家人，这多好。"姜雪看着大家又开开心心地在一起，笑道。

"既是一家人，客套干什么，别扭不别扭。来，我敬罗先生一杯。"吴振江端起杯，对着罗中亮说。

"大人，我理当敬您。"罗中亮说。

"还有我呢。"盼盼也端起了面前的酒杯。

"好，盼盼，先生，我们一起喝。"吴振江爽朗地笑着，端起杯，一口干掉。

一个月后，在浮梁瑶里，国民革命军新编第四军某独立团的军旗迎风飘扬。孙承他们站在主席台上，接受吴涛的授旗。

台上台下顿时掌声一片。

授旗完毕，罗中亮走上前台，大声地说："同志们，国民革命军新编第四军独立团今天正式成立。从今天开始，我们将奔赴抗日战场，向日寇讨回祖国的山河，把他们赶出中国。"

"将日本帝国主义赶出中国！还我山河！"

台下战士高呼着口号，一浪接过一浪。

"下面，请友军吴师长讲话。"罗中亮示意大家停下。

吴涛走上前台，向台上台下敬了一个标准的军人礼，然后，他大声地对着台下说："战友们，日寇已打到我们的门口，枪杀我们的同胞，为了祖国，为了家园，我们要精诚团结，战斗、战斗，将他们赶回到小岛去！"

下面一片掌声。

"同志们，出发！"这时，孙承走上前台，对着队伍高喊。

新四军顿时向前方挺进。

镇上郊外平原，天上乌云滚滚，炮声轰鸣。

日军端着明晃晃的刺刀，列着方队，长驱直入。

"打倒日本帝国主义！"

吴振江、赵子和、马和尚等镇上瓷业商会和景德镇陶瓷学堂学生，在街头发动游行示威，声援抗日。

在江南某战场上，吴波头扎着白巾，手持钢刀，带着队伍，趁着夜色，悄悄潜入日军帐前。他干掉敌军的岗哨，突然指挥着队伍跃起，挥着大刀，一声大喊："杀呀。"

顿时，一个个士兵如下山猛虎，冲进敌营，对着日军挥刀便砍。

鬼子被这突如其来的袭击吓倒，一个个惊惶失措，抱头乱窜。

吴波杀敌的消息,第二天传遍景德镇整个山城。

"快报!快报!吴波带着敢死队,杀入敌阵。日军伤亡惨重。"报童挥动着《瓷业商报》在大街上叫卖。

市民听后,个个争相购买、传阅。

日军战地指挥所,川岛正对着桌上的《瓷业商报》吼叫:"八格!"他感到这是他出兵"中国"后,遇到的第一次奇耻大辱。

"你的,给我调集所有的火力,对准支那阵地给我轰。"川岛对着前来请战的少佐命令,他要把这一面子挽回来。

"嗨。"少佐领命出去。

"报,大佐,抓了一个支那人,说是您的朋友,要见你。"少佐刚出去,又一日军官进来报。

"我的朋友,这个时候,要见我?"川岛微微一笑,"来得正好!"他抬起头,吩咐道,"去,给我把他带进来。"

"嗨。"

"川岛先生,川岛先生。"不一会儿,吴晋提着帽子,一路慌慌张张地跑进来。

"吴先生,这几年你到哪里去了?这个时候到我这里来干什么?"川岛瞪着双眼问。

吴晋满脸笑着说:"川岛先生,这几年,我是从景德镇到关外,又从关外追回到景德镇,一直寻找你。这不,听说你在这里,便奔来了。路上,我听说大日本皇军遇到国军顽强抵抗,我给你荐上一人,助您破阵。"

"你,助我破阵?"川岛上下打量着他问道。

"不,川岛先生,我说的是荐一人。"吴晋见川岛对他将信将疑,急忙解释。

"吴晋先生,他是谁?"川岛听后,马上问。

"张麻子,他现在是吴涛手下一名营长,兼景德镇保安大队的大队长,手下几百号人,我可以说动他为大日本皇军效力,做内应。"吴晋说。

"哟西。吴晋,你的,大日本帝国大大的好朋友!事成后,我为你向大日本帝国天皇请功。"

张麻子带兵在镇上巡逻,维护秩序。躲藏在一拐角处的吴晋,装成一个要饭的,警惕地看着四周,见他迎面过来,赶紧蹿了出来,装作十分不小心的样子,碰倒在他的跟前。

张麻子正要发作,吴晋突然把头上帽子掀开一个角,露出半个脸,对他轻声地喊了一声:"张队长,是我!"

"吴兄、吴老板?"张麻子看后,一惊,差点喊出来。他把吴晋拖到一旁,看左右无人,连忙对他说:"吴兄,你这个大汉奸怎么在这?"

"张兄,我们到对面小茶楼细谈。"

张麻子点点头。

在瓷器街中心,吴振江、姜雪、赵子和、马和尚亲自走上街头,打着横幅,开展抗日募捐活动。

赵宝贵则组织窑厂担架队,奔赴前线。

战场上,吴波满面灰黑地指挥着队伍打得正酣。

"团长,师长到。"一士兵猫着腰过来报。

"师长在哪里?"吴波转过头,大声地对着他问。

"师长正在指挥所,要你马上去见他。"

"告诉师长,我马上就到。"吴波对他说。

到了指挥所,吴涛笑着对吴波说:"吴团长,镇上各界组织慰问团,要慰问你们这些抗日大英雄。"

"吴团长、吴团长?"这时,背后传来喊声。

吴波听后,转过头,一看是镇上的赵子和他们,立即迎了上去,握着他的手说:"赵老板,是你。这很危险,你们怎么来了。"

"你们为了镇上百姓,死都不怕?我们看看你们还不该?"赵子和笑着说,转身对着同来的慰问代表说,"他就是夜间带领敢死队,深入敌后,令日寇闻风丧胆的军中赵子龙——吴波,吴团长!"

他这一说,代表团成员个个热烈鼓掌。吴波给大家的热情弄得脸红耳赤,不知说什么。

550

下午,在镇上,张麻子换上行装,一身商人打扮,他七拐八拐地来到一茶馆前,看左右无人,便走了进去,并迅速把门关上。

室内久等的吴晋见他进来,马上笑着迎了上来。

张麻子说:"吴兄不必客气,快请坐。"

他们坐定后,吴晋为他去沏茶。张麻子看后,马上抢过,说:"大哥,茶就不吃了。现在城区检查甚严,在这我不可久留,有话就直说。"

"张兄,就是痛快人。我问你,你知道这次带兵进攻我们这一带的日军大佐是谁吗?"吴晋没有回答,而是拐着弯问。

"听说是川岛,莫非吴兄说的是他?"张麻子看着他问。

吴晋点点头,说:"张兄,你说得对,就是他。我这次冒死来找你,就是想邀请你一起投奔他。"

张麻子一听,腾地从椅上站起,看着他,要去拔枪。

吴晋站在那,笑了笑,摆着手说:"张兄,坐下。我一个人,吃你不成?"

张麻子仍站着,不敢坐下,愣愣地盯着他。

吴晋看了他一眼,端起茶杯,喝了一口,说:"张兄,我问你,我们打得过大日本吗?"

"打不过,老子手上还有上百条枪,大不了再到山上做土匪当山寨大王去。"张麻子用拇指指着自己说。

"老兄,这事,你又不是没有干过。你说做土匪的日子好过吗?"吴晋站起来问。

张麻子被他问得无话可说。

"现在老蒋都带着他的老婆逃到西南山沟里去了。汪先生另立了国民政府,这是他对我的委任状,国民政府浮梁行署专员。我为你也讨了一张,浮梁专员保安军少将师长,与现在的吴涛平级。张兄,只要你有它,照样在这镇上吃香的、喝辣的。"吴晋说着,把委任状递给了张麻子。

张麻子看看手中的委任状,觉得吴晋说得不假,顿时心里痒痒的,但他还是不放心,便问:"老兄,你做了专员,我做了少将师长,那你大哥?"

吴晋直截了当地说:"借助日本人,把他挤走。"

张麻子听吴晋这一说,有谱了,顿时热血沸腾,他眼珠一转,突然把大腿一拍,大声说:"行。大哥,我就听你的,你说咋干就咋干!"

战场上,吴涛的部队给川岛的炮火压得喘不过气来。吴波这时被召进他的指挥所。

"吴波,你马上组织队伍撤下来,向瑶里一带转移,孙承带着友军在那里接应你们。"吴涛看后,对着他劈头就说。

"师长,我打得好好的,为什么要撤?"吴波对他大声问。

"张麻子已领着县大队反水,我们腹背受敌,再不撤,我们就有全军覆灭的危险。"

"这个王八蛋,我带队去解决他。"吴波说着转身出去。

吴涛摆摆手,无奈地说:"三弟,没用了。他已把队伍带出城外。"

吴波用力地拍打着一旁的石柱,说:"我当初就说了,他是个祸害,要除掉他。可是你……"

"三弟,现在后悔也没用,部队撤下后,你带人到镇上,把你大伯和二娘他们接出来。"

"报,蒋委员长电。"这时,报务员拿着电文进来,递给吴涛,转身出去。

"大哥,蒋委员长是不是下令友邻部队向我们支援?"一旁的吴波问。

吴涛没作声,而是长叹了一口气,把电文递给了吴波。

吴波一看,几乎喊了出来,"啥?蒋委员长要我们放弃抵抗,向湘赣边境转移,把抵抗交给新四军友军?这不是逃跑?"吴波问。

吴涛说:"逃跑?这不是我们军人的个性。"

"大哥,你说我们怎么办?打吧,拼一个是一个,不能让小日本笑话我们。"吴波听后,决然地说道。

吴涛说:"向孙承他们新四军靠近,与他们一道,跟着川岛他们打游击,我们拖也要把他们拖死,执行去吧。"

"是。"吴波领命,转身而去。

川岛领着日军趾高气扬地开进浮梁旧城。张麻子带着伪军尾随其后。

吴晋组织着一些人挥动着太阳旗在城门口迎接。

在浮梁老县衙,川岛向四处扫了一眼,最后对着眼前的吴晋说:"吴专员,我的办公椅要放在大清督陶府。"

"是的,是的。"吴晋不断地点头,"不过,川岛先生,在你未进驻之前,容我准备一份厚礼给你。"

"厚礼?"川岛哈、哈大笑,说,"吴先生,你对大日本帝国的忠诚,我是知道的。我等待着你的厚礼。"

吴晋对他神秘一笑,附在他耳旁不断地嘀咕。

"哟西,吴先生,你的大大的好。"川岛伸出大拇指,对他大大的赞赏。

皇窑厂早已停产,整个大院冷冷清清。吴晋带着几个人从皇窑厂的后门进入皇窑厂。他一看,里面是空空的,便直奔督陶府而来。

到了督陶府,吴晋看了看,对着同来的人耳语几句,他们迅速倚门两旁警戒,吴晋则朝里看了一眼,大摇大摆地走了进去。

吴晋来到督陶府以往吴振江的书房,看了一眼,迟疑了一下,然后伸出手,转动着书桌上的按钮,打开密室。密室里黑洞洞一片,他划上火柴,借着火光,却发现里面处处都是空的。正在疑惑间,突然密室灯光大开,直射他而来。吴晋用手挡着突然而来的强烈灯光,定睛一看,发现吴振江正坐在密室的中央,对他怒目而视。旁边站着三弟吴波、妹妹秀娟、四弟吴亮。

吴晋感到气氛不对,转身回头就跑。迎头,他被赵宝贵给拦阻。这时,他才感到情况不妙,但是他马上双眼一转,转回身,故作镇定,他笑着来到吴振江面前,对着他毕恭毕敬地喊了一声"爸",尔后笑着问:"三弟、娟妹、四弟,你……你们怎么在这里?"

"吴专员,我已经在此恭候你多时了。"吴振江冷冷地说道。

"爸、二弟、小亮,我是特意来看你们的,我的二娘呢,她怎么不在这。"吴晋笑着说,"既是这样,她不在,我就改日再来。代我转告一声,今日晋儿就不奉陪大家了。"吴晋满脸赔笑,说道,转身就去开门。

孙承这时突然出现在门口,挡着他的去路。

吴晋这下心更慌,他惊恐地瞪他,嚷道:"孙承,你可知道私扣专员,是要犯法的。我的人就在外面,识相的,快给本专员让开。"

"吴专员，"孙承冷笑着说，"我告诉你，你带来的人，我已解决了，他们已经救不了你。"

吴晋听后，连退几步，指着他，转身对着吴波喊："吴波，孙承他……他可是共产党，你们可是不共戴天的。"

吴振江指着他说："哼，一家人一些磕磕碰碰没什么了不起。中国人不共戴天的是日本人和你们这些汉奸。"

"哼，做汉奸，我愿意吗？在你的眼中，我做什么你都不如意，做什么都打压我。可是，日本人呢，是他们让我找到自信，让我找到尊严，让我的人生理想得以实现！"吴晋喊道。

浮梁旧县衙门前，日军和浪人杀气腾腾。川岛站在门口，注视着督陶府的方向，不时地看看手上怀表指针的指数。这时，一日本士兵上前，对着他双脚一立，报告说："报告川岛大佐，吴专员目前还没有消息，不过，皇窑厂已是一座空窑，一切都在我们监视之中。"

"集合皇军，不，皇协军，走！我倒要让吴振江看看，我大日本帝国所到之处，谁不臣服！你，给我传令部队，继续追剿吴涛残部。"川岛命令。

"嗨。"日本士兵领命而去。

在督陶府密室内，一双双眼睛对着他怒目而视，如一把把利剑刺向他。吴晋非常惊恐，他突然双脚一跪，爬向吴振江跟前，哀求道："爸、二弟，你们放了我吧。只要你们放了我，你们以前做的对不起大日本帝国的事，我可以到川岛他们面前美言，让他对你们一笔勾销。只要你们停止与大日本对抗，跟着我一起干，我可以在川岛面前保你们富贵。"

吴振江把椅子一拍，一跃而起，横眉怒目，指着他说："富贵？吴晋，这么多年来，你卖主求荣，丧尽天良，坏事做尽，你从日本人那里得了多少富贵？你只不过是他们眼中的一只丧家犬。可是，你却不思悔改，甘当他们的狗。为了不使你再危害百姓，我今天要清理你这个孽子。"

吴晋见大家饶不了他，从地上爬起，企图作最后的挣扎，急忙去掏枪。

孙承反应特快，就在他掏枪时，一个箭步冲上去，把他按住，卸下他手中的枪，用力一抓，把他拧到吴振江面前。

吴晋顿时感到一阵绝望，他再度跪下，爬向吴振江，抱住他的腿，连声说："爸，爸，我错了，我求求你！"

"哼，我不是没有给你机会。不除你，天地不容。"吴振江一脚把他踢开。

这时，门外机车的轰鸣声，隐隐从远处传来。

"吴振江、孙承，你们这些共党，景德镇现处在大日本皇军的包围之下，已是一孤城。"吴晋听后，突然来了精神，腾地站了起来，双眼瞪着他们说，霎时，转身冲向门口，一边大喊，"川岛先生，川……"

"啪"的一声枪响，未等他喊完，他已栽倒在门槛下。

吴振江手握的枪口冒着硝烟。

川岛站在车上，哇哇直叫，驱车加快速度，带着一大批日本浪人和张麻子的皇协军杀气腾腾地直向皇窑厂奔来。

在督陶府大厅，吴波、吴亮、孙承和一手抱着女儿盼盼的秀娟，他们站在大厅正与吴振江话别。

"爸，跟我们一起走吧。"秀娟对着父亲吴振江恳求。

吴振江看着他们淡淡地笑了笑，说："娟儿，你就别劝了，爸已是一个老人，你们走吧。我守在这，等着你们回来。"

"爷爷。"秀娟的孩子盼盼看着他喊。

吴振江弯下腰，抱起盼盼亲了又亲，然后递给秀娟说："好好照顾我的盼盼。"

"爷爷，我们一起走吧。"小盼盼哭喊着说。

吴振江笑着对他说："盼盼，别哭，这是爷爷的家，爷爷得守住它，等到你们回来，也有住的地方，是不是，我的盼盼。"

这时，一人跑进来，对孙承报："团长，川岛奔这里来了。"

"大人。"

"大伯。"

"爸。"

大家把眼光一齐投向吴振江，喊。

"什么时候学得婆婆妈妈的，走吧，带好我的孙女！"吴振江对着吴波、秀娟、吴亮他们吼着。

吴波、秀娟、吴亮、孙承他们见吴振江心意已决，突然对着他跪下。吴振江伸出手哽咽地说："孩子，留得青山在，不怕没柴烧。没有国，哪会有家，哪有皇窑！快起来吧，带上皇窑厂这些制瓷技术和你们的二娘，走吧。"说着含着泪，扭过头，向着他们挥挥手。

吴波、秀娟、吴亮、孙承向着吴振江磕了三个响头。起身后，吴波伸手把一旁的盼盼抱起，依依不舍地离去。

"记住，打败小日本，把皇窑厂重新给我立起来的那一天，给你老子烧根香，告慰一下。"吴振江看着他们远去的背影，对着他们喊。

"爷爷。"盼盼转过身，伸出小手，对着吴振江喊，喊声在大厅回荡。

吴振江送走吴波、秀娟、盼盼、孙承他们后，转身来到后院，在历代督陶官灵像前，他插上三炷香，恭恭敬敬地拜了拜。

门外隆隆的机车声越来越近。

吴振江在祖像前凝视了一会儿,弹了弹自己的衣服。

突然,一杯热腾腾的茶水送到他面前。吴振江抬起头一看,是姜雪。

"雪儿,你怎么不走?"吴振江愕然地看着她问。

姜雪含笑着伸出手,帮他整理头上的发鬓,柔情地说:"老爷,我们这一辈子什么时候分开过?"

"雪儿,你后悔吗?"吴振江搂着她问。

"老爷,这一辈子,我跟着你,值。要是有来世,我还跟着你。"姜雪依偎在吴振江怀里,笑着说。

张麻子的皇协军在皇窑厂门前停下。

"为什么队伍停滞不前?"坐在车上的川岛问。

张麻子跑过来,贴在他的耳旁嘀咕了几句。川岛听后,从车上跳了下来,一队身着和服、佩着腰刀的日本浪人紧随其后。前面的队伍马上分开,向他让出一条道。

川岛气势汹汹来到皇窑厂门前,只见吴振江挺立在皇窑厂门口。夫人姜雪紧挨在一旁,对着他怒目而视,旁边还有赵子和他们。

"吴老大人、姜夫人、赵老板,你们三位别来无恙?"川岛以征服者的姿态,走上前问。

吴振江昂着头,看都没看他一眼。

"老朋友,川岛佩服你们对国家的忠诚。不过,中国有句古话,识时务者为俊杰。"川岛说着,往前走。

后面的皇协军看后,紧随着他往前拥。

"川岛,你休想踏进皇窑厂一步!"吴振江怒吼,他扒开上衣,露出全身捆绑的弹药,威风凛凛地站在他面前。

川岛一看,心里打了一个冷战,后退一步,马上笑着对他说:"吴振江,你听,远处的炮声。那是我们大日本帝国军人发出吼叫!蒋先生他们早已带着他的夫人逃亡到西南的小山沟去了,他救不了你。中国已落入我大日本帝国手中。如果你停止与我大日本帝国对抗,与我们合作,我可以奏请天皇。我们帝国欣赏你这样的人才,继续让你做大日本帝国皇窑厂的督陶大臣,永葆你和你的家人荣华富贵。"

"你做梦!川岛、小日本,我们中国人授予你们学业,传授你们技艺,视你们为邻朋好友,可是你们不思回报,趁我们国家兄弟不和,做着欺师灭祖之事,想着老鼠吞大象的美梦。老鼠能吞大象吗?川岛,你们别做美梦吧,带人赶紧滚回你们的小岛去。我告诉你,皇窑不可欺,中国更不可欺!"吴振江怒发冲冠,直指着川岛。

"哼。"川岛一阵冷笑,收起笑容,露出杀机,他对着吴振江说,"吴振江,你可别忘了,这是强者的世界。物竞天择,强者为王。凭你个人,能阻挡得了我大日本帝国的铁蹄吗?上!"说着,用手一挥,大批浪人和皇协军往皇窑厂大门冲。

"川岛,小日本,要想进皇窑厂,先从我们身上踏进去。来吧!"吴振江怒吼着,拉响了身上的雷管。顿时,一阵阵剧烈的爆炸声伴随他的怒吼在山城上空回响。

数月后,在抗日战场上,日军城楼的太阳旗被吴涛和孙承指挥的抗日军队炮火击中。

"同志们,为了祖国,为了家园,为了我们的亲人,冲哪!"

吴涛、吴波、孙承、赵宝贵、汪霞、吴亮、秀娟他们从一个个战壕中一跃而起,指挥着钢铁般的战士,向侵略者发出复仇的吼叫。

"杀啊!""杀啊!"

中国军人挥舞着钢刀,喊杀声震天。他们个个如下山猛虎,潮水般杀向敌阵。